Angelika Schrobsdorff

Der Geliebte

Rom

Deutscher Taschenbuch Verlag

Von Angelika Schrobsdorff
sind im Deutschen Taschenbuch Verlag erschienen:
Die Reise nach Sofia (10539)
Die Herren (10894)
Jerusalem war immer eine schwere Adresse (11442)
Der schöne Mann (11637)
Die kurze Stunde zwischen Tag und Nacht (11697)
»Du bist nicht so wie andre Mütter« (11916)
Spuren (11951)
Jericho (12317)
Grandhotel Bulgaria (24115)

Ungekürzte Ausgabe
März 1998
Deutscher Taschenbuch Verlag GmbH & Co. KG,
München
Lizenzausgabe mit freundlicher Genehmigung der
F. A. Herbig Verlagsbuchhandlung GmbH, München

Umschlagkonzept: Balk & Brumshagen
Gesamtherstellung: C. H. Beck'sche Buchdruckerei,
Nördlingen
Gedruckt auf säurefreiem, chlorfrei gebleichtem Papier
Printed in Germany · ISBN 3-423-08434-0

1
Das Atelier am Uferweg

Mit keinem Menschen habe ich mich so intensiv beschäftigt wie mit Paul Hellmann. Ich habe ihn bewundert und verachtet, beneidet und bedauert, gehaßt und geliebt. Er war einer der wenigen wirklich merkwürdigen Menschen. Seine Merkwürdigkeit war keine Pose. Sie war echt. Sie steckte ihm unter der Haut.

Ich habe ihn bei Dora kennengelernt. Er war mir unsympathisch, noch bevor ich ihm begegnete – aber dafür konnte er nichts. Es gibt Menschen, die so enorm viel Platz beanspruchen, daß sie da sind, bevor man sie überhaupt gesehen hat. Sie drängen sich in den alten, gewohnten Rhythmus und sprengen ihn. Damit schaffen sie sich auf Kosten anderer Platz. So war das mit Paul Hellmann. Er war sich dessen bestimmt nicht bewußt; trotzdem habe ich es ihm sehr übelgenommen.

Es war im Jahre 1949. Er hatte das Atelier am Uferweg gemietet. Dora hatte eine unverschämt hohe Miete dafür verlangt, und er hatte sie anstandslos akzeptiert. Das Atelier war in einem höchst reparaturbedürftigen Zustand, kein normaler Mensch hätte eine solche Summe dafür gezahlt. Aber Paul Hellman war eben kein normaler Mensch. Er zahlte, ohne mit der Wimper zu zucken, und er belächelte wohlwollend die Schäden. Das hatte Dora natürlich sehr beeindruckt. Er hat Format, meinte sie. Ich war nicht ihrer Meinung, ganz und gar nicht! Für mich hatte Paul Hellmanns Einzug ins Atelier einen starken Beigeschmack von Großspurigkeit und Taktlosigkeit.

Das Atelier, ein in sich abgeschlossener Bau mit Schlafzimmer, Gästezimmer, Küche und Bad, war eben nicht nur eine selten schöne Behausung – es war etwas ganz Persönliches, Privates, sozusagen ein Familienbesitz. Dora hatte das Grundstück – es gehörte noch ein großer, verwilderter Garten mit Schwimmbassin und Pavillon, ein weiteres dreistökkiges Haus und eine Kombination aus Garage, Remise und Hühnerstall dazu – in den dreißiger Jahren von einer russischen Tänzerin übernommen. Die russische Tänzerin hatte einen jüdischen Bankier zum Freund gehabt – daher der Besitz. Er lag in der entlegensten Ecke Wannsees, direkt am See, und nur einer so ungewöhnlichen Frau wie Dora hatte es gelingen können, ihn im richtigen Moment zu entdecken und, ohne Rücksicht auf das Wehgeschrei ihres Mannes, zuzugreifen. Das Wehgeschrei war absolut berechtigt, denn die Miete und die Instandhaltung des Besitzes konnten einen sehr bedenklich stimmen. Aber Dora war keine Frau, die sich bedenklich stimmen ließ. Die Tatsache, daß ihr Mann ein Poet war – ein wahrhafter Poet – und kein jüdischer Bankier, ließ sie ebenso ungerührt wie die Notwendigkeit, einen so umfangreichen Besitz instand zu halten. Sie hielt ihn eben nicht instand, sondern ließ ihn langsam verkommen, was seinen romantischen Reiz nur noch erhöhte. Als im Garten alles wild durcheinander zu wuchern begann, als sich die Farbe vom Haus schälte, die Ziegel von den Dächern fielen und die Pilze über dem Spültisch aus der Wand schossen, da wurde es stilecht. Die Familie Rischart – Dora, ihr Mann Friedrich, der gemeinsame Sohn Sebastian und das später hinzukommende Faktotum Nikolas – erfreute sich des Zerfalls, der zweifellos etwas Aristokratisches hatte.

Ich war fünf Jahre alt gewesen, als die Rischarts, bewaffnet mit zwei Pudeln, fünf Meerschweinchen und zehn neu erstandenen Hühnern plus Hahn, am Uferweg 30 einzogen.

Da meine Eltern und die Rischarts innig miteinander liiert waren – Doras Mann, der Poet, war der erste Mann meiner Mutter gewesen, Dora die langjährige Jugendfreundin meines Vaters –, hatte ich viele Tage und Nächte am Uferweg zugebracht. Ehrlich gesagt, hatte ich mich dort immer wohler und geborgener gefühlt als in unserem eigenen Haus in Dahlem. Es war ein sehr schönes Haus, beinahe feudal, mit einem großen Garten und einer Marmortreppe. Aber es hatte keine dunkle, spinnwebenverhangene Remise, kein Atelier mit einer Wendeltreppe, die sich in das Gästezimmer emporwand, kein Schwimmbassin, keine Himbeersträucher, keinen See, über dem frühmorgens der Nebel stand. Und vor allen Dingen hatte es nicht diese heitere, behagliche Atmosphäre. Unser Haus war nicht heiter; irgend etwas schien immer darauf zu lasten. Ich spürte es ständig, obgleich meine Mutter eine sehr lebenslustige Frau war und viel lachte und viele Gäste hatte. Aber da war etwas an diesem Lachen und an diesen Gästen gewesen, das mir nicht behagte. Am Uferweg war das alles ganz anders, und darum blieb er, bis ich 1940 Berlin verlassen mußte, mein richtiges Zuhause. Er gehörte zu dem schönen Teil meiner Kindheit, so wie die Sonntage bei den Eltern meiner Mutter, wie das grüne, ungeheuer eindrucksvolle Privatbüro meines Vaters, wie mein Kater Viktor.

Als ich dann kurz nach Ende des Krieges nach Berlin zurückkehrte, achtzehnjährig und – so bildete ich mir ein – sehr erwachsen und zynisch, da hatte sich vieles geändert. Gar nicht so sehr am Uferweg, sondern in mir selber. Mein Zynismus, den ich hegte und pflegte, ließ meine alte zärtliche Bindung zu all dem, was mir in meiner Kindheit lieb gewesen war, nicht mehr zu. Ich sträubte mich gegen ein Gefühl der Wehmut, als ich nach sechs Jahren zum erstenmal wieder das alte, angerostete Eisentor öffnete. Es kam mir alles ein wenig kleiner vor: Die Häuser schienen sich wie in Angst zusammengeduckt und hinter einem dichten, zerzausten Rankenwerk verborgen zu haben. Der Garten glich mehr denn je einer Wildnis, das Schwimmbassin hatte seinen himmelblauen Anstrich eingebüßt, und statt Wasser waren welke Blätter darin. Das einzige, was sich bewegte und mich geradezu anzugrinsen schien, war eine funkelnagelneue amerikanische Fahne, die auf dem Dach des Ateliers wehte.

Wie sich herausstellte, war das Atelier von Amerikanern beschlagnahmt worden. Es diente – und dazu schien es sich vortrefflich zu eignen – den samstäglichen Zusammenkünften amerikanischer Soldaten und deutscher »Fräuleins«. Die Feste, turbulent und voll unerfreulicher Überraschungen, wurden der Segen des gesamten Uferwegs. Der Segen bestand in Körben angebissener Doughnuts, zusammengeschrumpfter »Hamburger«, zerschmolzener Schokolade, Kaffeeresten und Zigarettenkippen. Das Atelier blieb von all dem unbeeindruckt. Es ließ den Ansturm deutsch-amerikanischer Beziehungen mit würdiger Gelassenheit über sich ergehen.

Eineinhalb Jahre später wurde die amerikanische Fahne entfernt, und der Uferweg 30 fiel wieder in seinen Dornröschenschlaf. Zu der Zeit war ich schon verheiratet und – nicht mehr ganz so erwachsen und zynisch – ließ mich in meine alte Kindheitsliebe zurückfallen. Als Robert, mein Mann, nach Frankfurt ging und ich ihm wohl oder übel folgen mußte, erkannte ich, daß der Uferweg mein einziges Zuhause war. Es ist also zu verstehen, daß mich eine briefliche Mitteilung Doras, sie hätte das Atelier aus finanziellen Gründen vermieten müssen, mit großem Unbehagen erfüllte. Das Unbehagen wuchs mit jeder Zeile. Dora nannte mir zuerst den Mietpreis, den sie verlangt und bekommen hatte. Er machte mich auf Anhieb stutzig. Dann beschrieb sie mir den Mieter als einen jungen, charmanten, intelligenten, reichen und auffallend gut aussehenden Mann. Dora war nicht der Mensch, der in spontane Begeisterung ausbrach. Es machte ihr viel zu viel Spaß, erbarmungslos zu kritisieren und harte Urteile zu fällen. Wenn sie derart über das Ziel hinausschoß – einen fast Unbekannten mit Lob überschüttete und dann auch noch von »Freundschaft auf den ersten Blick«, ja sogar von »einem Geschenk des Himmels« sprach –, dann mußte sie auf einen Blender hereingefallen sein.

Von diesem Moment an war mir Paul Hellmann unsympathisch. Es war nicht nur Eifersucht, es war das Gefühl, daß dieser Mann eine geheimnisvolle und mir sehr unwillkommene Kraft ausstrahlte. Ich hätte weder mein Gefühl noch Paul Hellmanns Kraft näher definieren können, aber es war da – eine Schwingung in der Luft, ein kurzes Zucken, als hätte ich einen leichten elektrischen Schlag bekommen.

Ein halbes Jahr später fuhr ich zu einem zweiwöchigen Besuch nach Berlin.

Ich fuhr mit Robert, der geschäftlich in Berlin zu tun hatte, aber schon am Bahnhof trennte ich mich von ihm. Er wollte in einer Pension am Kurfürstendamm wohnen und ich bei Dora. Es war praktischer so, und außerdem freuten wir uns beide, zwei Wochen lang nichts miteinander zu tun zu haben.

Ich wollte so schnell wie möglich nach Wannsee. »Ich fahre nicht mit der Bahn«, erklärte ich, »das dauert zu lange. Ich brauche ein Taxi. Siehst du ein Taxi, Robert?«

»Wenn du eine Verabredung mit einem Liebhaber hättest«, sagte Robert, »dann könntest du dich nicht aufgeregter gebärden.«

»Verabredungen mit Liebhabern haben mich noch nie aufgeregt, das weißt du doch!«

Das war unser üblicher Umgangston. Robert lachte, wir küßten uns flüchtig und gingen in verschiedene Richtungen auseinander. Ich fand ein Taxi. Es war ein ganz altmodisches Vehikel, und man saß so gemütlich darin wie in keinem modernen Wagen. Der Fahrer war ein behäbiger Mann mit dem pfiffigen Blick der Berliner. Bevor wir losfuhren, öffnete er ein umfangreiches Paket. Beim ersten Stoplicht zog er eine »Stulle« daraus hervor, klappte die dicken Brotscheiben auseinander und betrachtete nachdenklich eine dünne Scheibe Wurst. Er schien zufrieden, klappte die Brotscheiben wieder zusammen und biß hinein. Dieser Vorgang wiederholte sich bei jeder »Stulle«, und er aß viele. Anfangs saß ich direkt hinter ihm und beobachtete gebannt seine großen violetten Ohren, die beim Kauen in ständiger Bewegung waren. Schließlich rückte ich auf die andere Seite und zwang mich, zum Fenster hinauszusehen.

Als wir uns Wannsee näherten, wurde ich vergnügt wie ein Kind. Am liebsten hätte ich laut gesungen. Es war ein strahlend schöner Spätnachmittag im Juni, und Wannsee hatte sich durchaus nicht verändert. Wannsee veränderte sich nie. Es hatte vor dem Krieg genauso ausgesehen wie während des Krieges und nach dem Krieg.

Eigentlich war es ein häßlicher Ort mit phantasielosen geraden Straßen, vierschrötigen Häusern, aber all das machte nichts. Wannsee hatte etwas, das sich nicht beschreiben läßt. Man sah es nicht, aber man fühlte es; es war ein Wohlgefühl, wie man es nur in der Gesellschaft von Menschen empfindet, die Herz und Humor haben. Und das war es wohl auch: Wannsee hatte Herz und Humor.

»Frollein«, sagte der Taxifahrer, »ick komm nur alle Jubeljahre mal nach Wannsee. Können Se mir unjefähr sajen, wo der Uferweg is?«

»Fahren Sie nur immer geradeaus bis zur Kirche. Da biegen Sie dann links ab.«

»Jut.«

Die Kirche – ich mußte bei ihrem Anblick immer lachen – war ein häßlicher, ziegelroter Backsteinbau. Ich hatte sie nur einmal besucht – im Alter von acht Jahren. Ich hatte eine graue aufziehbare Maus mitgenommen und durch den Mittelgang laufen lassen. Ein kleiner Junge hatte sich einmal diesen Streich erlaubt und Wunderdinge über die Reaktion der Frauen zu berichten gewußt. Ich hingegen war bitter enttäuscht worden. Die protestantische Kirchengemeinde, preußisch diszipliniert, war völlig ungerührt geblieben. Der kleine Junge, den ich aufgebracht zur Rechenschaft gezogen hatte, hatte sich ebenso aufgebracht verteidigt: In seiner Kirche – und es war, wie sich dabei herausstellte, eine katholische gewesen – hätten die Frauen gekreischt, die Männer gelacht und die Kinder gejohlt. Von diesem Moment an war mir die katholische Kirche weitaus sympathischer gewesen als die protestantische.

»So, der Uferweg ist die nächste Straße rechts. Fahren Sie bis zum Ende – bis es nicht mehr weitergeht.«

»Na, det is dann wohl det Ende der Welt.«

Man hatte wirklich das Gefühl, am Ende der Welt zu sein. Ich kannte keine Straße, die so ruhig, so friedlich, so unberührt war wie der Uferweg. Es war eine ziemlich schmale Straße, und die Bäume zu beiden Seiten waren alt und mächtig. Häuser sah man kaum. Die Vorgärten waren groß und alle etwas verwildert. Die Zäune waren mit Hecken bewachsen.

Der Wagen hielt. Ich saß einen Moment ganz still und freute mich, so wie ich mich nur noch selten freute. Dann zahlte ich, überließ dem Fahrer meine Koffer und stieg aus.

Da war es wieder: das schwere Eisengitter, die struppige Hecke, das angerostete Tor, die große rauhe Klinke, von der es immer schwarz abblätterte, und dahinter das Haus. Ich schaute es bewundernd an, man konnte nur noch vermuten, daß unter dem Efeu Mauern waren und auf dem Dach Ziegel. Es war ein eigentümliches Haus, etwas verbaut – ein wenig zu schmal, ein wenig zu hoch –, aber es hatte Charakter. Es stand da, ein bißchen vornüber gebeugt, schien mir, und aus dem Schornstein stieg Rauch. Ich drückte die Klinke nieder und öffnete ganz langsam das Tor. Bei einem etwa handbreiten Spalt würde es zu quietschen anfangen – das wußte ich. Es quietschte mit demselben hohen, durchdringenden Ton, mit dem es seit fünfzehn Jahren quietschte. Der Uferweg wäre kein Uferweg mehr gewesen, wenn jemals etwas Altes abgeschafft oder etwas Neues hinzugekommen wäre. Mit diesem zärtlichen Gedanken öffnete ich weit das Tor.

Es verschlug mir den Atem.

Im Hof – einem kopfsteingepflasterten, unkrautverzierten, geradezu mittelalterlichen Hof – stand etwas Großes, Funkelndes, Hellblaues. In anderen Worten: Da stand das neueste, das teuerste, das modernste Mercedes-Nachkriegsmodell.

Ich blieb wie angewurzelt stehen und starrte den Wagen an. Und je länger ich stand und starrte, desto ärgerlicher wurde ich. Es war ein Ärger, der immer neue Gründe, immer neue Details fand, an denen er sich entzünden konnte. Es war eine Zumutung, daß in dem Hof, in dem nie ein Auto gestanden hatte, ein Auto stand. Es war eine Frechheit, daß das Auto – zu groß, zu neu, zu protzig – den Blick auf sich zwang wie ein Glamour-Girl, das vor diesem schönen, alten Haus posierte. Es war eine Unverschämtheit, daß dieses chromblitzende Ungeheuer in meinen unberührten, romantischen Schlupfwinkel eingedrungen war. Und sofort sprang meine Wut vom Auto auf den Besitzer über: Wie kam dieser Kerl dazu, sich ein solches Auto zu kaufen – das Teuerste vom Teuren, das Protzigste vom Protzigen! Im Jahr 1949! Zu einer Zeit, in der sich viele Menschen noch nicht einmal ein Straßenbahnbillet leisten konnten!

Ich gehörte nicht zu den Menschen, die sich überlegen mußten, ob sie sich ein Straßenbahnbillet leisten können. Allerdings gehörte ich auch nicht zu jenen, die sich einen Mercedes anschaffen konnten. Ich war nicht neidisch auf die, die es konnten. Gott bewahre! Ich war lediglich empört – empört über diese Kreaturen, die es immer wieder schafften, die es verstanden, aus allem, selbst aus der größten Katastrophe, Profit zu schlagen. Ich haßte alles, was Ellenbogen hatte, was dastand, breitbeinig, unempfindlich und robust, und sich immer wieder durchsetzte. Ich war sehr jung, und darum rebellierte ich noch gegen alles, was den Anschein einer Ungerechtigkeit hatte. Rebellierte um so mehr, als ich mich zu jener zaghaften unsicheren Menschensorte zählte, die sich nicht durchzusetzen verstand. Nun wurde ich hier, ausgerechnet am Uferweg, mit dem konfrontiert, was mir am verhaßtesten war.

Das also, dachte ich und funkelte den Mercedes an, als wäre er Paul Hellmann persönlich, das also ist der vortreffliche junge Mann!

»Donnerlittchen«, sagte der Taxifahrer hinter mir, »det nenn ick ma' nen schnieken Wagen!«

Er stieß einen bewundernden Pfiff durch die Zähne aus.

Ich drehte mich zu ihm um, die Brauen emporgezogen, die Lippen zusammengepreßt. Mein strafender Blick traf völlig daneben. Er nickte mir zu, als teile ich seine Begeisterung. Gedanken, wie ich sie hatte, schienen ihm ganz und gar fernzuliegen. Der Anblick des zweifellos unschuldigen Wagens erfüllte ihn mit kindlicher Freude und tiefem Respekt.

»Det es so wat schon wieder jiebt, is doch koom zu jlooben!« murmelte er.

Ich schob mich an dem Mercedes vorbei. Es war reichlich Platz und gar kein Grund, sich vorbeizuschieben, aber mir lag an einer Demonstration, die klar zum Ausdruck brachte, daß der Wagen ungehörig viel Raum einnahm. Der Taxifahrer folgte mir nicht. Er hatte meine Koffer abgestellt und schlich um das Auto herum. Sollte er schleichen! Sollte er in Ehrfurcht vor einem albernen Motor und einer himmelblauen Karosserie erstarren! Himmelblau auch noch! Eine fadere Farbe gab es gar nicht!

Das Auto im Rücken, den Grimm aber noch im Herzen, marschierte ich weiter. Die Ruhe war die gleiche wie früher. Irgendwo gluckten Hühner, leise und zufrieden. Vom See her wehte ein Lachen; das war alles. Dora konnte nicht im Hause sein; sie hätte mich sonst längst gehört, denn alle Fenster waren geöffnet, und alle Pudel – mit jeder Generation kam ein weiterer dazu – hätten hektisch gebellt. Ich schaute zum Atelier hinüber. Ich erwartete, etwas zu entdecken – hellblau getünchte Mauern vielleicht oder vergoldete Fensterrahmen. Ich entdeckte nichts Ungewohntes. Die Tür stand weit offen, und ich wäre gerne hinübergelaufen.

»Dora!« schrie ich. »Dora, ich bin da!«

Ich hatte sie im Atelier vermutet, und leider stimmte meine Vermutung. Einen Moment später tauchte sie im Türrahmen auf.

Verdammter Paul Hellmann, dachte ich. Es war wie ein Spuk. Überall schob sich dieser Mann dazwischen – unsichtbar und doch penetrant gegenwärtig.

»Judith!« schrie Dora und warf die Arme in die Luft. Dann stürzte sie, gefolgt von vier kläffenden Pudeln, quer über die Wiese. Es sah unglaublich komisch aus, denn das Gras war sehr hoch und Dora sehr klein. Sie ruderte, paddelte, strampelte sich hindurch wie ihre jungen Hunde. Dazu lachte sie, schimpfte über die ungemähte Wiese, rief meinen Namen, schrie die hysterisch bellenden Pudel an.

Was immer Dora tat, sie tat es mit einer Vehemenz, die ihr und anderen den Atem nahm. Als sie schließlich in meinen Armen landete, war ich ebenso erschöpft wie sie.

»Judith, wie herrlich, daß du da bist!«

Sie war winzig und reichte mir kaum bis zur Schulter. Ich beugte mich zu ihr hinab, und sie küßte mein Gesicht, schnell, eifrig, wohin sie gerade traf. Dora war viel zu vital, um irgend etwas mit System zu tun.

»Du hast mir ganz schrecklich gefehlt, meine Kleine.«

»Du mir auch, Dora.«

Sie roch nach Arpège, nach Zigarettenrauch und Zwiebeln. An ihren Händen, die zierlich waren und immer schlecht manikürt, trug sie wunderschöne Ringe. Sie liebte wertvollen Schmuck und Pelze – sie war eine herrliche Frau.

»Du siehst blendend aus!« sagte ich und wußte, daß ich ihr mit dieser Bemerkung eine große Freude machte.

»Wirklich? Ich finde, ich bin schamlos dick geworden.«

Sie war immer rundlich gewesen, und jetzt, das stimmte, war sie noch etwas rundlicher geworden. Sie hätte zwei Zentner wiegen können, ihr Charme hätte darunter nicht gelitten.

»Du hast kein Gramm zugenommen, seit ich dich das letzte Mal gesehen habe«, sagte ich.

Sie schaute mich an, dankbar und ohne mir ein Wort zu glauben. »Und meine Sommersprossen! Was sagst du zu meinen Sommersprossen?«

Die Sommersprossen konnte man unmöglich ableugnen. Es war eine Unzahl an Sommersprossen, und nur hier und da erspähte man ein winziges Fleckchen helle Haut.

Ich mußte lachen. Doras Gesicht, ganz abgesehen von den Sommersprossen, machte mich immer heiter. Es war ein kleines, ungewöhnlich intelligentes Gesicht mit schwarzen Eichhörnchenaugen, in denen es ständig blitzte und funkelte. Dora hatte die ganz seltene Gabe, jede Empfindung – ob Zärtlichkeit, Ärger, Entrüstung oder Schmerz – mit Selbstironie und Humor zu koppeln. Es war ein Humor, der ansteckte und einen vergessen ließ, daß das Leben eigentlich mehr zum Heulen als zum Lachen war. Das zu vergessen gelang mir nur bei Dora.

»Sei froh, daß du Sommersprossen hast«, sagte ich.
»Warum?«
»Nicht jeder Mensch hat Sommersprossen, und schon gar nicht Sommersprossen, die sich gegenseitig auf die Füße treten.«
»Ach, du Ungeheuer!«
Die Pudel – zwei schwarze und zwei kakaofarbene – bellten immer noch schrill und durchdringend. Sie tanzten wie besessen um uns herum, und ab und zu geriet einer, nicht ganz unabsichtlich, unter meinen Fuß. Ich konnte Pudel nicht leiden; sie sahen aus wie große Spinnen und benahmen sich wie hysterische Weiber.
»Du solltest diese ganze degenerierte Meute endlich einmal umbringen«, sagte ich.
»Judith!« Dora bemühte sich um einen empörten Blick, der ihr nicht ganz gelang.
Ich nahm ihren Arm, und wir wandten uns dem Haus zu. Der Mercedes strahlte mir entgegen. Der Taxifahrer war jetzt bis zum Inneren des Wagens vorgedrungen; er hatte seinen Kopf durch das Fenster gesteckt und war in Betrachtung des Armaturenbretts versunken.
»Wer ist denn das?« fragte Dora.
»Mein Taxifahrer. Er kann sich von dem Karren offensichtlich nicht trennen.«
»Ein schönes Auto, nicht wahr?«
»Ich verstehe nichts von Autos.«
»Ich auch nicht, aber daß es schön ist, sehe ich trotzdem.«
»Und es paßt vorzüglich in diese Umgebung!«
»Es stört doch nicht.«
»Ich habe nie etwas Störenderes gesehen als dieses abscheuliche Auto.«
»Was hast du denn plötzlich gegen Autos?« fragte sie in völliger Harmlosigkeit.
»Ich habe gar nichts gegen Autos«, explodierte ich, »ich habe etwas gegen die Besitzer solcher Autos.«
Dora sah mich kopfschüttelnd an. »Du wirst immer versponnener«, sagte sie, »das ist der Einfluß deines intellektuellen Kindergartens.« Sie nannte meinen Bekanntenkreis nur den »intellektuellen Kindergarten«, womit sie nicht ganz unrecht hatte.

»Das stimmt nicht! Das ist meine eigene, höchst persönliche Meinung.«

»Lern ihn erst mal kennen, und dann bilde dir eine Meinung!«

»Ich lege gar keinen Wert darauf, ihn kennenzulernen.«

»Er wird dir ausgezeichnet gefallen.«

»Ha! Auch das noch!«

»Ihr seid euch nämlich sehr ähnlich.« Dora lächelte geheimnisvoll.

Das Paul-Hellmann-Gespenst gab keine Ruhe. Es tauchte an diesem Abend noch etliche Male auf, und zwar sehr einfallsreich – in immer neuer Gestalt, zum Beispiel in Gestalt einer Whiskyflasche.

Dora hielt die Flasche triumphierend hoch: »Und nun wage es, noch ein einziges böses Wort über Paul Hellmann zu sagen!«

»Er ist ein Geschenk des Himmels!« antwortete ich.

»Ist er auch!«

Es war ein ausgezeichneter Whisky. Er brachte mir Paul Hellmann um vieles näher. Nach dem zweiten Glas störte mich seine unsichtbare Gegenwart schon gar nicht mehr.

Wir waren in der Küche. Ich liebte diese große, ländliche, verrußte Küche, in der nichts weiß war und nichts niedlich aufgereiht. Die Pilze über dem Spülbecken und die Brandlöcher auf dem Tisch hatten an Zahl und Größe zugenommen. Der schwarzweiß gekachelte Boden hätte sicher mal gescheuert werden müssen. Es war ungeheuer gemütlich.

Dora machte Buletten. Sie wußte, daß ich in Berlin Buletten essen wollte, und darum gab es sie auch jeden zweiten Tag. Doras Kochkünste ließen meiner Meinung nach viel zu wünschen übrig, aber das war das einzige, was ich ihr nicht zu sagen wagte. Sie selber war davon überzeugt, gut kochen zu können – vorausgesetzt, daß sie sich dazu aufgelegt fühlte. Nun kann es natürlich sein, daß sie sich nie dazu aufgelegt fühlte und ich daher auch nie in den Genuß einer wirklich guten Mahlzeit kam. Zum Glück war es mir vollkommen gleichgültig, was ich am Uferweg zu essen kriegte.

Dora saß mir gegenüber am Tisch, vor sich ein Glas Whisky, eine große Schüssel mit Hackfleisch und die verschiedenen Zutaten – eingeweichte Semmeln, Eier, Zwiebeln, Salz und Pfeffer. Sie hielt eine Zigarette in der linken und ein Ei in der rechten Hand. Das Ei hielt sie schon sehr lange. Sie kam einfach nicht dazu, es aufzuschlagen, denn sie hatte sich eine Unzahl von Fragen zurechtgelegt – Fragen, die sie offensichtlich für wichtig, ich angeblich für unwichtig hielt. Es waren Fragen, die mein alltägliches Leben betrafen: meine Gesundheit, meine Gemütsverfassung, meine Ehe, meine Bekannten, meine Wohnung, meine Finanzen – kurzum, ein Querschnitt, der ihr Einblick in meinen Allgemeinzustand verschaffen sollte.

Da mich mein Allgemeinzustand mit großem Unbehagen erfüllte, gab ich nur ungern Auskunft und versuchte, den Einblick auf ein Minimum zu beschränken. Es gab auch tatsächlich wenig zu erzählen. Mein Leben rollte an mir vorbei, ohne Höhen und ohne Tiefen. Ich war weder glücklich noch unglücklich, weder krank noch gesund, weder arm noch reich. Es gab keine Sensationen, keine Erschütterungen, keinen tiefen Schmerz, keine große Freude, keine Not, keine Spannung – aber auch keine absolute Entspannung. Mein Leben war ein Mischmasch, trivial, vage und resonanzlos. Ich glaube, ein handfester Schmerz wäre mir lieber gewesen als dieses stete dumpfe Unbefriedigtsein. Ich hätte dann wenigstens klagen und weinen oder aber die Tapfere spielen können. Ich hätte dementsprechend Mitgefühl oder Achtung geweckt. Aber so! Klagen oder Tapferkeit wären ganz fehl am Platz gewesen, und kein Mensch – nicht einmal ich – hätte ernsthaft darauf eingehen können.

Dora stellte ihre Fragen mit tastender Vorsicht, mit wachsamem Blick und allen Zeichen der Beunruhigung. Sie fragte nicht rundheraus, sondern rundherum: »In Frankfurt soll jetzt viel los sein ... es wird rasend schnell wieder aufgebaut, nicht wahr? ... Es war mal eine sehr schöne Stadt ... Wie fühlst du dich eigentlich in Frankfurt ...?« Ich mußte lachen. »Miserabel«, sagte ich und sah sie unter dieser schonungslosen Antwort förmlich zusammenzucken.

Ich haßte Frankfurt, daran war nichts zu ändern. Ich hatte keinen Kontakt zu dieser Stadt, und ob sie mal schön gewesen war oder wieder schön werden würde, war mir vollkommen gleichgültig. Gewiß – all das war unerfreulich, aber kein Desaster, mit dem ich mich brüsten oder Worte des Trostes hervorlocken konnte. Und Dora, wohlweislich, beeilte sich, neue zaghafte Fragen zu stellen: »Habt ihr eine hübsche Wohnung... hast du einen netten Bekanntenkreis...?« Ja, wir hatten eine recht hübsche Wohnung, aber sie war winzig und ging mir auf die Nerven. Und mein Bekanntenkreis war nicht der Rede wert. Es war immer noch dieselbe Schar junger, hektischer, unausgegorener Leute, die Dora den »linksintellektuellen Kindergarten« getauft hatte. Was mich mit diesen Menschen verband, war lediglich eine bittere, verworrene Haltung, eine rein oppositionelle Einstellung allem und jedem gegenüber. Wir fanden uns in einer Empörung, die sich auf die Vergangenheit, in einer Entrüstung, die sich auf die Gegenwart, in einer Ratlosigkeit, die sich auf die Zukunft bezog. Wir tranken viel, rauchten viel, schimpften viel und waren destruktiv.

Dora wäre entsetzt gewesen. Eine solche Art der Beziehung, hätte sie mir vorgeworfen, könne zu nichts führen. Sicher konnte sie zu nichts führen. Warum sollte sie auch zu etwas führen? Was führte dahin, gar nichts! Es war besser, sich damit abzufinden. Wenn man nichts erwartete, konnte man auch nicht enttäuscht werden.

Um Dora mit dieser traurigen Erkenntnis zu verschonen, gab ich ausweichende, nichtssagende Antworten. Aber sie durchschaute sie natürlich.

»Und Robert?« fragte sie schließlich mit dünner Stimme. »Ist alles in Ordnung zwischen euch?« Ich lächelte und nickte. Die Ehe mit Robert bestätigte meine Theorie: Erwarte nichts, und du wirst nicht enttäuscht. Wir hatten beide nicht viel erwartet, wir hatten nie auf große Liebe, großes Glück spekuliert. Allerdings hatten wir die Hoffnung gehabt, daß wir zu zweit weniger einsam sein würden als allein. Das war ein Trugschluß gewesen, aber keineswegs eine Katastrophe. Wir mochten uns sehr gern, und wir machten uns keine Vorwürfe. Wir lebten aneinander vorbei und waren weder glücklich noch unglücklich. Wir hatten keine finanziellen Sorgen; das war mehr, als die meisten jungen Ehepaare von sich behaupten konnten. Robert verdiente als Kritiker recht gut, und ich bekam einen monatlichen Scheck, für den ich keinen Finger rühren mußte.

Der Scheck wurde mir von dem Verlag überwiesen, der früher meinem Vater gehört hatte. Der Verlag war nach Papas Tod in die Hände der Nazis und nach Kriegsende in die

Hände eines Juden übergegangen. Man zahlte mir so etwas wie eine monatliche Rente, die sich mit dem Gewinn steigern sollte. Bisher war es eine hübsche, runde Summe gewesen, die mir das Leben erleichterte, ohne daß ich es als Erleichterung empfunden hätte. Wie so vieles andere nahm ich auch den monatlichen Scheck als selbstverständlich hin und machte mir nie Gedanken darüber, was geschehen würde, wenn er eines Tages ausbliebe oder sich um das Doppelte erhöhte. Hauptsache, er lag zwischen dem Ersten und Dritten im Briefkasten, und das tat er.

»Alles in allem«, sagte ich und hoffte, damit das Kreuzverhör zu beenden, »geht es mir nicht schlecht.«

»Nein«, sagte Dora, legte eine Zwiebel aufs Brett und begann, sie zu zerschneiden, »aber es könnte dir wesentlich besser gehen.« Ich schwieg. Es war sinnlos, Dora erklären zu wollen, daß es mir gleichgültig war, ob es mir ein bißchen besser ging oder ein bißchen schlechter.

»Wenn du nur etwas aktiver wärst ... wenn du nur endlich versuchen würdest, etwas aus deinem Leben zu machen!«

»Wozu?« fragte ich, und das hätte ich – Dora kennend – nicht fragen sollen.

»Wozu?« schrie sie auf. »Judith, du bist jung, hübsch und sogar ein bißchen intelligent! Alles liegt noch vor dir!«

Ich lächelte ein trübes Lächeln.

»Deine Passivität macht mich wahnsinnig!« In ihrer Aufregung schnippte sie die Asche ihrer Zigarette in die Schüssel mit Hackfleisch. »Wie soll es denn weitergehen? Was soll aus dir werden?«

Das interessiert mich nicht, hätte ich am liebsten gesagt, aber dann wären Doras Buletten ungenießbar geworden. Darum sagte ich: »Das wird sich schon noch ergeben.«

»Manchmal«, sagte Dora, und jetzt schlug ihr Zorn in Besorgnis um, »manchmal erinnerst du mich sehr an deinen Vater. Unentschlossen, bis zum letzten Moment unentschlossen, und dann ...« Sie unterbrach sich und griff nervös nach ihrem Glas.

»Du hättest ruhig zu Ende sprechen können«, sagte ich, »ich schleppe das alles sowieso immer noch mit mir herum.«

»Das solltest du nicht, Judith.«

»Vielleicht sollten wir endlich mal über Papas Tod sprechen.«

»Wenn es dich erleichtert ...«

In diesem Augenblick machte sich das Paul-Hellmann-Gespenst zum zweitenmal bemerkbar; diesmal in Gestalt eines Expreßbriefes. Ein Briefträger streckte sein rotes, verschwitztes Gesicht durchs Fenster und fragte, mit einem sehnsuchtsvollen Blick auf die Whiskyflasche, ob da wohl ein Paul Hellmann wohne.

»Hinten im Atelier«, sagte Dora.

»Issa denn zu Hause?«

»Ja, das ist er.«

»Bestimmt?«

»Lieber Mann«, sagte Dora, »jetzt haben Sie's mit hängender Zunge bis zum Uferweg geschafft, jetzt werden Sie sich für die letzten zwanzig Meter doch nicht eine schriftliche Bestätigung einholen wollen.«

»Ja, wissen Se, ick bin jeradelt und jeradelt ...« Seine Augen hatten sich an der Whiskyflasche festgesaugt.

»Seien Sie ganz beruhigt, Sie sind nicht umsonst geradelt.«

»Na scheen, dann Aufwiedasehn ...«

»Ich hätte ihm doch einen Whisky geben sollen«, sagte Dora, nachdem er gegangen war.

»Das kannst du immer noch. Er kommt ja noch mal hier vorbei.«

»Soll ich ihm wirklich einen geben?«

»Nein«, sagte ich, »es würde dir das Herz zerreißen.« Wir lachten.

»Ich bin kein guter Mensch«, sagte Dora.

Ich schaute sie an. Sie bemühte sich um ein beklommenes Gesicht, aber ihre Augen verrieten sie. Es funkelte derartig darin, daß es aussah, als hüpften sie vor Vergnügen auf und nieder. Die Vorstellung, ein schlechter Mensch zu sein, bereitete Dora eine rumpelstilzchenhafte Freude. Vielleicht war es auch gar nicht nur Vorstellung, sondern Überzeugung. Hätte man ihr gesagt, sie sei ein guter Mensch – was wahrscheinlich sogar der Wahrheit entsprach –, sie hätte aufs heftigste protestiert und zahllose Beweise angeführt, warum sie es nicht sei. Sie ging sogar noch weiter. Sie behauptete, mit guten Menschen wisse sie gar nichts anzufangen, während sie zu schlechten Menschen immer sofort einen starken

Kontakt habe. Auch diese Behauptung begleitete sie stets mit einem sorgenvollen Gesicht, so als sei ihr ihre ungewöhnliche Einstellung zu gut und schlecht außerordentlich fatal.

»Nein«, sagte ich und bemühte mich ebenfalls um ein beklommenes Gesicht, »du bist kein guter Mensch.«

Sie nickte traurig, und ihre Augen hüpften mehr denn je.

»Weißt du, Judith, darum gefällt mir auch Paul Hellmann so gut. Er ist ein schlechter Mensch. Er ist boshaft und zynisch. Er hat nirgends eine weiche Stelle, er hat keinen Funken Güte in sich. Ich habe ihn genau beobachtet. Er ist hilfsbereit und großzügig zu Menschen, die ihn interessieren. Aber das ist dann natürlich nur eine sehr egoistische Hilfsbereitschaft und Großzügigkeit. Menschen, die ihn nicht interessieren – und die meisten interessieren ihn nicht –, die sieht er gar nicht.«

»Liegt darin unsere Ähnlichkeit?« fragte ich.

»Bis zu einem gewissen Grade ja. Oder hältst du dich für einen guten, ehrlich hilfsbereiten und großzügigen Menschen?«

»Nein, sicher nicht.«

»Siehst du.«

Es entstand eine längere Pause. Dann sagte sie nachdenklich: »Und trotzdem bin ich nicht ganz sicher, ob in Paul Hellmann nicht doch ein weicher Kern steckt.«

»Der berühmte weiche Kern in der rauhen Schale!«

»Ja«, sagte sie, meinen Spott überhörend.

»Nun schön, nehmen wir an, daß es stimmt. Und nehmen wir an, daß es bei mir genauso ist.«

»Nein«, sagte Dora mit Überzeugung, »bei dir ist es umgekehrt. Du hast eine weiche Schale, aber einen eisenharten Kern.«

»Das stimmt nicht!«

Wir schwiegen. In die Stille hinein quietschte das Gartentor, dann kamen Schritte über den Hof.

»Sebastian«, sagte ich, stand auf und trat ans Fenster. Aber es war ein junger, schlanker Mann in weißem Hemd und khakifarbenen Shorts. Er sah hübsch aus – zu hübsch für einen Mann.

Ich drehte mich schnell um, so daß ich mit dem Rücken zum Fenster stand.

»Schau mal!« rief ich leise zu Dora hinüber. »Wer ist denn das?«

Sie schaute auf. »Herbert Stein«, sagte sie.

»Und wer ist Herbert Stein?«

»Ein junger Philosophiestudent – Paul Hellmanns neuestes Spielzeug.«

»Ach, was meinst du damit?«

»Zuerst hatte er einen Jesuitenpater, dann einen Lastwagenfahrer und jetzt einen Philosophiestudenten.«

»Himmel! Ist er vielleicht homosexuell?«

Dora lachte schallend. »Gott bewahre!«

»Na ja, was soll es denn dann?«

»Gar nichts Besonderes. Konträre Typen interessieren ihn. Er unterhält sich mit ihnen – stundenlang, tagelang. Er pumpt sie förmlich aus. Es macht ihm Spaß, immer wieder neue Ansichten, neue Überzeugungen, neue Lebenseinstellungen kennenzulernen. Dann wird es ihm plötzlich langweilig, von einem Tag auf den anderen, und er wechselt zum nächsten Typ über.«

»Eigenartig«, sagte ich. Aber so eigenartig kam es mir gar nicht vor. Das Bedürfnis, bis ins tiefste Innere eines Menschen vorzudringen, war mir nicht unbekannt. Ob es wirkliches Interesse war, Wißbegier, die Suche nach einem festen Anhaltspunkt oder aber nur ein Zeitvertreib, das wußte ich nicht.

»Eigenartig«, sagte ich noch einmal. Dora sah mich an. In ihren Augen glitzerte es verschmitzt und leicht ironisch, und mir wurde ein wenig unbehaglich. »Kann ich dir nicht irgendwas helfen?« fragte ich.

»Um Gottes willen! Du weißt doch, daß mich das nervös macht.«

»Aber vielleicht kann ich den Salat ...««

»Auch nicht den Salat.«

Ich stand auf und begann, unruhig in der Küche auf und ab zu gehen.

»Was ist eigentlich mit deiner Familie los? Seit Stunden rührt sich kein Mensch. Hast du sie alle umgebracht?«

»Leider ist es mir bis jetzt immer noch nicht gelungen. Friedrich steckt in seiner Stube ...«

»Schreibt er?«

Das war eine völlig unsinnige Frage. Friedrich, der Poet,

hatte seit dreißig Jahren nie etwas anderes getan als geschrieben. Er schrieb frühmorgens, vormittags, mittags, nachmittags, abends und nachts. Er schrieb an Wochentagen, Sonntagen, Feiertagen, an strahlenden Sonntagen, düsteren Regentagen, knirschenden Frostttagen. Er schrieb in Kriegszeiten, er schrieb in Friedenszeiten. Nichts, aber auch gar nichts konnte ihn vom Schreiben abhalten.

»Friedrich schreibt an einem neuen historischen Buch«, sagte Dora. Sie sagte es mir respektvoll gesenkter Stimme. Für die Schriftstellerei ihres Mannes empfand Dora eine so echte und tiefe Achtung, daß selbst ihre Augen ernst wurden. Dora mit ernsten Augen war für mich immer wieder ein Erlebnis. In solchen Momenten rührte sie mich. »Wie interessant«, sagte ich, nickte beeindruckt mit dem Kopf und schämte mich, daß ich es gar nicht interessant fand. Friedrichs Bücher waren für mich völlig unverständlich. Sie waren überhaupt nur für diejenigen verständlich, die einen Höchstgrad an Bildung erreicht hatten. Und da die wenigsten Menschen einen Höchstgrad an Bildung erreichten, ließen sich seine Bücher schlecht verkaufen. Ich überlegte, ob ich mich höflichkeitshalber nach Titel und Thema des historischen Buches erkundigen solle. Es gab dabei zu bedenken, daß ich den Titel – meistens war es ein lateinisches oder griechisches Zitat – sicher nicht verstehen würde. Ganz abgesehen davon, ließen sich Friedrichs Themen nicht in kurze, allgemein verständliche Worte fassen.

Dora machte ein erwartungsvolles Gesicht, aber ich wagte mich nicht an die Frage heran. Um sie nicht ganz zu enttäuschen, erkundigte ich mich nach Friedrichs Magen, aber die teilnahmsvolle Frage hätte ich lieber unterlassen sollen.

»Ach hör mir mit seinem albernen Magen auf«, rief Dora ungehalten. »Zweiundzwanzig Jahre mach' ich jetzt dieses Theater mit, und ich kann nur sagen, es reicht mir!«

Wie immer zuckte ich ein wenig betroffen zusammen. Doras Achtung beschränkte sich ausschließlich auf die Bücher ihres Mannes. Den Mann selber schien sie bis zu einem gewissen Grade zu verachten. Ich hatte mir oft Gedanken darüber gemacht, eine direkte Frage jedoch vermieden. Dann eines Tages hatte Dora eine Bemerkung fallenlassen, die mir die Antwort gab.

»Ich habe Friedrich sehr geliebt«, hatte sie gesagt, »aber

ich habe immer nur einen Dichter an ihm gehabt und nie einen Mann.«

»Und andere Männer?« Ich hatte diese Frage absichtlich so vage gehalten. Wenn Dora es wollte, konnte sie mühelos ausweichen.

»Es hat sehr wenige gegeben. Drei im ganzen – der eine hatte Geist, der zweite hatte Herz und der dritte ...« Hier hatte sie sich unterbrochen – sehr zu meinem Kummer, denn ich hätte gerne mehr erfahren.

Ich ging immer noch unruhig auf und ab. Ich merkte es erst, als Dora mir einen ihrer besorgtesten Blicke zuwarf und sagte: »Meine Liebe, du bist entschieden nervöser und noch schmaler geworden.«

»Ja«, sagte ich, »das stimmt.«

Draußen war es inzwischen dämmrig geworden. Ich trat ans Fenster und schaute hinaus. Das Licht, die Luft, die Stille – alles war mit Kindheitserinnerungen angefüllt.

»Du solltest etwas gegen diesen Zustand tun«, sagte Dora.

»Was denn?«

Da sie darauf keine Antwort wußte, seufzte sie.

»Mach dir keine Sorgen«, sagte ich.

Das Gartenfor flog so schnell auf, daß es kaum Zeit zum Quietschen hatte, Sebastian, auf einem rotgestrichenen, selbstgebastelten Rennrad, schoß in den Hof und haarscharf am Mercedes vorbei. Er war siebzehn Jahre und hatte hauptsächlich Arme und Beine. Aus der Entfernung gesehen, war er wie ein langer, dünner Strich, ohne Ein- und Ausbuchtungen. Er hatte ein außerordentlich schmales, sensibles Gesicht und die glatte Haut eines jungen Mädchens. Es war undenkbar, daß aus dieser Haut jemals ein Bart sprießen würde. Sebastian sprang vom Rad. Er lehnte es an die Garagentür, trat zwei Schritte zurück und musterte es mit gerunzelter Stirn und schiefgeneigtem Kopf. Dann hockte er sich hin und betrachtete es von unten, ein offenbar aufschlußreicher Blickwinkel, denn seine Stirn glättete sich wohlgefällig. Ich drehte mich zu Dora um. Ihre Hände steckten bis zu den Gelenken im Hackfleisch, und sie knetete es mit angewidertem Gesicht. »Ist er immer noch unschuldig?« fragte ich.

»Natürlich!« Die Antwort kam wie aus der Pistole geschossen und ließ keinen Zweifel zu. Wie jede Mutter glaubte sie, ihr Kind in- und auswendig zu kennen.

»Dann wird's aber höchste Zeit«, sagte ich mit todernstem Gesicht. »Ich werde die unerfreuliche Aufgabe übernehmen und ihn verführen.«

Dora erstarrte. Die Hände im Hackfleisch, die Augen weit aufgerissen, durchbohrte sie mich mit drohendem Blick: »Untersteh dich, Judith!«

Ihr Schreck war nicht gespielt, und ich hatte alle Mühe, ein Lachen zurückzuhalten.

»Was ist denn? Sebastian ist immerhin siebzehn, und es ist doch besser, er wird von mir als von irgendeiner fremden Person verführt.«

Jetzt wurde Dora so aufgeregt, daß sie mit einem Ruck die Hände aus dem Hackfleisch zog. »Judith!« Die gefährdete Unschuld ihres Sohnes trieb ihr fast die Tränen in die Augen. »Sebastian ist noch ein Kind, ein naiver kleiner Junge! Weiß Gott, er wird's noch früh genug lernen!«

»Hm ...«, machte ich ungläubig.

In diesem Augenblick betrat Sebastian die Küche und schlenderte auf mich zu. Er wußte nicht, wohin mit Armen und Beinen, und ließ die noch kindlich eckigen Schultern nach vorne fallen.

»Halt dich gerade«, sagte ich.

Er grinste, ergriff meine Hand, schüttelte sie kräftig und unbeholfen: »Tag, Judith. Es ist alles namenlos traurig!«

Dieser Ausspruch stammte von mir. Er hatte Sebastian so gut gefallen, daß er ihn seither bei jeder passenden und unpassenden Gelegenheit anbrachte.

»Es ist alles so namenlos traurig«, erwiderte ich lachend.

Er war bereits ein gutes Stück größer als ich. Ich schaute zu ihm hoch. Nicht der Schimmer eines Bartes, nicht die Spur von Männlichkeit im Gesicht – ein reizendes Gesicht, mit weichen, braunen, kurzsichtigen Augen.

Er ist wirklich noch ein Kind, dachte ich, stellte mich auf die Zehenspitzen und küßte ihn auf beide Wangen.

»Was macht die Schule?«

»Eine angenehmere Frage fällt dir wohl nicht ein!«

»Er wird sitzenbleiben«, sagte Dora lakonisch.

Sebastian legte ihr den Arm um die Schulter: »Mammi, ich habe dir immer gesagt, einmal sitzenbleiben gehört zum guten Ton!«

»Auf diese Töne kann ich verzichten.«

»Es ist alles namenlos traurig«, sagte Sebastian und warf einen Blick auf die Uhr. »Wo ist eigentlich Sybille? Ich hab' ihr Auto gar nicht gesehen.«

»Ich glaube, sie ist in der Stadt«, sagte Dora.

»So spät? Was macht sie denn da?«

»Du, das weiß ich nicht.«

»Aber um diese Zeit ist sie doch immer zu Hause!«

Jetzt machte Sebastian einen ausgesprochen beunruhigten Eindruck. Ich hatte ihn nur einmal so beunruhigt gesehen, und das war, als er seine heißgeliebte Taschenlampe verloren hatte. Die Sache wurde mir verdächtig.

»Wer ist Sybille?« fragte ich.

»Paul Hellmanns Frau«, sagte Dora.

»Paul Hellmanns Frau!« rief ich verblüfft. »Du hast mir nie gesagt, daß er eine Frau hat!«

»Habe ich das nicht? Eigenartig, aber es kann schon sein. Sybille ist nämlich eine Frau, die man sofort vergißt, kaum daß man sie nicht mehr vor Augen hat.«

»Da bin ich aber entschieden anderer Meinung«, sagte Sebastian. »Sybille ist eine Frau, die man nie mehr vergißt.«

»Oh!« machte Dora und warf mir einen vielsagenden Blick zu.

»Ist sie hübsch?« fragte ich.

»Hübsch ist gar kein Ausdruck!« rief Sebastian.

»Wirklich?« Ich schaute bei dieser Frage Dora an.

»Ja, sie ist wirklich sehr hübsch, aber eben völlig unbedeutend.«

Jetzt geriet Sebastian in Wut. »Sie ist tausendmal mehr wert als dieser Paul Hellmann!«

»Mag sein. Aber er ist tausendmal interessanter.«

»Und darunter hat die arme Sybille ständig zu leiden.«

»Bist du in sie verliebt?« fragte ich.

»Ach was . . .«, knurrte er.

»Natürlich ist er in sie verliebt!« sagte Dora.

»Glaubt, was ihr wollt! Ich mag Sybille, und sie braucht einen Menschen, der sie ablenkt!«

»Von was?« wollte ich wissen.

»Von ihrem Mann, diesem Scheusal!«

»Sie will ja gar nicht von ihm abgelenkt werden«, sagte Dora lächelnd. »Sie will ja nichts anderes, als zu seinen Füßen kauern – ›für ihn dasein‹, wie sie es nennt. Gott, wäre der Mann froh, wenn sie nicht ständig für ihn ›da wäre‹, wenn sie zum Beispiel ihre Ballettanzerei wieder aufnähme.«

»Ballett tanzt sie auch noch?« warf ich ein.

»Angeblich sogar sehr gut.«

»Du magst Sybille nicht«, sagte Sebastian mürrisch, »das ist alles.«

»Du irrst dich, Sebastian. Ich kann mit ihr nichts anfangen, aber ich mag sie sogar recht gerne. Sie ist lieb, nett und reizend anzuschauen. Außerdem ist sie der typische Fall einer Frau, die im Mann ihren Lebensinhalt sieht. Solche Frauen werden immer schlecht behandelt, das ist nicht neu. Sybille sollte ...«

»Sich scheiden lassen«, fiel Sebastian seiner Mutter ins Wort.

»Vielleicht, aber das wird sie nie tun. Dafür wird er sie eines Tages umbringen – völlig leidenschaftslos und nur, weil ihm ihre Anständigkeit und Unterwürfigkeit auf die Nerven gehen. Ich würd's verstehen.«

Sebastian ließ sich auf einen Stuhl fallen. »Es ist alles namenlos traurig«, seufzte er, und diesmal meinte er es wirklich.

Ich hatte der Debatte mit wachsendem Interesse zugehört. Ein bißchen neugierig war ich jetzt doch auf diesen Paul Hellmann geworden. Er war kein alltäglicher Mensch, das ließ sich nicht abstreiten.

»Wirst du mir das Wundertier morgen mal vorführen?« fragte ich Dora.

»Natürlich.«

Sebastian drehte sich zu mir um. Er starrte mich mißgestimmt an.

»Auch das noch«, brummte er.

»Auch was noch?«

»Na, du verknallst dich noch Hals über Kopf in diesen Hellmann, und dann geht das Theater erst richtig los.«

»Halt deinen frechen Mund«, sagte ich scharf.

Der nächste Tag war ein Sonntag. Es war schon am frühen Morgen drückend heiß, und darum stand ich gleich auf. Ich hatte nicht besonders gut geschlafen. Mein Zimmer lag zum Hof hinaus, und Geräusche, die ich am Uferweg nicht gewöhnt war, hatten mich ein paarmal gestört.

Dieser Paul Hellmann schien bei Nacht recht munter zu werden. Irgendwann, es mußte schon sehr spät gewesen sein, hatte er den Motor seines Wagens angelassen und war weggefahren. Zwanzig Minuten vor fünf war er zurückgekommen. Es war schon hell gewesen. Ich hatte auf die Uhr geschaut und gemurmelt: »Der Teufel soll ihn holen!«

Ich zog mir Shorts und eine Bluse an und ging in die Küche hinunter. Nikolas saß am Tisch und frühstückte. Er saß mit dem Rücken zu mir, hatte die Ellenbogen aufgestützt und las in einer Zeitung. Er trug ein baumwollenes Unterhemd mit kurzen Ärmeln. Das Unterhemd klebte an seinem massiven Rücken. Er hatte mich offensichtlich nicht gehört, und ich stand eine Weile in der Tür und betrachtete ihn. Es war etwas Merkwürdiges an diesem Nikolas. Nicht äußerlich; dem Aussehen nach war er ein ganz gewöhnlicher Mann mit einem biederen Gesicht, einer gedrungenen Figur und großen Händen; auch sein Benehmen war absolut normal. Er sprach selten und gelegentlich mit einem leichten Sprachfehler. Es gab Tage, an denen er das »s«, Tage, an denen er das »sch« und Tage, an denen er das »ch« nicht richtig aussprechen konnte. Dann gab es wieder Tage, an denen ihm alles gleich gut und mühelos über die Lippen kam. Nikolas war schweigsam, sehr fleißig und zu allem zu gebrauchen. Er konnte vom abgebrochenen Stuhlbein bis zur kaputten Uhr alles reparieren, konnte kochen, bügeln, Strümpfe stopfen, die Pudel scheren und sogar Klavier spielen – klassische Musik, nach Noten.

All das zusammen ergab natürlich schon eine etwas merkwürdige Bilanz, aber das eigentlich Merkwürdige, geradezu Mysteriöse, lag ganz woanders: Nikolas war ein Mann ohne Schatten. Jeder Mensch zieht den – mehr oder weniger sichtbaren – Schatten seiner Vergangenheit hinter sich her. Nicht aber Nikolas. Er hatte eines Morgens, ein paar Monate vor Kriegsende, in Doras Remise gelegen, bekleidet mit einer Armeehose, einem Zivilhemd und Turnschuhen. Bei Doras Erscheinen hatte er sich aufgesetzt und ganz ruhig gesagt: »Erschrecken Sie nicht, Madame« – er hatte tatsächlich Madame gesagt –, »ich habe hier nur übernachtet.«

»Wo kommen Sie denn her, um Gottes willen?« hatte Dora gefragt.

»Aus dem Krieg, Madame.«

»Wollen Sie sich nicht etwas deutlicher ausdrücken?«

»Doch, Madame, sehr deutlich sogar: Ich habe diesen Scheißkrieg satt.«

»Sie sprechen mir aus der Seele«, hatte Dora gesagt und die Tür hinter sich geschlossen. Sie war zwei Stunden in der Remise geblieben und hatte sich mit Nikolas unterhalten. Was gesprochen wurde, hat nie jemand erfahren. Von diesem Tag an war Nikolas am Uferweg geblieben. Kein Mensch außer den Rischarts hatte etwas von seiner Existenz gewußt. Erst nach Kriegsende war er aus dem Niemandsland seiner Anonymität herausgetreten – seinen Schatten aber hatte er zurückgelassen.

Wie Nikolas mit Nachnamen hieß, wer er war, woher er kam, was er getan und wie er gelebt hatte, wußte niemand außer Dora. Aber Dora schwieg – es konnte einen sehr guten Grund haben, aber auch einen ganz belanglosen. Es konnte viel dahinterstecken oder gar nichts. Auf jeden Fall schwieg sie, und keiner fragte.

Nikolas schien mit seinem Leben außerordentlich zufrieden. Er liebte den Uferweg, und er verehrte Dora. Er war ihr ergeben wie ein Hund – er folgte ihr, er bewachte sie, er verteidigte sie. Er redete sie nach wie vor respektvoll mit »Madame« an. Sie hingegen sagte »du« zu ihm. Ihre Beziehung zu ihm blieb undurchschaubar. Manchmal schien es, als wäre er der einzige Mann, den sie ernst nahm; manchmal schien es, als sähe sie in ihm nichts anderes als ein nützliches Hausfaktotum.

Ich mochte Nikolas, nein, ich schätzte ihn sogar. Als ich ihn jetzt dasitzen sah, bewegungslos, mit diesem schweren Rücken, da wurde mir zum erstenmal bewußt, warum. Man konnte ihm vertrauen – er war unerschütterlich, unbestechlich und gerecht.

»Guten Morgen, Nikolas«, sagte ich.

Er drehte sich langsam zu mir um. »Ah, Judith«, sagte er lächelnd, »guten Morgen.«

Er stand auf und schüttelte mir die Hand, dann bemerkte er sein Unterhemd, und sein Gesicht wurde verlegen. »Entschuldigen Sie, daß ich hier im Unterhemd sitze, aber ich wußte nicht, daß Sie schon so früh aufstehen. Ich zieh' mir sofort etwas an.«

Nikolas hatte erstklassige Manieren. Er wußte sich in jeder Situation zu benehmen, und sein Taktgefühl war bemerkenswert. Er kam in einem amerikanischen Armeehemd zurück und rollte sich die Ärmel hoch.

»Heute nachmittag gibt's ein Gewitter«, sagte er. Er sah einen Wetterumschwung bis auf die Stunde voraus.

»Wollen Sie Tee oder Kaffee, Judith?« Er zündete das Gas an und nahm einen Topf.

»Frühstücken Sie, und lassen Sie mich das alleine machen.«

»Bei mir geht's im Handumdrehen.«

»Bei mir auch ... also bitte, tun Sie mir den Gefallen.«

Er setzte sich, stand aber gleich wieder auf. »Wollen Sie im Garten frühstücken?«

»Ja, das wäre eine gute Idee.«

»Dann decke ich Ihnen draußen den Tisch.«

»Also schön.«

Ich kochte Kaffee, und er machte das Tablett zurecht. Er tat es mit großer Sorgfalt und Umsicht.

»Dora hat mir erzählt, daß Sie jetzt abends in einer Tankstelle arbeiten.«

»Ja, zum Glück. Ich hatte jetzt fast ein Vierteljahr keine Arbeit, und meine Geldreserven waren fast aufgebraucht.«

Er nahm keinen Pfennig von den Rischarts, auch wenn er zwölf Stunden am Tag für sie arbeitete. Er schlief dort und aß dort, das war alles.

»Soll ich Ihnen ein Ei kochen, Judith?«

»Nein, danke.«

Er trug das Tablett in den Garten hinaus, und ich folgte mit dem Kaffee. Der Tisch stand mitten in der Wiese, unter einem dichtbelaubten alten Baum.

»Schön ist das hier«, sagte ich, »und herrlich still. Alles schläft noch.«

»Außer Herrn Hellmann«, sagte Nikolas, »er liegt bereits in der Sonne.«

»Der scheint aber wenig Schlaf zu brauchen«, sagte ich.

»Erstaunlich wenig«, sagte Nikolas. Er legte eine Decke auf den Tisch und baute dann alles sorgfältig auf.

»Nikolas, was halten Sie eigentlich von diesem Paul Hellmann?«

Nikolas war dafür bekannt, daß er ein gutes, durchdachtes Urteil hatte und immer die Wahrheit sagte.

»Das ist schwer zu beantworten. So wie er sich jetzt gibt, halte ich wenig von ihm.«

»Wie gibt er sich denn?«

»Hart wie ein Fels, an dem die Brandung abprallt.«

»So gibt er sich?«

»Ja. In Wirklichkeit bröckelt er schon überall.«

Am Nachmittag endlich hatte ich das Vergnügen, Paul Hellmann kennenzulernen. Als ich ihn da stehen sah, gingen mir sofort Nikolas' Worte durch den Kopf: »Hart wie ein Fels, an dem die Brandung abprallt.« Er stand auf der Terrasse des Ateliers, die Arme gegen die Brüstung zurückgestemmt, die Brust – und ich zweifelte nicht, daß sie behaart war – vorgewölbt, die Beine ein wenig gespreizt. Es war eine Pose, die eindeutig demonstrieren sollte: Hier stehe ich, und mag kommen was will, ich fürchte es nicht. »Es fehlt nur noch der Sturm und die haushohen Wellen«, murmelte ich.

»Was?« fragte Dora.

Er sah uns kommen, aber er rührte sich nicht. Erst als wir die drei Stufen zur Terrasse emporgestiegen waren, deutete er ein Lächeln an und nahm die rechte Hand von der Brüstung. Er war ganz in Weiß – weiße Leinenhose, weißes Hemd, weiße Tennisschuhe. Es paßte gut zu seiner tief gebräunten Haut. Zweifellos, er sah blendend aus.

»Hallo Dora, schön, daß Sie mal wieder vorbeikommen!« Seine Stimme gefiel mir nicht. Sie war hell und spröde.

»Hier ist Judith«, sagte Dora, »ich wollte, daß Sie sie endlich mal kennenlernen.«

»Ah ja ...« Er schaute mich an. Sein Blick blieb flach, wischte indifferent über mich hinweg, nahm vielleicht gerade etwas Langes, Schlankes, Hellgekleidetes wahr.

Ich machte ein unfreundliches Gesicht, und wir gaben uns die Hand. »Nett, Sie kennenzulernen. Dora hat mir viel von Ihnen erzählt.« Es war eine konventionelle Floskel und wohl das Äußerste, was er mir zubilligte. Ich schwieg.

Kaum hatte er mir und Dora die Hand gegeben, stemmte er den Arm wieder rückwärts gegen die Brüstung. Jetzt, aus der Nähe, sah ich, daß er sich nicht nur lässig aufstützte, sondern die Hände um die vorspringende Mauerkante klammerte. Plötzlich verschob sich dadurch das ganze Bild. Schau an, er krallt sich fest, dachte ich, und Nikolas' zweite Bemerkung kam mir in den Sinn: »In Wirklichkeit bröckelt er schon überall.« Ich entfernte mich ein paar Schritte und lehnte mich gegen die Mauer des Ateliers.

Paul Hellmann unterhielt sich mit Dora. Sie verstand es, ihn aus seiner Reserve herauszulocken. Er sprach jetzt sehr angeregt. Ich hörte nicht zu. Ich tat, als ob ich an Paul Hellmann vorbeischaute. In Wirklichkeit betrachtete ich ihn genau.

Er war groß, stämmig, schwerknochig, und wäre das Gesicht nicht gewesen, man hätte ihn für einen rustikalen Typ halten können. Aber das Gesicht war alles andere als rustikal. Es war ein nervöses, hochmütiges Gesicht mit kalten, grünen aufregenden Augen. Ich hatte viel übrig für gutaussehende Männer, und Paul Hellmann war ein auffallend gut aussehender Mann. Und trotzdem – sein Aussehen ließ mich kalt. Vielleicht hätte ich unter anderen Voraussetzungen anders reagiert, und es war seine Gleichgültigkeit, die mich zurückhielt. Vielleicht hätte es nur eines winzigen Anstoßes bedurft. Vielleicht – ich weiß es nicht. An diesem Nachmittag jedenfalls flog kein Funken von ihm zu mir oder von mir zu ihm, und das war wohl ein Glück.

»Wo ist eigentlich Ihre Frau?« fragte Dora.

»Im Atelier«, sagte er, und dann rief er mit seiner hellen Stimme, die wie eine zu straff gespannte Saite klang: »Mükke, komm doch mal raus!«

Sie kam sofort. Sie trat über die Schwelle – leichtfüßig und graziös, und ihr Anblick war derart bezaubernd, daß ich sie nur mit einem erstaunten Lächeln anstarren konnte.

Sie trug einen gelben Bikini, und sie konnte ihn, weiß Gott, tragen. Sie war ziemlich klein, und ihre Figur, bis zu den Zehenspitzen perfekt, schien aus irgendeiner geschmeidigen Masse modelliert und anschließend glasiert worden zu sein. Ihr kleines Katzengesicht war weich und rund, und alles darin hatte die richtige Größe und die richtige Form. Ihre Augen hatten eine ganz seltene dunkelblaue Farbe, und ihr Haar war schwarz, glatt und glänzend.

Sie lächelte scheu und gab mir die Hand. Hätte sie einen Knicks gemacht, ich wäre nicht überrascht gewesen. Sie war der Typ Frau, der nie über das Backfischalter hinauswächst. Obgleich sie sicher älter war als ich, wirkte sie wesentlich jünger.

»Guten Tag«, sagte ich mit meinem wärmsten Lächeln. Sie

war so schön, und trotzdem tat sie mir leid. Ich wollte ihr gerne zeigen, daß ich es gut mit ihr meinte, daß sie Vertrauen zu mir haben könne.

»Es freut mich sehr, Sie kennenzulernen«, sagte sie mit der Wohlerzogenheit eines kleinen, gutbürgerlichen Mädchens. Dann stand sie einen Moment da, rieb ihren linken Fuß an ihrer rechten Wade und blickte unsicher zu Paul Hellmann hinüber.

»Na, Mücke . . .«, sagte er und schaute durch sie hindurch. Dora sah mich an, als wollte sie sagen: »So ist das halt. Du verstehst, was ich meine.«

Sybille sagte: »Es wird bald ein Gewitter geben.«

»Hoffentlich«, antwortete ich.

»Die Wolken haben sich schon ganz zusammengezogen . . .«

Sie nahm das als willkommenen Anlaß, ein paar Schritte beiseite zu treten und so, als interessierten sie die Wolken, zum Himmel zu starren.

Kaum hatte sie sich entfernt, begann Paul Hellmann wieder zu sprechen. Er erzählte einen jüdischen Witz, und Dora hörte gespannt zu. Ich wandte mich ostentativ ab und lehnte mich wie zuvor an die Mauer des Ateliers.

Sybille schaute jetzt nicht mehr zum Himmel empor. Sie blickte geradeaus, irgendwohin, und sah einsam aus. Dann plötzlich schüttelte sie den Kopf, lief auf die Brüstung der Terrasse zu und hüpfte, schwerelos wie ein kleines Tier, hinauf. Sie drehte sich zweimal um sich selbst, setzte sich, zog die Knie an und schlang die Arme um die Beine. So saß sie da – graziös wie eine Katze, die den Schwanz um die Vorderpfoten gewickelt hat. Sie war wirklich das Possierlichste, was ich jemals gesehen hatte.

Dora und Paul Hellmann lachten über die Pointe des jüdischen Witzes. Wenn er lachte, wirkte er menschlicher – ja, fast sympathisch. Außerdem hatte er wunderschöne Zähne.

»Darf ich mal ins Atelier?« fragte ich. »Ich habe es so lange nicht mehr gesehen.«

»Selbstverständlich«, sagte er.

Ich ging hinein. Es war alles unverändert – die wuchtigen Sessel und breiten Couches; der vier Meter lange Tisch mit der zerkratzten, unpolierten Platte; der Kamin, der so groß war, daß man aufrecht darin stehen konnte; der Flügel; die etwas zerschlissenen, flammendroten Vorhänge; die Wendeltreppe mit dem geschnitzten Geländer ... Ich stand mitten im Raum, schluckte und schloß einen Moment lang die Augen. Ich wußte nicht, was mich plötzlich so traurig machte.

Ich hörte Schritte, aber ich drehte mich nicht um. »Es ist alles beim alten geblieben«, sagte Paul Hellmann.

»Ja«, sagte ich.

Er ging an mir vorbei zur Küche. Gleich drauf kam er mit einer Flasche Sekt zurück. »Beruhigt Sie das?« fragte er.

»Beruhigt mich was?«

»Daß alles beim alten geblieben ist.«

Ich schaute ihn überrascht an. Diese Frage hätte ich ihm nicht zugetraut. Er lächelte ein wenig.

»Ja«, sagte ich, »es beruhigt mich.«

Er ging zum Schrank und holte vier Gläser heraus. »Es wäre ein Verbrechen«, sagte er, »irgend etwas zu ändern.«

»Fühlen Sie sich hier wohl?« fragte ich.

»Das Haus ist wie für mich geschaffen.«

Diese Bemerkung sah ihm mal wieder sehr ähnlich. Sie war überheblich und besitzergreifend. Ich schwieg.

»Kommen Sie«, sagte er, »trinken Sie ein Glas Sekt. Vielleicht macht Sie das heiterer.«

Ich ging hinter ihm her und dachte: Er ist viel zu schwer, um Weiß zu tragen, und er ist viel zu arrogant, um gescheit zu sein.

Ich wollte nicht mehr an Paul Hellmann denken. Er störte mich. Er war ein Fremdkörper am Uferweg. Ich war nach Wannsee gekommen, um Ruhe zu haben, um das Haus, den Garten und Dora zu genießen. Ich nahm mir vor, Paul Hellmann nicht mehr zu erwähnen und ihn als nicht vorhanden zu betrachten. Es gelang mir bis kurz nach Mitternacht – als ich durch laute Stimmen aus dem Schlaf geschreckt wurde.

»Mach keine Geschichten, Herbert, wir fahren noch ins Spinnennetz.«

»Paul, ich muß morgen früh in die Vorlesung.«

»Ach, Quatsch, Vorlesung! Wir fahren ins Spinnennetz!«

»Immer dieses Schwulen-Lokal! Bambi-Bar ist besser!«

»Bambi ist todlangweilig ... Spinnennetz ist auch langweilig ...«

»Alles ist langweilig!«

»Du und Karin, ihr seid noch nicht ganz langweilig.«

»Karin ist das Langweiligste, was es gibt. Das hast du nur noch nicht gemerkt, Paul!«

»Von Karin verstehst du nichts! Sie will mich oder sich oder uns beide umbringen ... das ist doch nicht langweilig!«

»Nein, das ist sehr amüsant.«

»Na, siehst du ... hast du den Autoschlüssel?«

»Nein.«

»Ich auch nicht.«

»Dann hat dein liebes Frauchen ihn vielleicht aus deiner Tasche genommen und versteckt.«

»Das traut sie sich nicht.«

»Ich hätte einen guten Mann für dein Frauchen.«

»Mein Frauchen will keinen anderen Mann, mein Frauchen will mich ... hast du den Autoschlüssel, Herbert?«

»Nein, verdammt noch mal!«

»Ah, er steckt! Komm, jetzt fahren wir ins Spinnennetz!«

»Bambi-Bar ist besser!«

»Wie kann's was Besseres geben, wenn's nichts Gutes gibt? Steig ein ... los ... wir fahren in die Kanadischen Wälder, da gibt's wenigstens keine Menschen. Das ist gut, das ist besser, das ist das beste. Menschen kotzen mich an, verstehst du! Sie machen mich krank ... sie ...«

Die Autotür schlug zu.

Erst als es wieder still geworden war, merkte ich, daß ich aufrecht im Bett saß. Ich hatte so angespannt gelauscht, daß mir die Muskeln zwischen den Schulterblättern weh taten. Ich legte mich wieder zurück und schloß die Augen. Ich konnte lange nicht einschlafen. War das nun der echte Paul Hellmann gewesen? überlegte ich. Alkohol, sagt man, bringt die Wahrheit ans Licht. Demnach war er ein unzufriedener, unglücklicher Mann, der die Menschen und das Leben gründlich satt hatte. So also sah das aus! Es überraschte mich nicht, aber es machte mich unsicher. Wie viele Gesichter hatte dieser Paul Hellmann eigentlich? Und welches war sein wahrhaftiges? In dieser Nacht träumte ich von ihm. Es muß ein sehr wirrer, unguter Traum gewesen sein, denn als ich erwachte, fühlte ich mich bedrückt. Ich versuchte, den Traum zu rekonstruieren, aber es gelang mir nicht mehr.

Am Morgen saß ich ganz allein in der Küche und frühstückte. Ich fühlte mich wohler und frischer als seit langem. Um halb neun war ich bereits im Schwimmbassin gewesen und hatte es der Länge nach fünfzigmal durchschwommen. Das gab mir das Gefühl, etwas geleistet zu haben. Ich hatte einen ungewöhnlich guten Appetit, einen ungewöhnlich klaren Kopf und daher wohl auch einen ungewöhnlichen Gedanken. Ich dachte: Irgendeine Beschäftigung, die mich zwingt aktiv zu sein, würde mir sicher guttun. Bei diesem Gedanken blieb es dann allerdings, denn da mich fast gar nichts stark genug interessierte, fiel mir auch keine Beschäftigung ein. Auf jeden Fall nahm ich mir vor, solange ich in Wannsee war, jeden Morgen fünfzigmal das Bassin zu durchschwimmen und anschließend, vom Wohlgefühl einer sportlichen Leistung durchpulst, über eine passende Beschäftigung nachzudenken. Ich nahm eine zweite Scheibe Brot und bestrich sie mit Butter und weißem Käse.

Die morsche Holztreppe, die die Stockwerke miteinander verband, knarrte – die achte, die fünfte, die zweite Stufe. Schritte hörte man keine. Das konnte nur Friedrich sein. Erstens war es Punkt neun – die Zeit, zu der sich der Poet jeden Morgen ein Kännchen Tee und drei Scheiben Toast machte –, und zweitens hatte keiner in diesem Haus einen so absolut lautlosen Gang.

Die Tür wurde geöffnet, ebenfalls lautlos und sehr langsam, und Friedrich stand auf der Schwelle, seinen Lieblingspudel, die halbblinde Natalia, wie ein Kind in beiden Armen haltend. Er stand da, den Rücken ein wenig gekrümmt, die Schultern hochgezogen, den Kopf zur Seite geneigt – zaghaft, zaudernd –, so als wüßte er nicht, ob er sich in der Tür, vielleicht sogar im Haus geirrt hatte.

Er war ein langer, hagerer Mann mit einem klugen, eingefallenen Gesicht, das von einer scharf geschliffenen, schwarz gerahmten Brille und einer unvorstellbar großen, knochigen Nase beherrscht wurde. Bei seinem Anblick wurde ich immer an einen nassen, melancholischen Raben erinnert, der mutterseelenallein auf einem leeren Acker hockte.

»Guten Morgen, Onkel Friedrich«, sagte ich, stand auf und ging ihm entgegen.

»Guten Morgen, mein Kind.« Erst jetzt verließ er die Schwelle, trat einen kleinen Schritt vor und zog sacht die Tür hinter sich ins Schloß. Dann wandte er sich mir zu, legte seine sehr schöne magere Hand auf meine Schulter und küßte mich leicht auf die Stirn.

»Du scheinst mir eine Frühaufsteherin zu sein«, sagte er, die Hand von meiner Schulter nehmend und sie auf den Kopf des Pudels legend, »oder schläfst du etwa nicht gut?«

Er schaute mich forschend an. Wie die meisten kränkelnden, überempfindlichen Menschen hatte er sehr viel Verständnis für die Leiden anderer. Er konnte sich lange aufmerksam und ohne eine Spur von Zerstreutheit die Krankheitsgeschichte eines wildfremden Menschen anhören und über dessen richtige oder falsche Behandlungsmethoden weitschweifige Betrachtungen anstellen.

»Eine Zeitlang«, sagte ich, durch sein Interesse angeregt, »habe ich mal sehr schlecht geschlafen, aber jetzt ist alles wieder in Ordnung.«

»Und was hast du dagegen unternommen?«

»Ich habe Schlaftabletten geschluckt.«

Er wiegte besorgt den Kopf hin und her: »Kind, Kind, in deinem Alter! Was waren das für Tabletten?«

»Ich weiß den Namen nicht mehr. Aber es waren keine starken.«

Er nannte mir die Namen etlicher Schlafmittel. Hinter jedem machte er eine erwartungsvolle Pause, aber ich mußte ihn immer wieder enttäuschen. Schließlich, als auf diese Art kein Ende abzusehen war, sagte ich bei einem besonders einschläfernd klingenden Namen: »Ja, das war's.«

»Ts, ts, ts«, machte er und schien noch besorgter, »das ist aber kein sehr leichtes Mittel.«

Ich mochte Friedrich von Herzen gerne. Er war zweifellos einer der klügsten Menschen, die ich kannte. Zwar hatten meine Mutter und Dora sich immer wieder gegenseitig bestätigt, daß er zu den größten Egozentrikern, den kompliziertesten Männern zählte; aber der Verdacht, daß Friedrichs Egozentrik und Kompliziertheit vielleicht nur ein Echo gewesen war, hatte sich mir nach und nach aufgedrängt. Mir jedenfalls war er immer – bei weitem – nachgiebiger, duldsamer und rücksichtsvoller vorgekommen als meine Mutter und Dora.

Friedrich, Natalia immer noch im Arm, blickte abwesend um sich. Offenbar suchte er etwas, und da er nie zu einem anderen Zweck in die Küche kam, als sich Tee und Toast zu machen, suchte er wahrscheinlich Tee, Brot und Toaströster. All das stand deutlich erkennbar und wahrscheinlich von einem umsichtigen Nikolas aufgebaut vor ihm auf dem Herd.

»Soll ich dir schnell Tee und Toast machen?« fragte ich.

»Aber nein«, sagte er verstört, und ich erkannte, daß ihn der Eingriff in eine zwanzigjährige Routine völlig aus der Bahn geworfen hätte. Ich begab mich eilig auf meinen Platz zurück und biß in mein Brot.

Er stand jetzt vor den bereitgelegten Sachen und schaute tiefsinnig darauf hinab. Solange er den Hund im Arm hielt, konnte er unmöglich das Brot schneiden. Es half nichts, ich mußte noch einmal eingreifen. »Setz doch Natalia auf den Boden«, riet ich.

Der Gedanke behagte ihm nicht recht.

»Oder soll ich sie so lange auf den Schoß nehmen?«

Der Gedanke behagte mir nun wieder nicht recht. Wir fanden zum Glück eine Zwischenlösung. Natalia wurde auf einen Stuhl gesetzt, und Friedrich machte sich an die Arbeit – ein wenig langsam, ein wenig unsicher, aber mit äußerster Präzision. Ich beobachtete ihn voller Interesse. An diesem warmen Junimorgen trug er einen Anzug, wie man ihn nur im Winter zu mehr oder weniger feierlichen Anlässen trägt. Es war ein dunkelgrauer Flanellanzug mit feinen, weißen Nadelstreifen – allerdings uralt und rührend abgenutzt. Der Stoff war glatt und glänzend, an Knien und Ellenbogen fast durchsichtig. Das Jackett schlotterte trostlos um seinen mageren Oberkörper, und aus dem abgewetzten, viel zu weiten Kragen seines weißen Hemdes reckte sich sein erschreckend dünner, langer Hals. Ich versuchte, mir einen jungen, frischen, wohlgenährten Friedrich vorzustellen. Aber es gelang mir nicht. Schon vor fünfzehn Jahren war er mir alt und müde vorgekommen. Daß meine Mutter ihn geliebt hatte – ausgerechnet meine Mutter –, eine so ungeheuer vitale, lebenshungrige Frau, hatte ich nie begreifen können. Und dennoch mußte es eine große Liebe gewesen sein, sonst hätte sie – das verwöhnte Kind vermögender jüdischer Eltern – ihn, den damals noch armen, stellungslosen Schriftsteller, nicht geheiratet. Ihre Eltern – herzensgute Menschen, aber altmodisch und traditionsgebunden – waren entsetzt gewesen; sie hatten gedroht, sie zu verstoßen. Aber es hatte alles nichts genützt.

Natürlich war es keine gute Ehe gewesen. Meine Mutter hätte mit keinem anderen Mann der Erde eine gute Ehe führen können. Sie konnte ihre Liebe nicht auf einen einzigen Mann beschränken, und sie konnte mit der Liebe eines einzigen Mannes nicht auskommen. Keiner war ihrer Genußsucht, ihrer Triebhaftigkeit, ihrer Lebensgier gewachsen. Am besten waren die dabei weggekommen, die es gar nicht erst versucht hatten. Zu diesen hatte zweifellos der müde, passive Friedrich gehört.

Die Ehe hatte immerhin sieben Jahre gedauert. Dann war Dora gekommen – eine neue Welle von Intensität, Vitalität, Aktivität vor sich herspülend. Und wieder hatte sich Friedrich unten durch geduckt. Was hätte er sonst auch tun können? Armer Friedrich, dachte ich, mit einem mitleidigen Blick auf seine grauen, abgeschabten Filzpantoffeln.

Er hatte jetzt den Toast aus dem Röster genommen und trat damit an den Tisch.

»Möchtest du Butter?« fragte ich und hielt ihm hilfreich das Messer entgegen.

»Ja, danke schön.« Er setzte sich mir gegenüber und begann eine dünne Schicht Butter auf den Toast zu kratzen. »Wie geht es Robert?« fragte er.

»Danke, gut.«

»Ich hoffe, er läßt sich mal sehen.«

»Das wird er bestimmt.«

»Und wie lange bleibst du bei uns?«

»Etwa zwei Wochen.«

»Du solltest jeden Tag schwimmen, das ist gesund.«

»Das tue ich auch.«

»Hast du unsere Mieter, die Hellmanns, schon kennengelernt?«

»Ja.«

»Nette Leute, nicht wahr?«

»Findest du?«

»Sie ist doch ein sehr liebes, kleines Geschöpf.«

»Er ist aber kein sehr liebes, kleines Geschöpf.«

»Er ist ein zerrissener Mensch, was übrigens verständlich ist.«

»Ach«, sagte ich.

Friedrich stand auf. Das Gespräch schien für ihn beendet. Aber mich drängte es plötzlich, mehr zu erfahren, und zwar von Friedrich. Er war gewiß der einzige, der vom Hellmann-Kult nicht befangen war. Hatte er sich überhaupt mit ihm befaßt – und seine Bemerkung über ihn ließ darauf schließen –, dann hatte er sich gründlich mit ihm befaßt. Und Friedrichs Gründlichkeit bürgte für eine klare, unvoreingenommene Auskunft.

»Onkel Friedrich«, sagte ich, »bitte setz dich noch einen Moment hin und erklär mir, was mit diesem Paul Hellmann nun eigentlich los ist.«

»Was soll denn mit ihm los sein, mein Kind?« fragte er und war sich keineswegs schlüssig, ob er sich tatsächlich wieder setzen oder, dem Zwang einer zwanzigjährigen Gewohnheit folgend, sein Tablett nehmen und in sein Zimmer verschwinden sollte. Manchmal, fand ich, konnte er einem mit seiner ewigen Umständlichkeit wirklich auf die Nerven gehen. Ich stand auf, holte das Tablett, stellte es auf den Tisch und goß ihm eine Tasse Tee ein. Daraufhin nahm er Platz.

»Wahrscheinlich ist gar nichts mit diesem Paul Hellmann los«, sagte ich und setzte mich wieder auf meinen Stuhl, »aber jeder in diesem Haus tut, als ob etwas mit ihm los wäre. Dora singt Lobeshymnen auf ihn, Sebastian schimpft auf ihn, Nikolas behauptet, er ›bröckele‹, und du behauptest, er sei ein zerrissener Mensch. Warum ist er denn ein zerrissener Mensch, und warum ist das auch noch verständlich?«

»Nun, er hat zweifellos viel mitgemacht und daher ...« Friedrich unterbrach sich. Er tat Zucker in seinen Tee und zählte die Stücke ab.

»Was hat er denn mitgemacht?« fragte ich ungeduldig.

Nach dem fünften Stück Zucker sagte Friedrich: »Als Halbjude hat er es während der Nazizeit nicht gerade leicht gehabt, das wirst du doch verstehen, mein Kind.«

»Ich wußte gar nicht, daß er Halbjude ist«, sagte ich, und obgleich ich mich bemühte, ruhig, nüchtern und unbeteiligt zu bleiben, geriet ich innerlich in Aufruhr. Es war idiotisch, was dieses eine, häßlich klingende Wort für einen Effekt auf mich hatte. Einen Moment lang war ich bereit, Paul Hellmann alles zu verzeihen – seine aufgeblasene Pose, seinen harten, arroganten Blick, seinen himmelblauen Mercedes, seine weißen Hosen. Einen Moment lang fühlte ich mich nahezu mit ihm verwandt. Einen Moment später fand ich mich lächerlich sentimental.

»Woher weißt du, daß er so viel mitgemacht hat?« fragte ich aggressiv. »Manche Halbjuden haben überhaupt nichts mitgemacht.«

»Er ja. Ich kenne seine Geschichte.«

»Er hat sie dir erzählt?«

»Dora und mir. Am Weihnachtsabend.« Friedrich lächelte. »Weihnachten öffnet bekanntlich die Herzen.«

»Offenbar ist er nicht ganz frei von Rührseligkeit.«

»Gott, er mußte es eben mal loswerden. Und so, wie er die Geschichte erzählt hat, nüchtern und unsentimental, hat sie mich wirklich sehr beeindruckt.«

Daß Paul Hellmann sogar den klugen, abgeklärten Friedrich beeindruckt hatte, verstimmte mich. »Ihr scheint alle sehr leicht beeindruckbar zu sein«, sagte ich.

»Dieses Urteil kannst du dir erst erlauben, wenn du die Geschichte gehört hast.« Ich schwieg verlegen.

»Ich werde sie dir kurz erzählen. Es ist immer gut, wenn man sich mal mit dem Schicksal seiner Mitmenschen beschäftigt. Es kann unter Umständen zu ganz neuen Einsichten führen.«

»Erzähl«, sagte ich, die Zurechtweisung mit Würde überhörend.

Friedrich rührte bedächtig seinen Tee um. Er schien sich zu sammeln. Wenn er eine Geschichte erzählte, dann tat er es mit derselben Präzision, mit der er sich sein Frühstück machte. Er war jetzt nicht mehr zerstreut und gar nicht mehr unbeholfen.

»Paul Hellmanns Eltern«, begann er, »lebten seit Generationen in Königsberg. Sie liebten die Stadt ...« Er machte eine Pause ... und blickte versonnen ins Leere. »Warst du mal in Königsberg, mein Kind?«

Ich schüttelte den Kopf.

»Es war mal eine schöne Stadt, eine eigenartige Stadt. Ein wenig fremd schon, ganz flach gelegen, nahe am Meer ... Ich habe ein Buch mit sehr hübschen Fotografien von Königsberg. Falls ich vergessen sollte, es dir zu zeigen, erinnere mich doch bitte daran.«

»Ich werde dich bestimmt daran erinnern«, sagte ich geduldig.

»Also, Paul Hellmanns Eltern liebten Königsberg. Sie hatten nie das Bedürfnis, zu verreisen, andere Städte zu sehen, andere Luft zu atmen. Das mutet im ersten Moment etwas engstirnig und provinziell an, de facto ist es das gar nicht. Die Menschen, die die Anregungen aus sich selber schöpfen, die nicht abhängig sind vom Orts-, Klima- und Atmosphärenwechsel, das sind die wirklich erstklassigen Menschen. Paul Hellmanns Eltern – das geht auch aus der Geschichte hervor – müssen solche Menschen gewesen sein. Seine Mutter kam aus einer angesehenen Professorenfamilie, sein Vater war Arzt. Ein ausgezeichneter Arzt – besessen von seinem Beruf, beliebt bei seinen Patienten. Die Ehe war ungewöhnlich glücklich. Übrigens – der Vater war zu dem Glauben seiner Frau übergetreten. Er war Protestant geworden.«

»So etwas schätze ich gar nicht«, murmelte ich.

Friedrich, der, in die Geschichte versunken, vor sich hingeblickt hatte, schaute mich an. »Wenn es nicht aus Opportunismus geschieht, sondern aus einer ehrlichen Überzeugung, dann ist nichts daran auszusetzen. Für diesen Mann, dessen Vorfahren, wie gesagt, seit Generationen in Königsberg gelebt hatten, war es eine folgerichtige Entscheidung. Er fühlte sich in allererster Linie als Deutscher und hatte daher den begreiflichen Wunsch, sich in jeder Beziehung zu assimilieren. Der letzte Anstoß war dann wohl seine christliche Frau, die er über alles liebte.«

Ich zuckte die Achseln, aber Friedrich war schon wieder in Königsberg und bei der Familie Hellmann. »Der kleine Paul«, fuhr er fort, »hatte eine überaus glückliche, ruhige, harmonische Kindheit. Er war das einzige Kind, und seine Eltern vergötterten ihn.«

»Und er vergötterte seine Eltern.«

Wieder schaute Friedrich mich an. »Kind«, sagte er und seufzte, »warum dieser bittere Spott?«

»Weil ich das alles nicht gehabt habe, und weil ich mir gar nicht vorstellen kann, daß es so etwas gibt.«

»Doch, es gibt glückliche Ehen, glückliche Familien, glückliche Menschen ... selten allerdings, sehr selten ...«

Jetzt hatte ich mehr Mitleid mit ihm als mit mir selber. »Erzähl weiter, Onkel Friedrich«, sagte ich sanft.

»Also, Paul Hellmann wurde älter. Er ging zur Schule. Er war ein intelligenter Schüler und wie alle intelligenten Schüler faul. Er hatte viele Freunde. Im Winter lief er Schlittschuh, und im Sommer ging er schwimmen. Er heckte törichte Streiche aus, wie alle Jungen. Er kletterte auf Bäume, und er verachtete kleine Mädchen. Er war eben ein ganz normaler, gesunder, vergnügter Junge. Von irgendwelchen Problemen oder erschütternden Ereignissen konnte gar keine Rede sein – jahrelang. Dann kamen die Nazis ...«

»Diesen Teil können wir überspringen«, sagte ich. »Ich kenne ihn bis zum Erbrechen: das erste Unbehagen, das man spürt, aber nicht begreift; die erste Ahnung, daß etwas nicht stimmt; das erste Horchen, Spähen, Tasten nach Dingen, die noch nicht hörbar, sichtbar, fühlbar sind. Dann das zweite Stadium: plötzliches Schweigen, wenn man unvermutet das Zimmer betritt; leise Gespräche hinter verschlossenen Türen; verschreckte Blicke, warnende Zeichen, gezwungene Heiterkeit, Tränen in den Augen der Mutter, ein krampfhaftes Lächeln auf dem Gesicht des Vaters. Damit geht es dann schon langsam ins Konkretere über: Uniformen, die man nicht kennt, Fahnen, die man nicht kennt, Lieder, die man nicht kennt. Bemerkungen der Mitschüler, Fragen der Mitschüler, unverständliche Reaktionen der Mitschüler. Und noch immer weiß man nichts. Man wird von den Eltern geschont, man wird im unklaren gelassen. Plötzlich geht's dann holterdipolter. Man sitzt mitten drin, und das ist fast angenehmer als das Draußensitzen und Nichtwissen. Man weiß jetzt wenigstens, daß die Mutter oder der Vater Jude ist, und obgleich man sich gar nichts darunter vorstellen kann, wünscht man doch, daß die Mutter oder der Vater nicht Jude wäre. Na ja ... und so weiter, und so weiter, bis zum bitteren Ende ...«

Ich lachte. Ich hielt es für angebracht zu lachen. Ich hielt es geradezu für meine Pflicht zu lachen. Warum ich lachte, wußte ich nicht.

Friedrich hatte sich zusammengekauert. Mein Ausbruch schien ihm körperlich weh zu tun. »Judith«, sagte er und berührte meine Hand.

Ich zog sie weg. »So war es doch bei Paul Hellmann, nicht wahr?«

»Er hat über diese Zeit nur andeutungsweise gesprochen, aber wahrscheinlich war es so. Vielleicht war es auch noch schlimmer, denn du darfst nicht vergessen – sein Familienleben war völlig intakt und sehr glücklich. Während dein Familienleben ...«

»Ich hatte keins«, unterbrach ich ihn.

»Ist das nicht ein wenig übertrieben, Judith?«

»Nein.«

»Deine Eltern haben dich sehr geliebt ... und sie waren beide großartige Menschen.«

»Sicher. Nur ihre Tochter hätte man nicht sein dürfen. Aber lassen wir das ... wie ging es weiter?«

»Ja ... also ... wo war ich stehengeblieben?«

»Bei Paul Hellmanns intaktem, glücklichem Familienleben.«

»Richtig, ich wollte sagen, bei Paul Hellmann war der Kontrast abrupter und härter. Außerdem war er wesentlich älter als du. Er hat das alles viel mehr mitbekommen. Seine Eltern gehörten zu den vertrauensvollen Narren, die an die Humanität und die Vernunft des Menschen glaubten. Sie ließen sich nicht davon abbringen, daß die Nazis nur ein kurzes, nicht ernstzunehmendes Intermezzo seien. Sie waren blind, und sie stellten sich taub. Sie kamen gar nicht auf den Gedanken, ihre Koffer zu packen und um ihr Leben zu rennen. Selbst als der Vater alle Gemeinheiten und Entrechtungen über sich ergehen lassen mußte, blieb er zuversichtlich. Paul Hellmann behauptet, er war zu gut, um das Böse überhaupt wahrnehmen zu können. Die Mutter war es, die plötzlich mit einem jähen Schock begriff. Aber da war es schon zu spät. Der Krieg war ausgebrochen.

Eines Nachts wurde er abgeholt. Als diese Verbrecher ihn vor sich her zur Tür stießen, da hat er sich noch einmal umgedreht und Frau und Sohn zugelächelt. Paul Hellmann sagt, alles wäre ihm lieber gewesen als dieses sanfte, hilflose Lächeln.«

Friedrich schwieg. Er hielt den Kopf ganz schräg, so, als lausche er auf etwas. Ich wußte, daß er litt. Er war wie so viele andere ein heftiger, aber passiver Antinazi gewesen. Er fühlte sich schuldig an dem, was geschehen war, und er würde sich bis an sein Lebensende schuldig fühlen.

Mit Recht, dachte ich, ohne Groll, ohne Genugtuung, ja sogar ohne ehrliche Überzeugung.

»Und was geschah dann?« fragte ich mit einem Gleichmut, der kalt und herzlos wirken mußte.

»Wie bitte?«

»Und was geschah dann mit Paul Hellmann?« wiederholte ich langsam, deutlich und mit einem aufmunternden Lächeln.

»Er hatte Medizin studieren wollen. Daraus wurde natürlich nichts. Seine Mutter, in panischer Angst, immer am Rande eines Zusammenbruchs, bat ihn, ins Ausland zu gehen. Er versuchte es, aber es war hoffnungslos. Sie hatten weder Beziehungen noch Geld. Um einem sogenannten Arbeitslager zu entkommen, verließ er bei Nacht und Nebel Königsberg. Er hatte ein kleines Köfferchen bei sich und etwas Geld. Er wußte nicht, wohin er sollte. Er kannte nur Königsberg und hatte außerhalb dieser Stadt weder Freunde noch Verwandte. Er war sehr jung, sehr unselbständig. Er konnte nichts, wußte nichts, hatte nichts. Das einzige, was er hatte, war Angst. Das erste Jahr muß die Hölle gewesen sein. Er trieb sich herum wie ein verlorener Hund. Wie er sich über Wasser gehalten hat, ist mir rätselhaft. Er hat Ostpreußen verlassen und ist in irgendeiner größeren Stadt untergetaucht. Irgendwann landete er in Innsbruck. Dort verschaffte ihm irgend jemand einen falschen Paß. Von da an wurde es besser. Durch Zufall geriet er an einen Chemiker, der seinen Vater gekannt und geschätzt hatte. Er nahm Paul Hellmann zu sich und richtete ihm im Keller neben seinem Labor eine kleine Kammer ein. Paul Hellmann fühlte sich dort recht wohl. Er half dem Chemiker im Labor, der Frau im Haushalt, den Kindern bei den Schularbeiten. Er war vorsichtig im Umgang mit Menschen, aber er konnte sich doch verhältnismäßig frei bewegen.

Fast zwei Jahre ging alles glatt, dann verliebte er sich in ein gutbürgerliches, streng bewachtes Mädchen, und das Mädchen verliebte sich in ihn. Die Liebesgeschichte, leider aber auch die Lebensgeschichte Paul Hellmanns wurde den Eltern bekannt. Sie fürchteten um die Ehre ihrer Tochter, und da Denunziationen damals das schnellste und wirksamste Mittel waren, um jemanden loszuwerden, denunzierten sie. Paul Hellmann und der Chemiker wurden abgeholt.«

»Und was ist aus dem Chemiker geworden?« fragte ich und stellte dabei mit Erstaunen fest, daß ich ihn für ein schuldloseres Opfer hielt als Paul Hellmann.

»Er war bis zum Kriegsende in einem Konzentrationslager, aber er hat es, zum Glück, überlebt.«

Friedrich sah elend aus. Die Geschichte schien ihm näherzugehen als mir. Vielleicht, weil ich mich unschuldig fühlte und er sich schuldig. Und trotzdem schien auch er mir ein Opfer zu sein – ein schuldiges Opfer, falls es so etwas gab.

»Um es kurz zu machen«, sagte Friedrich, »Paul Hellmann gelang eine abenteuerliche Flucht. Er endete wieder in irgendeiner Stadt, in irgendeinem Keller. Den Paß hatte er jetzt auch nicht mehr. Dafür aber hatte er Hoffnung. Der Zusammenbruch war nahe, das Ende war vorauszusehen. Mit dieser Hoffnung ließ sich alles leichter ertragen. Die letzten Wochen müssen eine wahre Wonne für ihn gewesen sein. Er freute sich am Chaos, an der Panik der Menschen, an Luftangriffen, verwüsteten Städten, brennenden Häusern. Er freute sich an Hunger, Kälte und Not. Es gehörte alles zum schnell näherrückenden Ende.

Er machte sich auf den Weg nach Königsberg. In dem allgemeinen Tumult fragte niemand mehr nach seinen Personalien. Allerdings gab es jetzt andere Schwierigkeiten, aber Schwierigkeiten war er gewöhnt. Er hatte den Spürsinn eines Jagdhundes und die Zähigkeit einer Katze entwickelt. Er sah sich schon bei seiner Mutter – sah sich mit ihr die Befreiung feiern.

Er hat seine Mutter nie mehr wiedergesehen. Die Russen waren ihm zuvorgekommen. Sie hatten sie vergewaltigt und mißhandelt. Sie war nicht stark genug gewesen, es zu überstehen. Sie ist daran zugrunde gegangen.«

Wir schwiegen lange. Dann stand Friedrich auf. Er ging zum Stuhl, auf dem Natalia lag, und hob sie behutsam hoch. Mit ihr im Arm kehrte er zum Tisch zurück. Den Blick sorgenvoll auf sein Frühstück gerichtet, schien er zu überlegen, wie er Pudel und Tablett gleichzeitig in sein Zimmer transportieren könne. Ich erhob mich und nahm das Tablett.

»Komm«, sagte ich.

Er ging mir voraus – den Rücken gekrümmt, die Schultern hochgezogen, den Kopf zur Seite geneigt. Den halbblinden Hund hielt er liebevoll an die Brust gepreßt.

Ich ging in den Garten und legte mich auf den Bauch ins

Gras. Ein paar Minuten später kam Dora. Sie setzte sich neben mich – aber so, daß sie noch im Schatten war. Sie fürchtete um die Zunahme ihrer Sommersprossen – eine unsinnige Befürchtung, denn eine Vermehrung war aus Platzmangel gar nicht mehr möglich.

»Warum hast du mir nicht gleich gesagt, daß Paul Hellmann Halbjude ist?« fragte ich.

»Hätte das etwas geändert?« fragte sie zurück, und dann verblüfft: »Woher weißt du das eigentlich?«

»Von Onkel Friedrich. Er hat mir alles erzählt.«

»Ach, hat er das?« Ihre Stimme klang enttäuscht. Aber gleich darauf funkelten ihre schwarzen Eichhörnchenaugen. Sie beugte sich vor, um mir genau ins Gesicht sehen zu können: »Na ...?« rief sie, triumphierend.

»Na was?«

»Trotz allem hat er nicht aufgegeben!«

Es war eine glatte Anspielung auf mich, die ich offenbar aufgegeben hatte. Ich stützte mich auf die Ellenbogen und starrte vor mich hin ins Gras.

»Er hat die Vergangenheit ad acta gelegt und neu angefangen!«

»Wohl dem, der die Vergangenheit so schnell ad acta legen kann«, sagte ich.

»Ich wünschte, Judith«, seufzte Dora, »du hättest etwas von seiner Unverzagtheit.« Ich gab keine Antwort und hoffte, sie werde nicht mehr weitersprechen. Aber sie sprach weiter: »Paul Hellmann hat Schlimmeres durchgemacht als du. Gemessen an seiner Lage, war deine Lage ...«

»Einfach paradiesisch!«

»Das wollte ich, weiß Gott, nicht sagen. Aber du warst doch wenigstens keiner unmittelbaren Gefahr und Not ausgesetzt. Du mußtest weder Hunger noch Kälte leiden. Du hattest eine feste Bleibe und eine Tante, die sich um dich kümmerte.«

»Auf diese Tante und ihre Art, sich zu kümmern, hätte ich verzichten können.«

»Du bist undankbar, Judith, und ungerecht. Sie war eine anständige Person.«

»Das war sie zweifellos. Sie war sogar redlich, um sich mit ihren Worten auszudrücken. Außerdem war sie diszipliniert. Jesus Maria, war sie diszipliniert! Ein deutscher Feldwebel kann nicht disziplinierter sein. Ich habe sechs Jahre in einer Kaserne zugebracht. O ja, sie war anständig, die Tante Lisa, und sie war das kälteste Weibsstück, das ich jemals erlebt habe.«

»Du hast es ihr sicher nicht leicht gemacht.«

»Gott bewahre, das habe ich bestimmt nicht! Ich konnte sie doch nicht enttäuschen und ihr die Überzeugung nehmen, daß ich vom Scheitel bis zur Sohle ›das Produkt einer amoralischen Mutter und eines haltlosen Vaters‹ war.

›Judith‹, pflegte sie bei jeder Gelegenheit zu sagen, ›wenn du dich nicht stündlich darum bemühst, deine erblichen Anlagen auszumerzen, dann bist du für das Leben untauglich und entwickelst dich außerdem zu einem sozialen Problem.‹

Ich habe mir daraufhin alle Mühe gegeben, mich zu einem ›sozialen Problem‹ zu entwickeln. Ich habe mit ihrem disziplinierten Sohn geschlafen, aber der war nicht diszipliniert genug, um eine Schwangerschaft zu verhüten. Wäre es nicht eine Fehlgeburt geworden, ich hätte meinen Vetter, diesen hübschen sturen Krautjunker, heiraten müssen. Furchtbarer Gedanke!«

»Judith!« schrie Dora auf. »Das hast du mir ja nie erzählt!«

»Ich habe es mir als besonderen Leckerbissen aufgehoben.«

Sie sah mich sprachlos an.

»Reg dich nicht auf«, sagte ich und lachte.

»Was bist du nur für ein Mensch!« stöhnte Dora.

»Ich dachte, du magst schlechte Menschen«, antwortete ich.

Paul Hellmann kam über die Wiese auf uns zu. Diesmal trug er eine dunkelblaue Leinenhose und einen bernsteinfarbenen Baumwollpullover. Das stand ihm sehr gut. Einen Moment lang schaute ich ihm mit leicht zusammengekniffenen Augen entgegen, dann senkte ich den Kopf und begann im Gras nach vierblättrigem Klee zu suchen.

»Guten Morgen«, sagte er und blieb dicht vor uns stehen.

»Guten Morgen, Paul«, sagte Dora.

Ich starrte auf ein Paar italienische Sandalen und eine Reihe gepflegter Zehennägel. »Guten Morgen«, murmelte ich.

»Ein deprimierend schöner Tag heute«, sagte er mißmutig.

Dora lachte. »Weshalb deprimierend?«

»Es gibt nichts Deprimierenderes als schlechte Laune und schönes Wetter. Ich wünschte, es würde in Strömen regnen!«

»Sie Egoist«, sagte Dora, »das sieht Ihnen mal wieder ähnlich!«

»Egoismus ist eine der vernünftigsten menschlichen Eigenschaften, darum hege und pflege ich ihn auch.«

»Ich weiß, ich weiß«, nickte Dora, »er ist auch schon gut gediehen.«

»Noch immer nicht gut genug.«

Ich schaute kurz zu ihm auf. Sein Gesicht war düster, die Augen kalt und unfreundlich. Ich senkte wieder den Kopf.

»Was haben Sie eigentlich?« fragte Dora.

»Ich weiß nicht.«

»Verkatert?«

»Nicht mehr und nicht weniger als sonst.«

»Vielleicht sollten Sie einen Tag mal nicht trinken und früh ins Bett gehen.«

»Ein guter Rat, aber eine schlechte Lösung. Nein ... vielleicht sollte ich mal eine Zeitlang verschwinden.«

In die kanadischen Wälder, dachte ich.

»Flucht in die Reise«, sagte Dora.

»Flucht aus der Scheiße.« Er schwieg einen Moment und fuhr dann fort: »Irgend etwas wird in den nächsten Tagen passieren. Ich weiß nicht was, aber ich fühle es. Ich habe so etwas wie einen sechsten Sinn.«

»Ach«, sagte Dora.

Ich schaute aus den Augenwinkeln zu ihr hinüber. Sie saß da wie ein hypnotisiertes Kaninchen. Das mit dem sechsten Sinn nahm sie natürlich sehr gefangen.

»Glauben Sie an so was?« fragte er.

»Nein«, sagte Dora ohne Überzeugung, »dazu bin ich viel zu nüchtern und vernünftig.«

Ich lachte. Das Lachen machte Paul Hellmann auf mich aufmerksam.

»Was suchen Sie eigentlich?« fragte er in ungeduldigem Ton.

»Das Glück«, sagte ich.

»So, wie Sie es machen, fangen Sie es falsch an.« Seine Worte bezogen sich bestimmt nicht auf mein Suchen nach vierblättrigem Klee.

»Kennen Sie denn meine Methode?«

»Sie haben gar keine Methode.«

Ich riß den Kopf hoch. Er dachte gar nicht daran, seine brüske Antwort durch ein Lächeln zu mildern. Er schaute finster auf mich hinab. Wir starrten uns an und schwiegen. Plötzlich griff er in seine Tasche, zog eine kleine Münze hervor und hielt sie hoch. »Das ist mein Glück«, sagte er. »Sie können es haben. Ich brauche es nicht mehr.«

»Behalten Sie Ihr Glück.«

»Los, fangen Sie!«

Ich schüttelte den Kopf. Er warf mir die Münze zu, und ich hob schnell den Arm und fing sie auf. Es war ein Reichspfennig aus der Nazizeit.

»Einmal hat er mir sogar das Leben gerettet«, sagte er, »jedenfalls bilde ich's mir ein.«

»So etwas darf man nicht weggeben«, sagte ich in abergläubischer Furcht. »Bitte nehmen Sie ihn wieder.« Ich hielt ihm den Pfennig hin.

»Wenn Sie ihn nicht wollen, schmeißen Sie ihn weg!« Er stieß sich vom Baum ab, streckte sich und schob die Hände in die Hosentaschen.

»Ich muß gehen«, sagte er, »viel Spaß noch. Auf Wiedersehen.«

Er schlenderte an uns vorbei, den Kopf gesenkt.

Ich hielt den Pfennig in der geballten Hand. Er war mir fremd und unheimlich. Ich wußte nicht, was ich damit anfangen sollte. Ich schaute zu Dora hinüber. »Ein Irrer«, sagte ich, »warum hat er mir nun diesen Pfennig gegeben?«

»Eine Laune wahrscheinlich.«

Dora hatte wohl recht. Eine Laune. Eine totale Gleichgültigkeit allem und jedem gegenüber.

So, wie er seinen Glückspfennig wegwirft, dachte ich, wirft er auch ein Stück Brot oder einen Menschen weg. Ich tat den Pfennig in die Tasche meines Bademantels.

In der Nacht wachte ich zweimal auf. Das erstemal war es kurz nach zwölf, das zweitemal kurz vor fünf. Beide Male lauschte ich angespannt, hörte aber nichts. Ich war sehr verärgert, grundlos aufzuwachen. Dann war ich fast beunruhigt, weil die erwarteten Geräusche ausblieben. Ich nahm mir vor, in ein anderes Zimmer zu übersiedeln.

Am nächsten Morgen, als ich die Vorhänge aufzog, war

der Himmel bedeckt und der Hof leer. Kein hellblaues Ungetüm funkelte mir schadenfroh entgegen. Ich hatte einen freien Blick auf das Kopfsteinpflaster und das morsche Tor der Remise. Es war alles so wie einst, so, als hätte es nie einen Mercedes und einen Paul Hellmann gegeben.

Ich zog mich an. Als ich fertig war, trat ich wieder ans Fenster. Diesmal stellte ich mich auf die Zehenspitzen und versuchte, über die Hecke auf die Straße zu schauen. Als mir das nicht gelang, kletterte ich auf das Fensterbrett. Der Wagen stand auch nicht auf der Straße. Ich wußte, daß Paul Hellmann nie vor elf Uhr das Haus verließ.

Ich ging in die Küche hinunter. Im Abwaschtisch türmte sich das schmutzige Geschirr vom Vorabend. Die kakaofarbenen Pudel schlängelten sich aus ihrem Korb auf mich zu. Sie verrenkten die Leiber ganz eigentümlich, rollten die Augen und zitterten mit den Schwanzspitzen. Sie freuten sich über mein Erscheinen, aber ich freute mich nicht über das ihre.

Ich gab einen langgezogenen Zischlaut von mir, lachte über ihr Erschrecken und verließ die Küche. Im Gang stand das Telefon. Plötzlich kam ich auf die Idee, Robert anzurufen. Es war neun Uhr, und ich war sicher, daß er noch schlief. Dieser Gedanke machte mir besondere Freude. Ich wählte die Nummer der Pension und ließ mich verbinden. Es dauerte lange, bis er sich meldete, und seine Stimme klang verschlafen und unfreundlich.

»Guten Morgen, mein Schätzchen«, sagte ich.

»Judith ... oh ... der Teufel soll dich holen ...«

»Ein liebenswürdiger Morgengruß. Wie geht es dir?«

»Um mich das zu fragen, reißt du mich in aller Herrgottsfrühe aus dem Schlaf?«

»Ich hielt es für meine eheliche Pflicht, mich nach deinem Wohlbefinden zu erkundigen.«

Er gähnte, hustete, stöhnte: »Ich weiß, du bist die ideale Ehefrau ... tu mir den Gefallen, Liebling, und ruf mich in einer Stunde noch mal an.«

»Ich denke gar nicht dran ... bist du allein?«

»Seit wann interessieren dich solche Lappalien?«

Wir sprachen fast immer in diesem schnoddrigen Ton miteinander. Es hatte mich nie sonderlich gestört. Plötzlich aber irritierte es mich über alle Maßen. »Was hältst du davon, wenn wir uns scheiden lassen?« fragte ich. Er schwieg einen Moment. Dann sagte er lachend: »Morgenstund hat Gold im Mund.«

Ich hing ein. Gleich darauf läutete das Telefon. Ich zögerte, nahm dann aber doch den Hörer ab. »Was ist?« fragte ich.

»Sag mal, Judith, du hast wohl wieder deinen Quartalsrappel.« Seine Stimme klang jetzt wesentlich wacher.

»Vielleicht ... aber meinen Vorschlag habe ich trotzdem ernst gemeint.«

»Warum sollten wir uns eigentlich scheiden lassen?«

»Warum sollten wir eigentlich nicht?«

»Ich bin ab und zu ganz gerne mit dir verheiratet.«

»Ich nicht.«

»Ich möchte nur wissen, was für eine Laus dir über die Leber gelaufen ist. Wannsee hat dir doch sonst immer sehr gutgetan! Was ist denn los?«

»Gar nichts ist los.«

»Das kannst du mir doch nicht einreden, Judith. Ich kenne dich zu gut.«

»Bild dir das bloß nicht ein.«

»Kannst du heute in die Stadt kommen?«

»Nein.«

»Dann komme ich raus.«

»Nein.«

»Schau, mein Herz, so einfach geht das nun doch nicht. Wann und wo kann ich dich sehen? Und bitte eine präzise Antwort!«

»Ich rufe dich morgen an«, sagte ich, um dem ungemütlichen Gespräch ein Ende zu machen.

»Schön, und wenn du es nicht tust, dann komme ich nach Wannsee und gebe dir zwei kräftige Ohrfeigen. Du weißt, daß das keine leere Drohung ist!«

»Ja, das weiß ich. Auf Wiedersehen.«

Ich ging in den Garten. Es war einer von diesen Sommertagen, an denen der Himmel bedeckt und die Luft feucht und warm ist. Gras, Erde und Holz scheinen an solchen Tagen stärker zu duften. Ich schlenderte über die Wiese zu den Himbeersträuchern, weil ich hoffte, ein paar reife Beeren zu entdecken, aber sie waren alle noch blaß und hart. Ich ging weiter zum Schwimmbassin, dessen Wasser bleigrau aussah. Ich schaute zu den Fenstern des Ateliers hinauf. Die Vorhänge waren zugezogen. Irgendein Vogel schrie mit einer unerträglich durchdringenden Stimme. Auf der Terrasse des Ateliers stand ein leerer Schaukelstuhl. Ich schaute zum See hinüber: Auf dem Steg saß eine kleine, zusammengeduckte Gestalt in einem gelben Bademantel – es war Sybille. Sie saß da, regungslos, und starrte aufs Wasser. Eine große Einsamkeit lag über allem. Ich machte kehrt und ging zum Haus zurück.

Am späten Nachmittag tauchte Sybille im sogenannten »Blauen Zimmer« auf. Sie trug eine lange rote Hose und eine weiße Bluse. Sie sah sehr blaß aus.

»Ich störe, nicht wahr?« sagte sie.

»Sie stören überhaupt nicht«, versicherte Dora. »Setzen Sie sich und trinken Sie eine Tasse Kaffee mit uns.«

»Ich wollte ... ich wollte eigentlich nur ...« Sie schaute sich mit verstörten Augen im Zimmer um.

Dora stand auf und nahm sie am Handgelenk. Sie führte sie zur Couch, auf der bereits zwei Pudel saßen. Sybille setzte sich daneben.

»Möchten Sie vielleicht lieber einen Schnaps?« fragte Dora. Sie ging dergleichen Situationen immer sehr direkt zuleibe.

»Gerne«, sagte Sybille und lächelte verlegen.

Ich gab vor, einen Brief schreiben zu müssen, und stand auf. Sybille schaute mich dankbar an. Ich lächelte ihr zu und verließ das Zimmer. Vor der Tür blieb ich einen Moment unschlüssig stehen, und schon hörte ich sie drinnen weinen.

»Kind«, sagte Dora, »das ist doch nicht das erste Mal. Warum regen Sie sich denn immer wieder auf?«

»Weil ich es nicht verstehe, und weil ich auch nie sicher bin, was ihm plötzlich einfällt ... was er im nächsten Augenblick tut ... Bei ihm weiß man ja nie ...«

Ich wurde von einer unwiderstehlichen Neugierde gepackt. Dieses Gespräch interessierte mich so sehr, daß ich sogar dazu bereit gewesen wäre, die unwürdigste aller Posen einzunehmen und gebückt, das Ohr am Schlüsselloch, zu lauschen. Zum Glück fiel mir eine bessere Lösung ein. Das Fenster zum Blauen Zimmer stand offen, und wenn ich mich darunter setzte, konnte ich mühelos alles mit anhören. Genau das tat ich.

»Hier«, hörte ich Doras Stimme, »trinken Sie das!«

Eine kleine Pause, ein leises Husten. Dann die klägliche Stimme Sybilles: »Was kann ich denn bloß tun?«

»Das habe ich Ihnen schon oft und oft gesagt, Sybille! Pulen Sie keine Erbsen aus, sticken Sie keine Deckchen, stellen Sie nicht andauernd eine häusliche Atmosphäre her, sondern fangen Sie wieder an zu tanzen!«

»Aber er braucht doch eine Frau, die ganz für ihn da ist.«

Dora stieß einen verzweifelten Seufzer aus: »Das braucht er eben nicht, Sybille! Den Beweis gibt er Ihnen doch immer wieder! Warum wirft er denn plötzlich die Suppenterrine an die Wand? Warum rennt er denn immerzu weg? Warum verschwindet er denn tagelang? Weil ihm das traute häusliche Leben so gut gefällt, ja?«

Sybille begann zu schnüffeln, dann zu schluchzen. »Ich kann nicht mehr. Ich habe keine Kraft mehr, keinen Willen, keinen Mut. Manchmal ist mir ... ich sage jetzt sicher etwas Dummes ... aber manchmal ist mir, als habe er alles aus mir rausgesogen – die Kraft, den Willen und den Mut ...«

»Das ist gar nicht dumm, was Sie da sagen. Paul saugt die Menschen aus, und wenn sie ihm nichts mehr geben können, wirft er sie weg ... Gott, Sybille, schauen Sie mich nicht so verzweifelt an!«

»Glauben Sie, daß er mich nicht mehr liebt?« fragte Sybille ganz leise. Es war soviel Angst in ihrer Stimme, daß ich echtes Mitleid empfand. Ich hoffte, Dora würde dies eine Mal eine trostreiche Lüge über die Lippen bringen. Aber Dora verabscheute Lügen – besonders trostreiche Lügen.

»Kind«, sagte sie, »solche Fragen können Sie sich nur selber beantworten. Ich kann in Ihren Mann nicht hineinschauen.« Danach entstand eine längere Pause. Ich wartete auf ein neuerliches Schluchzen, aber zu meiner Überraschung sagte Sybille plötzlich mit einer ganz harten und heiseren Stimme: »Paul hat eine Freundin.«

»Wie kommen Sie darauf?« fragte Dora, und ich konnte ihr Unbehagen förmlich spüren.

»Er hat es mir selber gesagt. Er streitet zwar ab, daß er mit ihr schläft, aber er hat zugegeben, daß er sie öfter sieht. Er hat sie aus der Ostzone rübergeholt, weil es ihr da so dreckig ging und sie keinen Menschen hatte, der für sie sorgte. Jetzt sorgt er für sie.«

Sybille lachte, ein armes kleines Lachen, das böse klingen sollte und doch nur verzweifelt klang. »Paul hat einen Hang zu hilflosen, heruntergekommenen Mädchen. Er hat das Bedürfnis, sie aus der Gosse zu ziehen und anständige Menschen aus ihnen zu machen. Solange sie richtig schön verdorben und verwahrlost sind, opfert er sich förmlich für sie auf. Bei mir war es genauso. Mich hat er ja auch aus der Gosse gezogen. Begreifen Sie, was ihm daran solches Vergnügen macht?«

»Ich nehme an, es stärkt sein Selbstbewußtsein.«

»Das verstehe ich nicht!«

»Schauen Sie, wenn man das Gefühl hat, verkorkst und verdorben zu sein, dann umgibt man sich gerne mit Menschen, die womöglich noch verkorkster und verdorbener sind als man selber. Darin steckt eine gewisse Befriedigung und Beruhigung.«

»Ja, dann soll er sie doch aber verkorkst und verdorben lassen«, sagte Sybille verwirrt, »und nicht mit allen Mitteln versuchen, normale Menschen aus ihnen zu machen!«

»Nein, nein, nein! Im Grunde fühlt er sich von allem Normalen bedroht.«

»Warum?«

»Weil er selber anormal ist. Also versucht er, es zu ändern, und hofft, daß er das, was er bei anderen erreicht, auch bei sich selber erreicht.«

»Ich verstehe das alles nicht«, sagte Sybille, »ich bin zu dumm.«

Dora schwieg. Ich konnte mir vorstellen, daß sie zu dieser Bemerkung Sybilles ungeniert mit dem Kopf nickte. »Trinken Sie noch einen Steinhäger«, sagte sie.

»Ja, bitte ... aber dann muß ich gehen.«

Ich erhob mich leise, schlich an der Wand entlang und rettete mich mit einem kühnen Satz um die Ecke des Hauses.

Am nächsten Tag war Paul Hellmann immer noch nicht aufgetaucht. Sebastian nahm sich Sybilles an. Er folgte ihr wie ein Schatten – die Hände auf dem Rücken verschränkt, den Kopf gesenkt, die Stirn gefurcht. Man sah ihm den Ernst der Situation an. Ab und zu erstattete er Dora und mir Bericht.

»Sie ist verzweifelt«, meldete er düster. Oder: »Sie will

nicht essen ... Sie ist blaß wie der Tod ... Sie starrt das Telefon an ... Sie spricht kein Wort ...«

»Flöß ihr ein paar Whisky ein«, schlug ich vor, »vielleicht wird sie dann munterer.«

»Sie will nichts trinken«, sagte er noch düsterer.

Gegen Abend wollte ich am Atelier vorbei zum See hinunter gehen. Sybille und Sebastian saßen auf der Terrasse. Vor ihnen, auf dem Tisch, stand eine halbleere Whisky-Flasche und ein Glas. Kein Eis, kein Sodawasser.

»Judith«, rief Sybille, sprang von ihrem Stuhl auf und lief auf mich zu. Sie hatte gerötete Wangen und glänzende Augen. »Kommen Sie mit ... bitte!«

»Wohin?«

»Ins Atelier. Wir könnten etwas trinken und Platten spielen und uns unterhalten ... bitte!«

Ich fürchtete Tränen und Bekenntnisse, aber das »bitte« kam jedesmal so flehend, daß ich einwilligte. Ich folgte ihr zur Terrasse hinauf. »Verschwinde!« flüsterte ich Sebastian zu. »Ich übernehme.« Er warf mir einen grimmigen Blick zu, gehorchte aber. Sybille nahm meine Hand und zog mich ins Atelier.

»Sie lieben das Atelier, nicht wahr, Judith?«

»Ja«, sagte ich.

»Ich hasse es.«

»Warum?«

»Weil ich hier unglücklich bin, ganz entsetzlich unglücklich!«

»Daran ist nicht das Atelier schuld.«

»Nein, daran ist Paul schuld.«

Schon waren wir mitten drin, und ich hatte es auch nicht anders erwartet. Es war offensichtlich, daß Sybille ihren Kummer vor mir ausbreiten wollte. Sie war nahe am Zerspringen. Sie mußte sprechen.

Ich machte es mir auf der Couch vor dem Kamin bequem. Es würde bestimmt länger als zwei Stunden dauern, bevor ich hier wieder weg kam. Ich zog die Schuhe aus, stopfte mir ein Kissen in den Rücken und lockerte den Gürtel meines Rocks.

Sybille verfolgte meine Vorbereitungen mit großer Befriedigung. Sie bot mir noch ein Kissen für den Kopf, eine Dekke für die Füße und einen Morgenrock für das allgemeine

Wohlbefinden an. Ich sagte, ein Whisky würde Kissen, Dekke und Morgenrock weit in den Schatten stellen.

Sie schwirrte sofort ab und kehrte mit einer Flasche und zwei Gläsern zurück. »Es sind noch Dutzende von Flaschen draußen«, versicherte sie.

»Sehr beruhigend«, sagte ich.

»Wollen Sie Eis, Soda oder Wasser?«

»Eis.«

»Und ein paar Salzmandeln?«

Sie schaute mich erwartungsvoll an. Die Salzmandeln waren ein Ausdruck ihrer Dankbarkeit.

»Sehr gerne«, sagte ich, obgleich ich Salzmandeln nicht mochte. Voller Eifer lief sie davon. Ich blickte ihr nach. Sie mußte sehr viel getrunken haben, aber immer noch waren ihre Bewegungen weich und graziös.

Sie machte mir einen Whisky zurecht, schob mir die Salzmandeln, eine große silberne Zigarettendose und ein schweres goldenes Feuerzeug hin. Dann schaute sie sich mit dem Blick eines aufgescheuchten Rehs im Zimmer um.

»Hab' ich nicht noch etwas vergessen?«

»Nein, um Gottes willen!«

»Doch ... den ›Feuervogel‹!«

»Den was?«

»Den ›Feuervogel‹ von Strawinsky. Ich liebe diese Musik!« Sie ließ sie in voller Lautstärke aufbrausen.

»Nicht ganz so laut«, bat ich.

Sybille hörte mich nicht. Sie geriet in Ekstase. Ich wollte gerade, peinlich berührt, den Kopf abwenden, als sie mit ein paar schönen, schwerelosen Ballettschritten zu mir zurücktanzte.

»Vermissen Sie das Tanzen nicht sehr?« fragte ich sie.

»Ich vermisse nur eines«, erwiderte sie, »Pauls Liebe.«

Sie ließ sich in einen Sessel fallen und schloß die Augen. Wenn sie jetzt anfängt zu heulen, dachte ich, fahre ich sie an. Was macht sie für ein Theater um ein undefinierbares Gefühl, das man Liebe nennt. Was ist das schon – Liebe?

Plötzlich fragte ich sie: »Was verstehen Sie eigentlich unter Liebe?«

Sie riß die Augen auf und starrte mich verwirrt an.

Ich lächelte und zuckte die Achseln: »Ich habe keine Ahnung, was Liebe ist.«

»Lieben Sie Ihren Mann nicht?«

»Nein.«

»Warum haben Sie ihn dann geheiratet?«

»Nur so ... aus einer Laune heraus wahrscheinlich.«

»Haben Sie wirklich noch nie jemanden geliebt?«

»Nein.«

»Sie können es vielleicht nicht.«

»Vielleicht. Aber *Sie* können es doch ... jedenfalls hat es den Anschein.«

»Ja, ich liebe Paul.«

»Wie können Sie das beurteilen?«

»Beurteilen? Mein Gott, das spürt man doch.«

»Woran spürt man es denn?« fragte ich ungeduldig.

Sie beugte sich im Sessel vor, Gesicht und Körper angespannt, die Hände zu Fäusten geballt. Sie schwieg lange und schien nach überzeugenden Worten zu suchen. Ihre Intensität versetzte auch mich in Spannung.

»Passen Sie auf!« Sie sprach langsam, fast mühsam. »Wenn man mich vor die Wahl stellen würde: Paul und ein grauenhaft entstelltes Gesicht, oder: kein Paul und mein Gesicht, so wie es jetzt ist – ich würde keine Minute zögern und mich für ein entstelltes Gesicht und Paul entscheiden.«

Tatsächlich, ich fröstelte. Das entstellte Gesicht war ein naives und unbeholfenes Beispiel, und trotzdem war es von grenzenloser Eindringlichkeit. Es drückte völlige Selbstaufgabe aus, denn Sybille war sich darüber im klaren, daß sie nichts anderes besaß als ihre Schönheit. Ich zweifelte keine Sekunde, daß sie tatsächlich dazu bereit sein würde, diese Schönheit zu opfern. Sie ist ein simples Geschöpf, dachte ich mit einer Mischung aus Bewunderung und Erbitterung; nur simple Geschöpfe sind fähig, rückhaltlos zu glauben und zu lieben. Ich wollte mehr hören über diese Liebe, die ich unverständlich fand und ein wenig töricht.

»Erzählen sie mir«, drängte ich, »erzählen Sie mir, wie, wann und warum es begann!«

»Mit Paul?«

»Ja.«

Sie griff nach ihrem Glas und trank es in einem Zug aus. Dann lehnte sie sich zurück und schaute vor sich hin ins Leere.

»Ich werde es Ihnen erzählen, Judith. Es begann kurz nach

Kriegsende, auf einer dieser miesen Parties. Damals war ich andauernd auf irgendwelchen miesen Parties. Das ergab sich so. Ich tanzte in amerikanischen Klubs – so traurige kleine Spitzentänze in schmuddeligen Flitterröckchen. Dafür bekam ich ein freies Abendessen, Reste aus der Küche, Zigaretten und ein bißchen Geld. Ich hatte drei jüngere Schwestern. Mein Vater war tot. Meine Mutter arbeitete in einer Wäscherei. Es ging uns dreckig. Ich tat auch noch andere Dinge als tanzen ...«

Sie wandte mir ihr Madonnengesicht zu und schaute mich besorgt an. Sie hielt mich wohl für eine höhere Tochter. Als ich ihrem Blick völlig unbeeindruckt begegnete, fuhr sie beruhigt fort: »An diesem Abend also, auf der miesen Party, lernte ich Paul kennen. Er gefiel mir sofort. Er gehörte nicht zu diesem Pack, das immer nur herumsoff und -hurte und krumme Geschäfte machte. Ich gehörte dazu ... wirklich! Er unterhielt sich mit mir, und ich versuchte, einen guterzogenen Eindruck zu machen. Wie mir das mißlang! Plötzlich wurde mir schlecht, und ich kippte um. Als ich wieder zu mir kam, lag ich auf einem unordentlichen Bett. Paul saß neben mir.

›Wie lange nehmen Sie das Zeug schon?‹ hat er mich gefragt.

›Schon eine ganze Weile‹, habe ich geantwortet.

›Und warum?‹

›Einer aus der Kapelle war rauschgiftsüchtig, und eines Tages hat er mir auch was gegeben. So hat's angefangen.‹

›Und wissen Sie auch, wie es aufhört?‹

Da hab' ich losgeheult.«

Sybille schwieg einen Moment. Sie sah mich an und lächelte zutraulich. Ich betrachtete neugierig ihr glattes, rundes Gesicht mit den naiven Augen und dem weichen Kindermund.

»Waren Sie wirklich rauschgiftsüchtig?« fragte ich und kam mir dabei sehr albern vor.

Sie nickte eifrig mit dem Kopf: »Natürlich!« sagte sie.

Es kam mir alles andere als natürlich vor.

»Paul hat es mir abgewöhnt«, sagte sie triumphierend, »aber es war eine Strapaze. Er hat mich noch am selben Abend zu sich nach Hause genommen. Er wohnte in so einem Schrebergarten-Häuschen. Jesses, war das eine Bruchbude! Wellblech und Bretter und Ritzen. Es zog und regnete hinein, und wenn der Wind ein bißchen stärker wehte, hatte ich immer Angst, es fliegt uns weg. Das ganze war vielleicht zehn Quadratmeter groß. Das Bett war zu schmal für zwei Personen. Paul schlief wochenlang auf dem Boden. Als wir uns endlich ein Feldbett leisten konnten, hatte er eine chronische Bronchitis und Rheumatismus. Er hat nicht daran gedacht, sich zu pflegen. Aber mich hat er gepflegt – mit einer Engelsgeduld hat er mich gepflegt! Ich wollte es ihm bestimmt nicht noch schwerer machen, aber manchmal habe ich die Beherrschung verloren und geheult und getobt. Dann hat er stundenlang auf mich eingesprochen. Er hat hypnotische Kräfte, glauben Sie mir! Es ist ihm immer gelungen, mich zu beruhigen. Wenn ich schlief, ist er weggegangen und hat Zigaretten, Essen und Holz organisiert. Wie er das gemacht hat, weiß ich bis heute nicht. Aber es war immer etwas da – einmal sogar eine kleine Dose Kaviar. Er hat sie nicht angerührt. Alles, was gut war und mir schmeckte, mußte ich alleine essen ...«

Sybille drehte sich mit einem Ruck zu mir um. Ihr Gesicht hatte einen inbrünstigen Ausdruck.

»Paul ist ein Heiliger«, sagte sie mit tiefer Überzeugung.

Darauf wußte ich wirklich nichts zu erwidern. Paul Hellmann als Heiliger war zumindest eine merkwürdige Vorstellung.

Um ihren fiebrigen Augen zu entkommen, beugte ich mich vor, nahm eine Zigarette und zündete sie umständlich an.

»Glauben Sie mir, Judith!«

Ich wollte ihr den Heiligen nicht nehmen. »Ja, ja ...«, murmelte ich.

»Im Grunde seines Herzens ist er ein gütiger, aufopfernder Mann.«

»Ja, ja ...«

Ich sah ihn vor mir – die harten Augen, die durch einen hindurchschauten, den hochmütigen Mund, der zu keinem freundlichen Lächeln mehr fähig schien. Und ich hatte noch seine Stimme im Ohr, schrill und häßlich: »Menschen kotzen mich an ...« In meinem Kopf begann es sich zu drehen.

»Ich wünschte«, seufzte Sybille, »wir würden wieder in unserer Wellblech-Hütte leben. Es war die schönste Zeit meines Lebens!«

»Ja, sie muß ungeheuer gemütlich gewesen sein.«

Sie schaute verträumt vor sich hin: »Ich war so glücklich ... so unvorstellbar glücklich ...«

»Nun hören Sie schon auf! Sie reden einen so kompletten, so verkitschten Unsinn, daß mir schlecht wird!«

Sie schaute mich verschreckt an.

»Begreifen Sie doch endlich«, sagte ich ein wenig freundlicher, »die Zeit der großen Liebe, der gebrochenen Herzen, der alles verklärenden Glückseligkeit ist vorbei.«

»Nein«, sagte sie, »nur zeigt man's eben heutzutage nicht mehr.«

»Das scheint mir auch besser.«

»Judith, auch wenn Sie das wieder für Kitsch halten – es gibt nichts Schöneres als die Liebe.«

»Vorausgesetzt, daß man sie kontrollieren kann.«

Sybille lächelte, und jetzt war sie plötzlich älter als ich, reifer und weitaus erfahrener: »Kontrollierte Liebe ist keine Liebe. Ich hoffe, Judith – für Ihr eigenes Glück –, daß Sie die unkontrollierbare Liebe eines Tages kennenlernen werden.«

»Gott bewahre mich davor«, sagte ich und stand auf.

Zwei Tage später hielt Paul Hellmann seinen triumphalen Einzug. Er ging folgendermaßen vor sich: Anhaltendes Hupen, bevor man etwas sah. Dann laute Männerstimmen, die lachten und sich etwas zuriefen. Dann einen Moment Stille, wie sich das vor großen Auftritten gehört. Schließlich flog das Gartentor auf – so schwungvoll, daß ich es bereits aus den Angeln fliegen sah. Genau in der Mitte des geöffneten Tors stand der schlanke, adrette Herbert Stein in der Pose eines Fanfarenbläsers: »Tatütata ...!« machte er. Dann trat er beiseite, legte die rechte Hand aufs Herz und verneigte sich tief. Der Mercedes rollte ein – langsam, würdevoll und pompös. Herbert Stein schloß mit theatralischen Gesten das Tor. Paul Hellmann, in einem beigefarbenen Gabardineanzug, eine rote Nelke im Knopfloch, sprang aus dem Wagen, warf die Arme in die Luft und rief: »Home, sweet home ...!« Ich saß mit Sebastian am Rand des Schwimmbassins. Wir schauten uns an und verdrehten gleichzeitig die Augen. »Die Herren scheinen heute ganz entschieden ihren kindischen Tag zu haben«, sagte ich.

»Ein Tritt in den Hintern würde ihnen guttun ...«, knurrte Sebastian. Dora kam aus dem Haus gelaufen. Vier schrill kläffende Pudel schossen hinterher. Nikolas, der gerade Wäsche aufhing, ließ ein Bettuch in den Korb zurückfallen und betrachtete mit steinernem Gesicht die Szene. Selbst Friedrich tauchte einen Moment lang an seinem Mansardenfenster auf, legte den Kopf ein wenig schief, schien über die Vorgänge im Hof nachzudenken und verschwand dann wieder. Die einzige, die sich zu meiner Überraschung nicht sehen ließ, war Sybille.

Dora und Paul Hellmann lagen sich jetzt in den Armen. Die Pudel tanzten Ringelreihen um sie. Herbert Stein holte einen riesigen Strauß schneeweißer Rosen aus dem Auto. Es waren mindestens siebzig Stück. Er hielt sie hoch, drehte sich mit ihnen im Kreis und rief: »Weiße, fleckenlose Rosen für die weiße, fleckenlose Unschuld!«

»Scheusal!« fauchte Sebastian.

Nikolas nahm das Bettuch wieder aus dem Korb, warf es über die Leine und klammerte es sorgfältig fest.

Paul Hellmann, Dora und Herbert Stein marschierten Arm in Arm auf uns zu: ›When the Saints come marching in . . .‹ sangen die beiden Männer im Chor.

Sebastian verschwand mit einem Kopfsprung im Bassin. Ich blieb sitzen und betrachtete das näherkommende Trio mit einer Mischung aus Belustigung und Ärger.

»Oh, da ist ja auch Judith«, rief Paul Hellmann, »unsere ewig zürnende Halbgöttin!«

Er war in übermütiger Stimmung. So hatte ich ihn noch nie gesehen. Alles an ihm strahlte und sprühte: sein glattes schwarzes Haar, seine hellgrünen Augen, seine weißen Zähne. Er barst geradezu vor Vitalität und Lebensfreude.

Da hat er sich aber eine ganz neue Rolle zugelegt, dachte ich und mußte mißmutig zugeben, daß sie ihm nicht schlecht stand.

Die drei blieben vor mir stehen. Paul stellte mir Herbert Stein vor, und ich sah, daß er ein feingeschnittenes Gesicht hatte, mit Augen, in denen Skepsis stand und Resignation. Herbert Stein zupfte eine Rose aus dem Strauß und reichte sie mir. Ich knickte den Stiel ab und steckte sie in den Ausschnitt meines Badeanzugs. »Ihr würdet gut zueinander passen«, bemerkte Paul Hellmann.

Ich warf ihm einen bösen Blick zu.

»Huh ...«, sagte er und schüttelte sich, »Judith, Sie töten mich mal wieder mit Ihren Blicken.« Er nahm die rote Nelke aus seinem Knopfloch, trat auf mich zu und steckte sie ebenfalls in meinen Ausschnitt.

»Sie haben den Stiel nicht abgebrochen«, sagte ich, »und jetzt kratzt's.«

»Das kann Ihnen nur guttun«, grinste er.

Ich war drauf und dran, ihn mit einem Stoß ins Bassin zu befördern, aber noch bevor ich meine Arme heben konnte, hatte er mich an den Handgelenken ergriffen: »Ich weiß immer, was in Ihrem Köpfchen vorgeht«, sagte er.

Ich sah ihm kühl in die Augen. Plötzlich packte er mich und warf mich ins Bassin.

Ich weiß nie, was in seinem Köpfchen vorgeht, dachte ich noch, während ich durch die Luft flog. Ich hatte Sandalen an und keine Badekappe auf.

Als ich prustend wieder auftauchte, empfing mich schadenfrohes Gelächter. Ich zog unauffällig eine Sandale aus und warf sie nach Paul Hellmann. Er hatte sie kommen sehen und wich ihr mit einer kleinen, lässigen Wendung aus. Der Schuh traf einen der Pudel, der in gellendes Gejaule ausbrach.

Den Weg vom See herauf kam Sybille. Sie trug einen feuerroten Bikini und einen breitrandigen Strohhut. Je mehr sie sich uns näherte, desto langsamer wurden ihre Schritte. Schließlich blieb sie stehen – eine kleine, grazile Porzellanfigur.

Herbert Stein stürzte auf die Rosen zu, hob sie vom Boden auf und packte sie Paul Hellmann in den Arm: »Los«, sagte er, »geh deinem Frauchen entgegen!«

Paul warf die Rosen mit Schwung und Grandezza ins Bassin. Sie regneten auf Sebastian hinab, der sich, starr vor Verblüffung, nicht von der Stelle zu rühren vermochte. Wir schrien vor Lachen. Paul Hellmann bückte sich, pflückte ein paar Gänseblümchen und ging Sybille entgegen.

»Verrückter Hund ...«, murmelte Herbert Stein zärtlich.

»Hat er getrunken?« fragte Dora.

»Heute noch keinen Schluck. Seine sporadische Lebensfreude hat ihn gepackt. Er findet alles himmlisch, obgleich sich weder in ihm noch um ihn irgend etwas geändert hat.«

»Es scheint ihm an seelischem Gleichgewicht zu mangeln«, sagte ich von oben herab.

»Sehr weise«, bemerkte Herbert Stein sarkastisch.

Wir schauten jetzt alle zu Paul Hellmann und Sybille hinüber. Sie waren nur noch ein paar Meter voneinander entfernt. Sybille stand wie festgewurzelt, die Augen gebannt auf das Gesicht ihres Mannes geheftet.

»Arme Kleine«, sagte Dora.

»Hoffentlich knallt sie ihm eine«, sagte Sebastian.

»Sie knallt ihm bestimmt keine«, sagte Herbert Stein.

Jetzt standen sich die beiden unmittelbar gegenüber. Paul Hellmann streckte die Hand mit den Gänseblümchen vor. Sybille rührte sich nicht.

»Vielleicht knallt sie ihm noch eine«, sagte Sebastian hoffnungsvoll.

Im selben Moment begann sich Sybille zu bewegen. Sie neigte den Kopf ein wenig zur Seite und lächelte schwach. Dann hob sie ganz langsam den Arm und nahm die Gänseblümchen.

»Ergreifend«, knurrte Sebastian und stürzte sich wieder ins Bassin.

Paul Hellmann nahm Sybille den Hut vom Kopf, warf ihn in die Luft und fing ihn wieder auf. Dann tat er dasselbe mit Sybille. Sie schien nicht schwerer zu sein als der Strohhut. Er trug sie zu uns. Sie hatte die Arme um seinen Nacken gelegt und schien restlos glücklich. Ich spürte einen Stich. Ich wollte mir nicht eingestehen, daß es Neid war. Wie konnte ich auf dieses arme kleine Geschöpf neidisch sein! Ich nahm ein Handtuch und begann mir die Haare zu trocknen. »Da schaut sie euch an!« rief Paul Hellmann. »Habt ihr schon jemals etwas so Hübsches gesehen?«

»Sie ist so hübsch und so gut, daß es kaum noch zu ertragen ist«, sagte Herbert Stein.

»Das finde ich eben auch«, lachte Paul Hellmann. »Es ist ein Jammer, daß ein so bezauberndes Wesen an ein Ungeheuer wie mich geraten mußte.«

»Ein wahrer Jammer«, murmelte ich.

Keiner außer Herbert Stein hatte meine Worte gehört. Er schaute mich an und zog die rechte Augenbraue in die Höhe. Paul Hellmann ließ Sybille zu Boden gleiten. Sie blieb an ihn geschmiegt stehen.

»Mir ist kalt«, erklärte ich, »ich muß mich ein bißchen bewegen.«

»Ihnen ist meistens kalt«, sagte Paul Hellmann, »stimmt's, Judith?« Ich zuckte die Achseln und ging zum See hinunter. Herbert Stein folgte mir.

Ich drehte mich im Gehen zu ihm um: »Ist Ihnen auch kalt?« fragte ich.

»Nein, aber es macht mir Spaß, hinter Ihnen her zu gehen. Sie haben schöne Beine und einen aufregenden Rücken.«

Ich gab keine Antwort. In der Nähe des Sees legte ich mich ins Gras. Herbert Stein legte sich neben mich.

»Komisch«, sagte er plötzlich, »daß ihr euch nicht mögt.«

»Wer mag wen nicht?«

»Sie mögen Paul nicht, und er mag Sie nicht.«

»Weder mag ich ihn, noch mag ich ihn nicht. Er ist mir eigentlich nur gleichgültig.«

»Und er findet Sie langweilig.«

Das saß. Ich hatte alle Mühe, meine Wut zu verbergen. »Na, bitte«, sagte ich mit einem gezwungenen Lachen, »dann ist ja alles in bester Ordnung.«

Herbert Stein schwieg. Er stützte sich auf den Ellenbogen und schaute mir erst in die Augen, dann auf den Mund.

Ich legte ihm die Hand auf die Schulter. Wir küßten uns. Nach einer Weile hob er den Kopf und fragte: »Küßt du mich oder Paul?«

»Sie kommen auf die idiotischsten Gedanken«, sagte ich ärgerlich und drehte mich mit einem Ruck auf den Bauch.

Am Abend desselben Tages schleppte mich Dora in ›Don Carlos‹. Ich machte mir nicht viel aus Theater, und aus Schiller nun schon gar nichts. Dora wußte das, aber sie bestand darauf, mit mir in ›Don Carlos‹ zu gehen.

»Ich mag Schiller auch nicht«, hatte sie erklärt.

»Warum gehen wir dann überhaupt hin?«

»Keine Ahnung.«

»Also lassen wir's.«

»Nein. Es soll eine gute Aufführung sein, und hinterher kannst du endlich Robert treffen.«

Das war das einzige, was mir einleuchtete. Ich konnte ein Treffen nicht länger hinausschieben, und es war mir sehr recht, daß es in Doras Anwesenheit stattfinden sollte. Wir hatten uns nach der Vorstellung im »Wespennest« verabredet. Das »Wespennest« war ein sogenanntes »Künstlerlokal« – ein nicht sehr großer, verqualmter Raum mit vielen Ecken und Nischen; kleinen Tischen aus unpoliertem Holz, unbequemen Stühlen und Bänken; Kerzen in Flaschen, ein paar modernen Drucken an den Wänden; einem Klavierspieler. Das Publikum: hauptsächlich Schauspieler, Regisseure, Maler, Autoren und solche, die es zu sein glaubten, die es gewesen waren oder werden wollten.

Es war ziemlich voll. Ich schaute mich nach Robert um. Robert war nicht da. Dafür war Paul Hellmann da. Er saß an einem winzigen Ecktisch und starrte beharrlich in sein Glas. Neben ihm saß ein Mädchen.

»Hast du schon gesehen?« fragte ich Dora.

»Ja, aber wir setzen uns nicht zu ihm.«

»Das will ich hoffen!«

»Da drüben wird gerade ein Tisch frei«, sagte eine Bedienung. Um dorthin zu gelangen, mußten wir dicht an Paul Hellmann vorbei. Er sah auf, machte ein überraschtes Gesicht, lächelte etwas gequält und grüßte. Wir grüßten zurück. Ich schaute mir das Mädchen an. Sie sah ungepflegt aus, das war mein erster Eindruck. Die langen, strähnigen Haare und die ungesund fahle Haut ließen Schuppen und Mitesser vermuten. Die zu dünn gezupften Augenbrauen und der nachlässig mit Lippenstift beschmierte Mund stachen unappetitlich hervor. All das bewirkte, daß man erst bei sehr genauem Hinschauen eine schöne Stirn, prächtige dunkle Augen und eine aparte kleine Nase wahrnahm. Das also mußte Karin sein, das arme verkommene Geschöpf, das er aus der Ostzone herübergeholt hatte, um auszuprobieren, was er an Sybille schon einmal erfolgreich ausprobiert hatte.

»Er treibt es zu weit!« sagte Dora, als wir am Tisch Platz genommen hatten.

Ich schaute sie überrascht an. »Nanu«, sagte ich, »was ist denn mit dir los? Das ist doch Paulchen, und Paulchen treibt es nie zu weit!«

Sie zog ein degoutiertes Gesicht. »Auch Rücksichtslosigkeit muß ihre Grenzen haben.«

Ich stellte mich einfältig: »Findest du, er sollte auf Sybille Rücksicht nehmen?«

»Sybille kriegt ein Kind«, sagte Dora.

»Auch das noch.«

»Das wäre nicht schlimm, denn Sybille wünscht sich nichts sehnlicher als ein Kind. Schlimm ist, daß er es unter keinen Umständen haben möchte und sie dazu zwingen will, es wegzumachen.«

»Das sieht ihm sehr ähnlich«, sagte ich gelassen.

»Ähnlich oder nicht! Man darf eine Frau nicht derart kaputtmachen und bei der anderen dann auch noch den Wohltäter spielen. Pfui Teufel, das ekelt mich an!«

»Mich auch. Aber im Gegensatz zu dir wundert es mich nicht. Ich habe ihn nie anders beurteilt.«

Zum erstenmal wies sie nicht streng darauf hin, daß mein Urteil ein Vorurteil sei. Sie ließ mir meinen Triumph, starrte einen Moment zu Paul Hellmann und seiner Begleiterin hinüber und sagte dann voller Widerwillen: »Und dann auch noch so ein unappetitliches Geschöpf!«

»Schläft er eigentlich mit ihr?«

»Was dachtest du denn?«

»Vielleicht spielt er wirklich nur den guten Samariter.«

»Ach was!«

Sie nahm Spiegel und Puderdose aus der Tasche und fuhr sich mit der Quaste über die Nase: »Sommersprossen«, murmelte sie, »nichts wie Sommersprossen ... und das soll ein Mensch aushalten!«

Ich lachte und begann, die Karte zu studieren.

»Jetzt kommt zu allem Unglück auch noch Robert«, sagte Dora. Ich schaute auf.

Robert war ein langer, überschlanker, dunkler Typ mit einem anziehend häßlichen Gesicht und wunderschönen Händen. Wie immer gefiel er mir, gefiel mir sogar besser als die meisten Männer. Und trotzdem wußte ich nie recht, warum ich ausgerechnet mit ihm verheiratet war.

»Die schönen Tage in Aranjuez sind nun zu Ende ...«, deklamierte er, an unseren Tisch tretend.

»Eure königliche Hoheit ...«, er küßte Dora die Hand, »verlassen es nicht heiterer ... ohnehin, wie man an Eurem Gesicht erkennen kann ... Wir sind vergebens hier gewesen ... das ist jetzt wieder Schiller ...«, er küßte mir die Hand – »brechen Sie dies rätselhafte Schweigen ...«, er küßte mich auf die Wange – »öffnen Sie Ihr Herz dem Vaterherzen, Prinz...essin...«

»Du hast wohl uns zu Ehren schnell den ganzen ›Don

Carlos‹ auswendig gelernt?« sagte ich lachend und konnte mich seines Charmes nicht erwehren.

»Du vergißt, Liebling, daß ich ein gebildeter Mensch bin. Ich habe mir selbst ›Don Carlos‹ angetan – der Not gehorchend, nicht dem eigenen Triebe –. Wo soll ich mich nun eigentlich hinsetzen? Der Tisch ist ja nicht größer als ein Klodeckel – ein kunstgewerblicher Klodeckel selbstverständlich. Was ihr euch alles einfallen laßt! Erst Schiller, dann Künstlerlokal mit dem irreführenden Namen ›Wespennest‹! Halten sich diese arrivierten Spießer, die hier herumsitzen, vielleicht für stechende Wespen?«

»Robert!« rief Dora. »Setzen Sie sich, um Gottes willen, setzen Sie sich neben Judith, so weit wir möglich von mir entfernt ... und machen Sie mich nicht wahnsinnig!«

»Ich kann mich nicht neben Judith setzen, weil immer die Gefahr besteht, daß sie mich tritt, kneift oder schlägt. Dabei würde ich mich so gerne neben sie setzen! Sie sieht wunderschön aus heute abend, finden Sie nicht, Dora? Die Bräune steht ihr gut. Ich werde dir eine Höhensonne kaufen, Liebling, damit du immer hübsch braun bleibst.« Er setzte sich uns gegenüber auf einen der kleinen unbequemen Stühle.

»Idiotisches Lokal«, sagte er laut und versuchte, seine überlangen Beine unterzubringen. »Gibt's hier eigentlich auch eine Bedienung?«

Er fuchtelte mit der Hand in der Luft herum. Ein Mädchen in engem schwarzem Rock und Pullover trat an unseren Tisch. Robert schaute sie unverschämt von oben bis unten an: »Sind Sie die Bedienung?« fragte er.

»Ja.«

»Aha, aha ... Also, was trinken wir? Whisky? Haben Sie Whisky, Fräulein?«

»Wir haben alles.«

»Bravo! Dora, wie ich Sie kenne, trinken Sie Whisky. Ich trinke auch Whisky. Judith?«

»Ich möchte ein Viertel Rotwein und etwas zu essen.«

»Wir haben Gulaschsuppe oder Würstchen«, sagte das Mädchen.

»Ich denke, Sie haben alles«, sagte Robert.

»Wir sind kein Speiselokal, mein Herr.«

»Sehr richtig. Sie sind ein Künstlerlokal.«

Das Mädchen entfernte sich mit indigniertem Gesicht.

»Ich möchte Würstchen«, sagte ich.

»Robert, ich bitte dich ...«

»Na, dieses Getue ist doch zum Kotzen. Deutschland ist schon wieder ganz obenauf. Wir haben alles! Whisky? Bitte sehr, mein Herr. Zigaretten? Welche Sorte, mein Herr? Ein Steak? Wenn ich etwas anderes empfehlen darf, mein Herr, das Fleisch ist noch etwas zu frisch. Nationalsozialismus? Bitte, gedulden Sie sich noch ein bißchen, mein Herr, aber spätestens in einem Jahr ...«

»Robert«, sagte Dora, »ich bin ganz Ihrer Meinung, und ich kann Ihnen nur raten, die Konsequenzen zu ziehen und aus Deutschland wegzugehen.«

Robert lächelte spöttisch: »Wer zieht heutzutage noch Konsequenzen?«

»Dann, mein Lieber, legen Sie sich einen anderen Vers zu – einen, der zu Ihrer Resignation paßt. Dann trinken Sie Ihren Whisky, rauchen Sie Ihre Zigaretten, essen Sie Ihr Steak, warten Sie auf den Nationalsozialismus – aber bitte schweigend.«

Robert legte seine Hand auf Doras: »Ich freue mich immer, wenn ich Sie sehe«, sagte er, »Sie sind eine der ganz wenigen wirklich bezaubernden Frauen.«

Doras Augen blitzten vor Vergnügen. Komplimenten konnte sie nicht widerstehen. »Sie Narr«, rief sie, »mit Ihnen kann man sich ja nicht ernsthaft unterhalten!«

Ich schaute zu Paul Hellmann hinüber. Er saß da, rauchte und machte einen gelangweilten Eindruck. Das Mädchen hatte sich ganz tief in die Ecke gedrückt, und ihr Gesicht war verschlossen und unzufrieden. Sie sprachen nicht miteinander, sie berührten sich auch nicht.

Eine wirklich herzliche Beziehung, dachte ich und mußte lächeln.

»Judith, mein Herz, mit wem flirtest du schon wieder?« fragte Robert.

»Mit dem Herrn, mit dem ich zwar nicht dasselbe Bett, aber immerhin dasselbe Grundstück teile.«

»Paul Hellmann«, sagte Dora, »der Herr, der unser Atelier gemietet hat.«

»Ach, der berühmte Paul Hellmann! Wo sitzt er denn?« Robert schaute sich ungeniert um: »Der Beau da?« fragte er mit ziemlich lauter Stimme.

»Robert, bitte ...«, flüsterte ich und zupfte ihn am Ärmel.

»Und wer ist das tuberkulöse Wesen neben ihm?« fragte Robert, immer noch über die Schulter blickend, aber doch etwas leiser.

»Irgendeine Bekannte von ihm«, sagte Dora.

»So, so.«

Er wandte sich uns wieder zu, schaute mich einen Augenblick aufmerksam an, seufzte und fragte: »Dora, ist unsere Kleine in den Beau verliebt?«

»Sie kann ihn nicht leiden.«

»Ich traue unserer Kleinen nicht recht ... oder sollte sie vielleicht einen guten Geschmack entwickeln?«

»Widerling!« sagte ich.

»So übel ist Paul Hellmann bestimmt nicht«, protestierte Dora.

»Nein? Na, dann wollen wir ihn mal an unseren Tisch holen.«

»Auf gar keinen Fall«, sagte ich rasch.

»Warum denn nicht?« fragte Robert.

»Weil du dich nicht benehmen kannst.«

»Und der Beau kann sich benehmen?«

»Auch nicht.«

»Na, dann kann es doch ein amüsanter Abend werden.«

»Ich halte nichts von solchen Amüsements«, sagte Dora.

»Schade! Er scheint sich nämlich zu langweilen mit seiner bleichen Dame ...« Wieder schaute Robert über die Schulter zu Paul Hellmann hinüber: »Was für Schiebergeschäfte macht er denn?«

»Wie kommen Sie denn auf Schiebergeschäfte?« fragte Dora mit einem Erstaunen, das verdächtig war.

»Liebste Dora«, sagte Robert mit einem matten Lächeln, »was macht ein Mann wie Paul Hellmann sonst für Geschäfte?«

»Er macht Geschäfte mit pharmazeutischen Artikeln.«

»Ich nehme kaum an, daß er im weißen Kittel hinterm Apothekertisch steht und Aspirin und Abführmittel verkauft.«

»Soviel ich weiß – und ich weiß natürlich kaum was –, beliefert er damit die Ostblockländer. Ganz legal, selbstverständlich.«

»Selbstverständlich!« sagte Robert, ernst mit dem Kopf nickend.

»Er verdient damit, was er will!«

»Das kann ich mir vorstellen.«

»Er hat noch einen Geschäftspartner in der Schweiz.«

»Sieh an, in der Schweiz!«

»Die Geschäfte laufen nämlich über die Schweiz.«

»Sonst würden sie wohl bald nicht mehr laufen ... und der Beau samt Partner auch nicht mehr.«

Robert lachte schallend und schlug sich vor lauter Vergnügen mit der Hand aufs Knie: »Der Beau fängt an, mir zu imponieren. Er scheint clever zu sein. Ost-West-Geschäfte mit pharmazeutischen Artikeln. Ganz legal, selbstverständlich! Meine Hochachtung!«

Dora machte ein etwas irritiertes Gesicht. Ich war mir nicht ganz im klaren, ob sie Paul Hellmanns Geschäfte für legal hielt oder nur so tat. Wahrscheinlich hatte sie sich nie Gedanken darüber gemacht, jetzt schien sie es zu tun.

»Jedenfalls«, erklärte sie, »fügt er mit diesen Geschäften niemandem einen Schaden zu.«

»Aber nein«, versicherte Robert mit einem ironischen Grinsen, »und wenn er Glück hat, kommt er selber auch ohne Schaden davon.«

Er hob sein Glas: »Prost, Judith, mein Engel! Schau nicht so düster drein, sondern trink! Wir haben noch ein langes Leben vor uns ...«

Gegen Mitternacht saßen wir natürlich doch vereint an einem Tisch – einem größeren, zum Glück. Wir waren alle nicht mehr ganz nüchtern. Das heißt, von Karin konnte ich es nicht mit Gewißheit sagen. Sie schüttete zwar Unmengen in sich hinein, änderte aber weder die Haltung noch die Gesichtsfarbe. Sie saß bleich und bewegungslos in einer Ekke und tat, außer zum Trinken, nicht den Mund auf. Sie lächelte auch nicht. Ab und zu schaute sie Paul Hellmann an, und dann wurde mir unbehaglich zumute. Es war ein drohender Blick, aus tiefliegenden Augen. Auch sonst war sie mir unheimlich. Sie gehörte zu den Menschen, die eine unheilschwangere Atmosphäre verbreiten, so daß man sich ständig in Erwartung einer Katastrophe befindet. Ich rechnete fest damit, daß irgend etwas passieren würde. Das, was dann tatsächlich passierte, überstieg allerdings bei weitem meine Erwartungen.

Paul Hellmann kümmerte sich nicht um sie. Er bestellte ganz automatisch für sie mit, aber das war auch alles. Wäre sie aufgestanden und gegangen, er hätte es wahrscheinlich gar nicht gemerkt.

Er war jetzt nicht mehr gelangweilt, im Gegenteil! Er war laut und lebhaft. Zu laut, für meine Begriffe. Robert schien ihm gut zu gefallen. Er unterhielt sich hauptsächlich mit ihm und lachte herzlich über seine bissigen Bemerkungen.

Robert lümmelte sich neben mir auf der Bank. Er hatte die Ärmel seines Pullovers hochgestreift und die Manschetten seines Hemdes aufgeknöpft. Meine Schulter diente ihm als Kopfstütze. Er sonnte sich in seinem Zynismus und spielte den Überlegenen. Es war undurchschaubar, ob er Paul Hellmann mochte oder nicht ausstehen konnte.

»Hellmann«, sagte er, »Sie gehören zu den Menschen, die nicht genug Grips haben, um ihr Gefühl zu steuern, und nicht genug Gefühl, um ihren Grips auszuschalten.«

Dora, die auf meiner anderen Seite saß, gluckste leise vor sich hin.

Paul Hellmann lächelte, blickte dem Rauch seiner Zigarette nach und erwiderte gelassen: »Mag sein, daß ich nicht genug Grips und nicht genug Gefühl habe, aber dafür habe ich Instinkt. Ich habe den Riecher eines Tieres. Ich weiß genau, wann ich zupacken, wann ich weglaufen, wann ich beißen und wann ich die Hand lecken muß. Einen solchen Instinkt haben Sie nun wieder nicht, Robert.«

»Ich ersetze Instinkte durch ...«, Robert tippte sich an den Kopf, »... das hier.«

»Ich fürchte, du überschätzt dich«, sagte ich.

»Die deutschen Intellektuellen«, sagte Paul Hellmann, »neigen dazu, sich zu überschätzen.« Er beugte sich über den Tisch, Robert entgegen. »Sie glauben, mit ein paar gewandten Formulierungen, ein paar schlagfertigen Bemerkungen und einer Portion Zynismus ist es getan. Die Leute fallen ja auch gern drauf rein.«

»Sehr richtig!« rief Dora und blies mir vor lauter Begeisterung einen Mund voll Rauch ins Gesicht.

»Sie halten mich also für einen Schwadroneur?« fragte Robert, ohne den Kopf zu wenden.

»Nehmen Sie's mir nicht übel – ja!«

»Warum sollte ich Ihnen das übelnehmen? Ich halte mich selber für einen. Aber ich habe meinen Spaß daran. Wozu sich aufreiben, wozu investieren? Der Karren wird immer wieder im Dreck steckenbleiben, und die Lust, ihn herauszuziehen, ist mir vergangen.«

»Diese Einstellung hat schon Millionen den Kopf gekostet«, sagte Dora erregt.

Paul Hellmann trank seinen Whisky aus: »Ich bin dafür, daß wir jetzt zu Sekt übergehen«, sagte er.

»Sind Sie anderer Meinung, Hellmann?« fragte Robert.

»Von was für einer Meinung sprechen Sie?«

»Meiner Meinung – daß es völlig blödsinnig ist, irgend etwas zu investieren.«

»Ja, da bin ich anderer Meinung.«

»Dachte ich's mir doch. Sie, Hellmann, sind die sogenannte Kämpfernatur. Haben Sie noch immer nicht genug davon?«

»Zum Glück nicht.«

»Sie müssen ein guter Soldat gewesen sein.«

»Dank meines Stammbaums blieb mir diese Ehre erspart.«

»Mir leider nicht«, knurrte Robert.

»So hat eben alles seine Vor- und Nachteile.«

»Ach Gott«, seufzte Robert, »ihr Halbjuden habt's doch eigentlich gut gehabt.«

Ich zog ihm mit einem Ruck meine Schulter weg. »Manchmal redest du ein so idiotisches Zeug zusammen«, fuhr ich ihn an, »daß ich am liebsten aufstehen und gehen möchte.«

»In diesen Dingen ist Judith leider völlig humorlos«, sagte Robert, drückte mich wieder gegen das Polster und nahm seine frühere Lage ein.

»Früher hat kein Mensch gewußt, was ein Halbjude ist«, sagte Dora. »Erst die Nazis haben dieses Wort geprägt, und was tut ihr? Ihr übernehmt es auch noch!«

Ich wandte mich ihr zu: »Du vergißt, Dora, daß es mit größter Eindringlichkeit geprägt wurde. Es blieb haften.«

»Da seht ihr's«, sagte Robert, »sie macht aus den Halbjuden ein Problem.«

Er lachte.

»Sie braucht etwas«, sagte Paul Hellmann, »an das sie sich mit Herz und Seele festbeißen kann.«

»Gott, seid ihr alle gescheit!« rief ich aufgebracht.

Paul Hellmann grinste mir zu: »Regen Sie sich nicht auf, Judith! Jeder von uns hat so etwas wie ein Steckenpferd: Ihr Mann hat seinen Zynismus, Dora ihre eingebildete Bosheit, und Sie haben Ihre Halbjuden.«

»Und Sie?« fragte Robert.

»Ich wechsele mein Steckenpferd. Mal ist es dies, mal jenes. Ich lege mich nicht gerne fest.«

In diesem Augenblick gab Karin zum erstenmal an diesem Abend einen Laut von sich – ein trockenes, unangenehmes Lachen. Wir schauten sie alle überrascht an. Sie starrte in ihr Glas, das sie, mit beiden Händen umklammert, auf dem Schoß hielt.

»Haben Sie auch ein Steckenpferd?« fragte Robert.

»Nein«, erwiderte sie finster.

»Natürlich hat sie eins«, sagte Paul Hellmann. »Ihr Steckenpferd ist die Zerstörungswut.«

»Das nenn' ich ein putziges Steckenpferd«, sagte Robert.

Paul Hellmann lachte über diese alberne Bemerkung, und auch ich hätte gerne gelacht. Aber plötzlich tat mir das Mädchen leid. Sicher war sie auch mal ganz anders gewesen – hübsch, aufgeschlossen und vergnügt. Sicher hatte sie sich nur aus Wehrlosigkeit in eine Verbissenheit geflüchtet, über die wir uns jetzt mokierten.

Ähnliche Gedanken mußte auch Dora gehabt haben. Sie sagte: »Ihr Männer könnt uns auch manchmal bis an den Rand der Zerstörungswut bringen.«

Nach der fünften Flasche Sekt verlor ich ein wenig die Übersicht und die anderen, so schien mir, auch. Ich war betrunken, aber mein Kopf war glasklar. Ich sah alles wie auf einer Bühne, in kleinem Ausschnitt, aber plastisch. Ich hörte auch alles, überdeutlich, fast zu laut. »Jetzt fahren wir ins Atelier«, sagte Paul Hellmann, dessen Stimme sich noch ein wenig höher geschraubt hatte, »wir fahren ins Atelier und feiern das Fest der Befreiung.«

»Was für eine Befreiung«, fragte Robert, der lang ausgestreckt hinter Dora und mir auf der Bank lag.

»Jeder kann sich seine Befreiung selbst aussuchen.«

»Mensch, Hellmann, wir sind doch gerade erst befreit worden. Versuch mal, aus Berlin rauszukommen, dann wirst du schon merken, wie gründlich wir befreit worden sind!«

»Ich mein' doch die persönliche Befreiung! Jeder Mensch hat etwas, von dem er gerne befreit werden möchte.«

»Na, das kann man wohl sagen! Ich wüßte nichts, von dem ich nicht befreit werden wollte ... außer natürlich von meiner süßen kleinen Frau ...« Er umfaßte mich von hinten und legte beide Hände auf meine Brust. Ich zerrte sie eilig dort weg.

»Und du, Hellmann, von was willst du befreit werden?«

»Von mir selber.«

»Heiliger Himmel ... aber ein verständlicher Wunsch!«

»Und du, Dora?«

»Von diesem ganzen alltäglichen Kleinkram, durch den man sich durchwurschteln muß, wenn man nicht genug Geld hat.«

»Und du, Judith ... außer natürlich von deinem treusorgenden Mann?«

»Von der Vergangenheit«, sagte ich, »von der Zukunft ... ach, und auch von der Gegenwart.«

»Der Wannsee steht Ihnen zur Verfügung«, sagte Paul Hellmann, und dann wandte er sich zum erstenmal an diesem Abend Karin zu: »Von was, mein Schatz, möchtest du wohl befreit werden?«

»Von dir«, sagte sie.

»Undank ist des Menschen Lohn«, seufzte Paul Hellmann und erhob sich.

Das Mädchen schnellte von ihrem Sitz auf. Ihr eben noch ausdrucksloses Gesicht war angstverzerrt. »Wohin gehst du?«

»Ich befreie dich von mir.«

»Bleib!« schrie sie.

»Du bist total betrunken. Ich rufe Herbert an, damit er uns nach Wannsee fährt. Setz dich wieder hin, los!«

»Nein, ich komme mit.«

Er zuckte die Achseln und ging leicht schwankend voraus. Sie folgte mit ihren kurzen, steifen Schritten.

»Das Mädchen ist nicht normal«, sagte Dora, »sie jagt mir Angst ein.«

Robert gähnte. »Gib mir was zu trinken, Judith!«

»Du hast genug getrunken.«

»Dora, Judith ist kalt wie ein Fisch, wußten Sie das schon?«

»Eine Frau ist immer so lange kalt, bis sie an den für sie richtigen Mann gerät.«

»Dann scheine ich nicht der richtige Mann zu sein.«

»Davon bin ich überzeugt«, sagte Dora.

»Ach Judith«, seufzte Robert und legte den Arm um mich, »manchmal ist mir, als würde ich dich lieben.«

»Da haben wir's«, sagte ich, »wenn er zuviel trinkt, wird er sentimental.«

Paul Hellmann kam ohne Karin zurück. »Herbert wird gleich da sein und uns nach Wannsee fahren«, sagte er.

»Wo ist Karin?« wollte Dora wissen und schüttelte kummervoll den Kopf, eine trügerische Geste, wenn man Dora kannte: »Was haben Sie bloß mit dem armen Geschöpf angestellt!«

»Ich habe überhaupt nichts mit ihr angestellt. Im Gegenteil, ich wollte ihr helfen. Sie war schon immer hochgradig neurotisch. Noch bevor ich sie kannte, hat sie zwei Selbstmordversuche unternommen und einen Mann in die Nervenheilanstalt gebracht. Sie ist durch und durch verkorkst.«

»Lebt ihre Familie?« fragte ich.

»Nein. Ihr Vater wurde aus politischen Gründen von den Deutschen umgebracht. Ihre Mutter hat sich selber umgebracht, und ihr Bruder ist gefallen.«

»Sonst nichts?« fragte Robert. »Also ich kenne einen Mann, der hat zwei Söhne im Krieg verloren und drei Töchter bei einem Bombenangriff. Daraufhin ist seine Frau wahnsinnig geworden und hat versucht, ihn umzubringen ...«

»Hört auf der Stelle mit solchen furchtbaren Geschichten auf!« rief Dora und schlug mit der Faust auf den Tisch.

»Was wollen Sie, Dora? Das sind ganz normale Schicksale einer Kriegsgeneration!« Plötzlich fuhr er hoch: »Warum, zum Teufel, steckt ihr andauernd den Kopf in den Sand? Ihr laßt ihn da – bevor es passiert, während es passiert, nachdem es passiert ist! Haltet doch einmal den Kopf hoch und macht die Augen auf! Es ist doch wirklich zum Kotzen!«

»Robert«, sagte ich, »bitte ...«

»Laß ihn, Judith, im Grunde hat er recht.«

»Zahlen!« rief Paul Hellmann und schwenkte seine Brieftasche aus braunem Krokodilleder.

»Ich glaube, ich kümmere mich mal um Karin«, sagte Dora. »Sie ist schon so lange weg, vielleicht tut sie irgendwas Verrücktes.«

»Bleiben Sie«, befahl Paul Hellmann. »Ein Mädchen, das unaufhörlich mit Selbstmord droht und zwei angeblich ›mißglückte‹ Versuche hinter sich hat, macht nie Ernst.«

Hinter mir begann Robert zu schnarchen. Ich gab ihm einen kleinen Stoß mit dem Ellenbogen. Er schnarchte weiter. Herbert Stein kam zur Tür herein. Er sah frisch und gepflegt aus. »Seid ihr transportfähig?« fragte er, an unseren Tisch tretend.

»Wir sind leider schon fast wieder nüchtern«, sagte Paul Hellmann.

Herbert sah mich an. »Geben Sie mir den schäbigen Rest Ihres Sekts?« fragte er.

»Gern.« Ich reichte ihm das Glas.

»Wo, zum Teufel, steckt nun wirklich diese Karin?« rief Paul Hellmann, stand auf und verließ den Tisch.

Ich drehte mich zu Robert um und zog ihn unsanft am Ohr: »Wach auf, Schätzchen, sonst versäumst du das Fest der Befreiung.«

Robert richtete sich stöhnend auf, zeigte gähnend auf Herbert Stein und fragte: »Wer ist denn das?«

»Herbert Stein«, sagte ich.

Robert betrachtete ihn eine Weile nachdenklich, dann sagte er: »Das ist die erste erfreuliche Erscheinung an unserem Tisch.«

Am anderen Ende des Raums tauchte Paul Hellmann mit Karin auf. Sie flüsterte auf ihn ein, während er zur Decke emporschaute. Plötzlich kehrte er ihr abrupt den Rücken und machte einen Schritt auf uns zu. Sie packte ihn am Ärmel und hielt ihn fest. Ebenso abrupt drehte er sich wieder zu ihr um, und man hörte ein Klatschen wie von einer Ohrfeige.

»Immer wieder dasselbe Theater«, stöhnte Herbert.

»Kommt, gehen wir schon raus ... das ist ja widerlich!«

Wir standen auf und verließen das Lokal. Es dauerte mindestens zehn Minuten, bis Paul Hellmann und Karin erschienen.

»Wir müssen noch einen Augenblick warten«, sagte Paul Hellmann, »ich habe ein Taxi bestellt«.

»Wozu denn das?«

»Karin fährt mit dem Taxi nach Hause«.

»Nein, Paul«, sagte Dora spontan, »das geht nicht! Sie müssen das Mädchen wenigstens ...«

»Es ist ein zu großer Umweg«, sagte Paul Hellmann in einem Ton, der keinen weiteren Widerspruch zuließ.

Das Taxi kam. »Auf Wiedersehen«, sagte Karin plötzlich in ganz normalem Ton und dann, zu unserer allgemeinen Verblüffung, lächelte sie uns einem nach dem anderen zu. Paul Hellmann nahm sie am Oberarm. Sie machte sich ohne Heftigkeit frei und sagte: »Das ist nicht mehr nötig. Ich gehe schon von alleine.« Sie ging vor ihm her und hielt den Kopf sehr hoch. Bevor sie einstieg, sagte sie klar und deutlich, so daß wir es alle hören konnten. »Und diesmal mache ich Ernst.« »Natürlich«, sagte Paul Hellmann, legte ihr einen Moment die Hand auf die Schulter und schob sie dann ins Taxi. Wir schauten alle dem davonfahrenden Wagen nach.

Auf der Fahrt nach Wannsee wurde wenig gesprochen. Herbert fuhr wie die Feuerwehr. Dora, die neben ihm saß, stieß mitunter einen schrillen Angstschrei aus.

Ich saß zwischen Robert und Paul Hellmann und wurde unfreiwillig mal gegen den einen, mal gegen den anderen geschleudert. Schließlich legte Paul Hellmann den Arm um meine Schulter und hielt mich fest. Er hielt mich, wie man irgendeinen schwankenden Gegenstand hält. Sein Arm war schwer und drückte mich auf meinen Sitz, so daß ich mich nicht mehr bewegen konnte. Ich spürte den Druck seines Körpers, von der Schulter abwärts bis zum Knie.

Robert gähnte unablässig. »Haben Sie eigentlich ein Bett für mich, Dora?«

»Heut wird nicht mehr ins Bett gegangen«, sagte Paul Hellmann. »Wir feiern durch bis zwölf Uhr mittags, dann fahre ich weg, und ihr könnt euch ausschlafen.«

»Wohin fahren Sie?« fragte ich.

»In die Schweiz ... wollen Sie mitkommen?«

Ich wußte nicht, ob seine Frage ernst gemeint war. »Ja«, sagte ich und wußte auch nicht, ob meine Antwort ernst gemeint war.

Wir schauten uns einen Moment lang an, dann legte ich den Kopf zurück und schloß die Augen. Ich war müde und benommen und zufrieden. Woher die Zufriedenheit kam, wußte ich nicht. Aber ich wußte, daß sie anhalten würde, solange wir fuhren, solange mich dieser schwere Arm auf meinen Sitz drückte. Ich wäre gerne noch Stunden gefahren. Als das Auto hielt, rührte ich mich nicht. Die anderen rührten sich auch nicht.

Paul Hellmann zog langsam den Arm hinter meinen Schultern hervor. Seine Hand streifte meinen Nacken und blieb einen Augenblick dort liegen. Dann öffnete er die Tür und stieg aus. Wir folgten – schwerfällig, schweigend, mißmutig. Aber kaum waren wir draußen, schlug unser Mißmut in Begeisterung um.

Eine milde Sommernacht, kurz bevor der Morgen anbricht, weckt auch im eingefleischtesten Großstadtmenschen eine gewisse Naturverbundenheit. Wir standen da und sogen die Luft und den Duft und die Stille und den Anblick eines tintenblauen Himmels in uns ein. In diesem Moment herrschte tiefste Eintracht zwischen uns. »Es lohnt sich eben doch«, sagte Paul Hellmann mit einer weit ausladenden Geste, »findet ihr nicht?«

Im Zimmer neben der Küche brannte Licht, und in dem erleuchteten Ausschnitt des Fensters stand Nikolas, der personifizierte Vorwurf in einem gestreiften Pyjama.

»Madame«, sagte er, »ich muß Sie einen Moment sprechen.« Dora trat ans Fenster, wir gingen langsam weiter. »Mein Gott, ist das eine Nacht«, sagte Paul Hellmann, warf den Kopf zurück und schaute zum Himmel empor. »Sie bekehrt mich geradezu. Ich möchte plötzlich ein normales, natürliches, anständiges Leben führen. Ich möchte Gutes tun ...«

»Das wird dir nicht gelingen«, sagte Herbert trocken. »Die Voraussetzung zu einem normalen, natürlichen, anständigen Leben ist ein normaler, natürlicher, anständiger Mensch. Und das bist du nicht.«

»Ich habe die Kraft, es zu werden«, erklärte Paul Hellmann.

»Aber selbstverständlich«, spottete Herbert.

Dora kam hinter uns hergelaufen. Ihre hohen Absätze klapperten hektisch über das Kopfsteinpflaster, sie hatte die

Arme angewinkelt und die Schultern hochgezogen. Diese Haltung verriet, was der Buckel bei einer Katze verrät.

»Jetzt ist es passiert!« rief sie unheilverkündend und trat auf Paul Hellmann zu, der noch immer in seiner ergriffenen Pose dastand, den Kopf zum Himmel gewandt.

Dora packte ihn am Arm. »Paul«, schrie sie ihn an, »hören Sie auf, den Mond anzubellen!«

»Stören Sie ihn nicht«, grinste Herbert, »er geht in sich.«

»Das hätte er früher tun sollen ... Paul! Sybille ist weg!«

»Sie wird schon wiederkommen.« Er seufzte und senkte langsam den Kopf.

»Ist das alles, was Sie dazu zu sagen haben?«

»Ja.«

»Sie sind roh, Paul!«

»Ich bin nicht roh, ich bin nur nüchtern. Es besteht kein Grund zur Aufregung, warum soll ich mich also aufregen? Ich kenne Sybille, ich bin seit Jahren mit ihr verheiratet. Sie wollte mir einmal mit gleicher Münze heimzahlen. Das ist doch verständlich. Sie wird wiederkommen, so sicher, wie in einer Stunde die Sonne aufgehen wird.«

»Oh, Sie überhebliches Ungeheuer! Auf den Gedanken, daß ihr etwas passiert sein könnte, kommen Sie wohl gar nicht? Sie ist um neun Uhr abends weggefahren und noch nicht wieder da!«

»Warum sollte sie denn dasein, wenn sie gar nicht die Absicht hatte, wieder dazusein?«

»Woher wissen Sie denn das?«

»Wenn ich alles so genau wüßte!«

Herbert und Robert waren vorausgegangen. »Nun kommt schon!« rief Herbert ungeduldig, »wir haben Durst!«

Die Haustür war nicht abgeschlossen, im Vorraum brannte Licht. Aus dem Atelier drang ein seltsam schabendes Geräusch und ein unerträglich süßer, geradezu anästhesierender Geruch. Dora machte wilde Augen. »Was ist denn das?« schrie sie. »Eine Höllenmaschine«, sagte Paul Hellmann. Er ging voraus, durchquerte das Atelier und stellte den Plattenspieler ab. Dann blieb er vor dem riesigen Kübel mit weißen Rosen stehen. »Sie wird sich eine Erkältung geholt haben, die Kleine«, sagte er. »Man kann nicht siebzig Rosen ungestraft aus dem Bassin fischen.«

»Da liegt ein Zettel«, sagte Dora.

»Sie hat wirklich an alles gedacht«, bemerkte Paul Hellmann, bückte sich, hob den Zettel auf und las. Sein Gesicht wurde wütend. Er zerknüllte den Zettel und ließ ihn fallen.

»Was ist?« fragte Dora.

»Sie stößt wilde Drohungen aus: Ich müsse mich endlich entscheiden oder aber auf sie verzichten. So ein horrender Blödsinn!«

»Das ist gar kein horrender Blödsinn«, sagte Dora, »das ist eine präzise Alternative.«

»Präzise Alternative!« explodierte Paul Hellmann. »Die törichte Alternative einer törichten Frau ist das! Sie glaubt, wenn ich mich für sie und ein braves Leben entscheide, dann sind damit alle Probleme gelöst. Sie hält sich für den Nabel meines Lebens, für den einzigen Punkt, der eine Entscheidung wert ist. Daß es für mich lebenswichtige Entscheidungen gibt, Entscheidungen, die, weiß Gott, schwerwiegender sind als eine verdammte Ehe, darauf kommt sie gar nicht!«

»Paul, Sie verlangen Unmögliches von Sybille.«

»Ich verlange nichts als meine Ruhe. Und wenn sie das nicht begreift, dann soll sie bleiben, wo sie ist. Aber unglückseligerweise wird sie das nicht tun.« Er wandte sich ab. »Schafft die Rosen auf die Terrasse«, sagte er, »ich mach' uns inzwischen was zu trinken ... einen Spezialcocktail, den ihr so schnell nicht vergessen werdet.«

Der Spezialcocktail schmeckte harmlos und milde, aber er hatte es in sich. Robert schied nach der zweiten Runde aus. Er klappte zusammen wie ein Taschenmesser und rührte sich nicht mehr. Paul Hellmann und Herbert trugen ihn ins Schlafzimmer, legten ihn aufs Bett und zogen ihm die Schuhe aus.

Ich dagegen geriet in den himmlischen Zustand völliger Schwerelosigkeit. Es gab nichts mehr, das mich schreckte, ängstigte und bedrückte. Alles war leicht und klar und mit dem kleinen Finger meiner linken Hand zu bewältigen. Und das schien mir das richtige Leben zu sein. Ich lief auf die Terrasse, stand da und lächelte den Himmel an. Er färbte sich für mich. Er öffnete sich für mich. Er ließ die Sonne für mich hinaus.

Herbert, zwei Cocktailgläser in der Hand, folgte mir. Das war mir sehr recht. Ich hatte Durst, und außerdem hatte ich das Bedürfnis zu sprechen. Heitere Geschichten wollte ich erzählen. Ich war geneigt, alles von der heitersten Seite zu sehen. Denn das war es doch, das Leben – eine Kette heiterster Vorkommnisse. Meine Kindheit zum Beispiel! Ich hatte sie immer viel zu ernst genommen. Man mußte sie mit Humor und Leichtigkeit nehmen – und schon sah alles ganz anders aus. Meine Mutter mit ihren zahllosen Liebhabern, mein Vater mit seinen zahllosen Büchern. Liebhaber und Bücher und dazwischen ich – etwas ratlos zwar, aber doch alles in allem recht vergnügt. Meine Eltern hatten mir keinen Wunsch abschlagen können. Sie hatten mich geliebt. Sie hatten dafür gesorgt, daß ich alles bekam; von einem großen, hellen Zimmer mit handbemalten Wänden angefangen, bis zum echten, lebendigen Waschbären.

Ja, der Waschbär – das war wirklich eine lustige, erzählenswerte Geschichte. Ich setzte mich auf die Brüstung und begann: »Als Kind hatte ich einen Waschbären. Er hieß Bingo und war ganz echt. Daß er echt war, erkannte man an der silberbehaarten Spitze seines Schwanzes. Wir hatten ihm im Garten einen Zwinger bauen lassen, und da saß er drin. Weil er ein Waschbär war, stellte ich ihm eine große Schüssel mit Wasser in den Zwinger. Zuerst war er mir dafür sehr dankbar. Waschbären waschen nämlich alles, bevor sie es essen. Das sieht sehr possierlich aus. Ich sah ihm eine ganze Weile dabei zu, ohne Böses im Sinn zu haben. Aber eines Tages wurde es mir zu langweilig, und ich gab ihm ein Stück Würfelzucker. Er rannte zur Schüssel und wusch es, bis nichts mehr übrig war. Das erheiterte mich so sehr, daß ich ihm nur noch Würfelzucker gab ... ja, und Taschentücher. Er wusch auch die Taschentücher, und ich bin beinahe gestorben vor Lachen. Aber eines Tages, als ich ihm wieder ein ganz besonders großes Taschentuch gab, kriegte er eine irre Wut. Er zerriß es in der Luft, bis nur noch winzige Fetzen herumflogen. Kurz darauf ist er aus dem Zwinger ausgebrochen und geflohen. Ich habe es ihm nicht verdenken können.«

Herbert schien die Geschichte sehr komisch zu finden. Er hatte schon bei der silberbehaarten Schwanzspitze zu lachen begonnen, und jetzt lachte er immer noch. »Sie müssen schon damals ein eiskaltes kleines Biest gewesen sein«, sagte er.

»Eigentlich nicht. Ich war sehr zärtlichkeitsbedürftig, aber auf die Zärtlichkeit meiner Eltern war kein Verlaß.« Ich machte eine Pause und zog die Stirn in nachdenkliche Falten. »Die Zärtlichkeit meiner Mutter war sporadisch und hektisch ... die Zärtlichkeit meines Vaters war gleichbleibend, aber sehr zerstreut. Und wissen Sie auch, wovon das abhing?«

»Nein.«

»Von den Liebhabern und den Büchern. Heute kann ich mir das ganz genau vorstellen: Wenn ein Liebhaber besonders gut war, dann hatte meine Mutter keine Zeit für mich, und wenn ein Buch besonders gut war, dann hatte mein Vater ...« Ich hielt das für einen so gelungenen Witz, daß ich vor Lachen nicht mehr weitersprechen konnte.

Herbert lachte nicht. Die Geschichte mit dem Waschbären schien ihm besser gefallen zu haben. Er drückte mir ein Glas in die Hand und sagte: »Prost!«

»Es gibt Eltern mit weitaus größeren Schwächen und Fehlern«, sagte ich in belehrendem Ton. »Meine Eltern waren klug und kultiviert ...«

Herbert nahm mir das Glas aus der Hand und begann, mich zu küssen. Ich fand das sehr angebracht: die aufgehende Sonne, die zwitschernden Vögel, der stille duftende Garten, der hübsche junge Mann ... Ich erwiderte seine Küsse mit einer Leidenschaft, die meiner romantischen Stimmung entsprach. Ich ließ es zu, daß er den Reißverschluß bis zur Taille öffnete und meinen nackten Rücken streichelte, daß er das Kleid von meinen Schultern schälte. Ich hätte mir das Kleid wahrscheinlich auch über den Kopf ziehen lassen. Aber das tat Herbert nicht. Die Terrasse schien ihm ein ungeeigneter Ort dafür.

»Judith«, sagte er, »laß uns hinunter zum See gehen.«

Während ich noch überlegte, erschien Paul Hellmann höchst unverhofft und unwillkommen auf der Terrasse. »Ich wollte euch gerade fragen, was ihr da eigentlich die ganze Zeit treibt, aber diese Frage erübrigt sich wohl.« Er musterte eine Weile aufmerksam meine nackten Schultern, dann kam er mit zwei, drei langen Schritten auf mich zu, zog mir das Kleid hoch, drehte mich brüsk um und schloß den Reißverschluß.

»In der Nähe des Sees ist es immer etwas naßkalt«, sagte er, »und Sie wollen sich doch sicher nicht erkälten.«

»Paul«, sagte Herbert, »manchmal könnte ich dich mit dem größten Vergnügen umbringen.«

Ich kicherte. Es kam mir alles unglaublich komisch vor.

»Frauen«, sagte Paul Hellmann in angewidertem Ton, »mein Gott, hab' ich genug von diesen Kreaturen!« Er packte mich am Arm, und wir gingen ins Atelier.

Dora saß in einem Sessel, rauchte und machte einen mitgenommenen Eindruck. »Ich glaube, es ist Zeit, daß wir ins Bett gehen«, sagte sie.

»Ich gehe nicht ins Bett«, protestierte ich. »Ich gehe ins Bassin.«

»Sie ist vollkommen beschwipst«, sagte Dora.

»Ein kaltes Bad würde ihr wahrscheinlich guttun«, bemerkte Paul Hellmann.

»O ja!« rief ich begeistert. »Wir gehen jetzt alle baden!«

Ich lief ins andere Haus hinüber und holte unser Badezeug. Wir zogen uns um. Dann tranken wir noch ein Glas, um uns vorzuwärmen. Wir wollten gerade gehen, da läutete das Telefon.

»Eine hübsche Zeit, jemanden anzurufen«, sagte Paul Hellmann und ging weiter.

Dora hielt ihn am Arm fest. »Bitte, gehen Sie an den Apparat, es kann Sybille sein.«

»Wahrscheinlich ist sie's, und darum gehe ich nicht.«

»Es kann ihr etwas passiert sein.«

»Ich weiß schon, was ihr passiert ist. Sie hat das heulende Elend gekriegt.«

Das Telefon klingelte und klingelte. »Wenn Sie nicht gehen«, erklärte Dora, »gehe ich.«

Paul Hellmann murmelte einen Fluch. Dann ging er zum Telefon. Er nahm sich viel Zeit. Wir sahen ihm nach; er trug eine schwarze Badehose, und über die Schultern hatte er ein dunkelgrünes Handtuch geworfen. Er nahm den Hörer ab und meldete sich. Dann schwieg er.

Dora machte ganz automatisch ihren Katzenbuckel. Ich sah Herbert an. Herbert zuckte gleichgültig die Achseln.

»Moment, Moment«, sagte Paul Hellmann und hielt den Hörer ein Stück vom Ohr ab. »Was ist los ...? Ich kann Sie nicht verstehen.« Er stand mit dem Rücken zu uns. Er schüttelte ärgerlich den Kopf, und dabei glitt das Handtuch von seinen Schultern.

»Sprechen Sie gefälligst leiser und langsamer!« rief er. »Ich kann wirklich kein Wort verstehen!« Und dann, nach ein paar Sekunden des Schweigens, fragte er: »Tot?«

Das Wort »tot« erschreckte mich weniger als der Klang seiner Stimme. Er fragte es mit kühler Gelassenheit, ganz beiläufig, so wie man sich nach der Erkältung eines Bekannten erkundigt. Er machte auch keine Bewegung, die auf eine Erschütterung oder zumindest eine Erregung hingedeutet hätte.

Dora setzte sich auf den nächstbesten Stuhl. Herbert ging zum Tisch und zündete sich eine Zigarette an. Nur ich blieb stehen und starrte auf Paul Hellmanns nackten, glatten, gut gepolsterten Rücken. Er kam mir unheimlich wuchtig vor.

»Wo ist sie ...? Was ...? Aha ... ja ... ja ... schon gut ... ja!« Er hing ein, nahm das Telefonbuch unter den Arm und ging damit zur Couch.

»Paul!« sagte Dora.

»Ja?« Er setzte sich.

»Ist Sybille ...«

»Nicht Sybille. Das war Karins Zimmervermieterin. Karin hat sich in den Bauch geschossen.«

»Wieso in den Bauch?« fragte Dora und vergaß über dem Erstaunen das Entsetzen. Um ein Haar hätte ich über diese berechtigte Frage gelacht.

»Ja, wieso in den Bauch«, sagte Paul Hellmann und schlug das Telefonbuch auf, »vielleicht weil die anderen Stellen noch riskanter waren.«

»Sie sind bestialisch«, sagte Dora leise.

»Und sich in den Bauch zu schießen ist wohl nicht bestialisch«, brüllte Paul Hellmann und schleuderte das Telefonbuch zu Boden. Herbert hob es auf.

»Was hast du gesucht?« fragte er.

»Das Martin-Luther-Krankenhaus.«

»Ist sie nicht tot?« erkundigte sich Dora eingeschüchtert.

»Noch nicht, aber wahrscheinlich bald!«

»Hier ist die Nummer«, sagte Herbert. »Soll ich für dich anrufen?«

»Ja. Verlang die Ambulanz.«

»Was mag das Mädchen bloß dazu getrieben haben, etwas so Furchtbares zu tun?« fragte Dora. Ihre Stimme war rauh, und sie zog eins ihrer winzigen weißen Taschentücher hervor und schnaubte sich die Nase.

»Zerstörungswut«, sagte Paul Hellmann, »Geltungstrieb und natürlich Rache – Rache an allem und jedem und insbesondere an mir: ›Jetzt seht mal, was ihr angerichtet habt! Jetzt tut es euch leid, nicht wahr!‹«

»Vielleicht war es auch schlicht und einfach ein Verzweiflungsakt«, sagte Dora, »vielleicht hatte sie genug ... wollte nicht mehr ... konnte nicht mehr ...«

»Liebe Dora, wenn das ein Grund ist, sich umzubringen, dann ziehen wir doch am besten alle die Pistole. Wer, auf Gottes schöner weiter Welt, hat denn nicht dann und wann genug?«

Ich fror erbärmlich, und mein Kopf tat mir weh. Das Leben war wieder zu einem unlösbaren Knoten geworden – ein Knoten aus Konflikten, Angst und Schrecken. Wenn man den Anfang dieses Knotens fand, dann fand man vielleicht auch das Ende. Aber ich würde diesen Anfang nie finden – es war alles zu verschlungen, zu fest zusammengezogen.

Die Sonne war aufgegangen, und der ganze Raum flimmerte in staubig goldenem Licht. Auf dem Tisch standen leere Cocktailgläser und überquellende Aschenbecher. Da saßen wir, eine groteske Gesellschaft in Badeanzügen.

Herbert hatte das Gespräch mit dem Krankenhaus beendet.

»Was ist mit Karin?« fragte ich.

»Sie wird gerade operiert«, sagte Herbert. »Wir sollen in einer Stunde noch mal anrufen.«

»Wird sie durchkommen?«

»Das weiß man noch nicht.«

»Ich muß mich hinlegen«, sagte Dora und stand auf. »Sowie ihr was wißt, sagt mir Bescheid. Komm, Judith.«

Ich zündete mir eine Zigarette an, zog eine Grimasse und drückte sie wieder aus. Ich hatte einen schalen, säuerlichen Geschmack im Mund. Der Anblick der verschmierten Gläser drehte mir fast den Magen um. Ich nahm ein Tablett und begann zusammenzuräumen.

»Gehen wir ein Stück spazieren«, schlug Herbert vor.

»Ohne mich«, erklärte Paul Hellmann.

»Ich bin auch nicht in der Lage«, sagte ich.

»Dann geh' ich eben allein. Ich muß mir den Rauch aus den Lungen und den Alkohol aus dem Blut laufen.« Er nahm seine Kleider und verschwand im Nebenzimmer.

»Was halten Sie von einem kompakten Frühstück?« fragte

Paul Hellmann. »Kaffee, Eier mit Schinken, Orangenmarmelade, Butter, Toast, vielleicht ein paar Sardinen ...«

»Ihre Nerven und Ihren Magen möchte ich haben!«

»Man sollte in keiner Situation auf ein gutes Frühstück verzichten«, sagte er und lachte.

Ich sah ihn an. Er saß auf der Couch, bequem zurückgelehnt, die Beine übereinandergeschlagen. Sein Körper war glatt und prall wie der eines wohlgenährten Pferdes. Er schien zu dampfen. Seine Robustheit erfüllte mich mit Widerwillen. Er war mir jetzt wieder genauso unsympathisch wie am Anfang unserer Bekanntschaft.

Er stand auf und trat nahe an mich heran. Er legte mir beide Hände auf die Schultern. Die Hände waren heiß und schwer.

»Ich bin Ihnen zuwider, nicht wahr, Judith?«

»Sie sind mir unsympathisch.«

»Was würden Sie tun, wenn ich Sie jetzt küsse?«

»Gar nichts. Ich bin zu müde, um irgend etwas zu tun.«

Er ließ mich los. »Kommen Sie«, sagte er, »machen wir Frühstück.« Ich folgte ihm in die Küche.

Kurz darauf saß ich in Sybilles gelbem Bademantel an einem hübsch gedeckten, schwer beladenen Tisch. Mir war übel und schwindelig.

»Bitte, geben Sie mir eine Tasse Kaffee«, sagte ich.

Paul Hellmann goß mir ein. Dann tat er sich eine gewaltige Portion Rührei mit Schinken auf den Teller, bestrich ein Stück Toast dick mit Butter und biß hinein, daß es krachte. Ich haßte solche Geräusche.

»Hat Ihnen schon jemals etwas den Appetit verschlagen?« fragte ich.

»Ja, aber das ist schon lange her.«

»Sind Sie eigentlich mit sich und Ihrem Leben zufrieden?«

»Das ist kein geeignetes Frühstücksthema«, sagte er, »essen Sie lieber.«

»Befriedigt es Sie, viel Geld zu verdienen?« fragte ich hartnäckig.

»Ich kann nicht behaupten, daß ich darunter leide.« Er lachte. »Es ist angenehm, viel Geld zu verdienen. Oder sind Sie anderer Meinung?«

»Es kommt drauf an, mit was man es verdient und für was man es ausgibt.«

»Ich verstehe«, sagte er, »und nehme mir die diskrete Zurechtweisung sehr zu Herzen.«

»Es liegt mir fern, Sie zurechtzuweisen.«

»Na, dann sprechen wir vielleicht doch lieber über andere Dinge.« Er nahm sich noch zwei gehäufte Löffel Rührei.

»Essen Sie jetzt freiwillig«, fragte er mich, »oder muß ich Sie füttern?«

»Versuchen Sie es mal. Ich habe schon immer meinen Kindermädchen das Essen ins Gesicht gespuckt.«

»Das sieht Ihnen ähnlich! Wissen Sie, was Sie sind, Judith? Sie sind ein verwöhntes, verdorbenes, haltloses, kleines Luder.«

»Vielen Dank«, sagte ich grimmig.

»Man müßte Sie übers Knie legen und ...« Das Telefon klingelte.

Paul Hellmann schob in aller Ruhe noch eine Gabel Rührei in den Mund, biß von seinem Toast ab und ging zum Apparat.

»Ja?« sagte er, und dann kauend: »Aha, du bist's ... ziemlich früh für einen Anruf, findest du nicht?«

Ich trank meinen Kaffee aus und goß mir eine zweite Tasse ein. »So, so«, sagte Paul Hellmann, »du konntest nicht schlafen ... Kunststück? Was? Ach ja. Ja, natürlich habe ich mich entschieden. Ich verzichte auf dich. Ist das eine klare Antwort?«

Ich drehte mich zu ihm um und starrte ihn an.

Er legte die Hand über die Sprechmuschel und sagte grinsend: »Wenn Blicke töten könnten ...« Dann sprach er wieder ins Telefon: »Mücke, das hat doch alles keinen Sinn. Außerdem fahre ich heute in die Schweiz ... um zwölf Uhr ... Mein Gott, jetzt fang nicht wieder mit dem Theater an ...« Er fuhr sich mit dem Nagel seines kleinen Fingers zwischen die Zähne. Meine Hand zuckte nach der Kaffeekanne. Das Bedürfnis, sie zu packen und nach ihm zu werfen, wurde geradezu überwältigend.

»Also, wie du willst, Mücke. Ich kann es ja doch nicht verhindern ... ja, ja, Herrgott!« Er knallte den Hörer auf die Gabel zurück. »O Gott, wenn ich etwas nicht ausstehen kann, dann ist es Inkonsequenz!« Er setzte sich wieder an seinen Platz und begann zu essen.

»Sie sind brutal«, sagte ich leise. Er nickte zustimmend.

»Daß Sie heute in die Schweiz fahren, ist doch nicht Ihr Ernst, nicht wahr?«

»Mein voller Ernst.«

»Aber Sie können doch nicht unter diesen Umständen wegfahren! Das Mädchen liegt im Krankenhaus – zwischen Leben und Tod!«

»Und was hat das mit meiner An- oder Abwesenheit zu tun?«

»Na hören Sie ... wenn sie nun stirbt!«

»Sie stirbt nicht. Sie ist ebenso inkonsequent wie Sybille.«

»Sie versündigen sich«, rief ich empört.

»Ihr geht mir mit eurer Heuchelei alle entsetzlich auf die Nerven«, sagte er mit angewidertem Gesicht. »Als Karin heil und gesund war, da war sie für euch der letzte Dreck. Jetzt, wo sie eventuell sterben könnte, da steigt ihr Wert plötzlich haushoch. Achtet die Kranken, ehret die Toten, tretet die Lebendigen und die Gesunden. Das nennt man Pietät!«

Er warf sein Brot auf den Teller: »Sie haben mich vorhin gefragt, ob mir jemals etwas den Appetit verschlägt. Zu Ihrer Beruhigung, Sie haben es geschafft.«

Er stand auf, ging zum Telefon und wählte eine Nummer.

»Ich fürchte«, sagte ich und erhob mich ebenfalls, »Sie regen sich über etwas ganz anderes auf als über unsere sogenannte Heuchelei. Ich fürchte ...«, ich ging auf ihn zu und blieb dicht vor ihm stehen, »... Sie regen sich über Ihre eigene Gefühlskälte auf.«

»Sie sind noch sehr unreif«, sagte er, und dann in den Apparat: »Ich möchte bitte Dr. Werner sprechen.«

Ich verließ wütend das Zimmer, ging ins Bad und zog mich an. Ich wusch mir das Gesicht, spülte mir den Mund und kämmte mir das Haar. Als ich ins Atelier zurückkehrte, war Paul Hellmann nicht da.

»Hallo!« rief ich. »Wo stecken Sie denn?«

»Auf der Terrasse«, kam es zurück.

»Ich gehe jetzt!«

»Gut.«

Ich wartete, aber es kam nichts mehr. Offensichtlich dachte er gar nicht daran, sich ins Atelier zu bemühen und mir zum Abschied die Hand zu geben. Nun gut, ich würde gehen, ohne mich von ihm zu verabschieden.

Ich stand mitten im Atelier – unschlüssig wie immer. Ich

machte ein paar Schritte zur Tür hin, drehte mich um und ging auf die Terrasse hinaus.

Er stand haargenau so da wie bei unserer ersten Begegnung – die Arme gegen die Brüstung zurückgestemmt, die Brust vorgewölbt und die Beine ein wenig gespreizt. Die Hände hatte er um die vorspringende Mauerkante geklammert. Wahrscheinlich war es reiner Zufall, daß ich ihn noch einmal in dieser Pose sah, aber mir kam es merkwürdig vor, fast wie ein Zeichen.

Ein Fels, an dem die Brandung abprallt, ging es mir durch den Sinn, ein Fels, der bröckelt. Plötzlich, und wohl zum allerersten mal, sah ich ihn ohne Wut, ohne Mißgunst, ohne Furcht, ohne Ressentiments. Und so gesehen wirkte er kahl wie ein abgetakelter Weihnachtsbaum. In diesem Moment entdeckte ich sein wahres Gesicht, und dieses Gesicht war dem meinen sehr ähnlich. Eine Sekunde lang hatte ich das Bedürfnis, zu ihm hinzugehen, seine Hände von der Mauerkante zu lösen und zu sagen: »Wir haben beide eine Wunde, die nicht heilen kann. Wir sind erniedrigt worden, und das können wir nicht verwinden. Wir glauben, unseren lädierten Stolz ständig unter Beweis stellen zu müssen. Wir glauben, der ganzen Welt unser hochmütigstes, ungläubigstes, unverletzbarstes Gesicht zeigen zu müssen. Aber damit schaden wir nur uns selber. Machen wir uns also gegenseitig nichts mehr vor. Gönnen wir uns Entspannung. Zeigen wir uns, wie wir wirklich sind. Es muß erlösend sein, sich einmal so zu zeigen, wie man wirklich ist.«

Aber ich tat es dann doch nicht. Sein Gesicht war hart und unnahbar, und ich fürchtete ein herablassendes Lächeln, eine sarkastische Bemerkung. Also blieb ich in meinem Panzer wie er in dem seinen. Ich machte ein gleichgültiges Gesicht und trat ein paar Schritte auf ihn zu. »Haben Sie den Arzt gesprochen?«

»Ja.«

»Und?«

»Die Operation war erfolgreich. Aller Wahrscheinlichkeit nach wird sie durchkommen.«

»Aller Wahrscheinlichkeit nach!«

»Um Sie nicht ganz zu enttäuschen, Judith, lasse ich Ihnen die kleine Möglichkeit, daß sie nicht durchkommt.«

Er lachte, zeigte seine schönen Zähne, die ebenso weiß

waren wie der elegante Bademantel, den er sich um die Schultern gehängt hatte.

»Ich gehe jetzt«, sagte ich.

»Sind Sie noch in Wannsee, wenn ich zurückkomme?«

»Ich weiß nicht, wann Sie zurückkommen.«

»In etwa einer Woche.«

»Nein, dann bin ich nicht mehr in Wannsee.«

»Na ja, irgendwann werden wir uns sicher einmal wiedersehen.«

»Das glaube ich nicht.«

Er lächelte. Wir gaben uns die Hand. Als ich meine schnell wieder zurückziehen wollte, hielt er sie fest. »Schade«, sagte er, »daß wir nicht ein einziges Mal ein ehrliches Wort miteinander gesprochen haben.«

»Ja, schade.«

»Warum wohl?« Ich zuckte die Achseln. Er ließ meine Hand los.

»Leben Sie wohl«, sagte ich.

»Auf Wiedersehen, Judith.«

Ich drehte mich um und ging.

2
Die Heldenorgel von Kufstein

Am Morgen des neunten November 1956 erwachte ich nicht anders als sonst – zerschlagen, lustlos und nur mit dem einen Wunsch, weiterzuschlafen. Ich hätte nichts dagegen gehabt, wochenlang, monatelang durchzuschlafen. Ich war ganz sicher, nichts zu versäumen. Das Erwachen schien mir sinnlos, weil all das, was dem Erwachen folgte, sinnlos war. Sinnlos und außerdem mühsam.

Der Gedanke, den einzig angenehmen Zufluchtsort, das Bett, zu verlassen, kam mir jeden Morgen von neuem absurd vor. Ich hatte keinen Anlaß und schon gar kein Verlangen, es zu tun. Das Bett zu verlassen hieß frieren, hieß Zähne putzen, hieß Frühstück machen, hieß Frühstück essen, hieß die Stunden zählen, bis ich wieder im Bett verschwinden durfte. Der Alltag in seiner monotonen Wiederholung zermürbte mich. Eine Wiederholung, die nichts anderem diente, als sich über die Runden des Lebens zu bringen, schien mir sinnlos. Geboren zu werden, um mit unausweichlicher Gewißheit dem Tod entgegenzutrotten, hielt ich für eine phantasielose, klägliche Angelegenheit.

Seit Jahren erwachte ich nun schon mit solchen Gedanken. Es war mit jedem Jahr schlimmer geworden, wie eine schleichende Krankheit, die einen von innen heraus auffrißt. Die Krankheit hieß Leere. Ich hatte längst allen Widerstand aufgegeben. Ich ließ mich auffressen von dieser Leere, die mir jede Kraft, jeden Willen, jedes positive Gefühl raubte.

Manchmal, wenn andere über ihre Arbeit, ihre Familie, ihre Pläne und Ziele sprachen, wurde mir unbehaglich. Ich wußte nicht, ob es Scham war, oder Neid, oder ganz einfach Traurigkeit. Manchmal auch, bei einem schönen Anblick, einer Melodie, einem Duft, der mich berührte, durchfuhr mich ein kurzer durchdringender Schmerz, ein eisiger Zweifel, daß ich etwas vergeudete, was vielleicht doch einen Sinn hatte. Aber diese Momente des Unbehagens, des Schmerzes und des Zweifels vermochte ich schnell in Verachtung zu ersticken. Was bedeutete ein wenig Schönheit in diesem ewigen, grauen Alltag der Zerrbilder, der Mißtöne, der üblen

Gerüche! Nein, ich konnte dieser Tretmühle, die mit dem Erwachen begann und mit dem Zubettgehen endete, nur, um wieder zu beginnen und wieder zu enden, nichts mehr abgewinnen. Ich wurde zermahlen zwischen diesen Rädern, die sich drehten und drehten, solange das Herz schlug.

Meine Bekannten, Menschen, mit denen ich die langen, mühsamen Stunden totschlug, warfen mir Egozentrik, Undankbarkeit, Unmenschlichkeit und dergleichen vor. Sie behaupteten, ich hätte nicht den geringsten Grund, das Leben so düster und negativ zu sehen. Ich sei jung, sagten sie, ich sei attraktiv. Ich sei nicht krank, ich sei nicht arm. Ich hätte eine reizende Wohnung, hübsche Kleider, gutes Essen. Ich hätte einen schönen, gesunden Sohn. Ich solle mich schämen, sagten sie. Ich beschuldigte sie, mich nicht zu verstehen. Ich fuhr sie an, mir mit der Phrase »... und andere haben nicht mal genug zu essen ...« vom Leibe zu bleiben. Ich erklärte, der Hunger nach einem Stück Brot sei mir lieber als der Hunger nach ... Aber wonach ich hungerte, wußte ich nicht. Und vielleicht war das mein Unglück, dieses Nichtwissen, wonach ich hungerte.

Ich hatte geheiratet, und es war nicht das richtige gewesen. Ich hatte kein Kind gehabt, und es war nicht das richtige gewesen. Ich hatte ein Kind bekommen, und es war nicht das richtige gewesen. Ich hatte gefaulenzt, und es war nicht das richtige gewesen. Ich hatte gearbeitet, und es war nicht das richtige gewesen. Ich hatte ohne Liebhaber gelebt, und es war nicht das richtige gewesen. Ich hatte mit Liebhabern gelebt, und es war nicht das richtige gewesen. Ich hatte, immer in der Hoffnung, eine Erlösung, eine Erfüllung zu finden, so vieles getan und so vieles nicht getan. Und ich stand immer noch an demselben gähnenden, leeren Fleck.

Ich lag auf dem Rücken, lang ausgestreckt, bewegungslos, die Augen geschlossen. So lag ich jeden Morgen mindestens eine halbe Stunde. Es war eine Überwindung, die Augen zu öffnen, den Körper zu bewegen, den Kopf zu heben. Ich nahm jeden Abend Schlaftabletten, starke, und manchmal bis zu drei Stück. Das Einschlafen mit Tabletten war schön. Es war ein langsames Hinüberdämmern, ein berauschtes Hinabsinken. Aber das Erwachen war eine Tortur.

Ich schaute auf meine Armbanduhr, die ich auch während des Schlafens nicht ablegte. Es war Viertel nach neun. Das verdroß mich sehr. Je länger ich schlief, desto mehr verkürzte ich mir den Tag. Neun war viel zu früh und überließ mir eine kaum zu bewältigende Anzahl von Stunden.

Ich schaute zum Fenster hinüber. Der dunkelgrüne Vorhang leuchtete nicht, das bedeutete, daß die Sonne nicht schien. Über diese Feststellung war ich sehr erleichtert, denn Sonne und blauer Himmel bedrückten mich mehr als graues, düsteres Regenwetter. An schönen Tagen waren die Menschen beschwingt und optimistisch; sie strahlten eine Zufriedenheit aus, die ich in keiner Weise teilen konnte und die ein noch stärkeres Einsamkeitsgefühl in mir hervorriefen.

Aber der Himmel war ja nicht blau. Er war bestimmt bleigrau – ein richtiger Novemberhimmel, der tief und drükkend über der Stadt hing. Ich würde allein spazierengehen – ziellos durch Münchens nasse Straßen. Das tat ich oft. Ich hatte mich an die Einsamkeit gewöhnt, die mich auf diesen Spaziergängen begleitete, und auch an die Stadt. München war eine unaufdringliche Stadt, die einen in Ruhe ließ. Ich lebte jetzt schon vier Jahre dort, und obgleich ich alle paar Monate beschloß, die Stadt, das Land, ja sogar den Kontinent zu verlassen, blieb ich doch immer wieder in München, in demselben Viertel, in derselben Straße, in derselben Wohnung.

Die Wohnung war recht hübsch, aber ich hatte keine Beziehung zu ihr. Die Zimmer waren mir zu klein, zu quadratisch, zu einfallslos. Ich liebte sehr große, hohe Räume, und wenn das nicht sein konnte, Mansardenwohnungen mit abgeschrägten Wänden. Meine Wohnung war ein typischer Neubau in einer sogenannten guten Gegend, drei Zimmer, Küche, Bad und ein alberner kleiner Balkon, der zum Hinterhof hinausging und einen trübsinnig stimmte.

Die Zimmer hatte ich der Größe nach zwischen mir, meinem Sohn Andy und meinem Mädchen Brigitte aufgeteilt. Ich bewohnte das große, Brigitte das mittlere und Andy das kleine Zimmer. Aber natürlich durfte sich Andy oft bei mir aufhalten. Er tat es mit größtem Vergnügen, denn er liebte das Radio und den Plattenspieler, das Telefon, die bunten Bücherrücken und die breite Eckcouch.

Auf der Eckcouch schlief ich. Seit einiger Zeit wünschte ich mir ein Schlafzimmer, so wie es meine Mutter gehabt hatte: mit zartgrauem Velour ausgelegt, mit bernsteinfarbenen Vorhängen, Einbauschränken und einem großen französischen Bett. Von einem gewissen Alter an wünscht man sich ein Schlafzimmer. Man wünscht sich sogar einen großen, behäbigen Eßzimmertisch, an dem man bequem seine Mahlzeiten einnehmen kann. Wenn man sehr jung ist, legt man keinen Wert auf solche Dinge. Man hält sie für Symbole eines bürgerlichen Lebens, und ein bürgerliches Leben bedeutet Langeweile, Routine, Stumpfsinn. Also lebt man unbürgerlich, man lebt auf Abbruch, man lebt ungebunden, man lebt modern. Erst später kommt man darauf, daß das sogenannte unbürgerliche Leben ein ebenso festgefahrener Zustand geworden ist wie das bürgerliche. Der einzige Unterschied ist der, daß man im einen Fall die Ordnung, im anderen die Unordnung aufrechtzuhalten versucht.

Ich war jetzt achtundzwanzig, und manchmal drang durch all meine Gleichgültigkeit eine zaghafte Sehnsucht. Ich ertappte mich dabei, daß ich einem Pärchen, das Arm in Arm in einem Haus verschwand, nachschaute oder vor einer hübschen, ruhigen Villa stehenblieb und jede Einzelheit, die auf eine behagliche, freundliche Atmosphäre schließen ließ, gierig in mich aufnahm. Ja, ich ging sogar so weit, mich in bunte, kitschige Werbefotos zu vertiefen, auf denen Familien an weißgedeckten Tischen, in gemütlichen Sitzecken und in frühlingshaften Gärten zu sehen waren.

Natürlich nahm ich diese sentimentalen Anwandlungen nicht ernst. Ich wußte, daß ich ein Familienleben an weißgedeckten Tischen und in gemütlichen Sitzecken ebensowenig oder noch weniger ertragen würde wie ein einsames Leben auf Couchen und lächerlich kleinen Hinterhofbalkonen.

Ich stand auf. Sofort begann ich zu frieren; außerdem wurde mir schwindlig. Ich hatte erst vor kurzem eine schwere Gelbsucht gehabt, und seither war ich in einem erbärmlichen Zustand. Ich hielt mich an der Lehne eines Stuhles fest, bis der Schwächeanfall vorüber war, und zog mir meine pelzgefütterten Pantoffeln und meinen wattierten Morgenrock an. Ich ging zur Tür. Bei jedem Schritt dröhnte mein Kopf. Ich hoffte, Brigitte würde mir nicht über den Weg laufen. Sie hatte eine entsetzlich schrille Stimme und sprach unartikuliert wie eine Wilde.

Ich öffnete vorsichtig die Tür. Der Flur war frei, die Tür

zu Andys Zimmer nur angelehnt, und ich hörte ihn brabbeln. Wenn Andy nicht brabbelte, dann war es höchste Zeit, den Arzt zu holen. Ich hatte noch nie einen so gesprächigen kleinen Jungen erlebt. Was immer er tat, er tat es mit einem ausführlichen Kommentar. Das hatte er wohl von Robert geerbt. Ich lauschte eine Weile, verstand aber nichts anderes als das häufig wiederkehrende Wort »Automotor«, ein Wort, das er mit Genuß und Vehemenz auszusprechen verstand. Ich schlich mich an seinem Zimmer vorbei, denn ich wollte ihm erst mit einigermaßen frischem Gesicht »guten Morgen« sagen. Als ich die Badezimmertür öffnete, stand Brigitte vor dem Spiegel. Sie stand meistens vor dem Spiegel, denn der Anblick ihres leeren, sorgfältig geschminkten Gesichts faszinierte sie. Sie sah aus wie eine Schaufensterpuppe aus dem Warenhaus und kleidete sich auch so.

»Brigitte«, sagte ich leise, aber bestimmt.

»Bin gleich fertig«, kreischte sie und zupfte ein starres Löckchen in die Stirn. »Hab's gleich geschafft!« Sie warf sich einen letzten verliebten Blick zu, dann torkelte sie auf beängstigend hohen, dünnen Absätzen an mir vorüber.

Ich schloß die Tür hinter ihr und trat ans Waschbecken. Ich warf einen flüchtigen, angewiderten Blick in den Spiegel, wusch mir das Gesicht, putzte mir die Zähne, nahm zwei Kopfschmerztabletten. Beim Haarbürsten schaute ich länger und genauer in den Spiegel, und wie immer rief der Anblick meines Gesichts eine Reihe schnell aufeinanderfolgender, unangenehmer Empfindungen in mir hervor: zuerst Schreck, daß ich so aussah; dann Angst, daß ich von jetzt an immer so aussehen könnte; dann Trauer, daß ich so aussehen mußte; dann Wut, daß ich überhaupt so aussehen konnte; dann Resignation, mit der ich mein Aussehen als unabänderlich hinnahm.

Ich war nie das gewesen, was man eine hübsche Frau nennt. Manche sagten, ich sei häßlich; manche sagten, ich sei schön; die meisten sagten, ich sei apart; in letzter Zeit fanden sie alle, ich sähe elend aus. Ich traute diesem Ausspruch nicht. Vielleicht war es nur eine höfliche Umschreibung für das Wort unattraktiv. Vielleicht war ich jetzt wirklich häßlich geworden – nicht reizvoll häßlich, sondern schlicht und einfach häßlich. Und warum sollte es auch anders sein?

Ich wandte mich vom Spiegel ab, warf einen Blick durch

das kleine schiffslukenartige Fenster, sah kahle Äste, nassen Asphalt und die graue Fassade des gegenüberliegenden Hauses und verließ fröstelnd das Bad.

Im Flur blieb ich stehen. Ich überlegte, ob ich zu Andy gehen oder erst frühstücken sollte. Nach dem Frühstück war ich vielleicht ein wenig besser aufgelegt. Jetzt, fürchtete ich, könnte ich mit oder ohne Grund ungeduldig werden oder einfach nicht liebevoll genug sein. Es war eine Befürchtung, die ich ständig mit mir herumschleppte, und nicht zu Unrecht. Ich liebte den Jungen. Ich liebte ihn mehr als alles auf der Welt. Und trotzdem, was bedeutete eine Liebe, selbst eine ungeteilte Liebe, die so kraftlos war wie die meine? Ich litt unter der Vorstellung, weder eine richtige Frau noch eine richtige Mutter zu sein, und diese Vorstellung machte mich dem Jungen gegenüber unsicher und sprunghaft. Wäre Andy nicht so ein überraschend normales, ausgeglichenes Kind gewesen, ich hätte ihn in kürzester Zeit zu einem tyrannischen Ungeheuer oder einem verqueren Neurotiker erzogen. Aber Andy – nur der Himmel wußte, von wem er sein erfreuliches Temperament hatte – ließ sich in keiner Weise verwirren. Er war liebevoll, natürlich, entspannt und von einer so gleichbleibenden Heiterkeit, daß ich manchmal den Verdacht hatte, er nähme weder meine Strenge noch meine Nachsicht ernst.

Ich beschloß, eine wahrhaft gute Mutter zu sein und Andy noch vor dem Frühstück guten Morgen zu sagen. Ich öffnete die Tür zu seinem Zimmer.

»Andy.«

Er lag auf dem Bauch, schob ein winziges Auto hin und her und ahmte dabei das Geräusch eines offenbar sehr starken Motors nach: »Brrrummm«, machte er, »brrum, brrum, brrum, brrrummmm ...!« Er war so vertieft in sein Spiel, daß er mich gar nicht bemerkte.

»Andylein«, sagte ich, als er endlich einmal Luft schöpfen mußte. »Guten Morgen.«

Er schaute mit gerunzelten Brauen zu mir auf. Er war ein bildhübscher Junge, aber immer schmutzig und unordentlich. Das Hemd hing ihm ewig aus der Hose, die Schnürsenkel baumelten offen um seine Stiefel herum, die Haare standen ihm in Entenstiezen vom Kopf ab, die Händchen waren grau, die Fingernägel schwarz, das Gesicht eine wahre Palette ausgefallenster Farben. Auch jetzt war er wieder die Miniaturausgabe eines Landstreichers. Ich war pedantisch ordentlich, und sein Anblick verstimmte mich ganz gegen meinen Willen.

»Mammi«, fragte Andy, ohne mein »guten Morgen« erwidert zu haben, »was'n das für'n Auto?«

»Andy«, sagte ich scharf »ich habe guten Morgen gesagt.«

»Guten Morgen, Mammi ... was'n das für'n Auto?«

»Das, mit dem du spielst?«

»Ja, das Auto, das gerade'n verplatzten Reifen hat.«

»Geplatzten Reifen.«

»Geeeplatzten Reifen.«

»Na, vielleicht ist es ein Mercedes.«

Andy überlegte längere Zeit. »Nein«, sagte er dann mit Überzeugung, »is kein Mercedes, is'n Opel Kapitän.«

Sein Wortschatz war noch sehr dürftig, aber die Namen der verschiedenen Automodelle kannte er besser als ich.

»Ja, du hast recht, Liebling, es ist ein Opel Kapitän.«

»Nein, is nich'n Opel Kapitän.«

Er rollte sich auf den Rücken und hielt das Auto hoch: »Siehst du, Mammi, is nich'n Opel Kapitän.«

Seine Nase lief. Der Boden war sicher nicht sehr sauber und außerdem kühl. Er hatte nur einen Schuh an, und am rechten Knie war die Hose schon wieder durchgescheuert. Meine Stirn pochte.

»Ich glaube, Mammi, is'n Citrööön.«

»Steh auf, Andy«, befahl ich. »Wie oft soll ich dir noch sagen, daß du dich nicht auf dem kalten Boden herumwälzen sollst!« Er setzte sich gemächlich auf. »Und putz dir bitte die Nase.«

»Hab schon putzt.«

»Das sieht man. Also putz dir auf der Stelle die Nase!«

»Hab kein Taschentuch.«

»Andy, du weißt, wo die Tempotaschentücher liegen.«

»Hab doch'n Taschentuch.« Er zog einen zerrissenen, verdreckten Fetzen, ein Stück Bindfaden und eine Murmel aus der Hosentasche. Mit der Murmel begann er zu spielen.

»Andy!« schrie ich ihn an.

Er fuhr zusammen. Die Murmel fiel ihm aus der Hand, und er schaute erschrocken zu mir empor. Er kannte meine Ausbrüche, und obwohl er sie ebensowenig ernst nahm wie meine Strenge und meine Nachsicht, fürchtete er sie. Ein Klaps, eine Ohrfeige, ja sogar eine Tracht Prügel wären ihm wahrscheinlich lieber gewesen als mein unbeherrschtes Geschrei. Es war ihm unheimlich, es entsetzte ihn, es schien ihm fast körperlich weh zu tun. Sein Gesicht verzog sich zu einer Grimasse, und er rutschte eilig in die hinterste Ecke. Das Geschrei blieb mir im Halse stecken. Ich schloß eine Sekunde lang die Augen, schluckte mühsam und verließ dann fluchtartig das Zimmer.

In meinem Zimmer begann ich zu weinen. Ich haßte mich, ich verabscheute mich. Ich erinnerte mich nur zu gut an die cholerischen Ausbrüche meiner Mutter, die mich so sehr entsetzt hatten, daß ich zitternd unter die Betten gekrochen war. Wie Andy bei meinem Gebrüll zumute sein mußte, wußte ich also aus eigener Erfahrung, und ich hatte mir geschworen, damals, als ich ihn erwartete, niemals zu schreien, niemals zu drohen, niemals die Beherrschung und Geduld zu verlieren. Ich wollte um keinen Preis dieselben Fehler machen, die meine Mutter gemacht hatte, sondern ich wollte meinem Kind Ruhe geben, Verständnis und gleichbleibende Wärme. Ich war ganz sicher gewesen, daß ich es konnte, denn ich hatte mir das Kind gewünscht. Ich hatte es mir gewünscht, mit einer Sehnsucht, einer Intensität, die zu empfinden ich nicht mehr für möglich gehalten hatte. In den neun Monaten meiner Schwangerschaft war ich fast glücklich gewesen. Mit dem Wachsen des Kindes in mir schien mein Leben einen Inhalt zu bekommen. Ich hatte Andy gewollt.

»Ich möchte nur noch eins von dir«, hatte ich zu Robert gesagt, »ein Kind.«

Er hatte das alles nicht so ernst genommen. Auch als ich kurz darauf mit einem Vertrag ankam, in dem ich festgelegt hatte, daß er das noch nicht gezeugte Kind ganz mir überlassen würde, hatte er lachend unterschrieben. Einen Monat danach war ich schwanger gewesen und hatte bald darauf Robert verlassen.

»Das ist wieder mal eine Ungeheuerlichkeit, die du dir da leistest!« hatte Dora gezetert. »Denk doch, um Gottes willen, an das Kind.«

»Ich denke nur an das Kind«, hatte ich mit großer Festigkeit geantwortet. Aber ich hatte nur an mich gedacht, denn das Kind war ich. Ich trug es in mir, ich schenkte ihm das Leben. Es war ein Teil von mir, es gehörte ausschließlich mir. Es würde eine kleine, vielleicht etwas andere Ausgabe von mir werden, es würde die so lange entbehrte Familie ersetzen, es würde die Erfüllung meiner Träume sein. Ich vergaß darüber ganz, daß das Kind in wenigen Jahren zu einem selbständigen Wesen heranwachsen und nach einer so vollständigen Familie verlangen würde, nach der Erfüllung eigener Träume. Als es dann da war, ein lebendiges, von mir getrenntes Wesen, erkannte ich sehr bald, daß meine Rechnung in keiner Weise aufzugehen versprach.

Diese Erkenntnis erschütterte mich. Ich wagte mit niemand darüber zu sprechen, auch nicht mit Dora, denn ich schämte mich, in meinem Kind weder Ruhe noch Erfüllung gefunden zu haben. Ich fürchtete die Verantwortung und fühlte mich der Aufgabe, meinen Sohn aufzuziehen, zu beschützen und glücklich zu machen, nicht gewachsen. Noch nie war mir so stark zu Bewußtsein gekommen, daß ich selber jemanden brauchte, der mich aufzog, beschützte und glücklich machte. Ich kam mir vor wie ein verirrtes Kind mit einem Kind an der Hand. Meine Ratlosigkeit wuchs mit Andys Heranwachsen.

Ich sah Andys Gesicht vor mir – dieses süße, arglose Gesicht, das blaß wurde, wenn ich zu schreien anfing. Ich wischte mir die Tränen ab und ging in sein Zimmer zurück.

Er spielte schon wieder mit seinem kleinen Auto. Natürlich lag er auf dem Bauch, seine Nase lief, und den zweiten Schuh hatte er noch immer nicht angezogen. Er schaute mich forschend an – bereit, auf mich zuzulaufen oder wieder in die hinterste Ecke zu flüchten. Nie trug er mir meine Unberechenbarkeit nach.

Ich ging zu ihm, nahm ihn fest in die Arme und küßte ihn aufs Haar, auf die Stirn, auf beide Wangen, auf den Mund. »Andylein«, sagte ich, »ich hab' dich so lieb wie keinen Menschen auf der Welt. Das weißt du doch, nicht wahr?«

»Ja, Mammi.«

»Und wenn ich dich manchmal anschreie, dann brauchst du dich nicht zu erschrecken. Ich meine es ja nicht so ... ich ...«

»Ich schreck mich nicht, Mammi«, sagte er und legte beruhigend beide Ärmchen um meinen Hals.

Anstatt daß ich ihn tröste, tröstet er mich, dachte ich bestürzt. Er ist mit seinen vier Jahren verständiger als ich mit meinen achtundzwanzig.

Ich war dem Weinen schon wieder nahe. Ich biß mir auf die Lippen, zog ein Taschentuch hervor und hielt es ihm an die Nase. Er schnaubte gehorsam hinein.

»So«, sagte ich, »jetzt mache ich mir das Frühstück, und du kannst in mein Zimmer kommen und spielen. Magst du das?«

Er nickte strahlend. Ich stand auf und ging zur Tür.

»Darf ich den Bagger mitnehmen, Mammi?«

»Ja, natürlich, mein Kleines.«

Der Bagger machte einen fürchterlichen Krach, und ich ahnte schon jetzt, daß ich es keine zehn Minuten aushalten würde. Andy, den Bagger schon unter dem einen, seinen geliebten Stoffhasen unter dem anderen Arm, lief vergnügt an mir vorbei. Ich schaute ihm nach.

Meine Mutter hätte es nicht verkehrter machen können, dachte ich grimmig. Erst toben, dann weinen, dann verwöhnen und in Zärtlichkeiten ersticken. Armer kleiner Andy.

Gegen Mittag hielt ich es nicht mehr aus. Ich hatte gefrühstückt und mich dabei bemüht, den Lärm des Baggers zu überhören. Ich hatte eine Zigarette geraucht, Andy sanft aus dem Zimmer geschickt und gelesen. Danach hatte ich mich ans Fenster gestellt, einen Apfel gegessen und in den leeren, trostlosen Hinterhof gestarrt. Ich hatte gestarrt, bis die Müllabfuhr herangefaucht war und sich mit Getöse an die Arbeit gemacht hatte. Ich war ins Badezimmer geflohen und hatte mich auf den Rand der Wanne gesetzt. Ich hatte mir überlegt, ob ich in die Stadt gehen sollte und wenn ja, wohin. Ich war zu dem Entschluß gekommen, in die Stadt zu gehen und das Wohin dem Zufall zu überlassen. Ich hatte mich angezogen – einen Flanellrock, einen dicken dunkelgrünen Pullover, dunkelgrüne Wollstrümpfe und feste, flache Schuhe. Ich hatte mir weder die Lippen geschminkt noch die Nase gepudert. Wozu und für wen? Im Flur hatte ich einen gefütterten Regenmantel übergestreift und ein Kopftuch umgebunden. Andy war aus seinem Zimmer gekommen und Brigitte aus ihrem. Andy hatte lange, graue Kaugummifäden aus dem Mund gezogen, die an seinem Pullover, seinen Händen, seinen Haaren hängengeblieben waren. Brigitte hatte sich gerade die Fingernägel dunkelrot lackiert. Sie hatte sie gespreizt von sich abgehalten.

»Ich gehe eine Weile weg«, hatte ich erklärt.

»Wohin, Mammi?« hatte Andy wissen wollen.

»In die Stadt.«

»Warum, Mammi?«

»Weil ich ein bißchen an die frische Luft muß.«

»Warum mußt du an die frische Luft?«

»Weil ich nicht immer im Zimmer sitzen kann.«

»Warum kannst du nicht immer ...«

»Andy ...!« hatte ich gewarnt.

»'s regnet«, hatte Brigitte bemerkt.

Ich hatte Andy einen Kuß gegeben und mich dabei um ein Haar in den Kaugummifäden verfangen.

»'s regnet«, hatte Brigitte ein zweites Mal bemerkt.

»Um Punkt ein Uhr hat Andy im Bett zu liegen«, hatte ich gesagt. »Vergessen Sie das bitte nicht, Brigitte.«

»Will nich ins Bett!« hatte Andy geschrien.

Ich hatte die Wohnungstür hinter mir zugeschlagen.

Wenn ich durch die Straßen ging, dachte ich mir stets Geschichten aus. Ich kam mir dabei sehr kindisch vor und schämte mich, mit meinen achtundzwanzig Jahren albernen Backfischträumen nachzuhängen. Aber es wußte ja niemand, und mich ließ es eine Zeitlang die triste Wirklichkeit vergessen. In meinen Träumen war ich stets eine aktive, strahlende und glückliche Frau, die es zu irgend etwas Erfolgreichem gebracht hatte. Ich wurde – mit Recht – bewundert, geachtet und verehrt. Ich liebte einen Mann, und er liebte mich. Das war immer das Fundament, auf dem ich dann ein langes, verwickeltes, aber harmonisch verlaufendes Märchen aufbaute. Auf diese Weise konnte ich stundenlang laufen, ohne mir der Straßen, der Menschen, des lärmenden Verkehrs bewußt zu werden.

An diesem Tag jedoch – an diesem entscheidenden neunten November – kam ich nicht richtig in Schwung. Schuld war wohl der unablässige Regen, der hauchfein wie aus einem Zerstäuber herniederwehte, die Feuchtigkeit, die langsam in Kleider und Schuhe kroch, die aufdringlich vorbeizischenden Autos, denen ich unwillkürlich immer wieder nachschauen mußte. Was immer es auch war, meine Phantasie blieb lahm, und ich beschloß verdrießlich, in die Wirklichkeit zurückzukehren.

Die Wirklichkeit, kalt, naß und schmutziggrau, trieb mich in die nächste Straßenbahn. Sie war, zum Glück, nicht voll; ein seltener Umstand, den ich der Mittagszeit verdankte. Ich setzte mich auf eine der beiden langen Bänke. Der Schaffner kam. Er blieb vor mir stehen, schaute stumm auf mich herab und hielt den Fahrkartenstempel gezückt. Ich geriet in Verwirrung, weil ich nicht wußte, wohin ich wollte, und weil ich sehr wohl wußte, daß Straßenbahnschaffner reizbare Menschen sind.

»Freilein«, sagte er da auch schon mit drohender Stimme, »wenn an jeder so lang brauchat ...«

»Einmal geradeaus«, unterbrach ich ihn hastig.

»Zu fünfundzwanzig oder dreißig?«

»Zu dreißig«, sagte ich vorsichtshalber und wühlte aufgeregt in meinem Portemonnaie.

Er hielt mir den Fahrschein direkt unter die Nase und schaute dabei über meinen Kopf hinweg zum Fenster hinaus. Der zitternde Fahrschein und der breite, eingerissene Daumennagel brachten mich vollends aus der Fassung. Es dauerte geraume Zeit, bis ich die dreißig Pfennig herausgefischt hatte. Der Schaffner entfernte sich kopfschüttelnd.

An der nächsten Haltestelle stiegen eine ältere Dame mit Dackel und eine junge Frau mit kleinem Kind ein. Die Dame mit Dackel setzte sich auf meine rechte Seite, die Frau mit Kind auf meine linke. Sofort kam Leben in die Fahrgäste. Sie waren entzückt über den Dackel, lächelten ihm gerührt zu und gaben lockende Töne von sich. Das Kind beachtete niemand. Ich sah mich genötigt, ihm zuzulächeln, aber es glotzte mich nur dumm an. Ich mußte mir eingestehen, daß der Hund ein interessanteres Gesicht hatte.

Ich stand auf. Es war gleichgültig, wo ich ausstieg, denn ich hatte kein Ziel. Ich war jetzt in der Nähe der Maximilianstraße, und das überraschte mich nicht. In welche Richtung ich auch immer fuhr und ging, ich landete in der Maximilianstraße.

Ich hatte eine große Sympathie für diese Straße, die einstmals vornehm und solide, jetzt müde und ein wenig verkommen vor sich hindöste. Sie strahlte eine gewisse Melancholie aus, eine Sehnsucht nach vergangenen Zeiten, und hatte sich allen modernen Errungenschaften zum Trotz ihre alte herrschaftliche Fassade bewahrt. Das verband mich mit ihr.

Die Straßenbahn hielt, und ich stieg aus. Ich bereute es sofort. Im Wagen war es wenigstens trocken gewesen – hier triefte alles, plätscherte und gluckste, spiegelte sich in ölig glänzenden Pfützen. Ich stand da und schaute mich hilfesuchend um. Das Tuch klebte mir am Kopf, die Spitzen meiner Schuhe waren durchnäßt, und ich fror erbärmlich. Ich ging ein paar Schritte, dann blieb ich wieder stehen. Diese ungeheure, diese beängstigende Sinnlosigkeit! Die Leere in mir machte mich kraftlos. Ich lehnte mich an die Mauer eines Hauses. Vielleicht fuhr ein Taxi vorbei, vielleicht kam die nächste Straßenbahn. Ich wartete. Vom Dachfirst tropfte es – große, schwere Tropfen, die auf meinem Kopf zerplatzten. Menschen liefen an mir vorbei. Ich fragte mich, ob sie alle wußten, wohin sie wollten. Sie sahen so aus, als ob sie es wüßten. Ich fragte mich, warum ich es nicht wußte, warum ich nicht endlich einen Grund fand, der mich dazu berechtigte, die Wohnung zu verlassen, durch die Straßen zu laufen und wieder in die Wohnung zurückzukehren. Ich suchte doch jetzt schon zehn Jahre, und meine Hoffnung war beinahe erschöpft. Wenn ich nicht bald einen Grund fand ...

Ich ging langsam weiter. Vor dem Obstgeschäft in der Maximilianstraße blieb ich wie immer stehen. Ich war unzählige Male davor stehengeblieben. In der ganzen Stadt gab es nichts, das ich besser kannte als das Obstgeschäft in der Maximilianstraße.

Es hatte, durch die Eingangstür in zwei Hälften geteilt, ein sehr großes und ein kleines Schaufenster. In dem großen lag das Obst, sauber in Steigen verpackt, blank poliert, natürlich nur die reifsten und auserlesensten Stücke. Im kleinen war das Gemüse phantasievoll und bunt arrangiert wie ein Blumenstrauß. Es war ein ungeheuer appetitliches und leider ebenso teures Geschäft. Für mich war es eine große Versuchung, der ich traurig, aber starrköpfig widerstand.

Ich war sparsam – eine Eigenschaft, die wenig zu mir paßte und mich selber am meisten verwunderte. Ich leistete mir nie extravagante Dinge, nie eine frische Gurke im Winter, ein Pfund Erdbeeren vor der Erdbeerzeit, und eine kostspielige Artischocke, deren Blätter man nur lutschen konnte, deren Boden man mit einem Biß verzehrt hatte, hielt ich für einen schamlosen Luxus. Also tat ich mir nie den Gefallen, in das zu beißen, was mir gerade Spaß machte. Zum Trost gönnte ich mir dann meistens – der Jahreszeit gemäß – ein Pfund guter Äpfel oder Orangen, einen Endiviensalat und vielleicht – pure Verschwendungssucht – ein halbes Pfund Smyrnafeigen.

Ich stand vor dem Geschäft und betrachtete tiefsinnig ein Körbchen voll übergroßer, violetter Trauben und den dazugehörigen Preiszettel, auf dem eine übergroße, schwarze 5.– prangte. Und obgleich ich noch immer keinen Lebenszweck gefunden hatte, regten sich mein Verlangen nach den Trauben und mein Ärger über die 5.–. Zum Glück, denn ich hätte mich sicher sehr geniert, kam mir meine Konsequenz nicht zum Bewußtsein. Mein Wunsch, in eine der Trauben zu beißen, und mein Bedürfnis, mich laut und deutlich über den Preis zu beschweren, war im Moment heftiger als mein jammervoller Allgemeinzustand. Ich beschloß, in den Laden hineinzugehen, aber ich wußte genau, daß ich mich weder über den Preis beschweren noch den Preis zahlen, und daher auch nicht in eine der Trauben beißen würde. Aber ich wollte dem verlockenden Körbchen wenigstens einmal ganz nahe sein. Ich wandte mich vom Schaufenster ab, ging die zwei Schritte bis zur Tür und nahm die Klinke in die Hand. Im selben Augenblick hörte ich eine Männerstimme laut »Hallo« rufen. Mehr automatisch als in der Annahme, der Ruf könne mir gelten, drehte ich mich um.

Auf der anderen Straßenseite stand ein Mann. Sein »Hallo« hatte zweifellos mir gegolten, denn jetzt, da ich mich umschaute, hob er winkend den Arm. Ich kannte den Mann nicht. Er war groß, ziemlich breit und hatte ein junges, kraftvolles Gesicht und eisengraue Haare. Wahrscheinlich hatte er mich mit jemandem verwechselt. Ich war unschlüssig, ob ich das Geschäft betreten oder warten sollte. Ich wartete. Wäre er klein und unscheinbar gewesen, ich hätte sicher nicht gewartet. Aber er war nicht klein und unscheinbar, sondern sah interessant und auffallend gut aus. Ich ließ die Klinke los und schob mir das Tuch ein Stück aus der Stirn.

Der Mann schaute flüchtig nach links und rechts, dann begann er, die Straße zu überqueren. Er ging mit kurzen, schnellen, leichten Schritten, schwingenden Armen und hoch erhobenem Kopf. Er trug einen hellen Regenmantel, den er trotz der Nässe und Kälte nicht zugeknöpft hatte, und einen karierten Schal, der ihm lose über die Schultern hing. In der Mitte der Straße wurde er von etlichen Autos aufgehalten. Er schob die Hände in die Manteltaschen und lächelte mir zu.

Ich geriet in Verwirrung – offensichtlich hatte er mich doch nicht verwechselt – und starrte ihm angespannt ins Gesicht. Die Augen kamen mir bekannt vor, das Lächeln nicht.

Ich wühlte und wühlte in meinem Gedächtnis, das kribbelte wie eingeschlafene Füße. Ein Taxi fuhr vorbei und verdeckte ihn bis zur Stirn. Ich sah das schwarze, glänzende Verdeck und dahinter das eisengraue Haar. Vielleicht war ich ihm einmal flüchtig begegnet – irgendwann, irgendwo ... Als er wieder auftauchte, war das Lächeln verschwunden. Sein Gesicht, in Ungeduld gestrafft, ließ jeden Zug schmaler, härter, schärfer hervortreten.

Endlich brach die Autokette ganz ab, und der Fremde steuerte leichtfüßig, mit schwingenden Armen und wehendem Mantel auf mich zu. Jetzt lächelte er wieder, lächelte strahlend und herzlich, so als könne er sich gar nichts Schöneres vorstellen, als mich – ausgerechnet mich – auf der nassen, kalten, grauen Maximilianstraße zu treffen. Seine Fröhlichkeit und gute Laune, sein offener Mantel und unbedeckter Kopf, sein lebhafter Gang und seine freie, selbstbewußte Haltung verstimmten mich. Sie schienen mir, was meine Person, die Umgebung, das Wetter, die Jahreszeit betraf, völlig fehl am Platz. Ich zwang mich aus Gründen der Höflichkeit zu einem schiefen, gepeinigten Lächeln.

Der Mann war jetzt nur noch wenige Schritte von mir entfernt. Er streckte mir beide Hände entgegen, eine Geste, die ich übertrieben fand und nur zögernd, mit einem schlaffen Emporheben des rechten Armes, erwiderte.

»Judith«, rief er und nahm meine Hand in seine beiden, »wie schön, Sie einmal wiederzusehen!«

»Ja«, sagte ich verärgert. Der Ärger galt jetzt mir und meinem miserablen Gedächtnis.

»Ich habe es ja immer gewußt!«
»Was?« fragte ich ungeduldig.
»Daß wir uns eines Tages wieder begegnen werden.«
»Ja, ja ...« Ich starrte ihm ratlos ins Gesicht.
»Judith«, sagte er mit einer Mischung aus Erstaunen und Belustigung, »Sie erkennen mich wohl nicht mehr?«
»Ich bin andauernd drauf und dran, aber im allerletzten Moment schnappt's dann doch nicht auf. Ich weiß nicht, was das ist. Vielleicht haben Sie sich so verändert.«
»Vielleicht«, sagte er mit einem nachdenklichen Lächeln.
Er ließ meine Hand los. Sie war zwischen den seinen warm geworden. Kein Pelzhandschuh hatte das bisher fertiggebracht.
»Helfen Sie mir doch endlich auf die Spur!« sagte ich nervös.
»Berlin ...«, sagte er, »Wannsee ... Dora ... Atel ...«
»Paul Hellmann«, sagte ich, »Gott steh mir bei!«

Die unverhoffte Begegnung mit Paul Hellmann an diesem tristen Novembertag kam mir seltsam vor. Merkwürdig kam mir auch vor – jetzt, da er vor mir stand –, daß ich ihn nicht erkannt, daß ich in den vergangenen Jahren nie mehr an ihn gedacht und daß er sich auf undefinierbare Art verändert hatte. Während ich ihn anstarrte, viel zu verblüfft, um es verstohlen zu tun, suchte ich nach dem weißgekleideten, unausstehlichen Paul Hellmann mit dem arroganten Gesicht. Aber ich suchte vergeblich. Das Gesicht als solches hatte sich kaum geändert. Es war vielleicht um eine Spur älter geworden und etwas schmaler. Das Haar war nicht mehr schwarz, sondern eisengrau, das war alles. Und trotzdem war es ein anderes Gesicht – ein Gesicht, das Ruhe ausstrahlte, Wärme, Sicherheit und Harmonie.
Diese Erkenntnis beunruhigte mich. Sie beunruhigte mich um so mehr, als es sich hier um Paul Hellmann handelte, einen Mann, den ich abgelehnt, den ich nicht gemocht und nicht geschätzt hatte. Es war mir fast peinlich, keine Abneigung mehr zu empfinden, sondern, im Gegenteil, eine spontane Zuneigung, ein Bedürfnis, mich an ihn zu klammern, hilfesuchend, wie ein verirrtes Kind. Ich konnte mir das Bedürfnis nicht erklären. Es kam mir geradezu absurd vor.
»Ich komme gerade von Dora«, sagte er.

»Ich habe ziemlich lange nichts von ihr gehört«, antwortete ich.

»Wir haben über Sie gesprochen.«

»Warum?«

»Es ergab sich so im Gespräch.«

»Aha. Wie geht es Dora?«

»Gut. Ich habe eine Woche bei ihr gewohnt. Es war sehr reizend.«

»Leben Sie nicht mehr in Berlin?«

»Nein. Wußten Sie das nicht?«

»Ich wußte nur, daß Sie schon lange nicht mehr am Uferweg wohnten. Aber sonst nichts.«

»Sie haben mich vorhin so konsterniert angeschaut. Warum eigentlich?«

»Ich war konsterniert.«

»Worüber?«

»Über Sie, über mich, über die Begegnung, über Ihr Gesicht ... Sie haben sich sehr verändert.«

»Tatsächlich?«

»Nicht äußerlich. Sie wirken anders.«

»Ach ja?«

»Ja, und ich wollte wissen, woran das liegt.«

»Wissen Sie es jetzt?«

»Nein. Jedenfalls nicht so, daß ich es erklären könnte.«

»Sie frieren, nicht wahr?«

»Ich friere sehr.«

»Kann man sich hier in der Nähe irgendwo hinsetzen?«

»Ein paar Schritte weiter ist ein Espresso.«

»Haben Sie ein bißchen Zeit?«

»Ich habe Zeit – zwölf Stunden am Tag.«

»Na, dann kommen Sie.«

Ich ging neben ihm her, und plötzlich mußte ich an das Kettenkarussell denken. Ich war sechs Jahre alt gewesen, als mich mein Kindermädchen eines Tages in den Lunapark mitgenommen hatte. Da hatte ich zum erstenmal ein Kettenkarussell gesehen. Es hatte einen Sturm heftiger, sich widerstreitender Gefühle in mir ausgelöst. Mein Verlangen, mitzufahren, war ebenso groß gewesen wie meine Angst. Ich hatte mich danach gesehnt, durch die Luft zu fliegen, und ich hatte mich davor gefürchtet, die Kette könne reißen oder das Karussell würde sich bis in alle Ewigkeit drehen. Ich war in Tränen ausgebrochen, hatte mich gesträubt wegzugehen und hatte mich gesträubt mitzufahren. Mein Kindermädchen – ein wenig einfühlsames Geschöpf – war für »entweder-oder« gewesen. Sie hatte mich schließlich gepackt und in eins der Stühlchen geschnallt. Ich war starr vor Schrecken sitzengeblieben. Das Karussell hatte sich in Bewegung gesetzt, es hatte sich schneller und schneller gedreht. Zuerst hatte ich verzweifelt zu Boden gestarrt, dann entzückt zum Himmel empor. Ich war durch die Luft geflogen in einem wahren Rausch der Glückseligkeit. Als der Schwung nachgelassen und ich mich der Erde zugesenkt hatte, war ich wiederum in Tränen ausgebrochen. Ich hatte gewünscht, das Karussell möge sich bis in alle Ewigkeit drehen. Jetzt – und ich wußte nicht warum – war mir ähnlich zumute. Ein unsichtbares, geisterhaftes Karussell hatte sich zu drehen begonnen. Es weckte Angst und Verlangen, Schrecken und Erwartung in mir. Ich fürchtete, es könne sich ewig drehen, und ich wünschte, es möge sich ewig drehen. Ich wollte nicht einsteigen, und ich wollte nicht aussteigen. Ich wurde unwillig. Karussellfahren reizte mich schon lange nicht mehr. Ich war kein Mensch, der sich gerne drehte. Wahrscheinlich hatte ich Fieber, das war die einzige vernünftige Erklärung. Sie rechtfertigte all meine seltsamen Gefühle.

Paul Hellmann ging ahnungslos neben mir her. Er redete sehr viel. Er erzählte von Berlin – daß er doch immer wieder gerne dort wäre; daß es die einzige Stadt in Deutschland sei, in der man leben könne; daß er zwei ausgezeichnete Theateraufführungen in Ostberlin gesehen habe; daß viel gebaut werde; daß ein neues exklusives Restaurant eröffnet worden sei.

Mich interessierte das alles nicht. Ich sagte »ja« und »aha« oder nickte nur stumm mit dem Kopf. Ab und zu streifte ich ihn mit einem verstohlenen Blick.

»Machen Sie doch mal den Mantel zu«, sagte ich.

»Warum denn?«

»Weil es kalt ist.«

»Mir ist warm.«

»Woher nehmen Sie die Wärme?«

»Von innen heraus.«

»Sie machen einen sehr zufriedenen Eindruck.«

»Weil ich sehr zufrieden bin.«

Ich schaute ihn vorwurfsvoll an: »Mit was kann man auf dieser elenden Welt zufrieden sein?«

»Oh, da gibt es viele Dinge – so viele, daß ein paar Stunden nicht ausreichen würden, sie aufzuzählen.«

»Sie haben sich wirklich sehr verändert«, sagte ich und seufzte.

Das Espresso, in das ich Paul Hellmann führte, lag in einer Passage versteckt. Es war das traurigste Espresso Münchens, und darum ging ich oft dorthin. Der kleine, dunkle Raum war mit ein paar runden Tischen, ein paar quadratischen Tischen und sehr viel Stühlen ausgestattet. In der Küchenvitrine standen immer dieselben zwei Torten, und niemals fehlten mehr als drei Stücke. Der Besitzer, ein junger, unfreundlicher Mann, kochte den Kaffee, teilte die Getränke aus und wusch das Geschirr ab. Seine Freundin, eine üppige Blondine, bediente – das jedoch mit unnachahmlicher Verachtung. Sie machten beide kein Hehl daraus, daß ihnen Gäste äußerst unwillkommen waren. Ihre Ungastlichkeit hatte sich auf das Espresso ausgewirkt. Wenn es gut besucht war, dann saßen fünf verärgerte Menschen darin.

An diesem Tage war es schlecht besucht. Ein einziger Mann saß mitten im Raum und versuchte, die Bedienung auf sich aufmerksam zu machen.

»Ein munteres Lokal«, sagte Paul Hellmann mit einem Grinsen.

Wir setzten uns an einen Tisch in der hintersten Ecke. Paul Hellmann lehnte sich zurück, hing den rechten Arm über die Rückenlehne, schlug ein Bein über das andere und schaute mich an. Ich hätte ihn auch gern angeschaut, aber dazu fehlte mir plötzlich die Unbefangenheit. Ich öffnete meine Tasche, kramte unnötig lange darin herum und zog schließlich ein Päckchen Zigaretten und ein Feuerzeug hervor. Ich hätte viel lieber einen Spiegel hervorgezogen und mich ein bißchen zurechtgemacht. Ich hatte das Gefühl, häßlich zu sein. Und ich war häßlich, wenn ich mich häßlich fühlte.

»Haben Sie mich gleich erkannt?« fragte ich und steckte mir eine Zigarette zwischen die Lippen.

»Natürlich.« Er nahm mir das Feuerzeug aus der Hand und knipste es an.

»Komisch, daß Sie mich gleich erkannt haben.«

»Sie haben sich wenig verändert.«
»Ach Unsinn!«
»Sie sind dünner geworden, müder, trauriger ...«
»Ich bin gleichgültiger geworden.«
»Sie sind nicht gleichgültig. Sie haben sich nur in Gleichgültigkeit geflüchtet. Es ist bequemer, als sich mit dem Leben auseinanderzusetzen.«
Die Blondine hatte sich an unseren Tisch bemüht. Sie schaute gelangweilt über uns hinweg.
»Was trinken Sie, Judith?« fragte Paul Hellmann.
»Einen Tee.«
»Fällt Ihnen nichts Besseres ein?«
»Mir schon, aber meinem Diätzettel nicht.«
»Was fehlt Ihnen?«
»Ich hatte vor kurzem Gelbsucht.«
»Nicht schön«, sagte er und dann zu der Blondine: »Einen Tee, einen Bourbon mit Eis, ohne Soda.«
Das Mädchen schlurfte davon.
Paul Hellmann beugte sich vor, schaute mir direkt in die Augen und fragte: »Ohne Über- und ohne Untertreibung: Wie geht es Ihnen, Judith?«
»Ohne Über- und mit Untertreibung: schlecht!«
»Und warum?«
»Weil mir das Leben mißfällt. Ich finde, es ist eine der sinnlosesten Einrichtungen. Aber lassen wir das; wie geht es Ihrer Frau und Ihrem himmelblauen Auto?«
»Ich habe keine Frau mehr und kein Auto.«
»Ach«, sagte ich, »das wundert mich ... ich meine, daß Sie kein Auto mehr haben.«
Er lachte schallend.
»Warum haben Sie denn kein Auto mehr?«
»Erstens, weil ich keins brauche, und zweitens, weil es weniger kostet.«
»Sind Sie etwa sparsam geworden?«
»Ich mußte es werden.«
»Sie hatten doch mehr Geld, als Sie ausgeben konnten.«
»Und jetzt habe ich weniger, als ich ausgeben möchte.«
Das also ist des Rätsels Lösung, dachte ich erleichtert. Seine undurchsichtigen Ost-West-Geschäfte sind aufgeflogen, und er steckt in finanziellen Schwierigkeiten.
»Das tut mir aber leid«, sagte ich, nicht ganz aufrichtig.

»Was?« fragte er.

»Daß Sie ...«, ich versuchte, es besonders taktvoll zu formulieren, »... daß Sie Pech gehabt haben.«

»Pech ... inwiefern?«

»Na ja, finanziell ... oder so ...«

»Ach, jetzt verstehe ich!« sagte er lachend. »Nein, nein, so ist das nicht! Ich habe finanziell kein Pech gehabt. Das Geschäft blühte, aber ich wollte nicht mehr. Es war mir zuwider.«

»Es war Ihnen zuwider, so viel Geld zu verdienen?«

»Sparen Sie sich Ihre Ironie, Judith. Es war mir tatsächlich zuwider, auf diese Art und Weise Geld zu verdienen. Es war mir noch vieles andere zuwider!«

»Was, zum Beispiel?«

»Das inhaltlose Leben, das ich führte. Die Menschen, mit denen ich die Zeit vergeudete. Der Beruf, der mir nichts sagte ... Die Ehe, die keine Ehe war. Deutschland, das mich immer wieder an die Vergangenheit erinnerte. Die Leere in mir, der Lärm um mich herum, die Bequemlichkeit, Verlogenheit, Konsequenzlosigkeit ... diese ganze Sinnlosigkeit, über die Sie sich auch so gern beklagen.«

»Und was haben Sie da gemacht?« fragte ich gespannt.

»Ich habe die Konsequenzen gezogen«, sagte er.

Das klang mal wieder sehr schlicht, sehr einleuchtend und sehr unglaubhaft. Ich konnte es nicht verhindern, daß sich mein rechter Mundwinkel skeptisch nach unten zog.

»Was nennen Sie die Konsequenzen ziehen?« fragte ich.

»Nun, ich habe mit meinem alten Leben Schluß gemacht und ein neues begonnen.«

»Oh«, sagte ich, noch um eine Spur skeptischer.

Er schwieg, und ich wartete. Als das Schweigen anhielt, merkte ich, daß ihm gar nicht daran lag, mich von der Glaubwürdigkeit seiner Worte zu überzeugen. Ich sagte ein wenig gereizt, ein wenig gekränkt: »Es würde mich wirklich interessieren, wie Sie das so von heut auf morgen gemacht haben.«

»Das war nicht von heut auf morgen, das war ein langwieriger und anstrengender Prozeß. Oder glauben Sie, daß man sich innerhalb einer Sekunde dazu entschließt, ins eiskalte Wasser zu springen?«

»Nein«, sagte ich, »und wie ich so an mir und anderen

festgestellt habe, entschließt man sich nicht nur nicht innerhalb einer Sekunde, sondern nie.«

»Wo ein Wille ist«, sagte er lächelnd, »ist auch ein Weg. Oder noch besser: Wenn die Ausweglosigkeit einem die Luft abschnürt, beginnt der Wille, um Luft zu kämpfen. Es bleibt einem ja gar nichts anderes übrig. Bei mir war es eine simple Rechenaufgabe: Entweder an mir selber zugrunde zu gehen, oder an mir selber einen Halt zu finden. Und man findet nur an sich selber einen Halt, wenn man das tut, was man für richtig und ehrlich hält. Ich habe also als erstes meinen Beruf gewechselt und bin das geworden, was ich schon immer werden wollte. Als zweites habe ich mich scheiden lassen und bin das geworden, was ich immer hätte bleiben sollen: Junggeselle. Als drittes ...«

»Moment«, rief ich aufgeregt, »bitte, nicht so schnell! Was wollten Sie schon immer werden, und was sind Sie geworden?«

»Arzt«, sagte er.

»Arzt?«

»Ja, Arzt.«

»Sind Sie jetzt Arzt?«

»Ihr angeborenes Mißtrauen verlangt wahrscheinlich nach einer Legitimierung. Ich habe meine Approbation leider nicht dabei.« Ich starrte ihn an. Ich rutschte sogar auf die äußerste Kante meines Stuhles, um ihn ganz aus der Nähe betrachten zu können. Es kam mir unglaublich vor, daß dieser Mann, der kalt und rücksichtslos mit Menschen umgesprungen war, plötzlich das Bedürfnis haben sollte, anderen zu helfen. Ich konnte mir nicht vorstellen, daß er Kranken in ihrer Not, ihrem Elend beistand, daß er sie ohne Widerwillen anfaßte, daß er ihnen mitfühlend Trost zusprach. Menschen, die ihre Gewohnheiten, ihre Auffassung änderten, gab es vielleicht. Aber Menschen, die ihr Wesen, ihren Charakter änderten, gab es bestimmt nicht.

»Was erschüttert Sie so?« fragte Paul Hellmann schließlich.

»Ich überlegte, was Sie dazu getrieben haben mag, Arzt zu werden.«

»Ich sagte Ihnen ja schon, daß es immer mein Wunsch gewesen war. Mein Vater war Arzt, und ich habe ihn sehr geliebt und bewundert. Vielleicht war das ausschlaggebend.

Wären die Nazis nicht dazwischengekommen, ich hätte gleich nach dem Abitur mit dem Medizinstudium begonnen.«

»Aber als ich Sie kennenlernte, damals in Berlin, da konnten Sie doch die Menschen nicht leiden.«

»Damals konnte ich die Menschen nicht leiden, weil ich mich selber nicht leiden konnte. Und ich konnte mich nicht leiden, weil ich mich gegen meine Natur, gegen mein besseres Wissen zu einem Menschen hatte formen lassen, der ich im Grunde nicht war.«

»Was hat Sie geformt?«

»Die Umstände ... aber das sollten Sie eigentlich wissen. Wir haben ja während der Nazizeit sozusagen im gleichen Boot gesessen.«

»Ja«, sagte ich, »in dem Boot sitze ich übrigens immer noch.«

»Es besteht keine Veranlassung dazu. Die Umstände haben sich längst geändert. Sie sind wesentlich älter geworden. Man darf sich nicht von der Vergangenheit hypnotisieren lassen.«

»Geben Sie mir einen Schluck von Ihrem Whisky«, sagte ich. Er gab mir sein Glas. Ich trank und schloß dabei die Augen. Ich konnte dem Verlangen, das ganze Glas auszutrinken, kaum widerstehen.

»Trinken Sie gerne?« fragte er.

»Ja.«

»Was für eine Gelbsucht hatten Sie? Eine infektiöse?«

»Keine Ahnung.« Er nahm mir das Glas aus der Hand. »Sind Sie ein guter Arzt?«

»Das wird sich herausstellen.«

»So ein Medizinstudium dauert doch sehr lange, nicht wahr?«

»Sechs Jahre.«

»Mein Gott. Sie haben sechs Jahre lang studiert?«

»Es blieb mir gar nichts anderes übrig.«

»In welcher Stadt haben Sie studiert?«

»Erst kurze Zeit in München und dann in einer kleinen südfranzösischen Universitätsstadt.«

»Wie sind Sie denn darauf gekommen?«

Er grinste mich an: »Ich hatte eben auch mal Lust, auszuwandern.«

»Ach, machen Sie jetzt keine Witze!«

»Ich mach' keine Witze, ich wollte weg. Deutschland, oder besser gesagt, seine Bewohner gefielen mir nicht mehr. Solange man keine definitive Einstellung und Überzeugung hat, geht's. Aber wenn man sie hat, dann geht's eben nicht mehr. Für einen Halbjuden gibt es nur zwei Alternativen: Entweder er muß sich in jeder Beziehung von Deutschland lösen, oder er muß sich in jeder Beziehung zu Deutschland – dem sogenannten neuen Deutschland – bekennen. Ich habe herausgefunden, damals als ich aufhörte, mich zu belügen, daß ich mich nicht mehr zu Deutschland bekennen kann. Ich bin ein Elefant – ich vergesse nicht so schnell. Und ich bin ein schlechter Christ – ich verzeihe nicht so schnell. Eines Tages werde ich vergessen und verziehen haben ...“

»Glauben Sie das wirklich?« unterbrach ich ihn.

»Wenn ich es nicht glauben würde, dann könnte ich mir gleich ein Armutszeugnis ausstellen. Ein Mensch, der ein gewisses, vorgeschrittenes Alter erreicht hat und immer noch nicht vergessen und verzeihen kann, ist in seiner menschlichen und geistigen Entwicklung stehengeblieben. Und nichts ist kümmerlicher als ein ausgewachsenes Manns- oder Weibsbild mit pubertären Sturm- und Dranggefühlen.«

Wieder rutschte ich auf die äußerste Kante meines Stuhles, starrte ihn an und überlegte erschrocken, ob ich pubertäre Sturm- und Dranggefühle hätte.

Er mißdeutete mein Näherrücken und schob mir sein Glas hin: »Einen kleinen Schluck dürfen Sie noch haben«, sagte er. So ein Mißverständnis ließ ich mir gern gefallen. Ich trank einen großen Schluck.

Das Karussell begann sich wieder zu drehen – es drehte sich jetzt sehr schnell. Ich ließ es zu, denn ich hatte keine Zeit, keine Lust mehr, in mich hineinzuhorchen. Ich hatte nur noch Zeit und Lust, auf das zu horchen, was Paul Hellmann sagte. Ich hatte mich in einem der Stühlchen festschnallen lassen und flog durch die Luft. Ich starrte nicht mehr zu Boden, sondern schaute hinauf. Sollte die Kette reißen. Es war besser, aus der Höhe in die Tiefe zu stürzen, als ewig bewegungslos auf einer ebenso gefahrlosen wie leeren Straße zu stehen.

»Und wie haben Sie dieses sechsjährige Studium durchgehalten?« Jetzt zündete er sich zum erstenmal eine Zigarette an. Ich warf einen Blick auf das Päckchen. Es war eine Schweizer Zigarettenmarke.

»Das ist mir heute selbst ein Rätsel. Wenn man mit zweiunddreißig Jahren in einer fremden Sprache mit dem Medizinstudium beginnt, dann muß man auf ein Martyrium gefaßt sein. Ich habe von morgens bis abends gebüffelt und war ein paarmal nahe daran, alles hinzuwerfen. Gott, habe ich die komplizierte französische Grammatik und den komplizierten menschlichen Organismus verflucht!«

»Und wovon haben Sie all die Jahre gelebt?«

»Ich hatte an meinen Ost-West-Geschäften genug verdient. Ich konnte in aller Ruhe studieren und leben und außerdem noch Sybille versorgen.«

»Aber Sie haben sich doch sicher sehr einschränken müssen.«

»Nicht übermäßig.«

»Ich kann das einfach nicht begreifen«, sagte ich.

»Was?«

»Wie ein Mensch soviel Energie haben kann und soviel Mut.«

»Jeder Mensch, der von einer Sache ernsthaft überzeugt ist, hat ganz automatisch Energie und Mut. Und ich war ernsthaft davon überzeugt, daß das, was ich tue, das einzig richtige ist. Es war, weiß Gott, kein Vergnügen, Stunde um Stunde über den Büchern zu sitzen, aber es war ein immer noch größeres Vernügen, als Stunde um Stunde an einer Bar zu sitzen. Ich habe beides bis zur Bewußtlosigkeit durchexerziert, und ich weiß, daß kein Rausch der Welt so schön sein kann wie die bleierne Müdigkeit, mit der man nach einem produktiven Tag ins Bett fällt.«

»In anderen Worten, Sie haben Ihren Entschluß nie bereut.«

»Himmel, nein!«

»Und Sie haben sich nie nach Ihrem alten Leben zurückgesehnt – nach der Großstadt, der Abwechslung, dem Komfort, dem Geld ...«

»Aber Judith«, sagte er, »Sie wissen doch ebensogut wie ich, worauf es ankommt. Ich hatte in meiner kleinen französischen Stadt alles, was ich brauchte. Ich hatte ein behagliches Zimmer, eine Landschaft, wie sie den meisten nur auf Reiseprospekten geboten wird, eine Arbeit, die mir nach dem ersten strapaziösen Jahr große Freude machte. Ich hatte ausgezeichnetes Essen, köstlichen Wein, Freunde, wie ich sie in Deutschland nie gefunden habe. Ich hatte Ruhe – innere und äußere Ruhe. Ich war glücklich.«

»Verzeihen Sie«, sagte ich, »aber das klingt alles so nach Kindermärchen. Und die Moral von der Geschicht': Entschließe dich, ein guter Mensch zu werden, und schon bist du glücklich.«

»In Kindermärchen steckt meistens eine sehr naive, aber auch sehr tiefe Wahrheit.«

»Aber sie trifft auf unsere Generation nicht mehr zu.«

»Ich halte das für eine Ausrede.«

»Ich weiß nicht«, sagte ich und starrte in meinen Tee. »Ich finde mich einfach nicht mehr zurecht.«

Plötzlich griff er über den Tisch nach meiner Hand: »Judith«, sagte er, »ich wünschte, ich könnte Ihnen helfen.«

Ich wagte nicht aufzuschauen. Ich war den Tränen nahe. Sie können mir helfen, dachte ich, Sie sind der erste, der mir helfen kann.

»Schauen Sie mich mal an, Judith.«

Ich schüttelte den Kopf. »Ich sehe jämmerlich aus«, sagte ich, »wie ein nasses, zerrupftes Huhn.«

Er lachte.

Ich entschuldigte mich und stand auf. Ich ging anders, als ich sonst ging, denn ich wußte, daß er mir nachschaute. Ich hielt also den Rücken sehr gerade und hob die Füße vom Boden – eine Haltung und ein Gang, die ich nie der Mühe wert gefunden hatte.

Dann stand ich in dem winzigen Waschraum vor dem Spiegel und machte mich mit äußerster Sorgfalt zurecht. Und so vertieft war ich in diese Arbeit, daß mir nichts anderes auffiel als die korrekturbedürftigen Stellen in meinem Gesicht. Erst als ich fix und fertig meinen Gesamteindruck überprüfte und dabei die Furche zwischen meinen Brauen als unerhört störend empfand, da spürte ich etwas Unheimliches auf mich zukommen.

Wann hatte mich jemals zuvor die Furche gestört? Wie lange war es her, daß ich mich mit solcher Ernsthaftigkeit zurechtgemacht hatte? Wer, in den letzten Jahren, hatte den Wunsch in mir geweckt, hübsch auszusehen? Und da begriff ich, was geschehen war.

Ich hatte meine Gleichgültigkeit verloren, und ich hatte einen Sinn gefunden. Ich hatte mir das Haar gekämmt, die Lippen geschminkt, die Nase gepudert, und mit jedem dieser kleinen läppischen Handgriffe hatte ich ein Ziel verfolgt: Ich hatte mich hübsch gemacht, um Paul Hellmann zu gefallen.

Ich empfand Angst und Freude. Ich stützte meine Hände auf den Rand des schmutzigen Waschbeckens und näherte mein Gesicht dem Spiegel. Ich fand mich hübsch. Und wenn ich mich hübsch fand, dann war ich hübsch.

Ich dachte: Es ist ein herrliches Gefühl, vor dem Spiegel zu stehen, sich hübsch zu finden und zu wissen, daß es jemanden gibt, für den man hübsch sein will – für den man immer noch hübscher werden will und werden wird, weil man es will. Und bei diesem ketzerischen Gedanken, der in mich eingedrungen war, ohne Warnung, ohne Vorbereitung, wurde ich fast rot. Erinnerte dieses »werden wird«, weil man es werden will, nicht sehr an »Wo ein Wille ist, ist auch ein Weg«?

Ich befeuchtete meinen Zeigefinger, strich mir die Brauen glatt und hielt es für ungeheuer wichtig, daß sie glatt waren. Dann lachte ich übermütig und fand mich noch hübscher.

Paul Hellmann schien mein verändertes Gesicht nicht aufzufallen. Ich war enttäuscht. Ich hätte gern ein anerkennendes Wort von ihm gehört.

Er machte einen abwesenden, etwas nervösen Eindruck, und das dämpfte meinen Optimismus erheblich. Ich setzte mich ihm gegenüber und beobachtete ihn mit ängstlich geweiteten Augen.

Er sagte auch nichts, sondern faltete eine Papierserviette in immer kleinere Dreiecke. Jedes Dreieck schaute er kritisch an und schien es doch nicht zu sehen. Das Schweigen, das an meinen Nerven riß, nahm er offenbar nicht wahr. Vielleicht hatte er sogar vergessen, daß ich ihm gegenübersaß. Dann plötzlich schnippte er die Serviette beiseite, hob den Kopf und sagte: »Das Lokal macht mich langsam, aber sicher nervös. Gehen wir?«

»Ja«, sagte ich kaum hörbar.

Fünf Minuten zuvor war ich noch glücklich gewesen – glücklich wie eine Närrin, die sich ihren unmotivierten Gefühlsausbrüchen hemmungslos hingibt. Der Anfang war gewesen, daß mir mein Gesicht gefallen hatte, und das Ende war gewesen, daß ich mit dem Gedanken »Wo ein Wille ist, ist auch ein Weg« Paul Hellmann bereits erobert hatte. Zwischen diesem läppischen Anfang und diesem absurden Ende war nichts gewesen. Nichts außer Glück – Glück, so massiv, so überwältigend, daß kein Platz mehr gewesen war für Bedenken, Überlegungen, Fragen. Aber jetzt waren sie da. Mir war übel vor Angst.

Paul Hellmann konnte jetzt aufstehen, auf Wiedersehen sagen und gehen. Ich konnte ihn ja nicht am Ärmel zurückhalten, ich konnte ihm auch nicht nachlaufen. Er würde gehen, und ich würde nicht wissen, wohin er ging. Ich saß da und hatte das Gefühl, daß sich mein Brustkorb nicht genügend weitete. Ich bekam zu wenig Luft. Jeder Muskel meines Körpers war angespannt, selbst die Zehen hatte ich gekrümmt. Meine Hände, mein Nacken, meine Achselhöhlen wurden feucht. Die Angst war ebenso maßlos wie zuvor das Glück.

Er rief die Bedienung herbei und verlangte die Rechnung. Sie kritzelte auf ihren Block, riß den Zettel ab und ließ ihn auf den Tisch flattern.

Hellmann zahlte. Ich wartete auf den unerträglichen Moment, da er aufstehen und sich mit einer belanglosen Höflichkeitsformel verabschieden würde.

»Ich müßte längst bei meinem Anwalt sein«, sagte er.

Ich räusperte mich, schluckte und schwieg.

»Aber ich habe gar keine Lust hinzugehen.

Die Hoffnung schlug in mir ein wie ein Blitz. »Das kann ich verstehen«, sagte ich mit einem zittrigen Lachen, »Anwälte sind meistens kein Vergnügen.«

»Was haben Sie denn jetzt vor?«

»Nichts«, sagte ich atemlos.

»Also, dann machen Sie jetzt mal einen Vorschlag, was wir zusammen unternehmen könnten.«

Ich war außerstande, einen Vorschlag zu machen. Das abrupte Hin und Her zwischen Glück und Angst, Angst und Glück war ungeheuer strapaziös. Da es mir an klaren Gedanken und Worten fehlte, strahlte ich ihn stillschweigend an.

»Sie sehen ja so hübsch aus«, sagte er mit beachtlicher Verspätung.

Diese Bemerkung schleuderte mich vollends in jenen närrischen Glückszustand zurück, in dem für Bedenken, Überlegungen, Fragen kein Platz war. Er fand mich hübsch, er wollte mit mir zusammen sein. Meine Kombinationen waren gar nicht so abwegig gewesen. Wenn man sich hübsch fand und attraktiv, dann fühlte man sich imstande, Unmögliches möglich zu machen. Und dieses Gefühl war ansteckend, es sprang auf andere über und riß sie mit. Ich bot meine ganze Intensität auf und richtete sie wie einen Scheinwerfer in voller Stärke auf mein Opfer. Er schaute mich an, und ich erwiderte seinen Blick eindringlich mit weit geöffneten Augen! Ich wäre gar nicht überrascht gewesen, hätte er unter der Wucht meines Blicks zu blinzeln begonnen. Aber er blinzelte nicht. Er lächelte, wie mir schien, ein wenig verwundert, und fragte: »Na, wie ist das mit dem Vorschlag?«

»Moment«, sagte ich, »gleich hab' ich einen.«

Ich überlegte: Um ihn im Scheinwerferkegel meiner Intensität zu behalten, muß ich ihn von allen Einflüssen und Ablenkungen isolieren. Und das gelingt mir am besten, wenn ich ihn in meine Wohnung mitnehme. Außerdem, spann ich den Faden fort, sieht er dann gleich, daß ich geschmackvoll eingerichtet bin und einen hübschen, liebenswerten Sohn habe. Wir können etwas trinken, ein paar Schallplatten spielen und alles in Ruhe besprechen.

»Das beste ist«, erklärte ich, »wir gehen zu mir.«

»Ja«, sagte er, »das scheint mir eine gute Idee zu sein.«

Ich atmete auf. Alles lief glatt und mühelos. Alles drehte sich an den dicken, haltbaren Eisenketten meines Karussells.

Wir nahmen ein Taxi. Ich gab dem Fahrer meine Adresse, lehnte mich zufrieden zurück und zog ein Päckchen Zigaretten aus der Tasche. Paul Hellmann nahm es mir aus der Hand.

»Sie rauchen viel zuviel«, sagte er. »Die nächste Stunde kriegen Sie keine Zigarette mehr.«

Ich strahlte. Bei jedem anderen hätte mich die Einmischung empört, bei Paul Hellmann beglückte sie mich. Er machte sich Sorgen um meine Gesundheit. Das war schon fast eine Liebeserklärung.

»Also gut, Herr Doktor«, sagte ich, und dann immer noch glücklich vor mich hinlächelnd: »Wo leben Sie eigentlich zur Zeit?«

»In Zürich«, sagte er.

Das ist nur eine halbe Flugstunde von München entfernt, überlegte ich und fragte: »Wollen Sie in Zürich bleiben?«

»Nein, Zürich ist nur eine kurze Zwischenstation.«

Bevor ich die nächste Frage stellte, überschlug ich rasch alle Länder mit einer günstigen Entfernung, bewahrte mir aber die Hoffnung, daß er sich in Deutschland – und Krönung der Hoffnung –, vielleicht sogar in München niederlassen könne. »Und wo wollen Sie sich endgültig niederlassen?«

»In New York«, sagte er.

Manchmal reißen eben auch dicke, haltbare Eisenketten. Ich stürzte, und als ich unten aufschlug, war ich leider nicht tot. »So leicht stirbt's sich nicht«, waren die Lieblingsworte meiner Mutter gewesen, und sie hatte es ja schließlich wissen müssen.

»New York«, sagte ich, ohne jeden Ausdruck in meiner Stimme, »aha.«

»Das ist eine wirklich einmalige Chance«, sagte er. »Kaum den Dr. med. in der Tasche und schon das Angebot, an einer großen New Yorker Klinik zu arbeiten.«

Was interessierte mich die Chance, was interessierte mich das Angebot. »Wann werden Sie rübergehen?« fragte ich mit einem kleinen Hoffnungsschimmer, daß es noch nicht so bald sein werde.

»In vier bis sechs Wochen, schätze ich. Meine Emigrationspapiere können jetzt täglich eintreffen, und dann steht mir nichts mehr im Wege.«

»In vier bis sechs Wochen, ach so ...«

»Das neue Jahr möchte ich schon in New York beginnen«, sagte er eifrig und aufgeregt wie ein kleiner Junge, der sich auf eine Ferienreise freut.

»Und Sie wollen für immer drüben bleiben?«

»Selbstverständlich. Eine bessere Möglichkeit, mit der Vergangenheit radikal zu brechen und ganz von vorne anzufangen, gibt es ja gar nicht.«

»Das stimmt allerdings«, sagte ich, legte den Kopf auf die Rückenlehne und schloß die Augen.

»Ein neues Land, eine neue Sprache, neue Menschen, neue Lebensbedingungen, neuer Arbeitsrhythmus, neues Tempo ...«

»Alles neu macht der Mai ...«, murmelte ich.

Er schwieg. Ich spürte, daß er mich anschaute. Ich wollte den Kopf heben und die Augen öffnen, aber das kostete Kraft, und die hatte ich nicht.

»Geht es Ihnen nicht gut?« fragte er und legte die Hand auf meine Schulter.

»Ich bin müde«, sagte ich, »sprechen Sie ruhig weiter.«

Er sprach nicht weiter, und darum raffte ich mich zu einer Frage auf. »Haben Sie keine Angst?«

»Wovor?«

»Vor all dem Neuen?«

»Nein. Die Angst vor dem Neuen ist nur eine Form der Bequemlichkeit. Das habe ich damals, als ich mir den entscheidenden Ruck gab, erkannt. Solange man gesund ist und arbeitsfähig, kann einem gar nichts passieren. Die ersten Jahre werden hart werden. Ich muß mein amerikanisches Staatsexamen machen. Das bedeutet, das Ganze noch einmal ganz anders und in englischer Sprache. Aber auch das werde ich schaffen, und dann ...«

»Und dann?«

»Dann habe ich erreicht, was ich erreichen wollte.«

»Wenn man erreicht hat, was man erreichen wollte, ist man dann glücklich?«

»Das kann ich Ihnen erst beantworten, wenn ich soweit bin.«

»Schicken Sie mir dann doch bitte ein Telegramm.«

Er lachte. Ich lachte nicht. Das Taxi hielt.

Natürlich war jetzt alles wieder sinnlos geworden, sinnloser noch als je zuvor. Die allzu kurze, allzu heftige Glücksspanne hatte mir nichts gegeben, sondern nur noch den letzten kläglichen Rest genommen. Wenn man das Gefühl, glücklich zu sein, nicht kannte oder längst vergessen hatte, dann entbehrte man es nur mit einem dumpfen, aber erträglichen Schmerz. Wenn es einem aber in seiner vollen Wucht geboten und kurz darauf wieder entzogen wurde, dann blieb einem nichts mehr, nichts außer dem Wunsch, sich lang auszustrecken und zu sterben.

Da mir die Erfüllung dieses Wunsches ganz sicher nicht vergönnt war, blieb mir nichts anderes übrig, als mich durch die kommenden Stunden zu schleppen, immer darauf bedacht, ja nicht an die kommenden Tage, Wochen und Monate zu denken. Ich wünschte, Paul Hellmann nicht in die Wohnung gebeten zu haben. Ich hatte ihm jetzt nichts anderes mehr zu bieten als ein häßliches Gesicht, eine lahme Unterhaltung, eine trübsinnige Atmosphäre. Im Überschwang meines Glücks hatte alles geglitzert wie ein See, auf den die Sonne fällt. Jetzt glitzerte nichts mehr. Jetzt hatte alles wieder den stumpfen grauen Ton angenommen, der der Hintergrund meines stumpfen grauen Lebens war. Meine geschmackvoll eingerichtete Wohnung war grau. Mein hübscher, liebenswerter Sohn war grau. Er war in der Tat grau – so grau, daß man den Verdacht nicht los wurde, er habe den Nachmittag in einer Aschentonne verbracht. Das einzige, was mir rein optisch ins Auge stach, war Brigitte in orgiastisch roter Aufmachung – Kleid, Schuhe, Fingernägel, Lippen, alles rot.

Paul Hellmann, breit grinsend, schaute abwechselnd die rote Brigitte und den grauen Andy an. Andy, die Hände in den Hosentaschen, warf mißtrauisch-düstere Blicke auf Paul Hellmann.

»Sag schön guten Tag«, ermunterte ich Andy.

Er zog im Zeitlupentempo die linke Hand aus der Hosentasche, machte aber keine Anstalten, sie auszustrecken.

»Andy!« warnte ich leise, aber drohend.

»Lassen Sie doch«, sagte Paul Hellmann und strich dem Jungen über den Kopf. Er ließ es sich mit vorgeschobener Unterlippe gefallen, dann streckte er plötzlich doch noch die Hand aus. Paul Hellmann ergriff sie: »Guten Tag, junger Mann«, sagte er.

»Tag«, brummte Andy, zog die Hand schnell zurück und schob sie wieder in die Hosentasche.

»Stecken Sie Andy in die Badewanne«, befahl ich Brigitte, »er hat es dringend nötig.«

»Mein Freund, der Schorschi, kimmt bald«, wandte sie ein. Diesen Einwand quittierte ich mit eisigem Schweigen.

»Kommen Sie«, sagte ich zu Paul Hellmann und ging ihm voraus in mein Zimmer. Andy trottete hinterher. In der Mitte des Zimmers blieben wir alle drei unschlüssig stehen und schauten uns der Reihe nach an.

»Andylein«, sagte ich schließlich, »laß dich jetzt schön von Brigitte baden, und wenn du dann sauber bist, kannst du noch einmal kommen.«

Erstaunlicherweise gehorchte er. Ich schloß die Tür hinter ihm und verharrte noch einen Moment, die Hand auf der Klinke, den Rücken Paul Hellmann zugewandt. Ich versuchte, Nerven, Gedanken, Gesicht und Stimme wieder in meine Gewalt zu bekommen. Als mir das einigermaßen gelungen schien, drehte ich mich um.

Paul Hellmann wanderte im Zimmer umher. Er warf einen Blick auf meine Bücher, die Fotos meiner Eltern, ein Bild an der Wand, eine schöne, alte Barockkommode. Es waren flüchtige, unbeteiligte Blicke. Ähnlich hatte er meinen Sohn angeschaut. Er empfand nicht eine Spur von dem, was ich empfand. Er war ein konventioneller Gast auf einer kurzen Durchreise. Ich ging langsam zur Couch und setzte mich.

»Ihr Sohn ist sehr reizend«, sagte er. Ich nickte wieder. »Er ist doch aus Ihrer Ehe mit Robert?«

»Was dachten Sie?«

»Ich hab' das nicht so gemeint. Ich wußte nur nicht mehr...«

»Selbst wenn Sie es so gemeint hätten, hätte es mich nicht im mindesten tangiert.«

Er streifte mich mit einem raschen Blick. »Stehen Sie mit Robert noch in Verbindung?«

»Ja, aber in loser.«

»Kümmert er sich nicht um das Kind?«

»Er hat gar keine Veranlassung dazu. Ich habe mich von ihm getrennt, lange, bevor Andy geboren war.«

»Warum haben Sie das getan?«

»Ich wollte unter allen Umständen ein Kind, aber unter gar keinen Umständen Robert.«

Jetzt blieb er vor mir stehen und schaute mich aufmerksam an.

»Mögen Sie Kinder?« fragte ich ihn.

»Ja, vorausgesetzt, daß ich von ihnen in Ruhe gelassen werde.«

»Sie wollen keine, nicht wahr?«

»Nein, und ich habe es, Gott sei Dank, immer zu verhindern gewußt. Ich bin der Ansicht, in einer Ehe, in der es nicht hundertprozentig stimmt, sollten keine Kinder gezeugt werden.«

»Dann gäbe es bald keine Kinder mehr.« Ich stand auf. »Wollen Sie einen Cognac?« fragte ich.

»Ja, gerne.«

Ich ging in die Küche, nahm zwei Gläser, eine Flasche Cognac, eine Flasche Rotwein und kehrte ins Zimmer zurück.

Paul Hellmann saß im Schneidersitz auf dem Boden. »Ich sitze am liebsten auf dem Boden«, erklärte er.

»So hat jeder seine Eigenarten«, sagte ich. Ich goß ihm einen Cognac und mir ein Glas Rotwein ein. Dann gab ich ihm den Cognac und verlangte meine Zigaretten zurück. Er machte ein bedenkliches Gesicht und schaute auf die Uhr.

»Noch eine Viertelstunde«, sagte er.

»Bitte, geben Sie mir meine Zigaretten«, sagte ich in scharfem Ton.

Er kniff die Augen ein wenig zusammen und reichte mir das Päckchen. Ich zündete mir eine an und setzte mich wieder auf die Couch. Ich war stolz auf mich. Ich hatte mich scheinbar so weit von ihm distanziert, daß es mir gelang, ihn wie einen konventionellen Gast auf einer kurzen Durchreise zu behandeln. Ich musterte kritisch seine massiven Schultern, seine etwas kurzen Arme, seine kräftigen Hände. Er war mir zu robust, er strotzte vor Vitalität und Kraft. Man kam dagegen nicht an. Ich mußte an die kleine, zarte Sybille denken und an die bleichsüchtige Karin. Er hatte sie beide wie Streichhölzer zerbrochen. Jetzt saß ich an ihrer Stelle, auch schmal und blaß, auch zerbrochen. Und er, er hockte seelenruhig auf dem Teppich, ein neues Leben, ein Ziel, eine Zukunft vor sich. Ich haßte ihn.

Ich packte mein Glas und trank es in einem Zug halb leer. »Wo ist eigentlich Sybille?« fragte ich dann.

»In Berlin.«

»Und was tut sie?«

»Sie tanzt.«

»Ist sie einigermaßen glücklich?«

»Sybille bildet sich ein, nur in einer unglücklichen Ehe mit mir glücklich sein zu können.« Er bog den Kopf ein wenig zurück und trank. Ich beobachtete ihn feindselig. Ich war jetzt ganz sicher, ihn zu hassen.

»Und was ist aus Karin geworden?«

»Gar nichts ist aus ihr geworden. Sie hat irgendeinen armen Teufel gefunden, den sie mit ihren hysterischen Anfällen nach Herzenslust schikanieren kann.«

»Aber ein zweites Mal in den Bauch geschossen hat sie sich nicht?«

»Nein«, sagte er und lachte. »Solche Extravaganzen hat sie sich nur bei mir erlaubt.«

Ich trank mein Glas aus. Dann fragte ich: »Haben Sie eigentlich schon jemals in Ihrem Leben eine Frau geliebt?«

»Nein«, sagte er, ohne zu zögern.

»Kommen Sie sich da nicht etwas arm und kläglich vor?«

Jetzt zögerte er einen Moment, dann sagte er: »Früher habe ich mir oft gewünscht, eine Frau lieben zu können.«

»Und jetzt?«

»Der Himmel bewahre mich davor! Die nächsten paar Jahre brauche ich meine Zeit und Kraft zum Arbeiten, nicht zum Lieben.«

»Der Himmel braucht Sie gar nicht davor zu bewahren«, sagte ich bitter, »Sie werden sich schon selbst davor bewahren.«

»Man kann sich da nicht auf sich selber verlassen. Manchmal schlägt's ein wie der Blitz.«

Ja, dachte ich, manchmal schlägt's ein wie der Blitz. Ich goß mir ein zweites Glas Wein ein.

»Und Sie«, fragte er, »haben Sie schon jemals in Ihrem Leben einen Mann geliebt?«

»Ja.«

»Und wie war das?«

»Kurz.«

»Kurz?«

»Ja, es hat nur eine Stunde gedauert.«

Er lachte schallend. »Dann wird es wohl doch nicht die wahre Liebe gewesen sein.«

»Mag sein«, sagte ich.

Das Grau des Tages ging in das tiefere Grau der Dämmerung über. Es schien keine Grenze mehr zu geben zwischen Tag und Nacht – nur graue Schattierungen, mal heller, mal dunkler. Ich zündete ein Kerze an. Die Flamme sah fahl und kraftlos aus in dem aschfarbenen Licht des Novemberabends. Ich blies sie wieder aus, stand auf und ging zum Plattenspieler.

»Wollen Sie Musik hören?« fragte ich.

»Ja, aber bitte keinen Jazz.«

»Mögen Sie keinen Jazz?«

»Nein.«

»Ein schlechter Anfang für Amerika.«

»Ich habe gehört, daß es in Amerika außer Jazz auch noch andere Musik geben soll.«

»Und es soll in Amerika sogar Menschen geben, die sich in ihrer Freizeit mit etwas anderem beschäftigen als mit Fernsehen und Saufen. Ich allerdings halte das für ein Gerücht.«

»Waren Sie schon mal in Amerika?«

»Nein.«

»In solchen Fällen ist es immer gut, sich ein Urteil zu bilden.«

»Ich kenne viele Amerikaner.«

»Aus der Besatzungszeit, nehme ich an.«

»Ja, und ich war immer der Annahme, es handele sich bei den amerikanischen Soldaten um Amerikaner.«

»Es handelte sich in erster Linie um Soldaten.«

»Ich habe unter den deutschen, englischen und französischen Soldaten sehr viele typische Deutsche, Engländer und Franzosen kennengelernt. Ich halte es für eine ganz törichte Behauptung, daß man Soldaten nicht mit ihrem Land identifizieren dürfe.«

»Nur bis zu einem gewissen Grade. Sie dürfen nicht vergessen, daß sich ein Mensch, ganz besonders ein Soldat, in einem fremden Land, unter anderen Bedingungen und anderen Menschen immer ganz anders benimmt als in seiner Heimat.«

»Sie werden mir doch nicht einreden wollen, daß ein Mensch mit Niveau in einem anderen Land zu einem niveaulosen Menschen wird.«

»Nein, aber ...«

»Und Sie werden mir doch nicht einreden wollen, daß man in Kriegszeiten nur niveaulose Menschen zur Armee einzieht.«

»Nein«, sagte er und lachte leise, »aber das sollte man mal vorschlagen. Es wäre eine geradezu geniale Lösung.«

Ich wandte mich ab und legte eine Platte mit südamerikanischer Gitarrenmusik auf. Dann drehte ich mich wieder zu ihm um.

»Die Lösung mit der Atombombe ist die allerbeste«, sagte ich. »Ein Versehen ist da wenigstens ausgeschlossen. Alles wird in Bausch und Bogen ausgerottet. Ich würde das sehr begrüßen.«

Er schaute mich eine ganze Weile schweigend an. Schließlich sagte er: »Es ist so schade um Sie, Judith.«

»Was meinen Sie denn damit?«

»Sie haben so viele Pluspunkte, so viele Vorzüge, so viele Vorteile, und Sie vergeuden und zerstören sie. Warum tun Sie das, Judith?«

»Weil ich mit meinen Pluspunkten, Vorzügen, Vorteilen – die Sie mir schmeichelhafterweise zubilligen – nichts anzufangen weiß. Weil ich das sinnlose Produkt einer sinnlosen Welt bin. Und weil ich's satt habe.«

Es war keine gute Idee gewesen, die Platte aufzulegen. Sie machte mich, falls das überhaupt möglich war, noch unglücklicher. Ich stellte sie wieder ab.

»Schade«, sagte er, »das war eine schöne Platte.«

»Ich kann im Moment keine schönen Platten hören!«

»Kommen Sie«, sagte er und streckte den Arm nach mir aus, »setzen Sie sich mal zu mir.«

»Auf den Boden?«

»Ja, Sie werden merken, daß das sehr gemütlich ist.«

Ich nahm die Gläser und die Cognacflasche vom Tisch und setzte mich, etwa einen Meter von ihm entfernt, auf den Teppich.

»Etwas näher«, sagte er.

Ich rückte näher. Wir saßen jetzt Seite an Seite. Er strich mir über den Kopf, so wie er meinem Sohn über den Kopf gestrichen hatte. Dann nahm er meine Hand und hielt sie ganz fest. Das war nicht gut. Ich wollte ihn hassen, und jetzt konnte ich ihn nicht mehr hassen. Und wenn ich ihn nicht haßte, dann liebte ich ihn. Und wenn ich ihn liebte, dann wuchs der Schmerz bis ins Unerträgliche. Ich machte einen schwachen Versuch, meine Hand wegzuziehen. Er hielt sie noch fester.

»Wann fahren Sie nach Zürich zurück?« fragte ich mit dem Mut der Verzweiflung.

»Mein Flugzeug geht morgen mittag um ein Uhr dreißig.«

»Lassen Sie mal meine Hand los«, sagte ich, »wir haben nichts mehr in den Gläsern.«

»Das ist auch besser. Ich bin um halb acht Uhr zum

Abendessen eingeladen und möchte nicht schon betrunken dort ankommen.«

»Von zwei Cognacs werden Sie nicht betrunken«, sagte ich. »Müssen Sie unbedingt dort hingehen?«

»Unbedingt«, sagte er. »Es sind sehr gute Bekannte von mir, und ich muß mich von ihnen verabschieden. Wer weiß, wann ich sie wiedersehen werde.«

Und ich, dachte ich, ich bin noch nicht einmal eine gute Bekannte für ihn, und ob er mich jemals wiedersieht, ist ihm vollkommen gleichgültig. Ich wurde von einer Wut überwältigt, die stärker war als Schmerz und Verzweiflung, die stärker war als ich selber. Ich zog ihm meine Hand mit einem kurzen, heftigen Ruck weg. Dann trank ich meinen Rotwein aus und griff nach der Flasche. Ich goß erst ihm, dann mir einen großen Cognac ein.

»Was machen Sie denn da?« fragte er, auf mein Glas deutend.

»Ich trinke einen Cognac, falls Sie nichts dagegen haben!«

»Ich habe etwas dagegen«, sagte er und versuchte, mir das Glas wegzunehmen.

Ich schlug ihm mit aller Kraft auf die Hand. Das Glas landete in meinem Schoß. Ich nahm es und schleuderte es quer durchs Zimmer. Es zerschellte mit einem hellen, klingenden Ton an der Heizung. Danach war es ganz still. Wir schauten beide auf das zersplitterte Glas. Dann wandten wir die Köpfe und schauten uns in die Augen. Ich merkte, daß ich die Luft anhielt. Paul Hellmann hatte ein winziges Lächeln um den Mund.

»Ist Ihnen jetzt wohler?« fragte er.

Ich atmete langsam aus. »Ich weiß nicht«, flüsterte ich. Meine Wut war mit dem Glas zerschellt, und trotzdem fühlte ich mich nicht erleichtert. Die Spannung in mir war unerträglich. Ich schaute Paul Hellmann hilfesuchend an.

Er legte beide Hände auf meine Schultern und schüttelte mich leicht. »Judith, was ist denn ...«

»O Gott, ich weiß es nicht ... mir ist, als müßte ich zerspringen ...«

»Wenn Ihnen nach Weinen zumute ist, dann weinen Sie doch!«

Ja, das war es. Mir war nach Weinen zumute, nach wildem, hemmungslosem Weinen. Ich erhob mich hastig. Doch bevor ich noch auf den Beinen stand, liefen mir die Tränen in Strömen über das Gesicht. Ich wandte mich ab und lief zum Fenster. Ich klammerte mich am Fensterbrett fest und versuchte, das Schluchzen, das in heftigen Stößen meinen Körper erschütterte, zu unterdrücken. Ich hörte, wie sich Paul Hellmann erhob, hörte ihn näherkommen, aber ich wollte nicht, daß er mich so sah – ein sich krümmendes, zitterndes Menschenbündel, mit geschwollenen Augen, mit verzerrtem nassem Mund, aus dem unartikulierte häßliche Laute drangen. Mit letzter Beherrschung und fast ruhig klingender Stimme sagte ich: »Bitte, tun Sie mir einen Gefallen und lassen Sie mich ... ich bin gleich wieder in Ordnung ...«

»Sie sollen weinen«, befahl er, »und nicht gleich wieder in Ordnung sein!«

»Ja«, sagte ich folgsam.

Ich hörte, wie er die Tür öffnete. »Ich bin gleich zurück«, erklärte er und verließ das Zimmer.

Ich schaltete den Plattenspieler an und drehte ihn so laut, daß die Musik mein Schluchzen übertönte. Ich weinte, wie ich nur einmal in meinem Leben geweint hatte, damals als ich zwölf Jahre alt gewesen war. Ich hatte in der Bibliothek meines Vaters gestanden, und da – drei Tage nach seinem Tod – war mir zum erstenmal bewußt geworden, daß ich ihn niemals wiedersehen würde. Dieses fürchterliche, unfaßbare, unabänderliche »Niemals« hatte mich fast um den Verstand gebracht. »Es gibt kein Niemals!« hatte ich geschrien und mich geweigert, das Unwiderrufliche zu akzeptieren. Jetzt weinte ich um den Verlust eines Mannes, der mir ebenso schmerzvoll erschien wie damals der Verlust meines Vaters.

Als Paul Hellmann ins Zimmer zurückkehrte, saß ich auf der Couch, die Hände im Schoß gefaltet, ein etwas schiefes Lächeln im Gesicht.

»Sie sehen so sittsam aus«, sagte er.

»Und verquollen. Entschuldigen Sie, daß das passiert ist. Ich bin im Grunde genommen gar nicht so hysterisch.«

»Es war keine Hysterie, das war ein zu lange unterdrückter Ausbruch. Sie weinen selten, nicht wahr?«

»Gar nicht so selten, aber nie richtig.«

Er nickte. »Dann war es höchste Zeit.« Er setzte sich in den Sessel, mir gegenüber. »Ihr Sohn ist blankgescheuert und ißt Schokoladenpudding.«

»Ich habe Brigitte so oft gesagt, daß sie dem Jungen am Abend keinen Schokoladenpudding geben darf.«

»Warum?«

»Das sollten Sie als Arzt eigentlich wissen. Schokoladenpudding stopft.«

Er grinste. Dann fragte er: »Hängen Sie sehr an Ihrem Sohn?«

»Ja, sehr.«

»Gibt er Ihnen keinen Halt?«

»Nein. Aber das viel Schlimmere ist, daß ich ihm auch keinen Halt geben kann.«

Wir schwiegen eine Weile, dann fragte er: »Haben Sie keine Freunde?«

»Was verstehen Sie unter Freunden?«

»Menschen, zu denen man in jeder Situation gehen kann, mit denen man sich über alles aussprechen kann, zu denen man volles Vertrauen hat.«

»Ich habe Dora, aber leider lebt sie in Berlin.«

»Wer oder was könnte Ihnen denn einen Halt geben?«

»Ich weiß es nicht. Vielleicht ein Mann, den ich liebe und der mich liebt.«

»Und ist das so aussichtslos?«

Ich schwieg. Er seufzte, stand auf und begann im Zimmer auf und ab zu gehen.

»Haben Sie es mal mit Arbeit versucht?« fragte er nach einer Weile.

Ich kam mir vor wie im Sprechzimmer eines Arztes. Wahrscheinlich fühlte er sich jetzt auch ganz als Arzt. Ich war zweifellos sein erster Patient. Ein schwieriger Fall, gleich zu Anfang, aber ein interessantes Objekt, an dem man seine medizinischen Kenntnisse ausprobieren konnte.

»Herr Doktor«, sagte ich, »Sie sind drauf und dran, eine falsche Therapie anzuwenden, Kind, Freund, Arbeit ... als nächstes kommt sicher die Schönheit der Natur.«

Er lachte. Eine Uhr begann zu schlagen. Ich glaubte, sie noch nie so deutlich schlagen gehört zu haben. Ich fürchtete, daß auch Paul Hellmann darauf aufmerksam werden könne, und um das zu verhindern, sagte ich hastig: »Aber damit Sie beruhigt sind – ich habe es auch mit Arbeit versucht. Ich habe ein dreiviertel Jahr in dem Verlag gearbeitet, der früher meinem Vater gehört hat.«

»Wann war das?« nahm er sein ärztliches Verhör wieder auf.

»Vor zwei Jahren.«

»Waren Sie da in Berlin?«

»Nein, der Verlag ist vor längerer Zeit nach München übergesiedelt.«

»Und?«

»Gar nichts ›und‹. Der Verleger ist ein alter Schwachkopf, der immer noch nicht begriffen hat, daß wir nicht mehr im Jahre 1920 leben. Mich wollte er mehr oder weniger als Aushängeschild haben. Der Verlag trägt immer noch den Namen meines Vaters, und mein Vater ist immer noch ein Begriff im Verlagswesen, und ich bin immerhin die Tochter meines Vaters. All das hätte sich gut gemacht, wenn ich mich gut gemacht hätte.«

»Und warum haben Sie sich nicht gut gemacht?«

»Weil ich mich als Aushängeschild gelangweilt habe. Eines Tages habe ich gesagt: ›Erstens gehört in diesen Verlag ein stiller Teilhaber mit Geld und zweitens ein Verleger mit Grips.‹ Dann bin ich gegangen.«

»Vielleicht hätten Sie es geschafft, einen stillen Teilhaber mit Geld und einen Verleger mit Grips zu finden.«

»Natürlich! Ausgerechnet ich! Der Prototyp einer energischen, ehrgeizigen Geschäftsfrau, die die Ärmel aufkrempelt und sich an die Neuorganisation eines Verlages macht. Na wissen Sie! Ich, die ich mich noch nicht mal gegen Brigitte und ihren verdammten Schokoladenpudding durchsetzen kann.«

Er blieb vor mir stehen. »Ich weiß nicht«, sagte er, »aber ich habe nun mal das Gefühl, daß Sie sehr viel erreichen könnten. In Ihnen stecken beachtliche Fähigkeiten; Fähigkeiten, die nur verschüttet worden sind.« Er machte ein nachdenkliches Gesicht. »Man müßte sie eigentlich wieder ausgraben können, glauben Sie nicht?«

»So leicht läßt's sich da nicht mehr graben«, sagte ich. »Ich würde schon eher Hacke und Brecheisen empfehlen, oder ...« Ich sprach nicht weiter. Ich hatte sagen wollen: »Oder Liebe ...« Aber plötzlich hatte dieses Wort eine so ungeheure Bedeutung gewonnen, daß es sich nicht mehr beiläufig aussprechen ließ.

»Oder?« fragte er.

»Ich weiß nicht, was ich sagen wollte. Es war sicher nicht so wichtig.«

Er schaute mich an, und ich wußte, daß er wußte, was ich hatte sagen wollen. »Ich muß jetzt gehen«, sagte er.

»Ja.«

Ich hatte mich ausgeweint, und das war jetzt meine Rettung. Ich spürte nur Traurigkeit, eine Traurigkeit, grenzenlos, aber sanft.

Ich stand auf. Da er nicht zurücktrat, standen wir uns so dicht gegenüber, daß unsere Körper sich berührten. Wir machten beide zu gleicher Zeit einen Schritt zurück. Er nahm meine Hand und küßte erst die eine, dann die andere. Ich versuchte, an nichts zu denken. Ich starrte über seine Schulter hinweg auf das Bücherregal. In der obersten Reihe fehlte ein Buch. Ich überlegte, welches Buch da fehlen mochte.

»Leben Sie wohl, Judith«, sagte er, »und ...«

»Ich weiß, ich weiß«, unterbrach ich ihn. »Wo ein Wille ist, ist auch ein Weg!«

Er ließ meine Hände los, strich mir kurz über die Schulter und ging mit raschen Schritten zur Tür. Dort blieb er stehen.

»Ich kann Sie nicht hinausbegleiten«, sagte ich, »ich bring's einfach nicht fertig.« Er hatte die Klinke in der Hand. »Bitte, gehen Sie jetzt«, sagte ich.

Er ließ die Klinke los und kam mit ebenso raschen Schritten zurück. Er nahm mich in die Arme und legte seine Wange an meine. »Sie sind ein verrücktes Geschöpf«, sagte er und seufzte. »Ein Glück, daß wir uns heute über den Weg gelaufen sind.«

»Warum?«

»Wahrscheinlich wäre sonst nie etwas aus mir geworden.«

»Dafür aber aus mir.«

Er preßte mich fester an sich, und ich legte beide Arme um seinen Nacken.

»Und nun?« fragte ich.

»Und nun fliege ich morgen um ein Uhr dreißig nach Zürich.«

»Bitte, noch nicht morgen!«

»Doch! Bestimmt!«

»Wenn Sie nur einen Tag ...« Ich unterbrach mich. Es hatte keinen Zweck. Er würde nicht abweichen von seinem schnurgeraden Weg – auch nicht für vierundzwanzig Stunden. Ich war ein kleiner Kieselstein auf diesem Weg. Einer, den man sah – vielleicht, weil er eine etwas merkwürdige Form und Farbe hatte – und den man gleich wieder vergaß, weil er eben doch nur ein kleiner Kieselstein war.

»Aber ich möchte Sie noch einmal sehen«, sagte er. »Morgen vormittag ... paßt es Ihnen um elf?«

»Ja, und wo?«

»Im Franziskaner«, sagte er prompt.

»Offenbar wollen Sie noch einmal die ekelhaften Münchner Weißwürste essen?«

»Nein, die nicht. Aber Schweinsbratwürstel.«

»Und ein gutes bayerisches Bier dazu.«

»Natürlich!«

Mein Gott, dachte ich, was für ein seltsames Gespräch für zwei Menschen, die sich umschlungen halten und den Herzschlag des anderen deutlicher spüren als den eigenen. Ich bog den Kof zurück und schaute ihm ins Gesicht.

»Nicht, Judith!« sagte er und schüttelte unwillig den Kopf.

»Was wäre«, fragte ich, »wenn jeder Mensch das ausspräche, was er wahrhaftig denkt und fühlt?«

»Das wäre sehr peinlich.«

Wir mußten beide ein wenig lachen. Dann küßte er mich auf den Mund. Es war ein harmloser Kuß, kurz und fest. Ich erwiderte ihn mit einem ebenso kurzen und festen Gegendruck.

»Auf Wiedersehen, Judith.«

»Auf Wiedersehen.«

Er küßte mich noch einmal, und diesmal öffnete er die Lippen.

Es wäre nicht nötig gewesen, und es enttäuschte mich. Der erste Kuß hatte Bedeutung gehabt, er hatte unser Gefühl für einander besiegelt. Der zweite hatte keine Bedeutung. Er war eine rein automatische Demonstration, daß er Mann und ich Frau war. Eine solche Demonstration erschien mir unwürdig. Mein Verlangen nach ihm war zu heftig, zu tief, als daß es mit körperlichen Zärtlichkeiten, mit Küssen und Umarmungen gelöscht werden konnte. Als Paul Hellmann gegangen war, ging ich in Andys Zimmer, um ihm gute Nacht zu sagen. Er lag in seinem Bettchen auf dem Rücken und hielt den geliebten Stoffhasen fest an die Brust gepreßt. Seine Augen waren groß und blank und erwartungsvoll. Ich blieb neben ihm stehen und schaute auf ihn hinab. Wenn er still und zufrieden in seinem Bett lag, liebte ich ihn grenzenlos. Sein Gesicht war wunderbar klar. Das Leben hatte ihn bisher nur gestreift, das Wissen hatte ihn noch gar nicht berührt. Er fühlte sich wohl, und alles war warm und weich – die Daunendecke, der Stoffhase und meine Augen.

»Beten wir, Andylein.«

Er nahm die Pfoten des Stoffhasen, legte sie zusammen und faltete darüber seine runden, endlich sauberen Händchen. Wir beteten gemeinsam das Vaterunser.

Danach küßte ich ihn auf Stirn, Wangen, Mund, zog die Decke noch ein wenig höher, entfernte ein Hasenohr aus seinem Gesicht und verließ das Zimmer. Kaum hatte ich die Tür hinter mir geschlossen, begann er mit tiefer, leiser Stimme vor sich hinzusingen.

Ich dachte: Was immer ich tun kann, um ihn zu schützen, werde ich tun.

Im Franziskaner Bräu packte mich immer ein starkes Unbehagen. Es war ein gewaltiges Lokal mit vielen Räumen und zünftiger Gemütlichkeit. Mir fehlte der Sinn für zünftige Gemütlichkeit.

An diesem Vormittag nun, als ich mir, auf der Suche nach Paul Hellmann, einen Weg durch die vollgestopften Räume bahnte, war mein Unbehagen besonders stark.

Zum Glück entdeckte ich Paul Hellmann sofort. Er saß allein auf einer Bank an einem sehr langen Tisch und faltete – so wie am Tag zuvor im Espresso – eine Papierserviette in immer kleinere Dreiecke. Er hielt Kopf und Augen gesenkt, und nur seine Hände bewegten sich. Und obgleich er mitten im Gewühl, im Lärm, im Bier-, Fett- und Schweißdunst dieses bayerischen Bräus saß, schien ihn nichts davon zu erreichen.

Ich stand da, und der Wunsch, so zu sein wie er – gelassen, gesammelt, unabhängig von Umwelt und Umständen –, loderte in mir auf, brannte, wurde zu Mißgunst. Mit steifen Schritten und verschlossenem Gesicht ging ich auf seinen Tisch zu. Meine Aggressivität schien mir vorauszulaufen, denn er hob ganz plötzlich den Kopf und schaute mir mit einem fragenden Ausdruck direkt in die Augen. Ich erwiderte seinen Blick mit kühler Arroganz. Daraufhin lächelte er – ein warmes, fast zärtliches Lächeln – rutschte bis ans Ende der Bank und stand auf.

»Guten Morgen, Judith.«

Er nahm meine Hand und küßte sie. Mir fiel zum erstenmal auf, daß er sich nicht zu meiner Hand hinabbeugte, sondern sie hoch an seine Lippen zog.

»Guten Morgen ... ein reizendes Lokal, nicht wahr?«

»Es freut mich, daß es Ihnen gefällt. Wollen Sie nicht den Mantel ausziehen?«

Ich zog ihn aus und setzte mich. Ich war wütend auf Paul Hellmann; wütend, daß er es gewagt hatte, mir solche Menschen, solche Geräusche, solche Gerüche zuzumuten. Eine Unterhaltung war in diesem Trubel ganz ausgeschlossen. Nun gut, dann würden wir eben die letzten zwei Stunden schweigen oder über das Wetter sprechen. Vielleicht war das sogar seine Absicht gewesen. Ich würde nicht mehr weinen so wie gestern. Ich würde nie wieder so weinen!

Ich lehnte mich zurück und schaute stumm geradeaus.

»Gedenken Sie sich noch lange Ihren Meditationen hinzugeben?« fragte Paul Hellmann. Er war nahe an mich herangerückt und lachte leise in sich hinein.

Es verstimmte mich maßlos, daß er alles mit einem Lachen, einem Achselzucken abtat, daß es mir nie gelang, ihn zu ärgern oder zu kränken. Ich preßte die Lippen aufeinander und schwieg.

»Wollen Sie mich nicht wenigstens an Ihren Meditationen teilnehmen lassen?«

»Was interessieren Sie meine Gedanken?« sagte ich mit kindischem Trotz.

»Spaß beiseite, die interessieren mich sogar sehr!« Er tippte auf die Speisekarte. »Jetzt schauen Sie mal dahin und sagen Sie mir, was Sie essen wollen.«

»Gar nichts.«

»Wie wär's mit einer Schweinshaxe für zwei Personen ... Sie dürften sie auch alleine essen.«

»Ach, hören Sie doch auf!« Ich griff nach der Karte, um sie ihm wegzunehmen.

Er hielt sie fest. »Nehmen Sie mir doch nicht die Deckung weg. Ich habe Ihnen noch etwas Wichtiges zu sagen!«

»Was?«

Er küßte mich auf die Wange. »Das!«

»Und was heißt das?«

»Das überlasse ich Ihrer Phantasie.«

»Meiner Phantasie sollte man, Gott behüte, nichts überlassen – sie spielt mir die hinterlistigsten Streiche.«

Er lächelte, legte die Karte wieder auf den Tisch und hielt nach einer Bedienung Ausschau.

Eine wuchtige Kellnerin, mit dampfenden Platten und schäumenden Gläsern bewaffnet, rückte in verheißungsvolle Nähe.

»Liebes Fräulein«, rief Paul Hellmann, »bleiben Sie nur einen einzigen Augenblick stehen?«

Sie eilte heran. Paul Hellmann lohnte es ihr mit seinem liebenswürdigsten Lächeln, dann wandte er sich mir zu. »Also?« fragte er.

»Ich habe Ihnen doch gesagt, ich ...«

Er unterbrach mich mit einem energischen Kopfschütteln. »Keine Widerrede! Was wollen Sie?«

»Ein Viertel Rotwein.«

»Und?«

»Ein gemischtes Kompott«, sagte ich verbissen.

Er zuckte die Achseln und würdigte mich keines weiteren Einwands, keines weiteren Blickes. Mit dem albernen gemischten Kompott war es mir zum erstenmal gelungen, ihn zu ärgern.

Er bestellte Wein und Kompott für mich, Schweinswürstel und Bier für sich. Ich steckte mir eine Zigarette zwischen die Lippen.

»Sie können nicht essen, weil Sie so viel rauchen«, sagte er.

»Ich fürchte, Sie sind kein guter Arzt. Ihre Diagnosen lassen viel zu wünschen übrig.«

»Und ich fürchte, Sie zählen zu jener Sorte zermürbender Patientinnen, die sich einbilden, ein Schnupfen müsse seelische Ursachen haben.«

»Gut, schön. Sie haben recht. Ich hoffe, Ihre Schweinswürstel kommen bald. Es ist höchste Zeit. In eineinhalb Stunden geht Ihr Flugzeug.«

»Nein«, sagte er.

»Nein was?«

»Es geht nicht in eineinhalb Stunden.«

»Na gut, dann eben in einer Stunde vierzig Minuten.«
»Auch nicht in einer Stunde vierzig Minuten.«
Ich war nicht aufgelegt zu kindischen Spielen. Ich zuckte die Achseln und zog an meiner Zigarette. Zu allem Überfluß strich er mir über das Haar. Ich wollte die Hand von meinem Kopf schütteln, beherrschte mich dann aber und zuckte noch einmal die Achseln.
»Wissen Sie, wann es geht?« fragte er.
»Nun hören Sie schon auf! So witzig finde ich das gar nicht!«
»Es geht morgen vormittag um elf Uhr fünfunddreißig.«
Ich fuhr herum und starrte ihn verständnislos an. »Warum?«
»Weil ich umgebucht habe.«
»Warum?« fragte ich noch einmal.
»Weil ich noch einen Tag länger mit Ihnen zusammen sein wollte ... und jetzt fragen Sie bitte nicht noch ein drittes Mal warum!«
Im selben Moment trat die Kellnerin an unseren Tisch, und das war gut. Ich wußte nicht, wohin mit meinem Gesicht, das sich in unbeschreiblichem Glück dehnte und dehnte, während sich die Augen mit Tränen füllten. Ich beugte mich ein wenig vor, so daß er mein Gesicht nicht sehen konnte, und verfolgte die Hand der Kellnerin, die Teller und Gläser vor uns hinstellte. Es war eine derbe, verbrauchte Hand mit einem schmalen, stumpf gewordenen Ehering, der tief in das Fleisch ihres Fingers schnitt.
»Judith«, sagte Paul Hellmann und legte mir die Hand auf die Schulter.
Ich drehte den Kopf ein wenig zur Seite und rieb meine Wange an seiner Hand. »Warum«, fragte ich leise, »warum wollen Sie noch einen Tag länger mit mir zusammen sein?«
»Kannst du dir das wirklich nicht denken?« fragte er zurück.
Wir gingen Arm in Arm. Ich hatte mir immer gewünscht, Arm in Arm mit einem Mann zu gehen und nicht aus dem Takt zu kommen. Es war mir nie gelungen. Ich hatte immer das Gefühl gehabt, krampfhaft gesteuert zu werden – ganz gegen meinen Wunsch und Willen. Es war wie Tauziehen gewesen – ebenso anstrengend und erschöpfend. Mit Paul war es ein leichtes, schnelles Gehen. Nichts stellte sich uns in

den Weg. Die Menschen, schien mir, wichen vor uns zur Seite, die Stopplichter wurden grün, die Gehsteige leer. Unsere Schritte waren ein Schritt. Wir hatten denselben Rhythmus.

»Man darf nie etwas gegen seinen Rhythmus tun«, sagte ich.

Paul schaute zu mir hinab und lächelte.

»Alles, was wir im Leben tun, muß einen Rhythmus haben, glaubst du nicht?«

»O ja.«

»Wenn es der richtige Rhythmus ist, dann geht es ganz von selber; wenn es der falsche ist, dann kann man versuchen und versuchen, es wird doch nichts draus.«

»Man kann sich einem Rhythmus anpassen, auch wenn man ihn zunächst für den falschen hält.«

Ich schüttelte den Kopf. »Die Grundtöne müssen übereinstimmen, sonst hilft alles Anpassen nichts.«

Ich war von meiner Rhythmustheorie überzeugt. Pauls Rhythmus stimmte mit meinem überein, und schon verschmolz alles zu einem einzigen harmonischen Zusammenklang: Die Luft, die in den letzten regenschweren Wochen nach Ausguß und nassen Hunden gerochen hatte, roch jetzt verheißungsvoll nach Schnee; das Licht, ein sanftes Graublau, ließ unter der dünnen Wolkendecke einen klaren Himmel vermuten; der Lärm, der sonst in mich hineingeschnitten und die Nerven bloßgelegt hatte, war jetzt nur eine lebhafte, vielfältige Geräuschkulisse; und die Menschen, die nie etwas anderes in mir hervorgerufen hatten als Mißmut und Ärger, Angst oder Schrecken, kamen mir plötzlich ganz verträglich, freundlich, ja sogar ungewöhnlich feinfühlig vor. Fast alle schauten uns an. Manche mit unverhohlener Neugierde, manche überrascht, manche wohlgefällig und anteilnehmend. Wenn ich den Kopf ein wenig zur Seite wandte und aus den Augenwinkeln zurückblickte, dann sah ich, daß viele sich nach uns umdrehten. Es war merkwürdig und etwas unheimlich. Mir war, als wüßten sie über uns Bescheid, als spürten sie unsere starke Beziehung, als witterten sie etwas Ungewöhnliches und sehr Schönes.

»Paul«, fragte ich schließlich, um mir Gewißheit zu verschaffen, »hast du auch den Eindruck, daß uns die Menschen anschauen?«

»Ja«, erwiderte er, »sie schauen uns an.«

»Warum wohl?«

Er lächelte und sagte: »Vielleicht haben wir einen Heiligenschein, und das macht sie stutzig.«

Ich lachte, aber so absurd kam es mir gar nicht vor. Kinder, sagt man, haben einen Schutzengel, und Paare, die sehr eng miteinander verbunden sind, haben vielleicht einen Heiligenschein. Ich war bereit, an Wunder zu glauben, denn daß Paul seinen Aufenthalt um vierundzwanzig Stunden verlängert hatte, kam einem Wunder gleich. Daß es nur vierundzwanzig Stunden waren, spielte dabei keine Rolle. Wichtig allein war, daß Paul abgewichen war von seinem schnurgeraden Weg, daß ich einen Moment lang stärker geleuchtet hatte als sein Ziel. Ein Moment, der zu vierundzwanzig Stunden geführt hatte – vierundzwanzig Stunden, die zu Jahren führen konnten ...

Ich war berauscht von diesem Gedanken. Und so, wie ein Rausch einem trügerische Kraft verleiht, so verlieh mir der Gedanke trügerische Sicherheit. »Paul«, fragte ich verträumt, »wohin gehen wir eigentlich?«

»Zum Bahnhof«, sagte er.

Paul wollte verreisen, und wir studierten den Zugfahrplan.

»Wir wär's mit Lochham«, schlug ich vor, »die Reise dauert genau zehn Minuten.«

»Pfui«, sagte er, »man kann doch nicht an einen Ort fahren, der ›Lochham‹ heißt.«

»Dann also nach Niederpöcking.«

»Das klingt nicht viel besser ... was hältst du vom Chiemsee?«

»Ich mag den Chiemsee nicht ... es gibt zu viele Bremsen dort.«

»Aber doch nicht im November.«

»Ich mag ihn auch ohne Bremsen nicht.«

»Und den Starnberger See?«

»O Gott, nein! Da ist Andy mal ins Wasser gefallen, und seitdem kann ich nicht mehr dorthin.«

»Du bist kein ganz unkompliziertes Wesen. Welchen See magst du denn?«

»Ich mag das Meer. Komm, laß uns nach Griechenland fahren.«

»Eine gute Idee. Lauf und hol die Fahrkarten.«

»Und laß uns dort bleiben. Wir siedeln uns auf irgendeiner kleinen griechischen Insel an und trinken Wein und fangen Fische und pflanzen Paprikaschoten.«

»Ich hab' keine Ahnung, wie man Paprikaschoten pflanzt ... ah, jetzt weiß ich, wohin wir fahren. Nach Kufstein.«

»Willst du nicht mit mir nach Griechenland?«

»Nicht unbedingt heute, Liebes. Heute will ich mit dir nach Kufstein.«

»Was ist das?«

»Ein bezauberndes kleines Städtchen in Österreich. Ich kenne es recht gut. Es gibt einen uralten Gasthof dort, der dir gefallen wird.«

Ich mußte immerzu an Griechenland denken. Eine kleine Insel, abgeschieden von aller Welt. Ein kleines Haus mit einer Veranda. Auf der Veranda ein roter Sonnenschirm. Unter dem Sonnenschirm ein gedeckter Frühstückstisch, und an dem Frühstückstisch Paul, Andy und ich. Vor uns das Meer, über uns die Sonne, um uns herum Stille, in uns Ruhe und Glück.

»Und was gibt es noch in Kufstein?« fragte ich gedankenverloren.

»Ungarisches Gulasch, erstklassigen Rotwein und eine Heldenorgel.«

»Eine was?«

»Eine Heldenorgel.«

»Du, ich weiß nicht, was das ist, aber es klingt dramatisch.«

»Die Heldenorgel ist eine Orgel, die sich in einer kleinen Kapelle befindet. Und die kleine Kapelle befindet sich auf der Spitze eines kleinen Berges. Jeden Sonntagmorgen wird auf der Orgel: ›Ich hatt' einen Kameraden ..‹ gespielt. Das schallt dann über das ganze Land, und jeder erinnert sich ...«

»Ich kann mir schon denken, an was sich jeder erinnert. Na, zum Glück ist heute Donnerstag vormittag und wir müssen nicht erinnert werden. Also, fahren wir!«

Wir fuhren eineinhalb Stunden in einem fast leeren Zug, in einem Abteil erster Klasse. Es war sehr warm darin und roch muffig – nach abgestandenem Rauch, Staub und Kohle. Auf allen vorspringenden Kanten und Ecken lag eine dicke, schwarze Rußschicht, und die Sitze waren mit einem Stoff überzogen, der mich an ein verfilztes, graubraunes Mäusefell erinnerte.

Ich war seit Jahren nicht mehr mit der Eisenbahn gefahren. Ich mochte es nicht; aber mit Paul in einem Zug zu fahren war ein Erlebnis. Wir saßen dicht nebeneinander, er hielt meine Hand, und allein das war eine vielstündige Bahnfahrt wert. Da er meistens zum Fenster hinausschaute, hatte ich Muße, ihn zu betrachten. Ich entdeckte immer neue aufregende Einzelheiten: zum Beispiel, daß seine Nase einen Konstruktionsfehler hatte, so daß das linke Nasenloch höher saß als das rechte; daß seine Ohren klein und besonders wohlgeformt waren; daß sein Haar hart war wie das Haar einer Pferdemähne und daß seine Augen die ganz eigenartige Farbe unreifer Äpfel hatten – grün, mit einem leichten Schimmer von Gelb darin. Er schien abwesend zu sein und meine Blicke gar nicht zu bemerken. Und wie immer, wenn er abwesend war und Gedanken nachhing, die ich nicht teilen konnte, wurde mir unbehaglich.

»Was siehst du eigentlich da draußen?« fragte ich, um ihn zu mir zurückzuholen.

»Ich sehe den November.«

Ich wandte den Kopf und schaute zum Fenster hinaus. Ja, man sah den November, diesen puritanisch unkoketten Monat, der sich nicht spreizte und nicht schmückte. Er schien fast stolz zu sein auf seine Häßlichkeit. Blüten und Früchte, buntes Laub und Schnee überließ er den anderen Monaten, er hatte mehr zu bieten – einen Vorgeschmack von Tod.

»Ich habe Ähnlichkeit mit dem November«, erklärte ich.

»Und worin liegt diese Ähnlichkeit?«

»In der Einsamkeit. Wir sind beide Außenseiter.«

»Mein kleiner November«, sagte er und legte den Arm um mich.

»Magst du den November?«

»Ja.«

»Magst du mich?«

»Ich mag dich sehr.«

Und so, wie ich mich an den vierundzwanzig Stunden berauscht hatte, so berauschte ich mich jetzt an dem Satz:

»Ich mag dich sehr.« Denn aus vierundzwanzig Stunden können Jahre werden und aus »Ich mag dich sehr« »Ich liebe dich«.

Der Gasthof war wirklich sehr alt und sehr hübsch, einer jener Gasthöfe, die einen romantisch und ein wenig melancholisch stimmten. Man stellt ihn sich unwillkürlich an einem tief verschneiten Abend vor, hinter den Fenstern flakkernde Kerzen, vor dem Tor eine Postkutsche.

Wir betraten die Gaststube, ein altes, rustikales Kellergewölbe. Um diese Zeit war sie fast leer. Zwei alte Bauern saßen bei einem Viertel Wein und schwiegen beharrlich. Paul führte mich an einen Tisch in der hintersten Ecke. Wir setzten uns.

»Ich passe nicht ins zwanzigste Jahrhundert«, seufzte ich, »ich hätte vor hundert Jahren leben müssen.«

»Na«, meinte Paul skeptisch, »ich weiß nicht, ob das für dich das richtige gewesen wäre. Damals herrschten noch strenge Sitten, besonders für die Frauen. Du hättest ganz hübsch kuschen müssen. Ein Mann – aber nur einer –, Kinder – aber gleich ein paar –, tagsüber einen Kochlöffel und abends eine Handarbeit. Hätte dir das viel Spaß gemacht?«

»Bestimmt mehr Spaß als das Leben, das ich jetzt führe. Ich hätte wenigstens gewußt, wo ich hingehöre. Und wenn ich den Mann geliebt hätte ...«

»Ja wenn!« unterbrach er mich. »Aber das war auch damals schon Glückssache, oder glaubst du, vor hundert Jahren hätten alle Frauen ihre Männer geliebt? Bestimmt nicht, mein Schatz. Aber es gab keine Scheidung, und damit hatte sich die Frau abzufinden.«

»Und weil sie sich damit abfinden mußte, hat sie das Beste daraus gemacht. Heutzutage aber, wo der Frau, Gott sei's geklagt, die Türen offenstehen, macht sie aus nichts mehr das Beste. Sie macht alles nur noch halb – wurschtelt sich durch irgendeinen Beruf, wurschtelt sich durch irgendeine Ehe und findet weder in dem einen noch in dem anderen volle Befriedigung. Die Frau ist ein Zwitter geworden – die Lebensstellung des Mannes kann sie naturgemäß nie erreichen, und die Lebensstellung der Frau hat sie dämlicherweise aufgegeben. Das Ganze nennt sich nun Emanzipation. Na, fein sehen wir aus!«

Paul schüttelte lachend den Kopf. »Es überrascht mich immer wieder«, sagte er, »wie richtig du die Dinge siehst, aber wie vollkommen einseitig.«

»Ich habe nicht genug Verstand, um sie vielschichtig zu sehen, aber ich habe genug Gefühl, um sie vom Grundproblem her richtig zu erfasssen. Daran liegt es.«

Er küßte mich auf die Nasenspitze: »Es war eine gute Idee von mir, den Rückflug um einen Tag zu verschieben.«

»Die beste Idee, die du jemals haben konntest!«

Ich war plötzlich ganz sicher, daß es nicht nur bei diesem einen Tag bleiben würde.

Eine Frau, die liebt, hat den sechsten Sinn. Sie spürt genau, wenn sich ihr Opfer der Grenze nähert, die vom Niemandsland des Unbeteiligtseins ins Narrenreich des Verliebtseins führt. Paul war dicht davor – so dicht, daß an ein Umkehren kaum noch zu denken war.

»Ich bin glücklich«, sagte ich aus tiefstem Herzen, »glücklich und hungrig.«

Nachdem wir viel gegessen und noch mehr getrunken hatten, gingen wir spazieren. Ich war todmüde, aber Paul legte den Arm um mich, und so ging es sich trotz Müdigkeit gut und sicher.

Es dämmerte bereits. Das Städtchen war still und friedlich, keine Autos, keine hastenden Menschen. Ein paar Frauen mit Kindern an der Hand und Einkaufstaschen am Arm; ein paar Männer, die, die Pfeife im Mund, wortkarg an einer Ecke standen, eine Gruppe junger Burschen und eine Gruppe junger Mädchen, die unter explosivem Gelächter aufeinander zusteuerten. Hier schien das Leben noch ohne Komplikationen zu verlaufen.

»Hübsch ist das hier«, sagte Paul.

»Man müßte an so einem Ort geboren worden sein und nie etwas anderes kennengelernt haben.«

»Wenn ich alt und abgeklärt bin, ziehe ich mich ganz sicher an so einen Ort zurück.«

»Das wirst du auch nach New York dringend nötig haben«, sagte ich. Und dann: »Ach Paul, mußt du unbedingt dorthin?«

»Ich will unbedingt dorthin.«

Das hörte ich nicht gern. »Aber du bist doch durch und durch Europäer«, sprach ich auf ihn ein. »Du hast doch so viel Freude an Dingen, die es da drüben gar nicht gibt. Wo willst du denn in Amerika einen Gasthof finden mit dicken Mauern und verräuchertem Holz und rotem Landwein und frischem Schwarzbrot und Kuhstallgeruch!«

»Liebes, ich werde dafür andere Dinge finden – Dinge, die mir wichtiger sind als roter Landwein und Kuhstallgeruch.«

»Na was schon?«

»Freiheit, um es ganz primitiv auszudrücken.«

»Du drückst es nicht nur ganz primitiv aus, du versuchst es auch ganz primitiv zu glauben. Ich fürchte, Paul, du machst dir etwas vor.«

»Das wird sich herausstellen, Judith.«

Ich schwieg. Ich durfte jetzt nicht drängen. Ich mußte vorsichtig und behutsam vorgehen. Er war noch vier bis sechs Wochen in Europa. Wenn sich in einigen Stunden so viel geändert hatte, was konnte sich da erst in vier bis sechs Wochen ändern! Ich durfte meine Sicherheit nicht verlieren. Meine Sicherheit gab mir Kraft, und mit dieser Kraft konnte ich Paul halten und lenken.

»Wo ist denn die Heldenorgel?« fragte ich.

Er deutete auf einen spitzen kleinen Berg: »Dort drüben, wollen wir hinaufgehen?«

»O Gott, nein. Ich muß dir gestehen, ich bin zum Umfallen müde. Ich habe letzte Nacht kaum geschlafen, obgleich ich drei Schlaftabletten genommen habe.«

»Drei? Bist du wahnsinnig geworden!«

»Ich nehme meistens drei, sonst kann ich nicht schlafen.«

»Du ruinierst dich, Judith!«

»Ja«, sagte ich mit Überzeugung.

»Kannst du dein Leben nicht ein bißchen normalisieren?«

»Nein«, sagte ich mit Überzeugung.

»Dabei bist du eine ganz normale Frau. Ich garantiere dir, in kürzester Zeit hätte ich dich zurechtgebogen.«

»Paul«, sagte ich, blieb stehen und schaute zu ihm auf, »daran zweifle ich nicht.« Der Ton, in dem ich es gesagt hatte, der Blick, mit dem ich ihn angeschaut hatte, waren viel zu direkt gewesen. Paul schwieg, und das Schweigen machte mich verlegen.

»Wann geht unser Zug?« fragte ich hastig.

»In eineinhalb Stunden. Komm, wir kehren um und setzen uns solange in den Gasthof.«

»Gut«, sagte ich.

Wir gingen langsam zurück. Paul erzählte irgendeine lustige Geschichte, die er irgendwann mal erlebt hatte. Ich hörte kaum hin. Ich hatte plötzlich das beunruhigende Gefühl, daß er einen knappen Schritt vor der Grenze, die aus dem Niemandsland des Unbeteiligtseins ins Narrenreich des Verliebtseins führte, haltgemacht hatte.

Natürlich kann man nicht eineinhalb Stunden in einem Gasthof sitzen und nichts trinken. Noch dazu, wenn der Rotwein so gut ist. Also tranken wir. In meinem übermüdeten, überdrehten Zustand war ich nach dem zweiten Glas beschwipst. Ich hatte längst die Kontrolle über meine Gedanken verloren, jetzt verlor ich sie auch über meine Worte.

»Paul«, sagte ich, und da ich eine schwere Zunge hatte, sprach ich sehr langsam und sehr laut, »Paul, du bist der erste Mann, den ich bewundere, und weißt du auch warum?«

»Keine Ahnung«, sagte er grinsend.

»Weil du kein Hampelmann bist. Weil du tust, was du sagst. Weil du Mut hast. Weil du Kraft hast. Weil du Konsequenzen ziehst ...« Ich machte eine wegwerfende Bewegung mit der rechten Hand. »Heutzutage gibt's nur noch Hampelmänner.«

»Weißt du, Judith, unter den Blinden ist der Einäugige König. Was ich getan habe, scheint dir nur so außergewöhnlich, weil es die meisten nicht tun.«

»Mag sein, aber das ändert nichts dran. Ich hab' mir immer gesagt: Irgendwo muß es noch einen richtigen Mann geben, und ich hab' gewartet und gewartet ... ganz verzweifelt war ich schon. Und dann bist du gekommen!« Paul schaute auf seine Armbanduhr. »Schau nicht auf die verdammte Uhr. Ich hasse Uhren! Wenn man es will, geht der Zeiger nicht voran, und wenn man es nicht will, rast er. Ach Paul ... gib mir mal deine Hand.«

Er gab mir seine Hand, und ich legte sie an meine Wange. »Ich möchte so sein wie du«, murmelte ich. »Wenn du mir helfen würdest ... ich würde alles tun, alles ... Paul, geh nicht weg ...«

»Judith, du bist übermüdet. Du mußt ins Bett und schlafen.«

»Schlafen«, sagte ich und nickte. Er zog mir sanft die Hand weg und stand auf.

»Wohin gehst du denn?«
»Ich werde mal fragen, ob es hier Zimmer gibt.«
»Und dann?«
»Dann wirst du schlafen.«
»Und du?«
»Ich auch.«
»Im gleichen Zimmer?«
»Das mußt du entscheiden.«

Ich schaute ihn mit schief geneigtem Kopf nachdenklich an.

»Weiß Gott, Judith, ich will dich nicht verführen.«
»Warum?«
»Weil mir Eine-Nacht-Affären nicht liegen. Noch dazu, wenn mir eine Frau etwas wert ist.«
»Bin ich dir etwas wert?«
»Mehr als mir lieb ist.«
»Das ist schön«, sagte ich.
»Also, zwei Einzel- oder ein Doppelzimmer?«
»Ein Doppelzimmer selbstverständlich.«
»Gut.« Er drehte sich um.
»Paul!« rief ich.
»Ja?«
»Ich habe keine Zahnbürste dabei!«
»Das ist natürlich eine Katastrophe.«
»Na schön, dann putze ich mir heute abend eben nicht die Zähne. Aber es ist das erstemal.«

Er warf mir eine Kußhand zu und ging.

Paul bekam ein Doppelzimmer – sogar eins mit Bad. Man sagte ihm, es sei ein herrliches Zimmer, das schönste und größte im ganzen Haus.

Ich rief Brigitte an und teilte ihr mit, daß ich mich verspäten würde. Auf diese Weise war ich ganz sicher, daß sie nicht wagen würde, die Wohnung zu verlassen. Dann hatte ich das Bedürfnis, Dora anzurufen. Ich wollte ihr sagen, daß sie recht gehabt hätte, daß Paul ein außergewöhnlicher, ein großartiger, ein einmaliger Mann sei. Ich tat es dann doch nicht. Ich war zu müde, und außerdem fürchtete ich ihre temperamentvollen Ausrufe, ihre Fragen und wohlgemeinten Warnungen, wie zum Beispiel: »Judith, mach dich um Gottes willen nicht unglücklich ...«

Wir stiegen in den ersten Stock hinauf, Paul voran, ich hinterher. Die Stufen knarrten unter ihm – unter mir nicht. Plötzlich war mir unbehaglich zumute.

Das herrliche Zimmer war grauenerregend. Groß war es tatsächlich, aber das machte die Sache noch schlimmer. An der linken Wand, weit ins Zimmer hineinragend, stand ein hochbeiniges Doppelbett aus Messing; darüber hing ein überdimensionales, beängstigendes Kruzifix. Zu beiden Seiten des Bettes standen Nachttische mit graumelierter Marmorplatte. An der Wand gegenüber prangte ein steifes, rostbraunes Kanapee, das zum Glück von einem wuchtigen runden Tisch halb verdeckt wurde. Auf dem Tisch lag eine gehäkelte Decke, und genau in der Mitte stand eine enghalsige Glasvase mit vier künstlichen grellrosa Nelken darin. Dann war da noch ein großer, schwarzer Schrank, ein Waschbecken, zwei, drei Stühle, ein spindelbeiniger Kleiderständer, zwei abgetretene Bettvorleger und eine goldgerahmte Berglandschaft mit untergehender Sonne. Neben der Tür war ein kleiner Behälter mit Weihwasser angebracht.

Ich rührte mich nicht von der Schwelle. Der Anblick dieses Zimmers weckte einen starken körperlichen Widerwillen in mir. Ich fröstelte und zog vorsichtig den etwas modrigen Geruch ein, der, so bildete ich mir ein, den Bettüchern entströmte. Paul war an mir vorbei ins Zimmer getreten. Er stand da, lachte und schien sich köstlich zu amüsieren.

»Na«, fragte er, »was sagst du nun?«

»Gar nichts«, erwiderte ich bedrückt.

»Das ist bestimmt das Fürstenzimmer.« Er betrachtete das Kruzifix. »Wenn das auf uns fällt, sind wir tot.«

»Ein sehr angebrachter Tod für uns.«

»Willst du auf der Schwelle übernachten, Liebes?«

»Wenn du mir ein Kissen gibst.«

»Ich habe den Eindruck, du weißt das Zimmer nicht zu schätzen.«

»Ach Paul«, sagte ich weinerlich, »ich möchte mit dir in einem schönen Zimmer schlafen.«

Er trat auf mich zu, packte meinen Arm, zog mich ins Zimmer und schloß die Tür hinter mir. »Es ist völlig unwichtig, in was für einem Zimmer wir schlafen. Zieh dich aus und geh ins Bett.«

»Paul, verstehst du nicht …«

»Ich verstehe sehr gut. Du bist so abhängig von deiner Umgebung – von Menschen, Zimmern und weiß der Himmel noch was, daß du gar nicht mehr in der Lage bist, dich auf das Wesentliche zu konzentrieren.«

»Bist du jetzt böse auf mich?«

»Nein. Aber ich will dir nur klarmachen: Solange du nicht begreifst, worauf es ankommt, nämlich allein auf dich und die Art, wie du die Dinge siehst, so lange wirst du abends drei Tabletten nehmen müssen, um einschlafen zu können.«

Ich ging zum Bett und setzte mich darauf. Paul sah mich an. Ich ließ mich zurückfallen, schloß die Augen, holte tief Luft und sagte: »Paul, ich liebe dich.«

Es war geschehen. Ich holte noch einmal tief Luft, dann entspannte ich mich. Ich hatte mein Äußerstes hergegeben. Ich hatte die Hülle gesprengt. Es war wie in einem Trickfilm gewesen: Ich hatte mich aus mir selbst heraussteigen sehen. Jetzt stand ich da – ein ganz neuer, mir fremder Mensch. Ich hatte achtundzwanzig Jahre gebraucht, um diese Worte aussprechen zu können. Es war so unheimlich still im Zimmer, daß ich die Augen wieder öffnete. Paul sah mich immer noch an, einen Ausdruck tiefer Ratlosigkeit im Gesicht. Ich versuchte zu lächeln.

Er war mit ein paar Schritten bei mir. Einen Moment lang schien er zu überlegen, was nun zu tun sei. Dann beugte er sich zu meinen Füßen hinab und begann, mir wortlos die Schuhe auszuziehen. Als das geschehen war, öffnete er den Reißverschluß an meinem Rock und versuchte, ihn mir herunterzustreifen. »Laß das!« sagte ich. »Du bist weder mein Arzt, noch bist du mein Bruder. Scher dich ins Bad, damit ich mich ausziehen kann.« Er setzte sich zu mir aufs Bett, nahm mich in die Arme und küßte mich auf den Mund.

Ich hielt die Lippen geschlossen, und nach einer kurzen Weile drehte ich den Kopf zur Seite. »Das laß auch«, sagte ich, »du bist nicht irgendein Liebhaber, mit dem ich schlafen will. Du bist der erste Mann, den ich liebe, und das kompliziert die Sache.«

»Weißt du eigentlich, was du da alles redest?«

»Genau. Oder meinst du, ich sage ›Ich liebe dich‹ nur so dahin? Du bist immerhin der erste Mann, dem ich es sage.

So etwas weiß man wohl.« Jetzt ließ sich das Wort »Liebe« so leicht aussprechen. Es klang nicht mehr merkwürdig und unwirklich, sondern ganz vertraut. Auch ich selber war mir nicht mehr so fremd. »Paul«, sagte ich, »du brauchst nicht so bestürzt dreinzuschauen und nach ausweichenden Erklärungen zu suchen. Es ist, wie es ist, und es ist alles ganz in Ordnung.« Ich richtete mich auf. »Brauchst du das heute nacht?« fragte ich und zupfte an seinem Hemd.

»Nein, willst du es haben?«

»Ja, als Nachthemd. Unter der Jacke sieht man ja nicht, wenn es zerknautscht ist.«

Er knöpfte es auf. Ich sah, daß er ein Unterhemd anhatte, und darum stand ich auf. Ich konnte Unterhemden nicht ausstehen. Breite Männer sehen in Unterhemden brutal und proletenhaft aus. Ich wollte Paul nicht im Unterhemd sehen. Ich zog mir sehr langsam die Schuhe an, dann griff ich rückwärts nach dem Hemd und ging ins Bad.

Es lag ein winziges Stück Seife da. Ich wusch mir damit das Gesicht und putzte mir mit Hilfe meines Zeigefingers die Zähne. Dann entkleidete ich mich, zog das Hemd an, rollte die Ärmel hoch, fuhr mir mit beiden Händen durchs Haar und warf einen Blick in den Spiegel. So, blank gescheuert und in dem viel zu großen Männerhemd, sah ich jünger aus, als ich war. Ich kehrte ins Zimmer zurück.

Paul, bis zur Brust zugedeckt, lag im Bett. Er hatte das Unterhemd immer noch an. Ich wollte ihn gerade bitten, es auszuziehen, als mir seine Zurechtweisung einfiel: »Du bist so abhängig von Menschen, Zimmern und weiß der Himmel noch was, daß du gar nicht mehr in der Lage bist, dich auf das Wesentliche zu konzentrieren.« Er hatte recht gehabt. Es war absurd, daß ich mich von Menschen, Zimmern oder Unterhemden so weit irritieren ließ, daß sie mich vom einzig wichtigen Mittelpunkt – von Paul – abbrachten. Ich überwand mich und schaute das Unterhemd an. Im Grunde genommen sah es recht appetitlich aus, es hatte Träger und war aus dünner, gerippter Baumwolle. Ich lächelte Paul zu, und er lächelte zurück.

»Mein Hemd steht dir ausgezeichnet«, sagte er, »du siehst darin aus wie ein kleines Mädchen.«

»Ich bin mager, nicht wahr?«

»Ziemlich mager, aber hübsch.«

»Findest du mich hübsch?«

»Hübsch ist nicht das richtige Wort. Du bist apart, manchmal sogar schön.«

Ich legte meine Sachen über eine Stuhllehne: Strumpfhalter, Strümpfe, Büstenhalter. Ich war völlig unbefangen, das fiel mir plötzlich auf. Ich stand da, in dem Hemd, das lose um mich herumschlackerte, und ordnete meine Unterwäsche. Sehr verführerisch wirkte ich bestimmt nicht, aber das war mir ziemlich egal. Der Gedanke zu kokettieren, kam mir gar nicht in den Sinn. Und dabei wäre es doch ganz normal gewesen für eine junge Frau, die drauf und dran ist, zu einem Mann ins Bett zu steigen. Aber das war es ja eben gar nicht. Es war so viel mehr als ein »Ins-Bett-Steigen«, es war Liebe.

Vielleicht lähmte die Liebe meinen Körper. Sollte sie! Das, worauf es ankam, war nicht mehr gelähmt. Das, worauf es ankam, lebte. Lebte zum erstenmal – mein Herz. Ich trat an Pauls Bett und blieb davor stehen. Er schlug die Decke zurück: »Komm«, sagte er.

Ich kroch zu ihm. Er schob den rechten Arm unter meinen Nacken.

»Wird er dir auf die Dauer nicht weh tun?«

»Nein.« Ich griff nach seiner Hand, die auf meiner Schulter lag, und hielt sie fest. So lagen wir, lang ausgestreckt auf dem Rücken, Schläfe an Schläfe, Schulter an Schulter, Hüfte an Hüfte. So schliefen wir ein.

Mein eigener Schrei weckte mich.

»Judith, was ist?« Paul tastete nach dem Lichtschalter, fand ihn nicht gleich, fluchte leise. Dann wurde es hell. Ich saß aufrecht im Bett. Noch im Schlaf mußte ich hochgefahren sein. Paul legte den Arm um meine Schultern und zog mich fest an sich.

»Warum hast du geschrien, Liebes?«

»Ich weiß nicht«, murmelte ich benommen.

»Hast du einen schlechten Traum gehabt?«

Kaum hatte er das Wort »Traum« gesagt, fiel es mir ein. »O Gott«, stöhnte ich auf, »das war entsetzlich!«

»Was denn?«

»Der Traum.«

»Was hast du geträumt? Weißt du es noch?«

»Und ob! In jeder Einzelheit. Ich wünschte, ich könnte es ganz schnell vergessen!«

Er strich mir über das Haar, ruhig und gleichmäßig. »Komm, Liebes«, bat er, »erzähl mir den Traum.«

»Er war so unheimlich«, sagte ich zögernd.

»Desto besser, ich mag unheimliche Träume.«

»Ich trug ein langes Brautkleid aus schwerer Seide«, begann ich. »Es war sehr prächtig. Ich ging am Arm eines sehr schmalen, großen, schwarzgekleideten Mannes durch einen Raum. Wir gingen ganz langsam und ganz feierlich. Der Raum war unendlich groß, unendlich hoch und völlig kahl. Es war sehr kalt darin und feucht und dämmrig. Vor uns lag ein schrecklich langer schnurgerader Gang aus grauem Zement. Ganz am Ende dieses Ganges war ein winziger, rechteckiger Gegenstand. Auf den schritten wir zu. Zu beiden Seiten des Ganges standen zahllose Menschen, dichtgedrängt, Kopf an Kopf. Sie trugen schwarze Kutten mit weißen Halskrausen. Ich wußte, daß der Raum eine Kirche war, der winzige Gegenstand am Ende des Ganges ein Altar und der Mann neben mir mein Bräutigam. Aber ich wußte nicht, wer dieser Mann war. Ich hatte noch nicht ein einziges Mal in sein Gesicht geschaut. Eine unerklärliche, fürchterliche Angst hielt mich davon zurück.« Das Atmen fiel mir schwer. Ich schwieg einen Moment.

»Und dann?« drängte Paul.

»Ja, ich weiß nicht, wie ich es dir erklären soll. Das Gespenstische an der Sache war, daß ich das Gefühl hatte, diesen Mann zu lieben, oder besser gesagt, ihm zu gehören. Ich war ganz sicher, daß er der Richtige war. Verstehst du ... und trotzdem traute ich mich nicht, in sein Gesicht zu sehen. Ich ahnte etwas Entsetzliches. Wir näherten uns dem Altar, und da erkannte ich, daß es ein auf den Kopf gestellter Sarg war. Hinter dem Sarg stand ein Geistlicher. Das warst du, Paul. Du hattest ein völlig versteinertes Gesicht. Ich weiß, daß ich dich hilfeflehend anblickte, aber du starrtest zurück, drohend und erbarmungslos. Und da wurde aus meiner Angst Panik. Ich schaute verzweifelt um mich und sah, daß alle Menschen die Köpfe gewandt hatten. Ihre Gesichter waren schneeweiß und verwischt, aber in ihren Augen sah ich ein ungeheures Entsetzen. Ich begann zu zittern, ließ den Arm des Mannes los und machte einen Schritt auf dich zu.

Aber du schütteltest nur einmal kurz den Kopf, hobst die Hand und zeigtest auf meinen Bräutigam. Ich dachte, jetzt muß ich ihn ansehen, jetzt muß ich wissen, warum sein Gesicht ein solches Entsetzen hervorruft. Ich drehte mich langsam mit halb gesenktem Kopf um. Er stand zwei Schritte hinter mir, ich sah ihn, vom Knie aufwärts bis zur Schulter, aber ich wußte, daß ich es nicht über mich bringen würde, ihm ins Gesicht zu schauen. Ich raffte mein Kleid auf und rannte wie eine Wahnsinnige den zementierten Gang hinunter, auf die mit grellem Licht gefüllte Öffnung zu.

Kein Mensch hinderte mich, und ich erreichte das Freie. Es war ein riesiger Platz, ähnlich einer Arena. Und dann sah ich sie kommen – von rechts, von links, von vorne – dieselben Menschen wie in der Kirche, in schwarzen Kutten und weißen Halskrausen, nicht Männer, nicht Frauen, eine einzige Mauer, die mich umzingelte und immer näher rückte. Angst lähmte mich. Ich konnte mich nicht mehr von der Stelle rühren. Die Menschen schoben sich auf mich zu, und hinter mir hörte ich Schritte. Ich wußte, daß er es war – mein Bräutigam – und daß es kein Entrinnen mehr gab. Ich schlug die Hände vors Gesicht.

Es dauerte eine Ewigkeit, bis die Schritte neben mir hielten. O Gott, diese Angst! Und dann hast du mir die Hände vom Gesicht gerissen, Paul, und du hast mir den Kopf zurückgebogen, so daß ich meinem Bräutigam ins Gesicht schauen mußte. Es war mein Vater... mein Vater, und er hatte das Gesicht einer Leiche. Die wächserne Blässe, die spitze Nase, die eingefallenen Wangen. Und genau über der Nasenwurzel hatte er ein Loch...«

Ich begann zu weinen: »Es war so grauenerregend, Paul. Ich wollte wegrennen, aber du hieltest mich fest, und mein Vater streckte die Arme nach mir aus. Da habe ich geschrien und geschrien...«

»Meine arme Kleine...«, murmelte Paul. Dann stand er plötzlich auf.

»Was machst du?« fragte ich verschreckt.

»Ich hol' nur meine Zigaretten.«

Er ging zum Schrank und wühlte in den Taschen seiner Jacke.

»Verstehst du, wie ich so etwas träumen konnte?«

»Liebes, du müßtest es eigentlich verstehen. Träume sind kein Zufall.«

»Dann will ich es wahrscheinlich nicht verstehen.«

»Wahrscheinlich.« Er kam zurück, setzte sich auf den Bettrand und zündete sich eine Zigarette an. »Was war mit deinem Vater, Judith?«

»Gib mir einen Zug«, sagte ich und streckte die Hand nach der Zigarette aus. Er gab mir die Zigarette. Ich rauchte zwei, drei Züge: »Mein Vater hat sich erschossen«, sagte ich dann.

»Warum?«

»Weil er nicht mehr ein noch aus wußte. Er hatte seinen Verlag, an dem er unbeschreiblich hing, und er hatte meine Mutter, die ihn von A bis Z betrog. Und als die Nazis kamen, mußte er sich entscheiden. Hätte ihn meine Mutter nicht von A bis Z betrogen, dann wäre ihm die Entscheidung vielleicht nicht schwergefallen. Er hätte mit ihr und mir Deutschland verlassen. So aber war die Ehe kaputt, und trotzdem sagte ihm sein Ehrgefühl, daß er in diesem kritischen Moment meine Mutter nicht verlassen dürfe. Meine Mutter hat es wirklich nicht verdient!«

»Warum sagst du so etwas?«

»Weil es stimmt! Wenn sie ein bißchen Ehrgefühl gehabt hätte, dann wäre sie stillschweigend gegangen und hätte ihm die Kugel erspart.« Ich drückte die Zigarette auf der Marmorplatte des Nachttisches aus und schwieg.

»Und deine Mutter?« fragte Paul, und jetzt hob er den Kopf und schaute mich an.

»Willst du es wirklich alles so genau wissen?«

»Ja.«

»Also gut. Meine Mutter lebte noch ein Jahr – und zwar auf Deibel komm raus, wenn du verstehst, was ich meine. Auf diese Art und Weise kam sie den Maßnahmen der Nazis zuvor. Sie starb an Leukämie – sagte man mir. Vielleicht hat's gestimmt. Vielleicht aber ist sie auch an etwas anderem gestorben. Ich weiß es nicht.«

Paul nahm mich bei den Armen und zog mich auf seinen Schoß. Er hielt mich wie ein Kind, und ich fühlte mich wie ein Kind. Ich legte beide Arme um seinen Nacken und vergrub mein Gesicht an seinem Hals.

»Laß mich nicht allein, Paul«, jammerte ich, »bitte, bitte laß mich nicht allein.«

»Ich lass' dich ja nicht allein«, sagte er, »sei ganz ruhig und schlaf. Schlaf, Judith, ich bin bei dir.«

Ich glaubte ihm, und nach einer Weile schlief ich erschöpft ein.

Als ich am nächsten Morgen erwachte, war Paul nicht neben mir im Bett. Ich hörte ihn im Bad. Eine Weile lag ich reglos da und fühlte mich deprimiert und matt wie nach einer schweren Krankheit. Der Traum war immer noch in mir.

Ich spürte eine schwache Ungeduld, einen müden Ärger. Da war Paul nur ein paar Schritte von mir entfernt und meine Gedanken kreisten unausgesetzt um einen Alptraum. Sie sollten um Paul kreisen! Paul war das einzig Wichtige. Von ihm hing alles ab – auch, daß ich nie wieder solche Träume hatte.

Ich setzte mich auf, schüttelte unwillig den schweren Kopf. Ich darf ihm nicht so viel zumuten, dachte ich, Träume und Müdigkeit und Tränen und unerfreuliche Familienprobleme. Wer weiß, ob er sich nicht doch etwas von dieser Nacht erhofft hat, etwas anderes, als meinen Arzt, Bruder und Beichtvater zu spielen. Er ist ein normaler, vitaler, gesunder Mann, und wahrscheinlich hat er sich eine normale, vitale, gesunde Frau gewünscht und nicht ein kränkelndes, quengelndes Geschöpf.

Erschrocken schlug ich die Bettdecke zurück, warf einen empörten Blick auf meine langen, dünnen Beine und sprang eilfertig aus dem Bett. Ich ging zum Waschbecken und starrte in den Spiegel. Ich sah ein bleiches Gesicht unter einem Wust geringelter, schwarzer Haare. Das Gesicht hatte einen viel zu großen, blassen Mund, viel zu große, umränderte Augen und den Ausdruck eines verstörten Kaninchens.

»O Gott, o Gott, o Gott ...«, sagte ich leise vor mich hin. Dann spülte ich mir den Mund, wusch mir das Gesicht mit eiskaltem Wasser, kämmte mir energisch das Haar aus der Stirn, tat eine Spur von Rouge auf meine Lippen, etwas Puder auf die Nase und einen Tropfen Parfüm hinter die Ohren. Dann kroch ich wieder ins Bett, schlug die Decke aber nur bis zur Taille hoch und öffnete, um ganz sicher zu gehen, die obersten zwei Knöpfe des Hemdes. Wenn er mich wollte – und ich fürchtete fast, daß er mich wollte –, dann sollte er mich haben. Ich würde mir größte Mühe geben, eine normale, vitale, gesunde Frau zu sein. Später, davon war ich überzeugt, würde ich mir keine Mühe mehr zu geben brauchen. An seiner Seite würde aus mir die normalste, die vitalste, die gesündeste Frau werden.

Ich schaute auf die Uhr. Es war erst kurz nach acht. Durch die schlaffen, scheußlich gemusterten Vorhänge fiel ein merkwürdig leuchtend-weißes Licht. Ich fror mit den hochgerollten Ärmeln und dem offenen Hemdkragen und war versucht, tiefer unter die Decke zu kriechen, aber das hätte den Gesamteindruck gestört.

»Paul«, rief ich, »komm doch endlich!«

»Sofort!«

Gleich darauf kam er ins Zimmer. Er war barfuß und nur mit einer Unterhose bekleidet. Bei Tageslicht wirkte es besonders drastisch – oder an ihm wirkte es besonders drastisch. Mit seinem massiven, aufdringlichen Körper sah er aus wie das blühende Leben.

»Guten Morgen, mein Engel! Ich habe ein Bad genommen. Ich wußte nicht, daß du schon wach bist.«

Völlig ungeniert durchquerte er das Zimmer. Er schien frisch, ausgeschlafen und bester Laune zu sein.

»Guten Morgen, Paul«, sagte ich, »du wirst dich erkälten.«

»Ich erkälte mich nie.« Er trat an mein Bett, beugte sich zu mir hinab und küßte mich auf die Nasenspitze: »Wie geht's dir?«

»Mir geht's ausgezeichnet«, sagte ich mit meiner muntersten Stimme.

»Du hast eben doch einen Arzt an mir.«

Dieser Satz verstimmte mich. Ich schwieg.

Er setzte sich aufs Bett, hob ein Bein und betrachtete seine Zehen. Das gab mir den Rest. Erst der Kuß auf die Nasenspitze, dann die Bemerkung, daß ich einen guten Arzt an ihm hätte, und jetzt auch noch das Interesse, das er seinen Zehen schenkte.

»Ich habe nicht nur einen guten Arzt an dir«, sagte ich, »sondern auch einen barmherzigen Bruder.«

Mein Sarkasmus schien ihm ebensowenig aufzufallen wie die zwei offenen Knöpfe und der durchdringende Duft eines sehr guten Parfüms.

»Ja, ja«, erwiderte er heiter und ahnungslos, »du gehörst zu der Sorte Frauen, die den Großmut im Mann wecken.«

»Soll ich das als Kompliment auffassen?«

»Natürlich.«

Jetzt hob er das andere Bein und betrachtete die Zehen seines linken Fußes. Ich war kurz davor, die Beherrschung zu verlieren.

»Rat mal, was draußen liegt«, sagte er.

»Wo draußen?«

»Na überall draußen.« Er ließ sein Bein sinken und sah mich erwartungsvoll an.

»Wie soll ich wissen, was überall draußen liegt!«

»Schnee«, sagte er triumphierend.

»Großartig!«

»Bist du mürrisch, Liebling?«

»Nein.«

»Wollen wir uns jetzt ein hübsches Frühstück bestellen?«

»Wozu?«

»Zum Essen.«

»Hast du etwa Hunger?«

»Und wie.«

Plötzlich fiel mir unser gemeinsames Frühstück im Atelier am Uferweg ein. »Ach ja, ich erinnere mich«, sagte ich giftig, »dir verschlägt nichts den Appetit.«

Er verstand, worauf ich anspielte, griff mir lachend ins Haar und brachte es in Unordnung.

»Laß das!« fuhr ich ihn an. Und dann: »Sag mal, was bin ich eigentlich!«

»Ein Kindskopf.« Er stand auf und ging zum Schrank.

»Was tust du?«

»Ich ziehe mich an.«

Irgend etwas lief entsetzlich schief. Ich war mit einem Sprung aus dem Bett und bei ihm.

»Du ziehst dich jetzt nicht an!« rief ich und packte ihn am Arm.

Er schaute auf mich hinab, und seine Augen wurden eng. »Was, zum Teufel, ist mir dir los!«

»Ist dir eigentlich schon aufgefallen, daß ich eine Frau bin?«

»Ja«, sagte er, »ich habe recht gute anatomische Kenntnisse.«

»Aber ganz offensichtlich weißt du nichts damit anzufangen.«

»Judith, ich kann dich leider nicht ernst nehmen.«
»Als ob ich das nicht längst wüßte! Du kannst mich nicht ernst nehmen, weder als Mensch noch als Frau!«
»Wenn ich mir das so anhöre, fürchte ich, daß ich dich bei weitem zu ernst genommen habe.« Er schüttelte meinen Arm ab und wandte sich dem Schrank zu.
»Ich möchte nur wissen«, sagte ich, »ob es an dir oder an mir liegt.«
»Was?«
»Daß du in mir keine Frau siehst.«
Er fuhr herum: »Ich hatte keine Ahnung, mein Kind, daß du vergewaltigt werden wolltest!«
»Warum vergewaltigt?«
»Weil es – auch wenn du dich körperlich nicht gesträubt hättest – einer Vergewaltigung gleichgekommen wäre. Oder willst du mir einreden, du hättest das Verlangen gehabt, mit mir zu schlafen?«
Ich schwieg und senkte unwillkürlich den Kopf.
»Antworte!«
»Verlangen ist nicht das richtige Wort«, sagte ich leise, »ich hatte keine Lust.«
»Schön, gut. In diesem Fall wäre die Lust das entscheidende gewesen, denn die Lust ist eine Momentsache, und das Verlangen ist eine langsame Entwicklung. Aber wir hatten nur diese Nacht, und du hattest keine Lust. Ich, weil ich das spürte und keine Lust hatte, dich ohne deine Lust zu nehmen, habe es gelassen. Begreifst du das denn nicht?«
»Doch, völlig.«
Er schaute mich verblüfft an. »Na, worüber sprechen wir denn dann eigentlich?«
»Paul«, sagte ich, »bitte häng den Bügel wieder in den Schrank und nimm mich nicht ernst. Ich bin total verrückt!« Ich ging zum Bett zurück und legte mich wieder hinein. Paul hing den Bügel in den Schrank, kam hinterher und setzte sich wie zuvor auf den Bettrand. Aber jetzt schaute er nicht mehr seine Zehen an, sondern mich.
»Weißt du«, sagte ich, »ich habe bisher mit Männern geschlafen, die ich nicht geliebt und schon gar nicht geschätzt habe. Das war dann immer ganz einfach. Aber wenn man achtundzwanzig Jahre wird und aus heiterem Himmel einem Mann begegnet, den man ... und so weiter, und so weiter ...

dann gerät man aus dem Gleichgewicht.« Er nahm mich bei den Schultern und zog mich zu sich hoch. »Paul«, sagte ich und lachte, »bitte, jetzt keine Vergewaltigung.« Er küßte mein Gesicht – jede Stelle meines Gesichts, und er sagte: »Langsam, aber sicher gerate auch ich aus dem Gleichgewicht.«

Dieser Satz »Langsam, aber sicher gerate auch ich aus dem Gleichgewicht« war der Wendepunkt. Ich sah meinen Sieg, und er sah seine Niederlage in greifbare Nähe rücken. Daß die Sieger mitunter schwächer sein können als die Unterlegenen, das wußte ich nicht. Ich war jetzt überzeugt, daß unsere Nacht in Kufstein der Anfang einer unlösbaren Verbindung war. Sicher – und ich war vernünftig genug, das zu akzeptieren – würde es zwangsläufig einige Trennungen geben. Aber die Trennungen schreckten mich nicht mehr, jetzt, da ich das Happy-End vor mir sah. Und ich sah es so deutlich: Paul, Andy und ich. Ein hübsches, kleines Haus – das konnten wir uns sicher leisten –, ein Stückchen Garten, ein Schlafzimmer, ein großer Eßtisch; im Sommer das Frühstück im Garten; im Winter behagliche Abende am Kamin; Herbstspaziergänge durch buntes Laub; Frühlingstage, pastellfarben und nach feuchter Erde duftend. Paul im weißen Kittel, prächtig aussehend – ich hatte mir immer einen Arzt zum Mann gewünscht. Andy in Bluejeans, mit immer länger werdenden Beinen: Ein zweites Kind noch – ja, unbedingt! Eine Katze – ich liebte Katzen! Vielleicht auch einen Hund – einen großen, natürlich. Paul, Andy, ich – und das Baby und die Tiere – eine normale, gesunde, glückliche Familie. Nein, mehr wünschte ich mir gar nicht. Keine Frau wünscht sich im Grunde mehr als das. Alles andere ist nur Ersatz – ein schäbiger Ersatz. Ich war mit diesem Ersatz achtundzwanzig Jahre alt geworden – ich wußte ein trauriges Lied davon zu singen. Aber jetzt war es vorbei, ein für allemal. Ich hatte Paul. Das, was ich fühlte, war nicht etwa der stolze Triumph eines Siegers, sondern das schlichte, lang ersehnte Glück einer normalen Frau.

Wir frühstückten. Ich saß in dem einen Bett, Paul hockte im Türkensitz auf dem anderen. Wir hatten beide ein Tablett vor uns, beladen mit Kaffee, Schinken, Eiern, Butter, Brot und Marmelade. Wir aßen mit bestem Appetit und waren bester Laune. »Was hältst du davon«, fragte ich Paul, »wenn wir noch einen Tag länger in Kufstein bleiben.«

»Nein, Liebes, das geht auf keinen Fall.«

»Ach was! Ich könnte Frau Sprecht, meine gute alte Rentnerin, anrufen und sie bitten, auf Andy und mehr noch auf Brigitte aufzupassen. Und du könntest deinen Rückflug, Gott behüte, noch etwas verschieben. Dich erwartet doch nichts Dringendes in Zürich, oder?«

»Darum geht es nicht.«

»Um was geht es dann?« fragte ich und war sehr erleichtert, daß ihn in Zürich nichts Dringendes erwartete.

»Es geht darum«, sagte er und legte eine Scheibe Schinken auf sein Brot, »daß wir uns mit jeder Minute mehr aneinander gewöhnen.«

Ich lachte: »Das will ich hoffen! Bedenklich würde es erst, wenn wir es nicht täten.«

»Judith«, er hatte das Brot schon am Munde, jetzt legte er es auf den Teller zurück. »Ich will mich nicht an dich gewöhnen!«

»Was meinst du denn damit?«

»Wenn man sich erst aneinander gewöhnt hat und dann auseinandergehen muß, wird es eine Quälerei. Und ich will weder dich noch mich quälen.«

Jetzt war es an mir, die Tasse, die ich in der Hand hielt, abzustellen. Ich tat es so hastig, daß der Kaffee überschwappte.

»Begreif doch, Judith, je länger wir den Abschied hinausschieben, desto schwieriger wird es für uns.«

Es konnte sich nur um ein Mißverständnis handeln. Ich sah ihn mit mildem Lächeln kopfschüttelnd an: »Von was für einem Abschied sprichst du eigentlich, Paul?«

»Von unserem Abschied ... mein Gott, Judith! Du weißt doch, daß ich nach Amerika gehe!«

»Ja«, sagte ich, »das weiß ich ... aber vorher gehst du doch nach Zürich ... und in Zürich bleibst du doch noch ... und ...«

Irgend etwas stimmte nicht an diesem Gespräch, aber ich wußte nicht, was. Ich wollte es auch gar nicht wissen.

»Natürlich gehe ich vorher nach Zürich ... und da bleibe ich noch vier bis sechs Wochen ... aber ...«

Wir schauten uns mit leeren Gesichtern sekundenlang an.

Dann plötzlich schob er sein Tablett zurück, schwang die Beine vom Bett und stand auf. Er ging zum Fenster und riß die Vorhänge auf. Grelles, weißes Licht füllte das Zimmer. »Schau«, sagte er, »da draußen ist alles voller Schnee.«

»Ja«, sagte ich, »bald ist Weihnachten.« Und der Schweiß lief mir aus den Achselhöhlen die Rippen hinunter.

»In ein paar Wochen schon.«

»Werden wir Weihnachten zusammen feiern?«

Er drehte sich mit einem Ruck zu mir um. »Nein«, sagte er.

»Könntest du die Vorhänge bitte wieder zumachen, es ist so hell.«

Er machte die Vorhänge nicht zu. Er war mit ein paar Schritten am Fußende des Bettes und umklammerte mit beiden Händen die Messingstange. Seine Handknöchel wurden weiß und sein Gesicht auch.

»Judith, ich fliege heute nach Zürich zurück, und danach werden wir uns nicht mehr sehen. Weder vor noch zu, noch nach Weihnachten.«

»Warum?« fragte ich mit leiser, verwunderter Stimme.

»Weil ich mich nicht belasten will«, sagte er grob, »weder mit dir noch auch nur mit der Erinnerung an dich.«

Da stand er in einem engen Unterhemd – beängstigend breit, beängstigend brutal. Sein Gesicht war hart und unnahbar. Die Augen, schmal und grün, erinnerten an die Augen einer lauernden Katze. Paul Hellmann, dachte ich, der Paul Hellmann vom Uferweg.

»Bitte, Paul«, sagte ich, »zieh dich an.«

Er rüttelte an der Messingstange des Bettes: »Warum machst du es uns beiden so schwer? Warum begreifst du nicht?«

»Ich begreife ja.«

»Ich habe ein Ziel, und um dieses Ziel zu erreichen, brauche ich meine ganze Kraft.«

Ich nickte.

»Ich habe jetzt sechs Jahre lang ...«

»Paul, du brauchst dich doch nicht zu rechtfertigen. Es war meine Schuld. Du hast mir nichts vorgemacht, ich selber habe mir etwas vorgemacht.«

»Du hast dich in etwas hineingesteigert, Judith, in eine Vorstellung, die ganz gewiß nicht stimmt. Gestern abend, als du mir sagtest, daß du mich bewunderst, da ging mir ein Licht auf. Du siehst in mir einen Helden. Ich bin aber kein Held. Ich bin ein ganz gewöhnlicher Mann ...«

»Paul«, schnitt ich ihm das Wort ab, »nimm mir nicht auch noch das. Für mich bist du kein gewöhnlicher Mann. Und das, was du für mich bist – lassen wir's einstweilen bei dem ›Helden‹ –, sollst du für mich bleiben.«

»Mein Gott«, sagte er, »wärst du enttäuscht worden!«

»Nein«, sagte ich.

»Bestimmt, Liebes. Ich hätte die Rolle des Helden nicht vierundzwanzig Stunden am Tag durchhalten können.«

»Zieh dich endlich an, sonst hältst du die Rolle schon in den nächsten fünf Minuten nicht mehr durch.« Ich versuchte ein Lächeln, aber es mißlang.

»Judith, ich kann das nicht mitansehen!«

»Was?«

»Wie du da sitzt, mit dem Tablett auf den Knien und diesem unglücklichen Gesicht.«

Ich schob das Tablett beiseite und stand auf. »Ich werde jetzt mal baden«, sagte ich.

»Wir haben noch Zeit. Das Flugzeug um elf Uhr fünfunddreißig schaffe ich sowieso nicht mehr. Das nächste geht erst am späten Nachmittag.«

»Paul, tu mir einen Gefallen. Fahr allein nach München zurück, und zwar mit dem ersten besten Zug. Es ist besser für uns beide.«

»Und was willst du tun?«

»Noch eine Weile hier bleiben und spazierengehen.«

Er sah mich an, und zum erstenmal entdeckte ich echten Schmerz in seinem Gesicht.

»Ich muß mir doch noch die Heldenorgel ansehen«, sagte ich, und jetzt gelang mir ein Lächeln.

»Ach, Judith, ich hätte schon gestern nach Zürich zurückfliegen sollen!«

»Und weißt du, was dann geschehen wäre?«

»Was?«

»Etwas Furchtbares. Ich wäre an mir selber erstickt. Ich wäre nie eine Frau geworden.«

Da standen wir und schauten uns an. Ich litt, wie ich nie zuvor gelitten hatte. Und das Leid wurde zum Triumph.

3
New York, 177. Straße, Ecke Broadway

Wir waren natürlich viel zu früh am Flugplatz. Trotz meiner düsteren Prophezeiungen hatte alles programmgemäß geklappt. Das Taxi hatte den Flugplatz ohne Zwischenfall erreicht; die Koffer waren aufgegeben; mein Übergewicht an Gepäck – beachtlich für eine sechswöchige Reise – war registriert und von David bezahlt; und selbst mein Paß, den ich seit Stunden krampfhaft festgehalten hatte, war überraschenderweise immer noch in meiner Hand. Jetzt, da alles ohne Komplikationen verlaufen war, fühlte ich eine Schwäche in den Knien.

Ich hatte mit zahllosen Zwischenfällen gerechnet und mich unter anderem auf ein gebrochenes Bein, eine Wetterkatastrophe, einen betrunkenen Taxichauffeur, einen verlorenen Paß und ein Verkehrschaos eingestellt. Wären all diese Widrigkeiten tatsächlich eingetreten, ich hätte nicht erschöpfter sein können.

Ich erklärte, mich setzen zu müssen, überließ David die letzten Regelungen und begab mich in die Flughalle. Es war noch eine gute Stunde Zeit bis zum Abflug. Ich ging zu den steifen roten ledergepolsterten Bänken, die Rückenlehne an Rückenlehne in quadratischer Anordnung um ein Nichts gruppiert waren. Diese eigentümliche Gruppierung – sie hatte mich schon immer stark beschäftigt – gab dem Münchner Flughafen eine besondere Note. Ich setzte mich so, daß mich weder der Kopf eines hinter mir Sitzenden noch der Ellbogen eines neben mir Sitzenden, noch der Blick eines mir gegenüber Sitzenden belästigen konnte. Wenn viele Menschen im Quadrat herumsaßen, war das fast unvermeidbar. Ich strich, was ich sonst nie tat, meinen Rock glatt, zog meine Tasche mit einem befriedigten Blick – sie war neu und sehr elegant – näher zu mir heran und faltete die Hände im Schoß.

Die erste Etappe war geschafft, und jetzt konnte nicht mehr allzuviel passieren. Der Himmel – ich hatte ihn kaum aus den Augen gelassen – war zwar bewölkt, aber die Sicht war klar. Auch in Frankfurt, hatte ich mir des öfteren versichern lassen, war kein Nebel. Daß wir die Anschlußmaschine versäumen würden, war ziemlich unwahrscheinlich. Es sei denn, unser Flugzeug konnte aus irgendwelchen Gründen nicht landen. Aber diese besorgniserregende Überlegung wollte ich noch so lange hinausschieben, bis ich mich auf dem Flug nach Frankfurt befand. Das Wichtigste war, daß ich jetzt hier saß, ohne Knochenbruch und Gerstenkorn – das Gerstenkorn war in den letzten Tagen zu einer Zwangsvorstellung geworden –, mit vollzähligen Koffern und Papieren. Mit tiefer Erleichterung verfolgte ich den speerförmigen, goldenen Zeiger der Wanduhr, der munter von Minute zu Minute hüpfte. Daß er noch siebenundsechzigmal zu springen hatte, störte mich nicht. Zum erstenmal in meinem Leben wartete ich mit Genuß. Die Halle – sonst verabscheute ich jegliche Art von Hallen, besonders Flug-, Bahnhofs- und Kaufhaushallen – schien mir heute ausgesprochen liebenswerte Züge zu tragen. Das Gebaren der Menschen, die durch die Hallen stets in einen Zustand fiebriger Emsigkeit versetzt werden, rührte mich sogar. Größe, Höhe, Weite und das Ungewisse einer Abreise oder Ankunft scheint sie doch stark zu beunruhigen. Ich beobachtete sie mit Sympathie, besonders einen jungen Mann, der, eine Zigarette in der einen Hand, eine in durchsichtiges Papier gehüllte dunkelrote Rose in der anderen, unruhig auf und ab lief. Er war schön gewachsen, sehr hoch und sehr schlank und hatte ein auffallend intelligentes feines Gesicht. Die Rose war ihm offensichtlich lästig. Er tat zwar so, als wäre er gewohnt, mit einer Rose in der Hand umherzuwandern, aber die Art, wie er sie zwischen den äußersten Fingerspitzen hielt und mit betonter Selbstverständlichkeit hin- und herschwenkte, verriet sein Unbehagen. Ich lächelte und versuchte, mir die Frau vorzustellen, der er die Rose schließlich erleichtert überreichen würde.

Der Lautsprecher knackte und rief dann mit hohler, unheilschwangerer Stimme einen Herrn Theodor Bauer zur Information. Unter den Wartenden machte sich lebhafte Anteilnahme bemerkbar. Obgleich weder der Name Bauer noch die Aufforderung, zur Information zu kommen, auf etwas Ungewöhnliches schließen ließ, wollte jeder Herrn Theodor Bauer sehen. Hälse reckten sich, Köpfe drehten sich, gespannte Augen hefteten sich an jeden, der sich in diesem Moment erhob oder der Information zuzustreben schien.

Unwillkürlich hielt auch ich Aussschau nach dem mir gleichgültigen Unbekannten, und dabei entdeckte ich David, der, die unvermeidliche Zigarette im Mundwinkel, das unvermeidliche Paket Zeitungen unter dem Arm, die Halle durchquerte.

David war zweiundvierzig Jahre alt und sah aus wie Anfang dreißig. Er war mittelgroß und schmal, hatte einen Schopf orangefarbenen Haars, eine mächtige, mit Sommersprossen übersäte Stirn, wachsame, sehr helle graue Augen, eine kleine Nase mit nach unten gebogener Spitze und einen Mund, dessen Oberlippe sanft und weich geschwungen, dessen Unterlippe hart und entschlossen war.

Ich winkte ihm zu, und er kräuselte seinen freien Mundwinkel in einem zärtlich-spöttischen Lächeln. In diesem Augenblick wurde mir klar, wie vertraut er mir in den zwei Jahren unserer Bekanntschaft geworden war. Sein lockerer, träger Gang; seine zierlichen, rot-gold behaarten Hände, die er im Gegensatz zu den meisten Männern nie in die Taschen schob; sein übermütiges, jungenhaftes Lachen, bei dem er den Kopf zurückwarf und die Nase krauszog; und dieses zärtlich-spöttische Lächeln, das er nur für mich hatte. Ich stand spontan auf, ging ihm entgegen und küßte ihn auf die Wange.

»Hätte ich geahnt«, sagte er, »daß eine Reise Sie derart verändert, ich hätte schon vor Monaten Himmel und Hölle in Bewegung gesetzt, um mit Ihnen zu verreisen.«

Ich lachte: »Ich bin nicht verändert. Ich bin nur maßlos aufgeregt. So aufgeregt war ich eigentlich nur als Kind vor der Weihnachtsbescherung.«

»Die selbstsichere, sachliche, unnachgiebige Judith«, sagte er und schüttelte den Kopf. »Ich kenne Sie wirklich nicht wieder!«

Selbstsicher, sachlich, unnachgiebig! So schätzte man mich neuerdings ein – und mit Recht. Aber daß ich so war, kam mir immer wieder komisch vor. Wenn ich an meinem großen, pedantisch ordentlichen Schreibtisch im Verlag saß und mit Besonnenheit Entscheidungen traf, dann saß mir mitunter die frühere, lebensuntüchtige Judith gegenüber und sah mir mit schief geneigtem Kopf und ängstlich geweiteten Augen zu. In solchen Fällen überkam mich ein Lachreiz und das Gefühl, aufstehen und dem verschreckten, kleinen Geschöpf mir gegenüber beruhigend über den Kopf streicheln zu müssen. Es gelang mir nicht mehr, mich mit diesem Geschöpf der Vergangenheit zu identifizieren, und nur in den seltensten Momenten vermochte ich, mich in meinen damaligen Zustand, in Körper, Geist und Seele dieser mir fremden Judith zurückzuversetzen. Jetzt, da ich zitternde Knie und ein flattriges Gefühl im Magen hatte – jetzt, da ich seit drei Jahren zum erstenmal wieder einer Ungewißheit entgegensah, vermochte ich es.

»David«, sagte ich, »mir ist sehr nach einem kleinen Aperitif zumute.«

»Unter einem kleinen Aperitif verstehen Sie einen doppelten Cognac, nicht wahr?« Er nahm meinen Arm. »Also schön, gehen wir ins Restaurant.«

»Auf keinen Fall ins Restaurant! Wir setzen uns da drüben an die scheußliche kleine Bar, ja?«

»Und warum nicht ins Restaurant?«

»Weil da die Lautsprecheransagen unverständlich sind und wir das Flugzeug versäumen könnten.«

David warf den Kopf zurück, zog die Nase kraus und lachte schallend.

»Man muß mit allem rechnen«, belehrte ich.

Er unterbrach sein Gelächter, sah mir in die Augen und sagte: »Sie, mein Engel, rechnen ständig.«

»Und, wie sich bewiesen hat, gut.«

»Leider zu gut für eine Frau.«

»›Leider‹ sollten Sie nicht sagen. Immerhin sind Sie das gute Resultat einer meiner guten Rechnungen. Hätte ich nicht so ausgezeichnet gerechnet, dann wären Sie nie unser Teilhaber geworden.«

»Stiller Teilhaber«, verbesserte David mit einem verschmitzten Lächeln. »Und zwar in jeder Beziehung stiller Teilhaber.«

Ich strahlte ihn an und nickte.

»Sie Biest«, sagte er.

David Corn war mein Verdienst, und ich war stolz auf meinen instinktsicheren Griff. Ich hatte ihn auf einer Cocktailparty kennengelernt und nach einem sehr direkten, aufschlußreichen Gespräch beschlossen, ihn als stillen Teilhaber für den Verlag zu gewinnen. Davids Eltern, schwerreiche russische Juden, die in Baku Ölquellen besessen hatten, waren vor den Kommunisten nach Berlin geflohen. Dort war David geboren und aufgewachsen. Zwanzig Jahre später war die Familie vor den Nazis nach New York geflohen. In New York hatte David aus dem Rest ihres Vermögens ein neues Vermögen gemacht. Er war das, was man ein Finanzgenie nennt; außerdem war er ein musischer Mensch. Diese seltene Kombination von Geld und Geist war das, was dem Verlag fehlte. Über einem Martini und einem Käsekräcker hatte ich ihm ein Angebot gemacht, und er, Bücherliebhaber und Besitzer einer prächtigen Bibliothek, hatte sich sofort dafür begeistert. Drei Tage später war es zwischen ihm und dem Verleger zu einem Abschluß gekommen. David, wie sich herausstellte, war der geborene stille Teilhaber. Er interessierte sich für den Verlag, ohne sich jedoch einzumischen. Der Verlag war aufgeblüht und ich mit ihm. David war mein größter geschäftlicher Erfolg; er war meine Entdeckung, meine Akquisition. Ich betrachtete ihn, so wie ein Sammler sein Lieblingsstück betrachtet: mit wohlgefälligem Besitzerstolz.

Wir gingen zur Bar, an der ein Mädchen und zwei junge Männer Piccoloflaschen Sekt tranken. Das Trio war vom Film – das sah man, noch bevor man ihren branchenüblichen Jargon hörte. Das Mädchen trug ein feuerrotes Kostüm mit schwarzem Persianerkragen, und ihr Gesicht war aufs sorgfältigste geschminkt. Der eine Mann war extrem elegant, der andere extrem leger gekleidet. Das Mädchen und der Elegante saßen, der Legere stand zwischen ihnen und hatte die eine Hand auf das Knie des Mädchens, die andere auf die Schulter des Mannes gelegt. Sie schienen auf das Zeichen »Achtung Aufnahme« zu warten.

Ich kletterte nicht gerade anmutig auf einen Hocker. Der Hocker war zu hoch, die Sitzfläche zu klein und mein Rock zu eng. David blieb neben mir stehen.

»Sie haben eine Laufmasche«, sagte er.

»Nein!« rief ich ehrlich erschrocken.

»Eine sehr lange sogar – vom Knie bis zum Knöchel.«

Es stimmte. Ich hatte eine Laufmasche, und die Laufmasche brachte mich aus der Fassung. Sie störte den Gesamteindruck, und gerade auf den war ich so stolz gewesen.

Ich trug einen dreiviertellangen, mit Nutria gefütterten Mantel aus moosgrünem Tweed, einen Rock aus demselben Stoff und einen beigefarbenen Cashmerepullover. Schuhe, Handschuhe und Tasche waren aus braunem Leder. Die zierliche Perlenkette um meinen Hals war echt. Ich hatte mich befriedigt im Spiegel betrachtet und keinen Makel gefunden. Und jetzt, jetzt wurde das alles durch eine einzige Laufmasche verunziert.

»Was soll ich bloß machen?« fragte ich ratlos.

»Einen Cognac trinken«, sagte David trocken.

Er bestellte einen Hennesy für mich, einen Espresso für sich.

»Offenbar wissen Sie gar nicht, wie störend so eine Laufmasche sein kann!«

»Offenbar wußte ich gar nicht, daß Sie bourgeois sind.«

»Das hat nichts mit bourgeois zu tun«, sagte ich ärgerlich, »das hat mit meinem Gesamteindruck zu tun!«

»Ihr Gesamteindruck ist nach wie vor sehr eindrucksvoll.«

»Sehe ich ›sophisticated‹ aus?«

»Außerordentlich ›sophisticated‹«, sagte er mit seinem zärtlich-spöttischen Lächeln.

»Früher trug ich nur Röcke, lange Hosen und Pullover. Ich legte keinen Wert auf Kleider. Ich legte keinen Wert auf irgend etwas. Können Sie sich das vorstellen?«

»Ich habe Ihnen schon oft gesagt, Judith, bei Ihnen kann ich mir alles vorstellen. Selbst, daß Sie mal jemanden umgebracht haben.«

Ich lachte.

»Haben Sie mal jemanden umgebracht?« fragte er.

»Nein.«

»Schade. Es wäre eine gute Erklärung.«

»Für was?«

»Für das, was Sie mir verschweigen. Ich kenne Ihr gegenwärtiges Leben aus eigener Beobachtung. Ich kenne Ihre Vergangenheit aus Ihren Erzählungen. Aber etwas hat immer gefehlt – das Bindeglied, das Ihre graue Vergangenheit mit Ihrer rosaroten Gegenwart verkettet.«

Ich wußte, daß er oft darüber nachgrübelte und mein Schweigen in diesem einen Punkt gern gebrochen hätte. Aber er war kein Mensch, der viele Fragen stellte. Dafür war ich ihm immer dankbar gewesen.

»David«, sagte ich, »es kann sich nur noch um Stunden handeln, dann werden Sie hinter das Geheimnis kommen.«

»Das klingt sehr spannend und erinnert mich an die letzten Seiten eines hochdramatischen Kriminalromans. Mit jeder Zeile kommt man der Enthüllung näher.« Er zündete sich am Ende seiner Zigarette eine neue an: »Hoffentlich ist es keine unangenehme Enthüllung«, sagte er.

Ich schwieg.

Das Trio an der Bar bestellte eine neue Runde Piccoloflaschen. Der junge, schön gewachsene Mann ging mit einem Mädchen am Arm vorüber. Das Mädchen war aschblond und unscheinbar, aber die jetzt enthüllte Rose in ihrer Hand und das selige Lächeln in ihrem Gesicht waren hübsch. Meine Laufmasche war noch länger geworden, und mein rechter Schuh drückte am kleinen Zeh. Der goldene Zeiger der Uhr hatte nur noch dreiunddreißigmal zu hüpfen.

»Woran denken Sie?« fragte David.

»An die Enthüllung«, sagte ich.

»Guten Abend, meine Damen und Herren. Wir begrüßen Sie an Bord unserer Super Star, auf dem Fluge nach New York ...«

Da saß ich nun also in der Super Star 1649, Klasse »De Luxe«, in einem komfortablen Sessel, ein kleines schneeweißes Kissen im Genick, eine Raste unter den Füßen und ein englisches Zitronenbonbon im Mund. Mein Herz schlug so heftig, daß ich es bis in die Fingerspitzen spürte.

Ich war auf dem Weg nach New York. Wäre nicht die liebenswürdige Stewardeß gewesen, die, um das Wohlbefinden ihrer Passagiere besorgt, genau aufpaßte, daß das Kissen im Genick, die Raste unter den Füßen und das Bonbon im Mund blieb, ich wäre herumgezappelt wie ein Fisch im Netz. Mit äußerster Beherrschung blieb ich starr sitzen.

David, der endlich seine Zeitungen untergebracht hatte, sah mich an und ließ die treffende Bemerkung fallen, ich säße da wie beim Zahnarzt. Und tatsächlich hatte ich ein ähnliches Gefühl. Den Kopf zurück, die Füße vorgestemmt, die Hände um die Lehnen geklammert, kämpfte ich um Ruhe und Gelassenheit. Und so wie ich meinen Zahnarzt anzusehen pflegte, mit krampfhaft heiterem Lächeln und glitzerndem Blick, so sah ich jetzt David an.

»Wenn ich nicht genau wüßte, daß Sie in den letzten Jahren einige Male geflogen sind, ich würde behaupten, es wäre Ihr erster Flug«, sagte er kopfschüttelnd.

»Es ist mein erster Flug nach New York.«

»Er unterscheidet sich nicht wesentlich von anderen Flügen.«

»Haben Sie eine Ahnung, David!«

Wir wurden höflichst gebeten – es herrschte ein überaus höflicher Ton in der »De Luxe«-Klasse der Super Star –, uns festzuschnallen und nicht mehr zu rauchen. Ich konnte meine Gurte nicht finden, denn ich saß darauf. Ich behauptete, an meinem Sitz habe man die Gurte vergessen. David zerrte sie schließlich unter mir hervor. Ein appetitlicher Steward mit blendendem Gebiß und zu tiefem Haaransatz eilte zur Hilfe. Mit nachsichtigem Lächeln schnallte er mich fest. Ich ließ eine aufschlußreiche Bemerkung über meinen Flug nach Israel fallen und hoffte, meine Reisegewandtheit damit unter Beweis zu stellen. Ich hatte das Gefühl, daß er meinen Israelflug für eine pure Erfindung hielt. Mit unbeirrt nachsichtigem Lächeln zeigte er mir, wie ich die Lehne meines Sitzes verstellen, die Fußraste zurückschieben und den Aschenbecher öffnen könne. Mein oft wiederholtes und stark betontes »Ich weiß Bescheid« nahm er gar nicht zur Kenntnis. David amüsierte sich köstlich und beteiligte sich an dem Spiel, indem der mir ein Blatt mit »Vorschriften im Notfall« in die Hand drückte. Erst als es absolut nichts mehr zu erklären gab – und es gab erstaunlich viel zu erklären in der Luxusklasse einer Super Star –, entfernte sich mein beflissener Steward, um sich den weitaus kundigeren Passagieren zuzuwenden.

Es waren nicht viele, was mich in Anbetracht des Preises keineswegs überraschte. Ein älteres amerikanisches Ehepaar; sie mit Blumenhütchen und einer Nerzstola über dem Arm; er mit goldgefaßter Brille und einer dieser eigentümlichen amerikanischen Flatterhosen, die überall Falten haben, nur keine Bügelfalte. Ein adretter Intellektueller, dem man die Vorträge, die er in Amerika halten würde, förmlich ansah: bedeutende Vorträge über ein bedeutendes Thema. Ein Mädchen, an deren guter Figur und fadenscheinigem Kostümchen man erkannte, daß sie der Einladung eines großzügigen Herrn folgte. Ein paar Geschäftsmänner um die

Fünfzig mit unförmigen Figuren, uninteressanten Gesichtern und ungesunder Hautfarbe. Und ein einziger älterer Gentleman, mit einem noblen Profil, in abgetragenem grauen Flanell und mit einem unauffälligen Siegelring am kleinen Finger.

Als sich die Propeller mit schnatterndem Dröhnen in Bewegung setzten und die Maschine zu vibrieren begann wie ein Mensch im Schüttelfrost, griff ich nach Davids Hand.

In letzter Zeit flog ich höchst ungern. Mitunter überwältigte mich sogar panische Angst. Es war nicht so sehr die Angst vor einem möglichen Absturz als die Beklemmung, den verschiedensten technischen und menschlichen Unzulänglichkeiten ausgeliefert zu sein. Man saß da, angeschnallt und völlig hilflos, und der Pilot konnte plötzlich eine Bewußtseinsstörung bekommen und die Maschine einen Defekt. Hätte man mir einen Hebel in die Hand gegeben und weisgemacht, Mensch und Maschine damit beeinflussen zu können, ich wäre ganz ruhig gewesen. So aber blieb mir nichts anderes übrig, als mich in die Hand des Schicksals zu begeben, und dem Schicksal stand ich mißtrauisch gegenüber.

David legte seine andere Hand auf meine und machte keine dumme Bemerkung. Er konnte unter Gefühlen, die echt waren, Gefühlen, in die man sich hineinsteigerte, und Gefühlen, die man aus unlauteren Gründen heraufbeschwor, genau unterscheiden.

Ich schaute zum Fenster hinaus – widerwillig und doch gebannt. Der Moment, wenn sich das Flugzeug vom Boden löst, erfüllte mich jedesmal mit schaudernder Bewunderung. Es kam mir widersinnig vor, daß sich ein plumper Koloß, einem leichten Vogel gleich, in den Himmel hob, daß er sich höher und höher schwang und mit starren Flügeln durch die Luft schoß. Ich beobachtete, wie er sich emporarbeitete, mit schweren und doch eleganten Stößen, die man erst wahrnahm, wenn man die Erde unter sich zurückfallen sah. Als das Land, wie mit Lineal und Zirkel aufgeteilt, und die Häuser, winzig wie die Bauklötzchenhäuser meines Sohnes, einen unerhört appetitlichen Anblick boten, ließ mein Unbehagen nach.

»Ich glaube, wir haben's geschafft«, sagte ich und entzog David meine Hand.

»Es ist unfair, daß Sie mir Ihre Hand nur in Momenten der Angst lassen.«

»Wenn ich mich von Kissen, Fußraste und Bonbon befreit habe, kriegen Sie sie unter Umständen wieder.«

»Unter Umständen! Das bedeutet, wenn zwei Motore ausfallen oder das Flugzeug in Flammen aufgeht.«

»David!« rief ich erschrocken. »Malen Sie nicht den Teufel an die Wand!«

»Keine Bange! Solange Sie mit mir sind, tut Ihnen der Teufel nichts.«

»Ganz ehrlich, David! Haben Sie überhaupt keine Angst?«

»Daß das Flugzeug abstürzen könnte?«

»Zum Beispiel.«

»Nein.«

Ich glaubte ihm.

»Haben Sie keine Angst vor dem Sterben?«

»Wenn es schnell und leicht geht, nein.«

»Wie kommt das?«

»Ich verbeiße mich nicht ins Leben. Ich bin, weiß Gott, kein Lebensverächter, aber ich finde, daß es nicht unbedingt sein muß. Auf diese Weise hat man auch viel mehr vom Leben, Sie sollten es mal versuchen, Judith.«

»Früher hatte ich keine Angst vor dem Sterben. Im Gegenteil, der Tod wäre mir sehr willkommen gewesen. Allerdings hatte das nichts mit Mut zu tun, eher mit Feigheit und Lebensangst.«

»Und dafür haben Sie jetzt Todesangst.«

»Ach, Unsinn, David! Vor ein paar Dingen habe ich selbstverständlich Angst, aber ...«

»Vor was, zum Beispiel?«

»Vor Menschen, zum Beispiel ... vor Haifischen, Bombenangriffen, Erdbeben ... vor allem, was unkontrollierbar ist.«

»Vor der Liebe auch?« fragte David.

»Vielleicht«, sagte ich, »ich weiß es nicht.«

Ein Steward, ein hellblonder diesmal, mit blanken blauen Augen und strahlendem Gesicht, schob einen Cocktailwagen auf uns zu.

»Einen Aperitif«, schlug er vor, »einen Whisky, einen Cocktail ... oder vielleicht ein Glas Champagner?«

Ich warf einen sehnsüchtigen Blick auf den Eiskübel, aus dem der Hals einer Flasche Pommery ragte, und David sagte mit einem mokanten Lächeln: »Geben Sie uns bitte beiden ein Glas Champagner, aber nicht in diesen niedlichen Sektkelchen da.«

Der Steward, mit einer Bemerkung, die deutlich zu erkennen gab, daß auch er ein Mann von Welt und ein Verächter von Sektkelchen war, füllte mit Schwung und Geschick zwei schlanke, hohe Gläser. Ich hatte das Gefühl, für ein Reklamefoto zu posieren: der hübsche, flotte Steward, mit der Flasche Champagner in der Hand; der bunt funkelnde Cocktailwagen; David, der distinguierte Geschäftsmann in englischem Flanell; ich, die gepflegte, junge Frau mit dem charmanten Lächeln und der tadellosen Frisur. Unterschrift: »So reist der moderne, erfolgreiche, kultivierte Mensch«.

Mit verlegenem Gesicht nahm ich das Glas entgegen, hob es sofort an die Lippen und trank es halb leer. David, zum Glück, gehörte nicht zu den Männern, die auf einen vielsagenden Blick oder ein bedeutungsvolles Wort warteten. Auch er trank, ohne mich anzusehen. Dann sagte er, an unser vorhergegangenes Gespräch anknüpfend: »Ich bin ganz sicher, Judith, daß Sie zu den Menschen gehören, die vor der Liebe Angst haben.«

»Aus was schließen Sie das?«

»Aus Ihrer ganzen Einstellung den Männern und der Liebe gegenüber.«

Wir hatten dieses Thema nie erwähnt, und es überraschte mich, daß er mich plötzlich so direkt darauf ansprach. »Was wissen Sie schon über mein Liebesleben.«

»Ich weiß zum Beispiel, daß Sie mit einem jungen Mann, den Sie weder lieben noch ernst nehmen, mehr oder weniger zusammenleben.«

»Ja, das stimmt. Ich halte es für eine gute Lösung. Es erspart mir vieles.«

»Genau! Es erspart Ihnen die Qualen einer wirklichen Liebe, denn jede wirkliche Liebe ist qualvoll. Und davor haben Sie Angst.«

»Es könnten auch andere Gründe dahinterstecken.«

»Was für Gründe?«

»Nun, ein Grund könnte zum Beispiel der sein, daß ich

einen Mann liebe und mich darum in keine anderweitige ernste Beziehung einlassen möchte.«

»Der scheint mir doch sehr an den Haaren herbeigezogen.«

Ich war drauf und dran, energisch zu protestieren. Aber plötzlich interessierte es mich, warum David einen so guten, einleuchtenden Grund nicht akzeptieren wollte.

»Was ist daran an den Haaren herbeigezogen?« fragte ich. »Nehmen wir an, eine Frau liebt einen Mann, mit dem sie aus irgendwelchen zwingenden Gründen nicht schlafen kann. Also schläft sie mit einem anderen, der ihr nichts bedeutet. Auf diese Weise wird ihr Körper befriedigt, ihre Seele aber nicht berührt.«

»Das ist ein rein männlicher Standpunkt. Meiner Meinung nach kann eine Frau Seele und Körper gar nicht so kraß trennen.«

»Die Mehrzahl kann es wohl nicht – will es auch gar nicht können. Die besonders ausgeprägte Seele, die man der Frau andichtet – wahrscheinlich nur darum, weil sie einen Busen hat, lange Haare und die Eigenschaft, Kinder zu gebären –, kommt ihr ja sehr zugute. Sie versteht ausgezeichnet, damit zu manövrieren. Außerdem steht sie ihr gut, die ausgeprägte Seele. Selbst ich finde, bei einer Frau wirkt es unanständig, wenn sie Körper von Seele zu trennen vermag; bei einem Mann nicht.«

»Kommen Sie sich unanständig vor?« fragte David mit einem hinterlistigen Seitenblick.

»Ich habe nicht von mir gesprochen, sondern im allgemeinen, und da im besonderen von durchschnittlichen Frauen.«

»Judith, über das Katz-und-Maus-Spiel sind wir doch schon seit langem hinaus.«

»Na schön«, gab ich zu, »sprechen wir also offen. Wenn ich mich an dem Maßstab bürgerlicher Moral messen würde, dann käme ich mir wahrscheinlich unanständig vor. Aber ich kann mich – leider oder Gott sei Dank – nicht an diesem Maßstab messen.«

»Ist das nun Überheblichkeit?«

»Nein, ich habe einfach eine andere Auffassung von Moral. Bürgerliche Moral ist für mich mitunter das Unmoralischste, was es gibt. Von der Verlogenheit dieser Moral will ich ganz schweigen – sie ist ein einziges Dickicht, aus dem man sich nicht mehr herausfindet. Aber außerdem ist sie auch noch ein Schwindel. Das fängt mit den Alimenten an, die zahllosen Männern unrechtmäßig abgeknöpft werden, und hört mit den Kuckuckseikindern auf, die man zahllosen Männern unterschiebt. Und dazwischen liegt eine beachtliche Skala ähnlicher Betrügereien. Die bürgerliche Frau, die im Mann weitaus mehr den Feind als den Freund sieht, findet das alles nur recht und billig. Ich dagegen finde es im höchsten Maße unanständig und darum ...«

»Und darum«, fiel mir David ins Wort, und ich sah, daß er sich das Lachen verbiß, »darum dürfen Sie sich, sozusagen als Ausgleich für die Unanständigkeit der Frauen mit bürgerlicher Moral, Unanständigkeiten auf einer anderen, unbürgerlichen Ebene erlauben.«

»Aber David«, sagte ich vorwurfsvoll, »meine Unanständigkeiten sind doch keine Unanständigkeiten.«

»Oh!« rief David. »Und warum das?«

»Weil keine Berechnung dahintersteckt.«

»Wenn man es von diesem Standpunkt aus betrachtet, haben Sie recht. Ihre kleinen Unanständigkeiten kosten die Männer kein Geld, sondern nur Nerven.«

Er lachte, griff nach meiner Hand und küßte sie: »O Judith, ich bin schrecklich in Sie verliebt!«

Es war nicht das erste Mal, daß er mir das sagte. Vor etwa einem Jahr, mitten in einer geschäftlichen Besprechung, hatte er sich zu mir herübergebeugt und mir dieselben Worte ins Ohr geflüstert. Seither hatte er sie oft wiederholt, aber immer nur dann, wenn wir unter Menschen waren. Unter vier Augen fürchtete er wohl, könnte dieser Satz an Leichtigkeit verlieren und zu einem ernsten Geständnis werden. Denn David, obgleich er sich mir nie aufdrängte, war wirklich in mich verliebt. Ich war es nicht, wußte jedoch nicht recht, ob ich das einem Mangel an Gefühl oder einem Übermaß an Vernunft zuzuschreiben hatte.

»Ich finde, wir sollten es doch endlich einmal versuchen«, bemerkte David.

So weit hatte er sich noch nie vorgewagt. Wahrscheinlich, überlegte ich, ermutigte ihn unsere gemeinsame Reise, die Aussicht, sechs Wochen mit mir in New York zu verbringen, die Hoffnung, mich mit niemandem teilen zu müssen, die vage Möglichkeit, mich für sich zu gewinnen. Ich darf ihn nicht länger im unklaren lassen, dachte ich beunruhigt, ich muß es ihm sagen.

»Judith!«

»Ja?«

»Haben Sie gehört, was ich sagte?«

»Sie sagten, daß wir es endlich einmal versuchen sollten.«

»Und?«

»Ich bin gegen aussichtslose Versuche.«

»Warum aussichtslos?«

»Erstens, weil Sie eine Frau und drei Kinder haben. Zweitens, weil eine private Beziehung der geschäftlichen schaden würde und mir der Verlag mehr am Herzen liegt als Sie, und drittens ...«

»Sie sind das seelenloseste Geschöpf, das ich jemals ...«

»Und drittens, weil in New York ein Mann existiert, den ich liebe ...«

Während des Dinners erzählte ich David die Geschichte von Paul Hellmann. Da das Menü aus sieben Gängen bestand und zweieinhalb Stunden dauerte, hatte ich Zeit und Einteilungsmöglichkeiten. Pauls Lebensgeschichte nahm drei Gänge in Anspruch, nämlich: Malossol-Kaviar und Wodka; Artischocken mit Sauce hollandaise; Schildkrötensuppe à la Lady Curzon und dazu einen »leichten spritzigen« Weißwein. Unsere Begegnung am Uferweg fiel auf den Hauptgang: Gefüllte Poularde mit »feinsten Gemüsen nach Wahl«, Kartoffelkroketten und Chicoréesalat; dazu einen Bordeaux, was nicht ganz der Etikette, jedoch meinem Geschmack entsprach. Unserer zweiten entscheidenden Begegnung in Münchens Maximilianstraße widmete ich eine Käseplatte und eine weitere halbe Flasche Bordeaux. Unser Abschied in Kufstein bildete auch den Abschluß des Dinners, und da – sei es, daß ich einfach unerträglich satt war, sei es, daß es mir nach all den Jahren immer noch den Appetit verschlug – ich konnte nur noch einen halben Pfirsich und einen Löffel von der vorzüglichen Eisbombe bewältigen. »Einen Cognac, gnädige Frau?« fragte der Steward teilnahmsvoll. Ich blinzelte ihn an. Er war schmal, brünett und sanftmütig. Es war verwirrend, wie viele hübsche Stewards und Stewardessen, wie viele vortreffliche Speisen und Getränke die Super Star hervorzuzaubern verstand.

»Einen Cognac«, seufzte ich, »ja bitte.«

»Und Sie, mein Herr?«

»Einen doppelten«, sagte David.

Der Steward befreite mich von dem traurigen Anblick zerfließender Eiscreme und entfernte sich mit geschmeidigen Schritten.

»David, ich brauche dringend eine Zigarette.«

Er hielt mir ein Päckchen hin: »Es beruhigt mich«, sagte er mit einem Lächeln, in dem nur Spott und keine Zärtlichkeit war, »daß es Ihnen so gut geschmeckt hat.«

Diese Bemerkung verdroß mich. Sie verdroß mich um so mehr, als mir mein unziemlicher Appetit keineswegs entgangen war. Mitunter, wenn ich einen wichtigen Satz unterbrochen hatte, um eine gehäufte Gabel in den Mund zu schieben oder einen Bissen zu zerkauen, war mir mein Wohlbehagen peinlich bewußt geworden. Die Qualen einer großen Liebe, dachte ich, büßen an Überzeugungskraft ein, wenn man sie mit vollen Backen und mahlenden Kiefern erzählt. Es war zu albern, aber es war nicht abzuleugnen.

»Sie meinen«, sagte ich gereizt, »Appetitlosigkeit hätte besser zu der Geschichte gepaßt.«

»Zweifellos«, erwiderte David und freute sich an meinem Ärger.

»Nun, ich kann Sie beruhigen, es hat mir damals lange genug den Appetit verschlagen.«

»Tatsächlich?« fragte David mit übertrieben hochgezogenen Brauen.

»Tatsächlich!« sagte ich zornig und versuchte, mich in Schmerz und Qual zurückzudenken. Doch ich konnte es ebensowenig, wie eine Frau sich nach überstandener Geburt in die Wehen zurückversetzen kann. Daß man an einem Schmerz fast zu sterben geglaubt hatte und ihn dann nicht mehr nachempfinden konnte, daß man sich bescheiden mußte mit kläglichen Worten wie »es hat mir den Appetit verschlagen«, oder ein wenig wirkungsvoller »ich hatte das Gefühl, nicht mehr weiterleben zu können«, brachte mich vollends aus der Fassung.

»Tatsächlich«, wiederholte ich drohend, und dann, vor der Unzulänglichkeit der Sprache kapitulierend: »Sie brauchen es mir nicht zu glauben, David ... Sie brauchen mir die ganze Geschichte nicht zu glauben. Ich habe sie Ihnen erzählt, weil ich mir einbildete, Sie vorbereiten zu müssen. Sie sind der erste und bestimmt auch der letzte, dem ich sie erzählt habe. Man kann und soll so eine Geschichte eben nicht erzählen; entweder sie klingt überspannt, oder sie klingt banal – und unglaubhaft auf jeden Fall.«

»Judith«, sagte David, »ich habe Ihnen jedes Wort geglaubt, und wissen Sie, warum?«

»Warum?«

»Weil diese Geschichte zu Ihnen paßt. Nur ein extremer Mensch wie Sie – so skeptisch einerseits und so wundergläubig andererseits – kann sich mit Haut und Haaren in einer fixen Idee verlieren.«

»Warum, David«, fragte ich traurig, »muß man heutzutage alles, was Wert und Gehalt zu haben scheint, bagatellisieren? Warum bezweifelt man von vornherein jedes starke Gefühl? Warum muß Liebe nun eine fixe Idee sein und nicht schlicht und einfach Liebe?«

»Warum«, fragte David zurück, »gibt es heutzutage ein solches Übermaß an Scheidungen, an Trennungen, an unglücklichen Ehen, an Verhältnissen, an wechselnden Affären, an unehelichen Kindern? Glauben Sie, Judith, das ist zufällig?«

»Nein, das ist nicht zufällig, das ist die zwangsläufige Entwicklung unseres Jahrhunderts.«

»Sicher! Und aus dieser zwangsläufigen Entwicklung ist eine völlige Verkennung des Begriffs Liebe hervorgegangen. Liebe heutzutage ist: das Bett, die gemeinsame Ferienreise, der Mann mit den breiten Schultern, das Mädchen mit dem strammen Busen; das ist der schicke Sportwagen, die Zwei-Zimmer-Wohnung, die einem der Soziale Wohnungsbau bei einer Eheschließung zubilligt; das zu früh kommende Kind, die Langeweile ... Bei Ihnen, Judith, ist es eine Vorstellung, ein unerfüllter Traum, eine Faszination.«

»Wenn es das gewesen wäre, dann hätte es nicht drei Jahre lang angehalten.«

»Was hätte nicht drei Jahre lang angehalten? Überlegen Sie doch mal, Judith!«

»Das Gefühl, daß er der einzig richtige Mann für mich ist und daß keiner seinen Platz einnehmen kann. Immerhin bin ich in diesen drei Jahren einigen Männern begegnet, aber keiner hat auch nur annähernd an ihn herangereicht.«

»Wie sollen Sie das beurteilen können – Sie, die mit Paul Hellmann zweieinhalb Tage und eine Nacht verbracht haben? Sie kennen diesen Mann doch überhaupt nicht. Sie haben keine Ahnung, wie er sich im täglichen Leben benimmt; was für enervierende Eigenschaften und Gewohnheiten er hat; ob er schmatzt, ob er schnarcht, ob er sich wäscht, ob er Sie sexuell befriedigt. Was Sie von ihm wissen, ist völlig irreal, beruht allein auf einer Vorstellung, die Sie von ihm haben. Aber das Leben zu zweit ist doch keine persönliche Vorstellung. Und Liebe ist doch keine Heldenverehrung. Liebe ist doch das, was man heutzutage eben nicht mehr bedenkt: die Bereitschaft, Jahre und Jahre des Alltags und des Gleichmaßes zu teilen; das Bedürfnis, zusammen alt zu werden.«

»Und woher wollen Sie wissen«, fragte ich aufgebracht, »daß ich diese Bereitschaft, dieses Bedürfnis nicht habe?«

»Liebste Judith«, rief David und schlug verzweifelt die Augen gen Himmel, »was Sie da sagen, hat doch weder Hand noch Fuß! Sie ziehen aus, um den Helden Ihrer Phantasie zu erobern und einen Jungmädchentraum zu realisieren. Und Sie würden bitter enttäuscht werden, wenn sich der Held als normaler Mann und der Jungmädchentraum als eintöniger Alltag entpuppt. Ja, merken Sie das denn wirklich nicht?«

»Sagen Sie, David, halten Sie mich eigentlich für eine so lebensfremde, versponnene, arme Irre? Glauben Sie tatsächlich, daß ich Traum von Wirklichkeit, Held von Mann nicht trennen kann? Daß ich mir nicht sehr im klaren darüber bin, daß das alltägliche Leben kein Daueramüsement ist? Habe ich nicht einige Male bewiesen, daß ich fester als viele andere auf dem Boden stehe, genau weiß, was ich will, und nicht nach den Sternen, sondern nach sehr realen Dingen greife? Und haben nicht gerade Sie oft und oft behauptet, daß ich zu kühl, zu sachlich, zu unnachgiebig sei?«

»Das eine schließt das andere, bei Gott, nicht aus. Gerade so kühle, so sachliche, so unnachgiebige Frauen haben irgendwo eine gefährliche weiche Stelle. Und diese weiche Stelle ist bei Ihnen offensichtlich Paul Hellmann.«

»Ich fürchte, David, in diesem speziellen Fall kann ich mich nicht ganz auf Ihre Objektivität verlassen.«

»Auf diesen Vorwurf habe ich schon lange gewartet.«

»Und er ist natürlich unberechtigt.«

»Sie, Judith, von meiner Objektivität überzeugen zu wollen, wäre vergebliche Liebesmüh. Also lassen wir dieses Gespräch.«

Dieser abrupte, mißgestimmte Abschluß behagte mir nicht. So sicher, wie ich getan hatte, war ich gar nicht. Im Grunde flog ich einer einzigen großen Ungewißheit entgegen.

Nachdem wir uns vor drei Jahren voneinander getrennt hatten, hatte ich nie wieder etwas von Paul gehört. In meiner grenzenlosen Verzweiflung hatte ich ihm kurz nach seinem Abflug nach Zürich geschrieben, aber keine Antwort erhalten. Danach hatte ich es nicht mehr versucht. Ich hatte die Vergeblichkeit, ihn zu mir zurückzuholen, eingesehen.

Der Schmerz um Paul war beharrlich gewesen. Er hatte sich an mir festgesaugt, wie eine Zecke. Eine Zecke, hatte ich als Kind gelernt, darf man nicht herausreißen. Wenn man es tut, reißt man den Körper ab, und der Kopf bleibt im Fleisch stecken und entzündet sich. Also hatte ich gewartet und täglich gehofft, der Schmerz würde nachlassen. Aber er hatte nicht nachgelassen, und ich war keine Frau, die Schmerzen mit masochistischem Vergnügen oder aber mit stoischer Haltung ertrug. Ich hatte mich umbringen wollen, aber nicht den Mut dazu gehabt. Dann, als ich eingesehen hatte, daß meine Feigheit stärker war als meine Qual, war ich auf einen neuen Gedanken gekommen. Elender, als mir ist, kann mir nicht mehr werden, hatte ich mir gesagt, ob ich nun, die Hände im Schoß, dasitze oder aber etwas arbeite. Gemessen an meinem Kummer, erscheint mir alles andere erträglich, und diesen Zustand könnte ich eigentlich produktiv ausnutzen. Und so hatte ich meine Arbeit im Verlag begonnen.

Von diesem Tag an war der Bann gebrochen. Nicht etwa, daß ich zu gleicher Stunde vergnügt in die Hände geklatscht und voller Zuversicht in die Zukunft geblickt hätte. O nein, ganz und gar nicht. Aber der Zeiger der Uhr hatte sich wieder bewegt, mein Magen hatte zu bestimmten Stunden mahnend geknurrt, meine Kleider waren mir abgetragen vorgekommen, meine Frisur unmöglich, und im Verlag hatte mich einiges zu ärgern begonnen. Und dann, eines Morgens, war ich erwacht, ohne an Paul zu denken. Es war mir erst gegen Mittag aufgefallen, und da hatte ich gewußt, daß das

Schlimmste überstanden war. Von da an war es schnell aufwärts gegangen – erschreckend schnell und erschreckend steil. In meiner Erinnerung kam es mir vor, als wäre kein Übergang dagewesen, als wäre es von einem Tag auf den anderen geschehen. Viel später hatte ich Dora einmal lachend erklärt: »Ich muß wohl mit Dynamit geladen gewesen sein und versehentlich eine Zündschnur verschluckt haben. Ohne Vorwarnung ist es aus mir herausexplodiert.«

Eine seit Jahren aufgestaute Energie war endlich frei geworden und hatte eine verblüffende Kettenreaktion ausgelöst: Aktivität, Arbeitswut, Zielstrebigkeit hatten zu Selbstsicherheit, Zufriedenheit, Ausgeglichenheit und das wiederum zu gesundem Appetit, tiefem Schlaf und allgemeinem Wohlbefinden geführt.

In den nachfolgenden zwei Jahren war ich glücklicher gewesen als jemals zuvor in meinem Leben. Es war mir vorgekommen wie im Märchen: Ich war einem Gesundbrunnen entstiegen, und nun stand ich da, ein völlig neuer Mensch. Und mit meiner eigenen Verwandlung hatte sich auch meine Umwelt verwandelt. Sie war jetzt nicht mehr beängstigend und bedrückend, sondern voller Verlockungen und Verheißungen. Wäre mir damals daran gelegen gewesen, Paul zu vergessen, es wäre mir zweifellos gelungen. Aber ich hatte gar nicht die Absicht gehabt, ihn zu vergessen, im Gegenteil. Ich war davon überzeugt, daß ich Paul mein neues Leben verdankte. Er war mein Vorbild gewesen. Er war die Zündschnur gewesen, die ich verschluckt hatte. Er war, genaugenommen, mein Retter gewesen. Seinen Retter vergißt man nicht.

Natürlich war die Erinnerung verblaßt, hatte sich die Gegenwartsnähe verloren. Der Schmerz war verebbt, die Gedanken an ihn waren wochenlang ausgeblieben. Doch in gewissen Situationen, zum Beispiel, wenn ich einem Mann begegnete, der mir hätte gefallen können, dann – unweigerlich – waren sie wieder über mich hergefallen, hatten mich gequält und gezwungen, Vergleiche anzustellen. Und die Vergleiche waren immer zugunsten Pauls, zuungunsten des anderen ausgefallen. Und auch wenn mich ein Mann enttäuscht hatte, dann war ich zu Paul zurückgekehrt. Ich hatte mich mit seiner Makellosigkeit getröstet, in deren Genuß ich einmal gekommen war. Auf diese Weise war er zum kostbaren Familienschmuckstück geworden, das man in Watte verpackt, im Geheimschubfach verborgen hält; zum lorbeerumkränzten Heldendenkmal; zum Inbegriff all dessen, was man erträumt, erstrebt und nie erreicht. Mit einem so raren Schatz im Herzen, war ich gefeit gewesen gegen alle möglichen Anfechtungen der Mittelmäßigkeit.

Was ich für Paul in diesen drei Jahren empfunden hatte, war eine stille, bedürfnislose Verehrung. Ich war ganz zufrieden gewesen, ihn als kostbares Schmuckstück in einem Geheimfach, als lorbeerumkränzten Helden auf einem Sockel zu wissen. Die Fäden zusammenzuknüpfen, da, wo sie vor drei Jahren abgerissen waren, war mir gar nicht in den Sinn gekommen. Der Wunsch, ihn wiederzusehen, war vorhanden gewesen. Aber er war nie weiter gediehen als bis zu einer vagen Vorstellung, die auszuspinnen mir nicht gelungen war. Vielleicht hatte ich unbewußt gefürchtet, was David in so drastischen Worten ausgesprochen hatte: eine Enttäuschung. Vielleicht aber auch hatte ich instinktiv gefühlt, daß der Zeitpunkt, ihn wiederzusehen, noch nicht gekommen war, daß er jedoch eines Tages kommen würde, ohne mein Zutun, ohne mein Drängen. Und genauso war es gewesen.

Am fünften November 1959 war der Verleger, Doktor Kaiser, in mein Zimmer gekommen: »Judith«, hatte er gesagt, »haben Sie nicht Lust, am zehnten November zusammen mit David Corn nach New York zu fliegen?«

Nichts hatte mich in den letzten drei Jahren so aus der Fassung gebracht wie diese Frage. Sie hatte Paul so blitzschnell, so unverhofft in die Wirklichkeit zurückgeschleudert, daß ich mehr Angst als Freude empfunden hatte. Die Aussicht, ihn in fünf Tagen wiedersehen zu können, war unausdenkbar gewesen. Verzweifelt hatte ich Kaiser angestarrt.

Er hatte zerstreut gelächelt und gesagt: »Sie werden's schon schaffen.« Und das hatte sich natürlich nicht auf Paul bezogen, sondern auf die sehr heikle Aufgabe, den cleveren Verleger eines jungen amerikanischen Schriftstellers, in dessen Erstlingsroman ich einen Bestseller witterte, im Preis herabzudrücken. Aber zum erstenmal seit meiner erfolgreichen Tätigkeit im Verlag war es mir gleichgültig gewesen, ob ich es schaffte oder nicht. Von dem Moment an, da ich begriffen hatte, daß ich Paul wiedersehen würde, spielte nichts anderes mehr eine Rolle. Plötzlich war alles wieder aufgebrochen: die Sehnsucht, das Verlangen, ihn zu sehen, zu hören, zu spüren, die Verzauberung, die Liebe. Plötzlich war es unfaßbar für mich gewesen, wie ich all die Jahre ohne ihn hatte leben können.

Ich hatte mich auf die Reise vorbereitet wie eine Braut auf die Hochzeit. In einem Zustand der Entrücktheit hatte ich die teuersten Kleider gekauft, hatte ich die phantastischsten Träume geträumt, hatte ich die unmöglichsten Möglichkeiten erwogen. Und ab und zu war mir ein Schauer den Rükken hinabgelaufen – eine Mischung aus Glückseligkeit und Angst. Über all dem hatte ich vergessen, daß ich mit Unbekannten rechnete, denn alles, was ich von Paul wußte, war, daß er in New York in einem Heim für ausländische Studenten lebte. Diese bescheidene Auskunft hatte ich von Dora erhalten, die Monate nichts mehr von ihm gehört und meine vage Erklärung, ich würde ihn vielleicht einmal aufsuchen, gar nicht ernst genommen hatte.

Mit dieser Adresse, die ich sorgfältig in mein Notizbuch eingetragen hatte, flog ich nun also nach New York. Doch je näher ich meinem Ziel kam, desto mehr wuchs meine Unsicherheit. Vielleicht wohnte er gar nicht mehr in dem Heim und war unauffindbar; vielleicht hatte er inzwischen wieder geheiratet und war – Krönung dieses entsetzlichen Gedankens – Vater von zwei Kindern; vielleicht war er leidenschaftlich in eine andere verliebt; oder er erinnerte sich kaum noch an mich; hatte gar kein Interesse, mich wiederzusehen; sprach mit gelangweilter Stimme Platitüden ins Telefon – wenn er überhaupt ein Telefon hatte.

Zahlreiche Möglichkeiten türmten sich vor mir auf – eine grauenvoller als die andere. Als ich einige davon durchdacht hatte, war ich am Rande einer Panik. Ich brauchte unter allen Umständen Zuspruch und Unterstützung. Und da David mir nicht nur sehr nahe saß, sondern auch sehr nahestand, suchte ich seinen Beistand.

»David«, sagte ich schließlich teils flehend, teils anklagend, »das mindeste, was ich von Ihnen erwartet habe, war Verständnis.«

»Da haben Sie allerdings sehr viel erwartet«, erwiderte er ungerührt. Ich schwieg. Und zum erstenmal wieder seit langer Zeit zerfloß ich in Selbstmitleid. Im selben Moment spürte ich, daß ich drauf und dran war, zurückzukriechen – zurück in die Vergangenheit, zurück in die schmächtige, widerstandslose Judith.

Ich erschrak darüber – mehr noch als über die Möglichkeit, einen verheirateten oder interesselosen Paul Hellmann vorzufinden. Ich schwor mir, nie wieder aufzugeben, was ich unter Qualen gewonnen hatte: mein Selbstbewußtsein.

»Verzeihen Sie, David«, sagte ich in meinem kühlsten, höflichsten Geschäftston, »ich habe tatsächlich zu viel erwartet. Ich bin einen Moment lang schwach und rückfällig geworden. Ich wollte Ihre Kraft und weiß doch aus langer Erfahrung, daß man die Kraft nur aus sich selber nehmen kann.«

»Bravo«, erwiderte David mit seinem spöttisch-zärtlichen Lächeln, »Jetzt weiß ich wenigstens, daß Sie noch heldenhafter sind als Ihr geliebter Paul Hellmann. Das Podest, auf das Sie sich gesetzt haben, ist noch ein paar Zentimeter höher als das Ihres Zukünftigen. Es droht also keinerlei Gefahr.«

Wenn man das erstemal nach Amerika fährt, dann muß man mit einem Minderwertigkeitskomplex rechnen. Man sollte sich besser darüber im klaren sein, daß nichts dort drüben den europäischen Größenverhältnissen entspricht. Es erspart einem eine Art Betäubung und ein Gefühl völliger Überrumpelung; es erspart einem außerdem viele törichte Fragen und ebenso viele mitleidige Blicke von seiten hochgewachsener Amerikaner.

Ich war unvorbereitet nach Amerika geflogen. Natürlich wußte ich, daß Amerika groß, daß New York groß, daß die Wolkenkratzer groß waren. Aber ich wußte zum Beispiel nicht, daß sich die Menschen, die Tomaten, die Postkarten, die Blumen, die Steaks, die Zeitungen, die Autos und was immer den gewaltigen Dimensionen des Landes angepaßt hatten. Und ich wußte nicht, daß der Flugplatz Idlewild die Ausmaße einer deutschen Provinzstadt und jede dort vertretene Fluglinie ihr eigenes Territorium und Gebäude hat.

All das um acht Uhr früh, auf einen fast leeren Magen und nach einer fast schlaflosen Nacht, ging über meine Kräfte. Ich fühlte sofort, daß ich den Ausmaßen Amerikas nicht gewachsen war.

Wir wurden in einen Bus verfrachtet und in einer Halle

abgesetzt. Die Halle, wahrscheinlich weil sie so riesig war, erschien mir gähnend leer. Unser kleines Trüpplein hatte Ähnlichkeit mit einer Schar aufgescheuchter Zwerghühner. Ich bemerkte viele kleine schubkarrenartige Wagen, über deren Bedeutung ich mir nicht im klaren war, und ein paar baumlange Neger in zitronengelben Overalls.

Als unser Gepäck ankam, griff einer dieser Neger nach Davids und meinen Koffern und türmte sie auf zwei der kleinen Wagen. Als das geschehen war, schlenkerte er gummigelenkig davon. Ich schaute ihm erstaunt nach, und dann schaute ich den Wagen an. »Come on, honey«, sagte David, »wir sind im Lande ›do it yourself‹!«

Er packte den Griff des Karrens und schob ihn vor sich her wie einen Kinderwagen. In diesem Moment brach ich in schallendes Gelächter aus. Es kam mir alles unglaublich komisch vor: der gigantische Flughafen, die leere Halle, die zwerghühnerhaften Menschen, die Neger, in ihren sackartigen, zitronengelben Overalls, die seltsamen Karren ...

»Worüber lachen Sie, Judith?« fragte David, sich nach mir umdrehend.

»Über Amerika! Ich habe das Gefühl, in irgendeiner Institution gelandet zu sein.«

»Was meinen Sie denn damit?«

»Ich kann es nicht wortwörtlich erklären ... eine riesige Institution eben, mit übersichtlichen, bakterienfreien Räumen und einer schnell und gut funktionierenden Maschinerie. Kaum daß man die Schwelle übertreten hat, wird man gepackt, desinfiziert, auf seine psychischen und physischen Fähigkeiten getestet, numeriert und eingeordnet. Alles läuft reibungslos, unpersönlich und nach bewährter Schablone. Wirklich, David, ich bin schon in vielen Ländern gelandet, und überall ist mir ein fremder, aufregender Geruch entgegengeschlagen, menschliche Begrüßungsschreie, Unruhe und Konfusion. Aber hier ist alles ganz steril oder, wie die Amerikaner sagen würden, ›relaxed‹. Man nimmt sein Wägelchen und zieht in den nächsten übersichtlichen, bakterienfreien Raum, und nichts, aber auch gar nichts kann die Maschinerie aus dem Gleichgewicht bringen.«

David war stehengeblieben. »Ich fürchte«, sagte er mit tiefem Behagen, »aus Ihnen wird nie eine gute Amerikanerin.«

Mitten im Raum, an einem hohen Pult, saß ein bulliger Mann mit rotem Gesicht. David zeigte dorthin: »Das da ist die Paßkontrolle«, erklärte er, »gehen Sie schon voraus, ich habe noch schnell etwas zu erledigen.«

Ich zögerte. Paßkontrollen – das war wohl noch ein Überbleibsel aus der Nazizeit – beunruhigten mich. Aber diese hier war mir ausgesprochen unheimlich. Warum befand sie sich mitten im Raum ohne den üblichen schlauchartigen Durchgang, und warum staute sich keine Menschenschlange davor? Mehr denn je hatte ich das Gefühl, in eine mysteriöse Maschinerie hineingeraten zu sein.

Ich sah mich nach David um, aber er war verschwunden. Langsam ging ich auf das Pult zu. Der bullige Mann schaute mir entgegen, und zwar sehr eigentümlich – nur mit einem Auge. Das andere hatte er zur Decke empor gerichtet. Seine kurzen, dicken Arme lagen verschränkt auf der gewaltigen Wölbung seines Magens. Als ich mich ihm näherte, hörte ich, daß er leise vor sich hinsang. Ich war darüber so verdutzt, daß ich wie angewurzelt stehenblieb und lauschte. Das wiederum ermunterte ihn, ein wenig lauter zu singen. In großer Verwirrung legte ich die letzten paar Schritte bis zum Pult zurück, zog meinen Paß hervor und hielt ihn ihm hin. Singend nahm er ihn entgegen, schlug ihn auf, streifte ihn mit einem kurzen Blick. Dann sah er mich an.

»Hi-ya, pretty Fräulein«, sagte er, »so you come from good old Munschen.«

»Yes«, sagte ich mit unsicherem Lächeln.

»Well, ain't that something! I've been in Germany for two years ...«

Als David einige Minuten später in Sicht kam, wußte ich, daß er Master Sergeant gewesen und zwei Jahre lang in Nürnberg stationiert war, daß er eine Freundin namens Gerda und einen Schäferhund namens Wolfie gehabt hatte; daß er im Urlaub immer nach Garmisch gefahren sei und daß ihm an München das Bier und die Faschingsfeste am besten gefallen hätten.

»Now take my advice«, sagte er abschließend, »be careful of the New York wolfes and if you need help, call me on!«

»I will«, erwiderte ich und hätte ihm um ein Haar herzlich die Hand geschüttelt. Er zwinkerte mir zu und gab mir den Paß zurück. David fertigte er singend ab, ein Auge wieder zur Decke emporgerichtet.

Ich schüttelte verwundert den Kopf: »So etwas ist mir noch nie an einer Paßkontrolle passiert. Ein merkwürdiges Land: Wenn man schon gar nicht mehr mit menschlichen Reaktionen rechnet, dann springen sie einem plötzlich ins Gesicht.«

»Ich sehe schon«, sagte David, »das Erlebnis mit dem Nürnberger Paßbeamten hat Ihren ersten Eindruck von Amerika sehr gemildert.«

»Sehr! Ich finde es immer rührend, wenn ein Beamter menschliche Eigenschaften entfaltet ... noch dazu ein amerikanischer Beamter.«

»Judith, es scheint mir, Sie haben Ihr soziales, pro-amerikanisches Moment.«

Für derartig treffende Bemerkungen hatte ich sehr viel übrig, und darum begann ich vergnügt zu lachen.

»Und nichts amüsiert Sie mehr, als wenn man Ihre nicht ernst zu nehmenden Aufwallungen nicht ernst nimmt.«

»Das stimmt!« rief ich begeistert. »Ich finde es entsetzlich, wenn ein Mensch auf meine subjektiven Äußerungen eingeht und ich dann auch noch so tun muß, als wären sie meine unerschütterliche Überzeugung.«

»Der große Paul Hellmann wird seine Freude an Ihnen haben«, sagte David mit schadenfrohem Lachen. »Ihren Erzählungen nach zu schließen, ist er ein standhafter Verfechter unerschütterlicher Überzeugungen. Ihre Denkart wird ihn ein wenig verwirren.«

»Paul hat Humor«, erklärte ich würdevoll.

»Hoffentlich!«

Wir hatten endlich den Ausgang erreicht, und plötzlich war da der Trubel, den ich im Innern des Gebäudes vermißt hatte. Allerdings bot er sich nicht in Form durcheinanderwimmelnder Menschen dar, sondern in Form durcheinanderwimmelnder Autos. Autos in jeder Größe – das heißt, in jeder großen und größten Größe; in Farben und Farbkombinationen, wie man sie nur in Kindermalbüchern entdeckt; in Formen, die unwillkürlich an urzeitliche Meeresungetüme erinnerten. Da waren Karosserien, schillernd wie Schuppenpanzer, Kühler wie riesige Fischmäuler, Kotflügel wie Flossen. Sie waren mir unheimlich, diese lautlos schleichenden, flitzenden, stoppenden, spurtenden Ungetüme, in deren Bäuchen die Menschen hockten – starr wie die Männchen in den Spielzeugautos meines Sohnes.

Ich seufzte: »Wenn es hier alles so viel gibt wie Autos!«

»Es gibt«, sagte David. Er winkte ein Taxi herbei. Das Taxi verschluckte erst unser Gepäck, dann uns, schließlich den Fahrer. Es war Platz darin für mindestens zehn Personen.

»Ich möchte mal was Kleines sehen«, sagte ich.

»Da«, sagte David und deutete auf den Kopf unseres Taxifahrers. Der Mann hatte wirklich einen ungewöhnlich kleinen Kopf, der verloren auf einem wulstigen Hals thronte.

»Kleine Köpfe sind aber kein amerikanisches Merkmal?« fragte ich kichernd.

»Die amerikanischen Köpfe sind nicht unbedingt kleiner als die europäischen. Sie wirken höchstens kleiner im Verhältnis zu den Körpern. Aber was spielt das schon für eine Rolle! Hauptsache, der Mann ist ›a hunk of a man!‹, sechs Fuß groß und athletisch gebaut.«

»Ist das hier wirklich so wichtig?«

»Mein liebes Kind, was heißt ›hier‹, jede Frau in der ganzen Welt träumt zunächst einmal von dem starken Mann, der sie um einen guten Kopf überragt.«

»Ich habe nie ......«

»Das mußte ja kommen!«

»Mir war der Kopf eines Mannes immer wichtiger, als ...«

David sah mich mit lachenden Augen so erwartungsvoll an, daß ich den Satz nicht zu Ende sprechen konnte. Ich zuckte die Achseln und beeilte mich, aus dem Fenster zu schauen.

Die Luft war diesig, aber ein matter rosa Schimmer verriet eine zaghafte Novembersonne. Der Morgennebel konnte sich nicht entschließen, ob er ihr die Herrschaft überlassen sollte. Die Sicht war beschränkt, und das, stellte ich fest, war nicht schade. Wir hatten das Flugplatzgelände verlassen und fuhren durch eine Gegend, die wie jede Vorstadtgegend nichts zu bieten hatte. Weite Flächen unbebautes, ungepflegtes Land, grau, baumlos und trübsinnig. Ab und zu der unförmige Koloß eines Gebäudes, Fabriken wahrscheinlich und Mietskasernen – gewaltiger als die in Europa, aber deshalb nicht anziehender. Das einzige, was mich beeindruckte, war die sechsbahnige Straße, gerade und glatt wie ein frisch gesaugter grauer Velourläufer, und die disziplinierte und rücksichtsvolle Fahrweise der Amerikaner. Keiner raste, keiner hupte, keiner gestikulierte, keiner schaute in oder auf den Wagen des anderen. Alles ging vorschriftsmäßig und leidenschaftslos vor sich.

»Wie weit ist es eigentlich bis nach New York?« fragte ich David.

»Bis nach New York eine halbe bis dreiviertel Stunde, bis vors Haus wahrscheinlich eine weitere halbe Stunde.«

Mir fiel ein, daß ich immer noch nicht wußte, in welchem Hotel ich wohnen würde. Ich hatte David gebeten, mir ein Zimmer mit Bad zu bestellen, und ihm die Wahl des Hotels überlassen. Meine einzige Bedingung war gewesen, daß es ein Zimmer im höchstmöglichen Stockwerk sein müsse. Ich war nie über die zwölfte Etage hinausgekommen und stellte es mir überwältigend vor, unter dem Dach eines Wolkenkratzers zu wohnen. David hatte keine Zeit verloren, meinen Wunsch zu erfüllen. Er war auf zwei Stunden verschwunden und dann mit verschmitztem Gesicht und der Mitteilung zurückgekehrt, das Geeignete gefunden zu haben. Mehr hatte ich nicht erfahren. Der Name des Hotels war Davids Geheimnis geblieben. »Es soll eine Überraschung werden«, hatte er erklärt, und die Überraschung, vermutete ich, lag in der Exklusivität und Kostspieligkeit des Hotels.

»Wollen Sie mir noch immer nicht verraten, in welchem Hotel Sie mich einquartiert haben?« fragte ich jetzt.

»In gar keinem Hotel. Ich habe Ihnen eine Wohnung gemietet.«

»Aber David, warum haben Sie denn das getan?«

Er blickte mich durch den Rauch seiner Zigarette an, den einen Mundwinkel spöttisch herabgezogen: »Ich habe es wohl in weiser Voraussicht getan. Den ›honeymoon‹ verbringt man ungestörter in einem Appartement als in einem Hotel.«

»Bravo«, sagte ich, seinen spöttischen Blick erwidernd, »eine solche Voraussicht lobe ich mir!«

Wir schwiegen eine Weile, unschlüssig, ob wir das Gespräch nun in gutem oder bösem Ton fortführen sollten.

David kam als erster zu einem Entschluß, und da er Heuchelei verabscheute, sagte er sachlich: »Der Gedanke, auf

Hotelpersonal und Hotelvorschriften Rücksicht nehmen zu müssen, war mir zuwider. Ich wollte – vorausgesetzt, daß auch Sie es gewollt hätten – zu jeder Stunde zu Ihnen kommen können. Um sieben Uhr morgens zum Frühstück, oder um ein Uhr nachts auf einen Whisky. Verstehen Sie das?«

Ich nickte. Jetzt erst begriff ich, wie sehr er sich auf die Reise mit mir gefreut, wieviel er sich davon erhofft hatte. Hätte ich ihn nicht so gern gehabt, ich wäre geschmeichelt gewesen und hätte mein weibliches Triumphgefühl mit Freuden ausgekostet. So aber empfand ich keine Freude. Im Gegenteil, es tat mir weh, all seine Pläne durchkreuzt und ihn so bitter enttäuscht zu haben.

Um ihn zu trösten und mich zu erleichtern, sagte ich: »David, es braucht sich ja gar nichts zu ändern. Sie können mich nach wie vor jederzeit besuchen – zum Frühstück, zum Mittagessen, zu einem nächtlichen Whisky.«

David war nicht der Mann, der auf hübsche, spontane Versprechungen hereinfiel. Er lächelte und erwiderte trokken: »Vorausgesetzt, daß es mit Paul Hellmann schiefgeht.«

Das war eine rundum unerfreuliche Entgegnung auf mein wohlgemeintes Angebot. Einen Moment lang reizte es mich, sie mit einer ebenso schroffen Bemerkung zu quittieren. Da ich mich jedoch in der stärkeren Position wähnte, siegte mein Großmut.

»Auch wenn mit Paul Hellmann alles glattgeht«, sagte ich sanft, »können Sie mich jederzeit besuchen.«

Darauf gab David keine Antwort mehr. Er kam nie in die Versuchung, meine rücksichtsvollen oder rücksichtslosen Launen ernst zu nehmen, und er hielt es für unnütz, sich über Unsachlichkeiten sachlich zu unterhalten.

Ein wenig gekränkt zwar, aber guten Willens, ließ ich das heikle Thema fallen und erkundigte mich nach der Wohnung.

»Ist sie hübsch?« wollte ich wissen.

»Ich habe sie noch nie gesehen«, sagte David, »aber sie soll sehr hübsch und sehr komfortabel sein. Eine richtige kleine Luxuswohnung, mit großem französischem Bett, türkisgrün gekacheltem Bad, Kamin und Hausbar ... kurzum, der passende Rahmen für Sie.«

Ich hatte mit wachsender Begeisterung zugehört und immer zustimmender, immer strahlender mit dem Kopf genickt. Die Wohnung schien meinen Wünschen vollauf zu entsprechen. Ich sah David an, aber ich sah ihn gar nicht mehr. Ich sah türkisgrüne Kacheln, ein breites graziöses Bett mit bernsteinfarbener Daunendecke; glühende Holzscheite in einem weiß verputzten Kamin und eine elegante kleine Bar aus dunklem, unpoliertem Holz, mit schillernden Flaschen, rauchfarbenen Gläsern und einem silbernen Cocktailshaker darauf. Und ich sah mich, in meinem Lieblingskleid, ein Kleid aus schwerem schwarzem Duchesse, ärmellos und hochgeschlossen, raffiniert in seiner strengen Schmucklosigkeit. Ich stand da, anmutig an die Bar gelehnt, eine Spur blau auf den Augenlidern, eine Spur Rouge auf den Lippen, das Haar – dank eines exzellenten Friseurs – glatt und glänzend wie das Haar einer Chinesin. Und ein paar Schritte von mir entfernt, so als wage er nicht näherzukommen, stand Paul – sprachlos, gebannt, die Augen auf mich geheftet, Augen, in denen ich mich spiegelte, in denen ich mich sah, so wie er mich sah – schön und begehrenswert. »Paul«, würde ich mit der gespielten Verwunderung einer keineswegs verwunderten Frau fragen: »Warum schaust du mich so an?« Und er würde mit echter Verwunderung antworten: »Weil du dich so unvorstellbar verändert hast!« Darauf würde ich lächeln, vielleicht versprechend und geheimnisvoll und dann ...

David sagte irgend etwas.

Ich nickte ... Und dann würde er auf mich zukommen und ...

»Schauen Sie doch aus dem Fenster!« sagte David so laut, daß der Traum zerriß.

»Was gibt's denn?« fragte ich unwillig.

Er nahm mein Gesicht und drehte es zum Fenster: »Falls es Sie interessieren sollte«, sagte er, »da ist New York.«

Da war New York!

»O Himmel«, sagte ich sehr leise und sehr ehrfürchtig, und dann verstummte ich für lange Zeit.

Der Anblick dieser gigantischen Stadtsilhouette traf mich mit derselben Wucht, mit der mich als Fünfjährige der Anblick des Meeres getroffen hatte. Damals, angesichts dieser unendlichen Weite und Kraft, hatte ich mich so hilflos und nichtig gefühlt, daß ich in Tränen ausgebrochen war. New York, wie es sich da vor mir erhob und in den Himmel wuchs, ein Meer aus Stein, Haus an Haus, Stockwerk auf Stockwerk, weckte ein ähnliches Gefühl der Hilflosigkeit und Nichtigkeit in mir. Ich hatte viele Städte gesehen – elegante Städte, noble Städte, prachtvolle Städte; Städte mit Charme und Charakter, mit Kultur und Tradition. Ich war beeindruckt gewesen, bezaubert, begeistert. Aber nie war ein Anblick so tief, so gewaltsam in mich eingedrungen wie der Anblick New Yorks.

Die Silhouette von New York, so wie sie anthrazitfarben in den dunstigen Himmel stach, war von keiner Eleganz, keiner Noblesse, keiner Pracht. Sie war bar jeder Phantasie, bar jeden Schmuckes, bar jeder Verspieltheit. Das, was alten Städten den Reiz verlieh, die Vielfalt an Stilarten, Formen und Farben, an Türmen, Kuppeln, Giebeln und Bögen, all das war nicht vorhanden. New York, aus der Entfernung gesehen, war ein phantastischer Fieberwahn, eine Kafka'sche Erfindung, das utopische Hirngespinst eines genialen, aber schon etwas irren Malers. Es war ein geisterhaftes Gebilde aus Mauern und Fenstern. Mauern, gestanzt mit Millionen gleichförmiger Fenster; Mauern, kahl, glatt, starr; Mauern, zusammengefügt in scharfen Ecken und Kanten; Mauern, emporwachsend wie riesige, zugespitzte Bleistifte.

Das war die Silhouette von New York – maßlos in ihrer Größe, ihrer Härte, ihrer Eintönigkeit – maßlos und grandios.

»Na Judith, was sagen Sie nun?« fragte David.

»Dazu kann man nichts sagen«, erwiderte ich leise.

Ich hatte das Gefühl, zusammenzuschrumpfen, kleiner und kleiner zu werden und schließlich als unsichtbares Staubkörnchen in die Stadt New York einzufahren.

Das Haus, in dem sich meine Wohnung befand, lag an der Südseite des Central Park. Es war eine sehr vornehme Gegend und ein sehr vornehmes Haus. Das erkannte ich, noch bevor ich ausgestiegen war, an dem livrierten Portier, der eilfertig hinzusprang und die Wagentür aufriß. Ich ahnte, daß mich dieser diensteifrige Portier viele Trinkgelder kosten würde.

Ich kletterte benommen aus dem Taxi. Während David zahlte, schaute ich mich um. Der Central Park, von dem ich so viel gehört und gelesen hatte, enttäuschte mich. Er sah nicht aus wie ein Park, sondern wie ein Reservat, in dem man ein bißchen Natur eingesperrt hatte. Die Natur machte einen blutarmen Eindruck. Nicht so die Straße, sie pulsierte mit Schwung, Hast, Vehemenz und einer enormen optischen und akustischen Eindringlichkeit. Es war eine breite, für New Yorker Begriffe kurze Straße, die an beiden Enden in einen Platz mündete. Die Häuser – ich vermutete, daß sie in den zwanziger Jahren erbaut worden waren – sahen solide und vornehm aus. Nur das, in dem sich meine Wohnung befand, schien neueren Datums oder aber renoviert worden zu sein. Es hatte eine sandfarbene, schlichte Fassade, und ich mußte den Kopf weit zurückbiegen, um bis zum obersten Stockwerk emporblicken zu können. Im Erdgeschoß befand sich ein Restaurant mit weinroten Vorhängen an den Fenstern. Vom Trottoir bis zur Eingangstür aus dickem, ungerahmtem Glas führte ein Weg, der von zwei Miniaturmäuerchen eingerahmt und von einer marineblauen Markise überdacht war.

David hatte den Taxifahrer bezahlt. Der livrierte Portier eilte mit den Koffern voraus, stellte sie ab und hielt uns die Tür auf. Wir schritten unter der blauen Markise auf die gläserne Flügeltür zu. Ich erinnerte mich plötzlich mit Unbehagen, daß ich eine lange Laufmasche im Strumpf hatte.

Die Eingangshalle des Hauses übertraf Miniaturmäuerchen und Markise bei weitem. Es war ein hoher, weiter Raum mit roten Läufern und rot gepolsterten Bänken mit vielen Pflanzen in großen Tonschalen, mit zwei Lifts und einer Portierloge.

Der Mann in der Portierloge schaute uns mißtrauisch an. Er hatte ein böses Gesicht, und außerdem schielte er. Als David ihm eine Vollmacht vorlegte und die Schlüssel von Appartement 104c verlangte, schielte er noch intensiver. Schließlich bequemte er sich, das Schreiben durchzulesen und nach einem weiteren mißtrauischen Blick rückwärts in ein Fach zu greifen und den Schlüssel hervorzuholen. Zögernd händigte er ihn aus.

»Lassen Sie bitte nur das Gepäck der Dame hinaufbringen«, sagte David, »mein Koffer, der hellbraune, bleibt unten.«

Der Pförtner, der uns wohl für ein Ehepaar gehalten hatte, witterte Unheil. »Wird die Dame allein hier wohnen?« fragte er entrüstet.

»Ich nehm's an«, entgegnete David, nahm meinen Arm und führte mich zum Lift.

»Jetzt hält er mich bestimmt für ein Callgirl«, sagte ich geschmeichelt.

»Ich fürchte, Judith, Ihre Ausstrahlung ist nicht sexy genug.«

»Finden Sie das wirklich?«

»Würde Sie das kränken?«

»Ja«, sagte ich, »sehr.«

Vor dem Lift stand eine Dame. Sie hatte viele Falten im Gesicht und viel Schminke. Sie trug einen grasgrünen Mantel mit großen schwarzen Knöpfen, ein glitzerbuntes, straßbespicktes Samtkäppchen und die unnachahmlichen weißen Handschuhe der Amerikanerin. Ihre Haare waren grau und zu neckischen kleinen Löckchen aufgedreht. Da ich die peinliche Gewohnheit hatte, anzustarren, was mich faszinierte, starrte ich. Die Dame faßte es auch gar nicht böse auf. Sie lächelte mich freundlich an. Ich dachte, daß sie ohne all den Flitter wie eine ganz normale, nette alte Dame aussehen würde.

Die Tür des Lifts öffnete sich geräuschlos; wir stiegen ein. Die Dame drückte auf den sechzehnten Knopf, David – wie ich mit Spannung beobachtete – auf den dreißigsten. Die Tür schloß sich geräuschlos, wir glitten empor. Es ging so schnell, daß alle sechzehn Knöpfe gleichzeitig aufzuleuchten schienen und die Dame kaum Zeit hatte, uns mit dem Duft eines überaus süßen Parfüms zu anästhesieren. Die diskrete Tür öffnete sich, schloß sich, öffnete sich wieder. Wir waren im dreißigsten Stock.

Der Gang war mit hellgrünem Velour ausgelegt und mit Neonlicht beleuchtet. Die weißgelackten Türen hatten goldene Nummern und goldene Türköpfe. Lautlos gingen wir den Gang hinunter, bogen um eine Ecke, hielten vor der letzten Tür.

»Appartement 104c«, verkündete David und schloß auf.

Ich trat von der Schwelle direkt in den Wohnraum, und plötzlich hatte ich das Gefühl, auf einer Bühne zu stehen. Das Zimmer glich einem mondänen Salon in einem konventionellen Gesellschaftsstück. Es war zweifellos ein geschmackvoller Raum, ausgerüstet mit allen Attributen eines dezenten Luxus. Die Möbel waren hell und von beschwingter Eleganz; die Farben war intensiv, aber vortrefflich aufeinander abgestimmt; Bilder, Vasen, Lampen, Schalen, Aschenbecher und was sonst noch alles herumstand, -lag und -hing, war gutes Kunstgewerbe, angenehm in Form und Farbe; die Bar war diskret in eine Nische eingebaut, ebenso der Fernsehapparat. Es war nichts da, was einen hätte verstimmen können, und es war nichts da, was einen hätte erwärmen können. Es war ein ebenso reizender wie unpersönlicher Raum, in dem man unwillkürlich auf sein Stichwort wartete. Wäre eine Schar Schauspieler hereinstolziert – die Damen in extravaganten Roben, die Herren in maßgeschneiderten Anzügen oder Reitdreß –, ich hätte mich nicht sehr gewundert.

Fast auf Zehenspitzen – die jungfräulich unberührte Atmosphäre regte dazu an – wanderte ich durch einen bogenförmigen Durchgang in ein winziges Speisezimmer, das nur mit einem langen, grazilen Tisch und acht hochlehnigen Stühlen ausgestattet war. Dem Speisezimmer schloß sich eine hochmoderne, weißgelackte Küche an – der Wunschtraum jeder europäischen Hausfrau; die Küche ging in einen schmalen, aber schmucken Gang über, dessen zweite Tür ins Schlafzimmer führte. Das Schlafzimmer, stellte ich fest, hatte mehr Atmosphäre als der Wohnraum, und zwar eine betont feminine. Es war licht und duftig, weiß, gold und fliederfarben. Beim Anblick des wahrhaft schönen Bettes, das die schmiegsamste Matratze, die zartesten Daunen und frischesten Leinentücher versprach, spürte ich meine Müdigkeit. Mit einem Seufzer kehrte ich dem Bett den Rücken und ging ins Wohnzimmer zurück.

»Wem gehört eigentlich diese Wohnung?« frage ich David.

Er stand vor einem Regal, auf dem unter vielen anderen Gegenständen etwa ein Dutzend Bücher aufgereiht waren.

»Der geschiedenen Frau eines Geschäftsbekannten«, sagte er, und dann, auf die Bücher deutend: »Wenn Sie mehr über sie wissen wollen, dann brauchen Sie sich nur die Lektüre anzuschauen.«

Ich hatte mich in einen tiefen, smaragdgrünen Sessel fallen lassen. »Lesen Sie mal vor«, sagte ich, »ich bin nicht mehr in der Lage aufzustehen.«

»Dreimal Sagan, ›Peyton Place‹ von Grace Metalious, der

›Chapman Report‹ von Wallace, ›Lolita‹, ›Exodus‹ ..., ein paar Kriminalromane, hauptsächlich Simenon ... oh, und natürlich Pasternak. Na, Judith, was sagt Ihnen diese Auswahl?«

»Dame der sogenannten guten Gesellschaft ... unbefriedigt in jeder Beziehung ... Anfang bis Mitte vierzig ... gepflegt, gesprächig, hohlköpfig ... tja, und was ›Exodus‹ betrifft: entweder jüdischer Abstammung oder jüdischer Liebhaber oder Antisemitin mit schlechtem Gewissen.«

David lachte und wandte sich mir zu: »Wie sieht die restliche Wohnung aus?«

»Prächtig! Alles ist so, wie es sein sollte.«

»Werden Sie's hier sechs Wochen lang aushalten?«

»Aber ich bitte Sie, David! Das Bett ist übrigens himmlisch.«

»Ich nehme an, weiß mit goldenen Rosetten.«

»Genau. Aber außerdem sieht es unglaublich weich und warm aus!«

»In anderen Worten, Sie sind todmüde und möchten schnellstens hinein.«

»Einerseits ja, andererseits bin ich zu durchgedreht.«

»Dem kann mit einem guten Frühstück und einer Flasche Rotwein abgeholfen werden.«

»Ja«, sagte ich, »aber ...« Ich wollte kein Frühstück und keinen Rotwein. Ich wollte Paul anrufen.

»Aber was?«

Ich schaute zum Telefon hinüber. Es schien mir die schonendste Form der Mitteilung.

»Ach so«, sagte David, »wie konnte ich das vergessen! Haben Sie seine Nummer?«

»Nein, nur seine Adresse.«

»Geben Sie her. Sie finden sich in dem Telefonbuch doch nicht zurecht.«

Eilfertig zog ich mein Notizbuch hervor, öffnete es bei H und hielt es David mit einem dankbaren Lächeln hin.

»Lassen Sie das Krankenschwester-Lächeln«, sagte er grob.

»Das war ein höfliches Lächeln, sonst nichts.«

»Dann lassen Sie das höfliche Lächeln!«

Er starrte die Adresse an, zog die zerrupften, rostroten Brauen zusammen und fragte: »Was ist das für ein Haus, dieses Universal House? Ein Hotel, ein Fremdenheim, ein Bordell ...?«

»Ein Heim für ausländische Studenten.«

»Na schön«, murmelte er und wandte sich ab.

Als er im Telefonbuch zu blättern begann, stand ich schnell auf und ging zur Bar. Die Stille, das Rascheln und die mögliche Auskunft: »Ein Universal House steht gar nicht drin« machten mich nervös. Ich betrachtete eine gute Auswahl guten Alkohols und hatte plötzlich Lust auf einen Cognac.

»Darf man die Flaschen hier nur anschauen oder auch öffnen?«

»Wenn Sie sich Mut antrinken wollen, dann greifen Sie ruhig zu, Judith.«

Meine Hand, die ich nach einer Flasche Napoleon ausstreckte, zitterte. »Ich bin erschöpft«, erklärte ich, »und dagegen hilft immer ein Cognac. Wollen Sie auch einen?«

»Nein, danke, ich bin nicht erschöpft ... So, hier ist die Nummer.«

Ich ließ die Flasche stehen und lief zu David. »Wo ist die Nummer?« fragte ich aufgeregt.

»Hier«, er tippte auf einen Zettel, »ich habe sie Ihnen aufgeschrieben.«

Ich beugte mich überflüssigerweise tief über den Zettel: MU – 40328, las ich.

»Was bedeutet ›MU‹?« fragte ich mißtrauisch.

»Das sind die Anfangsbuchstaben des Bezirks.« Er seufzte. »Ich sehe schon, jetzt muß ich diese verdammte Nummer auch noch wählen.«

»Nein, das müssen Sie bestimmt nicht.«

»Na gut. Dann gehe ich jetzt in mein Hotel.«

»In was für ein Hotel?«

»Ins ›Plaza‹, ein paar Schritte von hier entfernt.«

»Warum wohnen Sie denn im Hotel und nicht in Ihrem Haus?«

»Wenn meine Frau und die Kinder verreist sind, dann wohne ich immer im Hotel. Es ist praktischer.«

»Ich wußte gar nicht, daß Ihre Frau und die Kinder verreist sind.«

»Es war keine Absicht, liebste Judith. Im Winter ist meine Familie meistens nicht in New York. Also ...«, er legte seine

Hand einen Moment lang auf meine Schulter, »ich rufe Sie in einer halben Stunde an. Bis dahin werden Sie wohl mehr wissen.«

»Ja«, sagte ich, »bis dahin werde ich wohl mehr ...« Ich unterbrach mich. Die Angst, daß ich bis dahin mehr wissen würde, als mir lieb war, ließ meine Stimme dünn und unsicher klingen.

David sah mich an. Sein rechter Mundwinkel zuckte – unschlüssig, ob er sich zu einem ironischen Lächeln senken oder zu einem aufmunternden Lächeln heben sollte. Schließlich siegte sein Mitgefühl, sein Mundwinkel hob sich.

»Lassen Sie das Krankenschwester-Lächeln«, sagte ich.

Kaum hatte David die Tür hinter sich geschlossen, nahm ich den Hörer auf. Ich preßte ihn energisch an mein Ohr, aber auch das gab mir keine Sicherheit. Mein ausgestreckter Zeigefinger zitterte so, daß ich Mühe hatte, ihn auf die richtige Zahl zu setzen. »Nimm dich zusammen«, fuhr ich mich an, »immerhin bist du nicht mehr die Judith von damals!« Es half nichts. Mein Zeigefinger zitterte, und mein Herz schlug mir bis in den Hals hinauf. Vielleicht bin ich doch noch die Judith von damals, dachte ich, und plötzlich war mir, als hätte ich die vergangenen drei Jahre nur geträumt.

Das Telefon tutete schnell hintereinander, so als sei es außer Atem gekommen. Ich wußte nicht, ob es das Freizeichen oder das Besetztzeichen war. Ich legte die Hand auf die Gabel und war im Begriff, sie niederzudrücken, als sich die Stimme einer Frau meldete: »Universal House, good morning«, sagte sie in unerhört frischem Ton.

»Good morning«, ich versuchte den frischen Ton nachzuahmen, »könnte ich bitte Dr. Paul Hellmann sprechen.«

»Wen möchten Sie bitte sprechen?«

Ich hatte den Namen deutsch ausgesprochen, jetzt wiederholte ich ihn mit amerikanischem Akzent. Es klang schauderhaft.

»Hellmann?« Sie tat, als hätte sie den Namen nie zuvor gehört.

»Einen Moment bitte, ich schaue gleich mal in der Liste nach.«

Ich wartete, und der Hörer wurde feucht in meiner Hand. Der Moment dauerte entsetzlich lange.

»Hören Sie bitte, Madame?«

»Ja«, sagte ich matt.

»Meinen Sie vielleicht einen Dr. Paul Hillmann?«

»Heißt er jetzt Hillmann?« fragte ich verwirrt.

»In der Liste ist ein Dr. Paul Hillmann aus Deutschland eingetragen.«

»Das muß er sein.«

»Tut mir leid, Madame, aber er wohnt nicht mehr hier.«

Zum Glück war ein Stuhl in der Nähe. Ich zog ihn hastig heran und setzte mich.

»Hat er keine Adresse hinterlassen?«

»Einen Moment, ich werde gleich nachfragen.«

Wieder so ein verteufelter Moment, der kein Ende nehmen wollte. Wäre ich bloß nie nach Amerika gefahren, dachte ich verzweifelt.

»Madame, Dr. Hillmann hat seine neue Adresse hinterlassen. Wollen Sie bitte notieren.«

Und ob ich wollte, aber ich fand den Bleistift nicht. Ich erinnerte mich genau, daß da ein Bleistift gewesen war, ein riesiger Bleistift, ähnlich einem Wolkenkratzer. »Eine Sekunde«, rief ich aufgeregt, »ich finde den Bleistift nicht.«

»Nehmen Sie sich Zeit, Madame.«

Ein einsichtiges Geschöpf, aber ich nahm mir natürlich keine Zeit. Ein Aschenbecher fiel zu Boden und zerschellte.

»Scherben bringen Glück«, murmelte ich, riß meine Tasche auf und erwischte meinen Augenbrauenstift.

»So, wenn Sie mir jetzt die Adresse geben könnten ...«

Sie gab mir Adresse und Telefonnummer in ungetrübter Frische. Ich bedankte mich überschwenglich, drückte die Gabel nieder, und dann, um jeglichen Bedenken, Befürchtungen und Panikstimmungen aus dem Wege zu gehen, wählte ich blitzschnell.

Das kurzatmige Tuten ertönte. Ich lauschte so lange und so angespannt, bis ich selber in schnellen Stößen zu atmen begann. Einmal knackte es in der Leitung, und mein Gesicht wurde heiß und feucht, als hätte ich den Deckel eines dampfenden Topfes gelüftet. Aber dem Knacken folgte nicht die ersehnte Stimme, und ich kauerte mich zusammen in grenzenloser Enttäuschung. Nach einigen Minuten gab ich es auf und hing ein. Wäre ich bloß nie nach Amerika gefahren, dachte ich wieder. Ich erhob mich schwerfällig und ging zur

Bar. Ich goß mir einen Cognac ein und kippte ihn in einem Zug hinunter. All das erinnerte mich sehr an vergangene Zeiten.

Der Cognac auf nüchternen Magen tat seine Pflicht. Er wärmte und belebte mich. Mein Kopf wurde leicht und damit auch meine Gedanken. Es besteht nicht der geringste Grund zur Aufregung, sagte ich mir. Wenn Paul an einem Freitag um halb elf nicht zu Hause ist, dann ist das ganz normal. Welcher Arzt ist an einem gewöhnlichen Wochentag um diese Stunde zu Hause? Wahrscheinlich ist er längst in irgendeiner Klinik und kehrt erst gegen Abend zurück. Zu dumm, daß ich nicht gleich daran gedacht habe. Es war eine so logische Erklärung, daß ich, aller Zweifel enthoben, in beste Stimmung geriet. Jetzt freute ich mich sogar, daß er nicht zu Hause war, daß ich einen ganzen Tag Zeit hatte, mich zu fassen und auf das Gespräch mit ihm vorzubereiten. »Paul«, würde ich mit fröhlicher Unbefangenheit sagen, »hier ist Judith. Erinnerst du dich noch ...?«

Ich lächelte mit Vorgenuß dieses fröhlich-unbefangenen Gesprächs und trat ans Fenster. Die Stores, die jedes Fenster der Wohnung zierten, versperrten mir die Sicht. Ich zog sie ungeduldig hoch und schaute hinaus.

Im selben Augenblick war New York Mittelpunkt, war New York nicht nur Kulisse und grandioser Hintergrund für meine höchst persönlichen Leiden und Freuden. Und wie beim ersten Anblick dieser gewaltigen Stadt empfand ich meine Bedeutungslosigkeit, schmolz ich zusammen, wurde ich klein und bescheiden.

Ich ging von Fenster zu Fenster, zog die Stores hoch und ließ New York in meine Wohnung ein.

Freitag, Sonnabend, Sonntag – drei Tage, in denen New York auf mich eindrang, ohne in mich einzudringen; drei Tage, in denen ich ungeahnte Dinge sah, hörte, schmeckte, erlebte. Drei Tage, in denen mir David die größte und aufregendste Stadt der Welt erschloß – und ich mich verschloß in meine eigene, kleine, enggesteckte Welt, in der es nichts anderes gab als Paul und ein beharrlich schweigendes Telefon.

Schließlich, am Abend des dritten Tages – wir saßen in einer der zahllosen Bars, in die sich nach Arbeitsschluß ganz New York ergießt –, warf David beide Arme in die Luft und rief: »Ich gebe auf, Judith! Wenn nicht einmal New York Sie auf andere Gedanken bringen kann, dann ist es hoffnungslos. Ich liefere Sie jetzt in Ihrer Wohnung ab, da haben Sie – in Form eines Telefons – alles, was Sie brauchen.«

»Ach, David«, sagte ich, »es tut mir furchtbar leid, aber begreifen Sie doch ...«

Ich unterbrach mich und zuckte mutlos die Achseln. Daß er auch noch begreifen sollte, war zuviel verlangt. Er hatte mir geboten, was nur zu bieten war. Er hatte mich mehrere Stunden lang durch New York gefahren – durch das elegante und schäbige, das anziehende und abstoßende, das glitzernde und düstere, das begehrte und gemiedene New York; er hatte mich in die verschiedensten Lokale geführt – mal in eine kleine chinesische Stampe, mal auf den langweilig vornehmen Dachgarten eines exklusiven Hotels, mal in ein typisch amerikanisches Steak-Haus, mal in eine gemütliche Kneipe für Fischspezialitäten; er hatte mich durch die prächtigsten Nightclubs, durch die berühmtesten Jazzkeller, durch Bars, Negerlokale und Künstlerkneipen geschleift; er hatte mit mir ein erstklassiges symphonisches Konzert und die Premiere eines Musicals besucht; er hatte mir die turbulenteste Straße der Welt – den Broadway bei Nacht –, und er hatte mir die ausgestorbenste Straße der Welt – die Wall Street an einem Sonntagmorgen – gezeigt. Er war mit mir in den 102. Stock des Empire State Building hinaufgefahren, und er war mit mir in die tiefen, unheimlichen Gewölbe der Untergrundbahn hinabgestiegen.

Sicher war ich entzückt gewesen, beeindruckt, interessiert, aber alles nur mit halbem Herzen. Und David wäre nicht David gewesen, hätte er das nicht gespürt. Obgleich ich vor Begeisterung aufschrie, obgleich ich in Bewunderung erstarrte, er merkte genau, daß mehr Kräfteaufwand als ehrliche Ergriffenheit dahintersteckte. Einen Tag hatten wir das Spiel gespielt, dann war es uns zu mühsam geworden – mir, ihn täuschen zu wollen, ihm, so zu tun, als ob er getäuscht worden wäre.

Am Sonnabend, ausgerechnet vor Tiffany, dem teuersten Juweliergeschäft New Yorks, hatte er mich ganz unverhofft gefragt: »Haben Sie ihn immer noch nicht erreicht?«

»Nein«, hatte ich kläglich erwidert und der ganzen funkelnden Pracht teilnahmslos den Rücken zugekehrt: »David, ich bin verzweifelt!«

»Herrgott, Judith, machen Sie doch keine Tragödie daraus!«

»Ich mache keine Tragödie daraus, es ist eine Tragödie!«

»Der Mann kann doch schließlich mal verreist sein!«

»Ja, und er kann unter Umständen sogar einen Monat oder noch länger verreist sein!«

Von da an hatte David geschwiegen. Ich aber hatte weiter geklagt und jede Gelegenheit benutzt, zu telefonieren. Die zahllosen, erfolglosen Versuche hatten nicht gerade zu seiner und meiner Erheiterung beigetragen. Es war, wie David am dritten Tage mit Recht ausrief, hoffnungslos. Paul war stärker als eine Achtmillionenstadt, Paul war größer als das Empire State Building, Paul war aufregender als die meisterhaftesten Darbietungen, Paul war heller als die bunt strahlende Glorlole, mit der sich New York bei Nacht schmückte.

»Es tut mir leid, David«, sagte ich noch einmal und meinte es ehrlich, »aber ich kann nichts dagegen machen.«

»Trinken Sie Ihren Martini aus, dann bringe ich Sie nach Hause.«

»Sind Sie jetzt sehr ärgerlich?«

»Nein, nur sehr enttäuscht.« Er legte seine Hand auf meine. »Und wie einem da zumute ist, das wissen Sie ja selber.«

Er brachte mich nach Hause und begleitete mich bis zum Lift. »Gute Nacht, Judith«, sagte er, »und viel Glück noch.«

Es war kurz nach sieben, als ich die Wohnung betrat. Ich ging zum Telefon und wählte Pauls Nummer. Es meldete sich niemand. Ich nahm zwei Schlaftabletten und legte mich ins Bett.

Wäre ich bloß nie nach New York gefahren! Das war mein letzter Gedanke, bevor ich einschlief.

Ich erwachte zwanzig Minuten vor sechs mit starkem Herzklopfen. Ich wußte nicht, was los war – ich hatte nicht schlecht geträumt, ich hatte nicht schlecht geschlafen, und ich fühlte mich auch nicht schlecht. Das Herzklopfen war ganz und gar ungewöhnlich und, so stellte ich mit Erstaunen fest, nicht unangenehm. Es war ein verheißungsvolles Herzklopfen, so wie ich es als Kind gehabt hatte, wenn ich am Weihnachtsmorgen erwacht war.

Ich setzte mich auf und schaute das Telefon an, das neben mir auf dem Nachttisch stand. Und plötzlich war ich vollkommen sicher, daß Paul in seiner Wohnung war, daß ich nur seine Nummer zu wählen brauchte, um seine Stimme zu hören.

Ich überlegte, ob ich Paul zu dieser frühen Stunde anrufen könne, und kam zu dem Ergebnis, daß es unmöglich sei. Ich überlegte, ob meine Uhr vielleicht wesentlich nachgehen könne, und rief die Zeitansage an. Zum erstenmal stimmten die Zeitansage und meine Uhr auf die Sekunde überein. Ich überlegte, ob ich mir einen Tee machen oder spazierengehen oder den Fernsehapparat anschalten sollte. Aber ich kam zu keinem Entschluß. Im Grunde war es mir das liebste, dicht neben dem Telefon zu bleiben und mich an meinem Herzklopfen zu erfreuen. Ich zündete mir eine Zigarette an und wartete.

Um Punkt Viertel vor sieben hob ich den Hörer und wählte Pauls Nummer.

Er meldete sich sofort.

»Hello!« sagte er.

Trotz meiner ungeheuren Erregung registrierte ich, daß er »hello« anstatt »hallo« sagte und daß er es amerikanisch aussprach, mit kehligem l und der Betonung auf »hel«. Außerdem fiel mir auf, daß seine Stimme heller und gläserner klang, als ich sie in Erinnerung gehabt hatte.

»Paul«, sagte ich und dann mit einem krampfhaften kleinen Lachen: »Guten Morgen.«

Das war ein törichter Anfang, und die Pause, die darauf folgte, kam mir beunruhigend lang vor.

»Wer ist denn da?« fragte er schließlich. Es klang nicht unfreundlich, aber doch ein wenig irritiert.

Daß er meine Stimme nicht erkannte, war kein Wunder. Erstens war diese gepreßte, unmelodische Stimme nicht meine normale Stimme, und zweitens war er auf mein Kommen nicht vorbereitet gewesen. Trotzdem brach mir der Angstschweiß aus. »Hier ist Judith«, brach ich hervor.

Wieder eine Pause, eine noch längere, eine bedrohlich lange. Dann, sehr leise: »Mein Gott, Judith! Das kann doch nicht wahr sein!«

Das war mehr, als ich zu hoffen gewagt hatte. Ein Ausruf der Überraschung hätte mich schon beruhigt. Aber dieser leise, fast erschütterte Ton ließ meine Angst in pure Seligkeit umschlagen.

»Es ist wahr«, sagte ich, legte mich in die Kissen zurück und schloß die Augen.

»Judith!«, jetzt brach die Überraschung doch noch durch, »Judith, ich bin fassungslos! Was machst du denn in New York?«

Nun war der Moment gekommen, ihm in einem knappen, leichthin gesprochenen Satz die neue Judith vorzustellen. Es war ein herrliches, ein überwältigendes Gefühl.

»Ich habe geschäftlich in New York zu tun«, erklärte ich nonchalant.

»Ach«, sagte er, und das war alles.

Kein Aufschrei des Erstaunens, kein ehrfürchtiges Schweigen, keine Fragen – nichts von all dem, was ich erwartet hatte. Und zudem hatte ich das unangenehme Gefühl, daß er mir nicht glaubte, daß er meine Antwort für eine Wichtigtuerei hielt oder aber für eine Ausflucht. Ich wartete ein wenig gekränkt und in der vagen Hoffnung, er könne sich doch noch zu einer interessierten Frage entschließen.

»Seit wann bist du denn in New York?« fragte er statt dessen. Ich schluckte meine Enttäuschung hinunter. Ganz sicher, tröstete ich mich, war es nur ein Mißverständnis. Er hatte mich nicht richtig verstanden oder die Wichtigkeit meiner Mitteilung nicht so schnell realisiert.

»Ich bin schon seit Freitag früh hier und habe zahl...« Ich unterbrach mich in letzter Sekunde, tat, als müsse ich ein Husten unterdrücken, und sagte dann: »Ich habe ein paarmal versucht, dich zu erreichen.«

»Ich war über das Weekend bei Freunden in Washington«, erklärte er. »Washington ist eine herrliche Stadt. Am Wochenende ist da überhaupt nichts los, und man kann richtig ›relaxen‹.«

Er schien sehr eingenommen zu sein von diesem Washington, das mich im Grunde gar nicht interessierte. Obgleich ich nur ein höfliches »tatsächlich« murmelte, fuhr er unbeirrt fort: »Man kann da nach Herzenslust herumgammeln –

braucht sich nicht anzuziehen, braucht sich nicht zu rasieren. Bekannte empfängt man in Pyjama und Dressinggown. Es ist wirklich gemütlich, und im Frühling, wenn es warm wird ...«

Ich lauschte mit wachsender Verwirrung, und immer wieder glaubte – oder besser gesagt: hoffte ich, mich zu verhören. Aber als sich der Monolog dehnte und dehnte, war an ein Mißverständnis gar nicht mehr zu denken. Paul sprach mit amerikanischem Akzent, flocht ab und an ein englisches Wort ein, schien nach treffenden deutschen Ausdrücken suchen zu müssen.

Ist es möglich, dachte ich beklommen, daß man seine Muttersprache in knappen drei Jahren verlernt? Ich mußte mir auf der Stelle Klarheit verschaffen, und darum unterbrach ich ihn, mitten in einer längeren Abhandlung über Washingtons prächtige Baumblüte.

»Paul«, sagte ich, »ich kann es einfach nicht fassen! Du scheinst die deutsche Sprache nicht mehr zu beherrschen, und du sprichst mit amerikanischem Akzent!«

»Tue ich das?« fragte er scheinbar überrascht.

»Ja, merkst du das denn nicht!«

»Judith, du mußt wissen, daß ich manchmal wochenlang kein einziges Wort Deutsch spreche. Ganz klar, daß man dadurch aus der Übung kommt. Außerdem ist mir das nur recht.«

»Mit der deutschen Sprache aus der Übung zu kommen?«

»Ja sicher. Ich lebe in Amerika, ich arbeite in Amerika, und daher ist jetzt nicht mehr Deutsch, sondern Englisch meine Sprache.«

»Das stimmt natürlich«, sagte ich ohne Überzeugung, denn um der einen Sprache willen brauchte man die andere ja nicht unbedingt zu verlernen.

»Wo wohnst du eigentlich?« wechselte er unvermittelt das Thema.

»Im dreißigsten Stock eines sehr vornehmen Hauses: Central Park South 27.«

»Das Haus hat eine sandfarbene Fassade, eine blaue Markise und im Parterre ein Restaurant?«

»Sag mal, woher weißt du das so genau?«

»Seit einem guten Monat stehe ich zweimal täglich davor –

einmal morgens um Viertel nach acht und einmal abends um halb sechs.«

»Wieso?«

»Links neben deinem vornehmen Haus ist eine U-Bahn-Station, und direkt vor deinem vornehmen Haus ist eine Bus-Haltestelle. Um in mein Hospital zu kommen, muß ich morgens von der U-Bahn in den Bus und abends vom Bus in die U-Bahn umsteigen.«

»Mein Gott, Paul, was für ein irrer Zufall!«

»Nichts im Leben ist Zufall«, sagte er.

Ich hatte immer genau das Gegenteil behauptet, hatte mir viel eingebildet auf meine Nüchternheit, die es mir nicht erlaubte, Unfaßbares als Unfaßbares hinzunehmen. Jetzt aber war ich bereit, Pauls Ansicht zu teilen und an etwas zu glauben, das sich nicht erklären, nicht berechnen ließ. Es war kein Zufall, daß wir uns zweimal zu ein und derselben Zeit auf ein und denselben Punkt zubewegt hatten – ungeachtet der Jahre, die dazwischen lagen, ungeachtet der Entfernungen. Damals in München war ich Paul im ausweglosesten Moment begegnet, und er hatte mich und mein Leben umgekrempelt. Jetzt in New York hatte er einen Monat lang täglich zweimal vor dem Haus gestanden, in das ich schließlich eingezogen war.

Wer weiß, dachte ich mit einem Gefühl aufopferungsbereiter Zärtlichkeit, vielleicht braucht er mich jetzt genauso nötig, wie ich ihn damals gebraucht habe.

»Paul«, fragte ich, »wann können wir uns sehen?«

»Heute, falls du Zeit hast.«

Ich hatte keine Zeit. Der Tag war ausgebucht von ein Uhr mittags bis mindestens Mitternacht.

»Natürlich habe ich heute Zeit«, sagte ich.

»Wie wär's um halb sechs?«

Um halb sechs, ausgerechnet, war ich bei dem Verleger Arthur S. Hirsch angemeldet, und dieser vielbeschäftigte Herr war der berufliche Zweck meiner Reise. Ich zögerte einen Moment lang, dann sagte ich: »Halb sechs paßt ausgezeichnet.«

»Und wo?«

»Na, wenn du schon vor meinem Haus stehst, dann komm doch bitte herauf.«

»Das wäre allerdings das Naheliegendste.«

»Dreißigster Stock, Appartement 104 c.«

»Ich freue mich, Judith.«

Nachdem ich eingehängt hatte, blieb ich eine Weile regungslos liegen. Ich ahnte, daß der Gipfel der Seligkeit erreicht war. Mein Glück würde nie wieder so ungetrübt sein wie in diesem Augenblick. Denn schon im nächsten Augenblick würde ich meine Träume verabschieden und die Wirklichkeit begrüßen müssen.

Unter dem Vorwand, mir den Magen verdorben zu haben, machte ich sämtliche Verabredungen rückgängig. Nur David, der mich um zehn Uhr anrief, sagte ich leicht betreten die Wahrheit.

»Sie müssen wissen, was Sie tun«, meinte er trocken und lud mich zum Lunch ein. Ich lehnte ab. Er wollte wissen, warum.

»Weil ich mich heute vor Ihren zynischen Bemerkungen fürchte«, erklärte ich offen.

»Wenn Sie so felsenfest von dem Wert Ihres Paul und der Unantastbarkeit Ihres Gefühls überzeugt sind, dann kann Ihnen mein Zynismus doch gar nichts anhaben.«

»Wenn ich Paul erst mal gesehen habe, können Sie zynisch sein, soviel Sie wollen. Aber nicht, bevor ich ihn gesehen habe.«

»Aber Judith, Sie fürchten doch nicht etwa, er könne sich zu seinen Ungunsten verändert haben?«

»Ich fürchte gar nichts«, sagte ich aufgebracht, »ich möchte mich nur in Ruhe und unbeeinflußt auf ihn vorbereiten.«

»Schön, mein Kind, dann tun Sie das mal.«

Ich tat es – nur nicht in Ruhe. Natürlich fürchtete ich mich vor dem ersten entscheidenden Moment des Wiedersehens – fürchtete mich mit jeder Stunde mehr. Ich hatte plötzlich entdeckt, daß ich mir Paul nicht mehr vorstellen konnte, jedenfalls nicht mehr als einen Mann aus Fleisch und Blut. Er war auf seinem Podest erstarrt – eine pompöse Statue mit vorgewölbter Brust und entschlossenem Gesicht. Sehr eindrucksvoll, aber im Endeffekt unbefriedigend. Und – wenn ich es mir genau überlegte – auch eine Statue konnte sich im Laufe der Zeit, im Wechsel der Witterung, verändern, konnte zum Beispiel ein Stück Nase oder Ohr eingebüßt haben. Drei Jahre waren immerhin eine lange Zeit, und selbst wenn Paul nichts eingebüßt, wenn er sich überhaupt nicht verändert haben sollte – ich hatte es. Ich war reifer, zielbewußter, kritischer geworden.

Von solchen Gedanken verfolgt, verbrachte ich einen langen, untätigen Vormittag. Gegen ein Uhr verließ ich die Wohnung, lief ziellos durch New Yorks Straßenschluchten, bestellte mir in einem Drugstore ein Special Sandwich – was ich nicht hätte tun sollen, denn es war fünfschichtig und paßte beim besten Willen nicht in meinen Mund hinein – und endete schließlich bei einem Friseur. Der Friseur hatte den Ehrgeiz, ein Glamourgirl aus mir zu machen, und so stand ich zwei Stunden später mit einem Wust irrer Locken auf der Straße. Ich nahm ein Taxi, und als ich zu Hause ankam, war es bereits halb fünf. Die letzte Stunde verbrachte ich damit, Kleider an- und wieder auszuziehen, Schmuck an- und wieder abzulegen, Lippenstift aufzutragen und wieder abzuwischen und in zähem, erbittertem Kampf meine Lokken zu vernichten. Um zehn Minuten vor halb sechs stand ich in einem flaschengrünen Jerseykleid vor dem Spiegel. Meine Haare waren glattgebürstet und mein Gesicht ziemlich blaß. Ich hatte Ähnlichkeit mit einer modernisierten Kameliendame im letzten Akt.

Ich ging in meinen mondänen Salon hinüber, und jetzt paßte die bühnenmäßige Szenerie. Es kam mir alles ganz unwirklich vor: New York, das dreißig Stockwerke tief unter mir brodelte; die Wohnung, in der selbst das lavendelfarbene Toilettenpapier mit den türkisgrünen Kacheln übereinstimmte; Paul, der zu einer Statue erstarrt war; und ich, die ich bleich, aber gefaßt auf das Happy-End einer einzigartigen Liebesgeschichte wartete.

Und plötzlich wünschte ich, Paul so zu begegnen, wie ich ihm damals auf der Maximilianstraße begegnet war – naß, häßlich, trostlos und voller Träume, die ich auf langen, einsamen Spaziergängen nach eigenem Belieben verwirklichen durfte.

Die Klingel schnurrte einmal kurz auf. Obgleich ich seit geraumer Zeit auf nichts anderes eingestellt war als auf dieses Schnurren, zuckte ich zusammen. Ich ging zum Tisch, nahm eine Zigarette aus der Dose, zündete sie an, rauchte zwei Züge, und dann, mit dem albernen Gedanken: »Aller guten

Dinge sind drei«, rauchte ich noch einen dritten. Danach ging – oder genauer gesagt – schlich ich zur Tür und öffnete.

Paul sah elend aus. Sein Gesicht hatte die Farbe eingetrockneten Lehms. Es schien kleiner geworden zu sein und spitzer. Die Nase sprang scharf hervor, die müden, glanzlosen Augen hatten sich in dunkel umrandete Höhlen verkrochen. Sein Haar, nach amerikanischem Muster zu einem Crew-cut geschnitten, war immer noch dicht und hart, aber silbergrau. Der Mantel, der ihm locker und formlos herunterhing, war ein typisch amerikanischer Konfektionsmantel aus mittelmäßigem schokoladefarbenem Material. Die Hosen waren zu weit und die Schuhe zu schwer. Als ich ihn so dastehen sah, den Kopf zur Seite geneigt und ein wenig gesenkt, die Hände in den Manteltaschen vergraben, ein befangenes Lächeln um den Mund, einen unsicheren Ausdruck in den Augen, durchfuhr mich ein schneidender Schreck. Der Schreck galt gar nicht so sehr Pauls Aussehen als meiner spontanen Reaktion, einer heftigen Enttäuschung.

Ich hatte den Paul meiner Erinnerung erwartet – den großen, breiten Paul mit den schwingenden Armen und dem zurückgeworfenen Kopf, den Paul mit dem kühnen, selbstbewußten Gesicht, den leuchtenden Zähnen, den furchtlosen Augen – den strahlenden Paul.

Er trat über die Schwelle, nahm meine ausgestreckte Hand in seine beiden und drückte sie. Er küßte sie nicht, wie er es sonst immer getan hatte. Statt dessen sagte er mit einem zugeschneiderten Lächeln: »Welcome in New York.«

Diese konventionelle amerikanische Begrüßung lähmte mich vollends. Sie ließ mir keine andere Möglichkeit, als zu ähnlichen Höflichkeitsfloskeln Zuflucht zu nehmen.

»Willst du nicht ablegen?« fragte ich mit einer auffordernden Handbewegung zur Garderobe hin. Noch nie in meinem ganzen Leben hatte ich mich eines so läppischen Satzes, einer so törichten Geste bedient. Ich wurde ärgerlich, auf mich, auf Paul, auf diese blödsinnige Situation, in die wir uns mehr und mehr verrannten.

Schweigend wartete ich, bis er sich den Mantel ausgezogen hatte, schweigend ging ich ihm voran ins Zimmer. Auch er schwieg. Ich fühlte ihn dicht hinter mir, fühlte, daß er mich in diesem unbewachten Augenblick anstarrte – meine Haare, meinen Nacken, meinen Rücken, meine Hüften. Ich drehte mich abrupt um, aber er war schneller als ich. Er tat, als hätte er nichts gesehen. Sein Gesicht, zu einem kleinen Lächeln verzogen, war leer.

»Komm, setz dich«, sagte ich, »ich hole uns etwas zu trinken.«

»Eine gute Idee.«

Die einzige wahrscheinlich, um den Bann zu brechen, dachte ich und fragte: »Was möchtest du? Einen Martini, einen Whisky, einen Cognac ...?«

»Einen Martini, falls du weißt, wie man den mixt.«

»Natürlich weiß ich das!«

»Mal sehen ... I'm not so sure.«

Ich ging zur Bar, und wieder spürte ich seinen Blick in meinem Rücken. Es machte mich nervös. Ich wollte mich umdrehen und ihn anschauen, bis die Leere aus seinem Gesicht verschwunden war. Aber die Angst, daß es mir nicht gelingen könne, hielt mich davor zurück. Ich beschleunigte meine Schritte, duckte mich hinter die Bar und holte eine Flasche Gin und eine Flasche trockenen Vermouth aus dem eingebauten Eisschrank. Als ich damit wieder auftauchte, schaute ich zu ihm hinüber, und jetzt tat ich es ebenso verstohlen wie er.

Er saß in einem Sessel, Arme und Hände auf die Lehnen gelegt, die Beine übereinander geschlagen. Er trug ein gutsitzendes senffarbenes Tweedjackett – das zweifellos noch aus Europa stammte – und eine geschmackvolle braun-grün gestreifte Krawatte. Das Licht der rotbeschirmten Lampe fiel ihm gedämpft ins Gesicht. Ich stellte mit Erstaunen fest, daß er plötzlich wieder auffallend gut aussah. Der leidende Zug, die umschatteten Augen, das kurze silbergraue Haar standen ihm keineswegs schlecht. Ich wünschte, er würde aufstehen, zu mir kommen und mich küssen. Warum tat er es nicht? Warum tat ich es nicht? Warum benahmen wir uns wie zwei Fremde, die sich zum erstenmal begegnen und nicht einmal wagen, sich offen anzuschauen? Was für eine Mauer hatte sich zwischen uns geschoben – die Mauer der Zeit, die Mauer der Unsicherheit, die Mauer des Unausgesprochenen ...?

Ich begann den Martini zu mixen – ein Drittel Gin, zwei Drittel Vermouth, ein Stückchen Zitrone ...

»Na, Judith, und was sagst du zu New York?«

»New York verschlägt mir die Sprache. Ich kann nichts Passendes dazu sagen.«

»Ja, so ist es mir am Anfang auch gegangen. Ich war überwältigt. Ich wußte nicht, wo und wie ich beginnen sollte, die Stadt kennenzulernen. Ich wußte nicht, ob ich sie hassen oder lieben sollte. Ich bin Monate herumgelaufen, erst ziellos, dann ganz systematisch. Aber es hat Jahre gedauert, bis ich mir ein Bild machen konnte.«

»Ja, das kann ich mir denken.«

Ich tat eine Olive und zwei Tropfen Angostura in jedes Glas und rührte um.

»Aber jetzt kenne ich New York«, fuhr er fort. »Ich bilde mir ein, einer der wenigen zu sein, der es wirklich kennt. Es ist eine grandiose Stadt, Judith!«

Ich nahm die Gläser und ging auf ihn zu: »Und haßt du sie nun, oder liebst du sie?«

»Ich hasse und liebe sie. Wie das eben so ist. Etwas, das man liebt, haßt man auch, und etwas ...«

Ich blieb vor ihm stehen und reichte ihm ein Glas. Er nahm es und sprach weiter über New York, über seine Erfahrungen, Entdeckungen, Eindrücke. Er sprach ungeheuer animiert, und seine gläserne Stimme, sein amerikanischer Akzent begannen an meinen Nerven zu zerren. Sicher, New York war ein ergiebiges Thema, aber gab es im Moment nichts Wichtigeres?

Ich ging zu einem Sessel und setzte mich auf die Lehne. Schräg gegenüber war ein Spiegel. Ich schaute hinein und fand, daß ich gut aussah, besser, als ich jemals ausgesehen hatte. Das grüne, enganliegende Kleid stand mir ausgezeichnet. David hätte längst gesagt: »Sie sind schön, Judith.« Warum sagte Paul nichts? Warum fragte er nichts? Warum schaute er mich nur verstohlen an? Warum nicht geradeheraus, so wie man eine hübsche Frau anschaut, die man jahrelang nicht mehr gesehen hat. Merkte er denn nicht, wie sehr ich mich verändert hatte, oder wollte er es nicht merken, oder war es ihm gleichgültig? Verband ihn nichts mehr mit mir? War ich es nur, die in dieses Wiedersehen so unsagbar viel hineingedeutet hatte?

Mein Spiegelbild, das so gar nicht seinen Zweck erfüllte, freute mich nicht mehr. Ich senkte die Augen und starrte in mein Glas. Paul schwieg. Ich wußte nicht, ob er mich etwas gefragt hatte, ob er nur eine Pause machte oder ob ihn meine offensichtliche Teilnahmslosigkeit am Weitersprechen hinderte. Ich schaute zu ihm hinüber, und sekundenlang trafen sich unsere Blicke. Aber es waren Blicke hinter heruntergelassenem Visier.

»Also Judith«, erhob er sich und kam auf mich zu, »trinken wir auf etwas.«

»Auf was?«

»Auf das Naheliegendste.«

Das wird New York sein, dachte ich, oder Amerika.

Er stand jetzt vor mir, aber ich schaute nicht auf. Ich fürchtete, nichts anderes zu entdecken als ein konventionelles Lächeln.

»Trinken wir auf unsere dritte Begegnung«, sagte er.

Dieser beziehungsreiche Toast kam völlig unerwartet. »Oh«, sagte ich und hob rasch den Kopf.

Er lächelte – aber es war kein aufgesetztes Lächeln. Es kam von innen heraus und war warm und ein wenig wehmütig.

»Paul«, sagte ich leise, »es ist schön, dich wiederzusehen.«

Er berührte mein Glas mit seinem, trank und zog eine mißbilligende Grimasse: »Das also nennst du einen Martini!«

»Ist er etwa nicht gut?«

»Er ist miserabel, ein typisch deutscher Martini ... Komm!«

Er nahm mein Handgelenk und zog mich hinter sich her zur Bar: »Jetzt werde ich dir mal zeigen, wie man einen richtigen Martini macht!« Er nahm den Mixer, tat Eis hinein, goß ein Drittel Vermouth und zwei Drittel Gin dazu und schwenkte den Becher ein paarmal im Kreis.

»So«, sagte er, zwei Gläser füllend, »und jetzt wirst du einen ›good old american Martini‹ kennenlernen.«

»Und anschließend einen ›good old american‹ Schwips.«

Er lachte und gab mir ein Glas. »Cheers, Judith!« Wir tranken.

»Ausgezeichnet«, sagte ich nach einem großen Schluck, »aber den Vermouth hättest du dir auch sparen können.«

»So ein paar Tropfen gehören hinein. Aber nur ein paar Tropfen ... und Eis. Ein Martini muß kalt sein, merk dir das!«

»Ich werd's mir bestimmt merken und dir in Zukunft nur noch tadellose amerikanische Martinis servieren.«

»Das will ich hoffen.«

Wir tranken die Gläser leer, schauten uns an und lachten. Und plötzlich war der Spuk vorüber. Plötzlich war alles so, wie ich es mir erträumt hatte. Wir waren nicht mehr verkrampft, wir waren nicht mehr befangen, wir waren nicht mehr fremd. Pauls Zähne leuchteten. Die Unsicherheit wich aus seinen Augen, der verbissene Ernst aus seinem Gesicht und der Akzent aus seiner Sprache. Das alte Strahlen brach durch. Und zugleich kamen auch die Worte, die ich erwartet hatte, die Fragen, die Anerkennung.

»Und du arbeitest, Judith?«

»Ja, stell dir vor! Im Verlag ... du erinnerst dich doch ...«

»Natürlich erinnere ich mich. Ich finde es großartig. Macht es dir Spaß?«

»Großen Spaß! Ich habe sogar Erfolg. Langsam, aber sicher scheint doch noch was aus mir zu werden.« Ich lachte verlegen. »Nicht viel, aber ein bißchen was.«

»Na, wie ich so sehe, ist in den letzten drei Jahren recht viel aus dir geworden.«

»Ach, Paul ... und du, wie ist es mit dir? Geht es dir gut? Arbeitest du an einem Krankenhaus? Bist du zufrieden?«

»O ja, ich bin zufrieden. Ich habe erreicht, was ich erreichen wollte.«

Das waren große Worte, gelassen ausgesprochen. Für meinen Geschmack klangen sie etwas zu pompös, etwas zu selbstgefällig. Ich schaute vorsichtig zu ihm auf. Da war wieder der Ernst in seinem Gesicht, ein starrer Ernst, ohne einen Schimmer von Humor und Selbstironie. »Das freut mich, Paul«, sagte ich ein wenig betreten. »Zu erreichen, was man erreichen wollte, scheint mir das Höchste.«

»Das ist es auch«, gab er feierlich zurück.

Unwillkürlich griff ich nach meinem Glas, aber es war leer. »An was für einer Klinik arbeitest du denn?«

»An einem Rehabilitation Hospital. Das ist ein Krankenhaus für Menschen, die nie wieder völlig geheilt werden können, die Zeit ihres Lebens Invaliden bleiben. Sie müssen trotz ihrer körperlichen Gebrechen wieder ins Leben zurückgeführt werden. Es ist eine große Aufgabe, eine schwere Aufgabe – eine Aufgabe, die mich ganz erfüllt.«

»Ist es nicht deprimierend, immer unter Menschen zu sein, die nie wieder richtig gesund werden können?«

»Im Gegenteil, Judith, es ist ermutigend.«

Ich konnte mir nicht vorstellen, was daran ermutigend war, aber im Moment wollte ich es auch gar nicht. Ich wollte Paul strahlen sehen. Sein Ernst bedrückte mich.

»Das mußt du mir mal später alles in Ruhe erklären«, sagte ich schnell.

Er nickte. »Was hältst du von einem zweiten ›good old american Martini‹?«

Er füllte unsere Gläser. »Und weißt du, Judith, was wir jetzt machen?«

»Was?« fragte ich erwartungvoll.

»Jetzt gehen wir in eine herrliche französische Kneipe, die direkt im Hafen liegt und die besten, die frischesten, die größten Fische New Yorks hat.«

»Ach Paul«, sagte ich, »Glück ist eine fatale Sache. Man fällt immer wieder darauf herein.«

New York ist eine ideale Stadt für Liebespaare. Nirgends ist man mehr aufeinander angewiesen, nirgends fühlt man sich inniger miteinander verbunden. Aber allein in New York zu sein, das muß die Hölle an Einsamkeit bedeuten. Dies wurde mir plötzlich klar, als ich mit Paul die Straße betrat und er meinen Arm nahm.

New York bei Nacht ist noch ungeheuerlicher als New York bei Tag. Das liegt an dem Licht, dieser Flut von Licht, die sich aus grellen, zuckenden Neonreklamen und aus Millionen Fenstern ergießt. Alles andere wirkt dagegen schemenhaft – hoch oben der starre, gezackte Umriß der Wolkenkratzer, tief unten die Schatten gleitender Autos und zappelnder Menschen. Das Licht hebt sie nicht hervor, es frißt sie auf. Hier scheint der Mensch nicht die Stadt, sondern die Stadt den Menschen zu beherrschen. Und doch stellt man sich unwillkürlich vor, daß zu jedem der strahlenden Fenster ein Raum und zu jedem Raum ein Mensch gehört: Millionen erleuchteter Vierecke, Millionen Einzelschicksale – verschiedenartig nur in ihrer Zusammensetzung, ewig gleichbleibend in ihrer Substanz – Geburt, Tod und das, was dazwischen liegt: Liebe, Arbeit, Hunger, Freude, Krankheit, Glück, Schmerz, Angst, Hoffnung. Und so fließt alles wieder zusammen. Das Licht verdichtet sich zu einem einzigen gleißenden Kegel, die Einzelschicksale verdichten sich zu einem menschlichen Allgemeinschicksal.

Man steht da und fühlt sich überflüssig mit seinem eigenen kleinen Leben. Man fühlt sich als Teil eines Ganzen und doch furchtbar allein und verlassen. Nur die Liebe vermag einem einen abgesonderten Platz einzuräumen, an dem man von Menschenmassen und Lichtfluten, von Zweifel und Einsamkeit unberührt bleibt.

Paul und ich – wir waren Mittelpunkt New Yorks. Wenn es auch keiner wußte, ich wußte es, spürte es, erlebte es. Wir gingen nicht unter im Menschenknäuel, und das Licht fraß uns nicht auf. Wir stachen aus allem heraus, denn unsere Welt hatte keinen Umkreis mehr. Sie war zusammengeschrumpft auf den winzigen Raum, den wir beide einnahmen.

Es blies ein eisiger Wind. Ich hatte nichts auf dem Kopf und wenig an den Füßen. Paul fragte, ob mir nicht kalt sei, und als ich hörte, wie besorgt seine Stimme klang, da wurde mir warm. Er wollte ein Taxi nehmen, aber ich protestierte: Mit Paul wollte ich Untergrundbahn fahren – es paßte zu uns, zu diesem stürmischen Novemberabend, zu der Fischkneipe im Hafen. Es war schön, an seinem Arm zu gehen. Ich knickte nicht um auf meinen hohen, dünnen Absätzen und hatte keine Angst, die chaotischen Straßen zu überqueren. Er führte mich sicher und schnell, Menschenmengen und Autokolonnen konnten uns nichts anhaben. Die Leuchtreklamen faszinierten mich, ich betrachtete sie mit kindlicher Freude: ein überschäumendes Glas, eine glühende Zigarette – groß, wie ein ausgewachsener Baumstamm –, ein leichtgeschürztes, augenrollendes Mädchen, ein lassoschwingender Cowboy, ein überdimensionaler Eisbecher mit glitzernden Früchten. Pauls Profil war mal in grellrosa, mal in giftgrünes, mal in violettes Licht getaucht.

Wir gingen in ein Spirituosengeschäft. Es war das größte, das ich je gesehen hatte. Die Flaschen – Tausende und Tausende – hätten selbst einen Abstinenzler auf dumme Gedanken bringen können. Es gab alles – vom chinesischen Reiswein bis zum Steinhäger. Paul kaufte eine Zweiliterflasche Chianti. In der Fischkneipe, erklärte er mir, würde kein Alkohol ausgeschenkt, und man mußte sich den Wein selber mitbringen. Das fand ich sehr originell. Wir zogen weiter. Der Wind warf mir die Haare ins Gesicht, stach mich in die Waden. Pauls loser, schokoladenfarbener Mantel flatterte wie eine Fahne. Das Papier riß sich von der Flasche, fegte über die Straße und wickelte sich um die Beine einer dicken Negerin. Die Negerin bog sich vor Lachen.

Wir stiegen in den Schacht der Untergrundbahn hinab, klammes Halbdunkel nahm uns auf. Die Geräusche klangen hohl und geisterhaft. Paul löste zwei Münzen und steckte sie in ein Drehkreuz. Wir stiegen weiter hinab und landeten in einem mächtigen, dürftig beleuchteten Gewölbe. Es gab viele Bahnsteige, viele labyrinthähnliche Abzweigungen, viele Richtungsschilder. Ich bewunderte Paul, der ohne die Schilder zu beachten geradewegs auf einen der Bahnsteige zusteuerte.

Ein paar Menschen standen lethargisch herum. In der Ferne rumorte es ständig wie dumpfer Donner. Arm in Arm gingen wir auf und ab und lösten an einem Automaten ein Päckchen Kaugummi, das wir beide nicht wollten. Das Rumoren schwoll an, kam näher und näher, das Gewölbe begann zu vibrieren, das Rumoren wurde zum Dröhnen: Zwei gelbliche Punkte schossen mit irrer Geschwindigkeit auf uns zu. Ein Luftstoß fegte dem Zug voraus. Paul zog mich weit von den Gleisen zurück.

Der Zug hielt mit einem wahrhaft grimmigen Aufschrei. Die automatischen Türen zischten auf, ein paar Menschen stiegen aus. Jetzt zog mich Paul eilig vor, denn man durfte nicht zögern, sonst wurde man unweigerlich eingeklemmt. Die Türen sorgten für Behendigkeit.

Das Innere des Wagens entsprach gar nicht den Vorstellungen, die ich mir von amerikanischer Hygiene und amerikanischem Komfort gemacht hatte. Wir setzten uns auf eine der abgewetzten Holzbänke. Der Lärm war so groß, daß wir uns nicht unterhalten konnten. Ich lächelte Paul zu, um ihm zu zeigen, daß ich es großartig fand, dicht neben ihm zu sitzen in der rasenden, schmutzigen Untergrundbahn.

Es waren nicht viele Menschen im Abteil. Ich betrachtete sie mit großem Interesse, und ihr Anblick stimmte mich nachdenklich. Sie alle hatten müde, zerknitterte, stumpfe Gesichter, und ihre Kleidung war geschmacklos, zum Teil sogar schäbig. Ich hatte mir den Durchschnittsamerikaner immer wie ein zweitklassiges Reklamefoto vorgestellt – frisch, gepflegt, kräftig und langbeinig. Aber das, was da herumsaß, schien mir eher ein Sammelsurium aus Europas Vorstadtgegenden zu sein. Es störte mich nicht, sondern es war mir lieber als zweitklassige Reklamefotos.

Nach etwa einer halben Stunde stiegen wir aus, tauchten aus der Unterwelt auf und befanden uns in einer einsamen, dunklen Gegend. Die Häuser waren alt und nicht sehr hoch. Das Pflaster war holprig, Autos sah man überhaupt keine. Der Wind trieb ein wildes Spiel mit mannigfachem Abfall. Es roch nach Meer, Öl und Teer. Wir bogen um einige Ecken und standen auf einer breiten Straße, die Stadt und Ozean, Häuser und Schiffe voneinander trennte. Hier war der Hafen – der größte Hafen der Welt. Er zog sich Kilometer um Kilometer hin.

Es nahm mir den Atem. Vor mir das Meer und die riesigen, strahlend erleuchteten Schiffskolosse, hinter mir die Stadt und die riesigen, strahlend erleuchteten Wolkenkratzer. Ich sah Paul an und schüttelte den Kopf, was soviel bedeuten sollte wie »ich kann es nicht fassen«. Er verstand, lächelte ein befriedigtes Lächeln, nahm meine Hand und führte mich ein paar Schritte weiter zu einer Holzbaracke mit der Aufschrift: »Sloppy Joe« – »Schlampiger Joe«.

Es war eine richtige Hafenarbeiter-Stampe: ein rechteckiger, nicht sehr großer Raum ohne Fenster, Glühbirnen an der Decke, abgetretenes braunes Linoleum auf dem Boden, ein paar Kleiderhaken an den Wänden. Tische und Stühle waren aus rohem Holz und notdürftig zusammengenagelt. Am hinteren Ende des Raumes waren eine Theke und eine Tür, die zur Küche führte und offenstand. Von dort her drangen Zischlaute, Rauchschwaden und der Geruch bratenden Fisches in das Lokal. Es waren nicht viele Menschen da. Eine größere, bemerkenswert elegante Gesellschaft und ein paar Arbeiter. »Sloppy Joe« war ein Tageslokal, und ab neun Uhr gab es dort nichts mehr zu essen.

Wir setzten uns nebeneinander an einen der Tische. Der Wirt, ein großer, dicker Franzose mit einer schmutzigen Schürze um den vorgewölbten Bauch und einem Handtuch überm Arm, kam gemächlich auf uns zu. Er begrüßte Paul mit einem kräftigen Schlag auf die Schulter und mich mit einem anerkennenden Blick, der in einem vielsagenden Augenzwinkern endete. Paul sprach französisch mit ihm, ziemlich fließend und akzentlos, soweit ich es beurteilen konnte. Ich überließ ihm die Zusammenstellung des Menüs. Was ihm schmeckte, würde zweifellos auch mir schmecken. Wir hatten denselben Geschmack, wir hatten denselben Rhythmus, wir hatten all das gemeinsam, was man braucht, um miteinander glücklich zu werden.

Ich beobachtete Paul – wie er sprach, wie er lachte, wie er die Hände bewegte, wie er die Augen ein wenig zusammenkniff. Nein, er hatte sich nicht verändert. Sicher, er sah angegriffen aus. Er war müder und ernster geworden. Das Strahlende brach nicht mehr mit solcher Intensität aus ihm hervor. Aber es würde wieder hervorbrechen mit derselben Kraft, und das Angegriffene, Müde, Ernste würde aus seinem Gesicht weichen. Ich war da, um dafür zu sorgen. Und es würde mir gelingen, so wie es mir in kurzer Zeit gelungen war, die Schranken zwischen uns niederzureißen. Im Grunde war er der alte Paul, und die dünne Schicht amerikanischer Tünche, die er sich zwangsläufig zugelegt hatte, die war leicht zu entfernen. Ich war glücklich, durch und durch glücklich, ohne jede Angst, ohne jeden Zweifel.

Wir aßen Krabben, kleine Langusten, gebratene Flundern und gegrillte Steinbuttschnitten. Es schmeckte herrlich. Bei jedem Bissen merkte man, daß das Meer nur ein paar Schritte von der Küche entfernt war. Noch nie hatte ich so frischen, so weißen, so sauber duftenden Fisch gegessen. Wir tranken Wein in großen Mengen, und wir sprachen schnell und in Bruchstücken, wie man spricht, wenn es zu viel zu erzählen gibt. Wir sprangen von einem Thema zum anderen, ohne eins auch nur halbwegs zu Ende zu führen; seine Klinik, mein Verlag; seine neue Wohnung, meine neue Wohnung, seine Reise nach Mexiko, meine Reise nach Israel; sein Gummibaum, meine Katze; München, Berlin, New York; Dora, die seit dem Tod ihres Mannes in München lebte; Andy, der nächstes Jahr in die Schule kommen sollte; Max und Martha, Pauls beste Freunde, die ich umgehend kennenlernen mußte. So vieles wurde angeschnitten, so vieles wurde fallengelassen, und so vieles wurde selbstverständlich vorsichtig umgangen.

Ab und zu trat der Wirt an unseren Tisch, umfaßte uns mit einem wissenden Blick, schmunzelte, zwinkerte verschmitzt und entfernte sich wieder. Um halb zehn schloß er die Tür ab. Die letzten Gäste waren gegangen. Ein magerer, halbwüchsiger Junge begann, die Stühle auf den Tisch zu stellen. Er tat es sehr laut und pfiff einen Schlager dazu.

Unsere Flasche war fast leer. Paul füllte den Rest in unsere Gläser. Plötzlich war unser Redeschwall versiegt. Wir griffen beide im selben Moment nach dem Päckchen Zigaretten, das in der Mitte des Tisches lag. Unsere Hände berührten sich. Paul zog seine Hand schnell zurück. Ich schaute ihn an. Er lächelte. Das Lächeln lag unter der Schicht amerikanischer Tünche.

»Warst du schon in Greenwich Village?« fragte er.

»Ich bin mal durchgefahren«, sagte ich.

»Ich kenne da ein sehr hübsches Lokal. Wollen wir hingehen?«

»Nein«, sagte ich. »Ich will nicht in ein sehr hübsches Lokal in Greenwich Village. Ich will in deine Wohnung.«

Paul wohnte im Westen New Yorks, in der 177. Straße, Ecke Broadway. Es war eine Gegend, die keinen guten Ruf hatte. Das Haus war ein großer, zehnstöckiger Wohnblock, der bessere Zeiten gesehen hatte und immer noch sein Gesicht zu wahren suchte. Aber es war schon ein sehr müdes, abgenutztes, düsteres Gesicht. Er starrte verbittert den Broadway an, der in dieser Gegend nichts mit dem strahlenden weltbekannten Zentrum zahlloser Kinos und Theater gemein hatte. Hier war der Broadway eine zwar breite, aber verkommene Straße, von schäbigen Häusern eingesäumt, von abenteuerlichen Gestalten bevölkert und bei Nacht von einer trüben Beleuchtung mangelhaft erhellt. Menschen, die etwas auf sich hielten, mieden diesen Ausläufer des Broadway, diesen mißlungenen, verstoßenen Sproß eines berühmten Vaters. Neger und Puertoricaner waren nahe, und noch näher waren die polnischen Juden. Sie hatten sich, einer neben dem anderen, in kleinen unordentlichen Lebensmittelgeschäften eingenistet und beherrschten weder die englische Sprache noch ästimierten sie den »american way of life«. Aber unter ihren verstaubten, kunterbunt durcheinanderliegenden Waren konnte man die vorzüglichsten fremdartigen Leckerbissen ausgraben.

All das wußte ich freilich noch nicht, als unser Taxi nach

langer Fahrt hielt und Paul mir mit einem »here we are« die Tür öffnete. Die Eingangshalle des Hauses war grün, grün waren die Wände, grün die Decke, grün der Boden, grün die Beleuchtung: Man hatte das Gefühl, in ein Aquarium hineingeraten zu sein. Der Fahrstuhl war alt und eng, er hatte Holztüren mit ovalen Milchglasscheiben und ein Messinggitter, das man vor der Abfahrt sorgsam schließen mußte. Es war ein sehr langsamer Lift, der menschliche, ächzende Geräusche ausstieß.

Pauls Appartement befand sich im fünften Stock, am hintersten Ende eines langen, schmalen, fensterlosen Ganges. In dem Gang roch es modrig. Ich war gerührt. Für Häuser dieser Art hatte ich immer sehr viel Sympathie und Mitgefühl.

Pauls Tür hatte zwei Schlösser – ein gewöhnliches Schloß und ein Sicherheitsschloß. Beide waren zweifach versperrt. Die Gegend schien nicht ganz sicher zu sein. Paul schloß auf und stieß die Tür zurück. Das erste, was mir ins Auge stach, war ein weißes Stück Papier, das auf dem Boden des winzigen, dunklen Ganges lag.

»Da liegt was«, sagte ich und zögerte einzutreten, »sieht aus wie ein Telegramm.«

Paul trat an mir vorbei, bückte sich, hob es auf und schob es nach einem kurzen Blick in die Tasche.

»Lies es«, forderte ich ihn auf, »Telegramme sollte man immer schnell hinter sich bringen.«

»Ach was!«

Er schaltete das Licht an und streckte den Arm nach mir aus. »Tritt ein und bring Glück herein.«

»Ich werd' mich bemühen«, sagte ich.

Es war ein kleiner bescheidener Raum, in dem nur wenig Möbel Platz hatten. Eine zierliche Queen-Anne-Garnitur, bestehend aus Sofa, rundem Tisch und zwei Sesselchen; ein ebenso zierlicher Biedermeier-Sekretär mit einem hübschen, weinrot gepolsterten Stuhl davor; ein schlichtes Bücherregal – das, wie ich später feststellte, ausschließlich medizinische Fachliteratur enthielt; eine lustige, offenbar selbstgebastelte Lampe, an deren langem, sichelförmig gebogenem Stiel ein gelber Lampion baumelte; an den Wänden hingen ein großes modernes Bild – gewagt, aber recht dekorativ –, eine gerahmte Landkarte von den Vereinigten Staaten und ein paar Stiche. Auf dem Tisch stand ein prächtiger, silberner Kerzenleuchter. Ein hellgrüner, wolliger Teppich bedeckte den Boden, und ein elefantengrauer, nicht sehr faltenreicher Vorhang schien eine Kochnische zu verbergen.

Während ich dastand und zustimmend lächelte, überfiel mich eine leichte Melancholie. Das Zimmer war behaglich, die Sachen geschmackvoll. Es störte mich nicht, daß sie aus zweiter Hand waren – das Holz ein wenig zerkratzt, die feinen, zartgemusterten Brokatbezüge verblichen. Es störte mich auch nicht, daß der Teppich, an allen vier Seiten zu kurz, ein schadhaftes Parkett sehen ließ, daß an den Fenstern nur dünne, schlaffe Tüllgardinen angemacht waren – die übrigens dringend der Wäsche bedurften – und daß der Anstrich nicht gerade fachmännisch war. Nein, diese Mängel fand ich eher komisch und Paul adäquat. Was mich wehmütig stimmte, war Pauls zaghafter Versuch, ein winziges Fleckchen europäischer Kultur in den Westen New Yorks zu verpflanzen. Wäre der düstere Hinterhof nicht so spürbar, das Zimmer nicht so eng und wären die Möbel nicht so zerbrechlich gewesen, es hätte nichts Trauriges gehabt. So aber wurde ich an einen zoologischen Garten erinnert, in dem man die winzigen Zwinger der Tiere mit den Attributen ihrer jeweiligen Länder auszuschmücken pflegt: Der Eisbär kriegt einen Wasserpfuhl und der Steinbock einen Felsenhügel. Und obgleich die Tiere diese Miniaturausgaben von Meer und Gebirge eigentlich nur mit Verachtung strafen dürften, passen sie sich den Gegebenheiten an. Der Eisbär setzt sich tatsächlich in den Wasserpfuhl, und der Steinbock stellt sich auf den Gipfel des Felsenhügels. Sie sehen da sogar recht zufrieden aus, aber mich hatte ihr Anblick immer traurig gemacht.

Als Paul jetzt auch noch die Deckenbeleuchtung löschte und die Kerze im schönen alten Leuchter anzündete, erinnerte er mich noch mehr an jene bedauernswerten gefangenen Kreaturen. Aber er selber schien es nicht zu merken. So wie Eisbär und Steinbock sah er recht zufrieden aus in seinem europäischen Zwinger. Während er mich auf dieses und jenes aufmerksam machte, plauderte er munter über die Vorzüge der Wohnung: daß sie billig sei, was man bei den enormen Mietpreisen in New York nicht unterschätzen dürfe; daß die Gegend zwar nicht als sehr vornehm gelte, man sie aber mit der U-Bahn leicht erreiche, und außerdem ... was interessiere ihn die Gegend! Daß die Wohnung ein wahrer Schweinestall gewesen sei und daß er sie eigenhändig hergerichtet habe, was ihm – wie ich ja selber sehen würde – recht gut gelungen sei; daß die antiken Möbel natürlich schwer aufzutreiben gewesen seien, daß er wochenlang gesucht und schließlich doch – es lag Stolz in seiner Stimme – das Entsprechende gefunden habe; daß der Kerzenleuchter aus dem Atelier stamme und daß der Gummibaum – erst jetzt entdeckte ich ihn in einer Ecke – eine ganz neue Akquisition sei; daß die Zimmer gut geheizt seien (das allerdings ließ sich nicht bestreiten); daß er im Bad immer heißes Wasser und im Frigidaire immer Eis habe – und daß das schließlich und endlich das Wichtigste wäre (das wiederum ließ sich sehr bestreiten). Er zeigte mir dann noch das Schlafzimmer, das aus einem großen, nicht gerade schön, aber bequem aussehenden Bett, einem Nachttisch mit Telefon, einem Radio, einem Regal und einem Einbauschrank bestand. Ich begutachtete es mit einem ernsten Kopfnicken und bemerkte, daß der Einbauschrank sehr praktisch sei. An diese Bemerkung knüpfte Paul sogleich einen kleinen Vortrag an, der sich mit den praktischen, bequemen, erleichternden Einrichtungen Amerikas befaßte. Währenddessen gingen wir in den europäischen Zwinger zurück, und ich setzte mich in einen der niedlichen kleinen Sessel. Ich beschloß, ruhig und duldsam das Ende der amerikanischen Phase abzuwarten.

»Was möchtest du trinken?« fragte mich Paul. »Whisky, Gin, Cognac, Rum, Rotwein, Sekt?«

»Sekt? Was für Sekt?«

»Henkell trocken. Ich habe immer eine Flasche im Frigidaire, eine alte Gewohnheit von früher.«

»Hast du viele alte Gewohnheiten mit nach Amerika geschleppt?«

»Ich wüßte nicht wozu. Das Leben hier gibt mir so viele neue und positive ...«

»Hast du eigentlich Heimweh?« unterbrach ich ihn und erkannte, kaum daß ich die Frage gestellt hatte, daß sie verfrüht und ungeschickt war.

»Heimweh nach was?« fragte er mit hochgezogenen Brauen.

»Ach, ich hab' das nur so dahingesagt. Komm, trinken wir die Flasche Sekt.«

Seine Brauen zuckten noch um eine Spur höher. Seine Lider senkten sich tiefer herab, und aus den Schlitzen seiner Augen traf mich ein überlegener Blick.

Wenn meine Frage schon ungeschickt gewesen war, mein plötzlicher Rückzug war es offenbar noch mehr. Ich begann mich zu ärgern – zuerst über meinen Mangel an Diplomatie, dann über Pauls Empfindlichkeit und schließlich über diesen ganzen Eiertanz, der so gar nicht seiner und meiner Mentalität entsprach.

»Paul«, sagte ich mit einer Kühle, die mir weh tat, »ich habe Durst.«

Er holte die Flasche, öffnete sie mit imponierender Geschicklichkeit und füllte zwei Gläser. Er reichte mir das eine und setzte sich mit seinem auf den Boden.

»Noch eine alte Gewohnheit«, sagte ich, und meine Kühle schmolz mit der Erinnerung dahin.

Genauso hatten wir uns damals gegenübergesessen – er auf dem Boden, ich in einem Sessel. Es war November gewesen, so wie jetzt. Drei Jahre lagen dazwischen. Tausendfünfundneunzig Tage und noch ein paar darüber. Ich war unglücklich gewesen – grenzenlos unglücklich. Er nicht, er hatte eine Zukunft gehabt und ich nur eine Vergangenheit. Worüber hatten wir gesprochen? Ich wußte es nicht mehr. Was gesprochen wird, ist meistens so unwesentlich gegen das, was im gleichen Atemzug gedacht wird. Laß mich nicht allein, hatte ich damals gedacht. Und das war der Kern gewesen. Ein Kern, versteckt in einem Gehäuse belangloser Worte. Warum das alles? Warum dieses ewige, unwürdige Drumherumgerede? Warum nicht die Wahrheit? Paul sprach. Er sprach schon seit geraumer Zeit. Ich hatte nur halb hingehört und festgestellt, daß die amerikanische Phase immer noch nicht vorüber war. Er saß vor mir wie ein Buddha, die Beine gekreuzt, das Gesicht ernst und gesammelt. Pose und Minenspiel ließen auf tiefe Gedanken schließen. Ich schüttelte die Vergangenheit ab und versuchte, mich auf seine Worte zu konzentrieren.

Er sagte: »Man nehme nur einen durchschnittlichen amerikanischen Haushalt und vergleiche ihm mit irgendeinem europäischen. Ja, mein Gott, was für ein Unterschied! Während sich die europäische Frau noch heute mit längst überholten unzumutbaren Hausgeräten abrackern muß, braucht die amerikanische Frau, im wahrsten Sinne des Wortes, nur auf Knöpfe zu drücken. Ob das der Herd ist oder die Waschmaschine oder die Geschirrspülmaschine, es geht automatisch, hygienisch, schnell, und sie kann sich den Tag gestalten, so wie es ihr Spaß macht. Sie ist eben nicht Sklave ihres Haushalts, verstehst du? Will sie nicht kochen, dann kauft sie eine Fertigmahlzeit, die sie nur aufzuwärmen braucht. Will sie nicht einkaufen gehen, dann läßt sie sich die Sachen ins Haus bringen. Für sie ist der alltägliche Kram, an dem sich die europäische Frau aufarbeitet, ein Kinderspiel.«

Wie konnte man da noch ruhig und duldsam bleiben? »Ein wahrhaft beneidenswertes Geschöpf, die amerikanische Frau«, sagte ich, »ein wahrhaft beglückendes Leben mit Waschmaschinen, Fertigmahlzeiten und vielen kleinen Knöpfen. Es ist mir nur schleierhaft, warum bei all diesen herrlichen Errungenschaften so viele amerikanische Ehen zum Teufel gehen, warum so viele Amerikaner und Amerikanerinnen durch und durch unbefriedigt sind, warum die Kinder so blaß und mickrig aussehen – und das alles, mein Lieber, in weitaus größerem Ausmaß als in Europa.«

Paul straffte den Rücken, die Schultern, das Gesicht. Ich ahnte eine lange, tiefschürfende Belehrung voraus und verlor vollends Geduld und Beherrschung.

»Paul«, rief ich, »von mir aus kannst du recht und ich unrecht haben, von mir aus kann eine Fertigmahlzeit eine großartige Erfindung und ein selbstgemachtes Gulasch eine schreckliche Plackerei sein; von mir aus können alle amerikanischen Frauen das Paradies und alle europäischen Frauen die Hölle auf Erden haben. Es ist mir vollkommen gleichgültig!«

Er machte ein Gesicht wie ein Mensch, der im milden Herbstwetter geruhsam spazierengeht und plötzlich von einem Wirbelsturm gepackt wird. Vielleicht war es die Heftigkeit meiner Worte, die ihn erschreckte, vielleicht die Leidenschaft, mit der ich sie hervorgeschleudert hatte. Sollte er erschrocken sein! Sollte er von mir aus schockiert sein! Alles war besser als dieses wohltemperierte Dahingeplätscher, das er sich, der Himmel nur wußte warum, angeeignet hatte. Ich hatte es satt, mitzuplätschern, den interessierten Gesprächspartner oder aufmerksamen Zuhörer zu spielen. Ich hatte es satt, drumherum zu reden. Ich hatte es satt, meine Gedanken in einem Gehäuse belangloser Worte zu verstecken. Wenn man mit Paul nicht offen und ehrlich sprechen konnte, mit wem denn dann? Wie viele Menschen gab es schon, denen man nichts verbergen, denen man alles wahrheitsgetreu sagen wollte? Keinen gab es, wenn man es sich genau überlegte! Die Wahrheit war ein Labyrinth, in das man sich kaum noch hineinwagte. Aber ging man dieses gewaltige Wagnis ein – vielleicht zum ersten und zum letzten Mal in seinem Leben –, dann durfte man mit Recht Beistand und Anerkennung erwarten. Und wenn er nicht freiwillig mitmachte, dann würde ich ihm Beistand und Anerkennung abnötigen. Ich würde ihm mit gutem Beispiel vorangehen, so wie er mir damals mit gutem Beispiel vorangegangen war. Ich würde den Anfang machen.

Ich rückte auf die äußerste Kante des Sessels und beugte mich weit vor. Tatsächlich, ich zitterte, zitterte in dem Bedürfnis, mich ganz und gar mitzuteilen, ihn mitzureißen. Es war unerläßlich, daß er diesen Aufruhr in mir begriff – diesen Aufruhr, den er vor Jahren in mir entfacht hatte. »Paul«, sagte ich mit aller Intensität, »weißt du eigentlich, was dieses Wiedersehen für mich bedeutet?«

Er schaute mich stumm an, ein großes Unbehagen im Gesicht, eine merkwürdige Starre im Körper. Ich spürte, daß er am liebsten aufgesprungen und weggerannt wäre – weg aus dem gefährlichen Bannkreis meiner Intensität. Ich spürte, wie er sich dagegen aufbäumte und sträubte, wie er sich fürchtete, dem Sog dieser Intensität zu verfallen. Und ich spürte, nein, ich wußte, daß er ihm verfallen würde.

»Weißt du eigentlich«, fuhr ich fort, »was du für mich bedeutet hast und immer noch bedeutest? Nein, du weißt es natürlich nicht, denn für dich war das damals in München nur eine Episode. – Du warst viel zu beschäftigt mir dir selber, deiner Arbeit, deiner Zukunft, deinem Ziel. Ich spielte in deinem Leben nur eine bescheidene Rolle – eine Statistenrolle, sozusagen. Bei mir war es umgekehrt. In meinem Leben wurdest du zum Hauptdarsteller oder besser noch zum Regisseur – einem Regisseur, der mir geniale Anweisungen gab. Und so wurde ich dein Geschöpf, ohne Pathos, Paul – dein Geschöpf! Alles was aus mir geworden ist, verdanke ich dir.«

Ich schaute ihn an und lächelte: »Ich werde dir die Geschichte von Anfang an erzählen, willst du?«

Er nickte. Dann strich er sich plötzlich mit einer fast verzweifelten Gebärde über das Gesicht, ließ sich zurückgleiten und blieb lang ausgestreckt auf dem Boden liegen. Er hatte kapituliert.

Paul unterbrach meinen Bericht kein einziges Mal. Er lag da, fast bewegungslos, die Arme hinter dem Kopf verschränkt, die Augen zur Decke gerichtet, sein Gesicht verriet keinerlei Gemütsbewegung. Ich konnte nicht feststellen, was in ihm vorging – wenn überhaupt etwas in ihm vorging. Erst als ich geendet hatte und er sich aufsetzte, entdeckte ich, daß etwas sehr Entscheidendes in ihm vorgegangen war.

Der Paul, der da vor mir saß und mich schweigend anschaute, hatte sich auf geheimnisvolle Art verändert. Er war nicht der arrogante Paul vom Atelier am Uferweg, nicht der strahlende Paul aus der Maximilianstraße in München, nicht der ernste Paul aus der 177. Straße in New York. Er war mir fremd, und sein Anblick verwirrte mich.

Paul war für mich immer der Mann gewesen, der, ganz in sich abgeschlossen, keines anderen Menschen bedurfte, der, mit unerschöpflichen Reserven ausgestattet, auf nichts und niemanden angewiesen war. Jetzt plötzlich aber schien diese feste Hülle einen Sprung bekommen zu haben. Und aus diesem Sprung sickerten die Reserven, unaufhaltsam wie Blut aus einer Wunde, schwächten ihn, machten ihn nachgiebig, zwangen ihn, sich einem anderen Menschen zuzuwenden. Paul, ich spürte es, wandte sich mir zu – von den Spitzen seiner wetterfesten Schuhe bis zu den Spitzen seiner drahtigen Haare – mit Körper, Herz und Seele. Seine Züge waren weich geworden, seine Augen sanft. Etwas wie Hingebung war in seinem Gesicht – diesem neuen Gesicht, das sich der Wärme und Zärtlichkeit nicht mehr erwehren konnte.

In diesem so lang und so heiß ersehnten Moment empfand ich Unbehagen. Mein Traum war Wirklichkeit geworden, mein innigster Wunsch hatte sich erfüllt, und ich war irritiert. Es war widersinnig und empörend, rätselhaft und absurd. Ich hätte den Sprung in Pauls Wesen enthusiastisch begrüßen und seine Hingebung mit Hingebung erwidern müssen. Statt dessen saß ich da, steif und beklommen. Pauls zärtlicher Blick legte sich auf meine Brust wie ein heißes, feuchtes Tuch. Es war mir peinlich, das Gesicht eines Mannes zerfließen zu sehen. Ich wünschte, Paul würde etwas sagen, etwas tun – ganz gleich was.

Er schien meine Gedanken zu erraten, denn plötzlich stand er auf, nahm eine Zigarette vom Tisch und zündete sie an. Er rauchte ein paar Züge, abwesend und schweigend. Dann, mit einem Ruck, zog er sein Jackett aus und warf es aufs Sofa.

»Es war mir einfach zu heiß«, erklärte er.

Ich atmete auf. Das war wieder der alte, mir vertraute Paul. Es sah ihm ähnlich, daß er sein langes Schweigen mit banalen Worten brach, daß er sich seiner offensichtlichen Ergriffenheit ebenso abrupt entledigte wie seines Jacketts. Ich schaute ihn an, und mein Unbehagen verging ebenso schnell, wie es gekommen war. Er stand da, groß und breit in seinem weißen Hemd, das, mit einem winzigen Monogramm versehen, sicher noch aus Europa stammte, zog die Stirn in mißmutige Falten und lockerte ungeduldig seine Krawatte. Jetzt, da er mit sich selber beschäftigt war, empfand ich, was ich längst hätte empfinden müssen: Glück, Zärtlichkeit und Liebe. Jetzt, bildete ich mir ein, könnte ich seinen hingebungsvollen Blick, sein zerfließendes Gesicht mit dem gleichen Blick, dem gleichen Gesicht erwidern. Aber er schaute mich nicht an, und meine Liebe wuchs, bis sie mir fast den Atem nahm. Denn aus Paul war wieder ein in sich abgeschlossener Mann geworden, aus dem Glück ein zerbrechliches Gefäß und aus der Wirklichkeit Traum. Mein Taten- und Eroberungsdrang kehrte zurück.

Ich erhob mich und begann, mein Glas in der Hand, im Zimmer umherzuwandern. Ab und zu streifte ich Paul mit einem scheuen Blick, und danach trank ich jedesmal einen großen Schluck. Das, was jetzt vor mir lag, erfüllte mich mit Angst, aber es war unausweichlich. Paul machte keine Anstalten, sein erwachtes Gefühl in die Tat umzusetzen. Offenbar war er sich noch immer – oder schon wieder – unschlüssig, ob er ihm voll und ganz nachgeben sollte. Es war schwer zu sagen, ob sein Verstand oder sein Gefühl die Oberhand gewinnen, ob er den Sprung wieder zusammenkitten oder weiter aufreißen würde. Seine Unentschlossenheit konnte noch lange dauern – zu lange für meinen Geschmack –, und außerdem war ich nicht bereit, den Lauf der Dinge unbeeinflußt zu lassen. Hätte ich vorhin nicht eingegriffen, Paul würde immer noch über Waschmaschinen und Fertigmahlzeiten dozieren. Es war nur zu offensichtlich, daß er, längst an der Grenze des Fallens, noch immer sein Gleichgewicht zu halten suchte. Ich konnte es ihm nicht einmal verübeln. Menschen unserer Art ließen sich nicht gern fallen. Die Gefahr, verletzt zu werden, das Risiko, die Unabhängigkeit zu verlieren, waren zu groß. Und hatten wir nicht immer immensen Wert darauf gelegt, unverletzt und unabhängig zu bleiben? Der Gedanke, daß *ich* nach wie vor immensen Wert darauf legte, kam mir gar nicht in den Sinn. Oder war es nur eine instinktive Sicherheit, daß ich unverletzt und unabhängig aus der Geschichte hervorgehen würde?

Ich trank mein Glas aus, stellte es auf den Tisch und wandte mich Paul zu. Er mußte mich schon längere Zeit beobachtet haben.

»Was ist, Judith?« fragte er.

»Diese Frage kann ich dir zurückgeben«, sagte ich.

»Weißt du, ich bin immer noch etwas benommen.«

»Ich auch«, sagte ich und war glasklar.

»Es ist alles so merkwürdig ... so, als wenn das Schicksal seine Hand im Spiel hätte.«

»Wahrscheinlich hat es das«, sagte ich und dachte: Aber irgendwann müssen auch wir unsere Hand im Spiel haben.

Paul jedoch schien dieser Gedanke fernzuliegen. Was fast jeder Mann in einer solchen Situation getan hätte, tat er aus unerfindlichen Gründen nicht. Meine Hoffnung, daß er mit einer Umarmung, einem Kuß doch noch die Initiative übernehmen könne, wurde enttäuscht. Sollte der Abend das Ende finden, das mir seit Stunden vorschwebte, dann mußte ich – wohl oder übel – den ersten Schritt tun. Aber wie konnte ich das als Frau? Plötzlich war ich unsicher. Der entscheidende Moment, da man sich spontan, aus einem Überschwang des Gefühls heraus in die Arme fällt, war überschritten. Was ich vor kurzer Zeit noch als selbstverständlich empfunden und bedenkenlos, aus einem echten Verlangen nach körperlicher Berührung getan hätte, hatte jetzt einen peinlichen Beigeschmack. Seine Passivität hatte schließlich auch mein elementares Bedürfnis erstickt, und das, was blieb, war kühle Berechnung, krampfhaftes Wollen.

Während wir uns gegenüberstanden, mit lahm herabhängenden Armen und vagem Lächeln, spürte ich, daß wir uns mehr und mehr vom Ziel entfernten. Es war nicht die Stille vor dem Sturm, nicht die gespannte Atmosphäre vor dem Ausbruch, es war ganz einfach die Ermattung, die entweder einer Überreizung oder einer Kontaktlosigkeit folgte. Ich versuchte, mir Pauls in Zärtlichkeit zerfließendes Gesicht vorzustellen, aber es gelang mir nicht mehr. Vielleicht, dachte ich in jähem Schrecken, hatte ich mich überhaupt getäuscht, und so ein Ausdruck war nie in seinem Gesicht gewesen; vielleicht wollte er wirklich nichts anderes, als sich mit mir über die Vorteile Amerikas und die Nachteile Europas unterhalten. Ich spürte, wie meine Kraft und Sicherheit dahinschmolzen. Mit einer gemurmelten Entschuldigung verschwand ich im Badezimmer.

Über der Wanne war eine Leine gespannt, und daran hingen ein Hemd, eine Unterhose und Socken. Ich schaute die Kleidungsstücke an, und dabei erwachte in mir eine ungeheure Sehnsucht nach Paul. Hätte er jetzt neben mir gestanden, ich hätte mich hemmungslos in seine Arme geworfen. Aber er stand nicht neben mir, und vielleicht war es gerade seine Abwesenheit, die ein so heftiges Verlangen in mir weckte. Ich verstand mich selber nicht mehr, trat vor den Spiegel und begann, mir die Haare zu kämmen. Ich stellte fest, daß ich hübsch aussah, und das gab mir wieder ein wenig Mut. An meiner äußeren Erscheinung konnte es nicht liegen. Pauls Zurückhaltung mußte andere Gründe haben, und – verdammt noch mal – ich würde ihnen schon auf die Spur kommen. Ich hatte die glückliche Veranlagung, mich aus Trauer in Wut und aus Wut in wilde Aktivität hineinzusteigern.

Das Bad führte ins Schlafzimmer. Ich blieb auf der Schwelle stehen und betrachtete das Bett. Dann fiel mein Blick auf das Radio. Es stand auf einem Tisch, eingezwängt zwischen Fenster und Bett, und brachte mich auf einen Gedanken. Ich ging hin, setzte mich und schaltete es an.

Bei den ersten Tönen einer Tanzkapelle tauchte Paul in der Tür auf. Ich schaute mit unschuldsvollem Gesicht zu ihm hinüber und erklärte: »Weißt du, ich habe noch nie den New Yorker Sender gehört.«

Paul lachte, durchquerte das Zimmer und setzte sich neben mich aufs Bett. »Na, dann paß mal auf«, sagte er.

Er begann, an dem Knopf zu drehen, und bei jedem Millimeter schaltete sich ein anderes Programm ein: Tanzmusik, klassische Musik, Volksmusik, ein Sänger, ein Chor, eine Ansagerin, ein Hörspiel, Werbung, Nachrichten ...

»Radio New York«, verkündete Paul mit Triumph in der Stimme.

»Was ... das alles?«

»Ja, natürlich.«

»Was die Quantität anbelangt«, sagte ich, »ist New York tatsächlich nicht zu übertreffen.«

»Nicht nur, was die Quantität anbelangt«, belehrte mich Paul. Ich hütete mich, ihm zu widersprechen.

»Es gibt zum Beispiel einen Sender«, fuhr er fort, »der ununterbrochen Tag und Nacht klassische Musik spielt. Die ersten Orchester, die berühmtesten Dirigenten, Musiker und Sänger. Ein gutes Rundfunkgerät ersetzt einem jedes Konzert.« Offenbar schien er den genannten Sender zu suchen, aber mir war jetzt nicht nach klassischer Musik zumute.

»Laß mich mal«, sagte ich und schob seine Hand beiseite. In kürzester Zeit hatte ich, was ich wollte: eine südamerikanische Tanzkapelle, deren Rhythmus sofort auf mich übersprang. Ich richtete mich auf, und obgleich ich mich bemühte, jedes Zeichen der Erregung zu unterdrücken, gelang es mir nicht. Mein Fuß begann zu wippen, meine Augen zu leuchten.

»Magst du solche Musik?« fragte Paul.

»Sehr! Der Rhythmus wirkt auf mich wie irgendein Aufputschmittel. Wenn ich allein bin, springe ich auf und tanze. Ich kann gar nicht anders.«

Paul schaute mich aufmerksam an.

»Es ist primitiv, ich weiß ... aber was soll ich machen.«

»Du bist eine merkwürdige Frau. Eine ziemlich unberechenbare Mischung aus Kopf und ... sagen wir ... Bauch.«

»Ist das schlimm?«

»Gefährlich ... hauptsächlich für andere.« Er machte Anstalten aufzustehen.

»Paul«, sagte ich.

»Ja?«

Ich wußte nicht, was ich sagen sollte. Es war genug gesagt

worden. Worte halfen hier nichts mehr. Im Gegenteil. Ich schaute ihm in die Augen, hob die Schultern und breitete die Hände aus.

»Eine typische jüdische Gebärde«, bemerkte er mit einem schwachen Lächeln, »und unmißverständlich.«

Ich seufzte.

Er packte meine Handgelenke und preßte sie schmerzhaft zusammen: »Du Ungeheuer«, sagte er leise, »du vom Schicksal geschicktes Ungeheuer!« Er zog mich an sich und küßte mich.

Der Kuß, in den er sich stürzte wie in eine lebenswichtige Entscheidung, hatte für mich keinerlei erotische Bedeutung. Das überraschte mich nicht, aber es enttäuschte mich auch nicht. Ich hatte eigenartigerweise trotz aller Sehnsucht nie ein physisches Verlangen nach Paul gespürt. Wenn ich in all den Jahren an ihn gedacht hatte, dann keineswegs in Verbindung mit dem Körperlichen. Der Reiz, den Paul für mich hatte, war zwingender als das heftigste körperliche Begehren, es war eine Art Hörigkeit der Phantasie. Es schien mir daher ganz logisch, daß die Stärke meines Gefühls das Empfinden meines Körpers verdrängte, daß ich der körperlichen Vereinigung – zunächst einmal – eine rein symbolische Bedeutung beimaß. Ich wollte mit Paul verschmelzen – geistig, seelisch und körperlich. Aber während ich das Wachsen seines Begehrens verfolgte, erkannte ich, daß eine Umarmung eben doch keine symbolische Handlung ist und die Verschmelzung zweier Seelen in keiner Weise die Verschmelzung zweier Körper garantiert. Ich wünschte, mich verlieren zu können, so wie ich mich in den Umarmungen ungeliebter Männer verloren hatte. Aber da ich Paul liebte, zitterte ich vor Zwischenfällen, die ihn oder mich irritierten, die vielleicht sogar unsere Beziehung herabwürdigen könnten. Ich war ständig auf der Hut, und unter meinem scharfen Blick, meinem gespitzten Ohr, wurde das Selbstverständliche kompliziert. Ich fürchtete Worte, Geräusche, Gerüche, die ihm oder mir mißfallen könnten; ich fürchtete die wächserne Blässe meiner und die Feuchtigkeit seiner Haut; ich fürchtete den Moment des Ausziehens, in dem jeder, mit seinen eigenen Knöpfen, Haken und Reißverschlüssen beschäftigt, einen unbeholfenen Anblick bietet; ich fürchtete amerikanisch geblümte Unterhosen und Laufmaschen in meinen

Strümpfen; und schließlich fürchtete ich ein Resignieren, ja sogar Versagen Pauls, das bei meinem ungeschickten Verhalten nur allzu berechtigt gewesen wäre. Ich erinnerte mich an die Nacht in Kufstein, an Pauls Worte, die mir plötzlich wieder einfielen: »Weil ich spürte und keine Lust hatte, dich ohne deine Lust zu nehmen, habe ich es gelassen.« Es durfte nicht so weit kommen – unter keinen Umständen.

Die südamerikanische Tanzkapelle spielte einen feurigen Samba – aber auch das half nichts mehr. Durch die Ritzen des Fensters zog es kalt und unangenehm. Aus dem Bad drang das nüchterne Licht einer nackten Glühbirne. An der Leine sah ich Pauls Socken baumeln. Ich geriet in einen Zustand der Panik. Schnell, dachte ich, schnell, bevor er spürt, was in mir vorgeht, bevor sich ihm meine Ängste und Zweifel mitteilen, bevor er verletzt oder mutlos aufgibt. Mechanisch seinen nicht endenwollenden Kuß erwidernd, schüttelte ich die Schuhe von den Füßen und nestelte demonstrativ an den Knöpfen meines Kleides herum. Paul unterbrach den Kuß und hob ein wenig den Kopf. Sein Gesicht zeigte den nach innen gerichteten schlafwandlerischen Ausdruck, wie ihn alle Männer in solchen Augenblicken haben. Jetzt war kein Unterschied mehr zwischen ihm und den anderen. Einen Moment lang fiel Paul von seinem Podest herab. Ich empfand eine Mischung aus Überlegenheit und Geringschätzung. Ein Teil meiner Sicherheit kehrte zurück, und ich stürzte mich in die Rolle der verführerischen Frau. Mit einem Lächeln, das mir in seiner Koketterie albern und einstudiert vorkam, schob ich ihn sachte beiseite und schwang die Beine aufs Bett. Sogleich wurde sein Blick klar und unangenehm wachsam. Er saß da, stumm und bewegungslos, und schien auf ein Signal zu warten. Ich spielte gerne die verführerische Frau, aber nicht, wenn man mich kritisch dabei beobachtete. Paul tat wirklich alles, um mir meine Unbefangenheit zu nehmen.

Ich wurde unwillig. Mit dem Gedanken: Jetzt ist mir alles gleich! schob ich den Rock hoch, öffnete die Strumpfbänder an meinem rechten Bein und rollte den Strumpf hinab. Ich zog den Strumpf aus. Pauls Blick blieb an den rosa lackierten Nägeln meiner Zehen haften. Unwillkürlich und sicher nicht im Scherz – alles lag mir in diesem Moment näher, als zu scherzen – bewegte ich den großen Zeh. Es sah aus, als würde auch er sich unter Pauls Blick winden.

Paul begann zu lachen. Ich starrte ihn böse an. Er nahm meinen Fuß und küßte ihn. Dann plötzlich stand er auf, zog mit einem Ruck sein Hemd aus der Hose, öffnete die Knöpfe, öffnete den Gürtel. Ich sah ihm ungläubig zu.

»Wie wär's«, sagte er, »wenn du den linken Strumpf auch noch auszögest.«

Als es vorüber war, lagen wir Hand in Hand, Seite an Seite. Im Bad brannte die nackte Glühbirne, und ein breiter Streifen Licht fiel quer über das Bett. Im Radio betätigte jemand sehr energisch und rhythmisch ein Schlagzeug. Paul hatte graue Socken an und ich mein Kleid, das wie ein dicker Strick zusammengedreht um meine Mitte lag. Durch die Ritzen des Fensters zog es nach wie vor. Es war alles andere als romantisch, und ich lachte leise in mich hinein.

Paul wandte den Kopf und küßte meine Schläfe: »Worüber lachst du?«

»Ich bin glücklich!«

»Wirklich?« fragte er ungläubig.

»Wirklich, wirklich, wirklich!«

»Aber es war doch alles nicht so ganz ...«

Ich ließ ihn nicht zu Ende sprechen: »Beim erstenmal ist nie alles so ganz. Aber das hat überhaupt nichts zu bedeuten.« Ich war von dem, was ich sagte, überzeugt. Das, worauf es mir angekommen war, war geschehen. Die letzte Schranke war niedergerissen, und jetzt lag endlich der große, alles verheißende Anfang vor uns.

Paul stützte sich auf den Ellenbogen und schaute mich an. Sein Gesicht war entspannt und so harmonisch, daß selbst die Nasenlöcher – eins etwas höher als das andere – gleichmäßig nebeneinander gerückt zu sein schienen. Ich liebte ihn für die Harmonie in seinem Gesicht, liebte mich als Urheberin dieser Harmonie, liebte ihn als Urheber meiner Liebe für mich. In diesem Moment erkannte ich zum erstenmal, daß die Liebe ein sich schließender Kreis ist.

Er strich mir eine Haarsträhne aus der Stirn, entfernte eine Wimper von meiner Wange, fuhr mit der Spitze seines Fingers über einen Leberfleck an meinem Kinn.

Es war fast unheimlich, wie er sich in mein Gesicht vertiefte, wie er Besitz ergriff von jedem winzigsten Detail. Ich hatte das Gefühl, aufgesogen zu werden mit Haut und Haaren, Wimpern und Leberflecken.

Ich ließ mich aufsaugen. Ich fand es herrlich. Pauls Liebe hatte ich haben wollen, und Pauls Liebe hatte ich jetzt – hatte sie in einem solchen Übermaß, daß selbst der Leberfleck an meinem Kinn reichlich davon abbekam.

Das schönste war das Einschlafen neben Paul: die letzte gemeinsame Zigarette, die von seiner Hand in meine, von meinem Mund in seinen wanderte; die leisen, schläfrigen Gespräche, die nur dazu dienten, die Stimme des anderen noch eine Weile zu hören; eine Frage, die keine Antwort verlangte, ein Lachen, das warm und zufrieden klang; die Dunkelheit, die einen umschloß, das matte Leuchten eines metallenen Gegenstandes, das umhergeisternde, rotglimmende Ende der Zigarette; das Heulen des Sturms, das beglückende Gefühl, geborgen zu sein; die Wärme unter der gemeinsamen Decke – die trockene Wärme der Haut, die feuchte Wärme des Atems; das Aneinanderschmiegen der Körper. Und dann das langsame Hinüberdämmern, der Glaube, gefunden zu haben, was man sein Leben lang suchte.

Das erstemal weckte mich ein Traum, der so abscheulich und so quälend war, daß es mir gelang, mich aus dem Schlaf ins Bewußtsein zurückzureißen. Ich hatte geträumt, mit Paul im Bett zu liegen. Es war mein Bett gewesen, aber es hatte in Pauls Schlafzimmer gestanden. Plötzlich war die Tür aufgegangen, und der junge Mann, mit dem ich in München ein Verhältnis hatte, war nackt ins Zimmer getreten. Ich hatte ihm strahlend zugelächelt und ihn ans Bett gewinkt. Dann hatte ich Paul erklärt, daß er dem jungen Mann seinen Platz abtreten und eine Weile das Bett verlassen müsse. Paul hatte gelächelt und erwidert: »That's quite impossible, darling, because you broke my neck.«

Ich lag da, fassungslos und gepeinigt. Erst nach einer Weile stellte ich fest, daß ich weit von Paul entfernt und den Rücken ihm zugewandt auf der anderen Seite des Bettes lag. Ich drehte mich hastig um. Paul schlief. Er lag auf dem Rücken, den einen Arm weit ausgestreckt, so, als suche er mich. Seine Hand hielt den Zipfel meines Kopfkissens umklammert.

Das zweitemal weckte mich das Telefon. Ich fuhr hoch und wußte einen Moment nicht, wo ich war.

»Hast du dich erschreckt, Liebes?« fragte Paul und legte seine Hand um meinen Arm.

»Ja«, sagte ich und ließ mich wieder zurückfallen.

Das Telefon läutete ein zweites Mal. Paul lag ruhig da und machte keine Anstalten, den Hörer abzunehmen.

»Willst du dich nicht melden?« fragte ich. »Es kann doch was Dringendes sein. Immerhin bist du Arzt.«

»Noch habe ich keine Privatpraxis. Außerdem ist es nichts Dringendes.«

»Woher willst du das wissen?«

»So was weiß man.«

»Ach Paul, du bist doch kein Hellseher. Komm, mach mal das Licht an.«

»Wozu denn?«

»Ich möchte wissen, wieviel Uhr es ist.«

Er schaltete die Nachttischlampe an. »Es ist genau zwanzig Minuten vor vier.«

»Eine hübsche Zeit, jemanden anzurufen!«

»Das finde ich auch.«

Ich schaute ihn an. Er lächelte, legte den Arm um mich und zog mich näher an sich heran. Das Telefon läutete und läutete.

»Eine hartnäckige Person«, bemerkte ich und zweifelte nicht daran, daß es eine Frau war, eine verliebte Frau. Nur verliebte Frauen oder Männer riefen zu den unziemlichsten Zeiten an.

»Kriegst du oft solche nächtlichen Anrufe?« fragte ich.

»Nein«, sagte er und löschte die Lampe wieder aus.

Plötzlich fiel mir das Telegramm ein, und unwillkürlich brachte ich es in Zusammenhang mit dem Anruf. »Hast du eigentlich das Telegramm geöffnet?« fragte ich Paul.

»Ja«, sagte er und dann, nach einer ziemlich langen Pause: »Warum fragst du auf einmal nach dem Telegramm?«

»Kein bestimmter Grund. Es fiel mir nur so ein.«

Das Telefon hatte aufgehört zu läuten.

»Ich glaube, ich kann jetzt so schnell nicht wieder einschlafen«, seufzte ich.

»Das sollst du auch gar nicht«, sagte Paul und drehte mich zu sich herum.

Das dritte und letzte Mal weckte mich Paul – nicht direkt, aber indirekt. Seine Ungeduld, mit der er auf mein Erwachen wartete, durchdrang meinen schon flachen Schlaf. Pauls Ungeduld war elektrisch geladen. Ich öffnete vorsichtig ein Auge.

»Good morning, kitten«, sagte er sofort.

»Cat wäre richtiger«, murmelte ich, »immerhin bin ich schon eine ausgewachsene Katze.«

»Am Morgen siehst du aus wie ein kitten-Kätzchen und am Abend wie eine cat-Katze.« Seine Stimme klang hell und ungeheuer munter. Er schien vollkommen ausgeschlafen zu sein. Mir hingegen fehlten einige Stunden Schlaf. Das Zimmer lag im Halbdunkel.

»Wieviel Uhr ist es eigentlich?« fragte ich.

»Kurz vor halb sieben schon.«

Ich schloß mein Auge und öffnete meinen Mund zu einem herzhaften Gähnen. »Schon ist gut.«

»Meine normale Zeit aufzustehen.«

»O Himmel!«

»Bist du noch müde, kitten?«

»I wo, ich bin frisch wie der junge Morgen!«

Er lachte, beugte sich zu mir herab und küßte mich auf die Nasenspitze: »Weißt du was?« fragte er.

»Was?«

»Ich bin glücklich, daß du da bist!«

Dieser Satz verscheuchte im Nu jede Müdigkeit. Ich hätte mit Schwung aus dem Bett springen und Teppiche klopfen können – Teppiche klopfen schien mir eine der widerwärtigsten Beschäftigungen zu sein. Ich setzte mich auf, streckte mich und sagte: »Jetzt bin ich tatsächlich frisch wie der junge Morgen, und außerdem bin ich noch glücklicher als du.«

Wir strahlten uns an, und das Glück brach uns förmlich aus allen Poren.

»So, und jetzt mache ich uns einen Tee«, sagte Paul und schwang die Beine aus dem Bett.

»Laß mich das machen.«

»Kommt gar nicht in Frage. Du bleibst liegen!« Er stand auf und ging ins andere Zimmer hinüber. Ich schaute ihm nach. Er trug nur eine Pyjamajacke, und seine geraden, kräftigen Beine gefielen mir.

Ich lag da und lächelte entrückt ins Leere. Wäre ich eine

Katze gewesen, ich hätte mit Inbrunst geschnurrt. Ich hörte Paul mit dem Geschirr hantieren und dazu leise vor sich hinsummen. Ich fühlte mich so geborgen und zu Hause, wie ich mich nur als Kind bei den Eltern meiner Mutter gefühlt hatte. Noch heute erinnere ich mich an die Laute und Gerüche, die am frühen Morgen das kleine, gemütliche Haus durchweht hatten. Die leisen Stimmen meiner Großeltern, das Pfeifen des Wasserkessels, der Duft starken Kaffees und frischer Kreppchen, ein Gebäck, das nur meine Großmutter zu machen verstand. Ich dachte: Im Endeffekt laufen unsere Wünsche doch immer auf den einen Punkt hinaus – ein Zuhause, einen Menschen, den man liebt und von dem man geliebt wird, Wärme, Geborgenheit.

Ich stand auf und ging ins Bad. Ich wusch mir das Gesicht, putzte mir die Zähne, kämmte mir die Haare. Ich brauchte keine Schminke, keinen Puder. Obwohl ich wenig geschlafen und viel getrunken hatte, sah ich gut aus.

Als ich ins Zimmer zurückkehrte, waren die Verdunklungsrollos hochgezogen, die Kissen aufgeschüttelt und die Decke zurückgeschlagen. Das Teetablett stand auf dem Bett, und Paul hockte im Schneidersitz davor.

»Du bist eine vorzügliche Hausfrau«, sagte ich.

»Und du ein hübscher, kleiner Junge. Meine Pyjamajacke steht dir so gut, daß ich sie dir schenken werde.«

»Das nennt man eine Morgengabe!« Ich lachte und manövrierte mich an dem Tablett vorbei unter die Decke.

Paul wartete, bis ich bequem saß, dann goß er den Tee ein.

»Sahne ... Zucker?«

»Ein bißchen Sahne und einen Löffel Zucker.«

»Möchtest du was essen, Liebes?«

»Nein danke, dazu ist es mir viel zu früh.«

»Findest du es sehr schlimm, früh aufzustehen?«

»Mit dir früh aufzustehen finde ich himmlisch.«

»Für mich ist der Morgen die schönste Tageszeit«, sagte Paul mit Enthusiasmus. »Ich fühle mich ausgeruht, klar und aufnahmefähig wie zu keiner anderen Stunde des Tages. Man kann gar nicht früh genug aufstehen!«

Ich nickte zustimmend. Doch dann fiel mir ein, daß es eine gewisse Belastung sein könnte, jeden Morgen um halb sieben oder gar noch früher aufstehen zu müssen. »Ich weiß nicht recht, ob ich es immer könnte«, sagte ich wahrheitsgetreu. »Manche Menschen – und dazu gehöre ich – brauchen ganz einfach eine längere Anlaufzeit. Im allgemeinen werde ich ungemütlich, wenn man mich vor neun Uhr anspricht.«

»Glaub mir, Judith, das ist reine Gewohnheits- und Einstellungssache ...« Er machte eine bedeutende Pause, lächelte mich an und schloß dann mit Nachdruck: »Wie alles im Leben.«

Wieder nickte ich zustimmend, und diesmal ließ ich es dabei.

Wir tranken unseren Tee und rauchten gemeinsam die Morgenzigarette. Ich stellte mit tiefer Befriedigung fest, daß sich Paul bereits erholt hatte. Er sah um Jahre jünger aus als am Abend zuvor, und seine ganze Vitalität und Sicherheit schien zurückgekehrt.

»Es ist eine Schande«, erklärte er, »daß ich jetzt in die Klinik muß. Vor neun Uhr kakelt's sich am besten, findest du nicht?«

Ganz ehrlich gesagt, fand ich das nicht. Gewöhlich »kakelte« ich ungern, besonders um sieben Uhr früh. Aber mit Paul war eben nichts gewöhnlich – mit Paul war alles ungewöhnlich, so wie er selber. Und dann war sieben Uhr früh eine herrliche Zeit und »Kakeln« eine herrliche Beschäftigung.

»Ja«, sagte ich, »das finde ich auch.« Und wenn mir überhaupt der heimliche Gedanke kam, daß ein stilles Frühstück zu einer zivilen Zeit auch sehr angenehm sei, dann wußte ich ihn so geschickt zu verdrängen, daß er nicht bis an die Oberfläche und schon gar nicht über meine Lippen kam.

Während Paul im Bad war, stand ich auf. Ich zog mich an, machte das Bett, räumte ein paar Sachen an ihren Platz, legte ein paar Kleidungsstücke säuberlich über eine Stuhllehne. Dann, nach einem prüfenden Blick, nahm ich das Teetablett und trug es ins andere Zimmer hinüber. Ich stellte es in der Kochnische ab, ging zum Fenster und ließ die Verdunklungsrollos hoch. Einen Moment lang starrte ich fasziniert durch die verrußte Scheibe. Was ich sah, befriedigte meinen Hang fürs Makabre. Wohin ich auch schaute – rechts, links oder geradeaus –, mein Blick stieß auf graue, düstere Mauern, durchbrochen nur von einer Unzahl nackter Fenster, verfing sich in einem bizarren Gewirr skeletthafter, schwarzer Feuerleitern. Ich schaute hinauf, aber das Ende der Mauern und Leitern war nicht abzusehen. Ich schaute hinunter, kam aber nicht auf den Grund des engen Schachtes. Es gab keinen Himmel, und es gab kein Ende – es gab nur Mauern, ohne Anfang und ohne Ende.

Einen Moment lang verlor sogar ich mein Gefallen am Makabren. Ich spürte eine dumpfe Beklemmung, die in Platzangst auszuarten drohte. Hastig zog ich die einstmals weißen, jetzt grauen Tüllgardinen zusammen. Dabei fiel mein Blick auf das Fensterbrett, das mit einer dicken Rußschicht bedeckt war. Ich holte einen rosaroten Schaumgummischwamm und wusch es ab. Dann wusch ich auch noch die dürftigen Blätter des Gummibaums ab, und da ich nun schon mal dabei und außerdem sehr ordnungsliebend war, machte ich mich systematisch an die Arbeit. Als ich beim Schreibtisch ankam, sah ich mich einem Problem gegenüber: Er war nicht nur mit Staub, sondern auch mit Papieren bedeckt. Da ich jedoch die Unantastbarkeit eines Schreibtisches zu respektieren wußte, wagte ich nicht, die Papiere beiseite zu schieben. Während ich noch unschlüssig davorstand, entdeckte ich das Telegramm. Es lag da, zuoberst, geöffnet, auseinandergefaltet, aber mit der bedruckten Seite nach unten.

Was in diesem Moment in mir vorging und mich zu einer Handlung bewog, die mich normalerweise bei jedem – mich selber nicht ausgenommen – empört hätte, ist kaum zu erklären. Es war keine Eifersucht, keine Neugierde, kein Mißtrauen – es war überhaupt kein motivierter, überlegter Gedankengang, der mich die Hand ausstrecken und das Telegramm umdrehen ließ. Als das geschehen war, trat ich näher heran, stützte die Hände auf den Schreibtisch und las ohne Eile und ohne Gewissensbisse folgenden Text:

»Habe alle Papiere beisammen und Zimmer aufgegeben Stop Bin reisefertig Stop Warte jetzt nur noch auf Flugkarte von Dir Stop Meine ganze Liebe Stop Erika.«

Der Aufgabeort, stellte ich in Ruhe fest, war Berlin. Ich drehte das Telegramm wieder um, wischte mit dem Schaumgummischwamm über die freien Ecken der Schreibtischplatte und machte mich dann an das Abspülen des Geschirrs.

Der Gleichmut, mit dem ich den unmißverständlichen Text des Telegramms hinnahm, war keineswegs erzwungen. Er entsprang der tief verankerten Sicherheit, daß diese Erika trotz aufgegebenen Zimmers und gepackter Koffer umsonst auf ihre Flugkarte wartete. Sie tat mir leid, aber nicht sehr. Immerhin hatte ich eine weitaus längere Wartezeit hinter mir und einen unvergleichlich größeren Anspruch auf Paul. Ganz abgesehen davon, liebte Paul mich und nicht sie. Also würde sie ihre Kündigung rückgängig machen müssen oder sich ein neues Zimmer suchen.

Ich war gerade beim Abtrocknen, als Paul aus dem Bad auftauchte, dampfend und in einen alten dunkelblauen Bademantel gehüllt.

»Liebes, was machst du da?«

»Ich sorge für Ordnung und Sauberkeit, und wenn ich ganz ehrlich sein soll: Es tut not!«

»Ist es hier denn schmutzig?«

»Rußig würde ich sagen, und zwar wie in einem Kohlenkeller. Hast du eigentlich eine Aufwartefrau, Paul?«

»Ja, natürlich, sie kommt einmal in der Woche und macht gründlich sauber. Aber gegen den Ruß ist man in New York machtlos. Er dringt durch sämtliche Ritzen, und kaum hat man ihn weggewischt, ist er schon wieder da. Das geht im Handumdrehen!«

»Hm. Vielleicht sollte die Aufwartefrau öfter als einmal in der Woche kommen.«

»Aufwartefrauen sind erstens eine Rarität und daher überbeschäftigt, und zweitens sind sie unverschämt teuer.«

»Schön, dann werde ich jetzt noch schnell das Schlafzimmer saubermachen.« Ich griff nach dem Schwamm.

»Das wirst du nicht«, sagte Paul, nahm mir den Schwamm aus der Hand und mich in die Arme: »Du vom Schicksal geschicktes Ungeheuer«, murmelte er.

Jetzt verstand ich den tieferen Sinn dieser Worte, und ein Frösteln lief mir über den Rücken. Es war ein Wettlauf um Stunden gewesen. Einen Tag, einen halben Tag später, und diese Erika wäre mir zuvorgekommen. Es war unvorstellbar, es war unheimlich. Das Schicksal hatte tatsächlich seine Hand im Spiel. Es hatte uns füreinander vorgesehen. Daran ließ sich jetzt nicht mehr zweifeln.

Vor meinem Haus trennten wir uns mit einem flüchtigen Kuß und einem innigen Blick. Paul stieg in den Bus, ich betrat die feudale Halle. Der bösartige Portier saß in seiner

Loge, und mir war, als träfe mich ein allwissender und dementsprechend strafender Blick aus seinen schielenden Augen. Ich ging federnden Schrittes und hoch erhobenen Kopfes zum Lift. Die vornehme Atmosphäre des Hauses rief ein jähes Gefühl von Hochmut in mir hervor. Ich dachte: Jeder Bewohner dieses Hauses würde auf der Stelle in die 177. Straße ziehen, wenn er dort das Glück fände, das ich gefunden habe.

Der Lift, der mich lautlos emporsausen ließ, der Gang mit all seinem vergoldeten Firlefanz entlockten mir ein spöttisches Lächeln. Meine Wohnung in all ihrer sterilen Pracht verursachte in mir einen wahren Heiterkeitsausbruch. Ich legte eine Frank-Sinatra-Platte auf den Plattenspieler, sang mit ihm um die Wette und tanzte durch die Räume. Dann, während ich die Badewanne vollaufen ließ, machte ich mir ein fürstliches Frühstück, stellte es auf ein Tablett und trug es ins Schlafzimmer. Ich zog mich aus, ging ins Bad, fand von der Hausfrau zurückgelassenes Badesalz und tat zwei Hände voll ins Wasser. Es zischte, sprudelte und verbreitete einen so betäubenden Duft, daß ich mein Bad beschleunigen mußte. Ich zog mein schönstes Nachthemd an, legte mich ins Bett und nahm das Tablett auf die Knie. Dann begann ich mit Genuß zu frühstücken.

Um zehn Uhr rief David an: »Guten Morgen, Mylady«, sagte er mit seiner tiefen, ein wenig heiseren Stimme.

»Guten Morgen, David.«

»Haben Sie eine schöne Nacht gehabt?«

Obgleich David so etwas nicht ähnlich sah, witterte ich eine Zweideutigkeit hinter seiner Frage. »Wie meinen Sie das?« erkundigte ich mich vorsichtig.

»Ob Sie gut geschlafen haben«, sagte er trocken.

»O ja, sehr gut.«

»Das ist fein. Dann sind Sie heute also frisch und munter?«

Hinter jedem seiner Worte steckte eine Frage, die er, seiner Gewohnheit treu bleibend, nicht aussprechen wollte. Ich überlegte, ob ich es ihm erleichtern und rundherum erklären sollte: Ich bin wunschlos glücklich! Aber als ich den Satz im stillen vor mich hinsagte, fand ich, daß er angeberisch klang wie die Eröffnung eines schwärmerischen Backfisches.

»Munter bin ich«, sagte ich, »aber frisch keineswegs.«

»In anderen Worten, Sie sind spät ins Bett gekommen.«

»Ziemlich.«

»Na, hoffentlich war es das wert!«

»Worauf Sie sich verlassen können!«

Die Antwort klang aggressiv, und darüber ärgerte ich mich.

»Nun gut, frisch oder nicht frisch, ich habe Sie heute – zum zweitenmal, liebe Judith – bei Mr. Hirsch angemeldet.«

»So, so.«

»Falls Sie also dazu aufgelegt sind und es Ihnen paßt ...«

»Das kommt auf die Zeit an. Nach fünf paßt es mir nicht!«

»In weiser Vorausahnung habe ich die Verabredung auf zwölf Uhr gelegt.«

»Das ist aber eine alberne Zeit.«

»Die richtige Zeit für Sie muß erst erfunden werden.«

»Schon gut, David. Wenn es mir auch schwerfällt, zu einer so nüchternen Mittagsstunde charmant zu sein – ich werde mich redlich bemühen.«

»Ich danke Ihnen im Namen Ihres Verlegers, der Ihre außerordentlichen Bemühungen bestimmt zu schätzen weiß. Soll ich Sie abholen oder hinbringen, oder fürchten Sie immer noch meinen Zynismus?«

»Sie können sogar eine halbe Stunde früher kommen und einen Whisky bei mir trinken. Heute wird mir Ihr Zynismus ein wahrer Genuß sein.«

»Ich gratuliere.«

»Wozu?«

»Nun, wenn ich Ihrer Antwort glauben darf, dann bedeutet das, daß Ihr Held ein Held geblieben ist und Ihr Jungmädchen-Traum ein Jungmädchen-Traum. Und das wollten Sie doch, nicht wahr?«

»Manchmal kann ein Mann ein Held und ein Jungmädchen-Traum Wirklichkeit sein.«

»O weh, o weh!«

»Was soll das heißen?

»Sie schlafwandeln immer noch, Judith, und Sie wissen doch, was passiert, wenn man einen Schlafwandler plötzlich weckt.«

»Das Gespräch können wir fortsetzen, wenn Sie um halb zwölf zu mir kommen. Was halten Sie davon?«

»Wer weiß, ob mich das Thema dann noch interessiert.«

Es wird dich interessieren, dachte ich amüsiert, brennend wird es dich interessieren! »Lassen wir's darauf ankommen«, sagte ich, »also bis halb zwölf.« Ich hing ein, zündete mir eine Zigarette an und rauchte nachdenklich. Zu David war ich immer rückhaltlos aufrichtig gewesen, doch wenn ich über Paul sprach, entdeckte ich häufig einen unaufrichtigen Ton, ein kleines, aber entscheidendes Abweichen von der Wahrheit. Ich überlegte, ob ich David den Ablauf des gestrigen Abends so würde schildern können, wie er sich tatsächlich zugetragen hatte. Und ich wußte, daß es mir nicht gelingen würde. Hätte sich Paul irgendeines Vergehens schuldig gemacht – wäre er in eine Rauschgiftaffäre verwickelt gewesen oder in einen Anklageprozeß wegen Verführung Minderjähriger –, ich hätte es David nicht verschwiegen. Verschweigen aber würde ich ihm Pauls neu errungene Lebenseinstellung – »the american way of life is the only way of life« –, seinen amerikanischen Akzent und, im Widerspruch zu all dem, seinen europäischen Zwinger.

Während ich noch darüber nachgrübelte, überkam mich schwere Müdigkeit. Ich wünschte, schlafen zu können, bis Paul um halb sechs zu mir kam. Ich hatte wenig Lust, mir Davids Sticheleien anzuhören und Arthur S. Hirsch einen gemäßigten Preis für ein Buch abzuringen. Ich hatte wenig Lust aufzustehen, mich hübsch zu machen und meinen Charme hervorzukehren. Ich brauchte meine Kraft, mein hübsches Aussehen, meinen Charme und all meine Worte für Paul. Ich hatte so viel mit ihm zu besprechen und – wenn man es genau bedachte – wohl auch zu klären.

Glücklicherweise – und für mich ganz überraschend – kehrte mein Berufssinn in dem Moment zurück, als ich das Verlagsgebäude betrat. Es war eine rapide Verwandlung, die sich automatisch mit mir vollzog. Die Tür schnappte hinter mir ins Schloß, und die weltentrückte Judith war ausgesperrt. Mir war, als erwache ich aus einem Traum, und es war kein unangenehmes Erwachen. Ich befand mich in einer mir vertrauten Umgebung, ahnte das Klappern der Schreibmaschinen voraus, die Spannung, Aufregung und Freude, die die Beschäftigung mit Büchern erzeugt. Ich konnte es kaum erwarten, mich mitten hineinzustürzen, mitzumachen, teilzuhaben an der allgemeinen Betriebsamkeit. In diesem Moment vergaß ich Paul.

Ich stieg die paar Stufen zur Anmeldung empor – eine energische, selbstsichere Judith, mit wachem Blick und knappem Lächeln. »Ich möchte bitte Mr. Hirsch sprechen«, sagte ich zu dem ältlichen Mädchen, dem man ansah, daß es gute zwanzig Jahre hinter Anmeldepulten zugebracht hatte.

»Wie ist Ihr Name? – O ja, Mr. Hirsch erwartet Sie. Siebenter Stock, bitte.«

Ich fuhr in den siebenten Stock, wurde von einem jungen Mädchen, dem man ansah, daß es seine Laufbahn hinter Anmeldepulten erst begonnen hatte, in Empfang genommen und weitergeführt. Wir betraten einen riesigen Raum, der an beiden Längsseiten von quadratischen Glaskäfigen eingesäumt war. In jeden dieser Käfige war ein Mann gesperrt, und zwar auf sehr engem Raum mit einem Schreibtisch, einem Stuhl, einem Regal, einer Schreibmaschine und einem unglaublichen Wust gebundener und ungebundener Bücher, beschriebener und unbeschriebener Papiere.

Einen Augenblick blieb ich entgeistert stehen. Der Anblick war komisch, aber auch ein wenig bedrückend. Ich konnte mir nicht vorstellen, daß diese Arbeitsweise sehr zuträglich für Menschen und Bücher war. Immerhin verlangte die Beschäftigung mit einem so differenzierten Erzeugnis wie einem Buch äußerste Konzentration und dementsprechende Abgeschlossenheit und Ordnung. Aber hier herrschte alles andere als Abgeschlossenheit und Ordnung. Als ob die Glaswände nicht genügten, standen fast alle Türen sperrangelweit offen. Es klapperte und klingelte und lärmte und sang und pfiff und redete. Zigarettenqualm quoll aus den gläsernen Rumpelkammern wie Rauchschwaden aus einem Fabrikschornstein. Die meisten Männer hatten Jackett und Krawatte ausgezogen und die Füße in Ermangelung eines zweiten Stuhls auf eine herausgezogene Schublade gelegt. Die totale Ungezwungenheit und Systemlosigkeit, mit der hier, allen Blicken preisgegeben, gearbeitet wurde, erschien mir einen Moment lang unmöglich. Ich mußte an unseren Verlag in München denken, an das stattliche, abseits gelegene Haus mit seinen soliden Möbeln und beruhigenden Farben, den auf ein Schnurren herabgedämpften Telefonglocken und den hermetisch verschlossenen Türen, an denen man sich die Finger wund klopfte. Und plötzlich kam mir das hier viel unterhaltsamer und anregender vor, und ich begriff, daß gerade in der Systemlosigkeit das System lag.

Ich folgte dem Mädchen, wobei ich mich nicht enthalten konnte, die Käfige und ihre Insassen neugierig zu mustern. Es fiel mir auf, daß die meisten von ihnen junge Leute waren im Alter zwischen zwanzig und dreißig. Ihre Gesichter waren ausnahmslos gescheit, eindeutig intellektuell, dabei aber sympathisch. Das unterschied sie auf angenehmste Art von den zynisch-überheblichen Gesichtern deutscher Intellektueller, die ganz offensichtlich größten Wert darauf legen, als solche erkannt zu werden. Diesen jungen Amerikanern – das sah man sofort – war es vollkommen gleichgültig, ob man sie für Intellektuelle hielt oder nicht, denn in ihrem Land war das Wort Intellektueller nie eine Beleidigung gewesen und nie eine Auszeichnung. Sie hielten sich für normale Menschen und benahmen sich wie normale Menschen, und als mir einer mit pfiffigem Gesicht zuzwinkerte, zwinkerte ich zurück.

Schließlich, nachdem wir den Raum der Länge nach durchquert hatten, hielt das Mädchen vor einer halb geöffneten Tür aus weißgestrichenem Holz. Sie streckte den Kopf durch den Spalt, kündigte meinen Besuch an, gab der Tür einen kleinen Stoß und ließ mich eintreten.

Arthur S. Hirsch drückte seine Zigarette aus, stand auf und kam mir entgegen. Er war ein zarter Mann mit einem Schopf glatten, weißen Haars und dem rosigen, verschmitzten Gesicht eines kleinen Jungen, der unaufhörlich Streiche ausheckt. Seine Augen waren von dunklem Braun und so voller Humor, daß mein höflich konventionelles Lächeln unwillkürlich in ein vergnügtes Strahlen überging.

Er nahm meine Hand, drückte sie kurz und sagte: »I am delighted to meet you, Miß Filier.«

»So am I«, sagte ich mit spontaner Herzlichkeit und einem Gefühl tiefer Erleichterung. Ich hatte mir Arthur S. Hirsch, dessen Härte und Unerbittlichkeit in Verlegerkreisen bekannt und gefürchtet war, weiß Gott anders vorgestellt. Mit diesem feinen kleinen Herrn würde ich mich vorzüglich verstehen. Die Sympathie war zweifellos beiderseitig und der Kontakt auf Anhieb hergestellt.

»Setzen Sie sich«, sagte er und eilte mit flinken Schritten um den Schreibtisch herum, um ebenfalls Platz zu nehmen.

Es standen zwei Sessel aus abgewetztem braunem Leder da, aber beide waren leider schon besetzt: Auf dem einen lagen ein paar Bücher, auf dem anderen ein Stoß Akten. Ich nahm die Akten und legte sie zu den Büchern.

»O verzeihen Sie«, sagte Mr. Hirsch, »ich sehe die Unordnung schon gar nicht mehr.«

Das Durcheinander in dem unscheinbaren Zimmer war allerdings frappierend. Der Schreibtisch war ein einziges Chaos, die zwei bis zur Decke reichenden Regale ein Schlachtfeld verstaubter, kunterbunt durcheinanderstehender Bücher, der runde Tisch schien als Ersatzablage für Akten benutzt zu werden, und auf einem der höchsten Stapel thronte eine halb geleerte Tasse Kaffee. Selbst auf dem Boden türmten sich Bücher und Papiere.

So also sah das Privatbüro eines weltbekannten Verlegers aus. Aus meiner Sympathie für Arthur S. Hirsch wurde tiefe Zuneigung.

»Ich habe einfach zu wenig Platz«, erklärte er, »und sollte längst in ein größeres Zimmer umgezogen sein. Aber, Gott, ich habe mich nun mal an dieses hier gewöhnt.«

»Ich finde es viel gemütlicher als die herausgeputzten Gemächer verschiedener anderer Verleger«, sagte ich.

»Ja, aber wenn man was sucht und beim besten Willen nichts findet, dann wird's ungemütlich. Hätten Sie Lust auf einen Whisky, Miß Filier?« Er holte eine Flasche Whisky und ein Glas aus seinem Schreibtisch.

»Wollen Sie mir nicht Gesellschaft leisten?« fragte ich.

»Ich würde gerne, aber bis fünf Uhr nachmittags habe ich Alkoholverbot. Eine eiserne Vorschrift meiner Frau.«

Er goß mir einen Whisky ein. Dann blieb er vor mir stehen und schaute mich aufmerksam an. »Wissen Sie, daß ich Ihren Vater gekannt habe?«

»Nein«, sagte ich überrascht, »das wußte ich nicht.«

»Allerdings nur flüchtig und auf geschäftlicher Basis. Mein Vater hatte einen Verlag in Frankfurt, und eines Tages schickte er mich in irgendeinem Auftrag zu Ihrem Vater. Ich war damals noch ein sehr junger Bursche, aber glauben Sie mir, noch heute habe ich ihn genau in Erinnerung. Er machte einen überwältigenden Eindruck auf mich. Er war die Personifizierung eines Gentleman.«

»Ja, das war er wohl«, sagte ich, und wie immer bei der

Erwähnung meines Vaters fühlte ich einen schmerzhaften Stich. Mr. Hirsch kehrte an seinen Schreibtisch zurück, setzte sich und warf mir einen rumpelstilzchenhaften Blick zu: »Und nun«, sagte er, »hat man Sie also in einem Auftrag zu mir geschickt.«

»So ist es«, entgegnete ich und bemühte mich um ein ernstes Gesicht und einen geschäftlichen Ton.

Das ernste Gesicht kam dann ganz von selber. Mein zarter Arthur S. Hirsch war nicht umsonst gefürchtet. Er machte seinem Ruf, ein harter, unerbittlicher Geschäftsmann zu sein, alle Ehre. Noch nie war ich einem Mann begegnet, der private Zuneigung und Geschäft so kompromißlos zu trennen verstand. Mein Charme, den ich mitunter für unwiderstehlich hielt, verpuffte. Mr. Hirsch begegnete ihm sachlich mit Fakten, die er mit einem humorvollen Lächeln zu servieren verstand. Sein Charme war dem meinen ebenbürtig, seine Kenntnisse überragten die meinen bei weitem, sein Scharfsinn setzte mich schachmatt. Die Unterredung mußte für mich in einer Niederlage enden, nicht nur, weil Arthur S. Hirsch mir haushoch überlegen war, sondern weil es an seinen Forderungen im Grunde nichts zu rütteln gab. Sie waren ungewöhnlich, aber nicht unlauter.

»Es ist doch nicht üblich«, machte ich einen letzten schwachen Versuch, »für den Erstlingsroman eines Autors solche Unsummen zu verlangen!«

»Ich habe mich nie an das Übliche, sondern immer nur an das Berechtigte gehalten. Und für dieses Buch sind Unsummen – wie Sie es nennen – absolut berechtigt.«

»Sie vergessen, daß kein Mensch den Autor kennt, daß keiner ihn auf seinen Namen hin kauft!«

»O nein, das vergesse ich nicht! In kürzester Zeit wird sein Name bekannt sein – dafür bürgt erstens das Buch und zweitens mein Verlag.«

»Das Buch ist kein Massenbuch. Es ist kompromißlos, schonungslos ehrlich, glasklar und sauber. Es ist reinste Literatur und noch dazu unverschrobene, was die Kritiker wiederum auf den Gedanken bringen könnte, es sei gar keine Literatur.«

»Ich danke Ihnen für die Aufklärung«, sagte Mr. Hirsch lachend, »und jetzt gestatten Sie mir bitte eine Frage.«

»Ja?«

»Sie haben doch das Buch Ihrem Verlag vorgeschlagen, nicht wahr?«

»Ich weiß, worauf Sie hinauswollen!« Ich seufzte und begegnete seinem Blick, der so vergnügt war, daß ich mich eines schiefen Lächelns nicht erwehren konnte. »Ich halte es für ein grandioses Buch«, sagte ich.

Er eilte mit der Flasche herbei und goß mir noch einen Whisky ein: »Dann sind wir uns ja einig«, sagte er verschmitzt.

»In diesem Punkt ja. Es ist ein grandioses Buch, aber ...«

Es gab gar kein »aber«, und wenn ich jetzt eins erfand, dann fiel ich dem Buch damit in den Rücken. Das wollte ich nicht.

»Also schön«, sagte ich, »streichen wir das ›aber‹.«

»Sehr vernünftig!«

»Sehr geschäftsuntüchtig, aber was kann ich machen. Ihnen bin ich nicht gewachsen, und das Buch ist einer meiner erfüllten Wunschträume.«

»Vom Thema her?« fragte Mr. Hirsch, setzte sich auf die Lehne des anderen Sessels, kreuzte die zierlichen Beine und sah mich erwartungsvoll an.

»Ja, vom Thema her: Ein Mann macht den Versuch, vierundzwanzig Stunden seines Lebens nur die Wahrheit zu sagen und sich und anderen gegenüber restlos ehrlich zu sein. Der Versuch gelingt ihm, aber er geht daran zugrunde. Ich kann mir kein fesselnderes und kein lohnenderes Thema vorstellen! Es ist einfach großartig!«

Arthur S. Hirsch ergriff meine Hand und schüttelte sie. »Judith!« rief er. »Am liebsten würde ich Ihnen die Rechte schenken!«

»Tun Sie es, Mr. Hirsch!«

Diese Ermutigung ging in Mr. Hirschs schallendem Gelächter unter, in das ich vergnügt einstimmte.

»Well, what's the joke?« fragte plötzlich jemand hinter uns.

Die Stimme hatte einen starken Reiz. Sie war tief, rauh und schläfrig. Ich drehte mich um und sah einen prächtigen dunkelbraunen Bibermantel und ein paar prächtige dunkelbraune Augen. Alles andere sah ich erst später.

»Ich habe soeben die Rechte von ›24 Stunden Wahrheit‹ verschenkt«, sagte Mr. Hirsch, »was hältst du davon, Alice?«

»Wenn es kein Witz wäre, fände ich es sehr komisch«, sagte sie, »aber so ...!«

Mr. Hirsch stand auf: »Das ist meine Frau, wie sie leibt und lebt«, sagte er zu mir. »Sie fände es wirklich komisch.« Er küßte sie auf die Wange, nahm dann ihren Arm und führte sie auf mich zu. Ich stand auf und ging ihr entgegen.

»Alice, das ist Judith Filier.«

Ich war Frauen gegenüber gewöhnlich von größter Zurückhaltung und konnte den meisten von ihnen nichts abgewinnen. Aber diese Frau zog mich an und schüchterte mich ein. Gegen die amerikanischen Sitten verstoßend, gab ich ihr die Hand. Sie hatte einen kräftigen Händedruck und schmale, harte, kalte Finger.

»I am glad to meet you«, sagte sie mit der Andeutung eines Lächelns.

Ich war gar nicht so sicher, ob sie wirklich erfreut war, mich kennenzulernen. Sie betrachtete mich, wie ich im allgemeinen Frauen betrachtete – mit kritischem Blick und ohne persönliches Interesse. Ich wußte aus eigener Erfahrung, daß sie sich innerhalb der nächsten fünf Minuten entscheiden würde, ob ich ihr gefiel oder nicht. Es lag mir sehr viel daran, ihr zu gefallen.

»Alice«, erklärte Mr. Hirsch, »hat die Absicht, mich zu einem bekömmlichen, fettarmen Lunch abzuholen. Sie entwickelt sich langsam, aber sicher zu der Anhängerin eines normalen, gesunden, streng geordneten Lebens. Zum Frühstück gibt es statt Spiegeleier mit Speck Haferflocken mit Bananen. Um zwölf Uhr bringt man mir statt eines Whiskys einen Apfel. Um Punkt ein Uhr findet der eben beschriebene Lunch statt. Ab fünf Uhr ist sie so gnädig, uns ein bis zwei stark verdünnte Whiskys zu gestatten, und abends ...«

»Sam«, unterbrach Alice ihn mit einem leisen Lachen, »seit wir dieses Leben führen, fühle ich mich wesentlich besser.«

»Das nennt man Chuzpe«, sagte Arthur S. Hirsch. »Daß ich mich bei diesem Reformhäuslerdasein wesentlich schlechter fühle, spielt aber keine Rolle! Wie finden Sie das, Judith?«

»Sie sollten noch Radfahren und Tautreten einführen«, bemerkte ich trocken, »damit erzielt man erst den richtigen Effekt.«

Jetzt brach Alice in ein dunkles, volles Lachen aus.

»Ich habe einen Bekannten«, sagte ich, durch ihr Lachen animiert, »der sich genau an die Vorschriften hält. Er wird mit jedem Tag gesünder und unproduktiver.«

Alice sah mich an, und jetzt war ihr Blick kaum noch kritisch und unpersönlich. Ich spürte, daß sie kurz vor einer positiven Entscheidung stand, und das machte sie mir, wenn möglich, noch sympathischer.

Das Telefon läutete, und Mr. Hirsch lief mit seinen überaus behenden Schritten zum Apparat und nahm den Hörer ab. Alice öffnete den Knopf an ihrem Hals und schob den Mantel etwas von den Schultern zurück. Sie trug ein schwarzes, enganliegendes Wollkleid, dessen einziger Schmuck eine Art Smokingschleife aus weißem Pikee war. Ihr Körper, bis auf die unvermutet kräftigen Beine, war auffallend schmal und beinahe hüftlos. Auch ihr Gesicht war schmal, viel zu schmal für ihre großen, schwerbeliderten Augen und ihren großen ausgeprägten Mund. Es war ein Gesicht von einem merkwürdigen, kontrastreichen Reiz – ätherisch und sinnlich, müde und leidenschaftlich. Ihr Alter war schwer zu schätzen, wahrscheinlich um die Vierzig. Ich konnte mir vorstellen, daß sie an ihren guten Tagen wie Mitte Dreißig und an ihren schlechten wie Ende Vierzig aussah. Aber ob jung oder alt, sie war und blieb eine ausnehmend aparte Frau.

Mr. Hirsch hatte sein Gespräch beendet. »So«, sagte er, »und jetzt steht einem bekömmlichen, fettarmen Lunch nichts mehr im Wege.«

Alice hatte sich eine Zigarette zwischen die Lippen gesteckt, und da neben mir auf dem Tisch eine Schachtel Streichhölzer lag, gab ich ihr Feuer.

»Danke«, sagte sie und dann nach einem tiefen Zug: »Wollen Sie nicht mit uns Mittag essen, Judith?«

Mr. Hirsch streifte seine Frau mit einem schnellen, verdutzten Blick, und ich triumphierte. Es schien sich hier nicht nur um eine Einladung zum Mittagessen zu handeln, sondern um eine selten konzidierte Vergünstigung.

»Sehr gerne«, sagte ich.

Sie streifte ihre Handschuhe über und lächelte mich an. Ich bemerkte, daß nur die linke Hälfte ihres Gesichts lächelte, die rechte Hälfte blieb ernst.

Der zweite Abend mit Paul war viel schöner als der erste. Die Angst fiel weg, das vorsichtige Tasten, die übersteigerte Spannung. Wir waren gelöst und verliebt ohne Vorbehalte. Der Martini, den ich mit Sorgfalt gemixt hatte, war ausgezeichnet. Paul saß behaglich im Sessel, und der Sessel gehörte bereits zu ihm. Ich machte keinen Bogen mehr um ihn, und er beobachtete mich nicht mehr mit verstohlenen Blicken. Wenn uns danach war – und uns war oft danach –, dann streichelten, küßten wir uns. Es war kaum zu glauben, daß unser Wiedersehen erst vierundzwanzig Stunden zurücklag. Mir war, als seien Jahre vergangen – Jahre der ungetrübten Eintracht und des unverbrauchten Glücks. Und Jahre würden vergehen in diesem glorreichen Zustand, der keinen Anfang kannte und kein Ende.

Wir gingen essen – zur Abwechslung in ein chinesisches Lokal in Chinatown. Ich war begeistert von diesem winzigen Fleckchen China, von den verspielten Schaufensterauslagen, den chinesischen Schriftzeichen, den stilisierten Blumenarrangements, den adretten, puppenähnlichen Menschen. Ich war begeistert von dem vorzüglichen Essen, dem Reiswein und den Stäbchen, mit denen Paul wie ein Eingeborener umzugehen verstand.

Nach dem Essen nahmen wir ein Taxi und fuhren mit größter Selbstverständlichkeit in die 177. Straße. Diesmal zog ich die Verdunklungsrollos herunter, zündete die Kerze an und holte zwei Gläser und eine Flasche Rotwein aus dem Küchenschrank. Ich setzte mich gar nicht erst in einen Sessel, sondern gleich neben Paul auf den grünen Teppich.

Dann taten wir das, was Paul »kakeln« nannte. Er berichtete von den Weihnachtsvorbereitungen in seiner Klinik; von der Stationsschwester, einer dicken, herzensguten Negerin, die ihn unter allen Umständen verheiraten wollte; von einer neu eingelieferten Patientin, die unter der Zwangsvorstellung litt, in ihrer Nachttischschublade sei eine Schlange versteckt. Ich berichtete von meinem Besuch im Verlag, von dem zarten, unerbittlichen Arthur S. Hirsch, bei dem ich eine geschäftliche Niederlage erlitten und einen privaten Sieg davongetragen hatte, von meiner Begegnung mit seiner Frau Alice. Und an diesem Punkt angekommen, artete mein Bericht in Schwärmerei aus. Ich schilderte Alice vom Scheitel bis zur Sohle – ihr Gesicht, ihre Figur, ihre

Kleidung, ihr Lächeln, ihre Intelligenz, ihre Anziehungskraft ...

»Das klingt ja«, bemerkte Paul lachend, »als seist du in sie verliebt.«

»Bin ich auch«, sagte ich unbefangen, »sie hat ein solches Format, ein solches Wissen! Abgesehen davon ist sie eine erstklassige Übersetzerin aus dem Deutschen ins Englische und vice versa. Die Bücher, die sie übersetzt, sind mir schon zum Lesen zu mühsam.«

»Ist sie Amerikanerin?«

»Na sicher. Und gerade das bringt mich aus dem Konzept. Ich habe nie viel von Frauen gehalten und noch viel weniger von Amerikanerinnen. Für mich waren es immer Konservendosen-Produkte – eine wie die andere, sauber verpackt, schal, langweilig. Aber diese Alice wirft meine ganze Theorie um. Sag mal, Paul«, ich schaute ihn an, nahm ihm die Zigarette aus dem Mund und steckte sie mir zwischen die Lippen, »du mußt ja einige Erfahrungen haben ... wie sind diese amerikanischen Frauen nun eigentlich?«

»Ich möchte sie nicht geschenkt haben«, erwiderte er mit einer angeekelten Grimasse.

Ich schwieg verwirrt. Es war das erstemal, daß sich Paul in derart abfälligem Ton über etwas Amerikanisches äußerte. »Du ahnst nicht«, fuhr er fort, »was das für eine Räuberbande ist!«

»Eine Räuberbande?« fragte ich und begann zu kichern.

»Jawohl, eine Räuberbande! Für sie ist der Mann nichts anderes als ein Heiratsobjekt, ein Ernährer ... eine Lebensversicherung! Alles läuft nur darauf hinaus: der enge Rock, das dekolletierte Kleid, das frisch gewaschene Haar, das verheißungsvolle Lächeln, das Händchenhalten im Kino, die Gespräche – so man das überhaupt Gespräche nennen kann –, der erste verweigerte und der zweite genehmigte Kuß, das selbstgekochte Abendessen ... es ist zum Kotzen!«

»Geht es wirklich so primitiv vor sich?«

»Genau so! Die Spielregeln sind immer die gleichen – vom ersten ›Glad to meet you‹ bis zum ›I do‹ vor dem Traualtar. Und danach geht das trostlose Spiel mit seinen trostlosen Regeln weiter; nur daß der Mann da schon längst kein Mann mehr ist, sondern ein Roboter.«

Pauls Gesicht war verbittert. Er trank von seinem Rotwein, als wolle er einen widerwärtigen Geschmack herunterspülen.

»Es muß doch Ausnahmen geben, Paul!«

»Sicher gibt es die. Aber wenn man nicht das Geld, die Position, die Mitgliedskarte eines hochgestochenen Country Clubs hat, dann kommt man nicht an die Ausnahmen heran. Und außerdem sind die Ausnahmen auch nicht soviel anders. Sie bewegen sich auf einem etwas höheren Niveau. Die Kleider, die Gespräche, die selbstgekochten Abendessen sind verschieden – aber sonst! Das Ziel bleibt das gleiche.«

»Es wird doch aber auch Ausnahmen geben?«

»Mag sein. Aber bei der europäischen Frau wird man doch nicht so vollständig desillusioniert. Bei ihr hat man immerhin noch häufig das Gefühl, geliebt zu werden, begehrt zu werden – auch wenn kein Traualtar winkt. Da gibt es doch noch so etwas wie eine spontane Reaktion, einen unüberlegten Schritt. Da gibt es doch noch Liebe, die nicht vorkalkuliert ist – die aus dem Gefühl, nicht nur aus dem Kopf kommt. Oder?«

»Zweifellos gibt es die«, entgegnete ich mit einem vielsagenden Blick.

»Na, siehst du! Aber hier ... ehrlich, Judith, ich habe in all den Jahren keine Frau kennengelernt, deren Liebe über den engen Kreis des Eherings hinausgegangen wäre.«

»Waren es viele Frauen?« fragte ich mit verständnisvollem Lächeln.

»Ziemlich viele, da ich nach der zweiten Verabredung meistens schon genug hatte.«

»Warst du nie richtig mit einer Frau befreundet?«

»Na ja, da war mal eine Krankenschwester, eine junge Witwe mit zwei Kindern. Sie war demzufolge etwas freigiebiger und menschlicher. Aber auch nur anfangs. Im Laufe der Zeit wurde sie womöglich noch heiratsbesessener. Ich konnte mich gerade noch retten ... Und dann war da noch eine Jüdin, Miriam – ein unwahrscheinlich schönes Mädchen, aber ...« Er machte eine resignierte Handbewegung.

»Aber was?«

»Die amerikanischen Jüdinnen mit ihrer ganzen Mischpoche, das sind die schlimmsten. Sie werden auf den Mann abgerichtet wie Schäferhunde. Ehe ich's mich versah, war ich als Bräutigam in der Familie eingeführt. Es war furchtbar!

Eines Abends erschien ich etwas früher als erwartet. Die Familie war nicht da, und Miriam öffnete mir – Lockenwickler im Haar, fette, gelbe Creme im Gesicht und ganz eigentümlich nackte Augen. Da ich ja sozusagen schon als Bräutigam fungierte, genierte sie sich nicht einmal. Sie führte mich in ihr Zimmer und machte sich in aller Seelenruhe zurecht. Mit jedem Handgriff wurde sie schöner. Als sie sich schließlich die falschen Wimpern angeklebt hatte, war sie so herrlich anzusehen wie eh und je. Aber bei mir war es aus – restlos. Wir sind irgendwohin gegangen, und danach habe ich sie nach Hause gebracht und nie mehr wiedergesehen. Es hat mich unglaublich degoutiert. Gar nicht so sehr die fette gelbe Creme als diese dummdreiste Respektlosigkeit, mit der die Amerikanerin den Mann nach vorgeschriebener Zeit entmannt. Nach dieser Geschichte stand für mich ein für allemal fest: lieber zum Abstinenzler werden, als mich mit irgend so einer furchtbaren Person einzulassen.«

»Armer Paul«, sagte ich und legte meine Hand auf sein Knie. »Warst du nicht schrecklich einsam?«

»Zeitweise ja. Aber meine Arbeit hat mir über vieles hinweggeholfen, und schließlich gewöhnt man sich an den Zustand wie an jeden anderen auch.«

Meine Augen suchten unwillkürlich das Telegramm, aber es lag nicht mehr auf dem Schreibtisch. »Und wenn ich nicht gekommen wäre, dann hättest du weiter ein Abstinenzler-Dasein geführt?« Plötzlich stand er auf, ging zum Schreibtisch, nahm aus einer Schublade das Telegramm und reichte es mir.

Ich las es noch einmal, Wort für Wort, dann schaute ich auf: »War das nun Einsamkeit«, fragte ich, »oder mehr?«

»Einsamkeit«, sagte er.

»Was ist das für ein Mädchen?«

»Oh, ein sehr hübsches, sehr liebes Geschöpf.« Er ging wieder zum Schreibtisch, öffnete ein anderes Schubfach und holte ein Foto heraus. »Ich kenne sie schon seit Jahren. Immer wenn ich in Berlin war, besuchte ich sie. So auch auf meinem letzten Urlaub vor einem Jahr.«

»Zeig mal das Foto.«

Sie hatte ein junges niedliches Dutzendgesicht mit einem Stich ins Ordinäre und einen straffen Busen unter einem straff sitzenden Pullover. Mehr konnte man beim besten

Willen nicht entdecken. Ein apartes Mädchen hätte mich unruhig gemacht, aber es wäre mir lieber gewesen.

»Und die wolltest du heiraten?« frage ich in anklagendem Ton.

»Nein«, sagte er nach einem Moment des Zögerns, »ich wollte sie nur mal rüberholen ... zur Gesellschaft, weißt du.«

»Zur Gesellschaft ... hm ...«

»Sie ist wirklich ein sehr hübsches, sehr liebes Geschöpf.«

»Das sagtest du schon.« Er nahm mir das Foto aus der Hand, sah es kurz an und ließ es auf den Tisch fallen.

»Mein Gott«, sagte er, »es wäre entsetzlich geworden. Ich habe wirklich einen Schutzengel, der sich immer im letzten Augenblick dazwischenwirft.« Er blieb vor mir stehen, das Gesicht ernst, fast feierlich: »In diesem Fall bist du mein Schutzengel«, erklärte er.

»Ich bin nicht gekommen, um dich von diesem Mädchen zu befreien«, sagte ich hochmütig.

»Nein, du bist gekommen, um mich mit dir zu belasten.«

»Glaubst du, daß ich eine Belastung werden könnte?«

»Eine immense ... und das meine ich nicht einmal im Spaß.«

Er setzte sich wieder zu mir auf den Boden, nahm meine Hand und küßte sie.

»Hast du dem Mädchen schon geantwortet?«

»Nein.«

»Das mußt du aber, und zwar umgehend.«

»Nein.«

»Warum nicht?«

»Sie hat vor dem Telegramm wochenlang nichts von sich hören lassen. Wahrscheinlich war da ein anderer Mann im Spiel. Ich habe also gar keine Veranlassung ...«

»Paul«, unterbrach ich ihn streng, »das ist eine feige Ausrede!«

»Absolut nicht!«

»Doch! Und ich mag es nicht, wenn du – ausgerechnet du – dich belügst.«

Er schaute mich an, erst unsicher, dann immer fester, immer entschlossener. »Gut, ich werde ihr morgen schreiben und erklären, daß sich alles geändert hat, daß etwas völlig Unvorhergesehenes eingetreten ist.«

»Etwas völlig Unvorhergesehenes in Gestalt eines Schutzengels«, sagte ich.

Mittwoch kam und Donnerstag und Freitag. Ich stand auf der obersten Sprosse des Glücks, und mit den obersten Sprossen des Glücks hat es eine merkwürdige Bewandtnis. Sie lassen einem zu wenig Spielraum. Man verbeißt sich geradezu ins Glück und ist strengstens darauf bedacht, es in seiner ganzen Fülle zu halten. Man weiß, daß es nicht höher hinaufgeht, aber man weiß sehr wohl, daß es einen Abstieg gibt. Außerdem weiß man, wenn man ein gewisses Alter erreicht hat, daß es keinen Dauerzustand gibt. Dieses Wissen macht unruhig, mitunter sogar ängstlich. Das Glück wird zu einem Trapezakt, und ein Trapezakt erfordert höchste Konzentration. Da sind ein Paar Hände, die einen im leeren Raum auffangen und halten, und auf die muß man sich konzentrieren. Alles andere ist auszuschalten – jeder berechtigte oder unberechtigte Gedanke, jede von außen oder innen kommende Irritation, jede sich anschleichende Vorahnung, jedes Wort, das aus der Zuschauermenge zu einem heraufdringt, jedes tanzende Licht, das den Blick abzulenken versucht. Kurzum, man muß sich in sich verkapseln, auf sein Können verlassen und an den Erfolg glauben, hundertprozentig.

Aber ein Trapezakt dauert immerhin nur ein paar Minuten. Dann ist er überstanden, und man kann sich entspannen. Während ein Zustand höchsten Glücks ja gar nicht überstanden werden darf. An eine Entspannung ist demnach nicht zu denken. Man muß auf der Hut sein und darf nicht locker lassen, vom Moment des Erwachens an bis zum Moment des Einschlafens. Auf diese Weise wird das Glück zu einer tagesfüllenden, anstrengenden Beschäftigung.

Manchmal kam mir der Gedanke, daß ich mich mit diesem krampfhaften Haltenwollen um den wahren Genuß brachte. Glück ist ein ständiges Auf und Nieder und daher ein ebenso unvollkommener Zustand wie jeder andere. Aber das wollte ich nicht wahrhaben. Es gab, es durfte keine kleinen Widrigkeiten und Fehler geben, sonst war es eben kein echtes Glück. Daß mein Glück dieser traumtänzerischen Auffassung nicht standhalten konnte, daß es mit mir zusammen auf der obersten Sprosse zu erstarren drohte, das merkte ich nicht. Und daher verwirrte mich die Reaktion, die folgerichtig am Wochenende eintrat und meine Himmelsleiter ins Wanken brachte.

Ich erwachte am Samstagmorgen und war verstimmt. Ich wußte, noch bevor ich die Augen geöffnet hatte, daß es halb sieben war und daß Paul bereits auf der Seite lag, mich unverwandt ansah und auf mein Erwachen wartete. Ich fand es schrecklich, an einem Tag, an dem wir beide nichts zu tun hatten, um halb sieben aufzuwachen und sogleich zu einem munteren Gespräch aufgelegt sein zu müssen. Ich wollte bis mindestens zehn Uhr meine Ruhe haben und drehte mich, Schlaf vortäuschend, auf die andere Seite.

»Kitten«, sagte Paul ganz leise, »du schläfst ja gar nicht mehr!«

Ich gab keine Antwort. Ich mußte an meinen Sohn denken, der mich mit ähnlichen Mitteln zu wecken verstand. Am Sonntagmorgen schlich er sich in mein Zimmer, irgendein Spielzeug unter den Arm geklemmt. Wenn kein Rascheln, kein Seufzen, keine geflüsterte Anrede half, ließ er das Spielzeug fallen. Wenn ich dann immer noch nicht die Augen öffnete, sagte er mit heller, erwartungsvoller Stimme: »Schuldige bitte, Mammi!« Plötzlich hatte ich heftige Sehnsucht nach Andy. Er war besonders niedlich am Morgen, und wenn er mich allzusehr störte, konnte ich ihn getrost aus dem Zimmer schicken. Das konnte ich mit Paul nicht.

Das Bett knackte und knirschte; ein Zeichen, daß Paul sich vorsichtig aufsetzte. Die Decke glitt langsam von meinen Schultern, und ich griff wütend nach dem Zipfel und hielt sie fest. Das entging ihm natürlich nicht. Flugs beugte er sich über mich, stopfte die Decke um mich herum und flüsterte: »Schlaf, solange du Lust hast, Liebes.«

An Schlafen war jetzt gar nicht mehr zu denken. Ich mußte also sehen, daß ich das Beste aus diesem verpatzten Samstagmorgen machte, und das beste war wohl, sich auf Paul einzustellen. Sonst gab es ein Gezerre wie mit der Decke.

»Ich nehme an«, sagte ich nicht gerade freundlich, »es ist ›schon‹ halb sieben.«

»Zwanzig vor sieben.«

»Na großartig! Der Mensch ist wirklich ein Gewohnheitstier.«

»Du kannst den ganzen Tag im Bett bleiben, wenn du willst.«

»Das würde mich schön deprimieren!«

»Ich dachte, du liegst gern lange im Bett.«

»Das tue ich auch.«

»Na, dann kann es dich nicht deprimieren!«

Im allgemeinen deprimierte es mich auch nicht. In München blieb ich an Wochenenden häufig bis zum Abend im Bett. Ich las, ich schrieb Briefe, ich spielte mit Andy. Oder ich ging zum jungen Mann, der in einem winzigen Zimmer in Untermiete wohnte, und verbrachte den Tag mit ihm auf seiner viel zu schmalen, harten Couch. Aber das war etwas anderes. In meinem Bett und auf seiner Couch war ich Herr und Meister, da tat ich, wonach *mir* zumute war. Wenn ich nicht sprechen wollte, sprach ich nicht, und wenn ich dösen wollte, döste ich. Der junge Mann störte nicht. Ich konnte ihn vergessen, selbst wenn er neben mir lag. Mit Paul war das undenkbar. Er konnte ganz ruhig im anderen Zimmer sitzen, und trotzdem spürte ich seine Anwesenheit so intensiv, daß es mir nicht gelang, mich mit etwas anderem zu beschäftigen. Aber das zu erklären, wäre wohl nicht das richtige gewesen.

»Manchmal deprimiert es mich eben«, sagte ich.

Er zog mir mit einem Ruck die Decke weg: »Also los, dann steh auf!« Es war im Scherz gemeint, aber dergleichen Scherze liebte ich nicht.

»Laß doch den Unsinn!« rief ich ärgerlich. Er nahm mich in die Arme. Sein Körper war massig und heiß.

»Du erdrückst mich, Paul!« Er versuchte, mich zu küssen. »Bitte nicht, bevor ich mir die Zähne geputzt habe.«

Er ließ mich los, zog die Decke hoch und wickelte mich wieder sorgfältig darin ein.

Seine Geduld, an der es ihm sonst immer fehlte, rührte mich. Ich fand mich ekelhaft. Ich wußte nicht, was mit mir los war. Ich wußte nur, daß ich machtlos war gegen diesen Mißmut, der sich tief in mich eingefressen zu haben schien.

»Ich habe eine gute Idee«, sagte Paul unvermindert heiter. »Ich stehe jetzt auf, gehe hinunter und besorge uns ein herrliches Frühstück.«

»Eine sehr gute Idee«, sagte ich und zwang mich zu einem Lächeln.

Er kam mit vielen Päckchen und einer roten Rose zurück.

»Ach Paul«, sagte ich fast traurig, »was für eine schöne Rose.«

Er machte das Frühstück zurecht, deckte den Tisch und stellte die Rose in eine schlanke Vase neben meinen Teller. Ich setzte mich in der Pyjamajacke aufs Sofa, er ließ sich mir gegenüber auf den Boden nieder.

»Setz dich auf einen Sessel, Paul, du kannst ja so nicht essen!«

»Das geht wunderbar ... komm, nimm dir doch ein Spiegelei.«

»Ich hab' dir schon gesagt, daß ich zum Frühstück keine Spiegeleier essen kann.« Ich goß ihm und mir eine Tasse Tee ein. Ich hatte keinen Appetit.

Er legte mir, ohne mich zu fragen, eine große Scheibe Schinken auf den Teller: »Der Schinken ist herrlich ... aus einem jüdischen Geschäft. Diese Gauner haben natürlich den besten Schinken.« Er lachte.

»In Jerusalem gibt es auch ein Geschäft, in dem man Schinken kaufen kann«, sagte ich.

»So, so ...«

»Das ist in Jerusalem eine Sensation.« Ich seufzte. »Israel ist ein herrliches Land.«

»Wenn man nicht dort leben muß.«

»Das gilt für viele Länder.«

Ich schaute auf die Scheibe Schinken und ärgerte mich. Ich hatte Salami essen wollen. Ich schnitt die Scheibe durch und legte eine Hälfte zurück. Die andere rollte ich zusammen und schob sie in den Mund.

»Du mußt dunkles Brot dazu essen, das schmeckt besonders gut.«

»Ich würde ganz gerne ein Stück Toast haben.«

»Toast ist doch langweilig.«

»Ich mag Toast.«

»Es ist herrliches Wetter draußen, kalt, aber ganz klar. Wir sollten nach dem Frühstück etwas spazierengehen.«

Ich nickte.

»So ein Wochenende ist doch was Schönes.«

»Paul«, sagte ich, »mir fällt gerade ein, ich muß heute mit den Hirschs auf eine Cocktailparty. Zu dumm, aber es bleibt mir nichts anderes übrig.«

»Warum rückst du jetzt erst damit heraus?«

»Ich sagte dir doch, es fiel mir eben erst wieder ein.« Das stimmte nicht. Ich hatte Alice erklärt, ich würde ihr im Lauf des Tages Bescheid geben, ob ich mitkäme oder nicht. Ich war fest entschlossen gewesen, abzusagen.

»Ich bleibe nur eine knappe Stunde«, tröstete ich.

»Cocktailparties sind idiotisch!«

»Ja, aber geschäftlich wichtig.«

»Die Geschäfte, die auf Cocktailparties abgeschlossen werden, taugen meistens nichts.«

»Oh, da bin ich anderer Ansicht. Ich habe mal auf einer Cocktailparty einen wahren Schatz gefunden ...« Ich lachte hell auf: »Einen Schatz für unseren Verlag meine ich natürlich.«

Paul lachte nicht. Seine Augen verengten sich. Er legte stumm ein paar Scheiben Salami auf sein Brot. Sein verdrießliches Gesicht hob meine Stimmung. Vergnügt pickte ich mit meiner Gabel ein Stück Wurst von seinem Teller.

»Tanzt du gerne?« fragte ich.

»Nicht besonders.«

»Liest du gerne?«

»Ich habe in den letzten Jahren wenig Zeit dazu gehabt.«

»Faule Ausrede! Gehst du gerne ins Kino?«

»Nein.«

»Hörst du gerne Musik?«

»Was soll das eigentlich, Judith?«

»So etwas muß ich doch schließlich wissen!« sagte ich mit naivem Kinderblick.

Er schaute mich an und schüttelte bekümmert den Kopf.

Ich sprang auf, lief zu ihm und schlang die Arme um seinen Hals: »Paul«, sagte ich und lachte: »Ich liebe dich ...«

Die Sonne schien, der Himmel war wolkenlos blau, aber es war eiskalt. Der New Yorker Wind, ein teuflischer Wind, fuhr einem bis auf die Knochen.

»Ich hasse so ein Wetter«, sagte ich und hätte am liebsten mit dem Fuß aufgestampft.

»Warum, es ist doch prächtig!«

»Wind macht mich rabiat!«

»Mach schön den Mund zu, stell den Mantelkragen hoch und ...«

»Die Sonne scheint, und trotzdem ist es eisig. Das ist eine gemeine Täuschung!«

»Das Leben besteht aus Täuschungen.«

»Deine Weisheiten hindern mich nicht daran, erbärmlich zu frieren.«

»Wir werden uns einen Mietwagen nehmen und spazierenfahren, ist dir das lieber?«

»Das kostet doch sicher viel Geld.«

»Würdest du das bitte meine Sorge sein lassen?«

Paul mietete einen Wagen, einen hellgrünen Chevrolet, der an allen Ecken und Enden klapperte.

»Ob er uns wohl auseinanderfällt?«

»Es ist ein ganz neuer Wagen«, erklärte Paul.

»Dann ist es eine ganz schlechte Fabrikation.«

Ich wollte die Slums, das Negerviertel Harlem und das Alkoholikerzentrum, die Bowery, sehen.

Paul ging gar nicht darauf ein. »Wir fahren an den Ozean«, entschied er.

»Ich habe gehört, in der Bowery liegen sie im Delirium tremens auf der Straße. Das wollte ich unbedingt mal sehen.«

»Aber ohne mich«, sagte Paul.

»Stimmt es, daß sie im Delirium tremens auf der Straße liegen?«

»Ich war noch nie dort.«

»Ich dachte, du kennst jeden Winkel von New York?«

»Jeden Winkel, den zu kennen sich lohnt.«

»Ich bin überzeugt, die Bowery ist ein sehr lohnender Winkel.«

»Schon gut, Liebes. Der Ozean lohnt sich auch.«

»Ja«, gab ich gutwillig zu, »der Ozean ist auch schön.«

Paul, hinter dem Steuer eines Autos, gefiel mir. Er fuhr schnell und sicher. Ab und zu verlangsamte er das Tempo und zeigte mir irgendeine Sehenswürdigkeit, die ich nicht als sehenswürdig empfand.

»Gestern hab' ich mir Brooklyn anschauen wollen«, sagte ich.

»Wozu denn das? Da gibt es doch gar nichts zu sehen!«.

»Ich wollt' es mir anschauen, weil es das jüdische Viertel ist und weil ich viel darüber gelesen habe.«

»Du hast wirklich merkwürdige Einfälle.«

»Ich bin leider gar nicht hingekommen. Weißt du, was passiert ist?«

»Was?« fragte er mit einem beunruhigten Blick.

»Ich bin in eine U-Bahn-Station gegangen und habe am Schalter eine Fahrkarte nach Brooklyn verlangt. Daraufhin hat mich der Beamte schon so komisch angeschaut und gefragt, wohin ich in Brooklyn möchte. Ich habe gesagt, nirgends wohin, sondern eben nur nach Brooklyn. Das hat ihn aus der Fassung gebracht. Ich müßte doch die Straße wissen, hat er beharrt. Ich habe gesagt, daß es mir auf keine bestimmte Straße ankäme. Ob ich dort vielleicht ins Museum wolle? Nein, ins Museum wollte ich auch nicht. Ob ich dort jemanden kennen würde? Keinen Menschen, habe ich gesagt, aber ich wolle nun mal nach Brooklyn. Inzwischen stand schon eine ganze Schlange Menschen hinter mir, und einige lachten und andere nahmen an der Diskussion teil. Schließlich, als völlige Verwirrung einzutreten drohte, trat ein Herr auf mich zu und fragte, ob ich denn zu gar keinem Zweck nach Brooklyn fahren wolle. Doch, erklärte ich, zu einem ganz bestimmten Zweck: Ich wolle in Brooklyn spazierengehen und mir die Gegend ansehen. Daraufhin sind die Menschen buchstäblich vor mir zurückgewichen. Nur der Herr hat sich noch an mich herangetraut. Er hat behutsam auf mich eingesprochen: Er führe in Richtung Wall Street und ich solle mitkommen. Die Wall Street sei viel interessanter als Brooklyn. Ich kannte die Wall Street schon, aber was sollte ich machen? Ich wollte den freundlichen Herrn nicht enttäuschen, und außerdem wollte ich um jeden Preis all den aufgerissenen Augen entkommen. Also bin ich mitgefahren.«

»Was«, rief Paul, »du bist mitgefahren?«

»Sicher, die Wall Street ist ja auch ein zweites Mal sehr interessant.«

»Und der Herr?«

»Na, der war weniger interessant, aber wie gesagt, sehr freundlich. Wir haben uns über Europa unterhalten und die Europäerinnen, für die er offenbar eine große Sympathie hatte. An der Wall Street haben wir uns dann getrennt.«

»Judith«, sagte Paul eindringlich, »versprich mir, nie wieder solchen Unsinn zu machen.«

»Was heißt Unsinn?«

»Du weißt nicht, was in New York alles passiert, wie gefährlich diese Stadt ist. Man kann dich ins nächste Haus schleppen und umbringen, und kein Mensch wird dir zu Hilfe kommen!«

»Paul, übertreib doch nicht so. Als ich Alice mein Brooklyner Abenteuer erzählte, hat sie furchtbar gelacht. Sie fand es komisch und keineswegs gefährlich.«

»Deine Alice ist ein Schwachkopf und hat offenbar keine Ahnung von New York.«

»Sie lebt seit vierzig Jahren hier und du seit drei.«

»Es kommt immer darauf an, wie man lebt – mit offenen Augen oder mit Scheuklappen.«

»Wenn du glaubst, daß Alice ...«

»Schau«, sagte Paul, »da drüben ist Coney Island, ein riesiger Vergnügungsplatz.«

»Kann man da hin?«

»Im Winter ist da gar nichts los.«

»Gerade deshalb. Ich finde Rummelplätze am aufregendsten, wenn sie ganz verlassen daliegen.«

»Ach Liebes«, bat Paul, »sei jetzt mal ganz brav und normal.«

Der Ozean war grimmig, aber nicht stürmisch. Ich hatte mir haushohe Wellen versprochen und war enttäuscht, als mir keine geboten wurden.

»Wozu ist der Wind nun eigentlich gut ...«, murrte ich.

Wir setzten uns im Schutz einer Baracke auf ein Brett. Paul legte mir seinen Mantel unter.

»Du wirst erfrieren!« sagte ich.

»Gleich wirst du merken, wie warm die Sonne ist.«

Die Sonne war tatsächlich warm, und der Ozean, obgleich er keine haushohen Wellen produzierte, fesselte mich. Der Strand schien endlos.

»Wird hier im Sommer gebadet?« fragte ich.

»Was dachtest du? Hier liegen die Menschen Körper an Körper, wie Sardinen in einer Dose.«

»Entsetzlich!«

»Aber es gibt ein paar Plätze, an denen kaum Menschen sind.«

»Dann sind da wahrscheinlich Haifische.«

Er lachte: »Nein, aber man muß ziemlich weit fahren.«

»Liebst du das Meer auch so sehr?«

»Ja.« Er lehnte den Kopf an die Barackenwand und schloß die Augen.

»Ich wünschte, es wäre Sommer«, sagte ich, »und wir würden an einer ganz einsamen Stelle am Strand liegen ... nackt!«

Bei dem Wort »nackt« öffnete Paul die Augen und grinste.

»Ich möchte mit dir schlafen«, sagte ich.

»Kannst du das nicht ein bißchen besser koordinieren?«

»Vielleicht regt mich das Meer so an.«

»Ich kann das Meer leider nicht in die 177. Straße verlegen.«

»Es geht ja auch ohne Meer.«

Er schwieg.

»Liebe ist eine verzwickte Angelegenheit«, sagte ich.

Er legte den Arm um mich, und ich legte den Kopf an seine Schulter.

Eine Weile war ich glücklich.

Auf dem Rückweg bestand Paul darauf, mir den Flugplatz zu zeigen.

»Ich bin doch da angekommen«, versuchte ich ihn umzustimmen, »ich kenne ihn doch!«

»Was kannst du in den paar Minuten schon gesehen haben.«

»Neger in gelben Overalls, Schubkarren, auf die man sein Gepäck verlädt ... ja, und einen furchtbar netten, dicken Paßkontrolleur.«

»Das sieht dir ähnlich!«

»Ich habe Eindrücke gesammelt«, sagte ich hochnäsig, »und das waren sehr wesentliche Eindrücke.«

Der Flugplatz lag am Weg, und Paul übersah meine Leidensmiene und bog in die Einfahrt ein. Er parkte den Wagen und ersparte mir nichts. Er führte mich, stolzen Blikkes, über das windgepeitschte Gelände und erklärte mir, welches Gebäude zu welcher Luftfahrtgesellschaft gehörte. Die meisten Gebäude hatten ganz absonderliche architektonische Formen, die ich nur verrückt und gar nicht schön fand. Aber Paul war begeistert.

»Das ist modern«, erklärte er, »das ist kosmopolitisch, das ist Fortschritt und Technik und Gegenwart!« Mit einer weitausholenden, triumphierenden Geste umfaßte er den ganzen Komplex: »Das hier, Judith, ist Amerika!«

Es war ein Höllenlärm. Die aufsteigenden Maschinen schnaubten, und die landenden Maschinen schrien, und die Luft vibrierte, und der Boden bebte.

»Hier steht man doch mitten im Zeitgeschehen!« rief Paul aus, und indem er mir die Hand auf die Schulter legte: »Hast du schon jemals etwas Packenderes gesehen?«

»Ja«, sagte ich, »den See Genezareth in der Mittagsglut. Da spürt selbst ein Ungläubiger Gott.«

»Was?« schrie Paul, der mich in dem Krach nicht verstanden hatte.

»Ich finde es kolossal«, schrie ich zurück, »aber etwas laut. Laß uns doch irgendwo hineingehen.«

Wir gingen in das Gebäude der Middle-East Airlines. Es war rund anstatt eckig und hatte einen schwebenden Zwischenstock. An einer Bar, die aussah wie eine sich windende Schlange, tranken wir Gin und Tonic, und dazu aßen wir Kartoffelchips. Paul wußte noch viel über den Flugplatz, seine Dimensionen, seine Entstehung, seine Bedeutung zu berichten.

Ich unterdrückte ein Gähnen: »Seit wann hast du eigentlich dein Herz für die Technik entdeckt?« fragte ich.

»Mein Kind, ich bin schon immer mit der Zeit gegangen. Es ist Unsinn, sich an Dinge zu klammern, die heutzutage keine Gültigkeit mehr haben.«

»Von was für Dingen sprichst du?«

»Von überholten Begriffen und Traditionen.«

»Aha.«

»Wie sie in Europa existieren und das Land verseuchen.«

»Gehen wir«, sagte ich, »es ist gleich drei Uhr.«

Auf dem Weg zurück schwieg ich. Ich dachte darüber nach, ob Paul glaubte, was er sagte. Ich kam nicht weit. Wenn er es glaubte, dann hatte ich mich in ihm getäuscht. Wenn er es nicht glaubte, dann war das, was er sagte, eine bewußte oder unbewußte Lüge. Keine der beiden Möglichkeiten behagte mir.

Ich schaute abwesend aus dem Fenster. Wir waren bereits in der Vorstadt, aber die Häuser drängten sich noch nicht bis an die Straße. Sie lagen hufeisenförmig in dichten Klumpen um sie herum.

»Ich werde den Wagen noch einen Tag behalten«, sagte Paul, »und dir morgen ein paar Vororte von New York zeigen. Sie sind einmalig gepflegt und wunderhübsch angelegt. Du wirst deine Freude daran haben.«

Jetzt stieg die Straße in einer Kurve an. Als wir den höchsten Punkt erreichten, bot sich mir ein so makabrer Anblick, wie ich ihn noch nie erlebt hatte.

»Paul«, rief ich, »halt sofort an!«

»Weshalb?« fragte er in scharfem Ton.

»Bitte, tu mir den Gefallen!«

Er fuhr rechts heran und stoppte. Ich rutschte auf die äußerste Kante des Sitzes, preßte die Stirn an die Scheibe und starrte. Vor mir lag ein Friedhof, ein Friedhof von unübersichtlichen Ausmaßen und unvorstellbarer Trostlosigkeit. Die Gräber, so dicht gedrängt, daß sie einander berührten, säumten die Straße, bedeckten riesige Flächen öden Vorstadtlandes, krochen zur rechten und zur linken Seite bis tief in die Wohnviertel hinein. Es waren Gräber, die nichts mit sogenannten menschlichen Ruhestätten zu tun hatten. Es waren Maulwurfshügel, versehen mit den schäbigen Resten kleiner Kreuze. Kein Baum, kein Strauch bot ihnen Schutz, keine Blume, kein Grashalm schmückte sie. Es war ein Akker, aus dem im wahrsten Sinne des Wortes nur noch der Tod sproß.

Ich saß da, fassungslos und von ehrfürchtigem Grauen erfüllt. »Judith«, sagte Paul mit grollender Stimme, »könntest du mir vielleicht erklären, was es hier zu sehen gibt?«

»Muß ich dir das wirklich erst erklären?«

»Ich fürchte, ja.«

Ich sagte, ohne mich umzudrehen: »Hier sieht man es in seiner ganzen Eindringlichkeit – den nüchternen Exitus, den Tod ohne Verbrämung, das Jenseits unter einem dreckigen Maulwurfshügel. Faszinierend, findest du nicht?«

Paul trat wortlos auf das Gaspedal. Der Wagen machte einen Satz und Paul ein ausgesprochen grimmiges Gesicht. Ich wußte nicht, worüber er so grimmig war, aber im Moment hatte ich weder das Interesse noch die Zeit, ihn danach zu fragen. Wir flitzten in bedauerlichem Tempo mitten durch die Gräber, die sich, von keiner Mauer geschützt, bis an den Straßenrand vorwagten. »Ein richtiger Rattenfriedhof«, murmelte ich.

Als er hinter uns lag, drehte ich mich um und warf einen letzten Blick aus dem Rückfenster.

»Judith, du bist durch und durch morbid«, sagte Paul, und die Wut in seiner Stimme drohte zu explodieren.

»Weil ich einen höchst erstaunlichen Friedhof mit Interesse betrachte?« fragte ich ruhig.

»Weil dich ganz offensichtlich nur das Negative fasziniert und das Positive langweilt.«

Das war stark übertrieben. Und trotzdem, wenn ich ganz ehrlich sein sollte, im Grunde stimmte es. Ich unterdrückte einen spontanen Widerspruch und versuchte, darüber nachzudenken.

Er ließ mir keine Zeit. Seine Wut brach durch, und er schrie mich an: »Du kniest dich mit einer geradezu krankhaften Sucht in alles Schlechte und Häßliche und Perverse.«

»Na, na«, sagte ich erstaunt, aber keineswegs erzürnt.

»Das Leben ist schön und der Mensch ist gut, wenn man nicht ewig das Schlechte hineinprojiziert!«

Das zündete. Eine Stichflamme des Zorns schoß in mir hoch: »Du Heuchler!« sagte ich.

Wider Erwarten traf ihn das Wort nicht mitten ins Herz. Es schien an ihm abzugleiten, und das erschreckte mich mehr als jede noch so drastische Reaktion.

»Ich bin einen harten Weg gegangen«, sagte er, »ich habe das Leben kennengelernt, ich habe die Menschen kennengelernt ...«

»Paul«, unterbrach ich ihn, »wovor hast du eigentlich Angst?«

»Angst?« fragte er. »Wieso Angst?«

»Ein Mensch, der unter keinen Umständen das Negative und unter allen Umständen das Positive sehen will, hat Angst.«

»Oder Glauben.«

»Ich gratuliere dir.«

»Wozu?«

»Ich wußte nicht, daß man Glauben züchten kann wie eine Hunderasse.«

»Er kann geweckt werden.«

»Dann gratuliere ich dir um so mehr.«

Ich wandte mich wieder dem Fenster zu und fragte mich, warum ich ihm seinen Glauben nicht glaubte.

Ein paar Minuten später hielt Paul vor dem Haus am Central Park.

»Also, Judith«, sagte er mit einem distanzierten Lächeln, »viel Spaß noch auf deiner Cocktailparty.«

Die Angst sprang so plötzlich in mir hoch, daß sich mein Magen krampfhaft zusammenzog. Ich spürte genau, wie ich blaß wurde.

»Willst du nicht noch ein bißchen mit hinaufkommen?« fragte ich mit dünner Stimme.

»Wozu? Du mußt dich ja noch umziehen.«

»Das macht doch nichts.«

»Schau, es hat wenig Sinn für mich, da herumzusitzen. Außerdem mag ich die Wohnung nicht.«

Meine Angst wuchs. Meine Lippen wurden trocken, meine Achselhöhlen feucht. »Seit wann magst du denn die Wohnung nicht?« fragte ich, um Zeit zu gewinnen.

»Ich habe sie nie gemocht. Ihre Unpersönlichkeit lähmt mich.« Er schaute mich an, wieder mit diesem distanzierten Lächeln. »Wohnungen dieser Art haben Ähnlichkeit mit frigiden Frauen. Ich weiß damit nichts anzufangen!«

Mittlerweile war ich so unsicher geworden, daß ich hinter jeder Bemerkung eine versteckte Anspielung argwöhnte.

»Hältst du mich für frigide?« fragte ich und versuchte, mich an dieser beleidigenden Vermutung aufzustacheln.

Er schien sich über meine Frage nicht zu wundern. »Nein«, sagte er, »nicht im geringsten.«

Damit nahm er mir die willkommene Möglichkeit, einen Streit anzufangen. Er hatte wahrscheinlich nur den einen Gedanken: mich schnellstens loszuwerden. Er saß da, ohne den Motor auszuschalten, ohne die Hände vom Steuer und den Fuß vom Gaspedal zu nehmen. Ich sehnte mich nach der Zärtlichkeit, die er mir noch vor kurzem im Überfluß gegeben hatte. Nur ein Bruchteil dieser Aufmerksamkeit hätte mich jetzt glücklich gemacht. Mit Aufmerksamkeit hätte ich einem seiner langatmigen Berichte gelauscht, voll Freude hätte ich mit ihm »gekakelt«.

»Gib mir bitte eine Zigarette«, sagte ich.

»Judith, es ist gleich fünf, und du mußt dich doch noch umziehen.«

»Du kannst es kaum erwarten, mich loszuwerden, nicht wahr?«

»Aber nein«, sagte er höflich, »ich möchte nur nicht, daß du dich hetzen mußt.«

Hätte er mich angeschrien: »Ja, ich kann es kaum erwarten, dich loszuwerden!«, ich wäre seiner Liebe wieder sicher gewesen. Ich wäre mit allen Zeichen der Empörung ausgestiegen und hätte die Tür hinter mir zugeknallt. Aber diese ruhige und unbeteiligte Art, mit der er mich behandelte, war unerträglich. Vielleicht hatte ich ihn bereits verloren. Paul war ein Mann von schnellen und unumstößlichen Entschlüssen – das hatte er oft genug bewiesen. Und ich hatte ihm allen Grund gegeben, einen schnellen, unumstößlichen Entschluß zu fassen – ich, mit meinen abstrusen Launen, meiner Leidenschaft für makabre Stadtviertel und Friedhöfe, meiner verdammten Cocktailparty.

»Paul«, sagte ich, und meine Kehle wurde enger und enger, »ich will nicht auf die Cocktailparty.«

»Liebes Kind, du hast mir heute früh erklärt, daß es geschäftlich wichtig für dich ist. Außerdem hast du zugesagt. Also jetzt mach keine Mätzchen und geh hin und amüsiere dich.«

»Laß uns zu dir fahren!«

»Das geht leider nicht. Ich habe mich verabredet.«

»Wann hast du dich verabredet?«

»Vorhin, als du im Bad warst.« Ich starrte ihn ungläubig an. Sein Gesicht verriet keinerlei Unsicherheit, keinerlei Skrupel. Er hatte sich verabredet, und ich konnte ihm nicht einmal einen Vorwurf daraus machen. Ich wurde wütend: »Um dich zu verabreden«, sagte ich, »brauchst du in deiner eigenen Wohnung nicht zu warten, bis ich im Bad bin.«

»Ich habe nicht darauf gewartet. Zufällig kam der Anruf gerade, als du im Bad warst.«

»Aha. Na schön. Da kann man eben nichts machen!« Jetzt mußte ich aussteigen. Und wenn ich daran sterben sollte – ich mußte aussteigen. »Auf Wiedersehen«, sagte ich und gab ihm die Hand.

Er nahm sie, drückte sie kurz, lächelte ein verbindliches Lächeln und sagte: »Auf Wiedersehen, Judith.«

Ich wartete den Bruchteil einer Sekunde. Er mußte doch wenigstens fragen, wann wir uns wiedersehen würden. Aber er fragte nicht. Ich öffnete die Tür, und das war in meinem Zustand eine übermenschliche Leistung. Ich stieg aus und versuchte, die Tür blick- und wortlos hinter mir zuzuschlagen. Es gelang mir nicht.

»Wann höre ich von dir?« fragte ich.

»Ich rufe dich an, Judith.«

Er nickte mir zu wie einer flüchtigen Bekannten und gab Gas. Kummer und Empörung drehten mir fast den Magen um.

Die Cocktailparty fand bei Mr. Petramer statt, einem Redakteur des Arthur S. Hirsch Verlages. Ich kannte Mr. Petramer nicht und lernte ihn im Verlauf der Party auch nicht kennen. Da er mindestens hundert Personen in seine kleine bescheidene Wohnung geladen hatte, beeilte ich mich, ein möglichst luftiges Plätzchen zu ergattern und dort auszuharren. Das Plätzchen war vorteilhaft, denn es bestand aus einem Fensterbrett. Darauf setzte ich mich.

Die anderen Gäste, an dergleichen Cocktailparties gewöhnt, hatten mehr Übung als ich. Sie wußten sich rigoros einen Weg zu bahnen, indem sie glühende Zigaretten, volle Gläser und die Körper ihrer Mitmenschen mißachteten. Auf diese Weise entstand tatsächlich so etwas wie eine schubartige Zirkulation. Von meinem erhöhten Platz nahm es sich aus, als blubbere ein dickflüssiger, dampfender Brei in einem Topf.

Im Lauf einer knappen halben Stunde sprach ich mit etwa fünfzig Menschen, von denen ich keinen kannte. Es waren auffallend zutrauliche Leute, die sich zwanglos vorstellten und dann ein lebhaftes Gespräch begannen, das unweigerlich nach den ersten paar Sätzen unterbrochen und an den Nachfolgenden weitergereicht wurde. Da fast alle Anwesenden mit Publizistik zu tun hatten und das Thema immer das gleiche blieb, klappte es vortrefflich.

Gegen halb sieben erschienen die Hirschs, Alice wie immer in einem schwarzen, enganliegenden Kleid. Sie kam mir noch schöner und noch müder vor, was vielleicht an der glatten, streng gescheitelten Ballerina-Frisur lag. Ich schaute sie an, und war es nun Zufall oder nicht, ihr Blick hob sich zielsicher in meine Richtung. Sie lächelte und machte ein Zeichen, daß sie zu mir herüberkäme. Sie hatte nicht nur Übung, sondern eine geradezu artistische Fertigkeit, sich in überfüllten Räumen zu bewegen. Lächelnd, nickend, grüßend, ohne sich aber aufhalten zu lassen, schlängelte sie sich geschmeidig auf mich zu. Es war mir unmöglich, sitzenzubleiben, wenn sie stand.

»Na Judith«, sagte sie und legte ihre Hand auf meinen Arm, »wie gefallen Ihnen unsere gemütlichen kleinen ›Get-togethers‹?«

»Einmal im Jahr können sie recht amüsant sein.«

»Früher habe ich das zwei- bis dreimal in der Woche mitgemacht.«

»Das haben Sie aber glänzend überstanden!«

»Das täuscht.«

»Dann ist es eine so perfekte Täuschung, daß man sie gerne hinnimmt.«

»Danke, Judith«, sagte sie, und jetzt sah ihr Gesicht ganz zart und durchsichtig aus.

Im nächsten Moment waren wir umzingelt und in ein weitergereichtes Gespräch verwickelt. »... Und darum«, sagte ein junger, bebrillter Mann zu Alice und mir, »darum erscheint der Konkretismus dieses Buches auch nicht als eine stilistische Haltung, sondern als unpathetische Natürlichkeit. Stimmen Sie mir zu?«

Wir stimmten ihm zu und erfuhren dann bei seinem Nachfolger, daß es sich bei dem konkreten Buch um Camus' ›Der Fremde‹ handelte.

Plötzlich – und ich traute meinen Augen nicht – stand David vor mir. David in Begleitung einer aparten Rothaarigen, die aussah wie ein Revuegirl. Ich fühlte einen scharfen Stich der Eifersucht.

»Gleich zwei meiner Angebeteten auf einmal«, sagte David und streifte Alice und mich mit seinem mokantesten Lächeln. »Die Inzucht in New Yorker Literatenkreisen ist geradezu verblüffend.«

Ich hatte nicht gewußt, daß Alice und David sich kannten – ungewöhnlich gut kannten, wie mir meine Intuition sagte.

»Ich habe Sie eine Ewigkeit nicht mehr gesehen, David«, sagte Alice mit ihrer trägen, brüchigen Stimme.

»Das war einzig und allein Ihre Schuld, Alice im Wunderland«, entgegnete David.

Bei der Anrede »Alice im Wunderland« tauschten die beiden einen Blick, der meine Gefühle zur Gewißheit werden ließ. Hier standen sich zwei Menschen gegenüber, die sich irgendwann einmal geliebt hatten. Seltsamerweise erfüllte mich diese Vorstellung mit wehmütiger Freude.

Die Rothaarige, die sich bis dahin mit einem älteren, klug aussehenden Herrn unterhalten hatte, wandte sich uns zu. David stelle sie mir als Miß Jennifer MacMennen vor. Sie schenkte mir ein sprühendes Lächeln, bei dem alles zu glitzern begann: ihre ebenmäßigen Zähne, ihre hellgrauen Augen, ihre silbrigen Lider und ihre Brilliantohrringe. Dann streckte sie beide Arme nach Alice aus, beugte sich, da sie viel größer war, zu ihr hinab, küßte sie auf die Wange und rief enthusiastisch: »Oh, dearest, it's good to see you again!«

Ihr überspanntes Gebaren erbitterte mich. Wieso ist dieses unausstehliche Revuegirl auf so vertrautem Fuß mit Alice?, überlegte ich.

David mußte mich beobachtet haben. »Judith«, sagte er mit unterdrücktem Lachen, »Sie machen ein Gesicht, als hätten Sie in eine Zitrone gebissen. Was mißfällt Ihnen?«

Ich sah ihn an, zog die Brauen in die Höhe und schwieg. Er trat neben mich und flüsterte mir ins Ohr: »Gefällt Ihnen Jennifer nicht?«

»Nein.«

»Das geschieht Ihnen recht!«

»Was meinen Sie damit?«

»Hätten Sie mich nicht sitzengelassen, dann hätte ich mich nicht mit ihr trösten müssen.«

»Nun, immerhin ist sie, was ihr Äußeres betrifft, ein recht leckerer Trost. Und Verstand spielt ja in solchen Fällen keine Rolle.«

Davids Augen hüpften vor Vergnügen.

»Ich muß Sie enttäuschen, Judith. Jennifers Verstand ist noch ausgeprägter als ihre Figur. Sie ist immerhin eine der bekanntesten und gescheitesten Buchrezensentinnen New Yorks.«

»Good for you«, sagte ich mit meinem gleichgültigsten Gesicht und beglückwünschte mich für dieses Meisterstück der Beherrschung. David legte den Arm um mich, näherte seinen Mund wieder meinem Ohr und flüsterte: »Judith, ich kann's nicht ändern, ich bin verliebt in sie.«

»Sie kommen sich wohl vor wie Clark Gable in seiner besten Rolle«, sagte ich mit einer Mischung aus Gereiztheit und Belustigung. David lachte so schallend, daß Alice und Jennifer ihr Gespräch unterbrachen.

»David, darling«, krähte Jennifer, »hat man dir einen unanständigen Witz erzählt?«

Dumme Gans, dachte ich, wenn sie genauso banal schreibt, wie sie spricht, dann kann es sich bei ihren gescheiten Rezensionen nur um ein Gerücht oder einen Ghostwriter handeln.

Die Cocktailparty mit ihrem Gedränge und Gestoße, ihren weitergereichten Gesprächen und literarischem Schnick-schnack, ihren abgestandenen Martinis und versalzenen Erdnüssen begann an meinen Nerven zu reißen. Ich sehnte mich nach Paul, nach der stillen kleinen Wohnung in der 177. Straße, nach einer Unterhaltung, die Anfang und Ende, Hand und Fuß hatte. Ich sehnte mich danach und wußte nicht einmal, ob ich das alles verloren hatte. Der Gedanke war unerträglich, und ich war den Tränen nahe.

»Ich muß jetzt gehen«, sagte ich.

Alice griff nach meiner Hand. »Ich gehe auch«, erklärte sie. »Warten Sie nur einen Moment, bis ich Sam irgendwo aufgetrieben habe.«

»Ich sehe schon«, spöttelte David, »ihr zwei habt euch gesucht und gefunden.«

»Wie wär's, wenn wir alle zusammen essen gingen?« schlug Jennifer vor.

»Eine großartige Idee«, rief David.

Ich fand es keine großartige Idee. »Ich muß nach Hause«, beharrte ich.

»Sie kommen mit«, befahl David.

Ich schüttelte den Kopf.

»Kommen Sie mit«, bat Alice.

»Gut«, sagte ich, »ich komme mit.«

Es hätte ein bezaubernder Abend werden können, wenn nicht das Zerwürfnis mit Paul gewesen wäre. Die Angst, ihn verloren zu haben, bohrte ständig in mir. Um diesem Schmerz zu entkommen, trank ich – trank viel, schnell und ausdauernd.

Wir aßen in einem Restaurant, das sich im obersten Stock eines Wolkenkratzers befand. Es nannte sich »Club 777«, war nur von Kerzen beleuchtet und sehr stilvoll. Wir hatten einen Fenstertisch und einen atemberaubenden Blick über New York. Es glitzerte und flimmerte und sprühte wie ein unübersehbarer Wald prächtig geschmückter Weihnachtsbäume.

Das Essen war gut, aber sehr amerikanisch: Krabben in Ketchup-Sahne, T-bone-Steaks, gebackene Kartoffeln in der Schale, Salat mit Roquefort-Dressing. Krabben, Steaks und Kartoffeln waren von appetitraubender Größe. Der Bordeaux war ausgezeichnet. Es wurde ununterbrochen geredet und viel gelacht. Jennifer MacMennen hatte mit der Cocktailparty auch ihren Cocktailjargon abgelegt. Widerwillig mußte ich zugeben, daß ihr Verstand tatsächlich noch ausgeprägter war als ihre Figur. Sie war das, was man eine Intelligenzbestie nennt, unweiblich, trotz all ihrer weiblichen Attribute. Das war mein einziger Trost.

David, beflügelt durch Alice, Jennifer und mich, war in Höchstform und bescherte uns ein wahres Feuerwerk an Charme, Witz und Geist. Es war bestechend und brillant, wie er mit Worten umzugehen verstand. Obgleich ich ihm an diesem Abend schlecht gesonnen war, gelang es mir nicht, unbeeindruckt zu bleiben.

Arthur S. Hirsch, der zu meiner Linken saß, machte mir heftig den Hof, worüber wir uns alle – er an der Spitze – köstlich amüsierten. Sein rosiges Gesicht unter dem Schopf glatten weißen Haares zuckte verschmitzt, während er mir die gewagtesten Komplimente machte. Er war mehr denn je der zu Streichen aufgelegte kleine Junge, und der Schalk brach ihm förmlich aus allen Poren. Seine Possen gingen bis an die Grenze der Albernheit und manchmal auch darüber hinaus.

In solchen Fällen geriet Alice außer sich vor Vergnügen, lachte und freute sich, wie mein Sohn, wenn ich einen besonders törichten Scherz gemacht hatte. Sonst war sie die Stillste und Ernsteste an unserem Tisch. Es fiel mir auf, wie selten sie eigentlich lachte und sprach. Und trotzdem war sie es, die uns alle beeinflußte, animierte und dirigierte. Mit einem Blick, einem Wort, lenkte sie unsere Unterhaltung. Sie war eine der Frauen, die in einem verflossenen Jahrhundert einen erlesenen Kreis berühmter Leute um sich versammelt hätte. Männer und Frauen hätten ihr zu Füßen gelegen, Maler hätten sie porträtiert, Dichter hätten ihr Bücher, Komponisten Symphonien gewidmet.

Es war wohltuend, mit gleichgesinnten, gleichartigen Menschen an einem Tisch zu sitzen. Es gab kein Drumherum- und kein Aneinandervorbei-Gerede, es gab keine vorsichtigen Pausen, kein peinliches Schweigen, kein unterdrücktes Gähnen. Man scheute sich nicht, das Absonderlichste auszusprechen, denn man war sicher, verstanden zu werden.

Ich schilderte den Friedhof und den Eindruck , den er auf mich gemacht hatte. Meine Schilderung fand allgemein Anklang, jeder der Anwesenden hatte ihn gesehen und bei seinem Anblick dieselbe Mischung aus Grauen, Ehrfurcht und Faszination empfunden wie ich. Keiner sah mich mit dem Ausdruck des Entsetzens an, keiner hielt mich für durch und durch morbide.

Ich versuchte, mir Paul an dieser Tischrunde vorzustellen, Paul zwischen dem ausgelassenen witzelnden Arthur S. Hirsch und dem Scharfsinn sprühenden David. Die bloße Vorstellung verursachte mir Unbehagen. Ich sah ihn dasitzen mit tiefernstem Gesicht, in dem sich Herablassung und Indignation mischte. Die Lippen zusammengepreßt, die Augen feindselig, würde er sich sammeln und vorbereiten. Und dann, in einem Moment des Schweigens, würde er mit einer uns alle verdammenden Lebensweisheit herausrücken – einer Lebensweisheit, die verdutzte Blicke, ironische Bemerkungen und leises Gelächter zur Folge hätte. Der Gedanke war schrecklich und traurig, um so mehr, als Paul nicht anders war als wir. Er war kein Durchschnittsmensch, der in einem Durchschnittsleben Befriedigung fand. Alles, was er bisher getan hatte, sprach dagegen. Er hatte Mut bewiesen und Kraft und Individualität. Er war ein Außenseiter gewesen, mehr vermutlich als wir alle. Er hatte Verständnis gehabt für jede noch so bizarre Denkungsart, für jede Abweichung vom Normalen. Er hatte Humor gehabt. Und er war ehrlich gewesen.

So etwas konnte nicht von heute auf morgen verschwinden, so etwas war dauerhaft wie die Nase im Gesicht. Es mußte immer noch in ihm sein, aber aus unbegreiflichen Gründen wollte er es nicht mehr in sich haben. Er war nicht anders als wir – nein! Aber er tat anders, auf Biegen und Brechen, auf Gedeih oder Verderb. Ich konnte, ich durfte es nicht zulassen!

Mit einer Entschuldigung stand ich auf. Ich ging durch den kerzenbeleuchteten Raum, fand das Telefon und wählte Pauls Nummer. Er meldete sich, noch bevor das erste Freizeichen ertönen konnte.

»Paul«, sagte ich, »was machst du?«

»Ich sitze im Bett.«

»Und?«

»Denke nach.«

»Ich sitze in einem Restaurant.«

»Und?«

»Trinke einen vorzüglichen Bordeaux.«

»Das hört man an deiner nicht mehr ganz klaren Aussprache.«

»Aber sonst bin ich klar, entsetzlich klar ... ich wünschte, ich wäre nicht so klar ... Paul!«

»Ja?«

»Die Hirschs sind auch hier und noch ein Paar. Du würdest uns eine durch und durch morbide Gesellschaft nennen.«

Er schwieg.

»Das Lokal ist sehr hübsch, lauter Kerzen, weißt du. New York sieht aus wie ein riesiges Oktoberfest. Ich habe ein T-bone-Steak gegessen. Paul ... warum bist du so starr geworden?«

»Judith, mein Schatz, du bist betrunken.«

»Ich bin unglücklich. Ich sehne mich nach dir ... nach dir, Paul, so wie du bist und nicht so, wie du tust.«

»Nimm dir ein Taxi und komm!«

»Ja.«

»Komm schnell, hörst du?«

»Ich komme sofort, Paul, sofort ...«

Nichts ist so wichtig für eine Frau wie das Gefühl, von einem Menschen erwartet zu werden – sehnsüchtig und ungeduldig erwartet zu werden. Dieses Gefühl ist für sie die Bestätigung, daß sie geliebt und gebraucht wird, das Bewußtsein, ein Zuhause zu haben, die Gewißheit, Wärme, Schutz und Sicherheit zu finden. Eine Frau, die jahrelang ihre eigene Haustür aufsperrt, eine dunkle Wohnung betritt, sich in der Stille eines leeren Zimmers auszieht und unter eine kühle, unberührte Bettdecke kriecht, weiß dieses Gefühl zu schätzen.

Als mir Paul die Tür öffnete und die Hand nach mir ausstreckte, da war mir, als könnte ich auf alles verzichten, auf alles, nur nicht auf dieses herrliche Gefühl, zu einem Menschen nach Hause zu kommen.

Paul trug seinen alten dunkelblauen Bademantel, und seine Füße steckten in abgetretenen Pantoffeln. Obgleich er nichts sagte und kaum lächelte, schlug mir eine Welle von Freude, Wärme und Zärtlichkeit entgegen.

»Paul«, sagte ich, »im Grunde weiß ich genau, worauf es im Leben ankommt ...«

»Aber?« fragte Paul.

Ich zog den Mantel aus und warf ihn über einen Stuhl. »Aber das Schlimmste ist, daß man vom Leben geformt wird und nicht umgekehrt, daß man das Leben formt.«

»Siehst du, Liebes, da bin ich eben anderer Meinung.«

»Nein, Paul. Das fängt ja schon in frühesten Jahren an. Zum Beispiel: Man muß Spinat essen, weil Spinat angeblich gesund ist. Man möchte keinen Spinat essen, aber wird dazu gezwungen. Daraus entwickelt sich eine solche Aversion gegen Spinat, daß man ihn sein Leben lang nicht mehr essen mag. Natürlich kann man sich weiterhin dazu zwingen – aber alles, was aus einem Zwang heraus geschieht, hat auf die Dauer keinen Wert. Und so kann ich dir zahllose Beispiele nennen. Man ist doch unendlich vielen Dingen ausgeliefert, gegen die man sich einfach nicht wehren kann, die Aversionen und Aggressivität und unbewußte Reaktionen erzeugen. Und die hängen einem nach und fügen sich schließlich zu einer Lebenseinstellung zusammen. Was nützt einem da die Gewißheit, daß es anders viel besser wäre.«

»Judith«, sagte er, legte beide Hände auf meine Schultern und schaute mir fest in die Augen: »Bin ich nicht ein Beispiel, das deine ganzen Erfahrungen über den Haufen wirft? War ich nicht ebenso wie jeder andere diesen unbewußten Reaktionen ausgesetzt? Und habe ich sie nicht überwunden und dadurch eine völlig neue Lebenseinstellung gewonnen?«

»Ich sagte ja: Selbst wenn man einen starken Widerwillen gegen Spinat hat, man kann sich sein Leben lang dazu zwingen, ihn zu essen.«

»Ich habe keinen Widerwillen gegen meinen Spinat. Er schmeckt mir ausgezeichnet.«

Ich ließ es dabei. Vielleicht täuschte ich mich wirklich.

Vielleicht versuchte ich nur, meine Empfindungen in ihn hineinzuprojizieren – weil es einfacher war und bequemer. Weil ich überheblich war und glaubte, meine Lebensauffassung sei die richtige. Weil ich mich einer anderen, mir konträren Auffassung nicht unterordnen wollte. Aber vermutlich war es an der Zeit, mich unterzuordnen; ja, vielleicht bis zu einem gewissen Grade aufzugeben.

Und in diesem Augenblick schien es mir dafürzustehen – allein schon, um im Besitz dieses köstlichen »Erwartetwerdens« zu bleiben.

Ich küßte Paul, dann ging ich ins Schlafzimmer. Ich zog den Bolero aus, der mein tiefes Rückendekolleté verdeckt hatte. Während ich zum Schrank ging, um einen Bügel herauszunehmen, sah ich mich im Spiegel, ich sah mich hoch, schlank, kühl und herrisch, und ich sah, daß ich keine Frau war, die sich hingibt.

Paul war mir ins Zimmer gefolgt. Er trat hinter mich und legte beide Handflächen auf meinen nackten Rücken.

»Judith«, sagte er mit einem leisen Lachen, »wir kennen uns jetzt zehn Jahre. Wäre es nicht an der Zeit, unsere Beziehung zu legalisieren?«

Ich schaute ihn im Spiegel an, schaute durch meine Augen hindurch in seine. Und ich sagte, ohne zu zögern: »Ja.«

Ich fand meinen Entschluß, zu heiraten, faszinierend. Ich hatte ihn gefaßt, ohne eine Beziehung zu ihm zu haben. Der Entschluß führte ein Eigenleben, mit dem ich rein gar nichts zu tun hatte. Ich hielt die Ehe für eine mißlungene Erfindung und mich für eine zur Ehe ungeeignete Frau. Wenn ich die Möglichkeit, ein zweites Mal zu heiraten, auch nie ausgeschlossen hatte, so war sie doch nur das Hirngespinst einsamer Stunden gewesen.

Nun also hatte ich ja gesagt, und der Entschluß mußte wohl oder übel Formen annehmen – Formen, unter denen ich mir nach einem zehnjährigen Junggesellen-Dasein wenig vorstellen konnte. Ich hatte keine Eile, meinen Entschluß und die unvorstellbaren Folgerungen miteinander zu verknüpfen – vielleicht, weil ich Komplikationen voraussah. Als ich dann endlich damit begann, war mein erster Schritt in dieser Richtung ein ebenso überflüssiger wie demonstrativer. Ich zog mit Sack und Pack in Pauls enge Wohnung ein.

Als ich David notgedrungen davon in Kenntnis setzte, stellte er die berechtigte Frage: »Wozu das eigentlich?«

Diese trockene, vorlaute Frage ärgerte mich. David stand offenbar immer noch auf dem Standpunkt, daß es sich hier um einen unausgegorenen Backfischtraum handelte. Nun, ich würde ihm ein für allemal den Wind aus den Segeln nehmen.

»Wozu?« fragte ich und legte im Vorgenuß meiner Eröffnung eine längere Pause ein. »Weil Paul und ich die Absicht haben zu heiraten.«

»Übermorgen?« erkundigte sich David, ohne eine Miene zu verziehen.

»Sie können einen wahnsinnig machen!« rief ich, meine bräutliche Würde vergessend.

»Wieso denn? Das war doch eine ganz normale Frage!«

»Ach, lassen wir das! Mit Ihnen kann man sich nicht ernsthaft unterhalten. Ich wollte es auch gar nicht. Ich wollte Ihnen nur Bescheid sagen, damit man die Wohnung weitervermieten kann.«

»Ich habe die Wohnung für einen Monat gemietet. Ob Sie nun Ihre Sachen hier lassen oder ob Sie sie nur ab und zu als Refugium benutzen ...«

»Ich brauche kein Refugium!«

»Liebe Judith, beginnen Sie um Gottes willen nicht nach dem trügerischen Grundsatz zu leben: ›Raum ist in der kleinsten Hütte ...‹«

»Da besteht keine Gefahr«, sagte ich kühl, »ich habe nie nach Grundsätzen gelebt, und ich werde nie nach Grundsätzen leben!«

Ich merkte bald, daß diese Gefahr sehr wohl bestand. Paul war ein Mann, der Grundsätze sammelte, so wie ein anderer Briefmarken oder Pfeifen. Er hatte schon eine beträchtliche Sammlung zusammen – große Grundsätze und kleinere und solche, die Prachtexemplare und daher unantastbar waren. Einer dieser unantastbaren Grundsätze war, daß das Leben eine rundum unkomplizierte Angelegenheit sei, vorausgesetzt, daß man es unkompliziert sah. Nun konnte ich es aber beim besten Willen nicht unkompliziert sehen, und daraus ergaben sich die ersten Schwierigkeiten. Hätte Paul nach seinen Grundsätzen gelebt und mir erlaubt, nach meinen nicht vorhandenen zu leben, dann hätte wahrscheinlich vieles geklappt. Aber Paul war nicht der Mann, der getrennte Wege zuließ – auch das gehörte zu seinen Grundsätzen. Zwei Menschen, die sich liebten, behauptete er, gingen ein und denselben Weg, oder noch deutlicher ausgedrückt, einer trat in die Fußstapfen des anderen. Selbstverständlich war ich es, die in seine Fußstapfen treten mußte, denn er hatte das Leben ja klar erkannt, während ich immer noch schwankte.

»Liebes«, pflegte er zu sagen, »du kannst dich meiner Führung getrost anvertrauen. Ich weiß genau, wo es langgeht.«

Ich war gar nicht so sicher, daß er es wußte. Aber ich lächelte und nickte. Eines Tages würde mein Einfluß stärker sein als seine Grundsätze, und bis dahin mußte ich Geduld haben.

Zunächst gelang es mir, fiel mir gar nicht mal schwer. Was war schon dabei, wenn ich die morgendliche Zeremonie des Teetrinkens und »Kakelns« mitmachte. Für ihn war das »Kakeln« ein Grundsatz – Mann und Frau, erklärte er, hätten jeden Gedanken, jede freie Minute miteinander zu teilen –, und mich kostete es eine halbe Stunde, in der ich nur ein paar zustimmende Worte finden und ab und zu die Teetasse zum Munde führen mußte. Sicher war die Forderung, daß Mann und Frau jeden Gedanken, jede freie Minute miteinander teilen, monströs. Aber sie würde, dank meines Einflusses, nicht von langer Dauer sein. Und selbst wenn sie es wäre: Pauls Arbeitszeit umfaßte gute acht Stunden, den gelegentlichen Nachtdienst nicht einmal eingerechnet, und in dieser Zeit konnte ich eigene Gedanken haben, soviel ich wollte. Diese Gewißheit erleichterte mir das »Kakeln« und hielt mich bei guter Laune.

»Siehst du, wie schnell du dich an das frühe Aufwachen gewöhnt hast«, triumphierte Paul.

»Ja«, sagte ich und freute mich auf das erneute Einschlafen und das darauffolgende Erwachen, das ich mürrisch und stumm genießen würde.

Wenn Paul die Wohnung verließ, mußte ich aufstehen, die Tür absperren, den Schlüssel im Schloß lassen und die Kette vorlegen.

»Und mach bitte niemandem auf, hörst du!« Das war immer seine letzte Ermahnung.

»Was kann denn eigentlich passieren?« hatte ich mich eines Tages erkundigt.

»Du kannst umgebracht oder zumindest vergewaltigt werden.«

»So mir nichts, dir nichts?« hatte ich gefragt und ein Lächeln nicht unterdrücken können.

»Judith, du sollst es nicht so leichtnehmen. Es passiert täglich einige Male. Erst neulich ist in unsere Klinik ein junges Mädchen mit gebrochenem Rückgrat eingeliefert worden. Sie hatte die Tür geöffnet, drei Männer waren in die Wohnung eingedrungen, und sie war vor Angst aus dem Fenster gesprungen.«

»Mein Gott, was für eine Stadt!« hatte ich mit Hochachtung gesagt.

»Dich reizt die Gefahr, ich weiß!« Sein Blick war durchdringend und warnend gewesen.

»Das stimmt nicht. Ich bin viel zu feige dazu.«

Er hatte den Kopf geschüttelt. Er war überzeugt, daß mich die Gefahr reizte. Es war ein weiteres Zeichen meiner Morbidität. Paul lag im entschlossenen Kampf mit meiner angeblichen Morbidität, und aus diesem Grund nahm er die Zügel besonders kurz. Meine unbefangene Mitteilung, daß ich im Central Park spazierengegangen sei, löste einen Sturm der Empörung in ihm aus.

»Wie kannst du es wagen, allein im Central Park spazierenzugehen!« schrie er mich an.

»Aber Paul, es war doch hellichter Tag, und ich bin immer da gegangen, wo andere Menschen waren.«

»Wie oft soll ich dir noch sagen, daß das keine Rolle spielt. Tag oder nicht Tag, Menschen oder nicht Menschen, du begibst dich in Lebensgefahr, wenn du allein im Central Park spazierengehst.«

»Wo, zum Teufel, soll ich denn dann spazierengehen?«

»Nirgends, ohne mich.«

»Hör mal, ich bin gewohnt, auch mal alleine spazierenzugehen!«

»Das wirst du dir von jetzt an leider abgewöhnen müssen. Ich habe keine Lust, um dich zu zittern!«

Es gab einiges, was ich mir von jetzt an abgewöhnen mußte, und das aus ganz verschiedenen Gründen: entweder, weil Paul Angst um mich hatte, oder weil er eifersüchtig war;

oder weil er meine Geschmacksrichtungen und Interessen nicht akzeptierte. All das wäre noch nicht einmal so schlimm gewesen, wenn es sich in normalen Grenzen gehalten hätte. Aber Pauls Angst um mich war hysterisch, seine Eifersucht schloß nicht nur Menschen, sondern auch Gegenstände ein, und unsere Geschmacksrichtungen gingen offenbar so weit auseinander, daß kaum eine gemeinsame übrigblieb.

»Paul, laß uns heute ins Kino gehen.«

»Ach Liebes, das ist doch vergeudete Zeit.«

»Ich gehe gerne ins Kino. Außerdem läuft hier ein Film nach einem Stück von Tennessee Williams. Den möchte ich unbedingt sehen!«

»Das sieht dir ähnlich! Ausgerechnet Tennessee Williams, diesen perversen Miesmacher!«

»Hast du schon mal was von ihm gelesen oder gesehen?«

»›Endstation Sehnsucht‹, und das hat mir genügt.«

»Das ist ein recht interessantes Stück.«

»Ein Wühlen im Dreck ist es!«

»Also gut, Paul, du brauchst nicht mitzukommen.«

»Doch, doch, ich komme mit. Ich möchte mal wissen, was du an solchen Filmen findest!«

Der Film war leider schlecht, und Paul sonnte sich in Genugtuung und abfälligen Kommentaren. Ich wurde von Minute zu Minute nervöser, entzog Paul meine Hand, rückte so weit wie möglich von ihm ab. Lange vor Schluß verließen wir die Vorstellung – er triumphierend, ich verärgert.

Und so wie mit dem Film war es mit den Theaterstücken, die mich interessierten, mit den Ausstellungen, mit der Musik. »Paul, es soll hier eine Unmenge Lokale geben, in denen erstklassiger Jazz gespielt wird. Ich würde schrecklich gerne mal ...«

»Jazz?« unterbrach mich Paul mit einer verächtlichen Grimasse. »Was hast du von diesem Gequake?«

»Verzeih, wenn ich es nicht für Gequake halte. Ich höre gut gespielten Jazz leidenschaftlich gern. Und da ich nun schon mal in New York, direkt an der Quelle bin ...«

»Würde ich dir vorschlagen, mit mir in die Metropolitan oder in die Carnegie Hall zu gehen. Da, mein Kind, wird dir nämlich wirklich erstklassige Musik geboten.«

»In die Metropolitan gehe ich nicht!«

»Warum nicht?«

»Weil es mir mit Opern so geht wie dir mit Jazz. Ich hasse Opern!«

»Du sprichst wie ein Blinder von der Farbe. Eine schöne Oper ist etwas Einmaliges. Geh erst mal mit mir in die Metropolitan ...«

»Ich gehe nicht!«

Nach einer langen, erregten Diskussion, in der er mich einen oberflächlichen Blaustrumpf und ich ihn einen lahmen Konservativen nannte, verzichtete er auf seine Oper, ich auf meinen Jazz, und wir einigten uns auf ein Konzert. Aber obgleich wir den Frieden und das Einvernehmen immer wieder herzustellen schienen, blieb doch eine leicht entfachbare Rebellion in mir zurück. Was Paul gefiel und was er dann in überschwenglichen Worten zu loben verstand, erfüllte mich von vornherein mit Eigensinn und Skepsis.

»New York mit all seinen Weihnachtsdekorationen ist doch ein prächtiger Anblick«, sagte er eines Tages und blieb vor einem Springbrunnen stehen, der im Glanz zahlloser elektrischer Kerzen eine farbenfreudige Fontäne in die Luft spuckte.

»Ein schöner Kitsch ist das«, sagte ich naserümpfend.

»Auch Kitsch kann manchmal recht eindrucksvoll sein. Und New York steht er gut zu Gesicht.«

Im Grunde hatte er recht, aber das gab ich natürlich nicht zu.

»Ich kann auf Kitsch verzichten«, brummte ich, »und New York auch. Es ist in natura eindrucksvoll genug.«

»Komm, ich zeig' dir jetzt mal ein paar Schaufenster, wo du zugeben wirst ...«

»Ich hab' keine Lust, Paul. Schaufenster langweilen mich. Ich seh' nur rein, wenn ich mir was kaufen will.«

»Aber die New Yorker Schaufenster ...«

»Sind größer als die Münchner, das gebe ich zu.«

»Also schön, Liebes, ich erspare dir die Schaufenster.«

Wenn er keine Weltanschauung aus seiner Meinung machen konnte, gab er meistens gutwillig nach. Aber leider gab es kaum solche Fälle. Selbst ein Ausflugsziel, das sich »Cloisters« nannte und tatsächlich ein Kloster war, wurde zu einer Weltanschauung erhoben.

Es war an einem strahlend schönen Tag, an dem Paul, eine Grippe vortäuschend, die Klinik geschwänzt hatte. Wie immer an strahlend schönen Tagen ergab sich das Problem des Spazierengehens – in New York ein wahrhaftiges Problem. Ich schlug die Nachbarschaft mit ihren jüdischen Krämerläden vor. Die Krämerläden und ihre Besitzer waren mir sehr ans Herz gewachsen, und ich hatte schon mit einigen gute Freundschaft geschlossen. Paul lachte: »Das ist mal wieder einer deiner verrückten Einfälle. Komm, zieh dich an, ich zeige dir ›Cloisters‹.«

»Was zeigst du mir?«

»Ein Kloster.«

»Paul, Klöster habe ich in Europa jede Menge, dazu muß ich nicht nach Amerika fahren. Übrigens, wie kommt denn hier nach New York ein Kloster?«

»Es ist Stein für Stein aus Europa herübergebracht worden. Alles ist alt und echt. Jeder Gegenstand ist eine Kostbarkeit.«

»Und was soll das?« fragte ich verständnislos.

»Was das soll?« Pauls Augen verengten sich, ein Zeichen, daß es gefährlich wurde.

»Vielleicht, Judith, haben die kulturlosen Amerikaner auch ein bißchen Sehnsucht nach Kultur. Vielleicht sehen sie auch mal ganz gern etwas Altes und Schönes. Vielleicht haben sie sogar mehr Gefühl dafür als du mit deiner unausstehlichen Überheblichkeit!«

»Pardon, Paul, ich wollte weder dir noch den Amerikanern zu nahetreten.«

»Du glaubst wohl, du hast die Kultur mit Löffeln gefressen!«

»Ich glaube eher, du hast dich deinen amerikanischen Brüdern schon so weit angepaßt, daß du ihre Minderwertigkeitskomplexe übernommen hast!«

Wir starrten uns erbittert an, und plötzlich bekam ich Angst – Angst vor dieser Feindseligkeit, die eine tiefe Kluft zwischen uns aufriß, Angst vor diesen häßlichen Worten, durch die wir uns mit Vorbedacht verletzten.

»Das ist doch alles Unsinn«, sagte ich, ging zu ihm und rieb meine Wange an seiner Schulter.

Er legte die Arme um mich und preßte mich einen Moment lang mit aller Gewalt an sich. Angst war in dieser Umarmung und Schmerz.

»Ich liebe dich doch«, sagte ich.

Dann gingen wir.

Das Kloster lag in einem großen, schönen Park, auf einem kleinen Hügel. Von weitem sah es tatsächlich aus wie ein richtiges Kloster, und ich mußte mich sehr zusammennehmen, um nicht loszulachen. Ein Kloster in New York ist nun mal ein komischer Anblick, selbst wenn man es mit tiefster Ernsthaftigkeit betrachtet. Ein uneingeweihter Europäer mußte es für einen gelungenen Witz oder einen Spuk halten. Für die Amerikaner jedoch, die in großer Anzahl mit uns hinaufpilgerten, war es ein echtes Kloster, war es Romantik und Kultur: »old Europe«, wie es leibt und lebt. Ihre Gesichter, in denen sich kindliches Staunen und Ehrfurcht mischten, ihre bewundernden Ausrufe und Bemerkungen rührten mich.

Zweifellos war das Kloster aus alten Steinen zusammengetragen worden. Die Mauern waren dick und würdig, das Holz hatte die obligaten Risse und Löcher. Und trotzdem hatte man den Eindruck, als wäre das Ganze mit einer Glasur überzogen. Jede Furche schien säuberlich ausgeputzt, jedes Astloch schien zu leuchten, als hätte man ein wenig Goldstaub hineingetan. Wahrscheinlich hatte man's wirklich getan, aber ich wagte nicht, Paul danach zu fragen.

Er führte mich durch die Räume, in denen erlesene Möbel sämtlicher Stilarten standen und prächtige Gemälde und Gobelins die Wände bedeckten. Es war einiges da, was zu einem Kloster gehörte, und vieles, was mit einem Kloster überhaupt nichts zu tun hatte. Aber wozu auch! Es war alles sehr geschmackvoll und ein Vermögen wert.

»Hier ließe sich's gut Nonne sein«, flüsterte ich Paul zu, und zu meiner Erleichterung lachte er über diese Bemerkung. Wir besichtigten dann noch die prunkvolle Kapelle, den stilechten Innenhof mit Brunnen, die Kolonnaden und den klösterlichen Kräutergarten, in dem, so wurde ich belehrt, jedes nur erdenkliche Kraut wuchs.

Arm in Arm und sehr befriedigt zogen wir danach von dannen.

»Nun, wie hat dir das Kloster gefallen?« fragte Paul erwartungsvoll.

»Großartig«, sagte ich mit viel Herz und Gefühl, »es ist ein wunderschönes Kloster!«

»Siehst du, Judith, es war doch richtig, daß wir hingegangen sind.«

»Natürlich war es richtig. Ich habe mich dumm benommen. Das tue ich oft.«

Er schaute mich zärtlich an. Er schien bereit, mir jedes noch so dumme Benehmen zu verzeihen.

Wir wanderten durch den Park. Der Park erinnerte mich an den Englischen Garten in München, an die Vergangenheit, und meine leise Wehmut erinnerte mich an meine damaligen Wunschträume. Ich schaute zu Paul auf, und ich sagte mir, daß meine Wunschträume ihre Erfüllung gefunden hatten.

»Müde, Liebes?« fragte Paul.

»Ein bißchen.«

»Es gibt hier ein Café, da können wir hineingehen.«

»O ja.«

»Ein makabres Café, aber so etwas magst du ja.«

»Wieso ist es makaber?«

»Es ist der Treffpunkt deutsch-jüdischer Emigranten – alte Leutchen, die erst kurz vor Toresschluß ausgewandert sind. Hier, in der Nähe des Klosters, wittern sie Heimatluft.«

Das Café lag zwischen hohen Bäumen versteckt. Es ähnelte einer Baracke und machte einen tristen, heruntergekommenen Eindruck. Paul öffnete die Tür, und ich trat zaghaft ein. Von außen war das sogenannte Café nur trist gewesen, von innen war es trostlos. Der Raum glich einem Wartesaal dritter Klasse. Ein paar schäbige Tische, ein paar ungepolsterte Stühle, eine Theke, an der man sich das Gewünschte selber holen mußte. Nichts schmückte die Tische, die Wände, die Fenster. Nichts, aber auch gar nichts erfreute die alten Leute, die zu zweit oder allein vor ihren großen, plumpen Tassen saßen, in denen der beste Kaffee schlecht schmecken mußte. Es war, als mißgönne man ihnen das bißchen heimatliche Gemütlichkeit, eine Gemütlichkeit, die sie hier, zwischen trügerischen alten Bäumen, zu finden gehofft hatten.

Ich empfand selten Mitleid, aber in diesem Moment empfand ich es so stark, daß sich alles in mir zusammenzog und brannte und schmerzte. Ich mußte an die Taube denken, die sich auf meinem Balkon in München ein Nest gebaut und ein Ei hineingelegt hatte. Meine Putzfrau, eine resolute Person, hatte heftig dagegen protestiert. Sie hatte behauptet, Tauben seien stinkende Mistviecher und müßten ausgerottet werden. Bevor ich eingreifen konnte, hatte sie das Nest samt Ei in den Mülleimer gestopft. Eine Weile darauf war die Taube zurückgekehrt. Sie war nichtsahnend und emsig durch das Geländer auf den Balkon geschlüpft, und da hatte sie das Unheil entdeckt. Und plötzlich hatte die Taube ein Gesicht gehabt, und in diesem Gesicht war ein Ausdruck tiefster Verzweiflung gewesen. Ihre Augen hatten sich geweitet, ihr Hals gereckt, und ihre geplusterten Federn waren zusammengefallen wie ein kalt gewordenes Soufflé. Dann hatte sie sich hingehockt und mit hoffnungsloser Ergebenheit in die leere Ecke gestarrt. So wie die Taube, der man das Nest genommen hatte und das Ei, so saßen hier die alten Leute. Sie starrten mit der gleichen Ergebenheit ins Leere.

Paul schien das alles nicht zu berühren. Er führte mich an einen Tisch und fragte, was er mir holen solle.

»Einen Tee«, sagte ich.

»Keinen Kuchen?«

»Nein, danke.«

Er ging zur Theke, und ich schaute zu einem alten Herrn hinüber, der Gamaschen trug und eine deutsche Zeitung las. Ich wollte mich noch weiter umschauen, aber plötzlich fand ich es unerträglich, in all diese Taubengesichter zu blicken. Paul kam zurück. Außer dem Tee hatte er zwei Teller mit je einem Stück Apfelkuchen und einer Kugel Vanilleeis mitgebracht.

»Ich weiß doch, daß das eine deiner großen Leidenschaften ist«, sagte er und stellte einen Teller vor mich hin.

»Ja, aber im Moment ...« Ich schaute hilfesuchend zu ihm auf.

»Was hast du denn?« fragte er und setzte sich neben mich.

»Es macht mich so furchtbar traurig«, sagte ich.

»Was?«

»Diese alten Leute. Da kommen sie in so ein trostloses Café, fahren vielleicht stundenlang, nur weil hier ein paar Bäume stehen und sie die Illusion haben, da zu sein, wo sie gern sein möchten. Und dann werden sie immer wieder enttäuscht und sitzen hier und ... ach, es bringt mich zum Heulen!«

»Judith«, sagte Paul, »jetzt mach bitte kein Drama daraus! Dein Mitgefühl in allen Ehren, aber ich halte es für maßlos übertrieben. Diesen Menschen hier fehlt nichts, nichts außer der Bereitschaft, sich zu assimilieren.«

»Aber Paul! Menschen, die in diesem Alter entwurzelt werden, können sich doch nicht mehr assimilieren. Woher, um Gottes willen, sollen sie denn noch die Kraft nehmen, sich einer so beängstigend fremden Umgebung anzupassen?«

»Millionen andere hätten Gott auf Knien gedankt, wenn sie die Möglichkeit gehabt hätten, sich einer so beängstigend fremden Umgebung anzupassen.«

»Das ist doch kein Argument! Sicher danken auch diese hier Gott auf Knien, aber das schließt doch nicht aus, daß sie sich in Amerika unglücklich fühlen.«

»Keiner hindert sie daran, in ihr geliebtes Deutschland zurückzukehren, Bäume zu sehen, Nazis zu sehen und sich glücklich zu fühlen.«

»Ich bitte dich«, sagte ich, und da war wieder die Kluft zwischen uns und die Feindseligkeit, »red nicht so unerträglichen Blödsinn!«

»Blödsinn, liebes Kind? Das ist die Wahrheit! Die Juden, alt oder nicht alt, haben sich nie assimiliert. Sie, das von Gott auserwählte Volk, glauben, mit anderen gewöhnlichen Völkern nichts gemein zu haben. Das genau ist der Hauptgrund, warum sie immer wieder verfolgt wurden.«

»Du ergehst dich in den Banalitäten eines halbgebildeten Antisemiten! Wenn ich nicht wüßte, daß das alles nur verstocktes Gewäsch ist, dann würde ich jetzt aufstehen und gehen.«

»Du hast immer noch deinen Judentick.«

»Und du hast einen Assimiliertick, für den du ganz offensichtlich auch noch Reklame läufst.«

Paul begann schweigend seinen Kuchen zu essen. Ich sah ihm grimmig dabei zu.

»Bei dir geht das Assimilieren übrigens erschreckend schnell«, bemerkte ich nach einer Weile. »Zuerst warst du durch und durch Berliner; dann durch und durch französischer Provinzler; und jetzt bist du das Musterbeispiel eines Amerikaners; ›keep smiling! Everything is fine, everything is perfect!‹ Verdammt noch mal, es ist nicht alles so fein und perfekt!«

»Iß dein Eis, sonst schmilzt es!«

»Ich wünschte, du würdest schmelzen, damit dein echter Kern endlich zum Vorschein kommt.« Er legte den Löffel auf den Teller und sah mich an. »Das Gefährliche ist«, sagte er, »daß du irgendwann mal einen Kern in mich hineingesteckt hast und glaubst, das müsse der richtige sein. Vielleicht irrst du dich, vielleicht habe ich einen ganz anderen Kern.«

Ich schwieg in dem unangenehmen Gefühl, daß er recht haben könne.

»Du solltest dich entschließen, mich so zu lieben, wie ich bin.«

»Diesen Rat kann ich dir zurückgeben«, sagte ich bissig.

Bei jedem anderen hätte ich schleunigst aufgegeben, hätte mit der einleuchtenden Erklärung »wir haben uns leider geirrt, wir passen nicht zueinander« das Weite gesucht. Aber bei Paul kam mir gar nicht der Gedanke, und umgekehrt – auch er machte nie die leiseste Andeutung, daß wir uns lieber trennen sollten. Die Vorstellung, daß wir auseinandergingen, nachdem wir uns über zahlreiche Hindernisse hinweg endlich gefunden hatten, war unausdenkbar, unausdenkbarer noch als das Schreckgespenst einer chaotischen Ehe.

Erstens glaubte ich ihn und er mich zu lieben; zweitens war da diese Verkettung eigentümlicher Umstände, die unserer Beziehung den Anschein einer vom Schicksal gewollten Verbindung gab; und drittens hatten wir beide eine ausgeprägte Phantasie und einen Hang zu mystischer Deutelei. All das ergab, daß wir mit zu wenig Vernunft und zu viel Gefühl an die Sache herangingen. In jede Zufälligkeit, in jede etwas merkwürdige Begebenheit geheimnißten wir einen tiefen Sinn hinein. Die Tatsache, daß sich unsere Wege dreimal gekreuzt hatten, daß er bei mir und ich bei ihm im entscheidenden Augenblick aufgetaucht war, ließ keinen Zweifel, daß wir füreinander vorgesehen waren. Wenn ich für Paul das personifizierte Schicksal war, das ihn aus Einsamkeit und uneingestandener Verzweiflung erlösen sollte, dann war Paul für mich der personifizierte Wunschtraum, der unter einem roten, weißgetupften Sonnenschirm – der Sonnenschirm stand für mich als Symbol einer vollkommenen Zweisamkeit – seine Erfüllung finden sollte. So kam es, daß wir beide unerreichbare Ansprüche aneinander stellten und uns nur in ganz seltenen klaren Momenten mit dem zufriedengaben, was in Wirklichkeit vorhanden war. Es wäre genug gewesen für ein normales, angenehmes Familienleben, in dem ich nicht Schicksal und er nicht Wunschtraum hätte spielen müssen.

Aber wollten wir das, ein schicksal- und wunschtraumloses Familienleben? Natürlich, in unseren seltenen klaren Momenten wollten wir es. Wir wünschten uns ein hübsches, zunächst einmal bescheidenes Häuschen in einem Vorort New Yorks mit einem Stückchen Garten, in dem man an Sommermorgen frühstücken, und einen Kamin, vor dem man an Winterabenden friedlich vereint sitzen konnte; nette Bekannte, eine Katze, eine Schildkröte, ein Kind, eine umfangreiche Schallplattensammlung für ihn und für mich eine gute Bibliothek – all das, was die Harmonie eines Ehelebens hebt, festigt, garantiert. Und in diesen Momenten gingen wir Hand in Hand – ein Paar, das sich gesucht und gefunden hatte.

Paul führte mich in seinen engeren Bekanntenkreis ein. Er bestand aus etwa zehn Personen – ausschließlich Juden –, von denen die eine Hälfte ganz bohemien, die andere ganz bürgerlich lebte.

Da war zunächst einmal Gerda, eine etwa fünfzigjährige, bis auf die Knochen ausgemergelte Junggesellin, die aus Berlin stammte und in ihrer Blütezeit ein rasantes Leben mit zahllosen Liebhabern geführt haben sollte. Jetzt hauste sie zusammen mit ihrer bettlägrigen Mutter in einer Kellerwohnung in Greenwich Village. Die Wohnung war eng, muffig und mit häßlichen alten Möbeln vollgestopft. Es drang nie ein Schimmer Tageslicht hinein und nur selten ein Hauch frischer Luft.

Gerda verbreitete eine Atmosphäre exaltierter Freimütigkeit oder, umgekehrt, freimütiger Exaltation. Sie war ein armes, tapferes Geschöpf ohne die geringste Hoffnung auf eine bessere Zukunft. Irgendwie hatte sie sich ein paar Schüler gekapert, denen sie Unterricht in modernem Ausdruckstanz gab. Mit den spärlichen Einnahmen hielt sie ihre Mutter und sich über Wasser. Ihr großflächiges, streng geschnittenes Gesicht, in dem man noch Spuren vergangener Schönheit entdeckte, stimmte traurig.

Jeden Samstagabend hatte Gerda ihren »jour fixe«. Zu diesem Anlaß lud sie Paul und mich ein. Außer uns erschienen etwa ein halbes Dutzend skurriler Männlein – alt, aber quicklebendig, verhutzelt, aber adrett gekleidet. Es gab Reibekuchen und dazu einen säuerlichen roten Wein. Die Stimmung war geradezu ausgelassen. Gerda fühlte sich zurückversetzt in ihre Blütezeit und genoß es, der Mittelpunkt zu sein.

Sie war reizend zu mir und mochte mich wohl auch, und trotzdem – das spürte ich – wünschte sie mich ans andere Ende der Welt. Gerda vergötterte Paul, und wenn es überhaupt einen Lebenszweck für sie gab, dann war er es. Sie war ihm drei Jahre lang eine wahrhaft aufopfernde Freundin gewesen und wäre es bestimmt gern bis zu ihrem Lebensende geblieben. Die neue Wendung, die ihr Paul entriß und ihren gemeinsamen Sonntagen, ihren häufigen Opernbesuchen ein Ende setzte, mußte sie todunglücklich machen.

»Sie tut mir so leid«, sagte ich, nachdem wir die übermütige Greisenparty verlassen hatten und in einem Taxi nach Hause fuhren.

»Sie kann einem auch leid tun«, stimmte mir Paul zu. »Da sitzt sie nun, mit einer kranken Mutter, ohne Mann, ohne Kind, ohne Geld, ohne Hoffnung ... aber daran ist sie selber schuld.«

»Wieso?«

»Sie hätte heiraten, Kinder kriegen und ein vernünftiges Leben führen sollen. Sie hätte sich darüber klar sein müssen, daß sie älter wird, an Anziehungskraft verliert und eines Tages verlassen dasteht. Aber nein, daran hat sie natürlich nicht gedacht! Ihre Unabhängigkeit ging ihr über alles. Nun schön, jetzt hat sie die Folgen ihrer geliebten Unabhängigkeit.«

Unwillkürlich rückte ich näher an Paul heran. Er legte den Arm um mich, und ich fühlte mich abhängig und sicher.

»Jede Frau, die nicht weiß, wann sie von einem ungebundenen Leben in eine geregelte Existenz hinüberwechseln muß, nimmt ein solches Ende«, schloß er mit Überzeugung.

Den darauffolgenden Tag besuchten wir Danny. Danny, im Gegensatz zu Gerda, wohnte nicht im Keller, sondern im Dachgeschoß. Er war Maler, und das hätte er nicht werden sollen. Seine Bilder, die er in großer Anzahl produzierte und in kleinster Anzahl verkaufte, bedeckten die Wände seines

Ateliers und lagen zu hohen Haufen gestapelt auf dem Boden. Möbel waren keine vorhanden. Offenbar hatte sie der Gerichtsvollzieher den Gemälden vorgezogen. In dem riesigen Raum stand eine Bank, ein Küchenhocker und eine Bettcouch. Auf der Bettcouch lag Danny. Seine untere Partie war in eine Art Pferdedecke gewickelt, seine obere steckte in einem engen, schmuddeligen Unterhemd, das unter beiden Armen aufgeplatzt war.

Danny mochte Ende Dreißig sein. Er hatte ein sympathisches, derbes Gesicht. Da seine Stirn tropfte und seine Wangen im Fieber glühten, sah er aus wie ein schwitzender Bauer. Er klagte über eine Bronchitis, die er mit anhaltenden Hustenanfällen zu bekräftigen wußte. Paul fühlte fachmännisch seinen Puls und zog dabei ein bedenkliches Gesicht. Ich wurde damit betraut, einen Tee zu kochen. Dabei geriet ich in die dreckigste Kochnische meines Lebens. Eine Weile stand ich hilflos und fasziniert vor einem verstopften Spülbecken, in dem von Haaren bis Käserinden alles herumschwamm. Dann kochte ich gehorsam den Tee, konnte mich jedoch nicht überwinden, einen Schluck davon zu trinken.

Eine Weile später erschien ein junger, blonder, scheuer Mann. Er war gepflegt und betont europäisch gekleidet. An seinem Arm hing ein Regenschirm, und an dem kleinen Finger seiner linken Hand prangte ein großer Siegelring. Paul stellte ihn mir als Charles Donald vor. Charles setzte sich mit zusammengepreßten Knien auf den Küchenhocker und heftete besorgte, unstete Blicke auf den ächzenden Danny. Der Zustand seines Freundes schien ihn außerordentlich zu beunruhigen.

Es kam ein zähflüssiges Gespräch zustande, in dessen Verlauf ich darüber informiert wurde, daß Charles eine Schriftstellerschule besuchte. Ich hatte nicht gewußt, daß es solche Schulen gab, auf denen man die Schriftstellerei wie jedes beliebige Handwerk erlernen konnte, aber ich wurde eines Besseren belehrt, und laut Charles war das eine vorzügliche Einrichtung. Er stand kurz vor dem Abschlußexamen, und wenn er das in der Tasche hatte, würde er mit seinem ersten Buch beginnen.

»Wird ein Buch nach dem Abschlußexamen besser als vor dem Abschlußexamen?« erkundigte ich mich mit unschuldsvoller Miene. Paul warf mir einen vorwurfsvollen Blick zu, aber Charles hatte meine Frage gar nicht gehört. Ein neuerlicher Hustenanfall Dannys ließ ihn von seinem Hocker aufspringen und zum Bett des Kranken eilen. Er setzte sich auf die Kante, preßte die Knie zusammen und legte eine überaus zarte, gepflegte Hand auf die Stirn des Freundes.

Ich hielt es an der Zeit, zu gehen, und stieß auf allgemeine Zustimmung.

»Das war herrlich«, sagte ich, kaum daß wir draußen waren.

»Was?«

»Na alles! Das leere, gespenstische Atelier, der hustende Maler, der besorgte, schwule Dichter ...«

»Wie kommst du darauf, daß er schwul ist?«

»Was Schwule betrifft, habe ich einen todsicheren Instinkt. Außerdem war es bei diesem Charles Donald nun wirklich nicht schwer zu erraten.«

Paul sah mich kurz an und schwieg.

»Hast du es etwa nicht gewußt?« fragte ich.

»Ich habe mich nicht dafür interessiert.«

»Du magst wohl Schwule nicht?«

»Weder mag ich sie, noch mag ich sie nicht«, sagte Paul, und an seinem schroffen Ton und strengen Gesicht erkannte ich, daß er dieses Gespräch nicht fortzusetzen wünschte.

Von da an wurde mir leider nur noch die salonfähige Hälfte des Bekanntenkreises präsentiert. Diese Hälfte sagte mir wenig und langweilte mich sehr.

Da waren Max und Ruth, ein Ehepaar mittleren Alters, das eine Flucht riesiger Zimmer und eine Schar lebhafter Anverwandter ihr eigen nennen durfte. Zweimal wöchentlich erschien die ganze Mischpoche, wurde in dem größten der Zimmer kreisförmig auf Stühle, Sessel und Sofas gesetzt und mit Eimern von Tee und Bergen von süßem und salzigem Gebäck bewirtet. An so einem Zusammentreffen durfte auch ich einmal teilnehmen. Ich mußte jedoch traurig feststellen, daß ich wenig vom jüdischen Familiensinn geerbt hatte.

Ein wenig spannender fiel unser Besuch bei Henry und Joan aus. Henry war ein sanfter, schmalbrüstiger Zahnarzt, Joan eine verdrossene, hellblonde Amerikanerin aus Boston. In ihrer dreijährigen Ehe hatte sie bereits zwei Kinder geboren und erwartete ein drittes. Das nahm sie ihrem Mann sehr übel, und nachdem sie, ungeachtet der Schwangerschaft, den vierten Whisky hinuntergestürzt hatte, machte sie ihrem Verdruß in drastischen Worten Luft. Ich hätte die Szene gern bis zum Ende genossen, aber Paul war bereits aufgestanden und verabschiedete sich mit einem »Thank you for the nice evening ...«

»Der kleine Zahnarzt sollte besser aufpassen und ihr nicht so viele Kinder bescheren«, bemerkte ich spöttisch, als sich die Tür hinter uns geschlossen hatte.

»Vor allen Dingen hätte er keine Frau aus Boston heiraten sollen.«

»Wie auch immer, es scheint mir keine ganz glückliche Ehe zu sein.«

»Glückliche Ehen sind so selten wie Perlen in einer Auster.«

»Noch seltener!«

Wir sahen uns nicht an und schwiegen. Aber am darauffolgenden Sonntag besuchten wir Vera und Tom – die Perlen in der Auster. Es war ein düsterer, naßkalter Tag. Der Himmel schien auf den Dächern der Häuser zu liegen. Zum erstenmal versuchte es zu schneien, aber die Flocken waren groß, grau und wäßrig und verwandelten sich auf der Straße sofort in Matsch.

Die Meyers wohnten in einem Vorort. Wir mußten eine gute Stunde mit dem Bus fahren und zweimal umsteigen. Paul war bester Stimmung. Er versprach sich viel von diesem Besuch, der mir beweisen sollte, daß eine glückliche Ehe durch nichts zu überbieten sei. Ich wollte mich diesem Beweis keinesfalls verschließen, und darum untersagte ich mir jede Ironie, jeden Zweifel. Der anthrazitgraue Himmel, der braune Matsch, die häßliche Vorstadt, die kalten Füße, nichts, aber auch gar nichts konnte meine Aufgeschlossenheit gefährden.

Paul erzählte mir von Tom und Vera Meyer. Sie hatten zwei Kinder, einen Schäferhund, ein gemütliches Haus, einen gemeinsamen Beruf.

»Es klingt nach Courths-Mahler«, sagte er, »aber mehr brauchen sie wirklich nicht. Dabei sind sie weder dumm noch spießbürgerlich. Sie lieben sich, sie ergänzen sich, sie sind glücklich in sich und durch sich, das ist es.«

»Ja«, sagte ich, »so etwas gibt es.« Und ich glaubte auch, daß es so etwas gab.

»Genauso war es bei meinen Eltern, und darum ...«, Paul sah mich an, lächelnd, um mich nicht zu schrecken, »... darum schwebt mir immer eine solche Ehe vor.«

Ich werde ihn enttäuschen, dachte ich mit einer Nüchternheit, die mir unmenschlich vorkam.

Wir stiegen aus. Der Vorort – »Goldwater« hieß er – bestand aus einer Kirche, einer Schule, einem Drugstore, einem »Community House«, einem Supermarkt und vielen adretten, zweistöckigen Häusern. Die Häuser hatten alle ein Stück Garten, das weder eingezäunt noch durch eine Hecke verborgen war. Man wußte nicht, wo der Garten des einen anfing und der des anderen aufhörte. Man konnte im Garten seines Nachbarn Blumen anpflanzen oder Löcher in den Rasen graben. Man konnte ungeniert in fremde Schränke gukken. Aber das sollte wohl so sein. Es bedeutete, daß die Menschen, die hier wohnten, eine einzige große Familie waren, daß sie keine Geheimnisse voreinander hatten und keine von der Norm abweichenden Eigenheiten. Der Gedanke war mir ausgesprochen peinlich.

»Zu jeder anderen Jahreszeit«, sagte Paul, »ist es hier wunderhübsch. Im Frühling, wenn die Bäume grün werden, im Winter, wenn alles mit Schnee bedeckt ist ... du kannst es dir gar nicht vorstellen!«

»O doch, ich kann es mir vorstellen!«

»Wirklich, Judith!«

»Ich kann es mir sogar sehr gut vorstellen.«

»Bei so einem Wetter sieht es natürlich trostlos aus.«

»Um so wohler fühlt man sich in einem warmen, gemütlichen Heim«, sagte ich, und noch nie zuvor hatte ich solche Worte gebraucht. Ich lauschte ihnen nach mit einer Mischung aus Erstaunen, Widerwillen und Genugtuung. Ich wiederholte sie noch einmal im stillen, und plötzlich reizte es mich, nur noch in solchen Worten zu sprechen und mir dabei zuzuhören. Es war ein ganz neues, spannendes Spiel.

Paul blieb vor einem der Häuser stehen: »Da sind wir«, erklärte er. Es war ein niedliches, gepflegtes Haus – nicht viel anders als all die Häuser, an denen wir vorbeigegangen waren.

»Ein reizendes Haus!« rief ich, legte den Kopf schief und betrachtete es mit anerkennendem Lächeln.

Paul streifte mich mit einem verstohlenen Blick: »Ja, es ist recht hübsch«, sagte er dann mit einer gewissen Zurückhaltung.

Die Meyers waren nette Leute. Sie paßten zusammen, und zusammen paßten sie in das Haus, so wie das Haus nach Goldwater paßte. Vera war klein, unscheinbar und lebhaft; Tom war klein, unscheinbar und still. Sie hatten beide freundliche Gesichter mit runden, braunen Augen und schmalen Nasen; man hätte sie für Geschwister halten können. Geschwisterlich war auch ihr Umgangston, und er mochte wohl nie anders gewesen sein. Sie waren als Nachbarskinder aufgewachsen, sie hatten denselben Kindergarten, dieselbe Schule, dasselbe College besucht; sie hatten beide Chemie studiert, ihr Examen gemacht, geheiratet. Seither arbeiteten sie im selben Gebäude, im selben Labor, im selben Raum. Sie waren zwölf Stunden am Tag, zwölf Stunden in der Nacht und dreihundertfünfundsechzig Tag im Jahr zusammen.

Sie hatten zwei Kinder, einen etwa siebenjährigen Jungen und ein etwas älteres Mädchen. Es waren keine anmutigen, keine interessanten und vor allen Dingen keine artigen Kinder. Sie wurden amerikanisch erzogen. Die amerikanische Kindererziehung beruht auf dem Grundsatz: »Verbietet euren Kindern nichts, sonst kriegen sie Komplexe.«

Diese Erziehung hatte bei Meyers Kindern schon gute Früchte getragen. Sie wälzten sich auf dem Boden, sie jagten sich durchs Zimmer, sie warfen sich den Erwachsenen auf den Schoß, sie unterbrachen pausenlos die Unterhaltung und schnappten einem die Oliven und Nüsse vor der Nase weg. Außer den vier Meyers und einem unberechenbaren Schäferhund – Fremde, die er nicht mochte, fiel er mitunter an – war noch ein Ehepaar mit einem Baby da. Das Baby wanderte von einem Knie zum anderen und vergnügte sich damit, alles Greifbare in den Mund zu stopfen.

Ich saß in einem tiefen Sessel, der mich mit seinen hohen Lehnen gegen die Gefahren amerikanischer Kindererziehung abschirmte, und spielte mit bemerkenswerter Perfektion die Rolle der schlichten, jungen Frau, die an allen Dingen des täglichen Lebens regen Anteil nimmt. Ich erkundigte mich nach den Liebhabereien und überstandenen Krankheiten der Kinder, nach der Ernährung des Babys, nach dem Alter des Hundes; nach Preisen, Rezepten, Schulen, Gehältern, Hobbys und Fernsehprogrammen. Ich hörte mich fröhlich lachen, bedauernd mit der Zunge schnalzen und Sätze sagen, die eine Mixtur aus Klischee und persönlicher Meinung waren – wobei ich der persönlichen Meinung den Anschein schüchterner Unbeholfenheit zu geben verstand. Ich sah mich dasitzen, ein natürliches, normales, gewinnendes Geschöpf, das sich im Kreis von Frauen, Kindern und rechtschaffenen Ehemännern so richtig wohl fühlt.

Paul war seit geraumer Zeit auffallend schweigsam und verschlossen. Er aß in großen Mengen Oliven, und ab und zu traf mich ein forschender Blick aus leicht zusammengekniffenen Augen. Ich wußte nicht, ob er mich durchschaute und mein Theater mißbilligte oder – und das schien mir eher der Fall zu sein – ob er mich nicht durchschaute und mein verändertes Benehmen mißbilligte. Aber warum, überlegte ich mit einem Gefühl der Schadenfreude, sollte er mein Benehmen mißbilligen? War es nicht das, was man von mir erwartete? Paßte es nicht genau in diesen Rahmen? Machte ich nicht einen unkomplizierten, gefügigen, unerhört weiblichen Eindruck? Und hatte er mich nicht immer so haben wollen – unkompliziert, gefügig und unerhört weiblich? Schön, jetzt hatte er mich so, und jetzt sollte er es, verdammt noch mal, genießen! Das Spiel, das mich zuerst belustigt hatte, bereitete mir jetzt ein bitteres Vergnügen.

Paul ging von Oliven auf Whisky über. Er trank viel. Die Kinder waren unter den Tisch gekrochen und zwickten uns, die wir nachsichtig lächelten, in die Beine. Das Baby schrie. Der Hund, der sehr geräuschempfindlich war, schnappte nach ihm. Tom Meyer sog wortkarg an seiner Pfeife.

»Bleiben Sie länger in New York?« erkundigte sich Vera Meyer.

»Zunächst einmal nur noch zwei Wochen.« Ich machte eine Pause und lächelte ein nach innen gekehrtes Lächeln. »Aber ich komme bald wieder, und dann bleibe ich.«

»Wir wollen heiraten«, erklärte Paul trocken.

»Oh ...«, sagte irgend jemand, und dann herrschte tiefes Schweigen.

Ich fühlte alle Augen auf mir. Es waren keine unfreundlichen, keine mißgünstigen Blicke, und dennoch war etwas Abwartendes, etwas Abwägendes in ihnen. Ich merkte, daß ich es trotz des herzerfrischenden Geplappers, trotz des geheuchelten Interesses nicht geschafft hatte. Da war etwas an mir – vielleicht nur der ungewöhnliche Schnitt meines Haars, die Farbe meines Kleides, der Akzent meiner Stimme –, das kein noch so zutrauliches Lächeln, kein noch so abgenutztes Klischee wegwischen konnte. Man hatte mich akzeptiert, aber nur als Pauls kurzfristige Geliebte, die, aus Europa kommend, wieder dorthin zurückkehren würde. Als Pauls Ehefrau war ich nicht ohne weiteres gutzuheißen.

Vera faßte sich als erste: »Das ist ja wunderbar!« rief sie, und damit war das Signal gegeben worden. Auch die anderen fanden es jetzt wunderbar, und ich war sogar sicher, daß sie sich bemühten, es wunderbar zu finden.

»Und wann wollt ihr heiraten?«

»Sobald es Ämter, Einwanderungsbehörden, Konsulate, et cetera erlauben«, sagte Paul. »Ich schätze, daß es Ende Mai werden wird.«

»Ende Mai«, schrie Vera auf, »Kinder, da könnt ihr unser Haus haben!«

»Zieht ihr denn aus?« fragte Paul.

»Wir gehen auf ein bis zwei Jahre an ein chemisches Institut in Frankreich. Für diese Zeit vermieten wir das Haus mit allem Drum und Dran.«

»Was hältst du davon?« fragte Paul, zu mir herüberblikkend.

»Ich halte es für einen wahren Glücksfall!« rief ich. »Das Haus ist entzückend und genau das richtige für uns.«

»Also abgemacht«, sagte Vera.

»Wenn Tom auch einverstanden ist.«

Tom war einverstanden, und so hatten wir plötzlich ein Haus in Goldwater.

Vera zeigte es mir im Lauf des Abends, das Obergeschoß mit zwei Schlafzimmern, Kinderzimmern und Bad, die Küche mit einer rustikalen Frühstücksecke, die praktischen Kleiderkammern und Abstellräume, die überdachte Veranda und das Stück Garten.

Es war ein bequemes, wohnliches Haus. Die Möbel waren stabil, einfach und geschmackvoll. Die Farben von Teppichen, Vorhängen und Bezügen waren angenehm. Es gab keine häßlichen Bilder und keine penetrante Deckenbeleuchtung. Der Wohnraum hatte sogar eine holzgetäfelte Sitzecke und einen Kamin.

Es entsprach der Vorstellung, die ich mir von einem bescheidenen, aber behaglichen Haus am Rande New Yorks gemacht hatte. Es lud geradezu ein zu einem geregelten Familienleben: Frühstück in der Frühstücksecke; Mittag am runden, behäbigen Eßtisch; einen Dämmercocktail in der holzgetäfelten Sitzecke; Abendessen vor dem Kamin; einen tiefen, gesunden Schlaf im geblümten Doppelbett. Im Garten konnte man einen roten weißgetupften Sonnenschirm aufstellen. Ich hatte erreicht, was ich erreichen wollte.

Als ich mit Vera ins Wohnzimmer zurückkehrte, sah mich Paul scharf an.

»Na?« fragte er.

»Liebling«, sagte ich, und noch nie zuvor hatte ich ihn »Liebling« genannt, »es ist das ideale Haus.«

»Gefällt es dir wirklich?« fragte Paul, als wir im Bus nach Hause fuhren.

»Aber Paul!« Ich lächelte duldsam. Ich spielte immer noch die gefügige kleine Frau. Eigentlich hatte ich gar keine Lust mehr, aber ich merkte, daß es Paul auf die Nerven ging. »Es gefällt mir wirklich ganz ausgezeichnet! Dir etwa nicht?«

»Doch, mir gefällt es.« Er hatte das »mir« betont.

»Na also.«

»Aber die Räume ... sind sie dir nicht zu klein?«

»Nein.«

Sein Gesicht zuckte vor Ungeduld: »Und die Gegend ..? Ich hatte den Eindruck, daß du gar nicht davon begeistert warst.«

»Den Eindruck konntest du unmöglich haben. Ich fand die Gegend sehr hübsch und habe nichts Gegenteiliges behauptet.«

Er nahm meine Antwort gar nicht zur Kenntnis.

»Wenn du die Wahl hättest«, fragte er, »wo würdest du dann am liebsten mit mir leben?«

»In Goldwater«, sagte ich mit undurchdringlichem Gesicht.

»Ich bitte dich um eine vernünftige, ehrliche Antwort.«

Mein Gott, dachte ich in atemloser Freude, wir nähern uns einem offenen Gespräch. Ich sah Paul an, die Augen erwartungsvoll geweitet. Er lächelte mir aufmunternd zu: »Also wo?«

»In Frankreich«, sagte ich arglos, »du auch?«

»In Frankreich!«

Er spuckte die Worte förmlich aus. Sein Gesicht wurde so blaß, daß ich erschrak. »In Frankreich möchtest du also leben, in diesem degenerierten, korrupten, zukunftslosen Land!«

Die Freude, die mich ganz ausgefüllt hatte, erlosch. An ihrer Stelle blieb ein leerer, angekohlter Fleck zurück. Ich hatte auf ein offenes Gespräch gehofft, und er hatte mir eine Falle gestellt.

»Du hast recht«, sagte ich matt, »Frankreich ist ein degeneriertes, korruptes, zukunftsloses Land. Ich möchte am liebsten mit dir in Goldwater leben. Bist du nun zufrieden?«

»Es geht mir nicht um meine Zufriedenheit, sondern um das Gefühl, dir glauben zu können.«

»Und dieses Gefühl hast du nicht?«

»Nein, wie sollte ich. Du glaubst dir ja selber nicht. Du bist wie ein Schiff auf hoher See. Du schwankst. Du hältst dich an nichts, und nichts kann dich halten. Du hast keine Überzeugung, keinen Glauben, kein Fundament, keinen roten Faden.«

»Dafür habe ich dich«, sagte ich mit einem bösen Lachen. »Dich, mit deiner eisernen Überzeugung, deinem unbeirrbaren Glauben, deinem betonierten Fundament und deinem roten Faden, aus dem du dir eigenhändig einen Strick gedreht hast. Aber das Gefühl, dir glauben zu können, habe ich trotzdem oder gerade deswegen auch nicht.«

»Das nenne ich einen guten Anfang!«

»Es gäbe eine Möglichkeit, es zu ändern.«

»Und die wäre?«

»Daß wir rückhaltlos ehrlich zueinander sind. Daß wir uns alles sagen, so wie wir es fühlen, und nicht, wie wir glauben, es fühlen zu müssen. Wir ›kakeln‹ oder wir streiten, aber wir sprechen nicht miteinander. Du weißt gar nicht mehr, was das heißt: sprechen! Und ich muß es dir zuliebe auch verlernen.«

Plötzlich hatte ich Tränen in den Augen. Ich versuchte, sie zurückzuhalten, indem ich ein paarmal schluckte und angespannt auf den kurzgeschorenen Hinterkopf des vor mir Sitzenden starrte.

»Judith«, versuchte mich Paul zu besänftigen, »ich wünsche doch nichts mehr, als daß wir ehrlich zueinander sind.«

»Ach was«, sagte ich mit zittriger Stimme, »du hast doch Angst vor der Ehrlichkeit. Was immer du sagst, hat schön, gut und positiv zu sein, und dasselbe erwartest du von mir. Dementsprechend sind unsere ›Unterhaltungen‹. Ein einziges Drumherum-Gerede – keine Aussprache, kein Meinungsaustausch, keine Fragen. Noch nie, Paul, ist dir das eigentlich schon aufgefallen, hast du mich nach meinem Leben und allem, was damit zusammenhängt, gefragt. Wahrscheinlich fürchtest du, irgendeinen dunklen Punkt aufzudecken – einen Punkt, der nicht schön, nicht gut, nicht positiv ist.«

Jetzt liefen mir doch zwei Tränen zu beiden Seiten der Nase herunter.

Paul geriet bei ihrem Anblick aus der Fassung.

»Aber Liebes«, sagte er und griff nach meiner Hand, »wenn ich dir keine Fragen stelle, dann doch nur, weil Vergangenheit Vergangenheit bleiben soll.«

»Die Vergangenheit ist Teil eines Menschen – vielleicht sogar der wesentlichste. Gib mir bitte ein Taschentuch.«

Er gab mir sein Taschentuch, und ich wischte mir die Tränen ab. Wir schwiegen. Ein kleiner Junge trottete durch den Mittelgang und blieb auf der vorderen Plattform stehen. Er war schmächtig und trug verwaschene Bluejeans und eine rote Windjacke. Seine Augen waren sehr ernst, und seine Hand, mit der er sich an einer der Stangen festhielt, war schmutzig. Ich mußte an Andy denken, und eine ungeheure Sehnsucht trieb mir neue Tränen in die Augen.

»So groß ist mein Sohn jetzt auch schon«, sagte ich mehr zu mir selber als zu Paul.

Er schaute kurz zu dem Jungen hinüber, dann legte er den Arm um mich.

»Ich freue mich schon sehr auf deinen Sohn«, sagte er warm.

»Hast du keine Angst, daß er dir auf die Nerven gehen könnte? Immerhin ist es für dich ein ganz fremdes Kind.«

»Es ist dein Kind.«

»Trotzdem.«

»Wenn man eine Frau liebt, wirklich liebt, dann liebt man auch ihr Kind.«

»Liebst du mich wirklich?« fragte ich leise.

»Wenn ich dich nicht wirklich liebte, dann würde ich es dir und mir nicht so schwer machen.«

Und alles war vergessen. Das Schwere war nicht mehr schwer, und in Goldwater, in dem uneingezäunten Stück Garten, stand ein roter Sonnenschirm mit weißen Tupfen.

Mit dem Haus in Goldwater und der von Paul stolz begrüßten Wahrscheinlichkeit, daß ich ein Kind erwartete, nahmen unsere Heiratsabsichten konkrete Formen an. Von da an schlich sich ein hausbackener Ernst in unsere Beziehung ein. Wir stritten seltener und leidenschaftsloser. Wir maßen unseren Kontroversen nicht mehr welterschütternde Bedeutung bei. Es gab jetzt Dinge, die weitaus mehr Wichtigkeit hatten als die kindischen Kräche, die zu nichts führten. Diese Dinge, viel zu nüchtern, viel zu alltäglich, um sich darüber zu erhitzen, verlangten nach sachlicher Regelung und realistischer Überlegung.

Da war die Emigration, die ich in München sofort beantragen mußte und die unter Umständen Schwierigkeiten mit sich bringen konnte. Man wurde auf seine Gesundheit geprüft, auf seine geistige Einstellung, seine politischen Ansichten, seinen einwandfreien Lebenswandel. Man mußte eine weiße Weste haben, und unter einer weißen Weste verstanden die Amerikaner: kein Delikt, keinen Lungendefekt und keine kommunistischen Neigungen. Ich durchforschte mich nach einem Delikt, einem Lungendefekt und kommunistischen Neigungen.

»Ich mag die Russen«, stellte ich schließlich beunruhigt fest, »und ich bin ein paarmal wegen zu schnellen Fahrens aufgeschrieben worden. Zählt das?«

Paul grinste, nahm mich in die Arme und küßte mich. »Geliebter kleiner Schafskopf«, sagte er, »es wird alles klappen ... Nur eins mußt du mir versprechen: Sei hinterher, treib die Geschichte voran, sonst kann es passieren, daß du ein Jahr auf die Papiere wartest.«

»O Gott, Paul, mach mir keine Angst! Ich kann mir sowieso nicht vorstellen, wie ich es auch nur einen Monat ohne dich aushalten soll!«

Stimmte das nun, oder stimmte es nicht? Glaubte ich wirklich, es ohne ihn nicht mehr aushalten zu können, oder wollte ich es nur glauben? Seit einiger Zeit vermied ich es, den Dingen auf den Grund zu gehen. Da, in Goldwater stand ein Haus mit vier Wänden und einem Dach, mit Betten und Geschirr und Handtüchern – und in dieses Haus würden wir ziehen: Paul, Andy und ich.

»Ich werde dir jeden Tag schreiben«, versicherte Paul, »ich werde immer bei dir sein. Du wirst es spüren.«

Ich nickte. Ich mußte an meine Wohnung in München denken, an die weiten Räume, die hohen Fenster, die großen, bauchigen Vasen. Ich mußte an mein Zimmer im Verlag denken, an den schweren, ordentlichen Schreibtisch, an die drei Affen, die rechts neben der Schreibmaschine saßen und sich Augen, Mund und Ohren zuhielten. Ich mußte an David denken, der mir diese Affen geschenkt hatte, und an Andy und an *den jungen Mann.*

»Und vielleicht komme ich auch mal rüber«, sagte Paul.

»Ja bitte«, sagte ich in plötzlicher Angst, »komm rüber und komm bald!«

»Du weißt doch, Liebes, das hängt einzig und allein vom Geld ab.« Paul als soundsovielter Assistenzarzt in einer städtischen Klinik verdiente nicht viel. Aber das bedrückte ihn nicht. Er war zuversichtlich, hatte große Pläne und erstaunliche Verbindungen.

»In kurzer Zeit habe ich mich bis zum ersten Assistenzarzt in einer Privatklinik durchgeboxt«, pflegte er zu sagen, »und in einer Privatklinik verdient man, was man will.«

Ich zweifelte nicht daran. Paul war der Mann, der sich durchboxte und viel Geld verdienen würde. Allerdings, ging es mir durch den Kopf, hätte er dazu nicht den Beruf eines Arztes wählen müssen – oder besser gesagt – dürfen. Aber das sollte nicht meine Sorge sein. Es war zweifellos angenehmer, mit einem realistisch denkenden als mit einem zu altruistischen Arzt verheiratet zu sein. Es galt also nur, eine gewisse Zeit zu überbrücken, und solange aus der Überbrükkung kein Dauerzustand wurde, war ich sehr großzügig.

»Paul«, sagte ich zum Beispiel, »ich bin keine Frau, die auf Schmuck und Pelze Wert legt.« Oder: »Wir sollten nicht immer in den teuren Restaurants essen.« Oder: »Schließlich habe ich auch ein gutes Einkommen, und damit kannst du jederzeit rechnen ...« Paul machten solche Redensarten immer ein bißchen nervös.

»Ich werde dir Schmuck und Pelze kaufen«, sagte er, »ob du Wert darauf legst oder nicht.« Und: »Bitte, überlaß mir, ob wir in einem Restaurant essen können.«

Zugänglicher war er, was mein Einkommen betraf: »Ja«, meinte er, »es wäre vielleicht nicht schlecht, wenn du in der ersten Zeit etwas dazugeben würdest.«

»Paul, darüber brauchen wir gar nicht erst zu sprechen. Ich möchte sogar hier in Amerika weiterarbeiten. Im Hirsch-Verlag würde ich jederzeit ...«

»Liebes«, unterbrach mich Paul, »das wird wohl nicht zu vereinbaren sein. Du hast den Haushalt, den Jungen und mich. Was meinst du, was wir dir für Arbeit machen.«

»Paul«, sagte ich zaghaft, »ich bin nicht das, was man eine geborene Hausfrau nennt, und es liegt mir sehr viel an meiner Verlagsarbeit.«

»Sicher, sicher«, beschwichtigte er, »aber warten wir erst mal ab. Vielleicht macht es dir plötzlich viel mehr Spaß, für deinen Mann und dein Kind ...«, er lächelte mir bedeutungsvoll zu, »... oder Kinder zu sorgen, als in irgendeinem muffigen Büro herumzusitzen.«

»Ja«, sagte ich, »vielleicht macht es mir wirklich mehr Spaß.« Und ich vermied es, mir meinen Tagesablauf vorzustellen.

Ich spielte Versteck mit mir selber, und ich spielte es so geschickt, daß ich mich gar nicht mehr finden konnte. Nur als Paul vorschlug, ich solle meine Wohnung in München mit allem Drum und Dran verkaufen, da fand ich mich einen Moment lang.

»Nein, Paul«, protestierte ich mit verdächtigem Nachdruck, »ich möchte sie auf keinen Fall verkaufen. Ich kann sie doch gut und teuer vermieten.«

»Aber Judith! Sie gut und teuer zu verkaufen wäre doch viel zweckmäßiger. Du brauchst sie ja sowieso nicht mehr.«

Brauchte ich sie wirklich nicht mehr ... nie mehr? »Ich hänge so an den Möbeln«, sagte ich leise, »sie sind alt und wertvoll.«

»Möbel sind tote Gegenstände. Weg mit ihnen, und denk nicht mehr daran.«

»Aber wenn wir mal nach Europa gehen ... ich meine, auf Urlaub oder so, dann hätten wir doch eine Wohnung.«

Paul sah mich mißtrauisch an: »Judith«, sagte er sehr langsam und sehr bestimmt, »bitte, gib dich keinen Hirngespinsten hin.«

»Aber nein, Paul, nein ...«

Er hatte recht. Ich durfte mich keinen Hirngespinsten hingeben. Ich mußte die Wohnung verkaufen. Möbel waren tote Gegenstände. Europa und Amerika waren durch einen Ozean getrennt.

Wir schrieben an Dora einen gemeinsamen Brief und teilten ihr in sehr ernsten, besonnenen Worten unsere Heiratsabsicht mit. Wir schrieben Sätze wie: »Es ist unser unerschütterlicher Glaube ..« oder: »Das Schicksal hat uns zusammengeführt.« Zum Schluß, um Dora nicht ganz aus der Fassung zu bringen, machte ich noch eine lustige Bemerkung, aber die ging in der allgemeinen Würde des Briefes unter.

Dora reagierte dann auch sehr typisch. »Kinder«, telegrafierte sie umgehend, »meinen Segen habt Ihr, aber bitte laßt das Schicksal aus dem Spiel und überlegt es Euch noch einmal in aller Nüchternheit.«

Ich lachte über den Text, aber Paul war empört. »Ich habe sie für unsere Freundin gehalten«, sagte er und zerriß das Telegramm, »aber ich habe mich geirrt!«

»Unsinn! Eine bessere Freundin können wir uns gar nicht wünschen. Aber sie hat halt ihre Zweifel.«

»Und mit diesen Zweifeln versucht sie, dich zu vergiften!«

»Aber Paul, wie kannst du so etwas sagen!«

Und dennoch blieb eine leichte Unsicherheit in mir zurück. Ich wollte nicht entmutigt, ich wollte ermutigt werden. Ich überlegte, wer mich wohl ermutigen könne. David bestimmt nicht. Alice, so wie ich sie kannte, wahrscheinlich auch nicht. Trotzdem rief ich sie an.

»Judith!« sagte sie. »Ich habe mir richtige Sorgen um Sie gemacht. Seit einer Woche sind Sie spurlos verschwunden. David hat jeden Tag bei mir angerufen und nach Ihnen gefragt. Wo sind Sie eigentlich, und was treiben Sie?«

»Ich bin in der 177. Straße, Ecke Broadway, und ich bereite mich auf die Ehe vor.«

»Ach darum! Ich habe mir doch gleich gedacht, daß so etwas dahinterstecken muß.«

»Das haben Sie sich nicht denken können!«

»Doch, wenn eine Frau wie Sie nichts mehr von sich hören läßt, kann nur ein Mann dahinterstecken.«

»Ich wollte erst mal abwarten und sehen, wie die Sache läuft.«

»Na, sie scheint ja sehr gut und sehr schnell gelaufen zu sein«, sagte Alice belustigt.

»Sie läuft schon seit Jahren, aber das muß ich Ihnen mal in Ruhe erzählen.«

»Ja, bitte tun Sie das, und bis dahin erst einmal meinen herzlichsten Glückwunsch.«

Ihre Stimme hatte einen warmen, aufrichtigen Ton, und unwillkürlich atmete ich auf. »Alice«, fragte ich, «halten Sie es für eine gute Idee, daß ich heirate?«

»Für eine sehr gute«, antwortete sie prompt.

»Tatsächlich?« fragte ich überrascht.

»Judith«, sagte Alice und lachte ihr tiefes, heiseres Lachen, »wenn man Sie so hört, dann bekommt man den Eindruck, daß *Sie* es für eine schlechte Idee halten.«

»Ich halte es für keine schlechte Idee, aber ich halte mich für eine schlechte Ehefrau.«

»Gute Frauen sind meistens schlechte Ehefrauen. Und der Mann, der den Mut hat, Sie zu heiraten, erwartet sich bestimmt kein Heimchen am Herd.«

Ich lachte zaghaft und unsicher.

»Und noch etwas, Judith. Eine unverheiratete Frau – sie kann noch so selbständig sein, noch so klug sein – steht immer nur auf einem Bein.«

»Ja«, sagte ich und verehrte Alice noch mehr als zuvor, »das finde ich auch.«

»Ich hoffe, daß ich ihn recht bald kennenlerne.«

»O ja«, sagte ich beschwingt, »das hoffe ich auch. Ich glaube, er wird Ihnen gut gefallen. Er ist wirklich ein ungewöhnlicher Mann!«

Als ich eingehängt hatte, war ich ermutigt, erleichtert und überzeugt, den glücklichsten Zeiten meines Lebens entgegenzugehen. Ich würde nicht mehr auf einem Bein allein, sondern auf zwei Beinen neben einem ungewöhnlichen Mann stehen. Ich würde meinen Beruf aufgeben und nur noch für meine Familie da sein – für Paul und Andy und das Baby. Es würde eine gelungene Mischung aus Paul und mir werden, ein Junge hoffentlich, mit all den Vorzügen seines Vaters und all den Vorzügen seiner Mutter. Ein Prachtjunge, mit graugrünen Augen und schwarzem Haar.

An diesem Abend ging ich, mit einem Korb am Arm, einkaufen. Ich kaufte ein wie eine gute Hausfrau, besonnen und preiswert. Dann machte ich das Abendessen, deckte den Tisch, öffnete eine Flasche Rotwein und zog mir ein schlichtes, schwarzes Kleid an. Als Paul nach Hause kam, machte er ein ungläubiges Gesicht.

»Mein Gott«, sagte er, »was ist denn passiert?«

»Gar nichts«, lachte ich. »Ich wollte dir und dem Kleinen mal was kochen.«

Er nahm mich in die Arme und drückte sein Gesicht in mein Haar. »Judith«, sagte er, »du bist die erste Frau, die ich liebe.«

Den darauffolgenden Freitag hatte Paul Nachtdienst. Er hatte alles versucht, um dieser Pflicht zu entkommen, aber es war ihm nicht gelungen. Ich merkte, daß er mich ungern über Nacht allein ließ, und ich fragte mich, ob er mir oder den Tücken New Yorks mißtraute.

»Was wirst du denn die ganze Zeit machen?« fragte er und kniff die Augen ein wenig zusammen.

»An Beschäftigung fehlt es mir bestimmt nicht. Ich habe meine Arbeit in den letzten Tagen so vernachlässigt, daß ich ...«

»Ja, aber am Abend?«

»Da werde ich mich wohl oder übel mit David Corn treffen. Wir haben noch eine Unmenge geschäftlicher Dinge zu besprechen.«

»Das kannst du doch auch am Tag tun.«

»Vielleicht tue ich es auch am Tag.«

»Es wäre mir lieber, wenn du bei Nacht nicht unterwegs wärst.«

»Gut, Paul.«

Er verließ widerwillig die Wohnung und rief mich bereits eine Stunde später an: »Ich hatte das Gefühl, daß du auf meinen Anruf wartest«, erklärte er.

Ich hatte nicht auf seinen Anruf gewartet, aber um ihm eine Freude zu machen, sagte ich mit gespielter Überraschung: »Du hast wirklich den sechsten Sinn.«

Er fragte mich, was ich täte, und erzählte mir, was er erlebt hatte. Zum Schluß erkundigte er sich, ob ich meine Verabredungen schon unter Dach und Fach hätte.

»Nein«, sagte ich, »dazu ist es noch zu früh.«

Eine halbe Stunde später rief er mich von neuem an: »Judith, Liebes, du solltest mich eigentlich mal in der Klinik besuchen.«

»Aber gerne«, sagte ich wahrheitsgetreu, »ich wollte dich schon immer mal im weißen Kittel sehen. Wann soll ich kommen, und wie muß ich fahren?«

»Komm um zwölf, da habe ich Mittagspause, und nimm dir ein Taxi, sonst bist du morgen früh noch unterwegs.«

Die Klinik schien in einem gottverlassenen Viertel zu liegen. Wir fuhren eine gute halbe Stunde, und die Gegend wurde immer häßlicher. Der Fahrer mußte sich ein paarmal nach dem Weg erkundigen.

»You're dead before you get to this damned hospital«, brummte er.

Schließlich tauchte eine Gruppe kasernenartiger, ockerfarbener Häuser vor uns auf. Man hatte sie dort hingesetzt – hingeschmissen wäre besser gesagt – und nichts getan, um ihren trostlosen Anblick zu mildern. Kein Baum, kein Strauch, nicht die Andeutung eines Blumenbeetes, nur gelbbraun beschmierter Beton. An der Vorderfront des Komplexes floß der Hudson-River vorbei – schlammig und gelbbraun wie der Anstrich der Mauern. Das Taxi hielt vor dem Hauptgebäude, und im gleichen Augenblick entdeckte ich Paul. Er trug eine Abart von Kittel, eine weiße, lose Jacke, die nicht lang genug war oder nicht kurz genug. Er stand vor der riesigen weitgeöffneten Eingangstür, zu der ein paar flache, mindestens fünf Meter lange Stufen emporführten. Vor diesem ockerfarbenen Koloß, vor dieser gewaltigen schwarzen Öffnung, die ihn zu verschlucken drohte, sah er winzig aus und grenzenlos verloren.

Das war der Moment – endgültig der Moment –, in dem Paul seinen heldenhaften Nimbus einbüßte. Ich vergaß, den Fahrer zu zahlen, ich vergaß fast meine Tasche im Taxi. Gebannt wie ein Kind, das unter der Weihnachtsmann-Verkleidung den Onkel entdeckt, stieg ich aus dem Wagen, ging langsam bis zum Fuß der Treppe und blieb dort stehen. Ich schaute zu Paul empor, und er schaute zu mir herab. Und mir war, als wüßte er, was in mir vorging, als spürte er die Entzauberung und wartete sie ab wie ein Angeklagter den letzten entscheidenden Richterspruch. Dann plötzlich, als habe er mir genug Zeit gegeben, kam er die Treppe herunter, ruhig, langsam und mit einem kleinen, sanften Lächeln um den Mund. Aber in seinen Augen, die sich immer tiefer in meine bohrten, je näher er mir kam, sah ich zum erstenmal den Schimmer tiefer Traurigkeit. In diesem Moment liebte ich Paul, so wie ich Andy liebte, wenn er verletzt oder enttäuscht worden war. Und damit hatte ich den Helden Paul ein für allemal zu Grabe getragen. Paul strich mir über die Wange: »Schön, daß du da bist«, sagte er, »ich hatte plötzlich Angst, du könntest nicht kommen.« Es war unter diesen Umständen eine unheimliche Bemerkung, und ich fuhr fröstelnd zusammen: »Aber Paul«, sagte ich, »was für eine törichte, was für eine unberechtigte Angst!«

»Findest du?« fragte er, ging an mir vorbei zum Taxi und zahlte den Fahrer.

Ich wartete und wünschte Paul und mich weit fort – auf eine kleine, warme, unbewohnte Insel. Er kam zu mir zurück, nahm meinen Arm und führte mich die Treppe hinauf.

Das Innere der Klinik entsprach dem Äußeren. Enorme Räume, in denen nur das Allernotwendigste stand. In den Krankenzimmern Betten, in den Gesellschaftsräumen Stühle, vielleicht ein Tisch und natürlich ein Fernsehapparat, in den Gängen absolut nichts. Kein Farbfleck, kein bißchen Grün – nur braunes Linoleum und eine Einöde an Weiß und eine revolutionierend schwarze Krankenschwester, die goldene Weihnachtssterne an eine Glastür klebte. Und dieser Alptraum aus nackten weißen Wänden und nacktem braunen Fußboden nannte sich »Rehabilitations-Hospital« – Wiederherstellungsklinik.

»Nur in Amerika gibt es solche Krankenhäuser«, hatte mir Paul einmal stolz erklärt, »und ihr Zweck ist, die unheilbar Kranken ins Leben zurückzuführen.«

»Ein guter Zweck«, hatte ich gesagt und mir die unheilbar Kranken natürlich nicht vorstellen können. Aber jetzt sah ich sie – sah sie auf Bahren und Krücken, in Betten, Rollstühlen und eisernen Lungen, sah ihre Prothesen, ihre gekrümmten Rücken, ihre verrenkten Glieder, ihre gepeinigten Gesichter; sah sie starr ausgestreckt liegen oder sich mühsam vorwärtsbewegen; sah sie in ihrem Elend, ihrer Qual, ihrer Angst und wußte nicht mehr, ob es gut oder grausam war, sie ins Leben zurückzustoßen.

Ich ging dicht neben Paul, und manchmal schaute ich verstohlen zu ihm auf. Ich suchte nach einem milden, hilfreichen, gütigen Zug in seinem Gesicht. Aber seine Miene war verschlossen, sein Blick hart, und das kleine obligate Lächeln um seinen Mund vermochte einen nicht zu täuschen. Ich hatte das Gefühl, daß Paul seinen Beruf nicht liebte, daß er ihn aus demonstrativen Gründen gewählt hatte – als Beweis seiner völligen Umwandlung. Aber der Beweis war an der Theorie, an einem langen Studium, an einer weißen Jacke hängengeblieben, so wie sein Amerika-Enthusiasmus an Schablonen hängengeblieben war. Paul selber – das wurde mir in diesem Moment klar – war auf der Strecke liegengeblieben. Er war seinen so oft erwähnten »harten Weg« vorwärtsmarschiert, die Hände geballt, die Zähne aufeinandergebissen, die Augen zusammengekniffen und das Herz fest verschlossen.

Er schleuste mich durch die Klinik wie ein Fremdenführer, und obgleich ich nach den ersten zwei Räumen schon mehr als genug hatte, mußte ich noch die Massage-, Heilgymnastik- und Badesäle, die Station für Gelähmte und die Abteilung für leichte Fälle besichtigen. Die Patienten folgten uns mit großen, hilflosen Augen.

»Hi«, sagte Paul zu dem einen oder anderen. »How is life? ... Feeling better today?« Und die Kranken antworteten mit ebenso kurzen, nichtssagenden Redensarten: »Hello Doc! ... Life is o.k. ... I'm feeling fine.« Sicher, sie mochten Paul, aber ich bezweifelte, daß sie ihm ihr Herz ausschütteten, daß sie ihn um Rat und Trost baten.

»Jetzt zeige ich dir noch unsere eisernen Lungen«, sagte Paul mit Stolz in der Stimme, »wir haben sechs Stück davon.«

»Paul, ich weiß nicht ... ich glaube, ich ...«

»Hast du schon jemals eine eiserne Lunge gesehen?«

»Nein, aber ...«

»Das mußt du gesehen haben!«

Als ich es sah, wünschte ich, es niemals gesehen zu haben. Ich wußte, daß ich diesen Anblick nie mehr vergessen würde. In einem Saal standen sechs eiserne Lungen – monströse grauenerregende Bäuche, aus denen menschliche Köpfe herausragten. Die Köpfe ruhten auf kleinen, mit Kissen bedeckten Holzstellagen. Und da lagen sie, lagen sie seit Jahren, würden sie ihr Leben lang liegen. Es war wie in einem Alptraum: Ich wollte fortrennen, aber ich konnte mich nicht von der Stelle rühren. Ich stand da und starrte zu den Köpfen hinüber, die mir winzig vorkamen wie Schrumpfköpfe. Es waren nur vier – zwei Männer, eine Frau und ein Kind. »Zwei eiserne Lungen sind leer«, sagte ich, und das kam mir vor wie ein Trost. »Nein, nur eine«, belehrte mich Paul. »In der anderen liegt ein kleines Mädchen, aber sie darf jeden Tag auf eine Stunde heraus.«

»Dann wird sie wohl gesund werden«, sagte ich hoffnungsvoll.

Paul schüttelte den Kopf: »Vielleicht wird sie eines Tages zwei Stunden draußen bleiben können, aber das ist auch alles. Die Fälle, die in die eiserne Lunge müssen, sind fast immer unheilbar.«

»Warum läßt man sie nicht sterben?« fragte ich in heller Verzweiflung.

»Judith«, sagte Paul streng, »diese Menschen wollen nicht sterben, sie hängen am Leben!«

»Aber wie können sie an einem so furchtbaren Leben hängen?«

»Sie finden es nicht furchtbar. Sie haben ihre Pflege, ihr Essen, ihre Unterhaltung, ihr Fernsehen ...«

Tränen schossen mir in die Augen. »Komm, Paul«, sagte ich und wandte mich rasch ab, »komm!«

Er führte mich in sein Zimmer, in dem eine Art Feldbett stand, ein Tisch, ein Stuhl, ein Waschbecken. Ich setzte mich aufs Bett und er sich neben mich.

»Judith«, sagte er, »du hast eine falsche Einstellung zu diesen Dingen.«

»Ich weiß, ich weiß, Paul – meine berühmte falsche Einstellung. Das Elend, das einem hier Herz und Magen umdreht, ist gar kein Elend. Es ist ein angenehmes Leben mit Pflege, Essen, Unterhaltung und Fernsehen.«

»Mein liebes Kind, wenn du wüßtest, aus was für armen und ärmsten Verhältnissen die meisten Patienten kommen, dann würdest du verstehen, was ich meine. Ich habe die Drecklöcher gesehen, in denen sie hausen. Himmel, Judith, für diese Menschen ist unsere Klinik ein wahres Paradies.«

»Du hast mir einmal gesagt, daß es in New York keine Drecklöcher mehr gibt ... aber lassen wir das. Ob nun Dreckloch oder hygienische Klinik, es läßt sich doch wohl nicht abstreiten, daß diese Menschen hier unglückselige Geschöpfe sind. Oder hältst du die eiserne Lunge für einen gemütlichen Aufenthaltsort?«

»Judith, du bist schlicht und einfach unsachlich.«

»Und du schlicht und einfach abgebrüht oder aber von Natur aus mitleidlos.«

»In was dokumentiert sich für dich das Mitleid? In einem Menschen, der einen Überfahrenen liegen läßt, weil er seine Qual nicht mitansehen kann, oder in einem Menschen, der zu dem Überfahrenen hingeht und ihm hilft?«

»Hilfst du den Menschen aus Mitleid?«

»Aus was sonst, Judith?«

Ich stand auf, trat ans Fenster und schaute auf einen gewaltigen, aber säuberlich aufgeschichteten Schutthaufen hinab. Ich rief mir Paul ins Gedächtnis zurück, so wie ich ihn vor kurzem hatte stehen sehen – winzig und verloren vor dem ockerfarbenen Koloß und der weitaufgerissenen Tür, die in ein schwarzes Nichts hineinzuführen drohte. Und ich dachte: Er zerbricht mir zwischen den Fingern, wenn ich ihm nicht seine große narkotisierende Lüge lasse. Ein Mann, der so viel geopfert hat, um ein neuer Mensch zu werden, und dann herausfindet, daß er es nicht geworden ist, braucht wahrscheinlich eine solche Lüge. Er braucht sie, um weiterleben zu können. Ich setzte mich wieder neben ihn, nahm seine Hand und schwieg. Aber ich wußte, daß ich auf die Dauer nicht würde schweigen können.

In der letzten Woche, bevor ich nach München zurückflog, traf ich David.

»Sie Treulose«, sagte er, »warum sind Sie mir eigentlich so demonstrativ aus dem Weg gegangen?«

»Ich weiß es auch nicht«, erwiderte ich, aber ich wußte es natürlich genau.

David war mir fast mehr gewesen als ein Freund. Ich hatte ihn allen anderen vorgezogen, und unsere Beziehung war vom ersten Augenblick an stark, aufrichtig und durch nichts zu erschüttern gewesen – bis Paul dazwischen gekommen war und mit ihm ein unaufrichtiger, reservierter oder aggressiver Ton. Es hatte mir weh getan, und ich hatte Davids zärtlich-spöttisches Lächeln vermißt, die Wärme in seiner Stimme, die Blicke, die all das verrieten, was er nicht auszusprechen wagte. Ich wußte, daß es nur an mir lag, daß ich mit ein paar Worten wiederherstellen konnte, was gewesen war. Aber mit diesen paar Worten wäre ich Paul in den Rücken gefallen, wäre ihm indirekt untreu geworden. Also schwieg ich, redete über Geschäfte, über New York und über den bevorstehenden Flug, redete viel und lebhaft und vergnügt. David, mit unerwarteter Freundlichkeit, ließ alles über sich ergehen. Ich hatte seine Ironie gefürchtet, jetzt fehlte sie mir. Ich wartete vergeblich auf eine mokant emporgezogene Braue, auf eine bissige Bemerkung. David – sagte mir ein unbehagliches Gefühl – wollte mich schonen. Es war ein echter Freundschaftsbeweis, aber es machte mich groteskerweise unsicherer als jedes noch so spöttische Wort. Ich fühlte mich wie eine Kranke, der man aus Rücksicht auf ihren Zustand nicht widerspricht.

»Und wann kommen Sie mal wieder nach München?« Der beziehungslose Ton, in dem ich es fragte, ging mir selber auf die Nerven.

»Wann immer Sie mich brauchen«, sagte David, ohne eine Spur von Ironie.

»Kann ich mich darauf verlassen?«

Ich hatte mit einer Bagatelle antworten wollen, statt dessen war mir diese Frage herausgerutscht. Sie tanzte so völlig aus der Reihe, daß ich erschrak.

»Sie können sich darauf verlassen.« Er zog einen Zettel und einen Bleistift hervor und schrieb etwas auf. »Ich bin über Weihnachten und Neujahr in Paris«, sagte er. »Hier ist meine Adresse.«

»Danke«, sagte ich.

Wir schauten uns einen Moment in die Augen, dann lächelte David. Es war das lang entbehrte zärtlich-spöttische Lächeln.

In dieser letzten Woche war ich sehr unruhig. Ich wußte nicht, was stärker war: mein Kummer, Paul und New York zu verlassen, oder meine Freude, Andy und München wiederzusehen. Ich wollte es im Grunde auch gar nicht wissen. Um meinen Gedanken zu entkommen, jagte ich von einer Verabredung zur anderen, durch Straßen, Museen, Kaufhäuser, überall hin, wo ich in dieser oder jener Form Ablenkung fand.

Alice sah ich täglich und mit ständig wachsender Freude.

Meistens besuchte ich sie zwischen halb vier und halb sechs in ihrer New Yorker Wohnung. Es war eine schöne, kultivierte Wohnung mit prachtvollen Bildern und üppigen, leuchtenden Perserteppichen. Wenn es dämmrig wurde, zündete Alice eine Kerze an und holte eine Flasche Champagner vom Eis. Ich genoß diese Stunden. Die Gespräche, die ich mit Alice führte, waren die erfreulichsten, die ich jemals mit einem Menschen gehabt hatte. Sie waren mühelos, klar und ehrlich. Sie waren nie banal, nie undelikat. Wir kannten und achteten die Grenze, die die erwünschten Fragen von den unerwünschten trennte, und hatten es nicht nötig, sie zu überschreiten. Das, was für uns und unsere Freundschaft wesentlich war, das sagten wir uns auch ohne Aufforderung.

Paul, den ich zwischen halb sechs und sechs in einer bestimmten Cocktailbar traf, verdrossen meine Besuche bei Alice. Die ersten zwei nahm er noch hin, aber beim dritten verlor er die Ruhe.

»Was reizt dich an dieser Frau eigentlich so sehr, daß du jeden Tag dort hinrennen mußt?«

»Der Champagner«, sagte ich schnippisch.

»Wenn es der wäre, dann könnt' ich's wenigstens noch verstehen.«

»Was du aber nicht verstehen kannst, ist, daß ich zu einer Frau gehe, weil ich mich wunderbar mit ihr unterhalte und weil ich sie von Herzen gern mag.«

»Von Herzen auch noch«, sagte er mit grimmigem Spott.

»Paul«, fuhr ich auf, »wäre es dir lieber, ich würde einen Mann besuchen oder in ein Kloster eintreten oder was?«

»Unsinn, Judith«, lenkte er ein. »Wenn dir so viel daran liegt, deine Alice zu besuchen, dann besuch sie eben. Ich begreif' nur nicht, warum dir plötzlich so viel daran liegt. Du warst doch sonst nicht so für Frauen!«

»Weil die meisten Frauen dämlich sind. Aber die Gesellschaft einer klugen Frau ziehe ich jeder männlichen Gesellschaft vor.«

»O Gott«, sagte er mit einem schiefen Grinsen, »hoffentlich machst du bei mir eine Ausnahme.«

»Du Dummkopf«, rief ich, »du alberner, intoleranter, mißtrauischer Dummkopf!«

Wir sahen uns an, lachten und küßten uns.

»Übrigens«, sagte ich, die günstige Gelegenheit wahrnehmend, »am Freitag sind wir beide bei Alice eingeladen. Sie will mir so etwas wie einen Abschiedscocktail geben.«

»Sehr charmant von ihr.«

»Paul, bitte ... sie wird dir gefallen ...«

»Glaubst du?«

»Ich hoffe es sehr!«

»Also schön, dann werde ich mir diese so bemerkenswerte Alice am Freitag anschauen.«

Es wäre eine reizende, zwangslose Party geworden, wenn Paul nicht gewesen wäre. Er setzte allem einen Dämpfer auf. Sein wachsamer Blick, sein ernster Ton, sein überaus gemessenes und dann wieder schroffes Benehmen ließen keine unbefangene heitere Stimmung zu. Wir waren etwa zwölf Personen, und wir waren alle ein wenig verlegen und schuldbewußt, so als hätte man uns auf einer bösen Tat ertappt. Plötzlich wirkte alles übertrieben und überspannt: das lächelnde Dienstmädchen in schwarzem Kleid und weißem Schürzchen, der französische Champagner, die Kaviarbrötchen, die herumgereicht wurden, Mr. Hirschs Albernheiten und Alices müde Stimme. Selbst die anderen Gäste – Menschen, die mir normalerweise gefallen hätten – kamen mir alle ein wenig absonderlich vor. Der einzige, der völlig normal zu sein schien, war Paul – Paul, in einem dunkelblauen Anzug, prächtig anzusehen und sich seiner Würde bewußt. Ich wußte nicht, ob ich ihn hassen, lieben, verachten, bewundern oder schlicht und einfach ignorieren sollte. Ich wußte nicht, ob ich sehr ausgelassen oder sehr zurückhaltend, sehr bissig oder sehr sanft sein sollte. Um all dem ein Ende zu machen, beschloß ich, mir einen Schwips anzutrinken.

Nun richtet sich ein Schwips aber immer nach der jeweiligen Verfassung, in der man ist, und da ich nicht gerade heiter war, wurde es auch kein heiterer Schwips. Es wurde ein trauriger Schwips, und ich wurde dementsprechend anlehnungsbedürftig. Und da ich auf Paul schlecht zu sprechen war, lehnte ich mich mit voller Wucht an Alice. Ich wich an diesem Abend nicht mehr von ihrer Seite. Wenn sie sprach, dann lauschte ich gebannt, wenn ich sprach, dann galten meine Worte nur ihr, und wenn ich lachte, dann sah ich sie dabei an, so als teilten wir ein Geheimnis.

Paul schien keine Notiz von mir zu nehmen. Er unterhielt

sich schon seit geraumer Zeit mit einem Afrikaforscher, dem einzigen Menschen auf dieser Party, der mir vollkommen uninteressant vorkam. Aber er war – das sah man an seinem bedeutenden Gesichtsausdruck und hörte man an seiner bedächtigen Stimme – ein sehr seriöser Afrikaforscher und daher Paul angemessen. Sie debattierten über die Papuas – oder der Himmel wußte, was –, und wenn man sie dabei beobachtete, hatte man den Eindruck, sie lösten das Weltfriedensproblem.

Das kann man doch nicht ernst nehmen, dachte ich; darüber kann man doch nur lachen! Und von da an lachte ich, lachte über alles, was Paul tat und sagte, machte mich in aller Öffentlichkeit über ihn lustig. Zum Glück waren die meisten Gäste – außer dem Afrikaforscher natürlich – schon nicht mehr ganz nüchtern. Meine Taktlosigkeit schien nur Alice aufzufallen. Als ich einen Moment hinausging, um mir das Gesicht zu pudern und die Haare zu kämmen, folgte sie mir.

»Judith«, sagte sie und legte den Arm um mich, »Ihr Paul gefällt mir sehr gut.«

Ich starrte sie stumm an.

»Er ist ein ... nun sagen wir, komplexer Mensch und darum mit großer Vorsicht und viel Verständnis zu behandeln.«

Diese überaus feinfühlige Art, mich zurechtzuweisen, schürte meinen Ingrimm, anstatt ihn zu dämpfen.

Verdammter Paul, dachte ich, was fällt ihm ein, diese herrliche Frau von oben herab zu behandeln. Die Hände sollte er ihr küssen – jeden Finger einzeln! Immer noch schweigend, fuhr ich mir mit der Puderquaste wild im Gesicht herum.

Alice lächelte und nahm mir die Quaste aus der Hand. »Er hat etwas«, sagte sie, »was wir alle nicht haben ...«

»Ja«, fiel ich ihr ins Wort: »Humorlosigkeit!«

Im selben Augenblick tauchte Paul in der Tür auf. Alice hatte immer noch den Arm um meine Schultern, und Paul starrte diesen Arm an, als wäre er das Schrecklichste, was er jemals gesehen hatte. Dann hob er den Blick und sah mir in die Augen. »Wir müssen jetzt gehen«, sagte er, und seine Stimme war wie der Schnitt eines frisch geschärften Messers.

»Nein«, sagte ich, »wir müssen nicht.«

»Judith«, sagte Alice, ohne den Arm von meinen Schultern zu nehmen, »ist ein bißchen deprimiert. Der Abschied fällt ihr schwer.«

»Der Abschied von wem?«

Alice lächelte: »Das brauch' ich Ihnen wohl nicht zu sagen!« Sie ließ mich los. »Kommen Sie, Dr. Hillmann, have a last one for the road.«

Er schaute mich feindselig an, und ich erwiderte seinen Blick mit derselben Feindseligkeit.

Und wie soll das alles enden? fragte ich mich.

Wir fuhren im Taxi nach Hause. Paul, zu meinem Unbehagen, war von unaufdringlicher Höflichkeit: »Hättest du nicht Lust, irgendwo nett essen zu gehen?« fragte er.

»Nein, danke, ich habe keinen Appetit.«

Eine Weile später erkundigte er sich, ob es mir zöge.

»Nein«, sagte ich, »es zieht nicht.«

Er bot mir eine Zigarette an.

»Vielen Dank«, sagte ich.

Er gab mir Feuer. Als die Flamme mein Gesicht erhellte, sagte er: »Du siehst sehr schön aus heute abend.«

»Vielen Dank«, sagte ich noch einmal.

Danach rauchten wir und schwiegen.

Die Gewitter, die Stunden brauchen, um loszubrechen, sind die gefährlichsten, dachte ich. Die Fahrt kam mir unerträglich lang vor. Paul rauchte eine zweite Zigarette. Ich schaute zum Fenster hinaus.

Schließlich hielt das Taxi. Paul zahlte, half mir aus dem Wagen, nahm meinen Arm und führte mich ins Haus. Als die Tür hinter uns ins Schloß fiel, verwandelte sich mein Unbehagen in Angst. In der Wohnung zogen wir unsere Mäntel aus und hingen sie säuberlich über die Bügel. Paul schaltete die Deckenbeleuchtung an. Es war ein häßliches, helles Licht, von dem er noch nie Gebrauch gemacht hatte. Ich schaute erst die Lampe, dann ihn an. Sein Gesicht war vollkommen ausdruckslos. Er lockerte seine Krawatte, dann setzte er sich mitten im Zimmer auf den Boden. Ich stand unschlüssig da. Ich überlegte, was ich tun, was ich sagen könnte. Mir fiel nichts ein.

Paul schaute zu mir auf: »Komm«, sagte er und bohrte seinen Zeigefinger in den Teppich, »setz dich neben mich.«

Ich zögerte. Ich hatte ein sehr enges schwarzes Kleid an, und ich fürchtete geplatzte Nähte und Fusseln. Außerdem fürchtete ich Paul.

»Nun komm schon«, sagte er.

Ich setzte mich neben ihn. Kaum saß ich, faßte er mich im Nacken, manövrierte mich mit einem harten, geschickten Griff in seine Arme und küßte mich.

Alles hatte ich erwartet – eine ernste Aussprache, Vorwürfe, vielleicht sogar eine Ohrfeige, alles, nur keinen Kuß. Ich ließ mich küssen und schaute dabei gespannt in Pauls Gesicht, um zu wissen, was in ihm vorging. Er hatte die Augen geschlossen. Als er sie einen Spalt öffnete, schloß ich die meinen – aber um einen Bruchteil zu spät. Er hatte meinen Blick gesehen und ließ mich los. Dann begann er mich auszuziehen. Als ich ganz nackt vor ihm auf dem Teppich lag, betrachtete er mich – lange und aufmerksam.

»Paul«, sagte ich schließlich, »das macht mich nervös.«

»Daß ich dich anschaue?«

»Es gibt verschiedene Arten des Anschauens.«

»Ja«, sagte er, »die gibt's.«

Er stand auf, zündete eine Kerze an, löschte das Licht und zog sich auch aus. Dann legte er sich neben mich auf den Rücken und verschränkte die Arme unter dem Kopf. Ich wartete, aber nichts geschah. Ich begann zu frieren.

»Na, was ist?« fragte ich nach einer Weile.

»Dasselbe kann ich dich fragen.«

»Paul, bitte, was ist los?«

»Zur Liebe gehören zwei, aber das scheint dir noch nicht aufgefallen zu sein.«

»Was willst du eigentlich?«

»Gar nichts.«

Er stand auf und ging ins Badezimmer. Ich hörte, wie er Wasser in die Wanne ließ.

Das alles ist schlimmer als der schlimmste Streit, dachte ich. Ich fühlte mich seelisch und körperlich erschöpft. Langsam stand ich auf, ging ins Schlafzimmer und kroch ins Bett.

Paul blieb sehr lange im Bad. Als er endlich erschien, war ich am Einschlafen. Er legte sich ins Bett. Sein Bein streifte meins – er rückte schnell ein Stück von mir ab. Ich überlegte, ob ich ihn berühren, küssen, streicheln sollte, und hätte es vielleicht getan, wenn ich nicht so todmüde gewesen wäre. Paul zündete sich eine Zigarette an. Er rauchte und starrte zur Decke empor. Darüber schlief ich ein. Ich wachte auf, weil mich irgend etwas störte und beunruhigte. Vorsichtig öffnete ich die Augen. Das Licht brannte, Paul saß aufrecht im Bett und sah mich an.

»Was ist?« fragte ich schlaftrunken.

»Nichts ist. Ich bestaune deinen ruhigen, durch nichts zu erschütternden Schlaf.«

Sein verkniffenes Gesicht, sein sarkastischer Ton verwirrten mich. Ich war noch nicht ganz wach und versuchte zu verstehen, was sein seltsames Benehmen zu bedeuten hatte.

»Wieviel Uhr ist es denn?« fragte ich.

»Gleich drei Uhr.«

»Bist du schon lange wach?«

»Ich habe noch gar nicht geschlafen.«

»Du Armer«, sagte ich mitleidig, »du leidest doch sonst nicht unter Schlaflosigkeit.«

»Sonst nicht«, sagte er mit schwerer Betonung auf dem »sonst«. Da endlich fielen mir die Zusammenhänge ein. O Himmel, dachte ich, das Gewitter ist kurz vor der Entladung. Ich überlegte, ob ich mir die Decke über den Kopf ziehen und mich totstellen sollte. Wenn ich etwas haßte, dann waren es Auseinandersetzungen mitten in der Nacht. Man fühlt sich um seinen Schlaf betrogen, ist müde und daher besonders reizbar. Die meisten nächtlichen Auseinandersetzungen nehmen ein schlechtes Ende. Ich versuchte es auf die sanfte Tour: »Paul«, sagte ich mit Seidenstimme, »vielleicht solltest du eine Schlaftablette nehmen.«

»Ich habe noch nie in meinem Leben eine Schlaftablette genommen, aber du wirst mich schon noch dahin bringen.«

Das war keine nette Bemerkung und ich ahnte, daß ich mit meiner Sanftmut nicht weit kommen würde. »Also schön«, sagte ich genauso patzig wie er, »dann nimm keine Schlaftablette und bleib wach!«

Ich drehte mich auf die andere Seite. Ich hörte, wie er sich eine Zigarette anzündete, und wartete auf den ersten Satz, der kommen würde wie das Amen im Gebet.

»Judith«, sagte er da auch schon, »der Gedanke, daß du dich unter solchen Menschen wohl fühlst, macht mir angst und bange.«

Die Schlafende zu spielen hatte jetzt keinen Zweck mehr. »Von welchen Menschen sprichst du bitte?« fragte ich scharf.

»Von deinen Hirschs und ihren Freunden, das weißt du

genau. Übrigens muß ich mich gleich korrigieren. Sie Menschen zu nennen wäre der Ehre zuviel.«

»Gute Nacht«, sagte ich, um Beherrschung kämpfend.

»Ich kenne diese destruktiven jüdischen Intellektuellen recht gut«, rief er mit hoher Stimme, »und ich verabscheue sie. Das sind Schädlinge, Heuschreckenschwärme, die sich hier in New York niedergelassen haben, die die Presse an sich reißen und das naive amerikanische Volk mit ihrer demoralisierenden Schmiererei zersetzen.«

Ich drehte mich ganz langsam auf den Rücken, setzte mich ganz langsam auf, wandte ihm ganz langsam mein Gesicht zu und sagte mit mörderischer Ruhe: »Mein lieber Paul, du hast einen Vogel.« Danach legte ich mich wieder hin, tat, als ob ich ein Gähnen nicht unterdrücken könnte, und schloß die Augen. Aber unter der Bettdecke ballte ich die Fäuste.

»Ich weiß, daß du diese Dinge nicht gern hörst«, sagte Paul, »aber das wird mich nicht daran hindern, sie auszusprechen.«

»Sprich nur! Tu dir keinen Zwang an und sprich! Ich nehme dich sowieso nicht ernst.«

»Hauptsache, du nimmst diese Bagage ernst – diese kranken, innerlich verfaulten Kreaturen, die nur ein Ziel haben: alles um sich herum anzustecken und zu vergiften.«

»Nichts Besseres könnte mir passieren, als mich an solchen Menschen anzustecken.«

»Keine Angst, es ist bereits passiert. Ich habe dich heute abend genau beobachtet, ich habe gesehen, wie du in Ehrfurcht vor ihrem verrotteten Geplapper, ihrem blödsinnigen Getue dahingeschmolzen bist. Du, du bist ja ein grandioses Opfer für sie. Du trägst den Keim in dir, und ein Tropfen Wasser genügt, um ihn zum Wuchern zu bringen. Ich warne dich, Judith, ich warne dich! Ich weiß, wie es endet, wenn du in die Fangarme dieser Polypen gerätst!«

Er sprang plötzlich aus dem Bett und ging ins andere Zimmer. Ich schaute ihm nach. Er war nackt, und er ekelte mich. Mit einer Flasche Whisky und einem Glas kam er zurück.

»Und dieser Alice«, redete er weiter, »dieser traurigen Erscheinung, der bist du schon so gut wie hörig.« Ich lachte ein häßliches, bitteres Lachen. »Ich hab' es mir immer gedacht! Als ich dich das erstemal über sie sprechen hörte, da ahnte ich bereits, daß es sich um keine normale Freundschaft handelt. Und als ich euch heute zusammen sah, da wußte ich endgültig Bescheid. Es war ekelerregend, euch zuzuschauen. So etwas von verliebten Blicken und heimlichen Berührungen und ... ach pfui Teufel, ich mag gar nicht davon sprechen!«

»Jetzt zweifle ich wirklich an deinem Verstand«, sagte ich und war zu fassungslos, um noch wütend zu sein. »Ich hatte nie die geringste lesbische Neigung und ...«

»Wenn du sie bis jetzt noch nicht gehabt hast«, unterbrach er mich, »dann hat sie diese miserable Person, dieser Prototyp der zersetzenden intellektuellen Jüdin, zu wecken gewußt.«

»Paul«, sagte ich sehr leise, »ich weiß nicht, ob Alice Jüdin ist, und du weißt es ebensowenig. Aber wenn du schon nach einem Schimpfwort suchst, dann laß dir bitte ein anderes einfallen als das Wort Jüdin.«

Plötzlich fuhr ich hoch und schlug ihm mit aller Kraft ins Gesicht. Er war derart überrascht, daß er stumm und bewegungslos sitzenblieb. Erst eine ganze Weile später verschwand die Farbe aus seinem Gesicht, und ein geradezu irrer Ausdruck trat in seine Augen. Ich begann, mich entsetzlich zu fürchten. Ich zweifelte nicht daran, daß er mich umbringen würde. Eine Ewigkeit schien zu vergehen – eine Ewigkeit, in der wir den Atem anhielten und uns anstarrten.

»Paul«, sagte ich schließlich, um diese grauenvolle Stille, diesen grauenvollen Bann zu brechen.

Meine Stimme schien heftigen Widerwillen in ihm zu wecken. Er zog eine Grimasse, schüttelte sich leicht, wandte sich ab und verließ das Bett. Er nahm seinen Bademantel vom Stuhl, zog ihn an und ging zur Tür. Die Klinke in der Hand, drehte er sich noch einmal zu mir um: »Ich habe genug«, sagte er mit gepreßter Stimme, »restlos und endgültig genug!«

Ich erwachte am nächsten Morgen erfrischt und hungrig. Es war bereits zwanzig nach neun, und ich setzte mich schuldbewußt auf. Ich konnte nichts dafür: Nach Krächen, besonders nach Krächen, die ein schlechtes Ende nahmen, schlief ich immer tief und erwachte mit gutem Appetit.

Eine Weile saß ich ganz still und lauschte. Nichts regte sich. Ich überlegte, was Paul wohl zu einer solchen Ruhe veranlaßte. Ich stand leise auf, schlich mich zur Tür und öffnete sie mit äußerster Vorsicht. Das Zimmer war leer. Auf dem Boden lag eine Decke und ein Kissen, auf dem Sessel Pauls Bademantel. Auf dem Tisch stand ein Aschenbecher mit zahllosen Zigarettenstummeln darin, eine Kaffekanne und eine Tasse.

Zunächst einmal war ich über Pauls Abwesenheit erleichtert. Es gab mir Zeit, mich auf alle Unannehmlichkeiten vorzubereiten. Ich ging zum Eisschrank, nahm einen englischen Kuchen heraus, schnitt mir eine dicke Scheibe davon ab und biß heißhungrig hinein. Dann hob ich die Decke und Kissen vom Boden auf, stellte das Kaffeegeschirr ins Spülbecken, leerte den Aschenbecher aus und nahm Pauls Bademantel vom Stuhl. Als meine Hände den abgetragenen Stoff berührten, überkam mich mit einem Schlag Angst, Trauer und Reue.

Wo ist er, dachte ich, wann kommt er zurück, und wie wird er mich behandeln, wenn er zurückkommt? Mit Gleichgültigkeit, Verachtung oder Feindseligkeit? Mit eisigem Schweigen und eisigen Blicken? Ich hob den Bademantel hoch und wühlte mein Gesicht in den Stoff, der so vertraut nach Paul roch.

»Paul«, sagte ich leise und den Tränen nahe, »was soll nun eigentlich werden?«

Ich ließ den angebissenen Kuchen liegen und ging ins Schlafzimmer zurück. Ich setzte mich aufs Bett und breitete den Bademantel über meine Knie. Ich versuchte nachzudenken, einen Plan zu machen, eine Lösung zu finden. Aber was für einen Plan konnte ich machen, was für eine Lösung finden, wenn ich noch nicht einmal wußte, wie, wann und ob überhaupt Paul zu mir zurückkehren würde. Angst, Trauer und Reue wuchsen von Minute zu Minute, preßten mir die Kehle zusammen, machten mir das Atmen schwer. Ich saß da, erstarrt in meinem Kummer, und wartete in einer furchtbaren Ungewißheit.

Eine halbe Stunde – eine Ewigkeit – später hörte ich das Rasseln des Fahrstuhlgitters, Schritte im Gang und dann den Schlüssel im Schloß. Meine Erleichterung war so groß, daß ich aufsprang, um Paul entgegenzulaufen. Doch plötzlich fiel mir ein, daß sich ja alles geändert hatte, daß es aus war zwischen uns – restlos und endgültig aus. Ich setzte mich wieder hin, die Augen in angstvoller Erwartung auf die Tür geheftet.

Paul, noch im Mantel, kam geradewegs ins Schlafzimmer. Ich brauchte nicht lange in seinem Gesicht zu lesen. Es war ruhig, sanft, beinahe heiter.

Er blieb am Fußende des Bettes stehen und schaute mit einem stillen Lächeln auf mich hinab. Ich überlegte verwirrt, was den jähen Umschwung in ihm hervorgerufen haben könne.

»Paul«, fragte ich zaghaft, »wo warst du denn?«

»Ich war spazieren und dann in der Kirche.«

»Ah, ja ...«, sagte ich mit einem ernsten Nicken.

Ich war eifrig darum bemüht, ihn mein Einverständnis spüren zu lassen. Es rührte mich, daß er in die Kirche gegangen war – mit verbittertem Gesicht hinein und mit mildem Gesicht heraus. Es rührte und es erstaunte mich – aber dem Erstaunen wollte ich nicht weiter nachgeben.

Paul setzte sich neben mich, stützte die Ellenbogen auf die Knie und das Gesicht in die Hände. »Judith«, sagte er, ohne mich anzuschauen, »ich habe mir alles genau überlegt. Wir dürfen uns nicht trennen. Wir gehören zusammen, und wir brauchen uns – du mich und ich dich. Alles andere ist unwichtig.«

»Du hast recht«, erwiderte ich mit tiefer Überzeugung.

»Wir streiten uns, und ich tue dir bitter Unrecht und du ...«, er lachte leise in sich hinein, »haust mir eine runter. Aber eines Tages haben wir uns aneinander abgeschliffen, und dann werden wir eine Einheit sein – eine Einheit, die die Welt aus den Angeln hebt.«

»Ja, Paul.«

Jetzt hob er den Kopf und schaute mir fest in die Augen: »Nichts wird uns mehr auseinanderbringen«, sagte er eindringlich, »keine Kräche, keine Ohrfeigen, kein München, kein Amerika, keine Juden und keine Christen!«

»Nichts«, gelobte ich und legte meine Hand in seine.

4
Das Ende der Welt

München, den 11. 12. 1959

Liebster Paul!
Vor zwei Stunden bin ich in München gelandet – bei 15 Grad unter Null, stell Dir das vor! Der Himmel war strahlend blau, das Flugfeld strahlend weiß. Es sah alles so hübsch aus – so sauber, klein und friedlich. Wenn man von New York kommt, hat man das Gefühl, in einem Winterkurort gelandet zu sein.

Ein paar vermummte Gestalten warteten auf unsere Ankunft. Sie schauten uns gespannt und achtungsvoll entgegen. Man gewinnt an Bedeutung, wenn man aus einem Flugzeug steigt, noch dazu aus einem Trans-Atlantik-Flugzeug.

Ich entdeckte Dora und Andy schon aus der Ferne. Dora, in elegantem Bibermantel und kessem Pelzkäppchen, zappelte und winkte. Andy, in dunkelblauer Skihose mit roter Zipfelmütze, blieb ernst und würdevoll. Er schien mir gewachsen, beinahe erwachsen. Wie schnell aus einem Baby ein kleiner, in sich abgeschlossener Mensch wird! Es hat mich stolz gemacht, aber auch ein klein wenig traurig.

Die Wiedersehensfreude war gewaltig, die Begrüßung stürmisch. Es fiel einiges zu Boden, was Andy mit männlicher Gelassenheit und Nachsicht wieder aufhob. Im Taxi setzte sich Andy neben den Fahrer, und Dora rückte nahe an mich heran. Sie wollte sofort alles wissen – über Dich, über mich, über uns: ob Du Dich verändert hättest? (Ich sagte, sehr.) Inwiefern Du Dich verändert hättest? (Ich sagte, in jeder Beziehung.) Ob das denn gut wäre? (Ich sagte, es wäre ausgezeichnet.) Ob wir nun wirklich heiraten würden? (Ich sagte, wir würden.) Ob wir nicht lieber erst eine Probezeit einlegen wollten? (Ich sagte, die Probezeit hätten wir bereits hinter uns.)

Ab und zu drehte sich Andy um und stellte mir ein paar technische Fragen: Wie viele Sitze in einem Flugzeug wären und wie viele Piloten? Ob die Autos in Amerika anders seien als die in Deutschland? Wie viele Stockwerke die Wolkenkratzer hätten? Ich war stolz, ihm mitteilen zu können, daß der höchste Wolkenkratzer 102 Stockwerke hat. Daraufhin meinte er geringschätzig: »Ich dachte, er hätte zweihundert!«

Zu Hause wurde ich von Kater Viktor und Frau Specht erwartet. Kater Viktor spielte den Beleidigten, denn er nahm es mir übel, daß ich ihn so lange allein gelassen hatte. Er stolzierte mit abweisendem Gesicht und hochgerecktem buschigem Schweif, dessen Spitze indigniert mal nach rechts, mal nach links zuckte, um mich herum. Frau Specht dagegen stürzte auf mich zu, musterte mich mit kritischem Blick und stellte zu ihrer Genugtuung fest, daß ich abgenommen hätte, daß ich schlecht aussähe – kurzum, daß mir Amerika – wie von ihr vorausgesagt – nicht bekommen sei.

Ich glaube, ich habe Dir nie von Frau Specht erzählt. Sie ist Berlinerin und das, was Dora »ein Geschenk des Himmels« nennt. Ich entdeckte sie durch eine Zeitungsannonce. Sie pries sich als »rüstige, schaffensfreudige Rentnerin« an und entpuppte sich als ein winziges, buckliges, pfiffiges Weiblein, weit in den Sechzigern. Ich war zu Tode erschrokken, aber zu weichherzig, sie wieder wegzuschicken. Ich kann auch weichherzig sein, weißt Du! Und Wunder über Wunder, meine Weichherzigkeit wurde sogar belohnt. Frau Specht war tatsächlich rüstiger und schaffensfreudiger als das drallste Bauernmädchen. Ich wünschte, ich könnte sie mit nach Amerika nehmen, aber sie hat etwas gegen Amerika. Sie behauptet, es sei ein herzloses Land.

Jetzt bin ich allein und genieße die Ruhe. Dora ist zum Friseur gegangen, Frau Specht zum Einkaufen und Andy zu seiner Angebeteten, einem koketten kleinen Mädchen mit hellblondem Pferdeschwanz und schwarzen Samtaugen. Ich sitze in meinem riesigen Wohnzimmer, das ich Dir so gern einmal zeigen würde und, so Gott und Deine Finanzen es zulassen, auch zeigen werde. Ich glaube, es würde Dir gut gefallen. Es ist ganz schlicht, beinahe streng, und die Möbel sind schwer und dunkel. Vor mir auf dem Tisch liegt ein Adventskranz und in der Mitte desselben sitzt Kater Viktor. Er hat den Schwanz um die Vorderpfoten gewickelt, und die Spitze zuckt jetzt nicht mehr. Wenn ich ihn anschaue, beginnt er so heftig zu schnurren, daß seine elf Schnurrbarthaare beben. Er hat mir verziehen.

Frau Specht hat mich mit Tee und selbstgebackenen Weihnachtsplätzchen versorgt. In der Wohnung unter mir spielt Frau von Richter wie eh und je Klavier. Zum Glück spielt sie gut. Der Himmel hat sich bezogen. Ich hoffe, es wird bald schneien. Wenn es schneit, werde ich wieder zum Kind und die Welt zum Märchen.

Im Verlag werde ich mich heute noch nicht melden. Daß ich nichts erreicht habe – und dank Deiner auch wenig Interesse hatte, etwas zu erreichen –, wird sich früh genug herausstellen. Ich werde mir einen schönen, ruhigen Nachmittag und Abend machen. Ich werde lesen und mir meine Lieblingsplatten vorspielen. Ich werde mit Andy ein Kartenhaus bauen – er liebt Kartenhäuser, besonders wenn sie zusammenfallen – und mich von Frau Specht über die Katastrophen im Jahre 1960 unterrichten lassen. An jedem Jahresende kauft sie sich ein astrologisches Büchlein, und dann schwelgt sie tagelang in heilsträchtigen Prognosen. Heute werde ich mich über Dein und mein und unser gemeinsames Schicksal informieren lassen.

Ach Paul, wie schön wäre es, wenn Du jetzt hier wärst. Du fehlst mir, fehlst mir unbe ...

Mitten im Wort hörte ich auf. Es war, als hielte jemand meine Hand fest. Paul fehlte mir gar nicht in diesem Moment. Er hatte mir nie weniger gefehlt. Der unbeendete Satz hing wie ein toter Fisch an einer Angelschnur. Ich starrte ihn nachdenklich an. Dann las ich alles noch einmal durch.

Der Brief, erkannte ich, war gar nicht an Paul, er war an mich selber. Er war ein Dokument meines Wohlgefühls, ein Ausbruch meiner Freude. Was ich nie zuvor begriffen hatte, begriff ich jetzt: Ich war zu Hause. Mein Zuhause war Andy, war Dora, war Frau Specht und Kater Viktor. Mein Zuhause war das große Wohnzimmer, die gedämpfte Klaviermusik, die blau-weiße Teekanne, die hausgebackenen Plätzchen, der Verlag, den ich nicht anzurufen wagte. All das war Zuhause, das erste Zuhause meines Lebens. Und indirekt verdankte ich es Paul. Er war der Anfang gewesen, er würde das Ende sein. Ich seufzte und schob die Bogen in die Briefmappe. Später würde ich den Brief zu Ende schreiben – später, wenn Paul mir zu fehlen begann. Er würde mir bestimmt in absehbarer Zeit fehlen, wahrscheinlich schon am Abend, wenn es dunkel wurde und zu still in meinem großen, strengen Zimmer. Dann würde ich mit gutem Gewissen schreiben können: »Du fehlst mir, fehlst mir unbeschreiblich ...«

Gegen halb neun klingelte es. Andy war längst im Bett und Frau Specht in ihrem Zimmer. Ich ging zur Tür und öffnete. Draußen stand der junge Mann. Er hatte einen Hut auf, und Hüte – besonders, wenn sie so steif und hellgrau waren wie dieser – verunstalteten sein Gesicht.

»Du bist zurück?« sagte er mit einem Erstaunen, von dem ich nicht wußte, ob es gespielt war oder echt.

»Nein, ich bin nicht zurück. Komm herein.«

Ich wollte vor allen Dingen, daß er den Hut abnahm.

»Ich habe heute den Transformator nachsehen lassen«, sagte er und deutete auf ein Päckchen in seinem Arm. »Ihm fehlt nichts. Es muß also an der Eisenbahn liegen.«

Er trat an mir vorbei und nahm endlich den Hut ab. Jetzt sah er wieder normal aus, und das stimmte mich freundlicher.

»Es ist nett, daß du an die verdammte Eisenbahn gedacht hast. Sie ist ständig kaputt.«

Er stand unschlüssig da. »Ich wollte mal sehen, ob ich sie nicht in Ordnung bringen kann. Aber jetzt, wo du hier bist ...«

»Du kannst sie trotzdem in Ordnung bringen.«

Ich schaute ihm ins Gesicht und stellte wie immer fest, daß es kein sympathisches Gesicht war. Das Kinn war massiv, der Mund schmal und hart, die Nase dünn und lang. Die Augen, unter einem kaum sichtbaren Bogen hellblonder Brauen, waren klein und wasserblau. Aber er hatte eine gute Figur. Besonders die untere Partie war tadellos gelungen – die langen, geraden Beine, die auffallend schmalen Hüften. Ich hatte eine Vorliebe für schmale Hüften.

»Seit wann bist zurück?« fragte er und machte noch immer keine Anstalten, den Mantel auszuziehen.

»Seit heute vormittag. Wie wär's, wenn du den Mantel auszögest?«

»Ich weiß noch nicht, ob ich bleibe«, sagte er und starrte mich feindselig an. Er haßte mich mehr als er mich liebte. Sein Stolz litt unter unserer Beziehung, die, von mir zu einer puren Bettaffaire abgestempelt, ihm keinerlei Rechte einräumte.

»Es wäre hübsch«, sagte ich, »wenn du dich bald entschließen würdest. Ich halte den Gang für keinen sehr gemütlichen Aufenthaltsort.«

Er stellte den Transformator auf einen Stuhl und ging zur Wohnungstür.

»Und was geschieht nun mit der Eisenbahn?« fragte ich.

»Ich werde sie in Ordnung bringen, wenn du nicht zu Hause bist. Du kannst mich anrufen und mir Bescheid sagen.«

»Sei kein Idiot und bleib hier!«

Er war schon auf der Schwelle, jetzt fuhr er herum: »Übrigens, ich danke dir für deine zahlreichen Briefe!«

Er hatte ein kraftlose, brüchige Stimme, und wenn er in Wut geriet, blieb sie ihm buchstäblich im Hals stecken.

»Du hast mir ja auch nicht geschrieben!«

»Wozu hätte *ich* dir schreiben sollen? Ich wußte doch genau, was sich in Amerika abspielt!«

Ich schwieg. Ich hatte ihm einmal, ganz am Anfang unserer Beziehung, erzählt, daß in New York ein Mann existiert, den ich liebte. Das war alles gewesen. Weder er noch ich hatten es jemals wieder erwähnt. Ich war der Ansicht gewesen, daß er es längst vergessen hätte.

»Liebst du ihn immer noch?« fragte er, und jetzt waren seine Augen und Lippen genauso fahl wie seine großflächigen Wangen. Wenn ich jetzt »ja« sagte, würde er gehen, und plötzlich wollte ich nicht, daß er ging.

»Ich führe solche Gespräche nicht gern im Treppenhaus«, sagte ich, »also bitte, komm herein!«

Er zögerte, und ich griff nach seinem Arm. Da folgte er mir, wie er mir immer folgte, wenn ich die Hand nach ihm ausstreckte. Ich schloß die Tür.

Es war gegen zwei Uhr nachts, als mich der junge Mann verließ. Als ich allein war, rauchte ich noch eine Zigarette und wartete auf Gewissenbisse, auf Selbstverachtung, Scham und Reue. Wenn man getan, was ich getan hatte, dann mußte man mit solchen Dingen rechnen. Ich war bereit, über mich zu Gericht zu sitzen und mich schonungslos zu verurteilen. Aber einer Verurteilung muß eine Anklage vorangehen, und die Anklage blieb aus.

Ich empfand keine Gewissensbisse, keine Selbstverachtung, keine Scham und keine Reue. Ich konnte sie wohl mit dem Verstand konstruieren, aber das Gefühl nahm sie nicht auf. Das Gefühl ließ sich durch keine Vorwürfe durcheinanderbringen. Ich blieb ruhig, ausgeglichen, heiter, ob ich an den betrogenen Paul oder den mißbrauchten jungen Mann dachte. Sie hatten in diesem Augenblick nicht mehr Bedeutung als das glimmende Ende meiner Zigarette, das ich jetzt im Aschenbecher ausdrückte. Ich legte mich zurück und schloß die Augen. Ich hatte mich lange nicht so wohl gefühlt wie in diesem Moment des Alleinseins.

Ich erwachte ebenso heiter und unbeschwert, wie ich eingeschlafen war. Eigentlich, wenn ich es genau überlegte, war ich noch nie so innerlich zufrieden aufgewacht. Erst hatte ich jahrelang das Erwachen gefürchtet und gehaßt. Dann, als das vorüber war, hatte ich von dem idealen Erwachen neben einem idealen Mann geträumt. Und schließlich hatte ich feststellen dürfen, daß dieses Erwachen gar nicht so ideal war. Jetzt, nachdem ich so ziemlich alle Arten des Erwachens durchexerziert hatte, war ich zum erstenmal in der Lage, es zu genießen. Ich streckte und dehnte mich und stieß an keinen fremden Körper. Ich wandte den Kopf zur Seite und schaute in kein erwartungsvolles Gesicht. Ich öffnete den Mund, um herzhaft zu gähnen, und nicht, um ein widerwilliges »Guten Morgen« zu murmeln. Ich hatte alles für mich allein; mich, meine Gedanken, das Bett, das Zimmer, das Bad, das Frühstück, den Morgen. Ich lag da und lauschte mit einem Schauer tiefsten Wohlgefühls auf die vertrauten Geräusche, auf Andys helle Morgenstimme und Frau Spechts tiefes Gemurmel, auf das Klappern von Geschirr und das fette Gurren dummdreister, dickbrüstiger Tauben. Und plötzlich war ich frei – frei von dem Bedürfnis, mich in eine imaginäre Welt hineinzuträumen. Ich hatte meinen roten Sonnenschirm zusammengeklappt und den Schritt in die Wirklichkeit getan. Und die Wirklichkeit, so wie sie sich mir bot – mit ihren alltäglichen morgendlichen Geräuschen, mit ihren vertrauten Gesichtern und Gegenständen, mit dem Auf und Nieder ihrer Tage und der Freiheit, sie nach eigenem Belieben zu gestalten –, war schön. Mein Weg – wenn ich ihn ging, so wie ich erkannte, ihn gehen zu müssen – führte mich nicht mehr nach Goldwater, führte mich nicht mehr zu Paul.

Eine knappe Stunde später saß ich vor dem unbeendeten

Brief. »Du fehlst mir«, las ich, »fehlst mir unbe ...« Und ich nahm den Federhalter und fügte dem angefangenen Wort das Ende bei.

In diesem elf Buchstaben langen Moment büßte ich meine Ruhe, Ausgeglichenheit und Heiterkeit ein, wurde ich Opfer meines schlechten Gewissens, meiner Selbstverachtung, meiner Scham. Erst jetzt kam ich mir unanständig vor – erbärmlich unanständig. Mein Betrug an Paul wurde nun zum wahrhaftigen Betrug. Ich hätte nur die Wahrheit zu schreiben brauchen – zwei Sätze oder drei. Wie sauber wären diese Sätze gewesen, wie sauber wären Paul und ich geblieben. Ich hätte meinem Traum Adieu gesagt, und vielleicht hätte ich ihn irgendwann einmal wiedergefunden. So aber setzte ich alles aufs Spiel und machte zunichte, was ich am meisten liebte: die Wahrheit.

Warum tat ich das? Es gab viele läppische Erklärungen dafür, aber keine, die mein Tun voll und ganz gerechtfertigt hätte. Ich wollte keine überstürzte Entscheidung treffen. Ich wollte Paul nicht aus heiterem Himmel den Schlag versetzen. Ich wollte die Stichhaltigkeit meiner Gefühle noch einmal genau überprüfen. Ich wollte hundertundein Prozent sicher sein, daß ich das Richtige tat. Und was ich wirklich wollte, war: mir noch eine Weile ein Hintertürchen offenhalten. Denn wer konnte es wissen? Vielleicht erwachte ich eines Tages und dachte mit Sehnsucht an meinen roten Sonnenschirm. Vielleicht lag ich eines Morgens in meinem Bett und empfand das Alleinsein alles andere als beglückend. Vielleicht sollte eine Frau in meinem Alter zugreifen und heiraten – ob es ihr nun widerstrebte oder nicht. Und vielleicht erwartete ich wirklich ein Kind von Paul. Vielleicht, vielleicht, vielleicht! Feigheit, Unsicherheit, Bequemlichkeit, Erbärmlichkeit!

Ich unterschrieb den Brief mit »Deine Judith«, faltete ihn zusammen, steckte ihn in einen Umschlag, schrieb die Adresse darauf, klebte ihn zu.

Und vielleicht, dachte ich mit einem schwachen Hoffnungsschimmer, liest er die Wahrheit zwischen den Zeilen und zieht sich ganz von selber zurück. Dann wäre ich aus allem heraus und brauchte keine so schwerwiegenden Entschlüsse zu fassen.

Ich schickte den Brief per Eilboten ab.

Und damit begann es.

Mit dem Lügen ist es wie mit dem Zigarettenrauchen. Man hat es sich abgewöhnt, aber eines Tages – eines besonders widerwärtigen Tages, an dem alles schiefgeht – greift man doch wieder mal nach einer Zigarette. Man sagt sich, eine kann ja nicht schaden, und weiß genau, daß es nicht bei einer bleibt. Und ebenso ist es mit den Entscheidungen. Weicht man der ersten, zwingenden aus, dann geht man auch allen nachfolgenden aus dem Weg. Nichts unterminiert einen so schnell und so restlos wie Lügen und Feigheit. Ehe man sich's versieht, steckt man in einem unentwirrbaren Knäuel klebriger Fäden, und weil es aussichtslos scheint, da jemals wieder herauszukommen, macht man erst gar nicht den Versuch.

Ich ließ den Dingen ihren Lauf. Was konnte schon passieren? Paul war ja so weit weg, und an eine Heirat war vor Mai oder Juni gar nicht zu denken. Mit der Emigration hatte es Zeit bis nach Weihnachten. Kein Mensch konnte von mir verlangen, daß ich mich noch vor Weihnachten auf den Ämtern herumschlug. Also hatte ich eine Galgenfrist von mindestens einem Monat. Und bis dahin ... Das Schlimme war, daß ich das »bis dahin« gar nicht ernst meinte. Ich wußte, daß die Galgenfrist nichts an meiner Entschlußlosigkeit ändern würde. Ich würde sie verstreichen lassen und mir eine neue Galgenfrist setzen. Das Problem, das ich noch kurz zuvor mit ein paar Worten hätte lösen können, schien mir mit jeder Stunde unlösbarer. Wie eine zu Tal donnernde Lawine nahm es blitzartig an Umfang zu. Ich fürchtete, überrollt zu werden, und versuchte, mich in Sicherheit zu bringen. Aber nirgends war Sicherheit. In welche Richtung ich auch flüchtete, überall ballten sich Lawinen zusammen.

Ich wurde gereizt, unzugänglich, boshaft und tyrannisierte jeden, der sich in meine Nähe wagte. Im Verlag gab man mir verfrühten Weihnachtsurlaub – wohl nur, um mein grimmiges Gesicht loszuwerden. Zu Hause hatte man es schwerer, denn man konnte mich nicht wegschicken und mußte sich mit meiner Unleidlichkeit abfinden. Frau Specht verfolgte mich mit wachsamen Augen, geflüsterten Ratschlägen und einem beruhigenden Kräutertee, der, giftgrün und gallebitter, an einen Zaubertrank erinnerte. Kater Viktor, dem die Unbeherrschtheit der Menschen schon immer auf die Nerven gegangen war, zog sich von mir zurück und streifte mich nur selten und aus der Ferne mit einem hoheitsvollen Blick. Andy, zum Glück, nahm mich kaum zur Kenntnis. Weihnachten mit all seinen Vorbereitungen, Überraschungen und Geheimnissen war ihm weitaus wichtiger als das verdrießliche Gesicht seiner Mutter. Er lebte selig in seiner eigenen, vorweihnachtlichen Welt, in der die Christbäume sprechen, die Adventskerzen lächeln, die Schneeflocken tanzen und die Weihnachtsmänner auf Schlitten durch die Luft fliegen konnten.

Und nur der junge Mann wagte sich mit einer ganz ungewöhnlichen, einer nie dagewesenen Dreistigkeit in meine nächste Nähe vor. Was ihn zu dieser Dreistigkeit ermutigte, war mir zunächst einmal ein Rätsel. Erst später begriff ich, daß er sich für den alleinigen Urheber meines Konflikts hielt. Er fühlte sich zu Pauls ebenbürtigem Rivalen erhoben, und dieses Gefühl gab ihm das langentbehrte Selbstbewußtsein wieder. Er mußte sich bereits als Sieger sehen, denn siegessicher war sein Auftreten. Er ging in meiner Wohnung ein und aus, schleppte Tannenzweige und allerlei Flitter herbei, um damit die Wohnung zu dekorieren.

»Was soll dieser ganze Unsinn eigentlich!« fragte ich aufgebracht, da mir die Verniedlichung meines Zimmers mißfiel. Der junge Mann, der über derart grobe Fragen normalerweise beleidigt gewesen wäre, lächelte nur. Er befestigte Mandarinen an Silberschnüren, eine Betätigung, die mir an einem ausgewachsenen Mann heftig mißfiel.

»Soll ich ihm schreiben und alles erklären?« fragte er nach einer Weile.

»Sollst du wem schreiben und was erklären?«

»Paul Hellmann.«

»Sag mal, hast du den Verstand verloren?«

Er schaute von seinen Mandarinen auf und sagte dann mit der Ruhe und Nachsicht eines guten alten Hausarztes: »Ich sehe doch, wie es dich quält, den Mann und dadurch auch dich im unklaren zu lassen. Du schuldest ihm eine ehrliche Erklärung, das weißt du genau.«

»Und wie sieht, deiner Meinung nach, diese ehrliche Erklärung aus?«

»Indem du ihm sagst, daß du dich geirrt hast, daß du ihn nicht heiraten kannst.«

»Woher willst du das wissen, daß ich mich geirrt habe, wenn ich es selber nicht weiß!«

»Du weißt es, aber du willst es dir noch immer nicht eingestehen.«

»Ich weiß überhaupt nichts mehr!« rief ich gepeinigt und griff mir mit beiden Händen an den Kopf: »Ich weiß nicht mehr, ob ich normal bin oder wahnsinnig, ob ich wache oder träume, ob ich überhaupt hier sitze oder mir nur einbilde ... mein Gott, manchmal glaube ich, das ganze Leben sei nichts Wahrhaftiges, sondern nur eine Einbildung! Da vergöttert man einen Mann drei Jahre lang, da hält man ihn für das A und das O seines gesamten Seins und dann ... Was, heiliger Himmel, ist schuld daran, daß sich plötzlich alles geändert hat? Alle Voraussetzungen waren doch da, und die beiderseitige Bereitschaft war da und der Wille und das Gefühl! Mehr geht doch gar nicht, mehr kann doch gar nicht vorhanden sein. Und trotzdem ... peng, aus ... alles war das ... nichts bleibt.«

Der junge Mann lächelte ein allwissendes Lächeln und schwieg. Er knotete die Silberschnüre zusammen und hielt das Machwerk hoch. An teils längeren, teils kürzeren Schnüren baumelten die Mandarinen. Man wußte nicht recht, was es sollte, aber es sah trotzdem ganz possierlich aus.

»Und was geschieht nun damit?« fragte ich.

»Das wirst du schon sehen.«

Der junge Mann stand auf. Im selben Moment stürzte Andy ins Zimmer. Er hatte einen dieser gefürchteten, blaurot umrandeten Luftpostumschläge in der Hand.

»Du sollst anklopfen, Andy«, sagte ich matt.

»Nächstes Mal, Mammi ... schon wieder ein Brief!« Er streckte ihn mir wichtigtuerisch entgegen. »Mammi kriegt schrecklich viele Briefe«, erklärte er dem jungen Mann.

Der junge Mann rückte den schweren Eßtisch nahe an die Wand, dann zog er sich die Schuhe aus und stieg darauf. »Sei so gut, Andy«, sagte er »und hol mir einen Hammer und einen kleinen Nagel.«

Andy witterte etwas ungeheuer Aufregendes und rannte aus dem Zimmer.

»Und diese Briefe«, stöhnte ich, »mit der Morgenpost, mit der Nachmittagspost, mit Eilboten ...! Und immer gleich zehn oder noch mehr Seiten ... und dasselbe erwartet er von mir! Er wird schon mißtrauisch, weil ich so dummes, nichtssagendes Zeug schreibe. O Gott, was soll ich bloß tun ...!«

»Ihm die Wahrheit schreiben!« sagte der junge Mann.

Andy kam mit Hammer und Nagel ins Zimmer zurück: »Viktor hat gekotzt«, verkündete er. »Tante Specht sagt, er hat Lametta gefressen.«

»Siehst du«, sagte ich vorwurfsvoll zum jungen Mann, »das kommt von deinen Weihnachtsdekorationen.«

Der junge Mann versuchte, die Decke zu erreichen, und als ihm das nicht gelang, hob er einen Stuhl auf den Tisch.

Andy hüpfte begeistert von einem Bein aufs andere: »Wenn du da runterfällst«, rief er hoffnungsvoll, »bist du fast tot.«

»Aber nur fast«, sagte der junge Mann und bestieg den Stuhl. Das Telefon klingelte.

»Wenn das New York ist, springe ich aus dem Fenster«, sagte ich.

»Wirklich, Mammi?« fragte Andy mit einer Mischung aus Sensationslust und Bedenken.

»Ach Unsinn, Kleines«, sagte ich und nahm den Hörer ab. Es war Dora. »Judith«, rief sie, »ich finde, das geht zu weit!«

»Was denn, um Gottes willen?«

»Ich habe eben einen Brief von Paul bekommen und ...«

Der junge Mann begann zu hämmern.

»Kannst du nicht noch einen Moment damit warten!« schrie ich zu ihm hinüber.

»Was ist denn bei dir los?« fragte Dora.

»Weihnachten ist los. Also was ist mit dem Brief?«

»Das geht nicht so am Telefon. Du mußt ihn mit eigenen Augen sehen. Komm morgen abend zu mir.«

»Gut, ich komme.«

»Es ist wirklich die Höhe! Da schreibt er doch ...«

»Das kannst du mir alles morgen erzählen. Also auf Wiedersehen, Dora!«

Der junge Mann begann wieder zu hämmern. Andy quietschte vor Vergnügen. Frau Specht kam aufgeregt ins Zimmer gelaufen. »Jemine!« schrie sie. »Das dürfen Sie nicht tun. Die schöne Decke geht ja entzwei ... da, der Mörtel fällt schon runter!«

»Bevor ich wahnsinnig werde«, rief ich, »hört mit dem Lärm auf!«

Frau Specht packte Andy am Arm und zog ihn eilfertig aus dem Zimmer. Der junge Mann schlug noch einmal kräftig zu, dann stieg er vom Stuhl auf den Tisch und vom Tisch auf den Boden. Die Mandarinen baumelten von der Decke.

»Kater Viktor wird das nervös machen«, sagte ich.

Der junge Mann rückte Tisch und Stühle wieder zurecht, dann kam er mit lächelndem Gesicht auf mich zu: »Tierchen«, sagte er – in zärtlichen Momenten nannte er mich Tierchen – »Tierchen, wir sollten heiraten.«

»Das Leben ist doch wirklich nichts anderes als ein Possenspiel«, sagte ich nachdenklich.

»Würdest du mich heiraten?«

»Sofort«, sagte ich, »wenn es nur Nacht gäbe und keinen Tag.«

Jetzt hatte ich ihn doch getroffen. Er machte auf dem Absatz kehrt und ging zur Tür.

»Geh nicht weg«, rief ich ihm nach, »ich hab' doch nur einen dummen Witz gemacht.«

Er blieb, und er war immer noch da, als Andy und Frau Specht schon längst in tiefem, unschuldsvollem Schlummer lagen.

»Na, was sagst du zu diesem Brief?« fragte Dora mit mühsam gebändigter Stimme. Sie saß da wie ein zornig aufgeplusterter Spatz und paffte in kurzen, heftigen Zügen ihre Zigarette. »Tja, was soll man dazu sagen«, erwiderte ich ausweichend.

Dora war ungeheuer aufgebracht und in solchen Fällen mit Vorsicht zu behandeln.

»Man kann eigentlich nur eines dazu sagen«, fuhr sie auf, »und zwar, daß dieser Mann seinen ›harten Weg‹ – auf dem er mit größter Penetranz herumreitet – völlig umsonst gegangen ist. Denn wenn das dabei herausgekommen ist ...«, sie deutete mit starr ausgestrecktem Zeigefinger auf den Brief, »dann hat er sich in der Richtung geirrt.«

Ich seufzte und legte die sechs eng beschriebenen Seiten auf den Tisch. Pauls Brief war ein soundsovielter Aufguß seiner Standardpredigt: Schlagzeilen, wie man sie in christlichen Wochenblättern findet, Readers-Digest-Weisheiten, unnatürlich klingende Sätze und pompöse Worte. Für mich nichts Neues, aber für Dora, die den amerikanischen Paul noch nicht kannte, bestürzend. Ich war in einer peinlichen Lage. Ich durfte nicht Doras Partei ergreifen, weil ich damit Paul in den Rücken fiel, und ich konnte mich nicht auf Pauls Seite stellen, weil mir alles, was er schrieb, gegen den Strich ging.

»Ich würde nicht sagen, daß er sich in der Richtung geirrt hat«, versuchte ich, mich aus meiner Zwickmühle herauszumanövrieren, »denn diese Richtung – die moralische, humane, lebensbejahende – hat er ja wohl angestrebt ...«

»Papperlapapp«, unterbrach mich Dora und rückte drohend auf die äußerste Kante ihres Sessels. »Das ist doch alles Krampf und Heuchelei! Ein Mensch, der seine Moral und Humanität ausposaunt, ist doch ein Marktschreier, der genau weiß, was für einen Schwindel er den Leuten verkaufen muß. Und das versucht er nun auch noch mit mir! Hat er denn jedes Maß verloren, weiß er denn überhaupt nicht mehr, wen er vor sich hat!«

Sie riß den Brief vom Tisch und fingerte aufgeregt durch die Seiten. »Hier«, schrie sie, »nun hör dir das an: ›Mensch sein, wie viele wissen noch, was das heißt, wie viele wollen es noch wissen oder erlernen ...‹« Sie hob den Blick und starrte mich fassungslos an: »Kannst du mir sagen, was dieses Gequatsche soll? Will er damit ausdrücken, daß er zu den wenigen gehört, die wissen, wissen wollen und erlernt haben, was Mensch sein heißt?«

»Tja Gott ...«, murmelte ich verlegen.

»Aber es kommt noch viel schöner!« frohlockte Dora. »Paß auf: In Europa, diesem zu Tode verurteilten Kontinent, hält man den Begiff Moral für antiquiert und überholt. In diesem Land, das Gott verlassen hat ...«

»Dora«, unterbrach ich sie gequält, »ich habe ja den Brief gelesen.«

»Dann erklär mir doch bitte mal, was dieser banale Sermon eines beschränkten amerikanischen Dorfpfarrers soll. Was bezweckt er damit?«

»Das sagt er doch ganz klar am Ende seines Briefes.«

»Klar? Dieser Mann kann nichts mehr klar sagen! Er ist viel zu verstrickt in seinen aufgepfropften Schwindel ...«

»Na, jedenfalls gibt er zu verstehen, daß er Angst um mich hat, daß er fürchtet, ich könne mich wieder anders entschließen. Und da er glaubt, mit Recht glaubt, daß du einen starken Einfluß auf mich hast, möchte er eben, daß du mich zu seinen Gunsten beeinflußt.«

»Und wenn ich das nicht tue, schreibt er hier, dann ...« Sie suchte nach dem Satz, fand ihn und las mit atemloser Empörung: »›... dann wird sich mein ganzer Haß und Zorn gegen Dich wenden.‹ Sein ganzer Haß und Zorn, Judith. Er hält sich für den lieben Gott persönlich!«

»Genug jetzt«, sagte ich, nahm ihr den Brief aus den Händen und faltete ihn zusammen.

»Den kannst du ruhig zerreißen«, sagte sie, stand auf und holte eine Flasche Cognac und zwei Gläser herbei. »Ich glaube, auf den Schreck müssen wir einen trinken.«

Sie goß mir und sich ein, sah mich einen Moment lang traurig an und trank.

»Weißt du«, sagte sie danach, »im Grunde ist es einfach nur deprimierend. Ich kenne Paul weitaus länger und in gewisser Beziehung auch besser als du. Er hatte alle Anlagen, und wenn ich auf jemand gesetzt habe, dann auf ihn. Er war eine schillernde Persönlichkeit, aber eine Persönlichkeit. Jetzt ist er ein Brei. Wenn er damals etwas Unanständiges tat – und er tat oft etwas Unanständiges –, dann hatte man das Gefühl, er weiß, warum er es tut. Wenn er heute etwas Anständiges tut – und seiner Meinung nach tut er nur noch Anständiges –, dann hat man das Gefühl, er hat keine Ahnung, warum er es tut. Wahrscheinlich drücke ich mich ganz falsch aus, aber was ich eigentlich sagen will, ist: Seine Amoralität damals war moralischer als seine Moral heute. Verstehst du ungefähr, was ich meine?«

Ich nickte.

»Und woran liegt das?«

Ich hätte sagen können: Weil es keine echte Moral ist, sondern eine gewollte, eine geradezu exhibitionistische. Aber das wäre Wasser auf Doras Mühle gewesen. »Ich weiß nicht, woran es liegt«, sagte ich.

Sie seufzte und schüttelte den Kopf: »Ich begreife es nicht«, sagte sie, »wirklich, ich begreife es nicht. Ich erinnnere mich noch genau an den Tag, an dem er zu mir kam und sagte: ›Ich habe es satt, Dora, ich fange noch mal von vorne an.‹ Damals sprach er noch normal. Von ›hartem Weg‹ und ›schicksalhafter Fügung‹ und ›Gottes Führung‹ war nie die Rede. Er erzählte mir in klaren, nüchternen Worten, was er vorhatte. Und ich muß gestehen, es hat mich zutiefst beeindruckt! Es war großartig, es war bewunderungswürdig! Ein Mann, der auf Geld und Komfort freiwillig verzichtet, um irgendwo in einer Kleinstadt Medizin zu studieren – nun sage mir, wie oft findet man das?«

Die Erinnerung an den damaligen Paul riß Dora in einen wahren Rausch der Begeisterung. Ihre Augen, die kurz zuvor noch hart und schwarz gewesen waren wie Holunderbeeren, weiteten sich und sprühten silbrige Funken. Noch einmal feierte Paul Auferstehung, noch einmal erstrahlte er in Glanz und Glorie. Ich sah ihn die Maximilianstraße überqueren, mit leichten, freien Schritten, mit schwingenden Armen, mit hocherhobenem Kopf. Paul, der Heldenhafte; Paul, der Unerreichbare ...

»Und was ist nun aus diesem Mann geworden?« scheuchte mich Dora aus meinen träumerischen Gedanken. »Ich bitte dich, was?«

»Was?« fragte ich, immer noch abwesend.

»Ein kleiner, humorloser, moralisierender Schulmeister!«

»Nein«, protestierte ich, denn dieser Sturz schien mir allzu arg, »da übertreibst du gewaltig! Immerhin hat Paul einiges erreicht. Vielleicht hat er einen Teil seines Humors und seines Charmes dabei eingebüßt, aber dafür hat er etwas anderes gewonnen.«

»Was zum Beispiel?« fragte Dora, und ihre Augen waren wieder hart und schwarz wie Holunderbeeren.

»Vielleicht seine innere Ruhe«, sagte ich und betrachtete aufmerksam meine Fingernägel.

»Um Gottes willen«, schrie Dora auf, »jetzt wirst du auch schon verlogen!«

»Ich finde es traurig«, sagte ich mit äußerster Würde, »daß du kein gutes Haar mehr an ihm läßt. Dir hat er als schillernde Persönlichkeit gefallen, anderen gefällt er womöglich als gewissenhafter Mensch. Zweifellos ist er heute mehr wert als damals. Vielleicht hat er sogar begriffen – mehr als du und ich –, worum es geht!«

»Ein Mensch, der wirklich begreift, worum es geht, wird großzügig und nicht engstirnig. Paul ist starr geworden und päpstlicher als der Papst. Soll er von mir aus. Soll er glücklich werden mit seiner lächerlichen Moral. Soll er sich damit beschmieren, aber um Gottes willen nicht auch noch andere.

Ich hasse Menschen, die über die Moral anderer Leute urteilen und sich anmaßen, ihnen den einzig seligmachenden Weg zeigen zu können!«

Dora sprang auf. Wenn sie in Wut geriet, konnte sie nicht mehr sitzen bleiben. Sie lief auf und ab in ihrer Katzenbukkelhaltung, den Kopf zwischen die Schultern gezogen.

»Ich habe Paul nie Verhaltensmaßregeln gegeben«, rief sie, »und, weiß Gott, er hätte sie dringend nötig gehabt. Aber was ging es mich an! Ich mochte ihn, so wie er war, und ob er herumsoff und herumhurte und ob er mit Karin ins Bett ging oder mit Herbert – das interessierte mich nicht. Kein Mensch hat das Recht ...«

»Dora«, unterbrach ich sie.

»Ja?«

»Wieso mit Herbert?«

»Was?« fragte sie.

»Du sagtest, ob er mit Karin ins Bett ging oder mit Herbert.« Sie sah mich verständnislos an.

»Mit Herbert ...«, wiederholte ich langsam und deutlich.

Da erst begriff sie. Sie starrte mich mit weitaufgerissenen, entsetzten Augen an und wurde blaß. Der Schreck mußte gewaltig sein.

»Mein Gott«, sagte sie leise, »ich Idiot!«

»Du hast dich halt verplappert«, lächelte ich, »kein Grund zur Aufregung.«

Sie streifte mich mit einem scheuen Blick, erklärte, nach dem Suppenfleisch sehen zu müssen, und verließ das Zimmer. Ich zündete mir eine Zigarette an, rauchte und versuchte, mich in die erstaunliche Neuigkeit hineinzudenken. Aber es gelang mir nicht. Ich konnte mir Paul einfach nicht als Homosexuellen vorstellen. Die scheinbar zweideutigen Situationen, die ich aus meinem Gedächtnis kramte, die Bilder, die ich heraufbeschwor, sie paßten sich Paul nicht an. Schließlich mußte ich lachen. Ich war nicht beunruhigt, nicht schockiert, nicht empört, sondern einfach nur belustigt.

Dora kam ins Zimmer zurück. Über dem Suppenfleisch hatte sie sich wieder gefaßt.

»Ist es endlich weich?« fragte ich.

»Fast. Hast du schon großen Hunger?«

»Ja.«

Sie setzte sich in ihren Sessel, trank einen Schluck Cognac und zündete sich eine Zigarette an. »Um es dir kurz zu erklären«, sagte sie und schaute mir dabei eindringlich in die Augen, »die Geschichte liegt Jahre zurück. Mit dem heutigen Paul hat sie rein gar nichts mehr zu tun ...« Sie machte eine Pause, beugte sich vor und fügte fast drohend hinzu: »Wie du wohl bemerkt haben wirst!«

»Ich habe es wohl bemerkt«, sagte ich mit feierlichem Ernst, und das Lachen kitzelte mich in der Kehle.

»Paul war nie das, was man unter einem Homosexuellen versteht«, fuhr sie fort. »Er war haltlos damals und amoralisch und asozial. Hauptsächlich aus Protest. Er war gegen alles – gegen Gott, die Menschen, das Leben und sich selber. Er hielt sich für einen Taugenichts, und er bestrafte sich dafür, indem er es sich immer wieder aufs neue bewies. Glaube mir, er war ganz nahe daran, vor die Hunde zu gehen. Daß er sich im allerletzten Moment doch noch gefangen hat, ist mehr als bewunderungswürdig!«

»Und um ihm das zu konzedieren, mußt du dich erst verplappern und ein schlechtes Gewissen haben.«

»Das habe ich ihm immer konzediert!« rief sie entrüstet. »Nur daß er dann ...«

»Schon gut, schon gut«, unterbrach ich sie, »dieses Thema wollen wir um Gottes willen nicht noch mal aufrollen!«

»Nein«, sagte sie mit Nachdruck, »und nie mehr wieder. Ich habe keineswegs die Absicht, euch auseinanderzubringen. Ganz im Gegenteil. Ich wäre glücklich, wenn ihr glücklich würdet. Ich gönne es euch von ganzem Herzen. Besonders dir, Judith.«

»Ich glaube«, sagte ich, »ich kriege ein Kind von Paul.«

Sie erstarrte, faßte sich dann aber und fragte: »Freust du dich darüber?«

»Ich weiß es nicht ... ich bin ja noch nicht ganz sicher.«

Sie stand auf, küßte mich und begann, Flasche, Gläser und Aschenbecher vom Tisch zu räumen.

»Ist das Fleisch jetzt fertig?« fragte ich.

»Ich hoffe.«

»Was gibt es denn dazu?«

»Kartoffeln, Preiselbeeren und Apfelmeerrettich.«

»Sehr gut.«

Sie legte zwei rot-blau gewürfelte Deckchen auf den

Tisch. »Hast du wieder mit dem jungen Mann angefangen?« fragte sie, und noch nie hatte sie die Decken so ordentlich zurechtgerückt.

»Nein«, sagte ich.

Jetzt hob sie den Kopf und sah mich erleichtert an. Sie glaubte mir, denn ich hatte sie noch nie belogen.

»Do«, sagte ich.

Sie ging zur Kommode und holte Teller und Bestecke heraus. Als sie zum Tisch zurückkehrte, frage sie: »Und wie soll das nun weitergehen?«

»Wenn ich das wüßte«, antwortete ich.

Es war der Vormittag des dreiundzwanzigsten Dezember. Ich lag seit einer guten halben Stunde in der Badewanne. Andy war mit Frau Specht zum Viktualienmarkt gegangen, um die Weihnachtspute abzuholen. Der junge Mann stellte den Christbaum im Zimmer auf. Kater Viktor saß auf dem Rand der Wanne und starrte gebannt ins Wasser. Er spähte nach meinem großen Zeh, den ich von Zeit zu Zeit sekundenlang auftauchen ließ. Dieses Spiel machte ihn wahnsinnig, und seit Jahr und Tag versuchte er, meinen Zeh herauszuangeln.

Es klingelte, als stünde das Haus in Flammen – dreimal hintereinander, durchdringend und anhaltend. Kater Viktor, der das Geräusch nicht vertragen konnte, begann sich nervös am Ohr zu kratzen.

»Eine Unverschämtheit, so zu klingeln«, nickte ich ihm zu. Ich hörte den jungen Mann zur Tür gehen und öffnen. »Ein Telegramm«, rief er gleich darauf, »soll ich dir's bringen?«

Er kam ins Bad und gab mir das Telegramm. Wir tauschten einen ahnungsvollen Blick. Es trafen in letzter Zeit viele Telegramme ein. Während ich es öffnete, trat der junge Mann zum Spiegel und begann, sich das dünne, blonde Haar zu bürsten.

Ich las und fuhr in der Wanne hoch. Kater Viktor sprang eiligst vom Rand. Er haßte es, bespritzt zu werden.

»Na«, fragte der junge Mann in gleichgültigem Ton, »droht er oder fleht er?«

»Er kommt«, sagte ich.

»Wann?«

Ich las ihm das Telegramm vor: »Eintreffe München-Riem, vierundzwanzigsten Dezember, zehn Uhr zwanzig, Paul.«

»Und was nun?« fragte ich ratlos.

»Nun wirst du die Gelegenheit haben, ihm das zu sagen, was du ihm längst hättest schreiben sollen.« Er legte die Bürste weg und verließ das Bad.

Ich stieg sofort aus der Wanne, zog mir einen Bademantel an und lief ihm ins Zimmer nach. »Du stellst dir das alles so einfach vor!« rief ich aufgebracht. »Versuch doch mal, dich in seine oder meine Situation hineinzudenken!«

»Ich möchte es lieber nicht versuchen.«

»Das sieht dir verdammt ähnlich! Jetzt steckst du den Kopf in den Sand und vorher...«

»Wenn hier jemand den Kopf in den Sand steckt, dann bist du es. Und du zitterst davor, ihn herausziehen zu müssen!«

Ich stand da, barfuß, tropfend, frierend und nicht in der Lage, einen klaren Gedanken zu fassen.

Der junge Mann rückte den Baum zurecht: »Ich habe dich gewarnt«, sagte er. »Ich habe dich beschworen, ihm die Wahrheit zu sagen. Ich habe dir angeboten, ihm zu schreiben. Ich war bereit, dir alles abzunehmen und selber die Konsequenzen zu tragen.«

»Der Baum hat natürlich wieder eine Lücke«, stellte ich fest. »Ich weiß nicht, warum jeder noch so teure Baum eine Lücke hat! Bitte, dreh ihn doch ein bißchen mehr nach rechts.«

Der junge Mann drehte den Baum etwas mehr nach rechts.

»Nein«, sagte ich, »so sieht man's auch.« Ich ließ mich auf einen Stuhl fallen. »Mein Gott, ich halte das alles nicht mehr aus!«

»Ich bin immer noch bereit, dir die Geschichte abzunehmen«, erklärte der junge Mann. »Wenn du willst, hole ich ihn morgen vom Flugplatz ab...«

»Nein«, schrie ich auf, »das will ich unter gar keinen Umständen!«

»Das war mein letztes Angebot. Jetzt sieh zu, wie du allein aus dem Schlamassel herauskommst.«

»Das sieht dir ähnlich«, sagte ich düster.

Als Frau Specht und Andy zurückkehrten, saß ich immer noch im Bademantel auf demselben Stuhl. Sie zeigten mir stolz die Pute.

»Faß sie mal an«, forderte Andy auf.

Es grauste mich, den nackten kalten Putenkörper zu berühren. »Ich mag nicht«, sagte ich und rümpfte die Nase.

»Sie wiegt acht Pfund«, berichtete Frau Specht. »Frau Rischart soll sie ordentlich mit Speck umwickeln.«

Am Weihnachtsabend briet Dora die Pute, Sebastian machte den Salat, und ich mixte den Punsch. Es ging immer sehr laut und lustig dabei zu.

»Ich hab' dem Hans noch einen schönen Schal gekauft«, sagte Frau Specht. »Preiswert und haltbar.«

Der Hans, man konnte es kaum glauben, war Frau Spechts Sohn. Ein großer, starker, gutgebauter Mann, der in Augsburg Sportlehrer war und eine Frau und drei Kinder hatte. Frau Specht besuchte ihn zweimal im Jahr – drei Tage zu Weihnachten und zwei Tage zu Ostern. »Je weniger man sich sieht«, pflegte sie zu sagen, »um so besser versteht man sich.« Sie war eine der ganz seltenen klugen Mütter, die ihre Kinder in Ruhe lassen.

»Ich habe fünf Weihnachtsmänner gesehen!« rief Andy aufgeregt. »Ich dachte, Mammi, es gibt nur einen.«

»Es gibt einen Hauptweihnachtsmann«, erklärte ich, »aber der hat natürlich viele Gehilfen. Es gibt doch Millionen Kinder, und die müssen alle beschert werden.«

»Kommt zu mir ein Gehilfe?« fragte Andy ein wenig enttäuscht.

»Nein«, sagte ich, »zu dir kommt der Hauptweihnachtsmann. Ich habe ihn extra bestellt.«

»Komm, Andy«, befahl Frau Specht, »wir müssen den Mantel und die nassen Schuhe ausziehen!«

Andy hüpfte auf einem Bein aus dem Zimmer.

»Ich habe noch so viel zu tun«, jammerte ich, »aber ich habe zu nichts mehr Lust!«

Der junge Mann schwieg und tat, als ginge ihn das alles nichts mehr an. »Ich müßte noch den Weihnachtsbaumschmuck vom Speicher holen, und ich müßte noch ein paar dringende Besorgungen in der Stadt machen, und ich müßte zum Friseur und zur Post ...«

»Dann würde ich mal bald damit anfangen«, meinte der

junge Mann ungerührt. Es war offensichtlich, daß ich mit seiner Hilfe nicht mehr rechnen durfte.

»Aber ich werde alles liegen- und stehenlassen«, sagte ich, den Tränen nahe.

»Bitte schön.«

Ich stand auf, wobei ich den Stuhl so heftig zurückstieß, daß er umfiel, stürmte aus dem Zimmer und knallte die Tür hinter mir zu. Ich zog mich an, verließ die Wohnung und erledigte, was zu erledigen war. In der Stadt ging es weihnachtlich, also barbarisch zu. Fahrzeuge und Menschen bildeten lange Schlangen und Knäuel. Die Unhöflichkeit und Rücksichtslosigkeit, das Schimpfen und Fluchen, die Boshaftigkeit und Gier hatten ihren Höhepunkt erreicht. Die Menschen, die am Christabend so edler Gesinnung sein würden, waren drauf und dran, sich die Köpfe einzuschlagen. Es ging darum, den Mitmenschen eine Freude zu machen, und zwar am vierundzwanzigsten Dezember, zwischen fünf und neun Uhr. Was vorher geschah, was nachher geschah, spielte keine Rolle. Am Heiligen Abend mußte man ein guter Mensch sein, darauf kam es an. Ich kehrte gegen sechs Uhr nach Hause zurück – erschöpft, mißmutig und mit dem Gedanken, daß die Atombombe keine zufällige und auch keine unzweckmäßige Erfindung sei.

Andy hatte Besuch – einen kleinen, kurzgeschorenen Jungen, mit dem er gemeinsam ein Spielzeugauto zertrümmerte.

»Was soll das, Andy?« fragte ich scharf.

»Wir spielen Reparatur«, erklärte Andy, »und dazu müssen wir das Auto erst kaputt machen.«

»Ein feines Spiel«, sagte ich und verließ das Zimmer.

Frau Specht hatte Reisefieber. Sie packte bereits ihr Köfferchen und behauptete, der morgige Tag sei ein schlechter Reisetag. In ihrem astrologischen Buch sei verzeichnet, daß der Saturn über den Merkur gehe, und das sei eine wahrhaft böse Konstellation.

»Dann fahren Sie lieber nicht«, sagte ich. Es wäre mir sehr willkommen gewesen. Der Gedanke, mit Paul und Andy allein zu bleiben, war mir äußerst unangenehm.

»Nein, nein«, wehrte Frau Specht entschlossen ab, »ich muß fahren, was immer auch passiert.«

Ich ging ins Wohnzimmer. Auf dem Tisch lag ein Zettel vom jungen Mann: »Frohe Weihnachten!« stand darauf. Auf der Couch lag Kater Viktor. Er erhob sich, gähnte ausgiebig, wölbte den Rücken zu einem gewaltigen Buckel, setzte sich, beleckte seine Pfote und fuhr sich damit ein paarmal über das Gesicht. So vorbereitet, schaute er mich an, riß die Augen auf und fing an, in einem hohen, summenden Ton zu schnurren. Ich begann zu weinen. »Ach Kater Viktor«, sagte ich und nahm ihn in die Arme, »was soll ich bloß tun?«

Ich kam mir unsagbar hilflos vor. Es rollte auf mich zu, schnell, unausweichlich und bedrohlich. Es versperrte mir jeden Fluchtweg, drängte mich in eine Ecke, forderte eine Entscheidung. Und ich konnte mich nicht einmal empören. Was geschehen war, war durch eigene Schuld geschehen. Ich war feige gewesen, unehrlich, charakterlos. Ich hatte Paul abscheulich behandelt – Paul, den ich geliebt und geachtet hatte, Paul, der drei Jahre lang der Inbegriff meines Lebens gewesen war. Es war unvorstellbar und unbegreiflich, es war unheimlich. Wie, wann und wo hatte der Zerfall begonnen? Zweifellos in New York, vielleicht schon im ersten Augenblick unseres Wiedersehens. »Welcome in America, Judith!« Das konventionelle Lächeln, der kakaofarbene Mantel, das graue, müde Gesicht. Und meine Enttäuschung, mein Unbehagen . . . Hatte ich ihn jemals geliebt? Sinnlose Gedanken, die zu nichts mehr führten. Sie kamen um Wochen zu spät. Ich konnte nichts mehr ändern, nichts mehr retten. Ich konnte nur noch warten. In fünfzehn Stunden würden wir uns gegenüberstehen.

Um zehn Uhr waren Andy und ich am Flugplatz. Andy war schweigsam und verschlossen. Selbst der Flugplatz, der ihn sonst immer entzückt und gefesselt hatte, interessierte ihn nicht.

Ich hatte Andy am Morgen vorsichtig auf Pauls Ankunft vorbereitet: »Andylein, ich habe eine große Überraschung für dich. Wir fahren heute früh zum Flugplatz.«

Diese Nachricht hatte er mit einem Jubelschrei begrüßt, und ich hatte mich erleichtert weiter vorgewagt: »Wir kriegen Besuch aus Amerika, weißt du.«

»Was für Besuch?«

»Einen schrecklich netten Herrn, der gerne mit uns Weihnachten feiern möchte.«

Und da war es geschehen. Seine strahlenden Augen waren

ganz plötzlich trübe geworden, und er hatte mich mit unkindlichem Argwohn angestarrt. Der Schreck hatte mir die Sprache verschlagen und das krampfhaft muntere Lächeln von meinem Gesicht gewischt. Ich hatte Andy noch nie so erlebt. Er war immer vergnügt und unbefangen gewesen, er hatte Gäste und Abwechslung geliebt. Was konnte ihn so schlagartig, so beängstigend verändert haben? Ahnte er, daß Paul kein gewöhnlicher Besuch war? Fürchtete er, daß der Ablauf des Weihnachtsabends durch diesen Fremden gestört werden könnte? Und waren diese Ahnungen und Befürchtungen nicht vollauf berechtigt?

Plötzlich wurde mir klar, wie unverantwortlich ich gehandelt hatte. Ich hatte Paul bedauert, ich hatte mich bedauert – an Andy hatte ich nicht gedacht. Andy war für mich das Baby gewesen, das unselbständige kleine Geschöpf, das man mit einem »heile, heile Segen ...«, mit einem Stück Schokolade über alles hinwegtrösten konnte. Jetzt, zum erstenmal, erkannte ich, daß Andy ein sechsjähriger, wacher Junge war, in dem sich nicht nur eigene Gedanken, sondern auch die ersten Zweifel regten – eine fatale Erkenntnis in diesem Augenblick meiner allgemeinen Bedrängnis.

Ich schaute zu Andy hinab. Er stand ganz still neben mir und blickte mit ausdruckslosen Augen ins Schneegestöber hinaus. Sein kleines, bedrücktes Gesicht unter der roten Zipfelmütze war mehr, als ich ertragen konnte. Ich war schuld an seinem Kummer, ich hatte ihn in meinem Egoismus um sein Weihnachtsfest betrogen. Ich verfluchte mich, und ich haßte Paul. Ich schwor mir, nur noch an Andy zu denken – koste es, was es wolle. Andy sollte wieder fröhlich sein – er sollte lachen und schwatzen und hüpfen und Unfug treiben. Ich überlegte krampfhaft, was ich tun, was ich sagen könnte, um ihn aufzuheitern. »Andylein«, fragte ich, »wollen wir uns ins Restaurant setzen und ein Glas Johannisbeersaft trinken?«

Andy liebte das Flughafenrestaurant, und er liebte Johannisbeersaft. »Nein danke«, sagte er artig, »ich habe keinen Durst.«

Die Antwort zog mir das Herz zusammen, und es dauerte eine Weile, bis ich mich gefaßt hatte und einen zweiten Versuch wagte. »Schau nur, wie es schneit!« rief ich mit unnatürlicher Begeisterung, »ist das nicht ein herrliches Weihnachtswetter!«

Andy schaute verstohlen zu mir auf. Er hatte den falschen Ton sofort erkannt und würdigte mich keiner Antwort. Statt dessen fragte er: »Können Flugzeuge bei so einem Wetter landen?«

Diese Frage hatte ich mir schon selber gestellt. »Ich weiß es nicht«, sagte ich, »ich werde mal fragen. Bleib hier schön stehen, ich bin gleich wieder zurück.«

Ich ging zur Information und erkundigte mich. Als ich zu Andy zurückkehrte, schaute er mir hoffnungsvoll entgegen, und plötzlich verließ mich alle Kraft. Es war besser, den Dingen ihren Lauf zu lassen, als sich dagegenzustemmen. Die Situation war zu verfahren, als daß man sie mit falschen Tönen und erzwungenem Lächeln überspielen konnte.

»Die Flugzeuge landen«, sagte ich zu Andy, »sogar pünktlich.«

Er nickte und schaute wieder ins Schneetreiben hinaus. Ich setzte mich auf eine Bank und zündete mir eine Zigarette an. Jetzt, da ich beschlossen hatte, den Dingen ihren Lauf zu lassen, fühlte ich nur noch Müdigkeit – eine grenzenlose Müdigkeit, die fast wohltuend war. Ich würde Paul nichts vormachen. Ich würde ihm entgegentreten und ihm in die Augen schauen und seine Vorahnungen zur Gewißheit werden lassen. Es war neun Minuten nach zehn. In elf Minuten würde die Maschine landen.

»Wie heißt der Mann?« wollte Andy plötzlich wissen.

»Welcher Mann?« fragte ich geistesabwesend.

»Der Mann, der aus Amerika kommt.«

»Er heißt Paul Hellmann.«

»Ist er ein Amerikaner?«

»Jetzt ist er Amerikaner, früher war er Deutscher.«

»Warum ist er jetzt nicht mehr ein Deutscher?«

»Weil er schon lange in Amerika lebt.«

»Gefällt ihm Amerika besser als Deutschland?«

»Ja.«

»Dir auch?«

Das war eine verteufelte Frage, ich hatte das Gefühl, daß Andy etwas ganz anderes wissen wollte, etwas, das mit ihm und Paul zu tun hatte und nicht mit Amerika und Deutschland.

»Mir gefällt Amerika recht gut«, sagte ich ausweichend.

»Besser als Deutschland?« beharrte er.

»Nein.«

Ich schaute auf die Uhr. Es war dreiundzwanzig Minuten nach zehn.

»Bestimmt nicht, Mammi?«

»Bestimmt nicht.«

Der Lautsprecher knackte, und ich fuhr zusammen. »Pan American gibt die Ankunft ihres Fluges 317 aus New York bekannt.«

Ich stand auf: »Wir müssen ans andere Ende«, sagte ich.

»Kommt er jetzt?«

»Ja, Andy.«

Ich nahm seine Hand, und er folgte mir stumm und gehorsam. Wir durchquerten die Halle, gingen an den Schaltern entlang zum Transitraum. Ich sah und hörte nichts. Ich fühlte immer nur diese kleine, heiße, klebrige Hand in meiner, und ich kämpfte mit den Tränen.

Vor der Scheidewand, die Wartende und Ankommende voneinander trennte, blieben wir stehen.

Meine Angst wuchs und wuchs, während ich auf die Ankunft der Passagiere wartete, die jetzt, jede Sekunde, den Transitraum betreten mußten. Um mich herum hatten sich viele Menschen versammelt. Sie lachten und schwatzten, liefen ruhelos auf und ab, reckten ungeduldig die Hälse. Drei Kinder drückten sich die Nasen an der Scheibe platt. Andy beobachtete sie mit verächtlichem Interesse, aber ich wußte, daß er auch gern einen Grund gehabt hätte, sich die Nase plattzudrücken. Ich hielt immer noch seine Hand fest, fester als zuvor. Er bewegte unaufhörlich die Finger, aber er zog sie nicht weg.

Jetzt erschienen die ersten Passagiere: zwei junge Männer ohne Krawatten; ein kleines, braunhäutiges Weiblein mit Schlitzaugen; ein aufgeregtes älteres Ehepaar; eine Mutter mit Baby; ein hübsches Mädchen mit großem, rot geschminktem Mund; ein amerikanischer Soldat; zwei nicht mehr ganz junge Frauen mit müden, verquollenen Gesichtern; Paul ...

Sein Blick war wie das Geschoß eines Scharfschützen. Er traf mich in einer einzigen geraden Linie direkt in die Augen, und da bohrte er sich fest. Es war ein Blick, der den verstecktesten Winkel meines Wesens bloßlegte. Es blieb mir nichts mehr – kein Geheimnis, keine Lüge, kein dunkles

Eckchen. Ich wurde durchsichtig wie eine Fensterscheibe. Paul hatte mich in diesem Moment durchschaut und erkannt, mit einer fast hellseherischen Intuition. Aber sein Blick – und das war es, was mich am meisten bestürzte – blieb fest und ruhig. Ich entdeckte keinen Zorn, keine Verachtung, keinen Vorwurf in seinen Augen, nur ein wenig Trauer und Resignation. Er wußte alles, und er war bereit, nichts zu wissen. War das Feigheit oder Mut, Schwäche oder Stärke? Oder war es schlicht und einfach Liebe?

Ich stand da und hatte das Gefühl, immer weniger und weniger zu werden. Ich schrumpfte zusammen zu einem erbärmlichen kleinen Geschöpf. Was immer es auch sein mochte, Feigheit oder Mut, Schwäche, Stärke oder Liebe – ich war nicht stark genug, es zu ertragen. Pauls Mund verzog sich zu einem kaum wahrnehmbaren Lächeln, und ich senkte unwillkürlich den Kopf.

»Mammi«, fragte Andy in diesem Augenblick, »ist das der Mann? Der große, der dich immerzu anschaut?«

Das war ein denkbar ungünstiger Anfang. »Er schaut uns beide an«, sagte ich.

»Nein, nur dich und furchtbar ernst.«

So durfte es nicht weitergehen. »Andylein«, sagte ich und beugte mich zu ihm hinab: »Paul ... Onkel Paul hat sich sehr auf uns beide gefreut. Ich kenne ihn schon viele, viele Jahre, weißt du, und wir sind richtig gute Freunde. Dich kennt er übrigens auch, aber da warst du noch sehr klein und wirst dich nicht mehr daran erinnern.«

»Doch«, sagte Andy, »ich erinnere mich.«

»Du erinnerst dich?«

»Ja.«

Ich war ganz sicher, daß er sich nicht erinnerte und es nur sagte, um mir entgegenzukommen. »Was für ein gutes Gedächtnis du doch hast!« lobte ich und küßte ihn fest auf die Wange. Dann richtete ich mich wieder auf.

Paul hatte die Paßkontrolle passiert. Er näherte sich der Scheibe, blieb in geringem Abstand davor stehen und steckte sich eine Zigarette zwischen die Lippen. Andy beobachtete ihn mit unerschütterlichem Ernst. Paul zündete die Zigarette an, inhalierte, rundete den Mund und stieß eine Reihe prächtiger Rauchringe aus. Ich schaute zu Andy hinab. Seine Mundwinkel zuckten, und er hätte gerne gelacht.

»Gut kann er das, nicht wahr?« ermunterte ich ihn.

Andy nickte. Paul wiederholte das Kunststück, und jetzt verzog sich Andys Gesicht zu einem schiefen Grinsen.

Paul lächelte mir kurz zu: »Mach dir keine Sorgen«, schien er zu sagen, »es wird alles gut.« Ich hätte ihm so gern, so unendlich gern geglaubt.

Das Gepäck kam, und Paul wandte sich ab.

»Hat er ein Auto?« fragte Andy, und diese Frage war ein gutes Zeichen.

»Ja«, log ich. Ich durfte Andys erstes Interesse an Paul nicht gleich wieder erlöschen lassen.

»Was für eins?«

»Einen Chevrolet.«

»Blau?« Blau war Andys Lieblingsfarbe.

»Ja, blau.« Andy schien befriedigt.

Ein Zollbeamter öffnete Pauls Koffer, betastete flüchtig den Inhalt, klappte den Deckel wieder zu und schob ihn beiseite. Paul hatte wenig mitgenommen. Er legte keinen Wert auf Kleidung. Er trug, was am bequemsten war. Auch jetzt war er angezogen, als käme er gerade aus Starnberg: eine Hose aus dickem, beigefarbenem Cordsamt, ein blaukariertes Sporthemd, einen dunkelblauen Pullover und darüber einen stark abgenutzten Dufflecoat. Trotz dieser Aufmachung sah er auffallend gut aus.

Paul nahm seinen Koffer und schaute zu uns herüber.

»Komm, Kleines«, sagte ich zu Andy, »jetzt ist es endlich soweit.« Wir verließen das Gebäude durch zwei verschiedene Ausgänge und trafen uns auf dem obersten vereisten Treppenabsatz. Das Schneetreiben war dichter, der Wind stärker geworden. Das schmale Dach über unseren Köpfen bot keinen Schutz. Es war – von allem anderen abgesehen – der ungeeignetste Ort, das ungeeignetste Wetter für eine freudige Begrüßung.

»Was für ein Hundewetter«, sagte Paul.

»Du bist ja nicht rasiert«, sagte ich.

»Es war zu umständlich im Flugzeug.«

»Hattest du einen guten ...« Er sah mich spöttisch an. »Grüß Gott, Paul«, sagte ich und strich ihm über den Ärmel. Jetzt stellte er den Koffer ab und küßte mich auf beide Wangen. Ich schaute aus den Augenwinkeln zu Andy hinab. Er schaute aus den Augenwinkeln zu uns empor. Ich legte den

Arm um seine Schultern und zog ihn nahe an mich heran. »Und hier ist Andy«, sagte ich, »das männliche Oberhaupt der Familie.«

»Wir kennen uns ja schon«, sagte Paul und streckte die Hand aus. Andy legte seine Hand im roten Fäustling hinein und machte eine knappe, korrekte Verbeugung. Ich hatte ein ungutes Gefühl. Wenn Andy ein Mensch sympathisch war, dann dachte er nicht daran, eine Verbeugung zu machen. »Gehen wir«, sagte ich, »sonst frieren wir hier fest.«

Andy lief sofort los. Er schien erleichtert, die Prozedur hinter sich zu haben.

»Wir müssen sehr vorsichtig mit ihm sein«, sagte ich leise zu Paul. »Ich habe den Eindruck, er ist eifersüchtig auf dich.«

»Je vorsichtiger wir sind, um so mißtrauischer wird er«, erklärte Paul in sehr bestimmtem Ton. »Laß mich nur machen und kümmere dich nicht darum.«

»Ich fürchte, es wird nicht so leicht sein. Er ist einen Mann im Haus einfach nicht gewöhnt.«

»Dann wird es höchste Zeit, daß er sich daran gewöhnt.«

»Ja, aber ...«

»Und du dich mit ihm«, schnitt Paul mir das Wort ab.

Ich schwieg verärgert und verschreckt. Gegen diese Entschiedenheit kam ich nicht an. Paul war entschlossen, jedes mögliche und unmögliche Hindernis, jeden sicht- und unsichtbaren Gegner zu beseitigen. Er war zum Amokläufer geworden, und Amokläufer waren gefährlich. Ich nahm mir vor, ihm auszuweichen.

Mein großes Wohnzimmer beeindruckte Paul. »Donnerwetter«, sagte er und blieb auf der Schwelle stehen, »nicht schlecht!«

»Ich kann nur in großen Räumen leben«, bemerkte ich unbedacht.

»Aha«, sagte Paul. Er wandte langsam den Kopf und sah mich eindringlich an. Ich wußte, daß er an Goldwater dachte.

»Auf die Truhe bin ich besonders stolz«, sagte ich rasch.

Paul war ein paar Schritte ins Zimmer getreten. Er schaute nicht die Truhe an, sondern ausgerechnet die Mandarinen. »Was ist denn das für ein Blödsinn?« fragte er.

»Mandarinen«, sagte ich. Andy stand wie ein kleiner, drohender Schatten hinter mit. »Zieh dir endlich den Mantel aus«, fuhr ich ihn nervös an. »Du bist doch, weiß Gott, alt genug, es von allein zu tun!«

Andy machte ein mürrisches Gesicht und begann, sich im Zeitlupentempo den Mantel aufzuknöpfen.

Paul starrte immer noch die Mandarinen an. Sein Blick war voller Verachtung. »Müssen die hier hängen?« fragte er.

»Nicht unbedingt«, erwiderte ich. Mir war sehr unbehaglich zumute. Pauls ganzer Groll schien sich auf die unschuldigen Mandarinen zu entladen. Er konnte doch nicht ahnen, daß sie der junge Mann dort hingehängt hatte.

»Komm«, sagte ich, »ich zeig' dir mal die anderen Zimmer.« Er folgte mir schweigend. »Hier ist das Bad«, erklärte ich. »Ursprünglich wollte ich rote Kacheln haben, aber in ganz München gab es keine ... ich weiß wirklich nicht, warum. Es sollte doch wohl Kacheln in jeder Farbe ... Hier ist die Küche. Der Herd hat eine besondere Vorrichtung. Das Gas kann nicht ausströmen, weißt du. Ich kann mich also nicht vergiften ... Frau Spechts Zimmer wird dich wahrscheinlich nicht interessieren. Allerdings hat sie ein paar Nippes und ein paar Bilder, die sehenswert sind. Na, vielleicht später ... Das hier ist Andys Zimmer ... er muß es selber aufräumen, aber er tut es nie. Es ist hoffnungslos mit dem Jungen ... So, und nun darfst du auch noch einen Blick in mein Schlafzimmer werfen ...«

Ich öffnete die Tür.

Kater Viktor lag, einer großen Puderquaste gleich, auf meinem Kopfkissen. Bei Pauls Anblick erstarrte er, seine Augen verengten sich zu schmalen Schlitzen, seine Rückenhaare sträubten sich, an seinen bezaubernden Samtpfoten kamen die Krallen zum Vorschein. Er fauchte aus Leibeskräften.

»Kater Viktor«, sagte ich vorwurfsvoll, »benimm dich bitte.«

Paul war ins Zimmer getreten. Er sagte noch immer keinen Ton, und ich schaute ihn beunruhigt von der Seite an. Sein Gesicht hatte einen ähnlichen Ausdruck wie das des Katers, und ich sah bereits eine heftige Eifersuchtsszene zwischen den beiden voraus. Dann aber merkte ich, daß sein Blick gar nicht auf das erboste Tier, sondern auf ein Paar

Bluejeans und ein Paar alte, abgenutzte Sandalen gerichtet war. Die Sachen gehörten dem jungen Mann, und Frau Specht hatte sie säuberlich zurechtgelegt. Die Sandalen standen einträchtig neben meinen Hausschuhen unter einem Stuhl, die Hose hing nebst ein paar Nylonstrümpfen über der Lehne.

Ich stand da und wartete. Paul würde wohl eine Erklärung verlangen, und ich würde ihm die Erklärung geben. Es blieb mir angesichts dieser Beweisstücke gar nichts anderes übrig.

»Du solltest die Katze nicht auf dein Kopfkissen lassen«, sagte Paul, »es ist wirklich sehr unhygienisch.«

»Ich weiß«, erwiderte ich, »aber dieser Kater läßt sich einfach nichts verbieten.«

»Du brauchst ihn ja nur nicht in dein Schlafzimmer zu lassen.«

Pauls Blick streifte die Bluejeans und blieb dann am Bett hängen. »Ein prachtvolles Bett ...«

»Ja, ich habe auch lange danach gesucht.«

Ich ging zum Schrank und öffnete ihn: »Du kannst deine Sachen hier hereinhängen, es ist viel Platz.«

»Mammi«, rief Andy vom Flur her, »ich krieg' meinen Stiefel nicht auf.« Seine Stimme klang weinerlich.

Ich wollte an Paul vorbei zur Tür. Er hielt mich am Arm fest. »Du siehst schlecht aus, Judith.«

»Ich weiß, Weihnachten ist immer ...« Die Bluejeans hinderten mich daran, den Satz zu Ende zu sprechen.

»Bist du inzwischen unwohl geworden?«

»Nein.«

Pauls Erleichterung mußte grenzenlos sein. Sein Gesicht zerfloß in Glück und Zärtlichkeit. Er nahm mich in die Arme und drückte mich fest an sich. Über seine Schulter warf ich Kater Viktor einen verzweifelten Blick zu. Er starrte mich mitleidlos an.

»Mammi!« schrie Andy, und dann polterte etwas zu Boden.

Paul ließ mich los. »Jetzt werden wir uns mal um deinen Sohn kümmern«, sagte er und gab mir einen Klaps aufs Hinterteil.

Seine ausgelassene Heiterkeit irritierte mich. Grimmig wäre er leichter zu ertragen gewesen. Wir traten in den Flur hinaus. Andy saß auf einem Stuhl, er hatte den einen Stiefel in die Ecke geschleudert, und sein Gesicht war so rot wie seine Zipfelmütze, die er immer noch nicht abgenommen hatte.

»Ich krieg' den einen Schuh nicht aus«, brummte er trotzig.

»Das ist kein Grund, den anderen in die Ecke zu knallen«, sagte ich. »Heb ihn bitte sofort auf.«

»Moment, Moment«, mischte sich Paul ein. Er ging zu Andy und blieb vor ihm stehen. »Warum kriegst du den Schuh denn nicht aus?«

»Da is'n Knoten im Schnürsenkel.«

»Aha. Na, das werden wir gleich haben.«

Paul beugte sich über Andys Schuh und begann, den Knoten zu öffnen.

»Ich schätze diese amerikanischen Methoden gar nicht«, sagte ich scharf. »Wenn Andy seine Schuhe in die Ecke wirft ...«

»Er hat ja nur einen geworfen, nicht wahr, Andy?«

»Weil ich den andern nicht aufgekriegt habe.«

Paul lachte, und ich gab auf. Vielleicht war es unter diesen Umständen besser, Paul und Andy ihren Willen zu lassen. Das wichtigste war, sie schlossen Freundschaft.

Paul hatte Andy den Stiefel ausgezogen, jetzt griff er nach der Mütze.

»Das mach' ich schon selber«, sagte Andy und riß sie sich blitzschnell vom Kopf.

»Möchtest du ein bißchen zu Elisabeth gehen?« fragte ich ihn.

»Nein.«

»Was möchtest du dann tun?«

»Ich weiß nicht.«

»Komm«, sagte Paul, »zeig mir mal deine Spielsachen.«

Andy schien unschlüssig. Wenn er jetzt nein sagt, dachte ich, fang' ich an zu heulen. Zum Glück sagte er nicht nein, sondern forderte Paul mit einem Blick und einer Handbewegung auf, ihm zu folgen. Ich wartete, bis die beiden im Zimmer verschwunden waren. Ich fühlte mich erschöpft wie nach einer körperlichen Schwerarbeit, mein Kleid war unter den Achselhöhlen durchnäßt. Ich ging ins Schlafzimmer und zog mir etwas anderes an, dann nahm ich die Hosen und Sandalen des jungen Mannes und stopfte sie in eine Schublade. Als das geschehen war, schüttelte ich Kater Viktor vom Kopfkissen. Er rächte sich, indem er auf die Brokatvorhänge zuschoß und daran emporkletterte.

Aus Andys Zimmer drang ein ungeheurer Lärm. Ich lauschte einen Moment lang und seufzte erleichtert. Es war ein beruhigendes Geräusch. Vielleicht fanden sie sich über dem Spielzeug.

Ich ging ins Wohnzimmer und wußte nicht recht, was ich tun sollte. Seit Jahren lief der Weihnachtstag nach einem ganz bestimmten Schema ab. Paul hatte alles durcheinander geworfen. Hätte er nicht wenigstens einen Tag später kommen können?

Dora fiel mir ein. Ich hatte ihr immer noch nicht mitgeteilt, daß Paul angekommen war. Wenn ich sie nicht bald benachrichtigte, würde sie um drei Uhr mit einer Küchenschürze, einem Paar pelzgefütterten Hausschuhen, einer Tranchierschere und zahllosen possierlichen Weihnachtspäckchen erscheinen.

Ich ging zum Telefon und rief sie an. Sie meldete sich atemlos. Weihnachten war sie vom frühen Morgen bis zum späten Abend atemlos.

»Judith«, rief sie, »hast du den Speck für die Pute auch nicht vergessen?«

»Nein, Dora, aber ...«

Ich hatte sagen wollen: »Paul ist da«, aber plötzlich fürchtete ich einen nicht endenwollenden Schwall an bangen Fragen und erschrockenen Ausrufen. Ich wollte mir die totale Verwirrung noch eine Zeitlang ersparen.

»Um Gottes willen, ist etwas passiert?« schrie Dora.

»Nichts ist passiert«, sagte ich und lachte zur Bestätigung ein übertrieben fröhliches Lachen, »alles ist in bester Ordnung. Ich wollte dich nur bitten, etwas später zu kommen.«

»Ja und die Pute?«

»Die brate ich heute selber. Nach deinem Rezept selbstverständlich, wenn auch sicher nicht ...«

»Judith, was ist los?«

Es war unmöglich, sie mit irgendwelchen Schwindeleien hinters Licht zu führen.

»Ich habe eine Überraschung für dich«, sagte ich, »und darum möchte ich, daß du heute etwas später kommst.«

»Was für eine Überraschung?«

»Wenn ich dir das sagen würde, dann wär's ja keine mehr.«

»Ich hasse Überraschungen!«

»Dora, wenn du wüßtest, was für eine gelungene Überraschung das ist, dann ...« Ich begann zu kichern, hektisch wie ein Backfisch, der zum erstenmal zum Tanz aufgefordert wird.

Dora hörte sich das Gekicher eine Weile schweigend an. Ich konnte mir ihr besorgtes Gesicht vorstellen, und das brachte mich noch mehr in Schwung.

»Judith«, sagte sie schließlich, »ich komme wie immer um drei!«

Ich hörte abrupt auf zu kichern und schlug einen herzerweichend klagenden Ton an: »Wenn du das tust, Dora, dann nimmst du mir die ganze Freude.«

Das wirkte zum Glück. »Also bitte ... wann soll ich kommen?«

»Um fünf, halb sechs. Du kannst dann immer noch die Pute beaufsichtigen, und Sebastian kann den Salat machen ...« Es war ein magerer Trost, und ich fügte schnell hinzu: »Es ist ja nur dies eine Mal.«

»Das will ich sehr hoffen«, sagte Dora.

Als ich eingehängt hatte, goß ich mir einen Cognac ein und trank ihn in einem Zug aus. Dann zündete ich mir eine Zigarette an und legte mich lang auf die Couch. Es war kurz vor zwölf, der Baum hätte längst geschmückt sein müssen. In den letzten zwei Jahren hatten es Andy und der junge Mann getan. Ich war todmüde und wünschte nichts sehnlicher, als schlafen zu können. »Es gibt vier Arten von Flucht«, hatte meine Mutter immer gesagt: »Die Flucht in den Schlaf, die Flucht in die Reise, die Flucht in die Krankheit, die Flucht in den Tod.« Sie hatte alle vier Arten durchexerziert.

Paul kam ins Zimmer. So groß der Raum auch war, er füllte ihn. Er kam auf mich zumarschiert, kraftstrotzend und unvermindert fröhlich. Die ausgebeulte Cordhose, der dicke Pullover ließen ihn massiger erscheinen, als er in Wirklichkeit war.

»Aufstehen«, rief er, »deine beiden Männer haben Hunger!«

Geh zum Teufel, dachte ich, und der Gedanke entsetzte

mich so, daß ich diensteifrig hochfuhr. »Ein richtiges Mittagessen fällt am Weihnachtstag aus«, sagte ich, »aber ich kann rasch ein paar Spiegeleier machen.«

»Du machst gar nichts«, kommandierte Paul, »wir gehen hier irgendwo in der Nähe essen.«

»Ach laß mich doch schnell ein paar ...«

»Kommt nicht in Frage. Ich rasiere mich jetzt, und dann gehen wir.«

»Gut«, sagte ich und ließ Kopf und Schultern hängen.

Er verschwand im Bad. Ich blieb sitzen. Es schien mir unmöglich aufzustehen.

»Andy!« rief ich. Er kam ins Zimmer. Er sah blaß und müde aus.

»Zieh dich an, wir gehen essen.«

»Ich möchte lieber hierbleiben.«

»Es wäre schön, wenn jeder tun könnte, was er möchte.«

»Warum kann nicht jeder tun, was er möchte?«

»Das erklär' ich dir, wenn du älter bist. Zieh dich jetzt brav an. Nachher kannst du mit Onkel Paul den Baum schmücken.«

Er nickte nur. Normalerweise hätte er vor Vergnügen gequietscht.

»Habt ihr schön gespielt?«

»Ja.«

Im Badezimmer pfiff Paul eine Operettenmelodie. Ich stand auf, um Andy mit gutem Beispiel voranzugehen.

»Du kannst ein Wiener Schnitzel essen«, lockte ich ihn, »das magst du doch so gern.«

»Ich will Pfanniknödel.«

»Gut, dann eben Pfanniknödel.«

Im Gasthaus wollte Andy keine Pfanniknödel, obgleich es welche gab. Er wollte überhaupt nichts essen, und ich konnte ebenfalls nichts essen. Ich versuchte Andy und Paul versuchte mich zum Essen zu überreden. Darüber verging ihm selber der Appetit. Er legte Messer und Gabel neben das halb aufgegessene Kotelett, und seine gute Laune war verflogen.

»Laß doch den Jungen endlich in Ruhe«, sagte er ärgerlich. »Warum soll er essen, wenn er nicht essen will?«

»Dann laß mich bitte auch in Ruhe«, sagte ich ebenso ärgerlich. »Warum soll ich essen, wenn ich nicht essen kann?«

»Ich dachte, du hättest etwas mehr Vernunft als dein Sohn. Aber da scheine ich mich geirrt zu haben.«

»Was hat das mit Vernunft zu tun?«

»Deine Vernunft sollte dir sagen, daß du etwas in den Magen kriegen mußt. Schau dich doch mal im Spiegel an.«

»Ich weiß, daß ich elend aussehe. Aber nach diesem miserablen bayerischen Gasthausfraß würde ich vermutlich noch elender aussehen. Das Kotelett da würde ich nicht mal meinem Kater Viktor vorzusetzen wagen.«

»Hör bloß mit deinem Kater auf. Ein so überhebliches Vieh kannst nur du dir großziehen.«

Andy saß mucksmäuschenstill und folgte dem kindischen Streit mit starrem Interesse.

»Paul«, sagte ich, »I think we shouldn't behave that way in front of the child.«

Andy warf mir einen verächtlichen Blick zu. Ich begriff leider zu spät, daß ich nicht hätte englisch sprechen dürfen. Meine Mutter hatte bei solchen Gelegenheiten immer französisch gesprochen, und ich hatte sie dafür gehaßt. Auch Andy schien mich jetzt zu hassen. Ich wußte nicht mehr, was ich tun, was ich sagen sollte. Ob ich den Dingen ihren Lauf ließ oder mich dagegen stemmte, ob ich die Nachgiebige spielte oder die Resolute – alles schien verkehrt zu sein. Andy begann, mich zu hassen, und ich begann, Paul zu hassen, und schließlich würde Paul mich und Andy hassen. Was für ein schauerliches Ende!

Plötzlich überkam mich ein Gefühl totaler Gleichgültigkeit. Ich überlegte, ob ich nicht wortlos aufstehen, hinausgehen, ins Auto steigen und fortfahren sollte. Es wäre mir in diesem Moment nicht schwergefallen, Andy und Paul zu verlassen – für immer. Aber schon das Aufstehen war mir zu mühsam.

Paul schien wieder einmal zu spüren, was in mir vorging. Entschlossen nahm er die Zügel in die Hand. »Wenn ihr zwei Hungerkünstler schon nicht essen wollt«, sagte er mit wiedergewonnener Fröhlichkeit, »dann wollt ihr vielleicht etwas trinken.«

»Bitte schön«, sagte ich lakonisch.

Paul rief die Bedienung herbei und fragte, ob es Sekt gäbe. Es gab Sekt, und er bestellte eine Flasche. Der Sekt war ebenso warm, wie die Gaststube kalt war. Außerdem war er zu süß. Wir tranken ihn sehr schnell und ohne Kommentar. Auch Andy bekam ein Glas. Ich war dagegen, erhob jedoch keinen Einspruch.

»Werd mir ja nicht betrunken«, sagte Paul scherzhaft, und das veranlaßte Andy, nach dem dritten Schluck betrunken zu spielen. Seine düstere Lethargie schlug in hektische Heiterkeit um. Er kreischte und schnitt Grimassen, warf Paul eine Semmel an den Kopf und schüttete mir Salz in den Sekt, er sprang auf und ließ sich zu Boden fallen. Tapfer versuchte er seinen Kummer abzuschütteln, aber ich merkte, daß es ihm nicht gelang. Sein übermütiges Lachen konnte jeden Moment in Tränen ausarten.

»Gehen wir«, sagte ich schließlich, »es gibt noch eine Menge zu tun.«

Zu Hause machte ich mir widerwillig an der kalten, nackten Pute zu schaffen, Andy und Paul schmückten den Baum. Ab und zu lauschte ich ins Zimmer hinüber. Es ging dort sehr leise zu, ich vermißte Andys Freudenschreie. Ich trank einen großen Cognac, dann setzte ich den Punsch an. Gerade war ich dabei, Orangen auszupressen, als ich einen dumpfen Aufprall hörte und dann Andys lautes, jämmerliches Weinen. Etwas Furchtbares mußte passiert sein, denn Andy weinte selten und schon gar nicht so laut und jämmerlich. Von Angst gejagt stürzte ich ins Zimmer. Andy lag bäuchlings auf der blau-roten Perserbrücke, und Paul beugte sich über ihn.

»Geh weg!« schrie Andy außer sich und begann, mit den Beinen zu strampeln.

»Was ist denn los?« rief ich, eilte zu Andy und kniete mich neben ihm nieder.

»Er ist hingefallen«, sagte Paul.

»Darum weint er doch nicht so ... Andylein, was ist denn?«

»Ich ... ich bin ... hingefallen ...«, schluchzte Andy, und die Tränen strömten über sein Gesicht.

Ich zog ihn in meine Arme: »Wo hast du dir denn weh getan, mein armes Kleines?«

Er legte die Hand auf den Hinterkopf: »Hier!«

Da er auf den Bauch gefallen war, konnte es nicht stimmen. Und selbst wenn es stimmte, Andy war kein wehleidiges Kind, das über jede Lappalie in Tränen ausbrach. Er hatte sich oft sehr weh getan und nicht geweint.

Ich schaute zu Paul empor und bat ihn mit einem Blick auf die Tür, das Zimmer zu verlassen. Er zuckte die Achseln und ging.

»Nun erzähl mir mal, Andy, was ist geschehen?«

»Ich bin hingefallen, Mammi.«

»Aber du bist doch schon oft hingefallen und hast nicht geweint.« Er schwieg und schnüffelte.

»Andy, du hast dich noch nie wie ein Baby benommen, aber jetzt ...«

»Er ist schuld, daß ich hingefallen bin. Er hat mir den Teppich weggezogen!«

»Was?«

»Ich hab' hier auf dem Teppich gestanden, und da ist er gekommen und hat ihn mir weggezogen.«

»Andy, ich bitte dich!« rief ich entsetzt. »So etwas tut Onkel Paul nie und nimmer.«

»Er hat es aber getan.«

»Dann aber bestimmt nicht absichtlich. Der Teppich rutscht auf dem glatten Parkett, das weißt du doch ganz genau!«

Andy brach wieder in Tränen aus: »Er hat ihn mir mit dem Fuß weggezogen ... mit Absicht!«

Ich war ratlos. »Schau, Kleines«, sagte ich und begann, ihm die Tränen zu trocknen. »Ich liebe dich mehr als alles auf der Welt, und ich würde niemals einen Menschen in die Wohnung lassen, der dir etwas Böses antun will. Du kannst dich also darauf verlassen, daß Onkel Paul es gut mit dir meint. Du bist aufgeregt und müde und bildest dir darum Dinge ein, die ganz gewiß nicht stimmen. Jetzt bringe ich dich mal ins Bett, und du schläfst ein Weilchen ...« Ich küßte ihn fest auf beide Wangen, nahm ihn bei der Hand und führte ihn in sein Zimmer. »Bald kommt Tante Dora und Sebastian und ... der Weihnachtsmann.«

Ich zog ihn aus, legte ihn ins Bett und deckte ihn zu.

»Der Weihnachtsmann ...«, flüsterte Andy mit einem Abglanz seines alten strahlenden Lächelns. Seine Augen schimmerten immer noch feucht, und seine kleinen schmutzigen Hände bewegten sich unruhig auf der Decke.

»Schlaf jetzt schön«, sagte ich und verließ rasch das Zimmer. Kaum hatte ich die Tür hinter mir geschlossen, begann ich zu weinen. Paul kam mir schon im Flur entgegen.

»Judith, was hast du denn nun wieder?«

»Er sagt, du hättest ihm absichtlich den Teppich unter den Füßen weggezogen.«

»Das habe ich natürlich nicht.«

»Ich weiß ... er ist verwirrt und eifersüchtig und unglücklich ... ich halte das nicht aus, Paul ... ich halte das nicht aus!«

Paul legte den Arm um meine Schultern und führte mich ins Zimmer. Dort zog er mich fest an sich und küßte mich. Ich wand mich in seinen Armen und weinte unter seinem Kuß.

»Judith«, sagte er, »laß dich endlich einmal fallen ... rückhaltlos, gedankenlos ... ich bin da, um dich aufzufangen und zu halten. Versuch es mal. Gib dir und mir eine letzte Chance ...«

Ich nickte und wußte doch ganz genau, daß es keine letzte Chance mehr gab.

»Sie kommen ... sie kommen!« schrie Andy, und zum erstenmal an diesem Tag sah ich ihn wieder hüpfen und strahlen. Ich hatte ihn ans Fenster gestellt, damit er mir Doras Ankunft rechtzeitig mitteilen konnte.

»Jetzt werden wir etwas erleben«, rief ich fast ebenso aufgeregt wie Andy, »schnell, Paul, geh zur Tür!«

Ich begann schon im voraus, laut zu lachen. Ich hatte im Verlauf des Nachmittags noch einige Cognacs getrunken und mit Paul eine weitere Flasche Champagner geleert. Jetzt war ich in einer unbeschwerten »Mag-kommen-was-will«-Stimmung. Es klingelte ungestüm. Paul drückte auf den Türöffner, und ich zog Andy zu mir in eine Ecke. Von da aus konnten wir das Schauspiel ungesehen beobachten.

»Sie wird entsetzlich schreien«, kicherte ich.

»Das ganze Haus wird erschrecken«, flüsterte Andy, der den Schrecken anderer immer sehr genoß.

Stimmen und Schritte kamen die Treppe empor, näherten sich der Wohnung, machten halt. Bevor noch einmal auf die Klingel gedrückt werden konnte, riß Paul die Tür auf.

Dora schrie wirklich so gellend auf, daß das ganze Treppenhaus widerhallte. Ihr Gesicht mit den aufgerissenen, wild glitzernden Augen und dem jetzt sprachlos geöffneten Mund war starr vor Überraschung. Es gab keinen Menschen, der so entgeistert dreinschauen konnte wie Dora. Der Moment entschädigte mich für den ganzen unglückseligen Tag.

»Faß dich, Dora«, sagte Paul, zog sie in die Wohnung und umarmte sie mitsamt ihren zahlreichen Päckchen. Man sah nur noch ihre zierlichen, dunkel bestrumpften Beine und ihr winziges, schleiergeschmücktes Hütchen.

Andy schoß aus seinem Versteck, um sich die Begrüßungsszene ganz aus der Nähe zu betrachten. Mit nachdenklichem Gesicht schaute er zu den beiden empor. Er schien sich nicht schlüssig, ob er Pauls Umarmung billigen oder mißbilligen sollte.

Ich ging zur Tür, durch die Sebastian soeben ein zerbrechliches, blasses Mädchen schob. »Judith, das ist Mademoiselle Geneviève Dubois.«

Hinter ihrem Rücken warf er mir einen gepeinigten Blick zu. Sebastian war inzwischen fünfundzwanzig Jahre, aber er wirkte nicht älter als zwanzig. Er hatte immer noch die zarte glatte Haut, die unschuldigen Augen, den kindlichen Gesichtsausdruck. Trotzdem oder gerade deswegen hatte er Erfolg bei Frauen. Allerdings nur bei denen, die ihn nicht interessierten. Die, die er zu lieben glaubte – und davon hatte er immer eine in Reserve –, erwiderten seine Liebe nur mangelhaft oder gar nicht. Darunter litt er mit der ganzen Leidenschaftlichkeit seiner fünfundzwanzig Jahre.

»Guten Abend, Mademoiselle Dubois«, sagte ich freundlich. Das Mädchen tat mir auf Anhieb leid. Sie hatte große, schöne, verschreckte Augen und lächelte scheu. Sie kam sich, mit Recht, völlig fehl am Platz vor.

»Sprechen Sie Deutsch«, fragte ich sie, »oder muß ich mein klägliches Schulfranzösisch zusammenkratzen?«

»Ich spreche ein wenig Deutsch«, sagte sie bescheiden, »ich studiere hier.«

»Ah, sehr gut. Dann ziehen Sie sich aus, und lassen Sie sich durch die allgemeine Aufregung nicht in Verwirrung bringen.«

Andy hatte seinen Posten gewechselt. Er stand jetzt neben mir und starrte Geneviève Dubois an.

»Zeig der Dame mal den Weihnachtsbaum«, befahl ich und wandte mich Paul und Dora zu.

Dora hatte sich der Päckchen und des Hütchens entledigt. Paul half ihr aus dem nerzbesetzten Persianer.

»Na, Dora, habe ich dir mit meiner Überraschung zuviel versprochen?«

Sie faßte mich scharf ins Auge und versuchte zu erraten, in was für einer Verfassung ich mich befand. Mein alkoholisiertes Lächeln gab ihr darüber keinen Aufschluß.

»Sie ist sich noch nicht im klaren«, sagte Paul, »ob es eine gute oder böse Überraschung ist.«

»Das bin ich mir tatsächlich noch nicht!« rief Dora. Ihre Augen funkelten vielversprechend, ihre Lippen waren angriffslustig gespitzt. Trotz der freudigen Begrüßung, die mich auf einen friedlichen Abend hatte hoffen lassen, schien sie ihre Einstellung nicht geändert zu haben. Und diese Einstellung, erkannte ich mit Schrecken, lag ihr bereits in unmißverständlichen Worten auf der Zungenspitze.

»Kommt!« rief ich hastig. »Um sechs wird Andy beschert, und vorher wollen wir noch was trinken. Paul, hol doch bitte den Champagner vom Eis.«

Geneviève, in einem schwarzen Strickkleid, das ihren kindlich zarten Körper wie eine Wursthaut umschloß, stand vor dem Weihnachtsbaum und starrte ihn pflichtbewußt an. Andy hatte sich neben dem Baum postiert und starrte Geneviève an. Sebastian saß in einem Sessel und starrte in eine Illustrierte. Dora riß sie ihm wortlos aus der Hand. Ich nahm Andy ebenso wortlos beim Arm und zog ihn zur Couch.

»Söhne muß man haben«, seufzte Dora.

»Eine sehr schöne Baum«, sagte Geneviève zu Andy, der nicht mehr neben ihr stand. Sie hatte es gar nicht bemerkt und sah wohl auch den Baum nicht, denn sie war mit ihren Gedanken ganz woanders. Ich schaute von ihr zu Sebastian und dann mit einem fragenden Blick zu Dora hinüber. Sie zuckte die Schultern. Sebastian, dem meine Pantomime nicht entgangen war, zuckte ebenfalls die Schultern.

»Du solltest es eigentlich wissen«, sagte ich leise zu ihm.

»Keine Ahnung«, sagte er.

»Geneviève«, rief Dora, »kommen Sie, setzen Sie sich zu uns.«

Sie setzte sich gehorsam auf eine Ecke der Couch.

Paul kam mit einer Flasche Champagner ins Zimmer. Während er sich dem Tisch näherte, machte er sich an dem Verschluß zu schaffen. Wir schauten alle auf seine Hände, die flink und geschickt den Draht öffneten, den Korken lokkerten.

»Wie gefällt's dir denn in Amerika?« fragte Sebastian.
»Ausgezeichnet«, erwiderte Paul.
»Tatsächlich? Also ich könnte da drüben ...«
»Sebastian«, fiel ich ihm ins Wort, »du magst doch Champagner nicht. Möchtest du lieber einen Whisky?«
»Nein danke. Einen Schluck Sekt vor dem Essen trinke ich ganz gern.«
Spannung verdickte die Luft, trieb mir den Schweiß auf die Stirn. Ich rückte die Gläser zurecht, zündete die Kerze an, öffnete die Zigarettendose, strich Andy die Haare aus der Stirn.
»Du bist schrecklich nervös«, sagte Dora.
»Ich? Überhaupt nicht!«
Paul hatte den Korken lautlos aus dem Flaschenhals gedrückt. Jetzt schenkte er ein. Dora beobachtete ihn mit einem kleinen, glitzernden Lächeln. Sie hatte sich aufgeplustert – es konnte nur noch Sekunden dauern, bis sie aufschäumte wie der Sekt in den Gläsern.
Paul stellte die leere Flasche auf den Boden. »So«, sagte er, »der große Moment ist gekommen.«
»Wer hätte das gedacht!« rief Dora.
»Ja, ja«, redete ich drauf los, »es ist alles ...«
»Wer hätte was gedacht?« fragte Paul.
»Daß du und Judith eines Tages ...«
»Andylein«, sagte ich, »hol dir noch schnell ein Glas aus der Küche.«
Er lief aus dem Zimmer, und diese Gelegenheit nahm Dora wahr.
»Paul«, sagte sie, »du glaubst doch nicht im Ernst, daß das mit euch beiden gutgeht.«
»Mutti«, fuhr Sebastian entrüstet auf, »manchmal gehst du wirklich zu weit.«
Das fand ich in diesem Moment auch. Ängstlich schaute ich zu Paul hinüber. Er stand da, gelassen und lächelnd, aber es war eine verdächtige Gelassenheit, ein gefährliches Lächeln. Er war blaß geworden, die Haut spannte sich über seinen Backenknochen, der Unterkiefer trat kantig hervor. Ein paar Sekunden herrschte betroffenes Schweigen, dann sagte Paul mit einer ganz hellen, schneidenden Stimme: »Aus dir, Dora, spricht nichts anderes als Mißgunst, Neid und Egozentrik. Du möchtest, daß Judith ihr Leben so be-

endet wie du – verdrossen und einsam in einer grauen, provinziellen Stadt.«

»Wie kannst du so etwas Abscheuliches behaupten«, sagte Dora mit rauher Stimme. Tränen sprangen in ihre Augen, ein rotes Löckchen zitterte an ihrer Schläfe. Ihr lebhaftes Gesicht sah plötzlich alt und zerknittert aus. Paul hätte sie nicht tiefer treffen können.

»Dora will nur mein Bestes«, sagte ich lahm. Die Szene war würdelos und peinlich. Ich konnte es nicht ausstehen, wenn sich erwachsene, intelligente Menschen zu Taktlosigkeiten und ungerechten Beschuldigungen hinreißen ließen.

»Wenn sie dein Bestes gewollt hätte«, erklärte Paul kalt und unzugänglich, »dann hätte sie mit uns an einem Strang gezogen.«

Jetzt explodierte Dora, und das hatte ich vorausgesehen. Ihren Tränen, die sie immer noch im allerletzten Moment zurückzudrängen verstand, folgte unweigerlich ein Wutausbruch. Sie hieb mit ihrer kleinen, kostbar beringten Hand auf den Tisch und schrie: »Und wenn ich diesen Strang nun eben nicht für den richtigen halte? Und wenn ich eine Ehe zwischen dir und Judith nun eben nicht für das Beste halte? Ist das dann nicht mein gutes Recht, es auszusprechen? Ich lasse mir nicht den Mund verbieten, und schon gar nicht ...«

»Dora, ich bitte dich ...«, flehte ich leise.

Andy stand in der offenen Tür, ein Sektglas an die Brust gedrückt, die angstvoll geweiteten Augen auf Dora gerichtet. Geneviève saß zusammengeduckt auf der äußersten Ecke der Couch und schaute krampfhaft zu Boden.

»O du fröhliche, o du selige ...«, stöhnte Sebastian auf.

»Was für ein Sturm im Wasserglas!« rief ich. »Andylein, komm schnell her, damit wir endlich etwas trinken können ... Geneviève, hier ist Ihr Glas ...« Ich drückte es ihr in die Hand.

Andy kam zögernd näher, unsicher von einem zum anderen blickend. Ich streckte den Arm nach ihm aus, und er lief drauf zu und griff nach meiner Hand, als wäre sie ein Rettungsring. Doras Geschrei hatte ihn offenbar sehr erschreckt – er hatte in diesen vier Wänden noch nie einen ernsthaften Streit erlebt. Ich gab ihm ein wenig von meinem Sekt ab, dann schaute ich widerwillig auf. Wir hatten jetzt alle ein Glas in der Hand und ein betretenes Lächeln im

Gesicht. Es war schwierig, unter diesen Umständen einen passenden Trinkspruch zu finden. Wie fremd wir uns alle sind, dachte ich mit einem Gefühl tiefer Hoffnungslosigkeit.

»Schluß jetzt«, brach Dora endlich das Schweigen. »Wir sind aufbrausende Kindsköpfe, und darum kann man das alles auch nicht erst nehmen. Hab' ich recht, Paul?«

»Du hast immer recht, Dora«, sagte Paul mit einem mokanten Lächeln. Dora zwinkerte ein paarmal, plusterte sich auf und traf ganz offensichtlich Anstalten, eine passende Entgegnung abzuschießen. Im letzten Moment besann sie sich aber und hob ihr Glas: »Prost, meine Lieben!« sagte sie.

Wir stießen an, wir sahen uns unsicher in die Augen, wir tranken. Von da an herrschte eine unechte, nervenstrapazierende Eintracht. Die Kerzen am Baum wurden angezündet, eine Platte mit Weihnachtsliedern aufgelegt, und Andy beschert. Andys Geschenke wurden bewundert, die Platte abgestellt, die Kerzen gelöscht. Der Tisch wurde gedeckt, die Pute aufgetragen, der Punsch in Gläser gefüllt. Die Pute wurde gegessen, der Punsch getrunken, der Tisch abgedeckt. Danach trat eine Periode der Untätigkeit ein, und das war gefährlich. Andy und Sebastian wurden aufgefordert, mit der Eisenbahn zu spielen, Dora eilte in die Küche, um Kaffee zu kochen, und Paul mußte zum zweitenmal die Kerzen anzünden. Ich legte eine Platte von Bach auf. Geneviève, die kaum ein Wort gesagt, einen Bissen gegessen, einen Schluck getrunken hatte, saß wie ein zerrupfter, kranker Vogel auf der Couch und beschwor Sebastian mit Blikken, die er nicht erwiderte.

Ich ging zu Dora in die Küche. »Das nenne ich ein harmonisches Weihnachtsfest«, sagte sie.

»Mußtest du denn auch ...«

»Ja, ich mußte. Paul ist unerträglich geworden ... nicht mehr wiederzuerkennen. Er hätte bleiben sollen, was er war. Es hat ihm, weiß Gott, besser zu Gesicht gestanden.«

Paul kam in die Küche. »Na«, fragte er mit säuerlichem Lächeln, »was findet hier für eine Verschwörung statt.«

»Ich habe gerade zu Judith gesagt, daß du nicht mehr wiederzuerkennen bist.«

»Und was noch?«

»Bitte hilf mir, das Geschirr hineintragen«, sagte ich.

Er nahm das Tablett. Ich warf Dora einen strafenden Blick zu und folgte ihm ins Zimmer.

Geneviève schnaubte sich gerade die Nase. Wahrscheinlich hatte sie unsere Abwesenheit benutzt, ein paar Tränen zu vergießen. Sebastian spielte mit der Eisenbahn und trank Whisky. Ich beugte mich zu ihm nieder: »Du bist gemein zu dem Mädchen«, sagte ich leise.

»Sie hat sich mir wie eine Laus in den Pelz gesetzt. Was soll ich da machen?«

»Dich anständig benehmen.«

»Dann setzt sie sich noch fester.«

Andy sah müde aus. »Herzchen«, sagte ich, »du mußt ins Bett.« Erschreckenderweise protestierte er nicht. Er nickte und stand auf.

Dora brachte den Kaffee. Ich erklärte, Andy beim Ausziehen helfen zu müssen, denn dies war ein willkommener Anlaß, das Zimmer zu verlassen. Sollen sie sich von mir aus die Köpfe einschlagen, dachte ich und schloß die Tür hinter mir.

Ich setzte mich auf Andys Bett.

»Ich hab' die Wunderkerzen mitgenommen«, sagte er.

»Fein ... und Streichhölzer?«

»Auch.«

»Daß du mir nie alleine ...«

»Nein, Mammi, bestimmt nicht.«

»Na, dann wollen wir mal eine anzünden.«

Andy nahm eine Wunderkerze aus dem Päckchen, und ich zündete sie an. Als die winzigen, goldenen Sternchen aufsprühten, verklärte sich sein Gesicht. Zum erstenmal an diesem Tag sah er aus wie ein glücklicher, kleiner Junge.

»Schön sieht das aus«, sagte ich, und die Traurigkeit in mir war grenzenlos.

Andy nickte eifrig: »Wunderkerzen sind fast das Schönste an Weihnachten.«

Mein armes Kleines, dachte ich, an einem solchen Weihnachtsabend sind sie gewiß das Schönste.

»Darf ich noch eine abbrennen«, fragte Andy, als die Wunderkerze verlöscht war.

»Natürlich, Andy.«

Ich ließ ihn alle zehn abbrennen und beobachtete dabei sein Gesicht, in das Farbe und Glanz zurückkehrten.

»Hast du als Kind auch Wunderkerzen gehabt?«

»O ja.«

»Hat deine Mammi sie auch schön gefunden?«

»Ja, sehr schön sogar.«

»Und dein Pappi?«

»Auch.«

»Ob mein Pappi sie wohl schön findet?«

»Bestimmt.«

Es war eine Tortur. Ich stand auf und begann, ein paar Sachen zusammenzuräumen.

»Jetzt hab' ich sie alle, alle abgebrannt, Mammi!«

»Dann schnell ins Bett!«

Als er im Bett war, setzte ich mich auf den Rand, beugte mich zu ihm und legte meinen Kopf auf seine Brust. Durch das Plumeau hindurch hörte ich sein Herz. Es schlug schnell und leicht.

»Bist du müde, Mammi?«

»Ja, sehr.«

»Warum hat Tante Dora vorhin so geschrien?«

»Sie schreit oft und gern, aber sie meint es nicht so.«

»Hat sie den Amerikaner angeschrien?«

»Andylein, bitte ... nenn ihn nicht ›den Amerikaner‹, nenn ihn Onkel Paul.«

»Hat sie Onkel Paul angeschrien?«

»Aber nein ... komm, versuch jetzt mal zu schlafen.«

»Wie lange bleibt er?«

»Ein paar Tage.«

»Und wo schläft er?«

»Im Wohnzimmer, auf der Couch.«

»Mammi, in das neue Feuerwehrauto kann man richtig Wasser reintun und spritzen.«

»Tatsächlich?«

»Ja, und eine ganz lange Leiter hat's.«

»Na, herrlich.«

»Morgen werde ich damit spielen – die ganze Zeit.«

»Ja, mein Liebes.«

Ich löschte die Nachttischlampe und wartete, bis er eingeschlafen war.

»Gott sei Dank«, sagte Paul, als sich die Tür hinter Dora, Sebastian und Geneviève geschlossen hatte. Einerseits war auch ich erleichtert, andererseits fürchtete ich das Alleinsein mit Paul. »Schade, daß es diesen Bruch zwischen euch gegeben hat.«

»Das ist nicht schade, das ist gut.«

»Du bist so starr geworden, Paul.«

»Ich bin kein Europäer mehr. Ich kann mit diesem Land und diesen Leuten nichts mehr anfangen. Ich finde ihre Sitten, Anschauungen und Lebensformen abscheulich.«

Ich räumte das Kaffeegeschirr, die Aschenbecher und Gläser auf ein Tablett und trug es in die Küche. Paul kam hinterher. »Ich gehe zur Mitternachtsmesse«, erklärte er.

»Gut«, sagte ich arglos, »ich gebe dir die Auto- und Haustürschlüssel.« Ich leerte die Aschenbecher aus und stellte das Geschirr in den Spültisch: »Aber du mußt in eine schöne Kirche gehen, sonst lohnt's sich nicht.«

»Ich gehe nicht um der Schönheit, sondern um des Glaubens willen in eine Kirche.«

Ich schwieg, wusch mir die Hände, trocknete sie ab und wandte mich ihm zu. »Du kannst doch einen Volkswagen fahren, oder?«

Er lehnte am Eisschrank, die Arme über der Brust verschränkt, das Gesicht finster. »Du kommst also nicht mit?«

»Nein, Paul.«

»Und warum nicht?«

»Erstens, weil ich Andy nicht allein zu Hause lasse, und zweitens, weil mir eine Messe – auch eine Weihnachtsmesse – nichts sagt.«

»Glaubst du eigentlich an nichts?«

»Manchmal glaube ich an mich. Denn ich bin es ja schließlich, die dieses Leben lebt, die es formen und etwas daraus machen kann, die es vergeuden und sogar zerstören kann.«

»Wie entsetzlich«, sagte Paul und griff sich mit einer Geste der Verzweiflung an die Stirn, »wie grauenvoll!«

»Was?«

»Dieser eisige, dieser gefühllose Unglaube! Wie kannst du damit leben?«

»Recht und schlecht wie jeder andere. Vielleicht etwas freier, aber dafür etwas skeptischer.«

»Du bist wohl auch noch stolz darauf?«

»Was heißt stolz? Für mich gibt es keinen anderen Weg. Ich muß mit mir selber zurechtkommen. Also ...« Ich zuckte die Achseln und lächelte.

»Diese verdammte Überheblichkeit«, rief Paul, »in solchem Ausmaß findet man sie nur in Europa!«

»Du hast einen Europakomplex«, sagte ich müde und ging an ihm vorbei in den Flur. Ich nahm die Auto- und Wohnungsschlüssel aus meiner Tasche und ließ sie gedankenlos auf einen Zinnteller fallen, der auf einem Tischchen neben der Garderobe stand. Es klirrte sehr laut, sehr entschieden. Es klang wie eine Aufforderung, nein, schlimmer noch – wie ein Rausschmiß. Ich hielt den Atem an und lauschte in die Küche hinüber. Nichts rührte sich. Ich wartete. Ich wünschte, er möge gehen – nicht mit meinen Schlüsseln, sondern mit seinem Koffer. Es wäre für uns alle das Beste. Andy könnte ruhig und glücklich mit seinem neuen Feuerwehrauto spielen, und ich könnte endlich meine Korrespondenz erledigen und ein paar Manuskripte für den Verlag durcharbeiten. Denn, wie hatte ich vorhin so richtig gesagt: Ich bin es ja schließlich, die dieses Leben lebt.

Ich hörte Schritte und drehte mich um. Paul kam aus der Küche. Er nahm wortlos meinen Arm und führte mich ins Zimmer. Ich merkte, daß er nicht die Absicht hatte zu gehen – weder mit seinem Koffer noch mit meinen Schlüsseln. Er schien wieder einmal einen Entschluß gefaßt und eine Lösung gefunden zu haben.

»Setz dich, Judith.« Ich setzte mich und seufzte. »In Amerika, bei der Lektüre deiner idiotischen Briefe, habe ich mir ein paarmal ausgemalt, wie schön es wäre, dich umzubringen.« Seine Stimme klang sanft, und er lächelte mir zu. »Du bist eine Frau, die sich nicht geben kann, und das treibt jeden Mann zum Wahnsinn. Ich habe Tage und Nächte darüber nachgedacht und bin zu keinem Ergebnis gekommen. Schließlich habe ich die Vernunft ausgeschaltet und nur noch auf mein Gefühl gehört. Ich will dich haben, auch wenn du dich nicht geben kannst. Darum bin ich hier.« Er ging zu den Mandarinen, die von der Decke baumelten, und zupfte sich eine nach der anderen ab. Dann packte er die vergoldeten Schnüre und riß sie mitsamt dem Nagel herunter. Als er sich wieder zu mir umdrehte, lächelte ich.

»Ich wußte genau, was sich hier abspielt«, sagte er. »Nicht nur, daß du mit einem Mann schläfst, sondern auch, daß du kurz vor dem Abspringen bist. Ich wußte es schon in Amerika. Du bist so leicht zu durchschauen, Judith. Merkwürdigerweise kannst du weder lügen, noch kannst du einem Theater vormachen. Wie kommt das? Eine Frau wie du müßte doch eigentlich Meisterin darin sein.«

»Was verstehst du unter ›eine Frau wie du‹?«

»Eine haltlose, skrupellose, amoralische Frau.« Ich lachte.

»Ich weiß nicht, ob das komisch ist.«

»Ich auch nicht«, sagte ich und stand auf.

»Setz dich, ich bin noch nicht fertig.«

»Ich bin todmüde, Paul, ich werde dir jetzt das Bett machen.«

»Soll das heißen, daß wir getrennt schlafen?«

»Wir müssen auf Andy Rücksicht nehmen.«

»Komm«, befahl er, »und wenn du noch einen Ton sagst, dann verprügele ich dich, daß dir Hören und Sehen vergeht.«

Ich sagte keinen Ton mehr. Es war mir sehr willkommen, keinen Ton mehr sagen zu müssen. Ich folgte Paul ins Schlafzimmer, zog mich aus, legte mich ins Bett und schlief auf der Stelle ein.

Als ich am nächsten Morgen erwachte, war Paul nicht neben mir. Jetzt ist er doch gegangen, dachte ich, ohne es recht zu glauben. Ich schloß die Augen und steigerte mich in diesen Gedanken hinein. Er ist weg, sagte ich mir, und jetzt wirst du ihn nie mehr wiedersehen. Ich lauschte auf ein Echo, aber alles blieb stumm. Du wirst ihn nie mehr wiedersehen, wiederholte ich mir eindringlich – und was dir jetzt bleibt, sind ein, vielleicht sogar zwei vaterlose Kinder, Dora, der Verlag, irgendein junger Mann, ein graues, biergeschwängertes München, Kater Viktor ... Einsamkeit ... Jetzt spürte ich ein Kribbeln der Beunruhigung. Paul hat dich geliebt, und Liebe wirft man nicht so einfach weg. Irgendwann braucht man sie – braucht man sie mehr als alles ...

Aus der Beunruhigung wurde Angst, aus der Angst Entsetzen. Ich fuhr hoch. Das Zimmer war dunkel und still, und schon jetzt fühlte ich den lähmenden Druck der Einsamkeit. Mit einem Satz war ich aus dem Bett und an der Tür. Ich öffnete sie und horchte. Aus Andys Zimmer drang ein leises klapperndes Geräusch, er schien mit irgend etwas zu spielen. Ich warf mir den Morgenrock über und trat auf den Flur hinaus, im selben Moment hörte ich Andy gellend aufquietschen. Ich stürzte zur Tür und riß sie auf.

»Mammi«, schrie Andy mit strahlendem Gesicht, »ich habe gewonnen, und Onkel Paul hat erst zwei im Ziel.« Er saß mit hochroten Wangen im Bett, ein ›Mensch ärgere Dich nicht‹-Spiel auf den Knien. Paul hockte im Schneidersitz daneben.

»Dein Sohn«, sagte er mit einem fröhlichen Augenzwinkern, »macht dir alle Ehre. Er läßt mich immer bis kurz ans Ziel, und dann wirft er mich raus.«

Ich traute meinen Augen und Ohren nicht. Alles hatte ich erwartet, nur nicht dieses Bild trauter Eintracht, diesen friedlichen Umgangston.

»Wie lange spielt ihr denn schon?« fragte ich verwirrt.

»Lange«, rief Andy, »und jetzt spielen wir noch mal.«

»Nach dem Frühstück, Andy«, sagte Paul, »dann fühle ich mich stärker und werde auch endlich mal gewinnen.«

»Das wirst du nie«, erklärte Andy mit Überzeugung.

Paul lachte, fuhr Andy durchs Haar und erhob sich: »Komm«, sagte er zu mir, »ich habe etwas Wichtiges mit dir zu besprechen.«

Ich schaute besorgt zu ihm empor. »Etwas angenehm Wichtiges«, sagte er mit liebevollem Lächeln.

»Was denn?« fragte Andy. Plötzlich war wieder Argwohn in seinen Augen, ein quengelnder Ton in seiner Stimme.

»Steh jetzt schön auf, Schätzchen«, sagte ich, »putz dir die Zähne und zieh dich an.«

»Ich mag aber nicht!«

»Dann eben nicht.« Ich drehte mich ärgerlich um und verließ das Zimmer.

»Andy, ich gebe dir mein Ehrenwort, daß du alles ganz genau erfahren wirst«, sagte Paul beschwichtigend. Dann folgte er mir. Ich ging in die Küche, zündete das Gas an, füllte einen Topf mit Wasser, einen mit Milch und stellte sie auf die Flamme. Paul setzte sich auf den Küchentisch.

»Von Stühlen scheinst du wenig zu halten«, sagte ich irritiert, »rutsch bitte mal, ich muß die Bestecke aus der Schublade holen.« Er nahm mich bei den Schultern und zog mich zwischen seine Knie. »Liebes«, sagte er, »wir fahren heute noch weg.«

»Ach ... und wohin?«

»Ans Ende der Welt.«

»Dussel«, sagte ich, »komm, laß mich das Frühstück machen.«

»Erst, wenn ich dir alles erklärt habe. Wir fahren in spätestens zwei Stunden hier weg und nach Tirol. Ich kenne dort ein winziges, einsames Dorf. Es ist himmlisch, glaub mir. Ein paar Häuser, wenig Menschen, Berge, Wald, Schnee, große Federbetten, heiße Kachelöfen, köstlicher Rotwein ... was brauchen wir mehr?«

Ich schwieg, denn ich mißtraute meiner Stimme, die sicher nicht ganz frei von einem ironischen Unterton gewesen wäre. Paul erwartete auch keine Antwort. Er war begeistert von seiner Idee, und der Gedanke, ich könne es nicht sein, kam gar nicht in ihm auf. »Es ist wirklich das Ende der Welt«, fuhr er fort. »Genau der richtige Fleck für uns drei. In der Abgeschiedenheit werden wir zu uns und zueinander finden.«

Hier wagte ich nun doch einen skeptischen Einwand: »Manchmal«, sagte ich, »fällt man sich in der Abgeschiedenheit auch auf die Nerven.«

Paul schüttelte den Kopf. »Wir werden uns nicht auf die Nerven fallen. Wir werden uns aneinander gewöhnen und auf ein Familienleben vorbereiten.«

»Auf ein Familienleben vorbereiten ...«, wiederholte ich gedehnt.

»Ja.«

Die Zuversicht brach ihm förmlich aus allen Poren. Ich wußte, daß ich dagegen nicht ankam, und ich konnte nur versuchen, Zeit zu gewinnen.

»Aber laß uns erst morgen oder übermorgen fahren. Ich habe noch so viel vorzubereiten, und Andy ...«

»Heute«, beharrte er, »in spätestens zwei Stunden.«

»Warum denn so überstürzt?«

»Ich kann keine vierundzwanzig Stunden länger in dieser Wohnung bleiben. Versteht du das denn nicht?« Er versuchte, Ruhe und Sanftmut zu wahren. Er lächelte, aber um seinen Mund war ein bitterer Zug, und seine Hände, die immer noch auf meinen Schultern lagen, packten fester zu. Er hätte mich am liebsten angeschrien und geschüttelt, und es wäre mir willkommen gewesen, hätte er es getan.

»Die vergangene Nacht, Judith, war die Hölle. Dieses verdammte Zimmer, in dem sich mir dauernd die unerträglichsten Vorstellungen aufdrängten, dieses teuflische Bett, in dem ...« Er biß die Zähne zusammen und schloß die Augen.

Seine Lider waren schmutzig-braun verfärbt, und zwei tiefe Falten zogen sich von den Nasenflügeln hinab zu den Mundwinkeln. Er sah elend aus.

»Paul ... ich bitte dich ... du darfst nicht ...«

Er schluckte, wie man eine widerlich schmeckende Pille ohne nachzutrinken schluckt. Dann öffnete er die Augen. »Du, mein Engel, hast tief und ruhig neben mir geschlafen. Ein gutes Gewissen ist ein sanftes Ruhekissen, sagt man.« Er lächelte gequält. »Ich habe mich von einer Seite auf die andere geworfen, ich habe eine Zigarette nach der anderen geraucht, ich bin aufgestanden und ins Wohnzimmer gegangen. Du hast von all dem nichts gemerkt, du hast geschlafen. Du hast ja auch noch nie geliebt, du weißt nicht, was für eine Tortur es sein kann. Gegen fünf Uhr habe ich angefangen, meine Sachen zusammenzuräumen. Ich wollte abreisen, ich war felsenfest dazu entschlossen. Und dann, im entscheidenden Augenblick, hat dein Junge einen Hustenanfall bekommen.«

»Einen richtigen Hustenanfall?« fragte ich erschrocken.

»Ja. Vielleicht hat er sich im Schlaf verschluckt, oder die Luft war zu trocken. Ich weiß es nicht. Jedenfalls hat er gehustet, und das klang so hilfsbedürftig. In diesem Moment war es mir unmöglich, zu gehen und das Kind und dich allein zu lassen.« Er schwieg, nahm eine Hand von meiner Schulter und strich mir damit über den Kopf.

Ganz sicher stimmte die Geschichte. Ganz sicher hatte Andy gehustet. Ganz sicher glaubte er, daß er aus diesem Grunde nicht gegangen war. Und das genau war Paul. Paul glaubte blindlings und verbissen an das, was er zu glauben für richtig hielt. Niemals würde er sich eingestehen, daß das, was er glaubte, nicht der Wahrheit entsprach. Er schützte sich mit seinem Glauben wie mit einem Schild. Er band ihn sich wie eine schwarze Binde um die Augen; er steckte ihn sich wie Watte in die Ohren; und – aber das merkte er nicht – er hing ihn sich wie einen zentnerschweren Stein um den Hals. Pauls Leben war ein Mosaik aus Trugbildern: Amerika war ein herrliches Land; Europa war eine dreckige Gosse; das Leben war eine schöne, saubere Sache; sein Beruf machte ihn glücklich; Gott war ihm nahe; seine Liebe zu mir war schicksalhafte Fügung; er war bei mir geblieben, weil Andy gehustet hatte ...

Zwei Stunden später waren wir auf dem Weg nach Tirol. Da mein Volkswagen für drei Personen, drei große Koffer, zahllose Taschen, Körbe, Tragtüten, einen Schlitten und einen fast lebensgroßen Stofftiger zu klein war, nahm Paul einen Mietwagen. Es war ein blattgrüner Mercedes mit schlechten Bremsen. Andy beklagte sich, daß er nicht blau war. Er beklagte sich über vieles. Er hatte seinen Weihnachtsbaum, seine neuen Spielsachen und seine Freundin Elisabeth nicht verlassen wollen. Vergeblich hatte ich versucht, ihm die Reise schmackhaft zu machen: »So hohe Berge und so sauberen Schnee hast du bestimmt noch nicht gesehen, Andy ... und dann, stell dir vor, kannst du in einem richtigen Hotel wohnen ...«

»Ich wohn' aber lieber hier«, hatte er verdrießlich geantwortet. Jetzt kniete er zwischen Tiger, Tüten und einigen losen Kleidungsstücken auf dem Rücksitz und schob trübsinnig ein kleines Auto hin und her.

»Schau, Andy, da vorne sieht man schon die Berge.«

»Ja«, sagte er interesselos.

Man konnte allerdings nicht viel von den Bergen sehen, und das, was man von ihnen sah, war nicht besonders reizvoll. Schwere Wolken verhüllten ihre Gipfel, es taute, und der Schnee zerfloß in grauen Matsch. Felder, Wälder, Dörfer, Straßen, alles sah gleich traurig und unappetitlich aus. Die vorbeiziehenden Autos bespritzten unseren blattgrünen Mercedes mit Dreck; an den Scheiben klebte eine ölig-braune Schmiere, gegen die der Wischer nicht mehr ankam.

»Schauderhaft ...«, murmelte ich.

»Wir haben gut daran getan, wegzufahren«, sagte Paul befriedigt. »Bald sind wir aus dem ganzen Mist heraus und mitten in der weißen Einsamkeit.« Ich schwieg. Die weiße Einsamkeit deprimierte mich schon jetzt viel mehr als der graue Matsch. Paul warf mir einen verheißungsvollen Blick zu: »Rate mal, wo wir zu Mittag essen werden.«

»In Kufstein«, sagte ich.

Paul nickte, griff nach meiner Hand und drückte sie vielsagend. Ich hatte es schon die ganze Zeit befürchtet.

»Wollen wir nicht lieber durchfahren? Wir verlieren sonst zu viel Zeit.«

»Aber höre mal! Wir werden uns doch Kufstein nicht entgehen lassen.«

Ich wollte nicht nach Kufstein. Ich wollte nicht in diesen Gasthof, in dem meine Liebe zu Paul geboren worden war. Es war schmerzhaft genug, sie als Traum begraben zu müssen. Warum sie noch einmal in der Erinnerung ausgraben? Wäre Andy nicht im Auto gewesen, ich hätte zu weinen begonnen oder auch zu schreien. Ich hätte Paul angefleht, mich nach München zurückzubringen und dem Strindbergschen Drama ein Ende zu machen. Aber Andy war im Auto, und so fuhren wir nach Kufstein.

Der Gasthof war überfüllt. Die Leute saßen Schulter an Schulter und genossen den menschlich warmen Kontakt, den Weihnachtsbraten und den roten Wein. Die Stimmung hatte einen familiären Akzent, der sich darin äußerte, daß jeder jedem zunickte, zulachte, zutrank und von Tisch zu Tisch eine Gesamtunterhaltung führte. Der Lärm war ohrenbetäubend. Ein Zitherspieler, der sich in der Mitte des Raumes niedergelassen hatte, zupfte an seinem Instrument, öffnete und schloß den Mund, ohne daß man auch nur einen Ton von ihm hörte. Das war der einzige Vorteil des Lärms.

»Paul, laß uns gehen ...«

Aber Paul verhandelte bereits mit einer rot-grün gewürfelten Kellnerin, die an einem der Tische ein besonders gemütliches Plätzchen für uns entdeckte.

»Kommt«, sagte Paul und marschierte Andy und mir voraus.

Der Tisch war voll besetzt, aber man hieß uns trotzdem brüderlich willkommen. Vier Personen, die an der einen Längsseite saßen, standen bereitwillig auf, um uns zur Bank am unteren Ende durchzulassen. »Ruckat's nur eini, an Platz fehlt's nicht.«

Es fehlte ganz gewaltig an Platz. Die Bank war schmal, kurz und an beiden Seiten von einer Holzwand eingekeilt. Wir saßen da wie angepappt – Paul, ich und dann Andy.

»Ich habe einen Bärenhunger«, sagte Paul. Er nahm weitaus mehr Platz ein als Andy und ich zusammen.

Eine dickbusige Frau in einer rosafarbenen Seidenbluse reichte uns mit mütterlicher Umsicht die Speisekarte. Ein kleines, rundes Männlein beugte sich eifrig vor: »Nehmen Sie die Weihnachtsgans«, riet er uns, »Sie werden's nicht bereuen.«

»Weihnachtsgans wäre nicht schlecht«, meinte Paul, »was hältst du davon, Judith?«

»Nein, danke«, murmelte ich.

»Der Schweinsbraten ist auch nicht zu verachten ...« Jetzt begann sich ein Gespräch über die verschiedenen Speisen zu entfalten. Es war ein Gespräch, das alle Gemüter erregte.

»Schweinsbraten kann man alleweil haben, aber an Weihnachtsgansl ...«

Ich starrte auf die Karte und kämpfte verzweifelt gegen die Erinnerungen an, die immer dann, wenn ich nicht genau aufpaßte, wie Habichte auf mich niederstießen:

Die Gaststube, dämmrig und fast leer. Zwei alte Bauern beim Wein. Ein Tisch in der hintersten Ecke. Paul neben mir und doch so unerreichbar.

»Paul, du bist er erste Mann, den ich bewundere, und weißt du auch, warum?«

»Keine Ahnung.«

»Weil du kein Hampelmann bist. Weil du tust, was du sagst. Weil du Mut hast. Weil du Kraft hast. Weil du Konsequenzen ziehst ...« Wie genau mir die Worte wieder einfielen, wie hämisch sie klangen!

»Ich hab' mir immer gesagt: Irgendwo muß es doch noch einen richtigen Mann geben, und ich habe gewartet und gewartet ... ganz verzweifelt war ich schon. Und dann bist du gekommen ...«

»Judith«, riß mich Paul aus meinen Gedanken, »weißt du jetzt endlich, was du essen möchtest?«

»Irgendwas.«

»Eine sehr unpräzise Antwort.«

»Ein Kalbsschnitzel mit Reis«, sagte ich. Ich mochte weder Kalbsschnitzel, noch mochte ich Reis, aber es war das erste Gericht, auf das mein Blick gefallen war.«

»Und Andy?«

»Ach ja, Andy ...«

Der Junge saß so mucksmäuschenstill neben mir, daß ich gar nicht mehr an ihn gedacht hatte. Ich beugte mich schuldbewußt zu ihm hinab: »Sag, Kleines, was würdest du gerne essen?«

»Ich hab' keinen Hunger, Mammi.«

»Dann laß ihn«, sagte Paul, »man soll Kinder nicht zwingen.«

Ich ließ ihn. Ich hatte gar keine Kraft mehr, mich mit Paul oder Andy in eine Debatte einzulassen.

Die Kellnerin kam und lud eine Anzahl gehäufter, dampfender Teller vor unseren Tischgenossen ab.

»Einmal Kalbsschnitzel, einmal Gänsebraten«, bestellte Paul, »aber bitte, liebes Fräulein, ein schönes großes Stück ...«

»Ich möchte so sein wie du, Paul«, hatte ich damals gesagt. »Wenn du mir helfen würdest ... ich würde alles tun, alles! Paul, geh nicht weg!«

»Judith!« Pauls Stimme klang gereizt. »Was machst du nur für ein jämmerliches Gesicht. Was hast du denn?«

»Volle Lokale bedrücken mich. Es war so schön leer und ruhig damals. Ich möchte einen Schalter am Kopf haben, mit dem ich meine Gedanken abschalten kann.«

Paul schüttelte mißbilligend den Kopf, nahm ein Stück Brot aus dem Korb und biß hungrig hinein.

»Ich möchte etwas trinken«, sagte Andy in wehleidigem Ton.

»Hättest du deinen Mund nicht auftun können, als die Kellnerin noch am Tisch war?«

»Du kriegst gleich was, Andy«, tröstete Paul.

Paul, Andy und ich. Ein hübsches, kleines Haus, ein Stückchen Garten, ein Schlafzimmer, ein großer Eßtisch. Paul im weißen Kittel, Andy in Bluejeans, ich unter einem roten Sonnenschirm ... Das war damals mein einziger Wunsch gewesen.

Der Wunsch hatte sich erfüllt. Paul saß an meiner rechten, Andy an meiner linken Seite. In Goldwater wartete ein hübsches kleines Haus mit einem Stückchen Garten.

»Die Höhenluft«, sagte Paul, »wird dir und Andy guttun. Nichts ist so appetitanregend und so entspannend. Nach zwei Tagen werde ich euch nicht mehr wiedererkennen.«

Ich lächelte und nickte, denn er tat mir leid. Er scheute die Wahrheit, und das war schlimmer, als sie ewig glasklar vor Augen zu haben. Damals, vor drei Jahren, war es umgekehrt gewesen.

»Du hast dich in etwas hineingesteigert, Judith, in eine Vorstellung, die ganz gewiß nicht stimmt. Du siehst in mir einen Helden. Ich bin aber kein Held. Ich bin ein ganz gewöhnlicher Mann.«

»Für mich bist du kein gewöhnlicher Mann. Und das, was du für mich bist, sollst du für mich bleiben.«

»Ich würde dich schon in kurzer Zeit enttäuschen.«

»Nein, Paul, nie ...«

Die Kellnerin brachte uns das Essen. »Na, was sagen Sie zu der Gans«, fragte das kleine, rundliche Männlein erwartungsvoll, »habe ich recht gehabt?«

»Die Gans ist ausgezeichnet«, erwiderte Paul kauend. Er aß schnell und heißhungrig, und auf seinen Lippen glänzte das Fett.

»Ich würde dich schon in kurzer Zeit enttäuschen, Judith ...«

»Nein, Paul, nie ...«

Wir fuhren an diesem Tag nicht bis ans »Ende der Welt«. Es war zu riskant, spät abends dort einzutreffen und womöglich keine Zimmer mehr zu bekommen. Eine Nacht im Auto hätte sich übel auf unsere fröhliche kleine Familienreise ausgewirkt.

Wir übernachteten daher in Innsbruck. Paul wählte das beste Hotel, ein geradezu weltstädtisches »Etablissement« mit feudaler Halle, flinkem Personal und geschmackvoll eingerichteten Zimmern. Andys Einzel- und unser Doppelzimmer waren durch ein schwarz-rosa gekacheltes Bad miteinander verbunden. Das Dekor hob unsere Stimmung beträchtlich. Zum erstenmal an diesem Tag waren wir uns alle sympathisch.

Andy wurde ausgezogen und ins Bett gelegt. Er plapperte, lachte, quietschte und erklärte mit triumphierendem Gesicht, Hunger zu haben. Freudig bestellte ich zwei Schinkenbrötchen und eine Portion Kakao. Knappe fünf Minuten später erschien ein junger, schmucker Kellner in einem strahlend weißen Jackett. Er redete Andy mit »junger Herr« an, stellte ihm das Tablett auf die Knie und goß ihm den Kakao ein. Andy war mit alldem sehr zufrieden. Der Kellner, der ihn bediente, das weiße Telefon auf seinem Nachttisch, das große für Erwachsene gedachte Bett entsprachen seinem Geschmack.

»Hier möchte ich ein paar Tage bleiben«, erklärte er, breitete, was er sonst nie tat, die Serviette aus und begann, manierlich sein Brötchen zu essen. Paul setzte sich zu ihm.

»Gibt es in Amerika auch solche Hotels?« fragte Andy.

»Noch viel, viel schönere und größere. Manche sind fünfzig Stockwerke hoch und haben ein Schwimmbassin auf dem Dach und Hunderte von Kellnern und einen Fernsehapparat in jedem Zimmer ...«

»Mammi sagt, Fernsehen ist nur was für ganz dumme Menschen.«

»Da hat deine Mammi wohl etwas übertrieben.«

Ich lachte und verließ das Zimmer. Das schwarz-rosa Bad lockte mich, und ich ließ Wasser in die Wanne. Dann packte ich meine Toilettensachen aus, entkleidete mich und kehrte ins Badezimmer zurück. Das Wasser war dampfend heiß, die Wanne groß, und am oberen Ende war ein kleines Gummipolster angebracht. All das behagte mir, wie meinem Sohn Kellner, Telefon und Bett behagten. Ich streckte mich lang aus, legte den Kopf auf das Kissen und lauschte zufrieden Pauls und Andys Unterhaltung.

»Bist du Arzt?«

»Ja.«

»Warum?«

»Weil ich kranken Menschen helfen möchte.«

»Auch kranken Tieren?«

»Ja, sicher, auch kranken Tieren.«

»Sind Tiere besser als Menschen?«

»Das kann man nicht vergleichen, Andy. Tiere haben keinen Verstand. Sie denken nicht, sie reagieren nur.«

»Was ist re-a-gieren?«

Paul begann, ihm geduldig das Wort zu erklären. Die Vorbereitung auf das Familienleben, dachte ich, Vater, Mutter und Kind auf einer harmonischen Urlaubsreise. Und plötzlich sah ich ein Heer urlaubsreisender Familien vor mir. Ich sah Campingplätze und Autobusse und Dampfer und Wohnwagen und riesige Hotelkästen und Badestrände und Skilifts, und alles quoll über von harmonischen Familien. Mein Behagen schlug abrupt in Unbehagen um und ließ sich von da an nicht wieder abschütteln. Als Andy schlief und Paul mir in das behagliche Doppelzimmer folgte, war mir übel vor Widerwillen.

»Paul ...« Ich beugte mich über meinen Koffer und tat, als suche ich etwas darin. »Laß uns noch ein bißchen nach unten gehen.«

»Wozu?«

»Zum Beispiel, um etwas zu trinken. Es ist ja noch sehr früh.« Er trat hinter mich, und meine Muskeln spannten sich in Abwehr. »Ich habe einen besseren Vorschlag.« Er nahm mich bei den Schultern und zog mich hoch. »Wir bestellen uns etwas zu trinken aufs Zimmer.«

»Ich mag das nicht so gern.«

»Warum?«

»Ich muß dabei immer an einen alternden Lebemann denken, der mit seiner Kleinen eine Nacht im Hotel verbringt.«

Paul lachte. »Liebste Judith, solche Gedanken kann ich dir leicht austreiben.«

Er schob mein Haar beiseite und küßte meinen Nacken. Sein Mund war feucht, sein Atem heiß. Seine Hände glitten von meinen Schultern abwärts und legten sich auf meine Brust. Er bewegte die Fingerspitzen, er bewegte die Lippen. Eine unerträglich sanfte und gleichzeitig gierige Zärtlichkeit ergoß sich über mich. Ich stand da, steif und angespannt, und nichts regte sich in mir als eine ungeheure Auflehnung.

»Also schön«, sagte ich, »bestell uns etwas zu trinken.«

»Jetzt gleich ...?« Er schob eine Hand in den Ausschnitt meines Morgenrocks. Meine Haut war kalt unter seiner heißen Hand.

»Jetzt gleich!« sagte ich. Es klang wie ein scharfer Befehl. Eine Ohrfeige hätte ihn nicht stärker verletzen können. Er ließ mich auf der Stelle los und ging zum Telefon: »Was möchtest du trinken?«

»Was immer du möchtest.«

»Ich möchte gar nichts.«

»Du trinkst doch gern Sekt.«

»Ich habe gefragt, was du trinken möchtest.«

»Sekt«, sagte ich mit einem Seufzer.

Er nahm den Hörer ab und bestellte. Dann ging er ins Bad. Ich nahm die Gelegenheit wahr, zog mir ein Nachthemd und darüber den Morgenrock an. Ich knöpfte ihn bis zum Hals zu und band den Gürtel fest um meine Taille. Dann legte ich mich aufs Bett und ließ mich, wie immer in solchen Situationen, in tiefe Gleichgültigkeit fallen.

Paul kam zurück. Er hatte seinen verwaschenen blauen Bademantel an, sein drahtiges, silbergraues Haar glänzte feucht. Er ist ein weitaus attraktiverer Mann, dachte ich, ein weitaus besserer Liebhaber als die meisten Männer, mit denen ich geschlafen habe. Was ist los mit mir, warum bäumt sich alles in mir auf?

Paul setzte sich aufs Bett, mit dem Rücken zu mir. Er stützte die Ellenbogen auf die Knie, den Kopf in die Hände. »Kommt man mit deinem Sohn zurecht«, sagte er mit leiser, aber zorniger Stimme, »dann kommt man mit dir nicht zurecht. Kommt man mit dir zurecht, dann kommt man mit deinem Sohn nicht zurecht. Meistens aber kommt man mit euch beiden nicht zurecht.«

»Ich weiß, du hast dir was Schönes mit uns aufgebürdet.«

»Man sollte euch die Mucken und Launen mit Prügeln austreiben. Wahrscheinlich ist das das einzige, worauf ihr noch reagiert.«

»Wenn es sich bei uns nur um Mucken und Launen handelte, dann wäre ich auch für Prügel. Aber ich fürchte, die Dinge liegen komplizierter.«

»Ach Unsinn!«

Es klopfte. Paul ging zur Tür, öffnete sie und nahm dem Kellner das Tablett ab. Dann versperrte er die Tür. Jetzt bin ich ihm voll und ganz ausgeliefert, ging es mir durch den Kopf.

Paul öffnete die Flasche, goß ein und gab mir ein Glas. Ich trank es in Windeseile aus und hoffte auf eine entspannende Wirkung.

»Brauchst du Alkohol, um mit mir zu schlafen?«

Ich gab keine Antwort und hielt ihm mein Glas hin. Er füllte es von neuem. »Bist du eigentlich frigide?«

»Ich bin alles andere als frigide«, sagte ich beleidigt.

»Also, wie ich es beurteilen kann, bist du der typische Fall einer frigiden Frau.«

In meiner Wut hätte ich beinahe gesagt: »Was du so beurteilen kannst!« Aber zum Glück schluckte ich es im letzten Moment hinunter und spülte ein halbes Glas Sekt hinterher.

»Du hast nie etwas bei mir empfunden, nicht wahr, Judith?«

»Natürlich habe ich etwas bei dir empfunden.«

»Ja, aber was? Lust sicher nicht und Befriedigung nun schon gar nicht.«

»Das stimmt nicht«, sagte ich und wußte nicht, warum ich es abstritt.

»Aber Judith, ich bin doch kein achtzehnjähriger Anfänger mehr. Ich spüre doch, ob es klappt oder nicht klappt.«

»Und warum sprichst du dann erst heute mit mir darüber?«

»Ich wollte erst abwarten. Man kann solche Dinge leicht zerreden.«

»Ja, und man kann sie auch zu Tode schweigen. Und das hast du getan. Nicht nur ›solche Dinge‹, alle anderen auch. Du hast es vorgezogen zu ›kakeln‹. Ich kenne zahllose amüsante oder langweilige Geschichten aus deinem Leben. Aber das Wesentliche, das, worauf es angekommen wäre, das habe ich nie erfahren. Und genauso war es umgekehrt. Wollte ich wirklich mal sprechen und nicht, verdammt noch mal, ›kakeln‹, wollte ich loswerden, was mich bedrückt und was ich seit Jahren mit mir herumschleppe, dann hast du mir deutlich zu verstehen gegeben, daß du davon nichts hören willst. Wir wissen weniger voneinander als zwei Fremde, die sich auf einer Cocktailparty begegnen. Wir wissen rein zufällig, daß wir verheiratet waren, daß wir unzufrieden waren, daß wir ein neues Leben begonnen haben und daß ich jetzt in einem Verlag arbeite und du in einer Klinik. Viel mehr, mein Lieber, wissen wir nicht voneinander, und das ist kläglich. Zwei Menschen, die angeblich zueinander gehören, sollten nicht, wie es deine Meinung ist, jede Minute der Gegenwart miteinander teilen, sie sollten zuerst einmal ihre Vergangenheit kennenlernen. Denn die Vergangenheit formt den Menschen und macht ihn zu dem, was er dann schließlich in seinem dreißigsten und vierzigsten Lebensjahr ist. Ich, wenn mir ein Mensch etwas bedeutet, möchte wissen, was in ihm vorgegangen ist und was in ihm vorgeht. Anekdoten aus seinem Vorleben, ein Bericht seines Tagesablaufs, interessieren mich nicht. Gedanken haben einen Wert für mich und Worte eine Bedeutung. Ich benutze sie nicht nur, um eine Spanne des Schweigens damit zu füllen. Ich benutze sie, um zu begreifen. Aber du hast dir und mir bewußt die Möglichkeit genommen zu begreifen. Du fürchtest deine und meine Vergangenheit, du möchtest sie nicht wahrhaben. Unsere Vergangenheit, glaubst du, kann unsere Zukunft zerstören. Du merkst nicht, daß du unsere Zukunft systematisch zerstörst, indem du unsere Vergangenheit erstickst. Die Zukunft kann sich nur aus der Vergangenheit entwickeln.«

Ich hatte die ganze Zeit mit leidenschaftsloser Stimme gesprochen. Ich hatte lediglich konstatiert und keine Hoffnung mehr damit verbunden, die Situation ändern zu können. Paul aus sich herauszuschütteln, schien mir schon seit geraumer Zeit aussichtslos. Ich wollte es wohl auch gar nicht mehr. Hätte er jetzt zu sprechen begonnen, ich hätte ihm nur noch höflichkeitshalber zugehört. Hätte er mich jetzt aufgefordert zu sprechen, ich hätte keine Worte mehr gefunden.

Paul ersparte mir das alles. Er schaute mich ironisch an und sagte: »Da hast du dir wirklich eine fabelhafte Litanei zurechtgelegt, aber leider hat sie einen kleinen Webfehler. Du schiebst alles auf mich und meine angebliche Angst vor der Vergangenheit. Aber du hast eine Angst, die mir viel hinderlicher scheint: die Angst vor der Zukunft.«

»Zweifellos habe ich die. Aber ich mache kein Geheimnis daraus. Und ich versuche, sie zu überwinden.«

»Das wird dir nur dann gelingen, Judith, wenn du deine Lebenseinstellung änderst. Anderenfalls, das versichere ich dir, wirst du sie nie loswerden.«

»Ich könnte meine Lebenseinstellung nur dann ändern, wenn ich davon überzeugt wäre, daß es aus Gründen geschieht, die unantastbar ehrlich sind. Und darin, mein Lieber, unterscheiden wir uns.«

Jetzt lächelte er, ein nachsichtiges Lächeln, das mir seine Überlegenheit beweisen sollte. Ich hielt ihm mein Glas hin, und er füllte es. Ich trank es aus, stellte es auf den Nachttisch und schloß die Augen. In meinem Kopf setzte sich eine Berg- und Talbahn in Bewegung. Ich hatte einen dumpfen, freudlosen Schwips. Ich knöpfte meinen Morgenrock auf und zog ihn aus. Dann rollte ich mich in Pauls Bett hinüber.

»Warum tust du das, Judith, du magst doch gar nicht.«

Warum tat ich es? Um ihn bei guter Laune zu erhalten. Es war so viel einfacher, ein paar Minuten mit einem Mann zu schlafen, als einen Tag lang sein brummiges Gesicht ertragen zu müssen. Es war im Grunde alles lächerlich primitiv.

»Du brauchst mir keine Opfer zu bringen.«

»Komm«, sagte ich, »mach bitte das große Licht aus.«

Er zögerte einen Moment, dann stand er auf. Er löschte die Deckenbeleuchtung, warf seinen Bademantel ab und legte sich zu mir. Ich war sehr entgegenkommend und gefügig, aber das Nachthemd auszuziehen, weigerte ich mich.

»Das Ende der Welt« war zweifellos ein einsamer idyllischer Ort. Auf einer kolorierten Postkarte hätte er sich gut gemacht. Ein paar kleine, von außen gemütlich aussehende Bauernhäuser; wuchtige Berge, wo immer man auch hinschaute; hier und da Tannenwald; ein glitzerndes Flüßlein; ein Miniaturwasserfall; ein putziges Sägewerk; eine Kirche mit Zwiebelturm – kurzum, all das, was zu einem idyllischen Bergdorf dazugehört.

Pauls Beschreibung wäre zutreffend gewesen, wenn es in der letzten Zeit mal geschneit hätte und wenn die Kachelöfen gut geheizt gewesen wären. So aber bedeckte nur eine dünne Schicht angegrauten Schnees den Boden, und die Öfen waren nicht verlockend heiß, sondern lauwarm. Das mit dem Schnee war eine schwere Enttäuschung für Andy, das mit den Kachelöfen eine nicht minder schwere für mich.

Wären die Zimmer wenigstens hübsch gewesen, ich hätte mich über die klamme Kälte hinweggetröstet. Aber sie waren vollgestopft mit klobigen, dunkel gebeizten Möbeln, und das einzige, was auf rustikalen Charme und Tiroler Gemütlichkeit hinwies, war ein schöner, alter Zinnkrug. Aber das war nun eben doch zu wenig.

Da es kein Einzelzimmer mehr gab, nahm Paul zwei Doppelzimmer. Wir bezogen das Zimmer mit dem Zinnkrug, Andy das Zimmer mit dem Muschelkasten. Der Muschelkasten war scheußlich, aber für Andy, so hoffte ich, ein Anziehungspunkt. Darin irrte ich mich. Andy hatte ein frühreifes, stark ausgeprägtes Empfinden für Formen und Farben; er wußte sehr gut zwischen geschmackvollen und geschmacklosen Dingen zu unterscheiden. Das Zimmer mitsamt dem rosa angehauchten Muschelkasten flößte ihm Widerwillen ein. Sein Gesicht verzog sich, wie es sich beim Anblick von Milchreis verzog.

Ich beeilte mich, den Tiger auf das gewaltige und so gar nicht verlockende Doppelbett zu legen. »Hier hat er wenigstens Platz«, sagte ich und betrachtete das prächtige Stofftier, das ebensowenig in dieses Zimmer paßte wie Andy und ich.

»Muß ich wirklich hier schlafen, Mammi?«

»Ja sicher, Andy ... und wie herrlich du in so einem großen Bett schlafen wirst.«

»Das ist ein häßliches Zimmer, nicht wahr, Mammi?«

»Nun ja, ich hab' schon schönere gesehen.«
»Wie lange müssen wir denn hier bleiben?«
»Kind«, sagte ich, »du tust gerade so, als sei es eine Strafe.«

Und das war es ja wohl auch – eine Strafe für Andy und für mich, die wir uns nicht in ein harmonisches Familienleben fügen wollten.

Paul hätte tatsächlich keinen ungünstigeren Ort auftreiben können als dieses verlassene Tiroler Dorf. Das traurige Hotel, die schlechte Bedienung, das undelikate österreichische Essen, die Kälte, die drohenden Berge – all das hätte selbst ein zärtlich verliebtes Paar auseinanderbringen können.

Zunächst einmal schwieg ich, aber mein Gesicht war ein einziger Vorwurf. Paul wußte doch, daß ich weder naturburschenhafte Eigenschaften noch sportlichen Ehrgeiz besaß, daß mich Gebirgslandschaften, forsche Wanderungen und Kletterpartien nicht reizten. Er wußte doch, daß mich sicht- und atemraubende Berge, ungemütliche, schlecht geheizte Zimmer, mehlhaltige Saucen und sogenannte Eierspeisen zur Verzweiflung brachten. Hätte er nicht einen passenden Ort mit einem behaglichen Hotel wählen können? Hatte er unbedacht und überstürzt ins Blaue fahren müssen, in ein hinterweltlerisches Dorf, das er nur von einem halbstündigen Aufenthalt her kannte? Ich war empört.

»Laß mich nur machen«, tröstete Paul in aufreizend zuversichtlichem Ton, »ich werde das alles in Ordnung bringen.«

»Du wirst schwerlich das Zimmer neu möblieren, die Heizung reparieren, das Essen kochen und die Berge ein Stück weiter abrücken können.«

»Wollen wir woanders hinfahren?«

»Nein«, sagte ich mit einem boshaften Lachen, »jetzt bleiben wir schön hier und kosten die Abgeschiedenheit bis zur Neige aus.«

Im Grunde war mir das alles ganz recht. Jetzt, da sich der inneren Disharmonie auch noch eine äußere dazugesellt hatte, war der Mißklang vollkommen. Es war eine runde Sache, ein Kreis, der sich – wenn auch in negativer Perfektion – schloß. Ich hatte das feste Gefühl, daß jetzt endlich etwas Entscheidendes geschehen mußte – etwas, das Pauls und mein Schicksal ein für allemal besiegeln würde.

In den ersten Tagen geschah jedoch nicht viel. Vielleicht schläferte uns das gesunde Leben ein, das wir am »Ende der Welt« zu führen gezwungen waren. Die österreichischen Mehlspeisen lagen schwer im Magen, der rote Wein benebelte den Kopf, und die frische Luft machte müde. Und da es nichts anderes zu tun gab als zu essen, zu trinken und spazierenzugehen, war man in einem Zustand ständiger Trägheit. Die Disharmonie, die uns früher in Spannung und Kampfeslust gehalten hatte, schien zur Gewohnheit zu werden. Sie war, zugegeben, ein ewig spürbares Übel, aber mit diesem Übel konnte man hundert Jahre alt werden. Und genauso war es mit dem Streiten. Wir stritten unablässig, und dadurch verlor der Streit an Wichtigkeit. Er war mehr oder weniger zu einem Zeitvertreib geworden. Ein lauter Austausch verletzender Worte, feindselige Blicke, sarkastische Bemerkungen, ein demonstratives Verlassen des Zimmers, eine ins Schloß krachende Tür hatten höchstens ein beleidigtes Gesicht, ein griesgrämiges Schweigen zur Folge. Und zum Schluß lenkte Paul immer wieder ein – redete mir gut zu, versuchte, mich zum Lachen zu bringen, nannte unsere bitteren Zwistigkeiten »läppischen Kinderkram«.

Wären diesen Szenen wenigstens stürmische Versöhnungen gefolgt, das Ganze hätte noch einen Sinn gehabt. Aber selbst die Versöhnungen waren schal geworden, erschöpften sich in einem matten Lächeln, einem flüchtigen Kuß, dem absurden Versprechen, nicht mehr zu streiten. Es war alles so reizlos geworden, so unerhört langweilig.

Ich lag die meiste Zeit im Bett und hätte ununterbrochen schlafen können. So wie vor Jahren, in meiner unzufriedensten, unglücklichsten Zeit, fürchtete ich das Erwachen und Aufstehen, suchte und fand die Erlösung nur noch im Schlaf. Und so wie damals verlor ich jegliche Initiative, Unternehmungslust und Begeisterungsfähigkeit. Ich ließ mich treiben und fallen und versank mehr und mehr in Apathie. Pauls Vorschlägen, die sich notgedrungen auf Spaziergänge und Fahrten beschränkten, wich ich mit der lakonischen Antwort aus: »Laß mich, ich bin zu müde.«

Schließlich riß Paul die Geduld. »Wovon, zum Teufel, bist du müde? Du liegst ständig im Bett und schläfst von vierundzwanzig Stunden zwanzig.«

»Offenbar brauche ich den Schlaf.«

»Du brauchst keinen Schlaf, du brauchst ein paar hinter die Ohren. Du bist nicht müde, sondern bockig wie ein verzogenes Kind. Es paßt dir hier nicht, und das willst du mich fühlen lassen. Das simple, natürliche Leben hat für einen verschrobenen Menschen wie dich keinen Reiz mehr. Du brauchst ein mondänes Hotel in einem Luxuskurort.«

»Das ist totaler Blödsinn, mein Lieber. Ich habe oft unter ganz primitiven Verhältnissen gelebt und mich wohl und glücklich dabei gefühlt. In Israel, zum Beispiel ...«

»Hör mir, um Gottes willen, damit auf! Du solltest endlich wissen, daß ich deinen Tick für die Israelis in keiner Weise teile. Für mich sind sie ein Volk nationaler Fanatiker, die sich nach Nazivorbild und -methoden ein Land angeeignet haben.«

»Für solche Aussprüche könnte ich dich umbringen!«

»Was meinst du, wie oft ich dich schon für gewisse Aussprüche hätte umbringen können.«

»Tu es doch, dann hätt' die liebe Seele endlich Ruh'.«

»Du hast gar keine Seele. Los, steh auf, sonst muß ich dich mit Gewalt aus dem Bett zerren.«

»Paul, das hat doch alles keinen Sinn mehr! Es kommt nichts anderes dabei heraus, als daß wir uns gegenseitig kaputtmachen. Ich kann so nicht leben!«

»Du hast es nie mit ehrlicher Bereitschaft versucht. Du hast immer nur an dich, nie an andere gedacht. Tu es wenigstens jetzt auf ein paar Tage, tu es deinem Sohn zuliebe. Der arme Junge ist todunglücklich. Er hat nichts von dieser Reise!«

»Daran bist in erster Linie du schuld. Es war nicht mein Vorschlag, ›in Familie‹ zu verreisen. Ich wußte genau, daß Andy nichts davon haben wird. Du und die ganze ungewöhnliche Situation und dann auch noch eine Reise! Das kam viel zu plötzlich für ihn. In München, in einer vertrauten Umgebung, hätte er sich leichter an all das Neue gewöhnt. Und auch wir hätten mehr Zeit füreinander gehabt.«

»Das wolltest du ja gar nicht. Aber schön, ich werde dafür sorgen, daß wir von jetzt an mehr Zeit füreinander haben.«

Er schrieb Andy in einen Kinderskikurs ein – zwei Stunden vormittags, zwei Stunden nachmittags. Ich protestierte.

»Sport ist gesund für einen Jungen«, erklärte Paul.

Andy war, wie ich vorausgesehen hatte, gar nicht begeistert. Er lief gerne im Schnee herum, fuhr Schlitten, baute Schneemänner. Aber zu einem Skikurs zu gehen, so wie man in die Schule ging, und unter wildfremden Kindern einen Hang hinaufzuklettern und hinabzufallen, flößte ihm tiefes Unbehagen ein. Trotzdem wagte er es nicht, sich Pauls unerschütterlichem »Es wird dir großen Spaß machen« und meinem zaghaften »Versuch es doch mal, Andy« zu widersetzen.

»Aber ihr holt mich doch bestimmt wieder ab?« Das war schon Stunden vorher seine einzige Frage.

Er tat mir so leid, daß ich von da an alles in Kauf nahm, um ihm den Skikurs zu ersparen. Jetzt war ich es, die unter der Voraussetzung, daß Andy daran teilnahm, lange Spaziergänge und -fahrten ersann. Wir marschierten in die nächste Ortschaft, wo wir Glühwein tranken und ein ekelhaftes Käsegericht verzehrten; wir pilgerten zur Teufelsschlucht, wo wir tiefsinnig einen schäumenden Wasserfall betrachteten; wir wanderten zu einem Aussichtspunkt, wo sich unsere Blicke in nichts anderem als in Nebel verfingen. Wir fuhren hoch in die Berge, wo unser blattgrüner Mercedes auf einer steilen, serpentinenreichen Straße streikte; wir fuhren in einen eleganten Winterkurort, wo die Feriengäste prall sitzende Skihosen, leuchtende Pullover und dunkelbraun gegerbte Gesichter zur Schau trugen; wir fuhren nach Innsbruck, wo mir nichts Besseres einfiel, als zum Friseur zu gehen. Andy, obgleich er Friseure verabscheute, schlug Pauls Angebot, mit einer Seilbahn zu fahren, aus und entschloß sich, bei mir zu bleiben. Paul erklärte, uns in einer Stunde abholen zu wollen. Als er ging, fiel mir sein Gesicht auf. Es war wie eingefroren.

Paul holte uns nicht in einer Stunde, auch nicht in eineinhalb Stunden ab. Es war bereits sechs Uhr, und der Friseur schloß. Ich hatte nicht genug Geld bei mir, um zu zahlen. Frisch gelockt und tief beunruhigt saß ich auf einem Stühlchen und überlegte, was Paul so lange aufhalten konnte.

»Mammi, was sollen wir denn jetzt tun?« fragte Andy verängstigt.

»Warten«, sagte ich, »es bleibt uns gar nichts anderes übrig.«

Um halb sieben erschien Paul.

»Wo hast du bloß so lange gesteckt?« rief ich erleichtert.

Er gab keine Antwort, zahlte und forderte uns mit einer Kopfbewegung auf, ihm zu folgen.

»Das war eine verdammt peinliche Situation, Paul. Kannst du mir nicht endlich sagen ...«

»Ich war drauf und dran, wegzufahren und euch beim Friseur sitzen zu lassen. Ich hatte es so satt. Ich sah keine Veranlassung mehr, mich um euch zu kümmern. Mein Gefühl für dich ist durchgeschnitten wie eine Telefonschnur. Es klingelt nicht mehr.«

Ich sah überrascht zu ihm auf. Sein Gesicht war ausdruckslos. Ich erkannte, daß er sich diesmal nichts vormachte.

»Warum bist du dann doch gekommen?« fragte ich.

»Macht der Gewohnheit, wahrscheinlich. Außerdem fiel mir ein, daß du kein Geld bei dir hattest.«

Auf der Heimfahrt unterhielten wir uns, nett und unpersönlich. Nichts schien uns ferner zu liegen, als zu streiten. Wir entdeckten plötzlich Themen, die nicht uns und unsere Beziehung zum Mittelpunkt hatten. Es war für uns beide eine große Überraschung.

Andy saß zwischen Paul und mir. Er war in letzter Zeit Schweigen gewöhnt oder leise geführte Gespräche in unverkennbar bissigem Ton. Unsere friedliche Unterhaltung ließ ihn aufleben. Er wurde munter und zutraulich und drückte bei jeder Kurve mit Genuß auf die Hupe.

Paul lächelte und ließ ihn auf geraden Strecken sogar das Steuer halten. Er lächelte auch mir zu, freundlich und ungezwungen, und einmal strich er mir über den Kopf. Es war wie Abschiednehmen oder aber wie die berühmte Ruhe vor dem Sturm.

Am Abend saßen wir im Jägerstüberl. Es gab Griesnokkerlsuppe, Wiener Schnitzel und hinterher Apfel im Schlafrock. Paul und Andy aßen mit bestem Appetit. Ich gab Paul meine Suppe und Andy meinen Apfel im Schlafrock. Das Schnitzel verzehrte ich, ohne zu murren. Wir tranken viel Wein und plauderten munter. Eine stämmige Kellnerin mit roten, aufgerauhten Armen servierte gemächlich Speisen und Getränke. Der Wirt, ein tiefgebräunter Tiroler Naturbursche, trat an unseren Tisch: »Na Andy, wie viele Beine hat eine Fliege?«

»Vier.«

»Nein, drei. Eins hat man ihr nämlich aus'rupft.« Er lachte und stapfte zum nächsten Tisch, um auch die anderen Gäste mit seinen Späßchen zu ergötzen.

Nach dem Essen spielten wir zu dritt ›Mensch ärgere Dich nicht‹. Es war das erstemal, daß ich mich am Spiel beteiligte. Andy war darüber glückselig.

Im Grunde, dachte ich, ist es so leicht, Menschen Freude zu machen. Man plaudert, man ißt sein Schnitzel, man lächelt seinen Mitmenschen zu, man lacht über ihre kindischen Späßchen, man spielt ›Mensch ärgere Dich nicht‹. Viel mehr wird gar nicht von einem verlangt. Aber gerade das ist es, was mich zur Verzweiflung treiben würde.

Unser Umgangston blieb freundlich und neutral, auch als wir allein in unserer häßlichen kalten Stube waren. Wir entkleideten uns, jeder in einer anderen Ecke, mit dem Rücken zueinander. Ich zog ein geblümtes Flanellnachthemd an, Paul einen gestreiften Pyjama. Wir putzten uns die Zähne, jeder mit einer anderen Zahnpasta, und trockneten uns die Gesichter ab, jeder mit einem anderen Handtuch. Wir legten uns ins Bett, die erhöhte Ritze wie eine unübertretbare Grenze zwischen uns. Dann rauchten wir noch eine Zigarette, und Paul erzählte mir von einem skurrilen Onkel, der in Königsberg eine verstaubte kleine Buchhandlung besessen hatte und der eines Tages spurlos verschwunden war.

»Vielleicht hat er sich im Meer ertränkt«, sagte ich gedankenabwesend.

»Dazu bestand gar kein Grund.«

»Na, dann weiß ich auch nicht, was passiert sein kann.«

Ich lag da und versuchte, die Spannungslosigkeit zu genießen, aber es gelang mir nicht recht. Sie paßte nicht zu uns und zum Abschluß unserer einstmals so leidenschaftlichen Beziehung. Sollte sie sich wirklich auf ruhigem, normalem Weg lösen? Sollte aus dem Sturm ein laues Lüftlein werden und aus der Liebe nicht einmal Haß?

Paul war von seinem Onkel auf einen Vetter übergesprungen. Auch der hatte die merkwürdige Eigenschaft gehabt, spurlos zu verschwinden, allerdings mit dem entscheidenden Unterschied, daß er irgendwann immer wieder aufgetaucht war.

»Das scheint in eurer Familie zu liegen«, sagte ich und gähnte.

»Du bist müde«, stellte Paul fest. Er küßte mich auf die Wange und wünschte mir eine gute Nacht.

Ich erwachte mit einem Gefühl der Unruhe. Helligkeit lag auf meinen geschlossenen Lidern, und der Rauch einer Zigarette stieg mir in die Nase.

»Judith«, sagte Paul. Seine Stimme kam aus nächster Nähe und erschreckte mich. Ich öffnete rasch die Augen und schaute in Pauls Gesicht, das nur eine Handbreit entfernt über dem meinen hing. Sein Blick war bohrend, sein Unterkiefer beängstigend massiv.

Mein erster Impuls war, die Decke über den Kopf zu ziehen und in Ruhe zu überlegen, was der Anlaß dieser sonderbaren morgendlichen Begrüßung sein konnte. Soweit ich mich erinnerte, hatten wir noch am Abend zuvor eine freundschaftlich neutrale Basis gefunden. Um mit Pauls Worten zu sprechen: Die Telefonschnur war durchgeschnitten gewesen; es hatte nicht mehr geklingelt. Jetzt aber, knappe zehn Stunden später, schien es wieder zu klingeln – sehr heftig sogar. Ich wollte mich aufsetzen, aber dazu hätte ich erst Pauls Gesicht beiseiteschieben müssen, und das kam mir in Anbetracht der Lage bedrohlich vor. In Momenten der Gefahr verhielt man sich am besten mucksmäuschenstill.

»Was ist los, Paul?« frage ich mit einer Stimme, die unbekümmert klingen sollte. »Warum starrst du mich so an, und warum rauchst du schon am frühen Morgen?«

»Ich rauche und betrachte dich schon seit Stunden.«

»Eine recht sinnlose Beschäftigung.«

»Nein, gar nicht. Ich habe über dich und mich nachgedacht und glaube, jetzt endlich den Schlüssel zu unserem Dilemma gefunden zu haben.«

Ich wußte, daß dieser Schlüssel ebensowenig passen würde wie all die anderen. Aber meine Höflichkeit war in diesem Moment sehr ausgeprägt, und darum fragte ich: »Und was ist das für ein Schlüssel?«

»Würde ich dich einmal richtig besitzen – körperlich besitzen –, dann wäre dein Widerstand gebrochen.«

Ich hatte das unangenehme Gefühl, daß er drauf und dran war, seine theoretischen Vorstellungen in die Praxis umzusetzen. »Paul, auf so primitive Art kann man komplizierte menschliche Konflikte nicht lösen.« Ich begann, mich vorsichtig aus seinem Griffbereich zu schlängeln.

»Ich glaube eben, daß diese komplizierten Konflikte einen sehr primitiven Ursprung haben und darum nur auf primitive Art ... wo willst du hin?«

»Zu Andy. Du weißt doch, daß er mich um halb neun erwartet.«

»Es ist noch nicht halb neun, und selbst wenn es halb neun wäre, würde ich dich nicht aufstehen lassen.« Er griff nach mir, aber er starrte mich so durchdringend an, daß ich liegenblieb. »Wenn du dich unbedingt wehren willst, Judith, bitte schön. Aber es wird dir wenig helfen.«

»Ich will mich ja gar nicht wehren, verdammt noch mal. Tu, was du nicht lassen kannst. Tu es doch!«

Und er tat es. Er tat es mit der Besessenheit eines Sportlers, der eisern entschlossen ist, das Ziel zu erreichen, den Preis zu erringen. Ich war keine Frau mehr für ihn, sondern eine Aufgabe, die er bewältigen mußte. Ein furchtbarer Widerwille stieg in mir auf. Meine Entschlossenheit, ihn abzuwehren, wurde ebenso stark wie seine Entschlossenheit, mich zu bezwingen. Es war alles andere als Liebe. Es war ein Kampf, aus dem ich als Sieger hervorgehen mußte. Ich hielt die Augen fest geschlossen und biß die Zähne aufeinander. Ich spürte die Eiseskälte meiner Füße und die dampfende Hitze, die Pauls Körper entströmte und meine Haut befeuchtete. Schweißtropfen fielen von seiner Stirn in mein Gesicht, und Ekel würgte mich in der Kehle. Plötzlich begann ich zu weinen. Noch nie hatte ich etwas Trostloseres erlebt als diesen geschlechtlichen Akt in seiner totalen Fruchtlosigkeit. Ich fühlte keinen Haß mehr und kein Bedürfnis, Widerstand zu leisten. Ich fühlte nur noch Mitleid mit Paul und mir. Schließlich legte ich meine Arme um seinen Nacken, zog ihn zu mir herab und tat, als hätte ich Befriedigung gefunden. Ob er mir glaubte, erfuhr ich nicht.

Am Nachmittag desselben Tages wollte Paul mit mir in einen benachbarten Ort fahren, wo er eine gemütliche Tiroler Weinstube kannte. Ich hielt es für besser, Andy nicht mitzunehmen, und überließ ihn dem Schutz der rauharmigen Kellnerin.

Die Weinstube war tatsächlich gemütlich. Sie hatte einen

heißen Kachelofen, blau-rot gewürfelte Tischtücher und holzgetäfelte Wände. Die einzigen Gäste waren ein junges Liebespaar, das entrückten Blicks, eng aneinandergeschmiegt in einer Ecke klebte, und ein dicke graue Hauskatze, die hoheitsvoll auf einem Tische thronte und ihr nicht vorhandenes Volk zu überblicken schien. Ich setzte mich mit dem Rücken zum Ofen und sog die lang entbehrte Wärme ein. Paul nahm mir gegenüber Platz und vertiefte sich in die Weinkarte.

Ich betrachtete ihn. Er trug einen kleidsamen Rollkragenpullover aus dicker, weißer Wolle. Seine Haut war leicht gebräunt, und das betonte den guten Schnitt seines Gesichts, das Silbergrau seiner Haare und Augen. Er sah wunderbar aus, und das stimmte mich traurig.

»Paul«, sagte ich unwillkürlich, »du hast doch bestimmt großen Erfolg bei Frauen.«

»Was soll denn das jetzt?« fragte er, ohne den Blick von der Karte zu heben.

»Ich habe dich eben so angeschaut und festgestellt, daß du sehr anziehend aussiehst.«

»Es freut mich außerordentlich, daß du das festgestellt hast.« Er legte die Karte beiseite. »Ich werde von vier verschiedenen Weinen ein Viertel bestellen, und dann können wir uns entschließen, bei welchem wir bleiben wollen.«

»Ich fürchte, nach den vier verschiedenen Vierteln werden wir mehr betrunken als entschlossen sein.«

»Um so besser. Ich habe die Absicht, mich zu betrinken.«

»Warum?«

»Weil morgen abend Silvester ist.«

»Und warum noch?«

Er sah mich an, lächelte ein wenig und schwieg. Ich fragte mich, ob er sehr unglücklich war oder ob er seine Selbstsuggestion schon so weit getrieben hatte, daß er gar nicht mehr unglücklich sein konnte.

Er trank in Windeseile ein paar Gläser Wein und erreichte sehr bald den beabsichtigten Zustand. Er war nicht betrunken, aber doch soweit beschwipst, daß sich seine Austernschale zu öffnen begann. Ich verfolgte diesen Vorgang mit äußerster Spannung und einer Mischung aus Erleichterung und Beklommenheit. Denn aus Pauls starrer Hülle löste sich, einer Trickaufnahme gleich, der faszinierende Paul der

Vergangenheit. Plötzlich sprühte er wieder, schillerte und strahlte. Seine Bewegungen, seine Blicke, sein Lachen waren stark und frei. Er brach aus seiner eigenen Enge heraus und kannte keine inneren, keine äußeren Schranken mehr. Noch einmal, vom Wein beflügelt, schwang er sich empor zu dem Höhenflug, der ihn so gräßlich zu Fall gebracht hatte. Und noch einmal riß er mich mit – ein Stück nur, aber weit genug, um meine Sehnsucht von damals zu wecken.

Warum konntest du nicht so bleiben, dachte ich und streckte ihm die Hand entgegen. Er nahm sie und küßte die Spitze meines kleinen Fingers.

»Du hast den längsten kleinen Finger, den ich jemals gesehen habe«, sagte er, »an dir ist wirklich nichts normal.«

Er lachte. Es war das erstemal, daß er sich über meine scheinbare Anomalität amüsierte und einen überlangen kleinen Finger nicht zum Anlaß nahm, mir meine Morbidität vorzuwerfen. Es war mir verdächtig, daß er sich seiner verbissenen Seriosität, seiner schulmeisterlichen Art so schnell und mühelos entledigt hatte. Ein paar Gläser Wein allein konnten nicht die Ursache sein. Die Ursache steckte tiefer, der Rausch war nicht nur eine Folge des Alkohols. Paul war in einem Zustand der Auflösung, und ich merkte, daß ihm dieser Zustand Spaß machte, daß er ihn bewußt vorantrieb und beschleunigte.

»Noch einen Liter Roten«, rief er der Kellnerin zu, »ganz gleich, von welcher Sorte!« Ich versuchte nicht, es zu verhindern. Sollte er sich betrinken, bis er nicht mehr stehen konnte. Es war eine Wohltat, ihn ohne Zwangsjacke zu erleben.

Er sprach viel, und ich hütete mich, ihn zu unterbrechen. Er sprach von seiner Vergangenheit, und nicht in Form von Anekdoten, die am Wesentlichen vorbei auf eine mehr oder weniger gelungene Pointe zusteuerten. Er sprach mit Leidenschaft. In seiner Stimme, seinem Gesicht wechselten Liebe und Haß, Furcht und Sehnsucht, Trauer und Begeisterung. Er erzählte von seinen Eltern, von seiner Kindheit und Jugend, von den furchtbaren Jahren seiner illegalen Existenz, von den ersten mühseligen Monaten in Berlin. Von Sybille, von Freundinnen und Freunden, von seinen zwielichtigen Ost-West-Geschäften.

»Ich bin im richtigen Moment abgesprungen«, sagte er mit

einem listigen Lächeln, »hätte ich es nicht getan, ich säße heute wahrscheinlich nicht bei diesem köstlichen Wein.«

Ich traute meinen Ohren nicht. »Hast du dich vielleicht darum so plötzlich entschlossen, deinen Beruf zu wechseln und ein neues Leben anzufangen?«

»Nicht nur darum. Aber es war sicher der letzte entscheidende Anstoß; wer weiß, ob ich ohne ihn den Sprung gewagt hätte. Na ja, so was gesteht man sich natürlich nicht gern ein. In jedem Menschen mischen sich Wahrheit und Unwahrheit zu einem unentwirrbaren Knäuel. Die reine Wahrheit, mein liebes Kind, ist ebenso unerreichbar wie Gott.«

»Paul«, sagte ich traurig, »warum sprichst du jetzt erst über diese Dinge?«

»Weil ich es gar nicht so genau wissen wollte ... wissen will.« Er setzte sich neben mich und legte den Arm um meine Schultern. »Ach, Judith, warum muß man immer die Menschen lieben, die Gift für einen sind?«

»Das habe ich mich auch schon oft gefragt.«

Er küßte mich auf die Stirn. Dann stand er auf. »Laß uns gehen, ich bin betrunken.«

Jetzt war ihm wohl klar, wie weit er sich vorgewagt hatte.

»Wollen wir nicht noch ein kleines bißchen bleiben?«

»Nein, Judith, nein ...« Paul setzte sich erst gar nicht wieder hin, sondern holte die Kellnerin und zahlte. Er hatte es sehr eilig, dem Wein und der Erkenntnis zu entkommen.

Ich wollte fahren, aber er ließ es nicht zu. Wie alle betrunkenen Menschen, behauptete er, ausgezeichnet fahren zu können. Er fuhr auch ausgezeichnet, nur in einer Kurve kam der Wagen ins Schleudern. Paul fing ihn ab, kurz bevor wir uns dem äußeren Rand der Kurve näherten.

»Schade«, sagte er, stieg aus und schaute lange in den Abgrund.

Der nächste Tag war der einunddreißigste Dezember – der Tag der Schüsse und des Glockenläutens, der Tag der Knallfrösche und der Nationalhymnen, der Tag des Sektes und der Tränen, der Tag blödsinniger Späße und guter Vorsätze, der Tag bunter Papierhütchen und feierlicher Besinnlichkeit – kurzum der Tag, an dem sich der Mensch von seiner unausstehlichsten Seite zeigt.

Schon am frühen Morgen, noch während ich schlafbenommen im Bett lag, drangen die ersten Silvestergeräusche auf mich ein. Die Zimmertüren wurden lauter als gewöhnlich zugeschlagen, die Gäste liefen eiliger und rastloser hin und her, zwei Dienstmädchen brüllten sich gegenseitig Anweisungen zu, ein Staubsauger heulte auf, eine Frau kreischte, ein Mann lachte, auf der Straße knallte es, und Kinder jubelten, und Hunde bellten.

»Ein frohes neues Jahr«, sagte ich zu Paul, der bereits angezogen auf dem Rand seines Bettes saß und sich die Stiefel zuschnürte.

Er schaute auf und lachte: »Ganz schöner Lärm heut morgen, was?«

»Ja, und mir scheint, du willst dich daran beteiligen. Oder warum bist du schon fix und fertig?«

»Ich möchte ein bißchen spazierengehen. Es ist herrliches Wetter.« Er stand auf und schob den Vorhang beiseite: »Schau mal!« Ich sah ein Stück tiefblauen Himmels und eine Reihe glitzernder Eiszapfen, die an den Tagen zuvor nicht dagewesen waren. »Das sieht schön aus, aber entsetzlich kalt.«

»Zehn Grad unter Null.«

»Huh ...«, sagte ich und zog mir die Decke bis zum Kinn empor. Paul wickelte sich einen dicken Schal um den Hals und zog seinen Dufflecoat an. Dann trat er an mein Bett und schaute mit mildem Lächeln auf mich nieder. Er machte einen ausgeglichenen, gesammelten Eindruck.

»Bist du dabei, dein Leben zu sortieren?« fragte ich, nicht ohne Gehässigkeit.

»Wie kommst du darauf?«

»Du siehst so aus, und außerdem ist heute der einunddreißigste Dezember. An diesem Tag faßt man bekanntlich neue Entschlüsse und ernsthafte Vorsätze.«

»Die zu fassen überlasse ich dir. Ich habe meine bereits gefaßt.«

»Oh«, sagte ich, »dann muß ich mich wohl beeilen.«

»Sehr richtig ... du mußt dich beeilen.«

Er drückte mir einen väterlichen Kuß auf die Stirn und ging zur Tür.

»Paul«, sagte ich.

»Ja?«

»Gestern abend hattest du einen ganz hübschen Schwips.«

»Ich weiß.«

»Du warst herrlich ... kannst du nicht immer einen Schwips haben?«

»Nein, Judith, das kann ich leider nicht.« Er lächelte bekümmert und verließ das Zimmer.

Ich blieb eine Weile regungslos liegen, und meine Gedanken waren wirr wie der stupide Lärm, der von allen Seiten auf mich eindrang. Neujahr am Ende der Welt, dachte ich verzweifelt, Jubel, Trubel, Heiterkeit ... neue Entschlüsse, ernsthafte Vorsätze ... Paul hat sie bereits gefaßt ... er hat die Telefonschnur wieder zusammengeknüpft ... er will mich behalten, und ich sollte bei ihm bleiben ... vermutlich erwarte ich ein Kind von ihm ... Knallfrösche und johlende Menschen und ein Kuß um Mitternacht ... Ich muß jetzt einen Entschluß fassen, aber ich kann es nicht – nicht unter diesen Umständen ...

Und dann, zehn oder zwanzig Minuten später, brauchte ich keinen Entschluß mehr zu fassen. Der Entschluß war ganz von selber gekommen, oder – um mit Pauls Worten zu sprechen – das Schicksal hatte sich eingeschaltet.

Ich erwartete kein Kind. Ich war frei. Ich war durch nichts mehr an Paul gebunden. Ich konnte aufstehen, meine Koffer packen und gehen. Nein, das konnte ich natürlich nicht und wollte es auch gar nicht. Aber meine Erleichterung war so grenzenlos, daß ich das Gefühl hatte, auf einem Drahtseil tanzen zu können. Es gab keine Hindernisse mehr, keine Probleme, keine Ungewißheit. In diesem Moment der Erlösung gab es sogar schon keinen Paul mehr.

Ich ging zu Andy hinüber. Auf dem Flur hatte ein Witzbold, der es nicht erwarten konnte, Knallerbsen ausgestreut. Ich trat auf eine. Es klang, als hätte jemand einen Schuß abgefeuert. Ich war sehr schreckhaft und hätte normalerweise einen Wutanfall bekommen. Jetzt lachte ich nur.

Andy war noch im Bett. Sein brauner Haarschopf und die goldgelben Ohren des Tigers lugten unter der Decke hervor.

»Andy«, rief ich, »aufstehen! Die Sonne scheint, die Knallerbsen knallen, und deine Mutter ist fröhlichster Silvesterstimmung!« Jetzt kamen seine Augen zum Vorschein – große, dunkelschimmernde, erstaunte Augen.

»Sind das Knallerbsen?«

»Ja, mein Engel. Knallerbsen, Sektpfropfen und sonstige Tiroler Lustbarkeiten. Du kennst doch das Lied: ›Die Tiroler sind lustig, die Tiroler sind froh ...‹«

»Aber Mammi«, sagte Andy mit leisem Vorwurf. Immer wenn ich besonders heiter war, glaubte er mich auf den Ernst des Lebens aufmerksam machen zu müssen.

Ich küßte ihn auf Stirn, Nasenspitze, Mund und Kinn, zog den Tiger an seinen Schnurrbarthaaren und schlug die Decke zurück: »Aus dem Bett, hopp ... und Zähne putzen!«

»Ich hab' ein bißchen Halsschmerzen«, erklärte Andy, aber wahrscheinlich war es nur ein Vorwand, um nicht zum Skikurs zu müssen.

Ich befühlte seine Stirn und seinen Puls. Die Stirn war kühl, der Puls normal.

»Hab' ich Fieber?« fragte Andy erwartungsvoll.

»Nein, aber das macht nichts. Du kannst dich trotzdem drüben in mein Bett legen.«

Schnell wie ein Wiesel war er auf den Beinen und an der Tür. Er liebte es, in meinem Bett zu liegen und krank zu spielen. Allerdings nie länger als eine Stunde.

»Wirst du mir vorlesen?«

»Natürlich«, sagte ich, denn Vorlesen gehörte dazu.

Ich las ihm aus unserem gemeinsamen Lieblingsbuch ›Doktor Doolittle‹ vor. Andy saß aufrecht im Bett, einen Schal um den Hals gewickelt, die leuchtenden Augen gebannt auf mein Gesicht geheftet. An den aufregenden Stellen hielt er den Atem an, dann wieder lachte er schallend oder runzelte unwillig die Stirn. Es war schön, ihm vorzulesen. Er erlebte die Geschichte, und obgleich er wußte, daß Tiere nicht sprechen, denken und menschliche Arbeit verrichten konnten, zweifelte er in diesem Moment nicht daran, daß sie es konnten.

»Mammi«, bat er an Stellen, die ihm besonders gut gefielen, »lies das noch mal.«

Und ich las, indem ich den gütigen Ton des Doktor Doolittle, das tiefe Organ des Löwen und die hohen Fistelstimmen der Affen nachahmte.

Eine halbe Stunde später kam Paul von seinem Spaziergang zurück. Er betrachtete die trauliche Szene mit wohlgefälligem Lächeln, zog sich leise Mantel und Schuhe aus und nahm auf dem Fußende des Bettes Platz, um zuzuhören.

»... Die alte Polynesia saß immer auf ihrem Ast«, las ich, »und spuckte und knatterte vor sich hin wie ein Feuerwerkskörper an einem feuchten Abend ...«

Andy jubelte auf. Ich schaute Paul an, und er begegnete meinem Blick mit Zärtlichkeit. Siehst du, schien er zu sagen, so stelle ich mir unser gemeinsames Leben vor. So friedlich, so harmonisch ...

Plötzlich schlug meine Erleichterung in drückende Besorgnis um. Mein schlechtes Gewissen stach mit tausend spitzen Nadeln auf mich ein. Was für mich Erlösung war, würde für ihn eine grenzenlose Enttäuschung sein. Er hatte sich das Kind gewünscht, mehr – das erkannte ich jetzt – als alles andere auf der Welt. Für ihn war es ein unzerreißbares Band zwischen uns gewesen, das lang ersehnte Zuhause, die Rettung.

»Mammi«, rief Andy ungehalten, »warum liest du denn nicht weiter?«

Ich senkte den Kopf und las: »Bald konnten wir neben dem erderschütternden Schritt auch noch andere Geräusche vernehmen und dann ...«

Da saßen sie – Paul und Andy – und hörten mir zu. Ich spürte ihre Augen auf mir, erwartungsvolle, zutrauliche Augen. Sie waren sich in diesem Moment so ähnlich, der große und der kleine Junge.

Der Tag verging, es wurde Abend. Die Gäste zogen sich auf ihre Zimmer zurück, um sich für die Silvesterfeierlichkeiten zu schmücken. Plötzlich war es sehr still im Hotel.

Ich brachte Andy ins Bett. »Ist jetzt gleich Neujahr?« fragte er.

»In vier Stunden.«

»Gibt's dann Krieg?«

»Aber Andy«, rief ich erschrocken, »wie kommst du denn darauf?«

»Tante Specht hat zur Hausmeisterin gesagt, im neuen Jahr gibt's Krieg.«

»Tante Specht redet manchmal schrecklichen Unsinn. Natürlich gibt es keinen Krieg.«

»Ist Krieg schlimm, Mammi?«

»Krieg ist das Schlimmste, was es gibt.«

»Da sterben viele Menschen, nicht wahr?«

»Komm, Andy, laß uns beten.«

»Vater unser, der du bist im Himmel ...«, begann er und sah mich mit großen ernsten Augen an. Als er geendet hatte, küßte ich ihn und löschte die Nachttischlampe.

»Mammi«, sagte er, »Onkel Paul ist sehr, sehr nett.«

»Ja, das ist er.«

»Bleibt er noch lange?«

»Nein.«

»Warum?«

»Weil er wieder nach Amerika zurück muß.«

»Bist du dann traurig?«

»Ich hab' ja dich, mein Kleines. Gute Nacht, schlaf schön.«

Ich ging ins andere Zimmer hinüber. Paul war nicht dort, aber sein Mantel hing am Haken, und seine Armbanduhr lag auf dem Tisch. Er konnte nicht weit sein. Ich stellte mich an die Heizung und wartete. Jetzt mußte ich es ihm sagen, und es war ja auch gar nichts dabei. Lächerlich, daß ich es Stunde um Stunde mit wachsender Angst hinausgeschoben hatte. Es war, weiß Gott, keine welterschütternde Eröffnung: Paul, ich habe mich geirrt, ich kriege kein Kind ... Vielleicht traf es ihn gar nicht so schwer. Vielleicht war er sogar erleichtert. Es vereinfachte die Situation, es ersparte uns viel Kummer. Er würde es ganz bestimmt einsehen. Das Schicksal hat es so gewollt, Paul ... Vom Schicksal redete er ja immer. Das Schicksal hatte uns zusammengeführt, das Schicksal trennte uns wieder. Es war gut, wenn man alles auf einen nebulosen Sündenbock wie das Schicksal abschieben konnte.

Jetzt kamen Schritte den Flur hinunter – schnelle, kurze Schritte, begleitet von einem fröhlichen Pfeifen. Auch wenn er noch so fröhlich pfeift, dachte ich, es hilft nichts, ich muß es ihm sagen.

Die Tür flog auf, und Paul, im Bademantel, ein Handtuch über der Schulter, mit blank gescheuertem, glühendem Gesicht, trat ins Zimmer. Wie immer, wenn er gebadet und geduscht hatte, wirkte er besonders robust und vital. Ich mochte ihn nicht in solchen Momenten, sondern empfand Widerwillen gegen seinen erhitzten, massigen Körper, der sich unter dem enggeschnürten Bademantel aufdringlich abzeichnete. Jetzt aber war mir seine Vitalität und mein Widerwillen sehr willkommen. Unter solchen Voraussetzungen ließ sich das, was mich kurz zuvor noch mit Furcht und

Gewissensbissen erfüllt hatte, leichter aussprechen. Ein Mann, der über solche Kraftreserven verfügte, der dampfend, pfeifend und von Gesundheit strotzend durchs Zimmer marschiert, der war nicht umzuwerfen.

»Paul«, sagte ich, »ich muß etwas mit dir besprechen.«

Er stand vor dem Schrank und nahm Unterwäsche und ein weißes Hemd heraus. »Später, Judith. Jetzt zieh dich erst mal um, sonst versäumen wir noch das fürstliche Silvesteressen.«

»Ich möchte jetzt sprechen, um es hinter mich zu bringen.«

»Das klingt ja sehr dramatisch«, sagte er gelassen.

»Es ist ganz undramatisch, aber ...«

Er legte Wäsche und Hemd aufs Bett und öffnete den Gürtel seines Bademantels. »Aber was?«

»Ich wollte dir nur sagen, es war falscher Alarm ... ich erwarte kein Kind.«

»Aha.« Er zog den Gürtel seines Bademantels wieder zusammen und streifte mich mit einem kurzen, nichtssagenden Blick. Dann nahm er das Hemd und begann, es aufzuknöpfen. »Und wann hast du das festgestellt?«

»Heute früh.«

»Tja«, meinte er, »da ist nichts zu machen.«

Na bitte, dachte ich, teils erleichtert, teils beleidigt, es trifft ihn überhaupt nicht. Wir schwiegen eine Weile. Paul öffnete Knopf für Knopf, und ich sah ihm dabei zu. Schließlich sagte ich mit einem Achselzucken: »Wahrscheinlich ist es besser so.«

»Wahrscheinlich«, erwiderte er. Er ließ das Hemd aufs Bett fallen, trat ans Fenster, zog den Vorhang etwas beiseite und schaute hinaus.

Ich zündete mir eine Zigarette an und überlegte, wie ich das Gespräch jetzt fortsetzen könnte. Paul, allem Anschein nach, hielt es für beendet. Die Tatsache, daß ich kein Kind erwartete, hatte für ihn offenbar nicht dieselbe schwerwiegende Bedeutung wie für mich. Minuten vergingen, und er stand am Fenster und schwieg.

Ich wurde nervös. Je länger er wartete, um so schwerer schien es mir, die richtigen Worte zu finden. Ich nahm einen Anlauf und sagte in forschem Ton: »Da ich nun also kein Kind erwarte, sieht die Geschichte für uns entscheidend anders aus, findest du nicht?« Er gab keine Antwort.

»Paul«, rief ich ungeduldig, »ich spreche mit dir!«

Entschlossen ging ich auf ihn zu. Doch plötzlich blieb ich wie angewurzelt stehen und starrte ungläubig auf Pauls breiten Rücken, der zuckte und bebte, als könne sich Paul vor Lachen kaum halten. Im ersten Moment glaubte ich wirklich, daß er lachte, doch dann hörte ich einen mühsam unterdrückten, unmißverständlichen Laut. Paul weinte.

Zunächst einmal war ich zu überrascht, um etwas zu sagen oder zu tun. Ich stand da, betrachtete die Gestalt im blauen Bademantel, und es gelang mir nicht, diesen weinenden Mann mit Paul zu identifizieren. Es gab Dinge, die einfach nicht im Bereich des Möglichen lagen, und dazu gehörte, daß ein Mann wie Paul weinte. Es dauerte lange, bis ich das, was ich mit eigenen Augen sah, auch mit dem Verstand erfaßte. Und da packte mich tiefes Entsetzen. Es war nicht mitanzusehen, und ich war kurz davor, aus dem Zimmer zu laufen. Doch dann bemerkte ich, wie Paul in die Tasche seines Bademantel griff und auf der Suche nach einem Taschentuch vergeblich darin herumwühlte. Schließlich zog er die Hand wieder heraus und hob sie leer an seine Augen. Und diese unbeschreiblich hilflose Gebärde eines so groß und stark aussehenden Mannes verwandelte mein Entsetzen in Mitleid.

Ich trat neben ihn und begann, ihm fest und beruhigend über den Rücken zu streichen. »Paul«, redete ich leise auf ihn ein, »was hast du denn ... komm, sag mir, was du hast ... ich möchte dir doch helfen ...«

Aber meine Berührung schien seinen Schmerz noch zu steigern. Wie Stöße lief es durch seinen Körper, und das bis dahin gedämpfte Schluchzen brach laut und qualvoll aus ihm hervor. Paul hatte die Gewalt über sich verloren, endgültig und restlos. Es war ihm gleichgültig, was jetzt geschah – er sah und hörte und dachte nicht mehr. Er hatte sich aufgegeben.

»Paul«, beschwor ich ihn, »Paul, ich bitte dich!«

Er drehte sich zu mir herum. Der Bademantel klaffte über seiner behaarten Brust auseinander, und sein Gesicht war tränenüberströmt. Es störte ihn nicht, daß ich ihn so sah und mit weit aufgerissenen Augen anstarrte. Wahrscheinlich bemerkte er es gar nicht. Mit ein paar taumelnden Schritten war er am Bett und ließ sich darauf niederfallen. Auf dem Rücken liegend, den Blick zur Decke gerichtet, den Mund verzerrt, weinte er laut und hemmungslos weiter. Es war ein Anblick, den ich nicht ertragen konnte. Ich lief zu ihm, warf mich über ihn und umschlang ihn mit all meiner Kraft, bis das Zucken und Schluchzen langsam nachließ und schließlich mit einem zitternden Seufzer verstummte.

Eine Weile blieben wir regungslos liegen. Ich fühlte mich plötzlich so müde, daß ich auf der Stelle hätte einschlafen können. Vorsichtig zog ich die Arme unter Pauls Rücken hervor und ließ mich an seine Seite gleiten. Dann legte ich den Kopf auf seine Schulter und schloß die Augen.

Paul stöhnte, hustete schwach und bewegte den Kopf. Es war, als erwachte er aus einer tiefen Narkose. »Ich habe es versucht ...«, murmelte er, und es klang, als habe er das Bewußtsein noch nicht ganz wiedererlangt, »ich habe es ehrlich und mit aller Kraft versucht ...«

»Was, Paul?« fragte ich leise und behutsam.

»Zu lieben, was ich nicht lieben kann, und zu hassen, was ich nicht hassen kann.«

»Ich weiß.«

»Ich habe mich ausgeleert wie einen Mülleimer ... all das Dreckige, Verfaulte habe ich weggeworfen, und trotzdem ...« Der Satz endete in einem gequälten Seufzer.

»Du hast eben zuviel weggeworfen«, sagte ich, und dann, kaum hörbar: »Mist ist der beste Nährboden.«

Paul hob den Arm und legte ihn über die Augen. »Ich habe mir ein Ziel gesetzt«, fuhr er fort, »und ich habe das Ziel erreicht. Frag nicht, was es mich gekostet hat ... aber ich habe es erreicht.«

»Ja, Paul, du hast es erreicht.«

»Und um es zu erreichen, habe ich mich mit eisernem Willen völlig umgekrempelt: Aus einem Pessimisten wurde ein Optimist, aus einem asozialen Individuum ein guter Bürger, aus einem Menschenverächter ein Menschenfreund, aus einem unberechenbaren Taugenichts ein ehrbarer Mann, aus einem Schieber ein Arzt.« Er machte eine Pause, holte tief Luft und sagte dann mit tonloser Stimme: »Und trotzdem, im Grunde meines Herzens bin ich geblieben, was ich war. Der einzige Unterschied ist der, daß ich es nicht mehr praktiziere.«

An diesem Punkt hatte ich Paul haben wollen, und jetzt hatte ich ihn da. Aber es war zu spät – Wochen, Monate zu spät. Jetzt saß er in der Falle der Erkenntnis, und ich mußte machtlos mitansehen, wie er sich den Kopf anrannte, wie er sich quälte und wand.

»Ich habe mein Ziel erreicht«, sagte er, »und doch nicht erreicht.«

»Paul«, sagte ich mit verzweifelter Eindringlichkeit, »natürlich hast du dein Ziel erreicht. Du bist vielleicht nicht anders geworden, aber du lebst anders, und darauf kommt es an!«

Er schien mich gar nicht zu hören. »Wenn ich ganz ehrlich sein soll«, fuhr er mit dieser tonlosen Stimme fort, »dann muß ich zugeben, daß ich nicht glücklich bin. Nein, ich bin es nicht. Ich war es wohl eine Zeitlang, damals, als das alles noch im Entstehen war. Es war der Rausch, mich selber überwunden zu haben und auf dem guten Weg zu sein. Daß ein guter Weg auch ins Dunkle führen kann, daran habe ich gar nicht gedacht. Ich war ein naiver Fanatiker.«

Ich richtete mich auf, packte seine Schultern und versuchte, ihn zu schütteln. Aber er war schwer wie ein Steinblock. »Paul«, rief ich, »hör auf! Hör um Himmels willen auf, dich jetzt ins Gegenteil hineinzusteigern!«

Er nahm den Arm vom Gesicht und sah mir mit tödlicher Ruhe in die Augen: »Ich liebe Amerika nicht«, sagte er, »ich habe es nie geliebt und werde es, aller Wahrscheinlichkeit nach, auch nie lieben. Ich bin einsam da drüben, gottverlassen einsam. Ich habe mir so sehr ein Kind von dir gewünscht, Judith. Es hätte alles geändert.«

»Das glaubt man immer.«

»Ich weiß es. Und ich weiß auch, daß ich mit dir glücklich werden könnte.«

»Nein«, sagte ich erstickt, »das könntest du nicht. Das bildest du dir ein, so wie ich es mir eingebildet habe; damals, als ich dich anflehte, mich nicht zu verlassen.«

»Wie gut, daß ich dich damals verlassen habe. Du hattest drei Jahre lang die Illusion, einen Helden zu lieben.« Er ließ ein leises Lachen hören, das bitter und traurig klang. Dann sprach er weiter. »Du bist für mich kein Phantasiegeschöpf. Ich sehe dich, so wie du bist, und ich liebe dich, so wie du bist. Dich, mit all deinen Schwächen, die auch meine Schwächen waren – oder sind – und gegen die ich darum immer Sturm gelaufen bin.«

»Du wolltest mich auch umkrempeln, nicht wahr?«

»Ja.«

»Hast du denn nicht begriffen, daß ich mich mit all meinen Schwächen recht wohl gefühlt habe?«

»Doch, und gerade das hat mich so verrückt gemacht. Es hat mein mühsam errungenes Lebensbild ins Wanken gebracht.«

»Wir hätten so gut zueinander gepaßt«, sagte ich verzagt, »so gut, wie selten zwei Menschen.«

Paul setzte sich schwerfällig auf. Er nahm meine Hand und legte sie an seine Wange. »Bleib bei mir«, bat er, »ich brauche dich.«

Ich wußte nicht, wo ich hinschauen, was ich sagen sollte. Noch einmal stoben die Erinnerungen auf wie trockenes, vom Wind emporgewirbeltes Laub: Paul, weißgekleidet und sonnengebräunt auf der Terrasse des Ateliers; Pauls Hände, die sich an das Geländer klammerten; Pauls Augen, die kalt über mich hinwegblickten; Paul, wie er über die Maximilianstraße strahlend auf mich zukam; Pauls harter Blick, als ich ihn bat, mich nicht zu verlassen; Paul auf dem schäbigen grünen Teppich seiner New Yorker Wohnung; Paul im schokoladenfarbenen Konfektionsmantel; Paul, wie er die Mandarinen von der Decke riß; Pauls breiter, unbeugsamer Rücken, Paul, wie er weinte ...

»Judith!«

Ich wandte langsam den Kopf und sah ihn an. Sein Gesicht war schlaff, verquollen und fleckig. Mein Held, dachte ich, mein armer Held. Was sollte ich sagen? Wie konnte ich der Bitte in seinen Augen entkommen?

»Paul«, begann ich, »als du mir damals auf der Maximilianstraße begegnetest, da ...« Nein, so ging es nicht! Ich konnte mir gar nicht mehr vorstellen, was ich damals auf der Maximilianstraße empfunden hatte. Es war nichts Greifbares da. Es war vielleicht nie etwas Greifbares dagewesen. Paul, den ich zu lieben, die Liebe, die ich zu empfinden geglaubt hatte – es war alles ein Traum gewesen – ein Traum, den ich verfolgt hatte, um die Wirklichkeit zu finden.

Paul zog den Kopf mit einem Ruck zurück, und meine Hand fiel herunter. »Als ich dir damals auf der Maximilianstraße begegnete«, sagte er, »da brauchtest du einen Rettungsring, an den du dich klammern konntest. Jetzt brauchst du ihn nicht mehr. Du hast dich freigeschwommen.« Sein Gesicht straffte sich, Augen und Mund wurden schmal und hart. Über den Backenknochen spannte sich die Haut, der Unterkiefer trat mächtig hervor. »Keine Angst, Judith, du brauchst nicht bei mir zu bleiben. Du kannst gehen. Es ist aus. Es ist überstanden.«

Wir zogen uns an – Paul einen dunklen Anzug, ich ein schwarzes, dekolletiertes Kleid.

»Du siehst sehr attraktiv aus«, sagte Paul.

»Du auch«, sagte ich.

Ich trat vor den Spiegel. Paul stellte sich hinter mich, um sich die Krawatte zu binden. Ich betrachtete uns, und der Anblick schmerzte mich. Wir paßten, so wie wir da standen, vortrefflich zueinander. Paul fing meinen Blick auf.

»Tja«, sagte er, »so ist das eben.«

Ich wandte mich schnell ab und ging zur Tür. Paul folgte mir.

Der große, nüchterne Speisesaal hatte ein Flittergewand aus buntem Papier angelegt. Soviel buntes Papier hatte ich noch nie gesehen. Es rieselte von der Decke, rankte sich an den Wänden empor, wand sich um Tische und Stühle, verfing sich in den starr gelockten Haaren der Frauen. Luftschlangen, Girlanden, Blumen, Lampions und alles zitterte und kräuselte sich in dem aufsteigenden Brodem einer entfesselten Menschenmenge. Die ganze Dorfjugend hatte sich eingestellt – dralle Bauernmädchen und grobschlächtige Bauernburschen, die mit Dirndl und ledernen Bundhosen auch ihren urwüchsigen Charme abgelegt hatten. In ihren seidenen Festtagsfähnchen und dunkelblauen Anzügen wirkten sie wie aufgeputzte Ackergäule in einer Zirkusmanege. Erhitzt und unbeholfen versuchten sie ihre Sache genauso gut zu machen wie die weltmännisch gewandten Urlauber, die mit Geld, Sekt und Scherzartikeln so zwanglos umzugehen verstanden.

»Paul«, sagte ich verstört, »wollen wir uns das wirklich antun?«

»Natürlich«, sagte er, »das ist doch lustig.«

Ich fand es nicht lustig. Der Lärm, der in den chaotischen Klängen einer Vier-Mann-Amateurkapelle gipfelte, die Ausdünstungen erhitzter Körper, durchsetzt von den Gerüchen schlechten Alkohols und billigen Parfums, die zitternden Papierdekorationen und tobenden Menschen stürzten mich in jähe Verzweiflung.

»Komm, Judith, irgendwo muß ein Tisch für uns reserviert sein.«

Wir fanden den Tisch. Er stand nicht etwa in einer geschützten Ecke, sondern mitten im Saal, eingekeilt von zahllosen anderen Tischen, Stühlen und Körpern.

Wir setzten uns. Ich verkrampfte die Hände im Schoß und starrte auf die weiße Tischdecke, auf der ein vierblättriges Staniolkleeblatt, ein Päckchen Luftschlangen und ein Beutel mit Papierbällchen lag. Die Kapelle spielte mit mißtönender Vehemenz alte deutsche Kriegsschlager, und hinter mir saß eine sogenannte Stimmungskanone – ein Rheinländer natürlich –, der eine mehrköpfige Gesellschaft zu ohrenbetäubenden Lachsalven hinriß. Mir war, als triebe ich mutterseelenallein auf einem stürmischen, heimtückischen Meer.

»Mach nicht so ein trostloses Gesicht«, sagte Paul.

Ich hob langsam den Kopf und sah ihn an: »Was hat das nun für einen Sinn?« fragte ich.

»Was?«

»Das hier.«

»Alles hat einen Sinn. Die Menschen freuen sich, sie tanzen, sie trinken, sie feiern ...« Er schaute sich mit wohlwollendem Lächeln im Saal um: »Und ich freue mich an ihrer Freude.«

Es ist alles wieder beim alten, dachte ich. Er hat zurückgefunden in seine Austernschale, in sein amerikanisches Lächeln, seine nichtssagenden Phrasen, seinen verlogenen Optimismus. Er würde zurückfinden in seinen weißen Arztkittel, seinen kakaofarbenen Konfektionsmantel, seine enge New Yorker Wohnung und behaupten, die Menschen zu lieben, Amerika zu lieben, das Leben zu lieben. Und dann, irgendwann, würde er eine nette Frau heiraten, ein Häuschen am Rande New Yorks beziehen und ein Durchschnittsleben führen. Warum auch nicht?

Ich sah zu den Tanzenden hinüber, die sich zu den Klängen eines Walzers beharrlich um ihre eigene Achse drehten. Eins, zwei, drei ... eins, zwei, drei ... eins, zwei, drei ... Immer die gleichen Schritte, immer die gleiche Drehung.

Alles hatte einen Sinn. Oder aber nichts hatte einen Sinn. Es kommt nur drauf an, wie man es sieht, würde Paul sagen.

Ich griff abwesend nach dem Beutel mit Papierkugeln, öffnete ihn, nahm ein Bällchen heraus und warf es in die Luft.

»Und du«, fragte Paul, »was wirst du nun tun?«

»Ach, immer das gleiche«, sagte ich und wußte nicht recht, was ich damit meinte.

»Willst du in München in der Willibaldstraße neunzehn dein Leben beenden?«

»Ob nun ausgerechnet in der Willibaldstraße, das weiß ich wirklich nicht.«

»Weißt du überhaupt was?«

»Nein, wie sollte ich auch.«

»Man muß doch eine Vorstellung von der Zukunft, vom Ablauf seines Lebens haben.«

Ich lächelte und schwieg.

»Armes Kind«, sagte Paul und schüttelte bedauernd den Kopf. Plötzlich war ich zufrieden und froh. Ich wußte nichts. Ich hatte keine Vorstellung von der Zukunft, vom Ablauf meines Lebens. Es lag alles noch unerforscht vor mir. Ich hatte Jahre Zeit, es zu erforschen. Ich würde mich nicht hetzen, nicht drängen. Ich würde durchs Leben gehen wie durch eine interessante Landschaft. Den schmalen Streifen, an dem Himmel und Erde zusammenstoßen, würde ich doch nie erreichen. Kein Mensch erreicht ihn. »In deinem Alter«, sagte Paul, »solltest du nicht mehr von heut auf morgen leben.«

Ich nickte zerstreut, griff wieder nach dem Beutel und schüttelte ein paar Papierbällchen auf den Tisch.

»Denn glaub mir, Judith, jeder Mensch muß einen Weg vor Augen haben, ein Ziel ...«

»Ein Ziel«, sagte ich, »ich habe eins. Siehst du den fetten Frauenrücken da vorne? Auf den werde ich jetzt mal zielen.« Ich nahm ein Bällchen und warf. Es landete ganz woanders. »Ich bin hoffnungslos unbegabt im Werfen«, erklärte ich. »Andy nimmt mich deshalb auch gar nicht ernst.«

»Ich sehe schon, du möchtest das Thema wechseln. Es ist dir unbequem, nicht wahr?«

»Aber nein, Paul, nein ... sprich nur weiter. Ich höre genau zu.«

Paul schwieg.

Ich nahm ein zweites Bällchen und warf es in Richtung des Rückens. Wieder verfehlte es sein Ziel.

»Na, bitte«, sagte ich.

Paul schwieg noch immer.

Ich sah ihn an. In seinem Gesicht war ein Ausdruck unerträglicher Duldsamkeit.

»Du wirst dein Ziel ebenso verfehlen wie diese Bällchen«, sagte er.

»Mag sein«, erwiderte ich, »aber mach dir darüber keine Gedanken.« Er schaute über mich hinweg in die Ferne. Um seinen Mund war ein mildes Lächeln – ein Lächeln, das die Härte in seinen Augen nicht zu schmelzen vermochte.

Leb wohl, Paul, dachte ich. Und dann, mit einer Mischung aus Ironie und Rührseligkeit: Gott schütze dich ...

Angelika Schrobsdorff im dtv

»Die Schrobsdorff hat ihr Leben lang nur wahre Sätze geschrieben.«
Johannes Mario Simmel

Die Reise nach Sofia
dtv 10539
Sofia und Paris – ein Bild zweier Welten: Beobachtungen über Konsum und Liebe, Freiheit und Glück in Ost und West.

Die Herren
Roman
dtv 10894
Ein psychologisch-erotischer Roman, dessen Erstveröffentlichung 1961 als skandalös empfunden wurde.

Jerusalem war immer eine schwere Adresse
dtv 11442
Ein Bericht über den Aufstand der Palästinenser, ein sehr persönliches, menschliches Zeugnis für Versöhnung und Toleranz.

Der Geliebte
Roman
dtv 11546

Der schöne Mann und andere Erzählungen
dtv 11637

Die kurze Stunde zwischen Tag und Nacht
Roman
dtv 11697
Jerusalem – Paris – München: Städte, mit denen die Erzählerin schicksalhaft verbunden ist.

»Du bist nicht so wie andre Mütter«
Die Geschichte einer leidenschaftlichen Frau
dtv 11916

Spuren
Roman
dtv 11951
Ein Tag aus dem Leben einer jungen Frau, die mit ihrem achtjährigen Sohn in München lebt.

Jericho
Eine Liebesgeschichte
dtv 12317

Grandhotel Bulgaria
Heimkehr in die Vergangenheit
dtv 24115
Eine Reise nach Sofia heute.

Eveline Hasler im dtv

»Eveline Haslers Figuren sind so prall voll Leben, so anschaulich und differenziert gezeichnet, als handle es sich samt und sonders um gute Bekannte.«
Klara Obermüller

Anna Göldin
Letzte Hexe
Roman · dtv 10457
Die erschütternde Geschichte des letzten Hexenprozesses in Europa im Jahre 1782.

Ibicaba
Das Paradies in den Köpfen
Roman · dtv 10891
Im 19. Jahrhundert sind Hunger und Elend in einigen Kantonen der Schweiz so groß, daß es zu einer riesigen Auswanderungswelle ins »gelobte Land« Brasilien kommt. Doch das vermeintliche Paradies entpuppt sich für die meisten als finstere Hölle.

Der Riese im Baum
Roman · dtv 11555
Die Geschichte Melchior Thuts (1736–1784), des *größten* Schweizers aller Zeiten. Ein historischer Roman, der das 18. Jahrhundert in seiner ganzen Gegensätzlichkeit zeigt: als Epoche, in der die Wurzeln unseres modernen Denkens, aber auch der modernen Fehlentwicklungen liegen.

Die Wachsflügelfrau
Roman · dtv 12087
1899 bewirbt sich Emily Kempin-Spyri, die erste Juristin im deutschsprachigen Raum, um eine Stelle als Magd bei einem Pfarrer. Vorausgegangen ist ihr einzigartiger Aufstieg als Kämpferin für die Frauenrechte in der Schweiz und in New York, ihre Ehe mit dem Pfarrer Walter Kempin, Geldnöte, Auseinandersetzungen, schließlich der Ruin.

Novemberinsel
Erzählung
dtv großdruck 25138
Eine junge Frau zieht sich mit ihrem jüngsten Kind im November auf eine Mittelmeerinsel zurück in der Hoffnung, aus einer psychischen Krise herauszufinden.

Penelope Lively im dtv

»Penelope Lively ist Expertin darin, Dinge von zeitloser Gültigkeit in Worte zu fassen.«
New York Times Book Review

Moon Tiger
Roman · dtv 11795
Das Leben der Claudia Hampton wird bestimmt von der Rivalität mit ihrem Bruder, von der eigenartigen Beziehung zum Vater ihrer Tochter und jenem tragischen Zwischenfall in der Wüste, der schon mehr als vierzig Jahre zurückliegt.
»Ein nobles, intelligentes Buch, eins von denen, deren Aura noch lange zurückbleibt, wenn man sie längst aus der Hand gelegt hat.« (Anne Tyler)

Kleopatras Schwester
Roman · dtv 11918
Eine Gruppe von Reisenden gerät in die Gewalt eines größenwahnsinnigen Machthabers. Unter ihnen sind der Paläontologe Howard und die Journalistin Lucy. Vor der grotesken Situation und der Bedrohung, der sie ausgesetzt sind, entwickelt sich eine ganz besondere Liebesgeschichte ...

London im Kopf
dtv 11981
Der Architekt Matthew Halland, Vater einer Tochter, geschieden, arbeitet an einem ehrgeizigen Bauprojekt in den Londoner Docklands. Während der Komplex aus Glas und Stahl in die Höhe wächst, wird die Vergangenheit der Stadt für ihn lebendig. Sein eigenes Leben ist eine ständige Suche, nicht nur nach der jungen Frau in Rot ...

Ein Schritt vom Wege
Roman · dtv 12156
Annes Leben verläuft in ruhigen, geordneten Bahnen: Sie liebt ihren Mann und ihre Kinder, führt eine sorgenfreie Existenz. Als ihr Vater langsam sein Gedächtnis verliert und sie seine Papiere ordnet, erfährt sie Dinge über sein Leben, die auch ihres in Frage stellen. Doch dann lernt sie einen Mann kennen, dem sie sich ganz nah fühlt ...